An Amazing Journey 張瑾 著

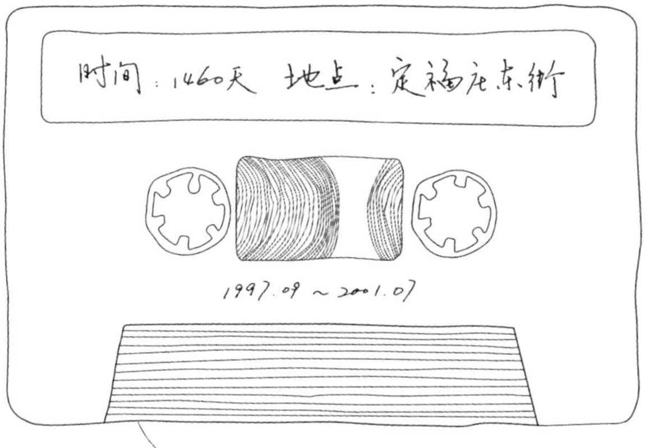

广院爱情故事
An Amazing Journey

那一年，怀着对青春的好奇
对爱情的憧憬，我们来到了这里～

中国廣播影視出版社

图书在版编目（CIP）数据

广院爱情故事 / 张瑾著. -- 北京:中国广播影视出版社, 2019.3
ISBN 978-7-5043-8223-8

Ⅰ. ①广… Ⅱ. ①张… Ⅲ. ①长篇小说－中国－当代 Ⅳ. ①I247.5

中国版本图书馆CIP数据核字(2018)第271976号

广院爱情故事

张 瑾 著

责任编辑 余潜飞 房 远
封面设计 吴 伟 嘉信一丁
责任校对 张 哲

出版发行 中国广播影视出版社
电　　话 010-86093580 010-86093583
社　　址 北京市西城区真武庙二条9号
邮　　编 100045
网　　址 www. crtp. com. cn
电子信箱 crtp8@ sina. com

经　　销 全国各地新华书店
印　　刷 三河市人民印务有限公司

开　　本 710毫米×1000毫米 1/16
字　　数 400（千）字
印　　张 26.5
版　　次 2019年3月第1版 2019年3月第1次印刷

书　　号 ISBN 978-7-5043-8223-8
定　　价 49.00元

热力学定律下的青春底色

李智勇

这是一部关于青春的小说。看完之后，让人思考一个命题：青春的底色是什么？

答案可能有很多种，热血、明亮、满舞台的纸飞机、深夜撸串拼酒、篮球场上的欢呼……

都对。可我却想起艾略特那著名的诗句：四月是个残酷的季节。青春的底色中，应该有“残酷”二字。

因为青春的第一主题，是成长。

一

成长是个什么过程？从无到有。所有没的，必须一点一点攒出来。

根据热力学第一定律，你从一只40斤的象宝宝长成400公斤的大象，必须老老实实输入至少760斤的能量，缺一克都不行，这叫能量守恒。纯能量自然界没有，要想得到760斤的能量，可能需要吃下7600斤的香蕉，折损率高得惊人。

看一本书，可能只能提升一丁点认识；办砸一件事，可能连总结经验的点都找不到；表白被发了五张好人卡，在心仪的姑娘面前还是一脸懵懂。

这个过程急不得。所以有1万小时定律。1万小时的刻意训练——不是随便练练就行的那种，走出舒适区，怎么不舒服怎么来。不擅长反手挥拍？好，一天至少练5000次，每次都得精力集中，这样练上足够多的时间，才能看到一点点效果。稍有放松，又会掉回从前。

每天晚上做梦时，你幻想自己是一只翩翩于众人面前的蝴蝶；睁开眼，你还是那条毛毛虫，蝴蝶需要时间堆积，才能长出来。

二

热力学第一定律还不可怕，可怕的是热力学第二定律，即：一个系统在没有外界能量输入的情况下，无序性不可能减少。

翻译一下，一个房间，你不打扫，只能越来越乱，不会自动变整洁。

我们就是一个个乱糟糟的房间。十几年的经历，在里面堆了很多杂物。穿衣习惯、说话口音甚至乡村陋习，应有尽有。成长并不是只做加法就完了。毛坯中的你，跟想象中的蓝图一对比，有很多地方都需要减。一堆乱七八糟的石头，不往下凿，能是个维纳斯?

没别的办法，接着输入能量吧。所有多的，必须一点一点磨下去!

京剧大师盖叫天，有一次腿骨折，让庸医给接错了，没法再上台演出。找到外国医生求治。洋大夫一脸无奈：你这腿都长结实了，没办法了。盖叫天一使劲，咔！把腿在桌子里别折了，“大夫，现在行了吧？”

成长要打碎旧日自我，理好骨头茬儿，接好神经血管，慢慢长好，这叫重塑。这能容易吗?

三

您要说，这俩热力学定律我认了，不就照着蓝图，该加加、该减减吗，这有什么呀?

还有一关：蓝图呢?

哪有现成的、能够用得上的蓝图?

成长，还面临着丧失了对整体性的想象力的困境。小学、初中、高中，都有确定的想象空间：拿高分、老师表扬、升学。逻辑清晰、法则简单，简洁得像个优美的一次函数。大学，从稚嫩迈入成人的最后阶段，突然之间，一切都模糊了。爱情的法则、和同学美好相处的逻辑、融入都市并扎根下来的路径，都隔着一层雾，看不真切。

我愿意努力，可我往哪努力，怎样努力是有效的呢?

没有即时反馈，甚至就没有反馈。这不是游戏，每做对一步，头上会出现一个“+50”的奖励。成绩好就能留在北京工作吗? 长得好看就能拥有美好的爱情吗? 爱得投入就能长久吗? 对不起，这些都不再是线性关系。

当电脑调度了大量计算资源、占据了大量内存也算不出结果时，它就会宕机。青春就是人最容易宕机的时期。迷惘、孤独、焦灼、患得患失、无故悲喜、披发佯狂、寻愁觅恨……这些情绪汇聚成特有的青春焦虑。

四

当然也有快乐。只要你往前走、往上走，等雕刻自己的痛劲儿、累劲儿过去，快乐就会不期而遇。

记得作家王小波写过三位在维也纳金色大厅的外头拉小提琴的年轻人。学生模样，用眼神互相打气，坚持把一首曲子拉完。最高音乐殿堂怎么了? 演奏水平还不够又如何? 我们就是敢做，而且就在这儿!

小波点评：所有穷人中，唯有年轻学生穷得理直气壮，因为他们前途远大。

是的，本事还配不上欲望，身上还有不少的毛病，前途在哪里看不清楚，可是，唯因如此，一切都未固定，所以可能性最大，一切都有可能。也许什么都没有，但是我们有希望。希望像春天北京上空的风筝一样，望着望着，就让人兴起。

失败不要紧，机会成本很低，重心低，一骨碌就起来了。

犯错误也不要紧，校园里不过茶杯风波，能出多大纰漏? 改了就是了。

有本书叫作《反脆弱》，青春是天然的反脆弱时期，犹如一个不倒翁，摇摇晃晃，总是不倒；尴尬丢脸，洗把脸就好。在雕刻自己、积攒能力的过程中，胡适的话时时在起作用：进一寸，有一寸的欢喜。记得在大学的时候，在老师的指导下完成一次腹式呼吸，就能高兴得蹦起来。

感觉器官簇新簇新的，因而敏锐。用到痛苦上，可能疼到天昏地暗；可是用到体验欢乐时，也幸福到刻骨铭心。至今犹记在假山旁的第一次拥吻，睫毛明灭，每一处毛细血管都在沸腾，每一寸肌肤都在呐喊，幸福感像小山一样降临……第二天，嘴唇都是肿的，可肿也欣喜！

一颗小石子，就让人澎湃，这样单纯的快乐，似乎就在青春阶段，才能肆无忌惮地存在。

五

这部小说，写的是几个命运交织的人物，但在我看来，也写出了两个热力学定律支配下的成长型青春。

这些人物，虽然以作者的大学同学为原型，但都进行了提炼。作者保留了那种青春的莽撞和跌跌撞撞，但是，色调尽量调暖了，事迹也进行了挪移。尽管和作者同班，我也不能认出小说中的谁是谁来。然而，这反而获得了普遍性。杂取数种人，而成典型人。这些姑娘小伙，犹如几条发端各异的小溪，在一片高地汇聚，而后彼此映发、相互交流，激荡有之、冲击有之，时而叮咚，时而幽咽，焦虑与痛苦、欢乐与兴奋，点点滴滴、丝丝片片，俱是成长之音。

永远像等待四月的风一样期冀美好的未来，永远不怕打碎旧我去重建新我，永远不会忘记在最好的时光里做春天在樱桃树上做的事。

所以，我爱他们。

尽管青春不能复制，每个人拥有每个人的命运，但听听这样的声音，看看这样的故事，面临自己的青春时，会得到一些勇气。伯夷叔齐之后，每个挨饿的士大夫，瓶倾瓯斜、无力举火之际，总能得到安慰。

（作者系《人民日报》社会版主编）

不完美的精彩青春

杨　勇

这是一所明星大学，并不是这里盛产明星，而是这所大学本身就有着明星的气质。

宽松而艺术的学习氛围成就了这所大学的明星气质。小说里每个老师都和颜悦色，认真听完你每一次发言，每一次表达。即使批评的时候，也努力压低自己的声音，不惊扰学生个性而多元的发展。

因而这里的青春有趣而可爱。学生们哄台，和老师做恶作剧，毕业狂欢推倒围墙……他们疯狂，他们不羁，他们幼稚又故作深沉，但，作者笔下的青春不止于此，因此残酷依旧是青春逃不脱的色彩。他们仍被生活的考官一次次逼迫至墙角处。

成长还是放弃，这是个问题。

完美主义者的李知走到了青春路口。她漂亮、聪颖、出众，从小严于律己，努力做一个人人眼中完美的好孩子。于是，上帝说，你看上去那么完美，你值得拥有一个完美的男朋友。但是，世间根本没有完美一说。当她发现男朋友并不像理想中的那样完美，她的爱情顿时坍塌了。生活要她回答，她到底有没有能力爱上一个真正的人，有优点，更不乏缺点。她要问问自己，自己到底是爱上了一个人，还只是爱上了爱情的假象与设想。自己的爱是不是叶公好龙的爱。没有一种能力，会确保你幸福，纵使你看上去那么完美。

家境贫寒，靠知识改变命运的刘小宇也走到了青春的十字路口。她聪慧而勤奋，自律而自尊，但是，贫寒家庭出身，最爱的姥姥意外过世，学费被骗……

家境贫寒的孩子青春不易，家庭优渥的孩子就坦途一片？优优，出生于北京，外交官的父亲，外企的母亲，让一切看上去那么美好。6岁学习弹琴，高中做了留美交换生，还是个长跑爱好者。如果女神投身世间，优优就是她的模样。但是，她唯独没有健康。她积极治疗，她坚持长跑锻炼，她对境遇差的刘小宇保持尊重，对骄傲的李知保持宽容，她爱慕偶像，却从不打扰。但是，优优仍然走了，怀着对这个世界无限的爱、无限的善意走了……

还有宋小，小康之家的宋小依然保持美好的愿望和堂吉诃德般的勇气，闯荡爱情的江湖。但是她却屡战屡败，屡败屡战，狼狈不堪。

每一个人的青春都不易，没有一种甚至多种能力能确保你幸福。但是，她们却从未放弃，也从未被打倒。李知放弃了爱情的假象，学会真正爱一个人，爱他的优点，也爱他的不足。刘小宇依旧坚信学习的力量，靠自己的力量支撑弟弟继续求学。优优，直到人生最后时刻，仍然爱着这个世界和看上去不公平的命运。还有宋小，懂得爱情的不易，却依旧坚持爱，就像没有受过伤害一样。

青春不完美，但青春永不缺少精彩，精彩于每个人的奋力成长，永不言败。从这个角度说，这不仅仅是一部写青春的小说，似乎也在写青春之外的人生。

（作者系爱奇艺文学总编辑、中国作家协会会员）

毕业多年，李知仍常做同一个梦：自己手握乒乓球球拍，两腿微屈，上身前倾，站在高考赛场上，数学、语文、英语、政治、历史……各类题目从发射器里不断弹射而出，李知双目紧盯来球，左击右回，一道道回答正确的题目变成一级级台阶，通向某个神秘的去处。李知踩着这台阶，一步步向前，前面出现一个大大的滑梯，两边花藤缠绕，彩蝶飞舞，李知顺着滑梯，一溜而下，耳边微风阵阵，西单一闪而过，长安街一闪而过，国贸一闪而过，最后在广袤的定福庄大地上，停了下来。李知站起身来，路牌上赫然写着：定福庄东街一号。

那是1997年的夏天，香港刚刚回归，北京街头四处可见10元钱能跑10公里的面的，BP寻呼台还存在，人人都看“春晚”和《综艺大观》,《北京青年报》深受北京青年的喜欢，一首《心太软》飘荡在全国的大街小巷，而这所学校还叫广播学院。

目录

Contents

大一：斯人若彩虹，遇到方知有

1998年的夏天，郭书和李知都第一次品尝到了思念的滋味——一种温柔的心痛。那个夏天，李知觉得爱情害怕分离，爱情是时时刻刻想和一个人在一起。很多年后，李知才知道，真正的爱不怕分离。无论是短暂的分离，还是永久的别离，都无法阻挡爱。爱一旦产生，就永远不会消失，她不限于形，深藏于心，是生命的一部分。比如日后自己对郭书的爱，对优优的爱。

我用一条路，欢迎你的到来。

《广院路》

1

那个夏季的广播学院，美得不可方物。天空湛蓝湛蓝的，仿佛水洗过。阳光灿烂甚至刺目，无遮无拦地照耀整个校园，学校广播站的大喇叭连番播放着各电视台、广播电台的呼号："中央电视台，中央人民广播电台，中国国际电台，北京电视台，浙江电视台，江苏电视台，湖北电视台……"一连串的快进声音之后，一个比之前更为响亮，更有气势的声音直冲云霄："这——里——是——广——播——学——院——广——播——台！"

在这一声呐喊中，太阳似乎都为之一振，照射得更为猛烈了，校园里的每个人，睡梦中的猛然惊醒，行进中的加快了脚步，大步流星地冲向时代的最前列。两个月前，香港回归，中央电视台进行了72小时连续报道，实现了中国电视媒体第一次真正意义上的直播，电视强势媒体的地位不容置疑。

李知，就是在这个时候，一个电视媒体无限风光的时代，作为大一新生一脚迈进了这所学校。脚尖刚刚落地的那一刻，就听见不远处一阵喧哗："妈，妈，快过来看，你快过来，你看这是谁？你偶像！"接着是"哇"的一声，一个中年妇女惊声尖叫。

在此起彼伏的尖叫声中，李知东扭西挤地钻到了校园橱窗最前面，一张张无比熟悉的面孔赫然出现在她面前：从《新闻联播》的罗京、李瑞英到新闻频道的白岩松、崔永元。

李知和大家兴奋地看着橱窗里的"师哥师姐"，里面的"师哥师姐"仿佛也在兴奋地看着他们，这些照片仿佛有魔力般地拉近了彼此的距离，仿佛大家与名人之间只隔着一个大学四年。

李知转身冲出人群，昂着头，朝着太阳，一路笑着，大步奔向宿舍，她的大学生活已经拉开了帷幕，李知要隆重登场了。这一天，她已经期待了很久，现在，她一刻也不想等待。

李知一路欢快地找到写着210门牌的宿舍门，她猛地推开，一道光束照进房间，一个娇小的女生正站在光束中，整个人都沐浴在阳光中，听到声音，她应声回头，向李知投来好奇而友好的目光。这是优优，李知大学认识的第一个同学。逆着阳光，李知看不清优优的长相，只觉得很温暖。朝着这温暖，李知大声说："你好！"如果那个时候，李知知道优优的心事和秘密，不知道她是不是还会笑得那么轻松与欢快。优优稍稍打量了一下李知，也欢快地笑了："你好，我是优优。"

话还没有说完，门再次打开了，一位梳着两个羊角辫的姑娘站在那里，后面跟着"哼哈二将"——她的父母，帮她拎着大包小袋。羊角辫姑娘眼睛滴哩咕噜转个不停，惊奇地扫过宿舍每一个角落，然后蹦蹦跳跳走进了宿舍。那一瞬间，李知感到整个宿舍又被重新拉回了高中时代。这个羊角辫女孩叫宋小，她一边吃着桌子上的"刺梨干"，一边上蹿下跳打量着210宿舍的每个人，两个羊角辫忽上忽下跳跃着，像两只狗耳朵忽上忽下呼扇着。

"你叫什么名字？"

"李知！"

"我叫宋小！"

不一会儿，宋小的床铺被她年轻得像姐姐一样的妈妈建造完成，粉红色的床单，粉红色的枕头，粉红色的床帘，甚至床头的书架都是粉红色的。现在看来，那就是一个粉红猪小妹的家。宋小满意地看着自己的床铺，李知觉得时光似乎从高中变到了幼儿园。

但就是这个人，让李知迷惑了四年，时常搞不清她到底是大智若愚，还是一条真的鱼，因为她的记忆通常只有7秒。

"对了，你叫什么名字？"宋小又问了一遍李知。

李知惊讶地看着她，回答："李知！"

"我叫宋小！"宋小又说了一遍。

加上之前就到来的方媛和刘小宇，210宿舍的五个人全部到齐，这五个人史称"210的五朵金花"。

2

当父母的背影消失在核桃林，97新生如“鸟出樊笼马脱缰”，放飞自我的时候终于来到了。他们每天在学校里东摸摸西瞅瞅，像爱丽丝梦游仙境、汤姆索亚历险记，或是尼尔斯骑鹅旅行记，神奇、惊险、有趣的冒险开始了。

首先让大家感到神奇的是这里的老师。他们一个赛一个漂亮，一个赛一个帅气，明星般光彩照人，说话总是轻声细语，温温柔柔，生怕声波惊到了你，即使批评，也能听完你全部的辩解，即使生气，也笑得很真诚，这让那些从未见过好脸色的男生，无所适从，颇为不解。

男生甲：“她刚才是批评我们吗？”

男生乙：“是呀！”

男生甲：“那她为什么笑？”

男生乙：“对呀，她不应该暴跳如雷，咬牙切齿吗？”

男生甲：“你确定她是批评我们？”

男生乙摇了摇头：“难道是表扬我们？我们上课乱讲话还迟到了，她还表扬我们？”

他们让人捉摸不透，他们不走寻常路，他们轻描淡写间樯橹灰飞烟灭。他们只为自己代言。

九月的北京，秋老虎来了个回马枪。广院女生抓住最后机会，亮出风采，花红柳绿的裙子继续点缀校园。广院男生也“须眉不让巾帼”，他们穿着紧身衬衫，解开上衣的几颗扣子，故意露出几块小胸肌，走路一晃一晃，佯装成熟社会人。李知和宋小走在学校里，不时偷瞄几眼，发现无事，随即大胆起来。李知朝宋小努努嘴，小声说：“这根本不行，不算有胸肌。”宋小点点头，嘟囔着：“这个还不如上一个，瘦得跟排骨一样。”她们相视一笑，有种做坏事没被发现的小得意。这时，旁边一个男生干咳了几声，故意扯扯衣服，洋洋得意地露出了疯狂健身的成果，李知瞥了一眼，宋小紧张地大叫："干什么，暴露狂！"这一叫也吓了那男生一跳，刚想为自己健美的身材解释，一位中年男子骑车路过，看了看那男生，摇摇头，扔下一句话和重重的叹息，回荡在广院上空："还露胸呢，也没个胸毛，露什么露！唉——"

"没个胸毛"这句话如晴天霹雳，"轰隆隆"击得那男生不禁后退了几步，他赶紧低头看了看自己的胸前，果真"没个胸毛"！他惊慌地拉紧衣服，口里一边高喊"刘——老——师——"，一边落荒而逃，险些撞到路边的白杨树。李知和宋小你看看我，我看看你，直接笑出了内伤，瘫坐在长椅上，迈不动步。

从那以后，广院男生欲展示自己雄性魅力前，总要先低头看看自己，但往往在一声叹息间，老老实实系上每个纽扣，隐藏起瘦弱的小身板，端庄地走在广院的每一个角落。

跟广院老师斗法，这些愣头青都不是对手，但他们并不服气，仗着自己年轻无畏，频频向老师发起攻势，很快，他们又输掉一局，而且一败涂地。

第一周，新闻概论课，上课铃声响起，一名身高刚刚1米65的男老师戴着金丝框眼镜，昂首挺胸，踩着铃声走进教室，挺拔的身姿仿佛是踮着脚进场的芭蕾舞演员。他走到讲台上，抬起头，优雅地环顾了一下四周，仿佛猴王在向一群小猴子宣告领地，然后在黑板上大大地写了"吴用"两字，不紧不慢地说："自我介绍一下，我的名字叫'吴用'。"

几个男生互相眨着眼睛，忍不住小声笑了起来。吴老师淡定地看着他们，双手示意安静，接着他用那不标准的南方普通话说道："同学们，这是一个看名字的时代吗？不，这是一个看人格魅力的时代，特别是对于我们男人来说！"他推推眼镜接着说："以后，大家相处多了就知道我这个人了。我这个人很率真的！"几个男生突然露出了更诡异的笑容。

第二周，新闻概论课，李知刚刚坐下，就看到黑板上写着几个大字："我很帅，真的！"李知回顾四周，一票同学个个抻着脖子，瞪着眼睛，死盯着门口，"看热闹不怕事大"的表情毫不掩饰地挂在脸上，一个男生鬼头鬼脑地，他撅着屁股，半个身子伸到窗户外，“嗷”的一声：“来了，来了！进教学楼了，进教学楼了！”

李知“蹬”地站起身来，却被身边的宋小猛地拽住了胳膊：“快坐下！万一，你刚上去老师来了，还以为是你写的呢！”李知怕惹怒老师，执意要去擦黑板。这时，几句蹩脚的东北普通话从她们身后传来：“咱们是记者，不怕惹事，就怕没事！知道不？有新闻要记录，没有新闻，创造新闻也要记录。麻溜儿坐下，老师马上来了，别错过历史性的一刻，历史即将在你眼前爆炸了，李记者！”说话这人是李博。十多年后，他成了一代“名嘴”，活跃在各类新闻节目以及情感节目中，说学逗唱样样在行，偶尔还充作颜值担当，全凭一张嘴闯世界。但是，此时此刻，李知完全看不出他这个同学飞黄腾达的迹象，只是也学着东北口音回了一句：“等会儿被看见，老师就在眼前爆炸了！”

正在此时，上课铃声尖利地划过教室上空，吴老师一如既往地踩着铃声挺拔地走进教室。李知被宋小一拉，一屁股坐回凳子上。

1米65的吴老师登上讲台，看了看黑板，转过身来，目光扫过台下的每个人，接着又回头看了看黑板，空气被他眼中射出的寒光冻结了，教室异常安静，每个历史见证者都屏住了呼吸。一场疾风暴雨即将将这里洗劫一空，“目光寒，动杀心”，想到这儿，李知绝望地看了一眼李博。此时李博正将头深深低下，整个人埋在李知的背影里。

吴老师继续用森冷的眼神扫视全班，从左到右，又从右到左，操着他独有的南方普通话说：“说，是谁，这是谁干的！”这些历史的制作者，你看看我，我看看你，一个个臊眉耷眼，沉默是金，他们恨不得直接把头埋进沙堆里。

吴老师冷冷地哼了一下，说：“说，到底是谁，谁这么了解我！在这个看脸的时代，在这个美貌就是生产力的行业，这就是对我最大的赞誉呀！同学们，你们知道什么是我一天最高兴的事情吗？你们知道当我遇到困难、挫折、痛苦的时候，什么使我重新振奋，找回自信吗？”吴老师“啪”地一拍桌子，像评书里的惊堂木，吓得李知以为历史真在眼前爆炸了。“是我的相貌呀，我的同学们！”吴老师的声音开始变得激动起来，“无论我是人生得意尽欢后，还是长风破浪时，无论我是独钓寒江雪，还是空杯对月舞影凌乱时，我只要照照镜子，然后对自己说：‘吴用啊吴用，你长成了这样，知不知道多了不起，一对相貌普通的父母能生出你这副模样，这有多难得。就冲这个，你也没有理由抱怨生活，抱怨命运！就冲这个，你也要坚强，要笑对生活。’那个时候，一切的一切，都云消雾散，都不足挂齿，不足挂齿！”吴老师的感言一气呵成，气壮山河，声情并茂。

教室依旧静悄悄，历史的制造者们，不敢相信历史竟以这种方式在他们眼前爆炸了，直炸得他们瞠目结舌，不知所措。突然间，刚才“嗷”一声的男生兴奋过度倒在了桌子上，大家哄堂大笑。李博早已直起了腰，伸长脖子，眉飞色舞地看着吴老师，宋小笑得两个羊角辫前蹦后跳，两个眼睛眯得合在了一起，李知则不断地揉眼睛，不敢相信眼前是一位老师。

不知道是不是受到了鼓励，吴老师喝了口水，继续口若悬河：“针对你们今天黑板上的事情呢，我，我还是提出表扬。传播要讲趣味性。有了趣味性，传播就有了翅膀。你们今天这个事情吧，多少有些意思！”

李博坐得更直了，脖子拉得更长了，他用笔捅捅李知：“你个子高，以后坐后面，我都看不见老师了。怎么样，你差点阻碍了一次有趣味的新闻事件的发生与传播，差点就成历史罪人了呀，李记者！”

李知瞪了李博一眼，懒得理他。

吴老师越说越高兴，越说越自信：“生活中不缺乏美和乐趣，但缺少发现。今天，我对这次事情的策划者、执行者提出口头表扬，如果他们以后继续有这本事，并写成新闻稿，我给他们期末考试加分！”

李博越听越兴奋，不住用笔捅李知：“记得，以后没有新闻的时候，就要创造新闻。嗯！今天这个老师敞亮、带劲儿！”

李知回头瞪了眼李博说：“你，歪理邪说！”

下课时，吴老师收拾好课本，依旧自信地迈着芭蕾舞步走出了教室，全体同学猛地站起，默契地朝吴老师喊：“吴老师，我们爱你！”吴老师头也不回地挥挥手：“男同学就算了吧！”男生却不肯放弃：“我们真的爱你！”

很多年后，当李知和同学重新坐在书桌前，当满头白发的吴老师再次走进教室，并在大家的注视下走到黑板前，写下“我很帅，真的”的时候，那些活跃在各大新闻平台、真正见证过历史的大小记者们，却再也笑不起来了。

吴老师看着大家，大家也目不转睛地看着吴老师。时光让他们忽而到了当年吴老师第一次站在大家面前的时候。“我普通话不好，同学们看我这些年有没有长进？”吴老师问。

所有同学唰地一下站起来，齐声高喊：“吴老师，我们爱你！”吴老师一如当年潇洒地挥挥手：“同学们，我马上要退休了，而你们，依旧年轻！”眼泪瞬间流淌在年轻也或许不再年轻的脸上。

3

老师神奇，朝夕相处的同学也很独特。

“你们知道吗，今天中午在大食堂，我正全神贯注听播音员播报：‘今天，举世瞩目的三峡工程胜利实现大江截流，这标志着三峡水利枢纽一期工程顺利完成。’”宋小激动地手舞足蹈：“正在这时，同样音质的声音从我的四面八方传来‘师傅，一份土豆丝……师傅，一份烧茄子……师傅，二两米饭……’那个时候，我错乱了，感觉宇宙中一道奇异的光突然射向广院食堂。”李知在一旁点点头说：“那个时候，我感觉米饭中的每一颗米粒都闪着熠熠光辉。然后，食堂里的所有人似乎都被这道光击中，每个人也都闪着熠熠光辉。”宋小双手托着下巴，闭着眼睛，久久沉浸在这被宇宙之光击中的幸福中。

那时候，李知天真地认为，那种被击中的幸福感会留存在宋小体内很久很久，直到永远。然而有一天，宋小在食堂突然睁开了双眼。睁开了双眼的宋小看到了一个男生正将一块牛肉塞进一个女生嘴里。宋小惊愕得下巴直接掉在了地上，她恍惚了十分钟，才环顾四周，这时她发现，比各式各样饭菜更琳琅满目的，竟然是各式各样的吃饭姿势：有十指紧扣的，有双腿缠绕的，还有你一口我一口交替的。“大开眼界”就是形容这个时候的宋小。宋小一边张大嘴巴，一边拼命地摇着身边的李知让她看，李知环顾了一下四周。那些让耳朵能恋爱的声音顿时消失得无影无踪，一幕幕真实的甜蜜深深震撼了宋小和李知，李知叹了口气对宋小说：“都说，恋爱让人回到小时候，看来，古人诚不欺吾呀！”宋小再次环顾四周，一脸的惊讶与错愕，而后产生了几丝羡慕与嫉妒，继而陷入了沉思。

回到宿舍，宋小一改往日将当天各种奇遇一一汇报给大家听的好习惯，一头钻到自己的床上，“哗啦”一声拉上了自己的粉色床帘。优优惊讶地看过去，然后朝李知努努嘴，眼神瞟着宋小的床铺，李知嘟着嘴摇摇头。那天，宋小一个人在帘子后面待了整整一下午，直到傍晚，才又在一声“哗啦”巨响中重新出现在大家面前，方圆几里都有着出关道人的气势。而这一气呵成、潇洒豪迈的“拉帘开帘”动作，贯穿了宋小整个大学时光。

宋小坐在上铺床上，俯瞰着优优、李知、方媛、刘小宇“众生”，咽了一口唾沫，闭上了眼睛，以一种大彻大悟的口吻低沉着声音说道：“我仔细想过了，大学和我们高中最大的不同，不是可以看课外书，不是可以逃课不上学，甚至也不是能随时听到只有电视里才能听到的声音。”优优放下手中的报纸，方媛从信纸上抬起头，就连刘小宇也罕见地摘下了耳机。宋小再次环顾了所有人一眼，用不容置疑的权威口吻对李知说：“李知，放下你手中的书。”李知乖乖地放下书，抬起头看着宋小，宋小顿了顿，继续说：“我觉得大学最大的不同，最大的福利是，就是，就是，就是可以明目张胆地谈恋爱！”宋小说完最后几个字，长舒了一口气，又闭上了眼睛。李知仿佛听见了天地间的回声：明目张胆谈恋爱——明目张胆谈恋爱——明目张胆谈恋爱——除了宋小，210宿舍的每个人都意味深长地看了彼此一眼，几丝认同，几丝不解。宋小的这句话仿佛一个宣言，照亮了宋小大学四年的时光，历久弥新，史称“恋爱宣言”。

“我觉得这才是大学的‘真谛’。”宋小微微睁开双眼继续阐述，刘小宇看了宋小一眼，若无其事地继续戴上耳机，“小宇，你可别不信这话，我告诉你，恋爱这个事情才是整个大学生活成败的关键。成功了，整个大学都成功了！失败了，整个大学生活也就失败了！莫负好时光！”很多年后，李知在某视频网站看到他们的这句广告词，不禁惊叹宋小多少年前的远见。

宋小这番“恋爱宣言”将恋爱提到了前所未有的高度，事关大学四年成败，这是李知万万没有想到的。高中时期，那个被老师家长深恶痛绝的“早恋”，现在竟是如此重要，这也激发了210宿舍里每个女生开始仔细思考“该怎么度过自己的大学时光”。

当晚熄灯以后，210宿舍的每张床上都有一张思考者的面孔，当然除了宋小。她已经找到了自己的方向，所以睡得格外香甜，轻轻的鼾声听上去地像是在做一个美梦。

第二天白天，整个宿舍相安无事。晚上，宋小又异常激动，在她的热烈倡导下，210宿舍展开了大学里第一次正式的夜谈会，主题是“恋爱”。每个人按照床号顺序轮流发言。

李知首先发言，宋小一阵大呼小叫，不相信李知没有男朋友：“据说好看的初高中就恋爱了！你长得也还算可以吧，这都没有男朋友？”“你什么意思，宋小？”李知大声反驳，“那说明我对爱情认真、严肃、要求高！追我的人挺多的，我不将就而已。要是只为了找一个男朋友，我初中就可以了！”宋小半羡慕半嫉妒地哼了一声，转念想到自己不是一个人在战斗，心情突然很愉悦，口气也愈发甜腻：“那我们一起找男朋友，一起实现目标，李知姐姐！”

“你是不是也没有男朋友？”宋小高兴地提高了声音问刘小宇。

刘小宇没有说话。

宋小又问了一遍。

刘小宇嗯了一声。

宋小这下更高兴了，比自己漂亮的李知没有男朋友，和自己差不多的刘小宇也没有男朋友，自己高中不算亏，她们现在都是自己的好战友。她用对战友特有的春天般的温暖说道：“小宇，那我们一起吧，你说，你想找个什么样的男朋友？”

刘小宇翻了个身，没有说话，她根本没在意宋小刚才说了什么，她更不相信宋小所谓“恋爱成功了，大学就成功”的言论，现在她正思考着更重要的事情——计算自己一个月伙食费。一家人省吃俭用让自己读大学，不是为了让自己恋爱的。据刘小宇观察，学校三个食堂中，大食堂最物美价廉。早饭的煎鸡蛋6角一个，而煮鸡蛋只需要4角，省下来的2角钱正好可以买一碗粥。中午和晚上，最便宜的菜是6角一勺，中等价格是1元2角，最贵的4元，米饭2角一两，馒头4角一个，并且常年提供免费汤。这样，一个月下来，自己的伙食费就只需要……不等刘小宇继续想清楚，宋小又迫不及待叫着："小宇，小宇！你快说呀，说说你大学想找一个什么样的男朋友。"

刘小宇的思绪被打断，有些不高兴，心不在焉地回答："不知道，没仔细想过。毕竟现在还是学生。"

宋小反驳道："可我们不小了呀，我妈像我这么大都有我了。"

刘小宇："那你妈妈现在在干什么？"

宋小："在家呀，人特别年轻，很多人都不相信那是我妈。"

刘小宇："那么年轻为什么不工作呀？那你来北京读书干吗？也在老家结婚生子吗？"

宋小："她不爱工作就不工作呗。她一直都不工作，白天唱唱歌，晚上散散步，挺好呀。我来北京，那是因为我学习好考上大学了呀。"

刘小宇："考上大学你就好好学习，学习就是你的首要任务，别整天就想着恋爱。谈恋爱影响学业，搞不好，以后也只能在家待着，没事做。"

宋小愤愤不平："刘小宇，你这话什么意思？什么叫在家待着没事做？"

刘小宇刚要开口，优优打断了她们的谈话。

优优："宋小，该你了，说说你想要什么样子的吧。"

宋小刚刚被浇了一头冷水，心里很不是滋味，老半天不说话，最后淡淡地说："说普通话，个子高，不戴眼镜。"

如果在宋小老家，宋小这要求难于上青天，但是，现在是在广院，宋小这个要求，似乎是这里最低的标准。宋小首先就要感谢那些面试的老师，他们火眼金睛，千挑万选，为她，更是为祖国的广播事业从芸芸众生中初选出一批批"说普通话，个子高"符合条件的候选者。只是很多年以后，当宋小挽着和这三个条件完全相反的老公走入婚姻殿堂的时候，李知耳边依稀是那晚宋小对男朋友的设想，不知道是因为刘小宇坏了气氛，还是宋小对未来没有信心。宋小的憧憬最终是一场幻景，但那是很多年后，大家才知道的。

刘小宇发言后，其他人也顿时没有了兴致。

会议草草收了场，勉强达成共识，但这都不影响210宿舍第一篇新闻通稿的发布：

今晚十一时，210宿舍第一次全体大会顺利召开。全体成员对未来男友标准展开了积极的设想和讨论。

为避免宿舍单身女生因群起找男朋友而造成拥挤、踩踏等事件的发生，大会决定，全体女生本着自觉、公平且互助的精神，以实际床位号顺序依次解决“个人问题”，不准僭越。1号方媛有男朋友，暂不考虑。李知2号，宋小3号，刘小宇放弃，优优升至4号。

大会在稍不友好的气氛中圆满结束。

宋小对这个决定比较满意，立刻忘记了和刘小宇的不开心。李知却突然发现自己面临着很艰巨的任务，她既好奇、兴奋，又有几分紧张。

自己会有一个什么样的男朋友？他该是什么样子？说话什么样子？笑的时候什么样子？那天晚上李知做了一个梦，梦见朱茵穿着一身红嫁妆，托着下巴，甜甜地说：“我的意中人是一位盖世英雄，有一天他会身披金甲圣衣，驾着七彩祥云来娶我。”梦中，李知发出了甜甜的轻轻的笑声。

4

宋小要找男朋友，必须在李知成功之后，这让宋小很着急。她一方面开始对李知百依百顺，十分担心这位姑娘来个“千年等一回”进而耽误了自己的“恋爱大计”，一方面开始积极为李知张罗“觅友”事宜。

那段时间，宋小茶不思饭不想，充分展现了一个记者“永远现场第一线”的职业要求与素养，在广院进行全面的实地考察与走访，考察结果足以撰写一本《广院男生现状分析》。当年没有拍照手机，宋小每每看到合适的"候选人"，就利用她有限但自觉超凡的画画才艺，将这些男生的头像画出来，然后送给李知，颇有些古代为皇帝选妃前先请画师作画的感觉。

李知经常一回到宿舍，就看见一个男生素描头像躺在自己的床上。以至于很多年以后，李知在电视上看见众主播，想起他们躺在自己床上的头像，还颇有几分不好意思。

那时，宋小会拉着李知坐在床上，郑重其事且语重心长地对李知说："据210宿舍记者调查，我们学校因文科、艺术类居多，所以男女生人数常年维持3：7的比例。再加上还有男生高中时期有女朋友等各种原因，可挑选男生只有总人数的20%！阿知，我们的形势不容乐观，不容乐观呀！"宋小说完，停了停，仔细看了一下李知的反应。李知从小到大收到过各种情书，从来没有感觉过什么叫"形势不容乐观"，所以对宋小的说法不置可否。宋小叹了口气，然后兴致勃勃地指着一张头像说："这个怎么样，阿知，他可是今年我们播音系的校草。特别帅，身高185厘米，声音特别有磁性，你看他长得像不像杨柳？属于阳光少年型。"李知摇摇头："没感觉！"宋小白了李知一眼："好，好，我继续给您找有感觉的哈！"

几天后，宋小又如同变魔术一般，双指一滑，变出另一张手绘图，对李知神秘兮兮地说："阿知，这是今年工学院的校草，你看看，虽说看似长得一般，但是据说很有男人味，特别man，很招女生喜欢。"宋小边说边握拳曲臂，显示出自己的肱二头肌。迎着宋小热烈的目光，李知再次无感地摇了摇头。宋小一把收起动作和画作，嘟着嘴说："李知姐姐，您这个也没有感觉，那个也没意思的，您到底要什么样子的呀？您是不是眼光有问题呀？"李知斜眼看了一眼宋小说："好，我眼光有问题，我还不找了呢！"宋小一听李知说不找男朋友了，立刻吓得一激灵，整个宿舍现在就她和李知两个人对找男朋友的事情上心，她还想在李知这里学些经验，于是，宋小的态度立马来了个180度大转弯，她说："别放弃呀，李知姐姐，别遇到一点挫折就放弃，李知姐姐，我有信心，你也要有信心，你一定能找到男朋友，我继续给你找呀！"

没出几天，宋小又变出一张画像，"这是大二的师哥，你喜欢'哥哥'那款吗？很绅士那种，彬彬有礼的。”

又过了两天，宋小再次变出一张画像，“这是连续两年的‘三台奖’获得者，属于学霸类型，你喜不喜欢？”

宋小绝望般地哀号：“这么多，总有一款适合你吧！要帅气有帅气的，要阳光有阳光的，要风得风，要雨得雨，你到底要什么呀！你知足吧，如此高质量的男生，走到哪里都是男神呀！你东不要西不要的，莫非你不喜欢男生？”

李知狠狠瞅了宋小一眼，说：“那你小心点吧，别让我喜欢上你。”

宋小猛地拉上了帘子，气鼓鼓地高声喊道：“真难伺候！”

李知当然有些难伺候，虽然没有过男朋友，但是追求自己的男生向来不少。高中的时候，有个别的学校的男生喜欢上了李知，几经辗转要到了李知的通信地址，之后经常给李知写信。发现李知不给自己回信之后，每次给李知的信中还放了一个可以直接邮寄回给自己的信封，上面贴好邮票，写好自己的地址，甚至为李知准备好了一张洁白的信纸。现在让李知看看这些手绘图，就主动追求这些男生，李知才没有这个心情。

优优放下耳机，对着宋小说：“宋小，你简直就是白费力气，李知是绝对不可能主动追求这些男孩子的。”

宋小猛地一拉帘子，一阵狂风掠过，吓得李知和优优一惊，“优优，你的意思是我应该拿着李知的照片四处发放，四处推销是吧！”

这次是李知绝望的哀号。

那次哀号事件后，宋小再也没有给李知介绍过男朋友，宋小绝望了。李知对此仍是不急不缓，在李知看来，有男朋友那是分分钟的事情，她要的是有一个让自己“喜欢”的男朋友。但什么是自己喜欢的男朋友，这么多年，李知一直没有想清楚。

渐渐熟悉了大学生活，高中同学之间也开始走动起来。上完四节晨课，李知准备接待来访的高中同学，她急匆匆准备跑出教室。学生模样的班主任老师则急匆匆往教室进，说：“大家等一下，学校有个活动，征求一下大家意见。”

李知回到座位，小声对一旁的宋小说：“我去接同学，晚了食堂没有地方吃饭。开会有什么内容，你替我决定就行。”宋小正愁无处发泄她那多余的精力和热心，看了李知一眼，点头如捣蒜，“放心吧，你等会儿趁老师写黑板的时候从后门快去吧！这儿有我呢！”李知感激地点点头。后来的事实证明，李知根本无需感谢宋小，更不应该给宋小一点点权利。哪怕是一点点权利也会被宋小滥用，白白辜负了李知信任。李知当时太年轻，总是看不懂别人，总是那样轻易相信别人。那次就是一个教训。

当天的接待活动很成功，与其说是接待工作，不如说是李知的一次“炫校”活动。当广播站的喇叭从“中央电视台，中央人民广播电台”喊到“广播学院广播台”时，李知的高中同学完全被这所学校的气势震撼到了。毫不掩饰地将自己和当时最主流媒体、最主流价值观放在一起，就是这所学校的气势。在高中同学艳羡的目光中，李知更加爱这所学校了。接待完同学，李知几乎一路小跑地回到宿舍，骄傲地一屁股坐在床上。

宿舍只有刘小宇一人，看到李知兴奋的面孔，刘小宇欲言又止，继续戴着耳机看英语书，现在戴耳机成了刘小宇的标配，只要下了课，她就立马戴上耳机，走路戴，吃饭戴，有时睡觉也戴着，这仿佛告诉大家，她的世界不想被打扰。李知尊重刘小宇的选择，虽然她不明白这是为什么。现在她一个人东瞧西看高兴地等待着其他人回屋。突然一转身，李知看到一张报名表压在自己的书架下。李知拿起来，上面赫然写着“1997‘广院之秋’节目报名表”。李知腾一下站起来，对着刘小宇高声问：“这是什么？”刘小宇摘下耳机，看了看李知手里的报名表，淡定地说：“你的节目报名表。”“我什么时候报名了？是每个人都有吗？”刘小宇继续淡定地说：“不是呀，咱班就你一个。”“啊？就我一个？我怎么不知道？谁给我报的名？”李知声音越来越高，满是疑惑。这时，门开了，顺着刘小宇的目光，李知看见了那个梳着两个羊角辫，眼睛滴哩咕噜转的宋小，一刹那，李知一切都明白了。她飞一般冲到门口，宋小更风一般夺门而出。

宋小在前面一路狂奔，李知在后面一路猛追。作为曾经的校3000米长跑冠军，宋小的耐力远远在李知之上，每一次李知想加速追上宋小，都被宋小更远地甩在后面。为了不落下李知太远，宋小故意放慢了脚步。两人跑跑停停，一路上上气不接下气：

“说，谁让你给我报名了？”

“你说的，有什么我替你决定就可以了呀！”

“这么大的事情，你凭什么替我决定？”

“你说的呀，有什么我都可以替你决定！”

“你！你为什么不和我商量？”

“你说的，不用和你商量，我可以替你决定！”

“你！”

李知气得张牙舞爪，无奈一次次被宋小抛在了身后。

后来李知才知道，那天老师让大家选出参加比赛的同学。大家面面相觑，老师征询了一轮意见，没有结果，接着又征询了一轮，还是没有结果。虽说，这些孩子大都在以前学校见过世面，但是一想到要在广院的舞台亮相，接受经过专业训练的师哥师姐的检验，顿时如大寒吃雪糕——凉了心。就这样，教室里一时静悄悄的。过了很久，只听见大家饥肠辘辘之声，宋小更是饿得前心贴后背，她实在不想再等了，就想起李知曾经告诉过她“有什么，你替我决定”。于是，宋小宛如救世主般举手，然后站起，“我推选李知参加这次晚会，李知也同意。”李博意味深长地看了一眼宋小，不等老师反应过来，带头猛鼓掌，然后全班下课，大家各自快乐用餐。

李知望着宋小一路绝尘的样子，决定不追了，宋小跑过来说：“你就别追我了，我高中是我们学校3000米第一名。李知，你也别生气了，广院舞台有帅哥，这次绝对会认识一个你喜欢的！我保证！”宋小说得很真诚，以至于真诚得感动了上帝。

李知生气地看了宋小一眼，没有说话。她不曾想到，正是眼前这个人，牵着自己走向了那期盼已久的爱情。十几天后，在广院舞台上，她开启了自己人生中最美丽的遇见，之后迷迷糊糊跌进了爱情中。但那天无论宋小说什么，李知都不再理她了。

李知为即将来到的表演心神不宁。广院哄台不但历史悠久，且家喻户晓。有着“能在广院的舞台上站10分钟，就能在人民大会堂演出”的说法。想到这些，李知站在水房不禁长吁短叹。

“同学，同学。”李知应声转过头，一个打扮时尚的女孩正朝自己龇牙咧嘴：“你能帮我举一下这裤子吗？我举了十几分钟了，胳膊太酸了。”

李知看到一个女孩蹲在一个水盆前，双手正撑着一条牛仔裤，一只手腕上还有一个文身，牛仔裤一侧浸在水中。

李知怯怯地走过去，看着她身上的文身，有几丝恐惧，在李知眼里，那是街头大姐大的标志。李知学着女孩的姿势，接过牛仔裤，然后迅速被一股浓烈的84消毒水味包围，她问道：“你在做实验？”

那女孩扑哧一笑说：“我做什么实验呀，我在漂白我的牛仔裤。”

说话这人是萱萱，作为艺术专业的学生，萱萱是个典型的广院女生。这意味着：只要摆脱了书本考试的束缚，整个世界就是她的——钢琴8级，同时擅长古筝，偶尔还能拉个二胡；舞蹈，从优雅的交际舞到劲爆的现代舞，都如探囊取物；热爱电影，喜欢摄影，擅长绘画，长得不说貌美如仙，但穿衣有风格、有品位。

她现在正刻苦研究衣着，好让各种衣服配得上自己曼妙的身姿。

“这样行吗？”萱萱一笑，李知放松了一些，她一边举着牛仔裤，一边问。

“没问题，我研究了很久。84消毒水和水按1∶1的比例，漂白十分钟，牛仔裤颜色就会呈淡蓝色，效果最好。”萱萱说得很认真，认真得就像一个科学家对待一场实验。

“举着多累呀，干吗不整条裤子放进盆里？”

萱萱神秘一笑：“只漂白大腿中间这一小部分，这样穿上去，显得人腿瘦。”

李知睁大眼睛：“真的？”

“必须是真的！我上‘广院之秋’舞台，就靠它了！”

李知一听对方也要去“广院之秋”，也顾不上对大姐大的恐惧了，兴奋地说：“你也表演？”接着叹了一口气，“我正为此发愁呢，太紧张了！”

萱萱接过李知手里的牛仔裤说：“多好的事情，我激动得睡不着觉，你紧张什么？这舞台，从灯光到音效、舞美都堪称专业水准，高于很多省台标准，这么好的舞台，很多人求之不得呢！你想，你的青春可以在这样的舞台上挥洒，多幸运！行了，这段时间，跟我在一起，你就不紧张了！”

李知赶紧又接过萱萱手中的裤子，不住地点头。

这边萱萱和李知紧张备战，那边其他人也不闲着，甚至打着“重在搅和”的旗号比参赛人员还忙碌。

男生宿舍里，应急灯闪耀，广院著名“非物质文化遗产”——纸飞机正被新一代传承人发扬光大。从纸张选择，机头与机身配重，到机翼的折叠技巧以及放飞时手部力度无一不精耕细作，以求完美。今年，他们还增设了“试飞员”一职。该人因擅长放飞而著称，李博获得了这个职位，他站在宿舍楼道的一头，一架架放飞飞机，其他人站在楼道两侧，观察自己飞机的飞行表现，然后不断调整改进自己的折纸技艺。经过一段时间的摸索和交流，男生们收获颇丰。他们找来五颜六色的彩纸增加飞机的可视性；他们通过左右机翼轻微的不对称，营造出了飞机盘旋上空的飞行效果；最后经他们不急不缓地抛出，让飞机在空中飞出优美的滑翔线路，并飞得又远又高。刻苦的钻研，让他们成了新一代“纸飞机折叠大师”，真不知道北航的同学看到这一幕做何感想。

与此同时，女生宿舍内是一副“秉灯夜读”的场景。她们正展示自己高超的临摹技艺，对着晚会入场券进行高仿。那个时候，僧多粥少，学校采用配给制，一个班级只能分配几张票，于是晚会票堪比春运的火车票，一票难求。这次210宿舍，就只分到了两张票。还好，刘小宇主动放弃，李知作为表演者不占用名额。现在，宋小、方媛和优优正在为最后一张入场券奋斗着。

“这能行吗？”李知问宋小。

“我也不敢。男生答应我，给他们画五张，就给我们一张真票。他们拿这些高仿进去，我拿那张真票。”

李知叹了一口气，心里更加不安：“进那么多干吗？”

“一年一次，谁都要去的，广院的盛会呀！现在我一个人都不敢单独走核桃林，就怕被劫票，知道吗？”宋小神秘兮兮地说。

李知的心情更紧张了。

宋小临摹出五张票后，迎来了一张真票。后来，她又画了五张，说是耐不过男生哀求，并置换回一次男生打水服务。据说，当时校内一时产生了票务黄牛和黑市。三张高仿换一次占座位，五张高仿换一次打水，明码实价，童叟无欺。而宋小这项从小就被她妈花重金培养的特长，在这里又找到了用武之地。大学四年，“广院之秋”、拍卖会、小吃街、朗诵艺术节，宋小都通过“自力更生”，次次稳坐观众席，成为观众席上的一棵常青藤。

“在这里，你的任何一点特长都不会被辜负和浪费。”李知对萱萱说。

5

“广院之秋”当天，广院的小礼堂成了宇宙的中心。一道道光柱将其映射得金碧辉煌，五光十色，流光溢彩。男女主持人依次上台：女主持身着薄纱长裙，宛如从天而降的仙女；男主持的头发根根用发胶固定，闪着亮光。随着晚会总导演一个眼神，四人默契地迈着一字步，朝舞台中央走去。看到主持人登台，台下忽的躁动起来，他们齐刷刷盯着台上主持人的脚步，高喊：“一，一，一二一，停！”台上的主持人似乎也很配合他们，不但步步踩在这震耳的口号中，而且随着最后一个“停”字，四名主持人竟然全都稳稳站住，台下哄堂大笑，接着是广院独特的开场表演——“纸飞机飞行秀”。宋小、优优和方媛夹杂在这熙攘的队伍中，像是开了眼的“刘姥姥”，一架架纸飞机掠过她们的头顶，朝着主持人呼啸而过。90年代末的电视台，综艺节目仍是扛鼎之作，开场舞也依旧保持着古典主义风格：吉祥、大气、热烈。而广院晚会的开场则是众纸飞机共谱的一曲“自由飞翔”，它们五颜六色，各式各样，彼此盘旋、偶尔拉升，然后击中目标，他们雀跃、欢腾，真正地放飞自我。

李知站在后台，看了一眼台下，全是人。座位上坐满人，过道上坐满人，后排站满了人，还不断有人涌入。据说，趁着昏暗的灯光，男生们故意造成彼此拥挤之势，将揉搓过的“高仿票”夹着一张真票，一股脑塞进保安手里，一群人就挤进了会场。保安大哥也睁一只眼，闭一只眼。一是，确实分不清真假票，假票惟妙惟肖，比真票还真；二是，他们这天也心不在焉，因为还要忙活自己的节目。经过多年的耳濡目染，广院的保安大哥也爱上了舞台，爱上了表演，今天趁此良辰美景，他们也要在这舞台上展现自己的青春与风采。今晚，他们高喊着“我是歌手”！

接下来，演出正式开始。

一位眉目清秀的女孩，站在舞台上，配合歌词，背部对着观众，哀怨地唱道：“别问我是谁。”然后她徐徐转身，慢慢抬头，正当她抬起头准备唱第二句的时候，台下一个男生突然站起来，指着她高喊：“你是王响响！”其他人哄然大笑。接下来，无论台上的女孩唱什么，台下都有节奏地喊着：“王响响，王响响，你是王响响！”一声高过一声。暴露了身份的女孩，就在《别问我是谁》的歌声中，一溜烟跑下了舞台。

一位女孩披着瀑布般的长发，低头掩面，一袭拖地长裙坐于舞台中间，前面一架竖琴。那女孩优雅地举起双手，左右手弹奏琴弦，声音如远古皎洁的月光，烟雾器开始徐徐向舞台中央喷雾，一切都美轮美奂如仙境一般。突然，台下传来一阵阵呜咽声，“倩女幽魂”“小倩”“好恐怖”“我们不要恐怖片”，气氛诡异而惊悚，弹琴的女孩再无兴致，含泪草草收场，台下的男生发出得意的笑声。

接下来，一个男生“喂”了一声，试验了一下话筒，台下一排人齐声嗲嗲地回应：“小丽呀！”那是当年最热门的步步高无绳电话的广告，台上的男孩自己都被逗笑了。

李知明白了，这是一场别开生面的相声大会，舞台下的观众才是真正的主角，台上演员只为激发他们的创作灵感。他们随着台上的表演者即兴展示自己的风趣与幽默。李知彻底绝望了，不被哄台是绝不可能的了。她闭上眼睛努力让自己冷静，两个声音此起彼伏。

一个声音：“现在就开溜吧，避免台上尴尬。”

另一个声音厉声制止：“这是逃兵，是播出事故，万万不可！”

一个声音：“他们哄我，我就从舞台上捂脸跑下来？”

另一个声音："哼，你也太丢脸了，今后四年还怎么在这里待下去？你要坚守住舞台，就像战士坚守阵地一样！"

两个声音吵得李知脑仁疼，她不断地深呼吸，心中痛骂宋小，将自己推向这惊悚的舞台，恨不得立刻除之而后快。不知道是李知的痛骂惊醒了宋小，还是宋小良心发现，当李知无奈地睁开双眼时，眼前竟然站着一个高个子男生，一束舞台光温和地打在他的身上，白色衬衫十分挺括，散发着淡淡的肥皂味道。他看着李知低声说："别担心，他们没有恶意，就是爱闹，我看纸飞机已经扔得差不多了。"说到最后一句话时，那男孩突然笑了，阳光而轻松的笑容那样熟悉，李知觉得好像在哪见过，不禁愣住了，紧张的心情一下没了踪影。很多年后，李知才知道那叫"一见如故"，这个人的音容笑貌早在自己心中预演了很多次，他们之间只差一个遇见。

就这样，这个叫郭书的男生，在李知一闭眼一睁眼间，毫无防备地闯进了李知的世界。从此他们彼此牵挂，缠绕一生，只因为那一刻的笑容太美。

李知仰头看着郭书，高兴地点点头，转身走向舞台。舞台灯光齐刷刷亮起，悠扬的前奏随即响起，台下很安静。可这安静很快又被青春的荷尔蒙掀翻了，李知引吭高歌"校园里大路两旁，有一排年轻的白杨"时，台下男生你看看我，我瞅瞅你，一个默契的坏笑，"3——2——1"，齐刷刷站起来，像足球赛场的球迷般，手拉手举过头顶，摇摆，齐声高喊："校园里大路两旁，有一排年轻的色狼。"

李知悠扬而抒情地唱着："啊，年轻的白杨——"

他们如麦霸般高吼："啊，年轻的色狼——"

李知声情并茂："要珍惜春光，珍惜春光，珍惜春光——"

他们声嘶力竭："珍惜春光，珍惜春光——""春光"两个字被刻意拉得很长很长，高举的手臂摆得更加妖娆妩媚。

接着，齐刷刷的嘘声从四面八方传来。李知站在台上，咬着牙，对着台下喊："你们为什么这样？"

台下的男生以歌言志："只怪夜太黑，没人担心明天会不会后悔，hey夜太黑。"

李知对着台下喊："你们这样，让我怎么唱？"

台下男生齐声高唱："你总是心太软，心太软，把所有问题都自己扛，唱歌总是简单，上台太难，不是你的，就别再勉强，你总是心太软，心太软——"

李知不再说话了，耳边似乎响起雷雷战鼓声。李知与台下的男生迅速以舞台为界，一方是人多势众的哄台男生，另一方是孤胆英雄"穆桂英"；一方是手持纸飞机的"叛军"，另一方是手持大旗的"正义之师"。"穆桂英"咬了咬牙，决定坚守阵地，绝不动摇；另一方也虎视眈眈，决定斗争到底。双方大战一触即发，正在此时，李知看到郭书从舞台一侧，笑着朝自己缓缓走来。李知静静地站在那里，一动不动，看着郭书走近自己，直至走进自己的世界。郭书看着李知，微微一笑，说道："笑一笑，别这么紧张，我说一二三，一起谢幕。"说着拉起李知的手，朝台下鞠躬。画风顿时发生了惊天逆转：紧张的战斗瞬间土崩瓦解，"穆桂英"也瞬间变回了可人温顺的李知。台下"叛军"重新变回一群青春的笑脸，现场一片大笑，几十架纸飞机从四面八方飞来，郭书抬起手，用手挡在李知头上，笑着说："快跑，还有武器！"边说边拉着李知，朝台下跑去。这时，后台的音控同学竟放出了一首范晓萱的《你的甜蜜》，全场一片高唱：

喔，你的甜蜜

打动了我的心

虽然人家说甜蜜甜蜜

只是肤浅的东西

喔，你的甜蜜

是闪烁的星星

是那样的shining shining

吸引我所有的注意……

伴随着歌声，一架架纸飞机源源不断飞来，像一颗颗炸弹，更像一束束礼花，在李知和郭书眼前、头顶绽放开来。

郭书拉着李知的手，小声说："你看到没有，刚刚飞落的是当前世界上最先进的F-22战机，而现在飞到你身上的是我国当下最先进的苏-27战机，它们都在为我们护航。"

李知抬起头，五颜六色的纸飞机继续盘旋着，李知笑着，望着郭书洁白的白衬衫，觉得一切分外的好看。

很多年以来，每当李知想起郭书，她依旧可以清晰地忆起那一幕。她被郭书轻轻拉着，身边是为他们护航的各色战机。而在李知和郭书相处的时光里，李知常常这样被郭书轻轻拉着，拽着，李知就在郭书身后望着他高高的背影，那一直是李知最享受、最惬意的时光。有时，郭书会拉着李知狂跑一阵，有时，郭书会突然停下，然后抱住还来不及停下的李知，李知顺势赖在郭书的怀里，俩人互相看着，不由自主地笑着，笑着，那笑容是李知关于爱情最深切的记忆。那时李知最大的愿望，就是一直被郭书牵着手，一直跟在郭书身后，一直可以静静地望着他。

有人突然出现在生命中，带着迷人的魅力，四射的光彩，惊艳了岁月，然后，就不曾离去。

那天，保安代表队上台演唱了《心太软》，萱萱表演了她的劲舞，那天，这里就是宇宙的中心。

6

“广院之秋”落下帷幕，喧嚣的广院又恢复到以往的平静。但是，很多人的生活已因它发生了变化，或明显，或悄然。

校广播站放着范晓萱的《你的甜蜜》：“喔你的甜蜜，打动了我的心，喔你的眼睛，是闪烁的星星，是那样的shining shining……”宿舍里，宋小正兴致勃勃地讲述着那天“哄台”的经历：“那天台上的女孩唱歌，我们前后两排突然站起来，然后一起手拉手举过头顶，大喊‘倩女幽魂’，我不站起来都不行……”看着宋小兴奋的样子，李知也莫名高兴。郭书阳光般的笑容，洁白的衬衫，轻轻地牵手，总猝不及防闪现在李知的头脑中。郭书什么专业？为什么自己以前在校园里从来没有遇到过他？那天，他为什么要帮自己？现在他还记得自己吗？自己哪天能再见到他？

李知望着碧空如洗的蓝天，畅想着。

这甜蜜的歌曲也飘进了男生宿舍，但他们现在正忙得不亦乐乎，围在桌前“打牌”。这几天，学生证陆续发放，男生将它们统统带到了宿舍。除了通过学生证再了解一遍女生的姓名籍贯外，他们还对着一张张一寸黑白照片，反复斟酌对比各个女生的“尺短寸长”。

“李知眼睛好看。”一个男生说。

“优优有种忧郁的美感。”另一个男生说。

于是，他们用女生的学生证，展开了一次声势浩大的“斗地主”活动。发牌人将红色学生证平均分成四份，参赛选手采取“盲选”的方式各自认领。郭书领了一摞，李博左挑右选也领了一摞。

李博说：“这次牌不好，先来个‘宋小’。”

旁边男生甲：“刘小宇！”

李博露出不可思议的表情：“‘刘小宇’？刘小宇怎么能管‘宋小’？”

旁边男生甲：“怎么管不上了？我就觉得行！”

李博反驳道：“当然管不上了。虽然都不算什么大美女，但是宋小起码可爱，整天笑嘻嘻的，刘小宇一副小学女老师模样，多吓人呀！”

旁边男生甲：“怎么吓人了，我就觉得好，我就喜欢这高冷范儿！”

李博拿起刘小宇学生证往旁边男生手里塞：“不行哈，这不算！不信，你问问大家。”

旁边男生看看四周几个男生，几个男生一片漠然，男生甲不甘心地跑到楼道里，大喊：“哥们儿，‘刘小宇’能不能压过‘宋小’？”

许久，楼道深处传来一个声音：“都不难看！”

李博的一口水差点呛着自己。

其他男生一拍大腿：“不难看，都不难看，那我们就放心了！哈哈哈。”

郭书得意扬扬地握着手里的王牌，那是李知的学生证。前几天，作为“广院之秋”晚会服务人员，郭书忙得一整天没吃东西。正打算到后台吃个饼干喝口水，却看见一个女孩一会儿紧张地闭眼睛，一会儿口中念念有词，郭书突然想起了武侠小说里的“掐诀念咒”，觉得很好笑，不由走上前。原本只想照惯例安慰一下紧张的选手，没有想到当李知睁开眼睛的瞬间，郭书竟不由有些惊讶：明亮的眼睛，忽闪的睫毛，靓丽间带着几分俏皮，竟有几分王祖贤的模样。很多年后，郭书回忆起第一次见李知，就是李知睁眼那一瞬间。

郭书顿了顿，喊道：“我出牌了，王牌，李知！”

几个男生面面相觑：“挺漂亮，也挺可爱的，好吧！这次算你赢！”

210宿舍内，宋小、刘小宇和李知此起彼伏地打着喷嚏。不难看的刘小宇和不难看的宋小两人还一边打着喷嚏，一边吵嘴，南方代表队和北方代表队因为开窗问题展开了又一次争执。

刘小宇一边关窗一边抱怨：“宋小，现在天气越来越冷了，你能不能出门上课的时候不要开窗。你看你自己都在打喷嚏。”

宋小嘟着嘴：“换换新鲜空气多好，你怎么整天要关窗？”

刘小宇：“你见过大冷天整天开窗户的吗？”

宋小：“可是我们那儿就这样。”

刘小宇：“你们那儿是南方！我们现在是在北方！”

宋小哼了一声，不再说话。

过了一会儿，刘小宇去洗手间，宋小又执拗地把窗户打开了。

男生宿舍，比赛仍如火如荼地进行着。这次不是分牌，而是四人抓牌。从抓起第一张牌起，李博的脸上就露出诡异而兴奋的笑容：“咱们这把赌点什么吧！我这牌简直太好了！真是，此牌只应天上有！”

一旁的男生甲是北京人，这次显得更加不耐烦：“你丫，打个牌话怎么这么多！”

李博摇头晃脑：“等会儿有你们好看！”

男生甲：“你丫，有完没完，该你出牌了！”

那个时候，外地学生来北京，第一个熟悉的词就是“你丫”，但是没有几个外地学生知道它的意思，反倒觉得押韵、好听、有气势，于是就入乡随俗了。

经常能听到一个北京男生和一个外地男生这样吵架：

北京男生：“你丫，我抽你！”

外地男生咬牙切齿地回答："我丫，还真不怕你！"

在众目睽睽之下，李博高高举起手里的牌，朝着桌子狠狠甩去，高喊："210五朵金花，一条龙！我丫，王炸！"

几个男生将脑袋挤在一起，看着桌子上的"李知、优优、宋小、方媛、刘小宇"，绝望地扔掉手里的"牌"，白旗招展，作鸟散兽。

这次，整个210宿舍五人喷嚏连天，惊天动地。

刘小宇："你怎么又把窗户打开了，你看没看见，大家都在不断打喷嚏。"

李知一边打喷嚏一边说："今天我们宿舍真奇怪了！"

刘小宇边关窗户边说："被凉风吹的！"

宋小嘟着嘴："知道了行了吧，说这么多！"说完做了一个大大的鬼脸。

那个时候，刘小宇和宋小似乎总爱吵嘴，一个从未赢过，另一个赢了还是一副臭脸。

第二天，210宿舍桌子上摆着5份学生证。每一个拿到的人都不可思议地翻来倒去看几遍："奇怪，怎么一副快要散架的样子？"

不难看的宋小继续帮李知搜索男朋友，李知已再无兴趣。因为"广院之秋"的事情，宋小见李知总有几分气短，现在见李知对"男朋友"毫无兴致，宋小也没有了继续为李知张罗的热情。

但，这并没有影响到宋小自己的"人生大计"，她开始心安理得、明目张胆地为自己寻找"男朋友"，再也不用考虑床位排号。宋小频频出现在各种人口密集的公开场合，例如早晨的操场，中午的大食堂，晚上的图书馆，哪儿人多往哪儿扎，据说这样可以提高遇见帅哥的"概率"。

宋小拉着李知齐齐出现在这些场所，宋小举目张望之时，李知却在扑面的人群中寻找郭书的身影。操场上，教室里，图书馆里。她对郭书很好奇。他读哪个专业？哪里人？他对自己什么印象？还有，他有女朋友吗？但是，几个月下来，宋小和李知都一无所获。郭书，在李知的生活中突然出现，又立刻消失得不见踪影。李知望着天花板的时候，宿舍里弥漫着宋小长吁短叹的哀叫与失落。宋小想通过各种展示舞台，引起男生主动追求她的这个设想基本落空。宋小为此伤心了好几天，一连几天躲在宿舍帘子后面不见人。而李知，同样也很失落。

秋雨下了起来，淅淅沥沥下个不停，天气变凉了。李知坐在宿舍窗边，看雨滴一滴一滴打在树叶上，然后滑落，最后激起一朵小小的水花。李知想，也许自己再也遇不到郭书了，也许自己和郭书的缘分就是那一晚。天色阴冷，李知的心情犹如天色。

虽然一直没有见到郭书，李知与萱萱友谊的小船却开始扬帆起航。据说，有一次，一个小偷不长眼地偷了萱萱的包，她赤手斗小偷，硬是将包夺了回来。那是江湖传闻，但大姐大的风采，李知很快就亲眼见到了。一次，李知买水果，被小贩刁难。李知不让步，小贩更是不示弱地瞪起了眼睛。正在这紧要关头，萱萱突然出现，她站在李知身前，挡住李知，指着小贩大叫："你再敢不讲理试试！"然后撸起了袖子，文身在阳光下熠熠生辉，让小商贩的大金链子都黯然失色。小商贩顿时偃旗息鼓，萱萱拉着李知就走，走出五步，突然转头问李知："刚才你俩为什么吵？"李知眨着眼睛，刚想说什么，萱萱一摆手："算了，不用说了，反正是你的事情，我不能不管。"

那个时候，李知觉得认识一个大姐大真好。

每个周日晚上，210宿舍都会因为优优的回来而热闹一番。优优总是从家里带些好吃的，然后放在桌子上。优优虽然什么也没说，但大家都知道，这是优优带给大家的。宋小总是第一个不客气地打开一口袋东西，变魔术似的从里面掏出苹果、香蕉还有一大包零食。

宋小指着那一大包零食，以难以置信的口气问道："优优，这，这些零食也是给我们的？"

优优一边收拾床铺，一边点点头。

宋小拿起一包旺旺雪饼："可是，这些挺贵的吧？"

宋小说的没错，这一大包零食有旺旺雪饼、奥利奥饼干、话梅、巧克力、牛肉干，还有几包开心果。

优优："没事，没多少钱，吃吧！"

宋小平生第一次知道什么是"不好意思"，她摇摇头："算了，这些很贵的。我还是不吃了。"

优优走到桌前，将雪饼塞到宋小手里："吃吧，我家远房亲戚开小卖部，这些都是运输中压碎了的，十元钱能买一大包。"

"哦！是吗？"宋小这下安心了，放下优优塞给她的雪饼，冲着最贵的几包开心果抓了过去。

李知打了一下宋小伸出的手，哼了一声："吃嘛嘛不剩！"边说边捡起刚才宋小扔下的雪饼，方媛识趣地只拿了一块奥利奥饼干。

李知边吃边走到优优床前，指着墙上的花美男照片，问优优："这是谁？"优优小声回答："王力宏。"1997年，"王力宏"三个字还只是人名，而不是名人。李知仔细端详照片中这个叫王力宏的男生，刚刚20岁的模样，高鼻深目，英俊帅气，李知"哦"了一声，继续盯着照片，羡慕地问："这是你男朋友？"优优的脸唰的一下红了，忙摇头："哦，不是，不是的，他是一个歌手，是我偶像。"

李知视线从照片转向优优，惊讶地问："你偶像？可是我怎么不知道他？"优优点点头："他是美籍，出道不久，出的专辑大陆还没有发行，所以知道的人不多！"李知不解地看了看照片："出的专辑大陆没有，你为什么喜欢他？是不是因为他很帅气？"

优优刚想说什么。宋小跑了过来，手里抓着一把开心果，十分开心，说道："优优，你以后是每周都拿这样的零食吗？"

优优点了点头。宋小"哇"的一声，抱住了优优："优优，你真大方，你真好！"李知无奈地看着宋小，顿时没有了说话的欲望。

同样没有说话欲望的还有刘小宇，她全程对桌上的零食视而不见，无动于衷，一直戴着自己的大耳机。宋小叫了她几声，她一声也没有回应。

可那之后没几天，刘小宇就罕见地主动找到了优优。在210宿舍，刘小宇和谁都不算熟络，所以，优优不免有些惊讶。

刘小宇也有些不好意思，略显紧张。她问优优，能否也帮自己买一包压碎的零食。

优优不解地问："桌上有，为什么还要买？"

刘小宇摇摇头："我是买给我姥姥的，她快过生日了！"

优优一愣，低头看见刘小宇脚上旧旧的旅游鞋，随即点点头。

刘小宇看到优优答应了，舒了一口气，将紧攥在手里的10元钱递给了优优。

优优摇摇头："不用了，小宇，其实——"

刘小宇很坚决地看着优优："这是我给姥姥的礼物。"后面的话刘小宇没有说出口，这些零食姥姥一辈子没见过，更没吃过，这是她的心意。

在家里，刘小宇和不识字的姥姥关系最好。自己的家庭一直很贫穷，每当有人提议让刘小宇辍学，打工补贴家用的时候，姥姥总是坚决反对。她总是告诉刘小宇："困难就是这天上的云，你看，一会儿，风一吹准保就散了。但墨水是放你自己肚子里的，谁也抢不走！只有有本事，才能过比姥姥更好的生活。"

就这样，刘小宇成了她们村中为数不多念书念到大学的女孩子，这一切都是因为姥姥的坚持。所以，来到北京，每当看到好吃的，刘小宇第一个想到的就是姥姥。

优优并不知道这些，但她看得出，刘小宇是鼓足了所有勇气才和自己开的口。她点了点头，收下了那还有余温的10元钱。

几天后，优优拿了一包零食悄悄给了刘小宇。只是这包零食没有一个是压碎的，而且是满满一大包，大得出奇。

而后，刘小宇拎着这包零食去了邮局，不舍得买包装盒，她就用自己一个鞋盒子将这些零食装了起来。虽然姥姥不认字，刘小宇还是在鞋盒子的里侧，一笔一画写下了对姥姥生日的祝福："姥姥，生日快乐！我读书很顺利，您要好好的，注意身体，过几年，我就毕业赚钱了，到时候天天给您买这种好吃的零食！"

之后几年，每逢姥姥过生日，刘小宇都会向优优买这样的零食，而优优也每次都"收钱办事"，两人谁也不多说，谁也不多问，谁也不推托，谁也不拒绝，保持着高度默契。直到很久以后，李知才知道这个事情。李知不知道刘小宇清不清楚那一大包零食真正的价格，既然那是优优和刘小宇的默契与约定，李知便从不过问。只是20年来，每次看望优优，刘小宇都带着一大包零食，当下流行的各种新品零食全部包含，从未间断。

那包零食，曾经是刘小宇对姥姥的爱，是优优对刘小宇的友谊，后来，是刘小宇对优优的思念。

宋小希望通过偶遇认识“男朋友”的计策宣告失败后，她“一计不成，又生一计”。恰逢此时，学生会招新，红底黑字的招聘启事仿佛一张皇榜，宋小睁大眼睛站在“皇榜”下，仿佛闻到了一丝机会的味道。宋小回到宿舍，躲在自己的床帘后很久，然后猛地在床上拉开帘子，一道红光在空中闪现，宋小高声宣布：“我不能再坐以待毙，我要主动出击。机会是给有准备的人的！我要通过采访认识更多的人！”

宋小奋勇报名做“新闻组”记者，专门采集学校里发生的各类新闻事件。萱萱也报了名。三天后，两人均收到校广播站的录用通知，两人都甚觉满意。

李知对学校广播站很好奇，自己的两个好朋友纷纷成了广播站的记者，李知觉得自己也不用拿广播站当“外人”了，决定一探校广播站之究竟，宋小、萱萱拍着胸脯说，没问题。三人“说时迟那时快”，奔着校广播站绝尘而去。

广院的广播台设在一间只有几平方米大小的小平房内，然而里面的播音间、制作间、编辑间却可以和当时的专业电台相媲美。李知摸摸录音设备，又在话筒前煞有介事地播了一段新闻，然后就在不大的广播站内四处张望。回眸间，“郭书”两个字毫无防备地闯入了李知的眼帘。李知的心猛地一颤，屏住呼吸看过去：郭书　播音系　7号楼301宿舍。

李知在这几个字前站了很久，一个月以来，李知总希望能再见到郭书，却总是未果。而今天，她终于在这茫茫人海中找到了郭书的一丝踪迹，一缕线索。一条线又将他们重新连在了一起，李知感到他们从此以后再也不是宇宙中毫不相关的两个点。空气中都尽是郭书身上肥皂水的味道，李知大大地吸了一口气。不必遇见，郭书的一丝消息都让李知开心不已，李知走出校广播台，伸出手抓住了一缕阳光。

自从得到了郭书的消息，李知的心情一直很明媚，一切都像一出偶像剧般甜蜜，但萱萱的出现，却直接将这部偶像剧导演成一场轻喜剧。

这天，萱萱罕见地陪李知一起上自习，学了不久，萱萱就要中途出去“换换脑子”。等两人回来的时候，李知发现自己书本下压着一封信。萱萱一把抓过信封，展开信纸，上面赫然写着——“你是那娇艳的玫瑰，你是那盛开的玫瑰，你是我心中唯一的玫瑰。只是内心徘徊：玫瑰有刺，可摘否？”萱萱一边读，一边摇头晃脑，声情并茂。

“萱萱，你别念了行不行呀？我浑身发冷！”

“这是谁写的？”

“不知道，回来就发现了这张纸条。”

“这写得也太差了吧！”

“怎么啦？”李知不以为然地反问萱萱。

“什么叫玫瑰有刺，可摘否？当然否呀！他凭什么乱采花呀？他是谁呀，也不留电话和姓名。怎么也要留一张照片吧，看看长什么样子，要不怎么知道让不让他摘呀！缺心眼呀！”

萱萱越说越兴奋：“李知，我猜那个男生就在附近，说不定他现在正看着我们呢。这样，你等会儿假装在纸条上写东西，然后我们出去，我们不走远，就在门口看着，等会儿他一来，我们就可以看看他长什么样子了，你说好不好？”

李知哭笑不得地看着萱萱，忍住不笑：“出去呼吸了一下新鲜空气，果真头脑灵活了很多！”

“就这样定了，这样还有一个好处，可以知道他是什么人。如果是帅哥呢——”萱萱重重地咽了一下口水，两眼冒出几朵粉色桃花，“咱们就赶快现身，和他相认，咱也别错过认识帅哥的机会，毕竟机会难得。如果是一只恐龙——”说着，萱萱张大嘴，学着恐龙的样子，“如果是只恐龙，趁他不注意，咱就拿着书包赶快溜，你不说我不说，今晚就当什么也没有发生过。”萱萱为自己的这番分析洋洋得意，全程配合着各种手势，“这简直是天衣无缝的计划。”说着她把笔递给李知，“你就写，当你看到这张纸条时，我正看着你。”

李知摇摇头：“算了！萱萱！”

萱萱不肯罢休：“别呀，你不写，我帮你写！”

就在萱萱准备实施自己这一宏伟计划时，坐在她们前面的男生突然回过头，红着脸，瞪了一眼萱萱，接着温柔且无奈地看了一眼李知，一把猛拽过萱萱手中的信纸，“这又不是写给你的，你起什么劲儿！”

说完，“砰”的一声站起来，凳子轰的一声折起，直震得后座的李知和萱萱几个颤了几颤。李知瞅着萱萱，“大姐大”也被这突如其来的阵势整懵了，两人半天没有说话。

许久，萱萱和李知终于从惊悚中回过神来。萱萱愣愣地看着李知：“我猜那人就离我们不远，我猜对了吧。但是万万没想到，这人就在眼前呀！”

“你干吗呢！一看就是老实人，再说我还没有男朋友呢！”

“离得这么近，写什么纸条呀！”萱萱一边说，一边摇头，“长得不帅啊，要不要这么刚烈呀！”

“人家怎么就不能有脾气了，被你这么一说！”

“这你就不懂了吧。”萱萱又来了精神，恢复了大姐大神采，“女生吧，只有漂亮，你才可以野蛮，这叫野蛮女友；男生呢，只有帅，才可以高冷、耍酷，这叫个性。否则，都是丑人多作怪！”

萱萱说完，和李知一起趴在书桌上，两人笑得直不起身来。

“我不管，你扼杀了我的初恋，以后我还要自己打水！”李知装作不满地对萱萱抱怨。

“没事，我给你打水，你初恋包在我身上了！”萱萱拍着胸脯说，李知摇摇头：“你先解决自己的事情再说吧！”

“也是，我现在是自顾不暇！你还是自力更生吧！”

落叶一层层飘落，直到最后一片被无情吹落，1997年的冬天正式来临了。白天越来越短，210宿舍几个女生蜗居宿舍的日子越来越长，桌上的《北京青年报》也被这些女生颠来倒去传阅着，最后连中缝的征婚和寻人启事都不放过。

可是这样颠来倒去，优优也没有找到自己偶像的消息。在那个四大天王称霸歌坛江湖的日子里，王力宏还难进各路编辑的“法眼”。

“你干吗非要喜欢他，唱的歌我都没有怎么听过。”宋小一边摆弄她的头发一边问优优。

优优目光深邃地摇摇头：“他音域宽广，声色干净，以后一定是巨星。”

“真的吗？真的吗，优优？”宋小放下手里的头发，瞪大眼睛问优优。

李知瞅了一眼宋小：“宋小同学，你知道吗，每年投身音乐圈有这样音域和这样干净的声音的人，少说也有成千上万，不信，你就去北京音乐学院走一圈，这样条件的沿路可见，凭什么说他就能火？”

优优努努嘴：“他不一样。”

李知摇摇头：“他哪不一样了，你那是盲目崇拜！”

宋小也附和优优：“我觉得他就是不一样，人家毕业学校可是美国什么大学来着？”宋小一直记不清名字，回头问优优。

优优：“威廉姆斯学院。”

宋小：“对对对，就是这个学校。”

“优优，这是什么学校？”李知也回头问优优。那个时候，李知对于美国大学的认识只限于哈佛和耶鲁。

优优：“美国乃至世界顶级的文理学院，美国最有名的贵族学院。”

李知看看优优，觉得这个女孩知道的东西比自己多很多。

宋小终于梳好她的头发，说道：“你知道他多努力。上次优优给我看了一个报道，说他小时候学习拉小提琴，一次6个小时呢！”

李知：“哦？是吗？这么努力？那说不定他以后真的能成为一代巨星！”

这回优优满意地笑了。她的偶像又英俊，又努力，是个有着远大前程的好青年。

那几天，方媛一直也很快乐。自己的20岁生日来到了，她收到了远方男朋友一整罐的幸运星。按照红黄粉蓝紫的颜色，这些幸运星被整整齐齐自上而下分列五层，可见其用心。现在210宿舍的女生正“聚众围观”。宋小一边嚷着“让我也幸运一下”，一边夺过方媛手中的幸运星，看了看，又递给优优，优优又递给了李知，李知这才将这罐幸运星重新归还方媛。宋小嘟着嘴：“方媛，宿舍里，我最羡慕你！”

现在，一有时间，方媛就举着这罐“幸运星”，将它朝着太阳，看它们在阳光中熠熠生辉，方媛脸上挂着满足的笑容。方媛和男朋友在高中时代就是学校公认的“金童玉女”。男朋友高高帅帅，更主要的是对方媛特别体贴。别的男朋友常把女朋友弄哭，方媛男朋友却从来没有。每天接送方媛上下学，风雨无阻，而且见到方媛第一眼，就一把拿过方媛的书包。一年四季嘘寒问暖，冬天怕冷着，夏天怕热着，春天怕上火，秋天怕感冒。因此，方媛的男朋友深得女生芳心，但他从不动心，只对方媛一人好，方媛常常感觉自己捡到宝，有世界第一好的男朋友。来到大学后，方媛偷偷将自己男朋友和各种男生比较了一下：论身高，185的身高不输任何人；论长相，自己男朋友棱角分明，即使在艺术院校中也不逊色多少；论体贴，方媛看了看自己收到的一整瓶幸运星——这可不是一般男朋友能有的耐心和用心，再看看自己同宿舍的女生为爱情绞尽脑汁，费尽心思的样子，方媛就更觉自己幸运。

校广播站的工作，让宋小第一次体会到什么是“无冕之王”。她可以以校广播站记者的身份深入学校生活的各个角落，她可以名正言顺出入各种活动，然后仔细观察里面的各路人马。不久后，宋小终于在帅哥如云的广院选中了自己的意中人，但是这并没有让宋小高兴起来，反倒徒增了不少烦恼，因为，她的意中人一下子来了两个。

宋小学着征婚启事，将两个意中人“刚”和“冰”的硬件条件，横铺在宿舍的公用桌上，让210宿舍女生轮番观察以及评论。宋小一脸迷茫地看着桌上的“两个男生”，难以取舍。

刘小宇看了一眼素描图，又看了一眼宋小，哼了一声。

宋小皱着眉头，疑惑地看着刘小宇：“小宇，你哼一声什么意思。”

刘小宇：“没有什么意思，就是哼一声”。

宋小也不满地哼了一声。

李知走到桌前，对着两个男生左看看，右看看：“宋小，你这分类都是什么呀？”

宋小委屈地嘟囔：“怎么了，我就是按照性别、爱好、身高、学历、家世分类的呀！”

李知指着那些纸条说：“性别都是男，爱好都是运动，身高一个180，一个181，学历都本科，而且都是广院，职业都是暂无。这怎么能看出区别呀？”

宋小不示弱地回答：“可我看报纸上征婚启事都是这样分类的！”

李知瞅了宋小一眼：“哎，那我就帮不上你了。”

宋小有些不高兴，一下子收起桌子上两个候选人的介绍，扔到自己床上，拉上帘子仔细分析、对比、斟酌。她就这样对着两个男生的条件看了一下午，也没有分出个“子丑寅卯”，最后还是优优灵光一现，解决了大问题。

“宋小，你不如就点兵点将决定吧，这多快，还省事！”

宋小“哗”地一下拉开床帘，一道红光闪现，宋小从床上一跃而下，抱着优优转了两圈。“优优，还是你有主意，有方法，还是你最愿意帮我！”接下来，在一片“点兵点将，骑马打仗，有钱喝酒，没钱滚蛋”声中，那个叫“冰”的男孩滚蛋了，没留给他一丝申辩的机会，难道这就是传说中的“缘分”，或者说是“命运”？

从那以后，这个叫作“刚”的男生不但走进了宋小的生活中，还走进了整个210宿舍的生活中。“刚”一跃成为整个210宿舍全体女生最了解的男生。优优可能不知道自己的偶像最近在忙什么，方媛可能不知道自己的男朋友今天穿了什么衣服，李知也可能不知道自己挂念的郭书现在到底在哪，但是她们都不可能不知道“刚”在哪，不可能不知道“刚”穿的衣服，甚至不可能不知道“刚”的喜好。

宋小每天都会站在宿舍中央，高声宣布：“今天‘刚’穿了一件粉色衬衣，特别帅！”“今天‘刚’穿了一件黑色羽绒服，特别帅！”“今天‘刚’穿了一件蓝色大衣，特别帅！”后来，只要宋小开口：“‘刚’今天穿了一件——”不等她说完，210宿舍几个人就异口同声：“特别帅！”以至于有一天，宋小不再关注这个“特别帅”的“刚”的时候，整个宿舍仿佛都少了点什么。从那时起，“刚”就成了210宿舍的一部分。

当然，这一切并不能满足宋小对爱情的需要，她要的不是一个远远观望的偶像，而是一个可以不断靠近，不断靠近的男朋友。因此她了解了“刚”每日的课程和每天的行程，制造出一次次课堂、餐厅、操场、自习室的“擦肩而过”，一次次自认为的“美丽邂逅”，一次次“不经意的四目相触”，一次次“心照不宣的浅笑”，接下来男女主人公就要相识相知了，宋小啃着在食堂买的玉米，偷偷和李知说：“电视里不都是这样的吗？”

“应该是吧，可是我也没谈过恋爱。”李知也啃着一截玉米回答宋小。

宿舍里，宋小最喜欢优优和李知，起码这两个小伙伴不会直接怼她，只是，这两个小伙伴也都没有恋爱经验，宋小对此深表遗憾。

7

有人说，婚姻是围城，里面的人想出来，外面的人想进去。其实，大学也是。毕业的人，想回学校读书，而在校学生却梦想着到社会上一显身手，那个时候，有机会在外面实习的人都会被同学认为“有本事”。

一个“有本事”的师哥在一家新闻通讯社实习，也叫上了李知。自从上次“广院之秋”晚会后，李知就成了学校的“小名人”。能刚进校门就有机会去专业新闻媒体实习，李知也顿时成了别人眼中“有本事”的人，李知为此有些小得意。

实习生活很顺利，最值得炫耀的是，作为时政部实习记者，李知去过外交部新闻发布会现场，李知近距离聆听过外交部新闻发言人回答中外记者提问，甚至还贸然地举手向发言人提过问。李知觉得记者是天底下最好的工作，因为这份工作总是和这个世界的大事件紧密相连，这份工作总让自己有机会参与到世界的大事件中。自己是“时代的记录者，历史的见证者”，那种澎湃的心情与自豪感以及由此而生的责任感，都让李知深深爱上记者这个职业，从未改变。

那个时候，李知天真地以为那就是工作的全部，直到一件意想不到的事情发生。

一天傍晚，临近下班，室外温度降至零下。窗外是呼啸的北风声，屋内李知的肚子咕咕乱叫，两种声音交织混合在一起，高高低低，李知盘算着回到宿舍先吃一碗热腾腾的方便面，然后就一头钻进暖和的被窝，抱着睡枕美美大睡一觉。

正在这时，一位姓苏的领导环顾了一圈办公室，最后将目光落到李知身上，并递给李知一个地址："小李，去采访，回来写篇报道。"李知高兴地答应了，心里盘算着自己再次成了"历史的见证者"，骄傲之情油然而生，以至于觉得自己的饥饿在时代的大事件面前，已经无足重轻，不值一提。

李知随即一头扎进又冷又黑的夜色中，摸索着从北京的城东跑到了城西，中间换了三次公交车，险些迟到。其实，那天不是李知想象的新闻大事件，只是一个小小的文化活动，举办方早已将新闻稿件写好塞进了媒体包中。现场很多人开始应酬聊天，李知仍在一遍遍地寻找新闻事件，感受新闻价值，一顿折腾后，晚上10点钟，李知终于返回新闻社。双脚失去了知觉，身体冻僵了，李知感觉自己整个人都被冰封了起来，但心里却莫名的兴奋。李知觉得这才有记者的感觉——几分孤胆英雄的豪情，夹杂着几分铤而走险的味道。她字斟句酌地将新闻稿写完，想着它将被发表，十分激动。她一路跑向编辑室，在门口，却被一名老记者拦住。

"怎么这么高兴，小李？"

"宋老师，如果能顺利发表，这将是我的第一篇新闻稿件！值得高兴吧？"

"哦，是吗？小李，那确实值得高兴。不过，今晚发稿量多，这是你的第一篇稿子，为了确保能发出，还是明天再送稿吧。"

李知一愣，感激地看着老记者，不住点头。对这个认真工作的小记者，编辑部上上下下都非常照顾。

第二天一早，李知手握着自己的新闻稿，急急忙忙往编辑室跑，不知道是兴奋，还是昨晚伤了风，李知头脑热腾腾的，面颊也热乎乎的，直到被一盆冷水浇了个透心凉。苏主任的咆哮声响彻整个办公室："李知，你昨天为什么没有发稿？你知道那个活动有多重要吗？让你去就是为了锻炼你，我本来就不想让你去。"李知愣住了，整个办公室鸦雀无声，刻薄的语言像一把把冰刀投向李知。李知手无寸铁，而他箭无虚发。李知放慢脚步，拿着稿子一步步挪到发稿部，发稿的老编辑轻声说："这稿件，发与不发，昨晚发或者今天发，效果是一样的，别在意。"李知感激地"嗯"了一声，头却始终仰着，不让眼泪流下来，然后径直走出了办公室。

北京的冬天格外萧瑟，天阴沉着脸，北风恣意地呼呼刮着，树杈上一片叶子也没有，却无所谓地挺立着。

李知觉得格外委屈，尽管身边的同事纷纷投来同情的目光，但领导的每句话仍深深扎在李知的心上。李知踉跄着跑进一家咖啡厅，在最僻静的角落坐下，鼻子发酸，眼泪禁不住涌上眼眶。李知望着窗外，车来车往，满眼都是陌生人。

她继续看着窗外，偶尔擦去流下来的一滴眼泪，李知隐约感到一个人端着一盘东西悄然坐在自己桌子的对面。李知依旧将脸侧向窗外，轻轻昂着头，不想让别人看见自己的无助与尴尬。“别伤心了，都伤心了快一个小时了，吃点东西，不知道你喜不喜欢这道扬州炒饭？”声音暖暖的，温柔而有力量，仿佛冬日里最明媚的阳光，李知觉得这声音很熟悉，她轻轻转过头，阳光照在他身上，闪闪发光，李知突然看不清他是谁，只觉得浅浅的笑容，温暖地看过来，正如那次在广院舞台上。过了很久很久，李知才认出他——郭书。

李知看着郭书，半天没有说话，眼泪却唰地一下流了出来。

郭书吓了一跳，忙不住安慰：“李知，你怎么了？”郭书一边问，一边觉得心被揪得生疼。

李知都不知道自己怎么了，是因为受了委屈，还是因为等了这么久，又重新遇到郭书?

李知抿着嘴，说不出一句话。

郭书也不说话，静静地看着李知。

过了不久，郭书轻声说：“李知，别哭了，我们出去走走，我今天心情也有些糟糕。”

李知这才重新看了看郭书，明媚的脸上有几分失落。李知立刻不哭了，她忘记了自己的伤心，她现在最关心郭书到底怎么了。

从咖啡厅出来，两人慢慢走在街上，都有些沉默。

“你为什么也不开心？”李知小声问。

郭书顿了顿：“我刚刚和女朋友分手了。”

李知低下了头，小声说：“你很喜欢她？”

郭书想了想:“应该是。”

李知心里一阵难过与失落，觉得眼前的郭书突然很遥远。过了很久，才小声说:“那你要不要把她找回来?”

郭书叹了口气:“我一直犹豫，刚才看到你哭的时候，释然了很多。她一个人在国外，会委屈，会想家，她应该找一个能在身边陪伴她的男朋友。”

郭书说完，苦涩地笑了一下。李知心里一揪:“原来他这么爱自己的女朋友，连分手都是替对方着想。”

郭书看出李知更加失落，忙问:“你刚才那么伤心，到底怎么回事?”

两个失落的人，在寒冷的冬天遇见。他们急切地需要温暖，又急切地想要温暖对方。

李知将事情简单讲述了一遍。

郭书几分心疼地看着李知:“很委屈是吗?我觉得你没错，社会是不是挺复杂的?”

李知点点头:“好像那是成年人的世界。现在想想我们学校的老师，个个也是成年人，对我们真的太好了!”

郭书也点点头:“你现在好些了没有?”

李知叹了口气:“我好了!”然后明媚一笑，这一笑仿佛冬日里最温暖的阳光，顿时照亮了两个人。郭书也笑了起来。他突然发现李知对自己有一种说不出的魔力，她的一颦一笑都能深深牵动自己的心。

不知不觉，天色暗淡下来。华灯初上，淡黄色的光照耀下来，将郭书和李知笼罩其中。李知看着郭书，心里有说不出的滋味。自己很庆幸又遇到他。但他那么伤心，一定很爱自己的女朋友。他女朋友什么样子?他那么爱她，她怎么舍得和他这样一个男生分手?李知第一次觉得自己很羡慕一个人，羡慕那个人能得到郭书的爱。

回到宿舍的时候，天已经完全黑了，李知一头倒在宿舍的床上，觉得自己飘飘忽忽，然后就迷迷糊糊地睡着了。

再次醒来的时候，李知发现自己浑身发冷，头脑发热。宋小关切地给李知测体温，优优忙着倒水。李知却一个人静静地躺在床上，她终于又遇到郭书了，他却有一个至爱的女朋友。

随着一股寒流，1997年的冬天以及1997年就这样过去了。那一年，李知和她的同学们来到了北京；那一年，她们考上了心仪的大学，那一年，她们认识了对方。那一年，真的太不同，深深地影响了大家今后的人生。

“1997年过去了，我很怀念她。”李知坐在电影院里，看着屏幕上，听到葛优缓缓地说。

8

“打开心灵剥去春的羞色，舞步飞旋踏破冬的沉默。融融的暖意带着深情的问候，绵绵细雨沐浴那昨天昨天，昨天激动的时刻，你用温暖的目光迎接我，迎接我从昨天带来的欢乐……”当这首《相约一九九八》不断回旋在祖国的大街小巷，回旋在学校的宿舍食堂的时候，1998年的春天来到了。

210宿舍的春天，是从优优开学第一天将一本1998年台历郑重放在宿舍桌子上开始的，她隆重宣布：“从现在开始，我们要记录历史！”这个习惯被210宿舍保留了三年半，而宋小的春天是从一堂新闻采访课开始的。

新闻采访课上，老师认真讲解着：“1967年，哈佛大学的心理学教授Stanley 做过一次连锁信实验，简单地说，你和任何一个陌生人之间所间隔的人不会超过六个，也就是说，最多通过六个人你就能够认识任何一个陌生人。这就是六度分隔理论。六度分隔理论用在我们采访上，就是说，你可以通过多种手段和方式，最终联系到你的采访对象，无论他是谁。”宋小重重地将“六度分隔理论”几个字写在了本子上。她深受这个理论启发。

不久后，宋小以制造偶遇而认识“刚”的想法宣告失败。“偶遇概率太低，还是需要理论依据。”她一边说，一边看着笔记本上的“六度分隔理论”。但这次，宋小却只通过了一个人就认识了陌生人“刚”，而简化“六度分隔理论”的，正是播音系的周洋。周洋是操着最具广院特色的“播音腔”走进210宿舍的。宋小崇拜且殷勤地称呼她为“洋姐”。洋姐睁大了眼睛，听着宋小讲述着自己对“刚”的各种心思。听完后，周洋长叹一声：“他有什么好，也值得你这样。这些心思和花花肠子都是以前人家对我的。”周洋说这话时，轻松而骄傲。后来大家才知道，这些不是周洋故意吹嘘，周洋大学前就是其当地电视台一名主持人，圈粉无数，高中时，就有豪车等在电视台楼下。那时的周洋总是昂着头走进电视台，昂着头坐上各种豪车，这种习惯一直保留到进入广院。因此，见过世面的周洋身上总有一种豪爽与大气，比210宿舍那群乳臭未干的愣头青成熟许多。

周洋坐的时候腰板挺直，神情端庄，说话娓娓道来，令李知没有想到的是，周洋竟意外带来了郭书的消息：“其实‘刚’在我们播音系不算优秀的男生，那就是个一般人。我们这届播音系最优秀的要数郭书。”如果有人那时候注意到李知，一定能看到李知的眼睛猛的一亮，瞬间变得炯炯有神，可惜，大家当时的目光都集中在周洋身上。周洋继续用她标准的播音员声音叙述道：“郭书，虽然和我们一样是大一新生，却很早就在播音系老师那里学习了，音质非常好，属于天生好音质，青岛人，妈妈是大学教授，爸爸是法官。只可惜有一个青梅竹马的女朋友，两人好了两年了！郭书对她很好！”宋小大呼一声：“才大一，就好了两年了，早恋呀！”

宋小一边兴致勃勃听周洋讲述，一边高喊：“李知，李知，郭书就是在舞台上拉你下来那个，你还有印象不？”李知没有理宋小，“啪”地一下拉上床帘。

周洋继续说：“不过他们最近分手了，并且这次是真分手。”

李知又“啪”的一声将床帘拉开了。

宋小瞪大了眼睛，说道：“女朋友和他分手了？这么帅的男朋友也要分手呀，真是不知道珍惜！”

周洋：“是呀，大家都这么说。但是此消息一出，还是高兴的人多，很多女生都跃跃欲试！”

宋小：“哇！真的呀！我，我还是算了，我还是很忠贞的，我还是喜欢我们家

'刚'！"

李知狠狠瞅了一眼宋小，宋小但凡正常一点儿，都能感受到李知灼灼的目光，但她并没有感受到。

"他们会真的分手吗？"李知望着窗外皎洁的月光想。

功夫不负有心人，那天傍晚，宋小终于如愿以偿地认识了"刚"。事情是这样的：宋小把"刚"的生活路径告诉了周洋，在大食堂边——这个宋小创造了无数次偶遇的地方——周洋一把拦住"刚"，指了指身边怯懦的宋小，掷地有声且不容置疑地说："这是我姐妹儿宋小，想和你认识一下，照顾一下！"说完，不等"刚"回话，自己扭头走了。

宋小害羞地看着"刚"，"刚"疑惑地看着宋小，四目相对，莫名其妙。当宋小向大家甜蜜回忆第一次相遇场景时，整个宿舍感受到的是满满的尴尬。

"刚"客套寒暄后对宋小说："改日，请你吃饭！"说完，他一溜烟地走掉了。宋小激动地站在风中，望着"刚"的背影，久久不肯离去。而后不知过了多久，才迷迷糊糊走回宿舍，一晚上像得了癔症一样，抱着枕头，坐在床上，目光呆滞地不停念叨："改天一起吃饭！改天一起吃饭！'刚'说改天和我一起吃饭！"优优看了宋小一眼，然后在宿舍日志上，写下"'刚'改日约宋小一起吃饭"，对宋小而言，这是世界上最美的誓言。

在宋小一声声如天问般"改天是哪天"的追问中，北京的天气变得更加暖和起来。窗外春暖花开，210宿舍也绿意盎然。优优用空大可乐瓶子剪了一个透明水罐，然后在里面放了一个白薯，没有几天，白薯上面就长出了长长的绿叶。过了几天，优优又拿来一碟水，放进去几个豆豆状的东西，没两天，豆豆状的东西就发了芽。颇有种"种瓜得瓜，种豆得豆"的感觉。

优优也在春天中复苏过来。每天傍晚，她都换上阿迪达斯的运动鞋，在没有雾霾的广院操场上奔驰。回来后，就在宿舍的日志上记录下"跑步"两个字。那是优优最欢乐的时光，医生给出了乐观的评价，优优感到浑身都是力量，对一切又充满了希望，王力宏的歌声也更加悠扬起来。

复苏的还远远不止这些，去年还形单影只的师姐们，一个个突然间全部有了男朋友。宋小一边拿着计算机书试图努力学习，一边愤愤不平师姐们的速度，“这情况简直就是计算机里的‘批处理’嘛！”很多年后，当210全体人员的计算机水平只满足于简单的应用程序时，她们依然能够记得这个计算机专业词汇——“批处理”。当时，210宿舍的女生也多希望自己能被这样“批处理”掉，起码宋小是这样期冀的，或者说是这样觊觎的。

看着学校里的一对对情侣，宋小也只是艳羡或者觊觎，但方媛偶尔会有说不出的伤感。男朋友又来信了，满满都是对自己的思念之情，他告诉方媛，他们学校新来了一个厨师，做饭特别好吃，尤其是西红柿炒鸡蛋，像方媛的手艺，自己每次吃都想起方媛。屋外，春暖花开，花香鸟语，方媛多想也像别的情侣一样，和男朋友手牵手走在其中，方媛也想像别的情侣一样，和男朋友朝朝暮暮，一同上自习，一同吃饭，一同看电影，一同跑步。可是，她现在什么都不能做，除了收信和写信，即使在这最好的季节里。方媛看见床头的幸运瓶正沐浴在春光中，不禁伤心地哭了起来。朝朝暮暮是每个恋爱中的女孩子最大的渴望，方媛也不例外。

很快，宋小的春天来了，自“刚”许下诺言，宋小在日历上画下第二十个圈后，“刚”兑现了宋小“改天”的约定：和宋小一起吃午饭。

在广播站《野百合也有春天》的歌声中，宋小激动地将这个秘密悄悄地告诉了210宿舍的每一个人。开始大家以为自己是唯一的知情者，后来，大家才知道这就是“人人皆知的秘密”。尽管如此，大家对宋小的事情还是投入了极大的热忱。周洋、优优、方媛、萱萱、李知都围坐在宋小身边，为她出谋划策。只有刘小宇依旧拉着床帘，戴着耳机，“不知有汉，无论魏晋”。

宋小拿出了当季所有衣服，摆满一床，不厌其烦地一次次将它们套在身上，脱下来，然后再套上，再脱下。周洋利用她女主播对审美的强大理解，让宋小尝试了各种服饰风格。从卡哇伊少女风，到波西米亚风，再到复古风，最后还来了一组另类风。帘子一拉一开，一套look呈现，帘子再拉再开，另一套look呈现。就这样，从下午一直折腾到晚上熄灯，210宿舍几个女生打着应急灯，还在为宋小的第一次约会绞尽脑汁。

210宿舍里，除了方媛，没人有恋爱经验，但周洋对这样的恋爱不屑一顾。方媛告诉宋小，第一次约会重要的是表现出“女性的矜持”，重要的是表现出自己的“可爱”。“男人喜欢可爱的女生。”方媛不紧不慢地说道。宋小不住地点头：“对对，我要矜持一点。”李知接着说：“特别注意，你吃相要格外注意，别看见饭就像饥饿的人看见面包一样！”宋小谦虚地直点头：“对对对，这点我要格外注意！”

那一夜，整个210宿舍有种嫁女儿般的忙碌。那一夜，宋小翻来覆去，几乎一宿未眠，仿佛自己马上就要开始一场甜甜蜜蜜、轰轰烈烈的恋爱了，浑身上下环绕着幸福的光芒。无论如何，明天宋小就能见到自己喜欢的人了。

“幸福的约会都是相似的，而不幸的约会则各有各的不同。”

第二天午饭后，210宿舍几个女生推开宿舍门时，险些被那股浓浓的方便面味道扑倒。几个方便面口袋、调料包横七竖八地散落在桌上。大家会心地微笑，七嘴八舌地想象宋小第一次约会的情景。方媛猜测此时宋小正大快朵颐：“一定是在一个不错的地方。”优优同意地点点头：“毕竟是第一次约会嘛！至少浪漫一些！”李知觉得最少应该是学校的二号餐厅，那里的盖饭是宋小的最爱。

“保佑她别出洋相！”刘小宇边说边漫不经心地看了看大家，竟然第一次主动谈及宋小恋爱的话题。

李知摇摇头：“那也不一定，她这么花痴，一定看帅哥而忘记吃饭！”

在一片热闹的喧嚣声中，优优一笔一画在3月5日的日期下面写上“宋小初次约会”。在一片喧嚣声中，门“咣”的一声开了！

周围暗淡了，只有宇宙的一束光照射到210宿舍门口，宋小赫然出现在那里，却像霜打的茄子一般。宿舍顿时安静了，大家面面相觑，看着宋小一声不吭爬上自己的床铺，猛地拉上帘子。此时，门又“咣”的一声开了，宇宙深处又投来一道光，自带气场和主角光环的周洋，拿着一把伞出现了。为了打破尴尬气氛，李知看了一眼窗外，询问：“外边下雨了？”周洋淡定地摇摇头：“没有。这是一把遮阳伞，春天阳光强了起来，要注意防晒遮阳，毕竟咱这张脸，以后还要上电视见观众呢！”周洋说这话时，极其自然和笃定，整个210宿舍全体同仁仿佛已经隐隐看到周洋出现在电视里的样子了。周洋边说边拉开宋小的床帘，床铺上，宋小抱着一只玩具狗，臊眉耷眼，一脸生无可恋。

宋小的一声尖叫随即打破了那一刻的安静。她大呼着："为什么呀！为什么这样！为什么呀！"在一通仰天长问之后，210宿舍全体同仁终于知道了事情的原委：那天宋小用了一早晨的时间扮了一个"卡哇伊"造型，为了给这次约会留下一个"粉红色的回忆"，宋小穿上了粉色外套，头戴粉色发带，脚上是粉色短袜。如果20年后的大家想象不到宋小当时的模样，就可以去看看今天当红的粉红猪小妹的样子。然后宋小为了表示矜持，在宿舍坐立不安等到临近约会时间，接着准时到达约会地点，没有早一分钟。不久，那个叫"刚"的男孩也准时来了。

宋小看到了"刚"，难掩兴奋之情，"刚"倒是一脸平静。然后两人边走边聊。回答完见面标准问题"你是哪里人？什么专业？"之后，两人陷入尴尬的沉默。最终还是"刚"主动打破沉默："你中午吃什么？"宋小想起方媛教自己要矜持，又想到自己确实刚刚吃过方便面，就羞答答地回答："我吃过了。""刚"随即看了宋小一眼，然后平静地说："是吗？你吃过了？"宋小可爱地点点头，粉色的发带随风飘舞了一下，宋小期待着"刚"更急切的目光和更热情的邀请。宋小哀怨道："小说里不都是这样的嘛！"但是，偏偏"刚"不这样。"刚"听宋小说自己吃过饭了，面无表情地点点头："吃过了，那你就回去吧，我去大食堂吃饭了。"

一阵乍暖还寒的春风吹过，粉红的发带飘落，"粉红猪小妹"石化了。宋小在原地站了很久很久，直到"刚"消失在遥远的地平线。

片刻沉默后，210宿舍爆发出史无前例的笑声，直冲云霄，气吞山河。李知趴在床上笑得起不了身；连一向对宋小"恋爱"不屑一顾的刘小宇也忍不住笑出了声；周洋一边笑，一边努力克制："不能笑，不能再笑，再笑就有眼角纹了，这张脸还要见观众呢！"优优留了最后一丝力气，在当天的日记"宋小初次约会"后面，加上了大大的"失败"二字！

9

广院不大，看一个女生是不是有男朋友，最重要的一个标准不是她坐在谁的自行车后，而是她身边是不是多了一个“拎着绿水壶”的苦劳力。因此，广院的水房是一个恩爱秀场，常常女孩站在一边，只负责貌美如花，男孩替她打好水提着，女孩幸福地将一瓣橘子塞进他嘴里，两人甜蜜离去。一把把狗粮就那样随意抛撒，毫不收敛。所以，单身女生上水房打水，一定要结伴而行，努力减少被刺激指数。那时候，李知就经常和萱萱结伴打水。

但现在，似乎萱萱也不需要自己打水了。她身边出现了一个抢着为她打水拎水瓶的人——张磊。张磊个子不高，相貌是那种你看过，再见还需要重新认识的类型，李知就是在见过张磊五次以后，才能认出他的。所以，单从这一点就可以判断出，张磊是广院这所艺术类学校非常稀缺的“工科男”。在广院，工科男以一种独特的姿态顽强生存着：他们穿着朴素，常年一件深色外套；无论春夏秋冬，他们头发随意且凌乱；无论节日还是平时，他们目光呆滞且黯然，走路目不斜视且行色匆匆。在有型的“播本头”，长发与胡子齐飞的艺术男中，他们是这所学校永远的路人丙，是永恒的环境群众。以至于他们迎面走来，你总能第一眼确定他们是工科男，只不过认不出他们具体是谁。张磊是工科男，看见他第一眼李知就知道了。

后来证明，张磊不但长相、穿戴是个工科男，行事风格也很工科男。张磊示好萱萱的方式就是打水，无论何时，只要看见拎着水壶的萱萱，张磊一定一个健步冲上来，“上步、阻拦”，然后男人般地夺过萱萱手中的暖水瓶，以至于第一次见到这个景象，一旁的李知误认为是拦路抢劫。萱萱对张磊的这个举动，常感莫名其妙，无奈仰天长叹，满脸写着不喜欢。只是，张磊“爱屋及乌”，夺走萱萱暖水瓶的时候，也会将李知的水壶一起拿走，李知因此很受用，萱萱朝张磊翻着白眼的时候，李知总是在一旁笑脸相迎。

张磊是在那次著名的“广院之秋”晚会上认识萱萱的。那天在广院舞台上，萱萱头发高高盘起，一身红色舞蹈紧身衣，腿上一条仍散发着淡淡84消毒水的牛仔裤，戴着耳麦，在台上跳起了劲舞。动感的音乐夹杂着强金属音响彻整个小礼堂，萱萱活力十足，光彩四射。任凭台下如何起哄，如何扔纸飞机，萱萱显示出了“泰山崩于前而不动声色”的大将风范，更用一句“让代表你们赞赏的纸飞机扔得更猛烈些吧”深深震撼了台下的张磊。说完，腰肢扭动如弹簧，一个“一字马”接连一个“托马斯回旋”，张磊不可思议地张大了嘴巴，这是他人生第一次感受到舞台魅力与感染力，他眼睛一眨不眨地盯着台上的萱萱，呆若木鸡。

作为资深工科男，张磊对这所大学有着天然的疏离感，不想那天，只因多看了舞台上的萱萱一眼，从此，从此他爱上了这所大学，爱上了萱萱，并深陷泥潭，不能自拔。这份感情在压抑了整整一个冬天后，随着春天的萌动，张磊的那颗心再也按捺不住，他终于出击了。

“什么时候能有人给我打水？”李知看着张磊问萱萱。

萱萱叹了口气：“我宁愿自己来！”

“是呀，大姐大哪里用人照顾。”李知心里想。

北京的夏天来得猝不及防，六月份满校园已“裙彩飘扬”。“三月不减肥，四月五月六月七月八月九月都徒伤悲。”宋小一边说着，一边把一尺九的裙子努力往自己两尺一的腰上猛拽。

因为不用为减肥担心，李知有几分惬意，特别是她得到了人生第一笔稿费。这笔稿费有50元，因为她写了一篇《如何考进广播学院新闻系》的文章。这篇文章除了发表在一本叫作《如何考取名校名专业》的书上外，还在广院的校报上发表了。宋小拿着报纸：“李知，你报考新闻系原来是因为喜欢《正大综艺》的外景主持呀，‘希望像她一样探索世界，希望自己看世界，闯天涯’。”成为李秀媛一样的记者一直是李知的梦想，她一边听宋小读着自己的大作，一边晃动着那张50元钞票，仔细聆听50元壶口瀑布发出“唰唰”的声音，李知觉得现在自己这样子，一定像极了阿凡提故事中爱财如命的守财奴，每天数一次自己的金币，然后听着金币

“哗哗”的声音，一副非常满足的模样。李知对宋小说：“宋小，等我真成了有钱人，我就写一篇《如何成为有钱人》，再赚50元！”宋小高兴地晃动着她的辫子：“好哇好哇，等我追上‘刚’了，我就写一篇《如何追上男朋友》，也赚50元！”刘小宇白了宋小一眼，小声哼了一声，这次宋小没有和她计较，嘟着嘴笑了笑：“刘小宇等你得到了奖学金，你就写一篇《如何得到广院奖学金》，也赚它50元！”

优优看着李知一脸喜色：“准备怎么庆祝？”李知转了转眼珠，想了想：“我决定大吃大喝一顿，腐败一下！”她边说边把自己逗笑了。李知大方地发出邀请：“要不要一起去？我请客！我可不想一个人去，太无聊。”宋小艳羡地看着李知，咽了一下口水：“我，我还是算了，我减肥！”李知：“你算了吧，一顿饭而已。”宋小刚想答应，突然又摇摇头，说：“不行，我要有毅力，我还是不去了！”

李知又找到萱萱，萱萱罕见地摇摇头：“不，我减肥。”

李知找到周洋的时候，她正缠着收腹带，一尺九的腰被生生勒成了一尺七，周洋拼命摆手：“我塑形呢！”

最后，李知举目望去，无人可寻。她想到了郭书。其实，从拿到稿费的第一分钟，她就想到了郭书，只是那时自己都不愿承认。现在没有人和自己庆祝，自己似乎可以堂而皇之地找郭书了。而且李知想好了，如果郭书问为什么，自己就说感谢郭书之前的两次“出手相助”。李知为此换了一身漂亮的衣服，擦了萱萱刚买来的美宝莲大红唇彩，在男生宿舍楼下等郭书。

自从上次知道郭书的宿舍，李知的心里总感觉很踏实，每次经过这里，都不禁多看几眼。可是，今天站在男生宿舍楼下，李知却感到紧张和局促，主动约郭书吃饭，真的只是想感谢他两次“出手相助”？如果郭书摆摆手，说一句“没有关系，遇到谁我都会这么做，不用多想”的话，自己该怎么办？还有，他和他的女朋友到底怎样了，他为什么不来找自己？

李知正天人大战之际，就看到郭书和一个女生朝宿舍走来，心里猛然一沉。李知强装镇定地看着郭书，准备一笑而过，却不想被郭书一声叫住：“哎！李知，我正准备找你，晚上的广播站聚餐别忘记了。”

李知愣愣地、一头雾水地看着郭书，又看了看郭书身边女生失落的表情，顿时明白了。

李知点点头。

郭书对身边的女生说："晚上正好有活动，有机会你也来！"

身边的女生想要说些什么，看看李知，最终将嘴里的话吞了下去，抿抿嘴，说了声再见走开了。

李知紧张的心情一下放松了，笑着看着郭书，叹了口气："这是喜欢你的女生？"

郭书摇摇头："不是！不是！"

"别不好意思，我都看出来了！"李知笑着说。

"我都没看出来，你怎么看出来了？"

李知又叹了一口气，笑了笑。

郭书看了李知一眼，特别是红红的嘴唇，那么夺目，心里一阵高兴。这段时间他正想着要不要找李知，现在看到李知，不由说道："好了，说话算数，晚上请你吃饭，快想想你想吃什么。"

"我请客！我赚钱了！"

"是吗？"郭书睁大眼睛，"厉害呀！那我们要好好吃顿大餐！你说吃什么？"

"绝对大餐！我想想！"李知点点头。

"你能告诉我，你赚了多少钱吗？"郭书问。

"50！"李知睁大眼睛，高声说。

郭书扑哧一声笑了："你太有钱了！走！我们给它全吃了！"

李知白了郭书一眼，小声嘀咕："贪吃鬼！"

就这样，郭书带着李知，李知带着钱，一起走在广院南街上。他们一路找了各种餐厅，最后在一家叫"仁和酒家"的餐厅坐下。餐厅不大，但很干净，因为主要服务于周边百姓和大学生，所以菜价不贵。更有意思的是，这家餐厅的开餐赠品，竟是煮鸡蛋。这是李知日后吃遍中国大江南北，再也没有遇到过的独一家。李知不想遇到熟人，找了个角落坐下。

"你化妆了？"郭书看着李知红红的嘴唇问。

李知觉得有些不好意思，忙用手捂住嘴。

“你捂嘴干吗？其实挺好看的！”

李知恨不得从地缝钻走。从入座之后，李知就一直不好意思看郭书。时而担心自己不够好看，时而不知道自己该说什么。现在被郭书这么一问，更加不好意思，感觉整个脸都燃烧起来了。

李知赶紧抓起菜单，挡着脸，小声说：“你要吃点什么？”

郭书一把抢过李知手里的菜单：“干吗挡着脸，来，我看看！”

李知觉得自己又无遮无拦地暴露在对方视野里了，凳子下面好像生了刺儿，眼神不知道该往哪里看，浑身不住冒汗。

郭书不禁一笑。

“李知，我们要一点啤酒？”郭书问。

李知不住点点头：“好！太好了！现在就要！”

菜还没有点完，李知就央求服务员上酒，然后一口气倒了一大杯，一饮而尽，郭书目瞪口呆地看着李知。

酒壮怂人胆，喝了酒的李知，稍微镇定了心情，说道：“没想到酒这么好喝，之前没有喝过。”说完，又倒了一杯。

郭书一边拦着说“你慢点喝”，一边瞪大了眼睛：“你之前没有过男朋友！”

“你怎么知道的？”

听到李知的肯定，郭书心头突得一喜，不禁笑了起来：“喝啤酒这种事情，女生一般都会和男朋友一起。你一次也没有喝过，可见没有过男朋友！”

李知深深叹了一口气，举起杯子，一饮而尽。

“李知，你慢点喝！”

“我没有过男朋友，但不代表我没有人喜欢！”现在，李知彻底放松了。

郭书一笑：“你没有过男朋友，怎么证明有人喜欢过你？”

李知被问得一下愣住了，半天说不出话来。郭书看着李知认真的样子，觉得特别好笑，决定再逗一逗她。

郭书装作收起笑容，假装严肃地问：“李知，你说说，有多少人喜欢过你！”

李知眯缝着眼睛："这个我不告诉你！"

郭书叹了口气，拍了一下桌子："那你说，他们都怎么表示喜欢你的？"

李知眉飞色舞："他们给我写过情书，表白过！"

"就这些？"

李知点点头："就这些呀！"

郭书又拍了一下桌子："他们有没有带你去看过电影？"

李知摇摇头。

郭书："他们有没有给你送过鲜花？"

李知摇摇头。

郭书继续拍了一下桌子："他们有没有在你楼下给你唱过歌？"

李知摇摇头。

"他们有没有送过你放学？"

李知这次自己拍了一下桌子，郭书以为回答一定是肯定的。接着李知一副生无可恋的样子，再次摇摇头。李知有些绝望了，反问郭书："这些你都有过？"

郭书一愣，其实这些郭书哪里都有过，只是看着李知认真的表情，郭书觉得越发好玩，不由地点点头，说："是呀！有过呀！"

李知收起笑容，彻底绝望了，又一饮而尽。看电影、送花、楼下唱歌这些只在电视中看到的桥段，这些只出现在琼瑶小说中的情节，郭书却都经历过，可见他之前有过非常喜欢的女孩，是他上次分手的女朋友吗？李知想要问，却不愿说出口。想到这儿，李知更加失落，低下了头。

郭书看出李知不高兴，忙一边给李知倒酒，一边安慰，说："没事的，一点点来。今天不是就喝酒了嘛！"

李知举起酒杯，再一次一饮而尽。

郭书："李知，你慢点！"

李知摆摆手："别劝我，都别劝我，我准备一醉方休。"

"好好好，一醉方休，一醉方休，我喝酒还没有遇到过女对手！"郭书也一饮而尽。

"那是我以前没喝过酒！"

"你一杯，我两杯！"郭书说。

两人开始一杯接一杯，风格从婉约细腻变成了豪放奔腾。

李知心里有些失落，郭书却不知道自己心里为什么这么高兴，是刚才听到李知没有男朋友，还是因为又见到了李知。

由于高兴，郭书开始拼命地说，先说自己曾经有过两个女朋友。两个女朋友自己都忘不了。第一个是自己的初恋，第二个相处时间最长。李知一边喝，一边听着。

结账的时候，桌子上竟然堆满了酒瓶。郭书和李知用都已经不利落的口舌进行了最后的辩论。

郭书大着舌头说："李知，今天必须我请客，否则'友尽'！"

李知含糊地辩解："今天我赚钱了，必须我买单！"

两人争来抢去，一旁的服务员站得不耐烦。郭书努力站起来，想拔得头筹，却"咣"一声，醉倒在了桌子上。李知想要站起来，结果也和郭书一样，瘫倒在了座位上。

"李知，李知！"

李知听见郭书叫自己，答应了一声"嗯"。

"李知，我喜欢你。"

"啊？"李知勉强抬起头来，看看郭书，问："你说什么？"

郭书已经不省人事，呼呼睡着。

李知笑了笑，随即也倒在了座位上。

不知过了多久，李知先起来了，她看着仍旧不省人事的郭书和满桌的啤酒瓶，足足愣了5分钟。然后，她昏头昏脑地结了账，扶着墙走出门，招呼同学将郭书送回了宿舍。之后，李知便一头倒在了自己的床铺上。

第二天中午，郭书急匆匆找到了李知，两人对昨晚发生的一幕都有些丈二和尚摸不着头脑。

李知不确定，郭书昨天到底说没说那几个字，是不是自己听错了。

郭书不明白，自己怎么就对着李知喝醉了呢?

“李知，我昨晚都说什么了？”

“表达了一下对前女友的爱。”李知叹了口气说。

“李知，我现在懊恼极了，我没有胡说八道吧？”郭书不想在李知面前留下不好的印象。

李知摇摇头。看来是自己听错了，或者他根本什么都没说。

“李知，昨晚吃饭一共多少钱？”郭书尴尬地问。

李知摇摇头：“没多少钱。”

“李知，你经常在外做节目赚钱吗？”

李知再次摇摇头：“没有，这是第一次呀！这是我人生的第一笔稿费，也是我人生的第一桶金！”说完哈哈大笑起来。

郭书却被李知这句话惊住了：“李知，这是你人生第一次赚钱吗？”

李知点点头。

郭书心里不知道为何一震，突然很感动，说：“李知，第一次赚钱应该给你最要感谢的人！”

李知点点头：“我想买个礼物给我姥姥。我从小和姥姥一起长大。”

郭书：“可我们昨天一定吃光了你所有的稿费！”

李知笑着点点头：“我本以为50元可以剩下一些，没想到外面吃饭这么贵。不过没关系，我准备把那本发表文章的书送给我姥姥，她虽然不认字，但是，一定会很喜欢！”

郭书由刚才的懊恼变得有些内疚，如果不是自己执意要啤酒，50元的费用应该能剩下一些。结果自己一个不小心，不但喝醉了，还喝光了李知的第一次收入。

“李知，你喜欢吃什么？我下次请你吃饭，好不好？”

“我喜欢吃广院肉饼。”

郭书看着李知，觉得如果有这样一个女朋友，一定会很有意思。

“那你不是太便宜我了？”

李知努努嘴：“那就天天请，一年300多天呢！”

"那我们岂不是要天天见面？"

郭书笑着看着李知，李知则不好意思地低下了头。

天空飘起了细雨，李知伸出手接住几丝雨滴，看着它们在自己手中快活地蹦跳着，然后从指缝中慢慢流走。郭书静静地看着李知，是的，有这样一个女朋友，一定很好，他的心不由得快速跳动起来。

10

宋小对"刚"的喜欢，没有因为那顿"爽约"的午饭而有丝毫折损，在这一点上，210宿舍全体同仁相信：绝大多数女生都不及宋小大气，或者说，她早就忘记了那一切，因为她的记忆只有7秒。功夫不负有心人，宋小的执着再一次感动了上苍，她又迎来了一次和"刚"单独约会的机会。

宋小激动得上蹿下跳，"明天我该穿什么？明天我该说什么？明天我该怎么表现？"宋小问个不停。

刘小宇听到这些问话，不由地哼了一声，拿着书包上自习去了。

宋小瞅着刘小宇的背影嘟着嘴："李知，她什么意思？"

李知："她的意思是你这心思要用在学习上，不知道会有多好。"

宋小叹了口气："我前18年都用在学习上了，现在还不准我转移一下？再说，爱情也是生活的一部分，对不对？"

的确，宋小现在把之前用在学习上的劲头都用在了恋爱上。

她首先吸取了上次的经验教训，硬是没吃饭，这样"刚"再问她吃饭了没有的问题时，她就娇滴滴地回答："没有。"

理想很丰满，现实却总是太骨感。不料这次却遭遇"刚"为完美上镜要节食，于是，午饭时间，两人就绕着不大的校园走了一圈又一圈。从男生宿舍走到女生宿舍，又从女生宿舍走到大食堂，走过核桃林，然后又折回男生宿舍，女生宿舍、大食堂、核桃林。李知、萱萱、优优几个人头挨头挤在宿舍的窗口，好奇地看着他们，萱萱问："他们为什么不去吃饭，总转圈？"优优："可能是想运动一下，运动饿了，等会儿多吃一些！"只见"刚"手舞足蹈，说个不停的样子，激动处手势上下翻飞，宋小一脸享受地紧跟其后。

走了不知多久，大家都准备午睡了，门"咣"一声打开，宋小一头扑向自己床边的几袋方便面。早饭午饭都没有吃的她，已经饿得眼冒金星。

泡了三袋方便面后，宋小一猛子将脸扎进饭盆里，狼吞虎咽一番后，宋小才有力气讲述她的情感遭遇。

宋小难掩兴奋："真没有想到'刚'这么优秀。李知，你知道考入我们学校播音系有多不容易吗？他们播音系要经过初试、复试、笔试，录取比例为15∶1，因为我们学校是全国培养播音员、主持人的最高学府，全国有这个志向的应届毕业生都要来拼一次！那真是百里挑一！"宋小喝了一口汤，继续说："李知，你知道吗，'刚'说话真是太好听了，特别有磁性，特别有魅力。"李知和优优不得不打断宋小，怕她会一直自言自语下去，不能自拔，"那你们最后谈没谈你们的关系？"此话一出，宋小如梦初醒，顿时失去了气焰，一屁股坐在床上，"'刚'说，现在正是我们人生奋斗的好时光，他不要浪费在谈恋爱上，他要为了自己的梦想不断努力，所以这几年都不考虑找女朋友的事情！他不但不会找女朋友，而且要为这梦想，忍受人生的'孤独'。"

"刚"用最正式的播音腔对宋小说："宋小，你不要害怕孤独，你要享受孤独。孤独是什么？孤独是一种灵魂的自我对话。孤独的灵魂是高贵的。"对着狼吞虎咽的宋小，李知迷惑地问："敢情，这一中午，转了N圈，你们都在聊孤独了？"宋小从饭盆里抬起脸，一边擦嘴，一边点头。

"那你听明白了吗？"李知问。

宋小咽了一口面："没有呀，李知，所以我还想问你，他说的是啥意思？"

李知一把拉上床帘，笑着说："我觉得他可真够孤独的！"

宋小没有理解"刚"关于孤独的意思，倒是明白了另一件事："'刚'，现在还没有女朋友，否则他怎么孤独呀！"这一发现，无疑能让宋小欢喜很久，她因此又把方便面汤全给喝了下去，这成为当次“约会”最大的收获，全然不顾“刚”的谆谆教诲。

午饭时，张磊主动和萱萱、李知坐在了一起。萱萱今天间歇性心情好，少有地主动和张磊说话：“你真是差几分没有考上清华？”

张磊一脸轻松：“是呀，差了三分。”

萱萱正喝汤，差点将一口汤喷在张磊脸上：“真的吗？一道选择题呀，你要不要冤死呀！哭了很久吧！”

张磊摇摇头：“我倒是还好，关键是我妈。我妈哭了很久，大约半个月吧。她人特高调，从小到大逢人就说我聪明，见人就夸我学习好，天天跟人家说我马上就要去北京上清华了。结果——”张磊做了一个一头栽倒在桌上的动作，“结果受了点刺激。”

萱萱理解地点点头。

张磊继续说：“所以，我妈哭了很久。”

“那你呢？”萱萱继续问。

“差一分的人都多了去了，我差三分，没有什么冤不冤的。就是刚来广院的时候，挺不适应。觉得这里哪里像大学呀，大家天天活蹦乱跳的，就我天天在学习。第一学期期末考试，我两科还考了满分，超过第二名60多分。于是有种孤独感，觉得挺没劲的。后来，我就不那么发奋学习了，反正我怎么都能拿第一名。我这一不学习，我就发现广院的好了。”最后一句话，李知差点喷萱萱一脸汤，结果生生咽下，被呛得不停咳。

“李知，你别不信，我现在真突然发现咱们学校好了！首先，我觉得咱们学校特别自由，准确说是开明，包容。你看，咱这届有个男生一年四季晚上穿着军训的衣服在操场打军体拳，一边打，嘴里还一边嘿嘿哈哈的，有谁说他了，大家还觉得他挺酷，这要放在别的学校，绝对被认为是‘精神病’。”

“当然——”张磊喝下最后一口汤接着说，“让我真正喜欢这所学校的，还是因为我见到了萱萱，在广院的舞台上，她——”

萱萱忙拼命摆手，示意停止，张磊遗憾地憋回了一腔热情，满脸通红，李知则生硬地咽下一口汤，接着就是一阵剧烈的咳嗽。

11

张磊说得不假，他越来越喜欢这所学校，越来越喜欢萱萱，但，尽管他打水积极，作风正派，萱萱还是喜欢上了别人——一个叫赵鹏的录音系男生。据说事情是这样的：有一天，艺术系组织交际舞培训，无聊的萱萱恰好参加活动，无聊的赵鹏也恰好参加活动，两人还恰好被分在一组，又恰好跳了一下午，上演了一部现实版的“无巧不成书”。从那天开始，萱萱就爱上了赵鹏。但她很快就从爱恋的兴奋直接跌至地狱，因为赵鹏有女朋友，而且两人是同班同学，一同上课，一同下课，整天如影相随，经年比翼双飞，而且毫不掩饰。

就这样，那个夏天，萱萱和宋小一同陷入了“单相思”俱乐部。只是萱萱更可怜，每每看见心仪的赵鹏，其女朋友总在第一时间一并跃入眼帘，仿佛时时刻刻都要提醒萱萱：他有女朋友了，他有女朋友了！因为天天直面这种刺激，萱萱的“单恋”更为狂躁不安。

萱萱开始和李知絮絮叨叨那天和赵鹏跳舞的感受：“他紧紧扶着我的腰，特别有力，那是一种男性的力量。”“他完全掌握整个节奏，带领我，我只要跟随他的感觉，整场舞堪称完美！”“他身上的味道特别——”后来，萱萱已经不满足于这种臆想，开始寻求场景再现。这个时候，她就拉着李知和她跳舞，还让李知穿上高跟鞋，按照萱萱的说法：“这样，起码从高度上，让我有了感觉。”萱萱和李知跳舞的时候，常常闭着眼睛自我陶醉，每每此时，李知总是无奈地看着萱萱，看着一个陷入单相思的女人有多可怕，完全活在自己臆想的世界，不能自拔。最后，萱萱不得不面对现实，睁开了眼睛，然后无限幽怨且失望地看着李知，高唱着那英的《不管有多苦》：“若你不是你，而我不是我，那有多快乐……”

李知看着萱萱，想起她赤手斗歹徒的场景，第一次觉得大姐大变了。

随着大学生活展开，李知更加忙碌起来。摄影系的男生经常找李知做模特拍照。李知虽然多少有些不适应，但碍于情面还是会答应。宋小嘬着嘴感慨：漂亮还是能引起注意。

拍摄内容和场景如下：场景一，按照要求，李知拿着书煞有介事地坐在学校路边的长椅上，一副求知若渴的样子，然后“咔嚓”拍照；场景二：按照要求，李知走到树下，事先爬到树上的同学开始手撒落叶，树叶纷纷飘落，制造出秋风吹落叶的效果，李知回眸一笑，然后“咔嚓”拍照；场景三：按照要求，李知抱着学校主楼的大理石柱子，表现出一副很快乐的样子，然后“咔嚓”拍照。

这是广院女生特有的福利，有一群摄影系的专业摄影师为她们留下青春的记忆。但是她们不知道的是，那个时候胶卷太贵，很多摄影系男生煞有介事给女生拍照，女生在镜头前摆各种pose，他们拼命按快门，但相机里根本没有胶卷。如果女生抱怨为何见不到照片，他们就笑一笑，说道：“不好看的都销毁了，下次找个好天气再拍照。”

她们还不知道，如果摄影系男生约到漂亮女生拍照，打反光板就变成炙手可热的美差事，一群男生争先恐后向前冲，往往抱着一个反光板不撒手，为了展示自己的存在感，他们还时不时用反光板闪闪女生的眼睛。但如果约到的女生不太漂亮，打反光板就是一份乏善可陈的苦差，摄影男生好不容易说尽好话请到了人帮忙，那男生还经常将光打在女生旁边的大树上。

李知的照片经摄影系男生冲洗，很快传遍了男生宿舍。郭书看着这些照片，心不禁猛地一颤，他觉得照片里的李知时而漂亮，时而可爱。郭书很希望能赶快见到李知，当天下午，他就在图书馆门口如愿以偿了。

李知拿着书包正准备去图书馆上自习。郭书轻轻拍了一下她肩膀：“怎么下午有时间，今天不用配合摄影系拍照？”

李知惊讶地看着郭书：“你怎么知道的？”

郭书神秘一笑：“我不但知道你拍照，我还，我还看过你的照片呢！”

“是吗？”李知更惊讶了。

“有一张照片我特喜欢。”

“哪一张？”李知有点不好意思地问。

“就是你抱住学校主楼的大柱子那张。”

李知点点头：“哦，是吗？”心里有一丝小得意。

“我觉得那张照片特别眼熟。”郭书边说边模仿李知的动作，“后来，我仔细一想，你说那像不像古代说的‘炮烙之刑’？”

“郭书，你过分！”李知拿起手里的书包朝郭书打去，郭书一边抬手护头，一边笑着跑开。

李知在郭书身后，举着书：“以前没有发现你这人这么烦呀！哼！”几次扑了空，李知放弃了追打郭书的努力，自己也笑了起来。经得起开玩笑绝对是李知的优良品质之一。

两人笑了好一会儿，郭书看着李知：“李知，你知道男生为什么约你去拍照吗？”

李知不假思索：“因为我人好，好说话。”

郭书叹了口气：“唉，难怪一直没有男朋友。”

李知朝郭书翻了一个白眼：“你什么意思，郭书？总拿没有男朋友的事情说我。”

郭书今天两次惹急了李知，见好就收，于是赔着笑脸：“李知，别生气呀。我是说你没有男朋友，所以不知道男生的心理。不过，现在作为朋友，我可以告诉你。”

李知没有理郭书。

郭书堆着笑脸：“我的意思是他们找你拍照是因为喜欢你，想看看是否和你有进一步发展的可能。”

李知“啊”一声，瞪大眼睛：“真的假的？”

郭书：“当然是真的呀！他们这些作业找谁拍照都一样的，找你，无非是因为人漂亮，而且他们还有点小心思。”

李知看了看郭书：“人家告诉你的？”

郭书：“这还用人家告诉？难道看不出来？”

李知瞅了郭书一眼：“就你能看出来，我怎么看不出来？”

郭书一笑："因为，因为你——"

李知又拿起书朝郭书打去："你什么意思，是不是想说我傻！"

郭书一边躲李知的拍打，一边求饶："行了，别打了，你应该感谢我！"

听到这话，李知立刻收起手，问："我为什么要感谢你呀？"

"我这是让你注意，怕你受骗，要警惕他们！"

李知哼了一声："我为什么要警惕他们？反正我没有男朋友。"

郭书听了李知的话，一愣，半天才缓过神来，有点不高兴。

两人一前一后走到女生宿舍楼下，郭书转过身，从书包里掏出一张纸，写了一些东西，递给李知。

"如果他们再找你拍照，给我打电话！"郭书说。

"为什么？"

"我也去！"郭书不太高兴地说。

"为什么？"

"因为我喜欢打反光板，可以了吧！"

李知接过纸条。

郭书低头走了。

李知觉得郭书有点莫名其妙，郭书也觉得自己莫名其妙，可是不知道为什么，听到李知刚才的话，自己就是有些不高兴。

摄影系是男生宿舍的热门场所。他们因为"学习需要"，总能找到学校漂亮的女生给他们做模特。他们以拍照的名义，获取了几乎全校所有漂亮女生的照片，然后，他们将这些照片贴在宿舍墙上，各路男生经过此地总要流连、品评或者捶胸顿足。

今天他们集体为学校一朵知名校花叹息和顿足，因为这名校花刚刚有了男朋友。

男生甲满脸的遗憾："我们这校花长得真漂亮。有一天，她穿着白裙子从我身边走过，我当时真感觉是女神降临。"

男生乙满眼的懊悔："太可惜了！我看校花男朋友长得真不怎么样，要知道校花这眼光，当初我就追求了！”

摄影系的男生有个优良传统，也算职业道德，就是从不找已经有男朋友的女生拍照，也不悬挂有男朋友的女生照片。这意味着，一旦某女生有了男朋友，该女生的美他们就再也不去捕捉与感受了。并且，该女生照片就此从照片墙上消失。现在，在遗憾和懊恼声中，一个男生将校花照片从摄影墙取下，从此，该校花正式走入历史。

照片墙上李知的照片还赫然在目，就是那张被郭书戏谑为“炮烙之刑”的照片。郭书看着墙上的李知，不禁笑了。

作为照片墙的常客，李博也要时时发表一下意见。他常被誉为照片墙的“特约评论员”。上次课上捉弄吴老师后，李博的注意力有了很大变化。上大学前他没有过女朋友，上大学后，看到身边一对对情侣，常常心生向往。不过他暗送秋波了几次，就像科学家向宇宙中发射的寻找外星人的信号波一样，一去无回音。于是，李博只好从滚滚红尘的实践中转到了爱情理论的研究中。不仅如此，他现在还学会了用生活中简单的例子做比喻，以期妇孺皆懂。

此时，他正指着照片墙感慨：“找女朋友就是要先下手为强，就像食堂打菜。只有早下手，才能把好菜打进自己的碗里，晚了，你就没了选择，只能剩什么吃什么。不能讲究，只能将就了。你看看，现在好的都没有了，模特的水平一代不如一代！美貌是什么，在古代他首先是健康的表现，也是种稀缺资源。”

他走到李知照片前，说：“李知，李知长得多像王祖贤，绝对属于漂亮、条件好的。我就是奇怪，像她这个条件的，至今还能被剩下，也算是奇迹！”

郭书被李博的话一震，朝整个照片墙看去，果然李知算其中漂亮的。

李博接着说：“漂亮是什么？漂亮是资源，是优势资源。优势资源永远是少数，永远需要去抢夺。她现在虽然没有男朋友，估计已经被盯上了，再不赶紧下手，日后只能‘望片兴叹’了！”

郭书听了这话，不由地收起笑容，紧张起来。对着照片墙的李知哼了一声，“你不准有男朋友，听见没有！”

另一侧的女生宿舍内，李知正弯着腰，将脸凑近优优培育的绿植，然后连续打了几个喷嚏。

“我怎么了？我是不是对绿植过敏？”李知问身后的优优。

优优一边看着手中的*China Daily*，一边摇摇头：“只听说过对花粉过敏的，没有听说过对绿植过敏的。”

宋小一边梳头一边问：“说不定是谁在背后说你！”

优优正看手里的*China Daily*：“这几天正在上映一部美国电影，据说在美国票房非常好，有席卷全球之势。”

宋小继续对着镜子，左看右看，然后问：“什么电影？好看吗？”

优优翻译着报纸上的英文：“截至目前，影片在全球的票房收入超过了10亿美元，成为电影史上第一部创造这个纪录的影片。”

“真的吗？这么厉害！”李知终于止住了喷嚏，接过优优手里的报纸，继续念：“The most touching love movie in the history.”

宋小一听是爱情片，顿时来了兴致：“好哇，一起去吧！看看学校后面的放映厅有没有？”

优优摇摇头：“不去那里。我们一起去呼家楼电影院吧，那儿离我们学校近，而且环境很好！”

李知拼命点头：“优优，我们去你说的电影院！我倒要看看有多么感人。”

“没有爱情，看看爱情片也行。”宋小说道。

“行，多少人，我请客！”萱萱说得很豪放。

“行，我们就望梅止渴！”李知附和道。

优优不禁笑了起来：“一起画饼充饥去！”

几个人说走就走，后来方媛也跟来了。

宋小拉着刘小宇一起去：“去吧，史上最感人的爱情片呀！”刘小宇摇摇头，耳机都没有摘下来，就直接拒绝了宋小。

刘小宇始终戴着耳机。即使耳机里什么也没有播放，刘小宇也不想把它摘下来。上次，她提及大学要好好学习，宿舍里几乎没人响应，她越来越看不懂大家。自己当初高考报考志愿的时候，本想考取北京外国语大学，一个成绩和自己相当的同学也要报考那里。自从村里有了电视，村民的生活片刻离不开它，刘小宇的老师因为喜欢《东方时空》，建议刘小宇将志愿改到了广院。因为新闻系是统一考试，无须面试，刘小宇一个高分就被这所大学录取了。在老家的人看来，刘小宇这是“鲤鱼跳龙门”“鸡窝里飞出了金凤凰”，可刘小宇和老家人万万没想到的是，这里竟然是一所艺术院校，没有半点艺术细胞的刘小宇落进了一群艺术生中。这些艺术生，男生留着长头发，女生却都偏爱短发，整天喜形于色，常常前一刻还是一阵狂喜的样子，下一刻看到落叶就“伤春悲秋”起来。至于什么叫刻苦学习，他们并不在意。刘小宇不懂他们，他们也不懂刘小宇，即使面对自己朝夕相处的舍友，刘小宇也常常觉得无话可说。

在优优的带领下，大家坐着公交车，好像春游似的，欢天喜地进了电影院。电影中，当Jack将生的机会给了Rose时，几个女生开始流泪，到Jack在冰冷的海水中，鼓励Rose活下去——“赢得船票是我一生最幸运的事，让我可以认识你，认识你真荣幸，万分荣幸，你一定要帮我，答应我活下去，答应我，你不会放弃。无论发生什么事，无论环境怎样，Rose，答应我，千万别忘了”的时候，几个女生不断抽泣，最后Jack丧生在冰冷的大海中时，她们已经泣不成声，哭声渐渐淹没了整个影院。

从电影院出来的时候，她们一个个红着眼圈，仍沉浸在电影的悲伤与感人的情绪中。

宋小声音哽咽：“爱情真是太美好了！太感人了！爱情真是太美好了，是吧，方媛？”

方媛不住地叹气：“我现在突然特别想他，特别想，如果他现在就在我身边，那该有多好。”

李知点点头，红着眼睛说：“有爱情就很好了。你看，爱情可以穿越阶级，还可以穿越生死，穿越一点距离根本就不是什么问题，不是吗？”

方媛狠狠地点点头：“是呀，生死都不是问题，距离更不是问题！”

说完，每个人都在旁边的报亭买了几张《泰坦尼克》的海报，海报里，即使面对生死，Rose和Jack也紧紧相拥在一起。那个时候，《泰坦尼克》里的爱情就是李知她们对爱情的认识：无往而不利，穿越生死，高于生命。

李知轻轻感叹："如果一生可以遇到这样的爱情，真是不虚此生，一切都有了价值和意义，死而无憾！"几个女生再次为李知的话流下了眼泪。

回到宿舍，每个人的床铺上都挂上了一张《泰坦尼克》的电影海报。每个人对爱情又增加了几分羡慕与憧憬。

12

其实，李知本可以早些就有一段感情，而她至今没有男朋友，是因为她有一个从初中就对她不错的好朋友——韦峰。在别人眼中，韦峰是李知的"护花使者"，但李知并不知道这一点。

现在，韦峰又把广院当成了自己的"第二大学"。还好，韦峰在这里依旧很受欢迎，会踢球的他很快就和广院男生打成一片，并因为良好的球技成了各队都欢迎的"外援"。

在宋小眼里，韦峰就是个"可爱多"。因为每次韦峰来找李知，手里都拿着李知最喜欢的"可爱多"。

"我在楼下看见'可爱多'了。"宋小这么说的时候，210宿舍就知道韦峰来了。

天下没有免费的午餐，李知一直这样认为。韦峰给自己买可爱多，是有企图的。这个企图就是抓着李知来做足球队的啦啦队员。这个从初中就开始做的事情，李知驾轻就熟，从那时开始，只要韦峰一踢球，自己就要在，算得上"超级陪踢"。

李知正和萱萱抱怨："怎么上大学了，还摆脱不了陪踢的命运。以前初中高中，老师说他们代表学校，我感觉自己还是在为学校荣誉做贡献。现在，凭什么呀？"

李知一边抱怨，一边看着在场上狂奔的韦峰。

萱萱也看着赛场："运动也是一种美。运动之美代表着力量、激情，你好好感受一下。”

李知懒得理萱萱。

萱萱继续说：“我就喜欢贝克汉姆奔跑时的样子，像猎豹，特别man！”

李知狠狠推了一下萱萱：“行了吧你。别说了，怎么越来越不正经。”

“行了，我去上课了，你下午没课，好好欣赏吧！”萱萱说完，哼着歌上课去了。

李知看着场上的韦峰，怎么也欣赏不起来，因为她感觉自己要被晒化了。李知一回头，看见了周洋。周洋涂着厚厚的防晒霜，戴着大墨镜，打着遮阳伞，看见李知不觉一惊：“哎呀！你怎么这样就出来了！你这样站在太阳底下会晒出皱纹和褐斑，你要注意一下！”惊恐的表情仿佛已经看见褐斑、皱纹布满全脸的李知。“我也不在外面站着了，这张脸还得对得起观众！”说完，周洋一扭一扭走开了，留下李知惊恐地摸着自己的脸。

中场休息，韦峰按惯例第一个跑到李知身边，大汗淋漓，像刚从水里捞出来，李知皱着眉头递上一瓶水，小声抱怨：“我这是啦啦队长兼杂役吧！以前以为是一份技术含量蛮高的事业，现在看，就是小工！”韦峰正喝水，笑得差点喷出来，忙解释：“这位同学，工作不分贵贱！不要这样挑三拣四，带有情绪！”李知狠狠瞅他一眼，将毛巾递给他：“我都晒出皱纹和褐斑啦！”韦峰一愣，凑过来：“是吗？我看看有吗。”李知不好意思地向后一躲。韦峰一把拽住她：“就你最实在，我们踢球不避阳光，你怎么也在太阳底下干晒。走，我带你去树荫下。”说着拉着李知就往树荫下走。

“行了，别不高兴了，等会儿请你吃可爱多。”

“可爱多也弥补不了紫外线对我的伤害。”

李知和韦峰又开始上演他们几年来的把戏——斗嘴。正好经过操场的郭书恰好看到了这一幕。他仔细辨认了一下，拉着李知的男生不是自己学校的。这人是谁？干吗拉李知呢？两人看上去很熟悉的样子。李知不会真被别人盯上了吧？郭书顿时紧张起来，各个问题此起彼伏不断冒出，一时来了个“十万个为什么”，郭书决定下次见到李知好好问个清楚。

对于韦峰经常在自己身边出现这件事情，李知早已习以为常。两人从初中认识至今，这人就这样。只是李知不知道，为了能做到经常出现在李知身边，韦峰有多么不容易。

初中的时候，两人被学校分在了一个班级。可是为了高中还能和李知在一起，韦峰真是使出九牛二虎之力。李知学习好，励志考取当地最好的高中，韦峰一边赞赏，一边觉得自己“压力山大”，最后使出吃奶的劲儿，还加上了体育特长才勉强被那所当地最好的高中录取。后来，李知又想到北京读大学，韦峰真是力所不能及，最后终于在体育大学那里看到了希望，继而放弃了考取当地一所不错的财经大学。为此，韦峰的妈妈哭了好几次。为了这一路追赶李知的步伐，韦峰是尽力了。

要珍惜春光的李知，不久后就发现了一个关于自己的巨大秘密。所以，当她在校园里再次看到远道而来的韦峰时，只是远远地看了一眼，理都没理。

韦峰惊讶地看着李知：“你干吗不理我呀？”

李知冷冷地说：“我不认识你。”

韦峰一愣：“你怎么了？”

李知继续向前走：“我没怎么。”

韦峰拦住李知的去路：“你到底怎么了？不理我也说个明白。”

李知停下脚步，气冲冲地说：“那好，韦峰，我今天就让你来个明白的！我问你，在初中高中时，你从不让男生给我写纸条是不是？”

韦峰松了口气：“多大点事儿，就这事。是，怎么了？”

李知咬着牙：“为了达到这个目的，你请他们打游戏，还说让他们追更漂亮的女生，这些是不是你做的？”

韦峰轻松地看着李知：“是，好汉做事好汉当，就是了，怎么了？”

李知狠狠抬起手朝韦峰打去，韦峰闪过。李知又高高抬起腿朝韦峰踢去，韦峰又闪过。

韦峰：“哎呀，你这动作不协调的毛病还没有练好呀，平时多做做协调性运动，特别是手脚协调。”

“韦峰！”李知大叫一声，眼泪都快出来了。难怪自己整个初高中就那样在学习中度过了，那时候，但凡漂亮的女生都有人追求，李知一度对着镜子，对自己的相貌非常不自信。她万万没想到，原来身边有一个“拦路虎”。

李知收起手脚，甩下韦峰大步往前走。韦峰赶紧跟上：“李知，李知，别生气了。你看看，咱们初中高中那些漂亮女生，大都没有考上好大学。为什么呀？还不是因为早恋害的。在那个时候，安安静静学习，你说多好呀！”

李知大声喊着：“韦峰，你走，你快走，你快离我远点！”

李知气鼓鼓地找到了萱萱，萱萱一听李知的诉说，就开始笑个不停，眼泪都笑出来了，后来不笑了，但认真起来的样子，让李知更悚然。

“李知。”萱萱严肃地看着李知。

李知打了一个冷战：“你怎么了萱萱，你还是笑吧，这么严肃我害怕。”

萱萱接着很严肃地说：“李知，你能不能适当考虑一下韦峰，我觉得韦峰不错！”

李知舒了口气：“你这么认真就为了说这话，那好，你能不能适当考虑一下张磊，我觉得张磊不错！”

“我是认真的，我觉得韦峰真的很喜欢你。”萱萱继续说

李知瞪大眼睛摇摇头：“不会吧。他一天到晚没事就拿我逗闷子罢了。再说了，他最大的爱好是跑步和足球，天天一顿狂跑，这些占据了他大部分的时间，他哪有精力喜欢我。”

萱萱叹了口气：“李知，你真看不出他喜欢你！他从初中起，就开始做起了防守队员，天天盯防各路人士对你的进攻；他不远‘千里’，有事没事就从他那学校奔波而来只为见你；他天天买了可爱多站在楼下等你，这些都不是喜欢你？”

李知一愣，这些问题好像自己都没有想过。

“天呀，李知，这都不叫喜欢，这叫什么！韦峰对你的喜欢，那简直就是众人皆知，而独你不知呀！”萱萱激动地说着，说到最后，声音抬高了八度。

萱萱看着李知，接着说：“我也奇怪了，这个韦峰是不是和你一样也缺哪根神经呀，都这么喜欢了还不表白，对你这种人，暗示会有什么作用呢？”

李知摇摇头：“我看你是想多了，这种男生我高中见多了，你思想怎么那么复

杂。男女之间就没有纯纯的友谊呀？”

萱萱叹了口气：“有呀，男女之间有纯纯的友谊呀，而且越丑越纯！”

李知推了萱萱一下：“歪理邪说。”

萱萱：“所以，你和韦峰之间很难有纯纯的友谊。我和张磊之间倒可以友谊之树常青！”

李知：“我和韦峰是友谊地久天长！”

郭书想偶遇李知将足球场上那个男生的事情问清楚，才发现即使巴掌大的校园，偶遇也不是件容易的事情。

郭书想在女生宿舍楼下等李知，想了又想，觉得自己以一个普通朋友身份正式询问李知这个事情，不免有些尴尬和奇怪。

所以，郭书觉得自己需要一次精心的“偶遇”。郭书对李知的了解不多，第一，知道此人酷爱早起，从不睡懒觉。第二，知道此人最爱吃赫赫有名的“广院肉饼”，刮风下雨，电闪雷鸣，风雨无阻。

于是，第二天一早，郭书没有去操场练声，而是在大食堂开门的时候，第一时间径直走了进去。郭书先买了一碗粥，慢慢地喝着，眼睛时不时盯着门口。喝完粥，他又起身买了一份鸡蛋，不紧不慢地吃着。吃完鸡蛋，又起身买了一杯豆浆，豆浆看上去可以喝得慢点儿。郭书都快撑得肚圆了，李知还没有到。还好，在郭书豆浆喝到一半的时候，他远远地看到了李知。

郭书赶紧喝完碗里的豆浆，快速起身走到食堂门口，装作刚刚进门的样子。并且在李知买完早餐，找到座位的时候，“恰巧”来到了李知身边。

“李知，今天这么巧？”郭书装作刚刚看到李知的样子。

李知早起的习惯，让她习惯了一个人吃早餐。能遇到熟人，李知觉得很惊讶，她抬头看见郭书，带着几分意外的惊喜：“这么早？”

郭书点点头：“我也刚刚到。”

李知看了一眼郭书，郭书也看了一眼李知，两人突然不知道该说什么。

郭书轻描淡写，“不经意”地说出了准备许久的台词：“那天，看见你在操场上当足球啦啦队员，你喜欢足球？”

李知摇摇头："不算特别喜欢。"

"那为什么做啦啦队员？"郭书吃了一口鸡蛋，立刻觉得撑得不行。

李知抿抿嘴，叹了口气："是因为我高中同学来我们学校踢球，以前总给他做啦啦队员，现在也推脱不掉了。"

郭书装作很自然地问："他是你高中同学，最近一直来学校找你？"

李知点点头："是呀，一直这样。"

郭书小声哼了一下："他为什么这样呀？"

李知摇摇头："喜欢踢球吧，到处找人踢呗，谁知道呢。"

郭书看了看李知，没有说话，心想，天下可能只有李知这样想这个问题。

李知咬咬嘴唇，也"无意"地问出隐藏在心中很久的问题："你呢？你和女朋友分手，还难过吗？"

郭书稍微愣了一下："好多了！"

李知接着问："那上次约你吃饭的女生还找你吗？"

郭书扑哧一笑。

李知莫名其妙地看着郭书："你笑什么？"

"我都把这事儿忘记了，你还记得？"郭书回答。

李知有些不好意思，提高了几分声音："我也忘记了，随口一问而已！"

郭书高兴地一笑："没关系，没关系，同学之间互相关心！"

李知轻轻哼了一声："是你先关心我，我回以关心而已！"

郭书不住点头："对对对，是你回以关心，我们这是礼尚往来！不是你主动！"

李知有点急了："真不是我主动！"

"是！是！是！都说不是你主动了，你还急。其实，同学之间的关心，谁主动一点真的没有关系的！"说完，郭书诡异一笑。

李知看着郭书，老半天才说出下一句话："你怎么吃得这么少？"

郭书点点头，无奈拿起半个鸡蛋，吃了下去，感觉自己的胃都要炸了。

这时，宋小一屁股坐了过来，惊讶地看着郭书："郭书，你是郭书吧？"

李知忙打断宋小的问话，朝郭书使了使眼色："郭书，你不是有事情吗？你先走？”

郭书想和宋小聊几句，探听探听李知的动态，于是没有回答李知的问话：“对，我是郭书，你是？”

“我是宋小！”

李知知道宋小说话向来不经过大脑，不知道哪句话会泄漏自己的小秘密。她赶紧拉了郭书一下：“你有事，就先忙！”

郭书看了李知一眼，不情愿地起身，但想到今天问清了那个男生的来路，也算有所收获，就礼貌地起身和李知、宋小道别。

宋小嘟着嘴，不满地朝李知抱怨：“干吗这么着急，我还想向他打听一下‘刚’的情况呢！不过，他倒是彬彬有礼的，是吗？”

李知叹了口气：“那只是表面现象，其实，其实他还有不为大多数人知道的一面。”

“哪一面？”宋小问

“你哪那么多话？”

“李知，你说郭书是不是喜欢你呀？”

“就你话多，哪都少不了你。”

“我看他挺喜欢你的！”

李知一笑：“你怎么看出来的？”

“我观察他看你的时候，眼神发光，而且一直都在笑。”

“真的吗？”李知咬咬嘴唇，轻轻拍着宋小的头：“行了！吃你的肉饼吧！”

郭书快速跑向操场，他转了五圈，鼓胀的胃才稍微舒服一些。

电影《午夜凶铃》在广院上映的时候，萱萱异常兴奋，她喜欢这种刺激，不能忍受平淡。从来没有看过恐怖片的宋小也异常兴奋。大学对于宋小来说，仿佛是用来填补她人生空白的。被萱萱和宋小拉着，李知不情愿地跟着她们来到广院影院。

“快给我们平淡的生活来点刺激！你没有看过，说不定会很喜欢。”萱萱边买票边说。

“我不去了，我觉得你们的生活挺刺激的。你们不是都处于失恋状态吗？还有比这更刺激和恐怖的吗？”李知一脸惊恐地说。

说完这句话，李知就后悔了。因为这坚定了宋小和萱萱看恐怖片的决心。“所以，更恐怖的都经历过了，这点儿算什么？”宋小态度坚定地说。

在她们的挟持下，李知被迫走进了电影院。

电影开演不久，音乐一起，李知就已经吓得魂飞魄散了。李知悄悄看看自己左边的萱萱，她正一边聚精会神地盯着大屏幕，一边往嘴里猛塞薯片。李知再看看自己右侧的宋小，不知什么时候，宋小竟然张着嘴睡着了。

李知坐立不安，一个“贞子爬出屏幕”的镜头，李知猛地转过身去不敢看，后面的男生“嗷”了一声；一个“贞子伸出手”的镜头，李知再次猛地转过身，后面又“嗷”了一声；当李知第三次猛地转过头的时候，后面的男生再次配合地“嗷”了一声，然后紧张地对李知说：“同学，求求你，你别总回头。我看电影没有被吓到，倒是被你吓到了！”李知这下不回头了，全程手捂着脸，小声央求萱萱：“我们回去吧！”萱萱看都没有看李知一眼，小声说：“不害怕，多刺激呀，我还没有看够！”李知欲哭无泪，又一把拍醒了还在睡梦中的宋小，宋小揉搓着双眼：“我还没有看过恐怖片呢，刚刚睡着了，现在走太可惜了！”

李知很想出去，却又不敢一人走出影院，坐立不安。这时，身后有人拍了拍李知的肩膀，李知猛地一惊，惊悚地回过头，看到郭书正蹲在后排：“李知，要不要回宿舍？”李知拼命点头：“可是，我害怕一个人出这影院，经过前面的大屏幕太恐怖！”

“没事，我和你一起走。”

郭书说着，起身走到李知座位旁，李知狠狠瞪了萱萱一眼，在宋小惊讶的目光中，和郭书弯着腰，疾步走出影院。

走出影院，李知深深吸了一口气，发现自己一身冷汗。郭书看着李知，不由得笑出声来：“真没有想到，你胆子这么小。不是喜欢李秀媛，不是要环游世界吗？你这样怎么闯世界走天涯？”李知疑惑地看着郭书问：“你怎么知道我的职业偶像是李秀媛？”郭书微微一笑：“不告诉你！”李知拍着心脏，还有几丝惊魂未定：“郭书，你这个时候还笑话我？”

郭书看着李知，俏丽的面孔因为惊吓而显得苍白，顿感可爱，不免想再捉弄李知一下。他看着李知身后，突然做出惊恐的表情，李知不禁一惊，紧张起来："怎么了？”郭书模仿着电影里的恐怖声音："你身后……”李知听到身后果然有“扑扑”的声音，“哇”一声惊声尖叫，拔腿就跑，十分狼狈。

“李知，你停一下，李知！”郭书在李知身后一顿猛追，一把拽住奔跑的李知。李知惊慌地看着郭书，急促地问，刚才怎么了？郭书摇摇头，回答："没怎么，就是有两只猫跑了出来。”李知瞪大眼睛，有些生气："那你干吗一副惊恐的表情？你干吗故意吓唬我！”听见李知的责备，郭书有些不知所措，只愣愣地回答道："我觉得挺好玩的！”李知瞪大眼睛："可我觉得一点儿也不好玩！”说完，她气呼呼地转身就走。郭书急呼呼地跟上，焦急地解释："我也觉得这一点儿也不好玩，可是，我觉得你挺好玩儿。”李知生性胆小，最讨厌别人吓唬自己，她伸出手："你看，我吓得手都出汗了。”郭书看着李知气鼓鼓的样子，更觉得好玩，他压抑住笑容，轻轻对李知说："你别生气了，下次不吓你了。”李知瞅了郭书一眼，不说话，继续向前走。郭书紧随其后，认真地对李知说："李知，你真的别生气了，我以后再也不吓你了！但你别不理我！”李知继续板着脸向前走。郭书感觉李知真的生气了，刚才高兴的心情一下紧张起来。他跑到李知前面，一边倒着走，一边紧张地盯着李知的脸，有些语无伦次："我以后真的不敢吓你了，你现在别吓我。”声音有些哀求。李知停下脚步，看到郭书认真的表情，心中一片柔软。

郭书看到李知表情缓和，长舒了一口气，伸出手："别吓我，你看我手也出汗了！你看看，我额头都出汗了！”

李知瞅着郭书，小声责怪道："谁让你吓唬我？你手干吗出汗？我有那么可怕？”

“你不可怕，生气的样子也不吓人，只是，我挺怕你生气的。”郭书说得有些委屈。

“我以后不会了。”李知轻声说，然后抬头温柔地看着郭书，郭书也温柔地看着李知。两颗心“怦怦”的跳动声回荡在安静的世界里。

“李知，我，我……”

李知心跳得更加厉害，她不知道郭书是不是会突然表白。郭书也分外紧张，把到嘴边的话生生咽了下去：“我，我下周找你看喜剧电影好不好？”

李知点点头，有些失望。

郭书温柔地看着李知：“你不生气了吧？”

李知点点头。

郭书：“那你回宿舍好好休息，过几天，我来找你？”

李知依旧点点头。

13

李知没有等到和郭书去看喜剧电影，却等到了郭书前女友来到学校的消息。消息灵通的宋小站在宿舍中央，手持一个印有广院logo的话筒，照例在通报完“刚”一日行程后，加播了这条新闻。李知躲在床帘后面，不知所措，心乱如麻。郭书的前女友为什么会突然出现？他们会复合吗？说好的要一起看一场喜剧，郭书还会记得吗？郭书会从此在自己的生活中消失吗？李知第一次发现，日子原来这么难熬。这些疑问夹杂着思念炙烤着李知，每一分每一秒都被拉得很长。李知不愿出门，害怕突然遇到郭书和他的前女友，怕自己失态，怕自己的一颗心受伤害。突然间，李知仿佛从幸福顶端直坠而下，堕入不见底的黑洞，一直往下沉。

千躲万藏，李知还是在学校遇到了郭书和他的前女友。郭书前女友长发飘飘，身材高挑，两人站在一起很般配。郭书想叫住李知，李知却连看都没有看他。

“他是不是真忘记了那天和我说过的话？”李知躺在床上，手里拿着郭书留下的电话号码，“不是说好，要一起看场电影的吗？”李知突然发现自己和郭书好像没有一起做过一件事情，“一起看场电影，也算是对这段感情有一个交代。”李知想着这些，不禁哭了起来，自己的期许竟如此卑微，但也不知道是否能实现。

天气越来越热，刘小宇越来越忙碌，因为期末考试就要来了。刘小宇坚持每天上自习，自习室不关门，刘小宇不回来。从《新闻理论》到《中国近现代史》都被刘小宇翻烂了。每天清晨，刘小宇第一个起床，第一个冲出宿舍，第一个冲进教室开始晨读。宋小常常摩挲着双眼：“小宇，你别这样紧紧张张的，我昨天梦见自己又回到了高三，结果一下子把自己吓醒了。”后来有一天，连心理素质过硬的萱萱、优优、方媛也梦见自己坐在高考数学考场上，猛然惊醒，大家不约而同有一种“劫后余生”的庆幸。

于是，几人相约在食堂吃了一碗砂锅饭，为自己“压压惊”，此后更是坚定了自己要好好度过大学时光的决心，绝不做“高中”生活的延续和翻版。她们要珍惜自己的大学时光，就像歌曲里唱的那样：“珍惜春光，珍惜春光，珍惜春光——”李知夹在她们中间，第一次想到，如果失去郭书，她宁可重新高考，去一个和郭书不相遇、不相见，便可不相爱的大学。

这段时间，韦峰终于意识到了，暗示对李知来说根本没用。对于这个感情小白痴，多少前人的经验证明了这点，如果自己一直这样暗示下去，结果就一如过去的六年，她真能把自己对她的感情看成“男女之间纯纯的友谊”而万古长青。

于是，韦峰决定改变。而且必须迅速改变，因为韦峰感觉到李知也在迅速地改变。以前，对于“感情”，对于“恋爱”，李知连想都不想，甚至无暇顾及，但是现在，李知仿佛一下子“情窦初开”。另外，韦峰觉得李知似乎越来越动人了，以前似乎只是漂亮，现在更加迷人。喜欢李知的秘密深藏在心中这么久，韦峰害怕现在的李知没有了自己的“保护”，会被别人捷足先登。韦峰鼓起了所有的勇气，在周五的晚上，于华堂新开业的一家餐厅，准备大胆表白。

餐厅不大，李知和韦峰面对面坐着。李知有些无精打采，看到可口的饭菜也打不起精神，但她还是喜欢和韦峰在一起，这让李知觉得很轻松，因为韦峰总是一副没心没肺、不管不顾的样子，她也常回报以没心没肺、不管不顾。当天韦峰似乎刻意梳理了头发，穿得也很精神，但是在李知看来，这和之前没有什么大的区别。其实，李知不知道，今天的韦峰和之前区别很大，起码他心里很紧张。

韦峰没有想到面对认识了6年的李知，自己还会紧张成这样。当然，韦峰的紧张李知是一点儿也没有看出来。

“你干吗弄了头发呀？”李知问。

韦峰：“这样不好看吗？”

李知没有回答，韦峰装作轻松的样子，有一搭没一搭地和李知瞎聊，终于找准一个气氛融洽的时刻，他突然发问："李知，你现在是不是想有个男朋友了？"

李知不高兴地看了韦峰一眼："你什么意思？说得我好像很着急一样。"

"不是，不是这意思。我的意思是……"

提到男朋友的话题，李知心里一阵难过，脸上也不太好看，说道："你的意思是什么？吞吞吐吐！"

"我的意思是，反正你现在没有男朋友，我呢，也没有女朋友，咱俩是不是……"韦峰吞吞吐吐。

李知听了韦峰的话，愣住了。

"李知，要不你做我女朋友吧！其实我挺喜欢你的。"韦峰说这话时，前所未有的认真。李知一愣，顿时有些不知所措，半天说不出话。

"韦峰，你让我想想。我……我其实……"

李知这才发现，即使郭书和前女友和好了，自己似乎也不愿做别人的女朋友。她突然发现此时自己格外想念郭书。

韦峰看着语塞的李知，顿时明白了。

"韦峰，我不知道怎么和你说，但是，我想说，我……"

不知道是韦峰不想让李知尴尬，还是自己没有勇气听下去，韦峰立刻制止了李知继续说下去。

韦峰又露出他平时戏谑的样子："行了，李知，你怎么吞吞吐吐，我是逗你玩的！你还认真了，你也太逗了！"

李知立即长舒了一口气，觉得自己手掌都在冒汗。她抓起手边的餐巾纸盒一把拍在韦峰的头顶："你为什么要逗我玩？"

"我就是喜欢看你认真的样子。觉得特逗，所以就逗逗你！"

"你怎么那么烦呀！"

韦峰凑上前："怎么了？是不是准备答应我了？"

李知瞪着眼睛："你想得美！才不是！还想着怎么拒绝你不伤害你呢！"

韦峰的心狠狠，狠狠地一沉。如果刚才不是自己临时转换话题，自己不但会被拒绝，而且还会彻底失去李知。

“拒绝我干吗？你看，我没有女朋友，你没有男朋友，我们多合适！”

李知叹了口气：“这就算合适呀！你对爱情就这么不严肃？”

韦峰点点头：“是呀。好啦，不逗你了，好好吃饭。看你刚才的样子，你以后要学会识别别人的玩笑呀。”

李知不满地嘟囔：“你以后要学会多认真一点！”

韦峰微微一笑，心想，我就是认真的，而且非常认真。韦峰也突然明白了，正是由于这份认真才让自己分外紧张。感情的世界里没有什么新手老手之分，只要认真了，就都是感情面前的“新人”。

自从韦峰到广院踢球以来，他和广院男生就称兄道弟。韦峰要表白的事情也被传开了。

这几天由于前女友来北京，郭书没有和李知联系，但心里时时刻刻都在想着她。即使面对前女友提出的“复合”，自己也回绝了。原来，自己的心中已经被那个叫“李知”的女孩牢牢占据了，简直是完全控制了。尤其是那天，李知看见自己竟然没有理睬，郭书很怕她以后都不理自己了。

晚上，郭书刚刚送走前女友，无意间走到摄影系男生照片墙前看，却突然发现李知的照片不见了。

郭书紧张起来：“李知的照片呢？”

摄影系男生：“不知道呀，好像是刚才被谁拿走了。”

郭书转过头：“为什么呀？她，她有男朋友了？”

摄影系男生摇摇头：“不知道呀，不过，今晚，那个总来踢球的韦峰要表白，估计，估计我们又要失去一位美女啦！”

郭书脑子“嗡”的一声，他感觉自己的心被狠狠地抓了一下，然后被重重地扔在了地上，突然间不跳了，接着是一阵猛烈乱跳。

他扔下手里的东西冲出男生宿舍楼，直奔女生宿舍楼下，心里十分紧张，“李知不会已经答应韦峰了吧？上次就向李知问了情况，忘记叮嘱她，不要找男朋友了！可是，自己又有什么资格说这话呢！这几天陪前女友，是不是冷落李知了？她不会一气之下答应了别人吧？还说好要一起看电影呢！”郭书越想越急，心急如焚。

跑到女生宿舍楼下，一打听，李知不在宿舍，据说是和人去华堂吃饭了。郭书更加紧张起来，他甚至开始绝望了，男生宿舍的传闻果然没错。如果李知答应了，现在他们一定快乐地在一起了，李知自然不着急回宿舍。从此，自己就真的失去了李知。郭书越想越失落，越想越懊恼，“为什么没有听李博的提醒，为什么不早早向李知表白！这两天冷落李知，只是觉得日后有大把大把的时间可以表白，可以在一起。可是，万一这些机会没有了呢？万一，自己错过了呢？李知，你去哪里了？”郭书难过得一时不知道该怎么办。

晚上九点钟，韦峰把李知送回了学校。两人告别后，李知没有回宿舍，而是想去操场转转。不知道为什么，李知今天格外想念郭书。如果郭书和前女朋和好了，自己真的会像以前想象的那样，还愿意和郭书做朋友，然后将这段感情深深埋在心底吗？

郭书坐在看台上，懊恼地喝着啤酒，一瓶接一瓶。时间慢得惊人，郭书不知道如何打发接下来的时间。如果失去了李知，今后的漫长岁月又该如何度过？郭书不敢想象，仰头喝了一大口，感觉自己就要掉进无底的黑洞中，浑浑噩噩。从在舞台上第一次见到李知，到在餐厅里再次偶遇，后来一起吃饭，一起喝醉，约着一起看电影，很多次机会自己都可以拽住李知，向她表白，但是自己为什么都错过了？很多次，自己都在深夜想念她，幻想有李知这样的女朋友一定很好，可为什么不大胆去表白？自己不喜欢她和别的男生在一起，不喜欢她被别的男生拍照，不就是喜欢她吗？为什么还迟疑？郭书放下酒瓶，朝操场望去，看见了一个熟悉的身影，是一个熟悉的身影，只有一人！郭书简直不敢相信自己的眼睛，他欣喜若狂，一个健步冲下看台，不知道是站起来过猛，还是酒精的作用，郭书一个踉跄摔了下去，但他此时早已顾不上疼痛，好像生怕一耽搁，李知就要溜走一样。他狼狈地爬起来，大步跑向李知。李知感到有人跑过来，还没有认出是谁，就被那人猛地一把拉住。

李知转过身，望见是郭书，惊喜而疑惑：“郭书？”

郭书上气不接下气，没有回答，紧紧拉着李知：“李知，我现在晚不晚？”

郭书身上散发着淡淡的啤酒味，神情紧张，李知疑惑地问：“郭书，我不知道你在说什么。你在这儿……”

郭书急切地打断李知的话：“你只要回答我现在晚不晚？”

李知看着郭书，几日不见却仿佛分开了很久很久，心疼地问："郭书，你怎么了？"

郭书摇摇头："李知，就回答我现在晚不晚？"

李知愣愣地回答："不晚，现在才九点，应该不算晚……"

不等李知把话说完，郭书一把将李知紧紧抱住。

只有在失去的一刻，每个人才能看清自己最在乎的是什么，才能看清自己的内心。郭书现在才发现自己有多在乎李知，自己有多么需要她，自己有多害怕失去她。

郭书的周身散发着淡淡的啤酒味，贴在他胸口，李知能清晰地听到"怦怦"的心跳声。李知抬起头看着郭书，不敢相信郭书就在眼前。

郭书依旧紧紧抱着李知，仿佛一松手，李知就会跑开。

李知也紧紧抱着郭书，这是一种失而复得的喜悦，她生怕稍纵即逝。

"李知，能和你商量个事吗？有一个位置我觉得特别适合你，你要不要试一试？"郭书小声说。李知闭上眼睛，紧紧抱住郭书，头发在郭书怀里轻轻磨蹭。

但很快，李知推开了郭书："你最近都在忙什么，答应一起看电影你都忘记了？"李知有些生气，也有些委屈。

"你胡说，我根本没有。"郭书也有些委屈，自己没有找李知，可是李知也没有找自己呀，而且李知还有自己宿舍的电话号码。

"再说。"郭书委屈地说道，"再说你今晚不是也和别人高高兴兴吃饭去了吗？"

"你怎么知道我高兴？"

郭书打量了一下李知，嘟囔着："看你穿得这么漂亮！"

"你少转移话题，你这是恶人先告状，是你忘记了和我一起看电影，是你！"

"我没有！"

"你有！"李知挣脱开郭书。

两人都觉得委屈，都觉得对方将自己忘记了，也都觉得自己被对方忘记了。

"我就没有！"

"你就有！"

郭书看了一眼李知，李知一脸委屈，也一脸不悦。郭书现在管不了那么多了，不管眼前这人今晚答没答应别人，现在他都不能再错过，他要用行动证明，自己真的没有忘记和她的约定。郭书借着酒劲儿，一把将李知拉住，朝着她的嘴唇，狠狠吻了下去。

李知一惊，心脏猛烈地跳动。

“你讨厌，郭书！”李知又要推开郭书，却被郭书牢牢抱住。

“别挣扎了，我不会放手的！刚才在看台上，我就想过了，如果再次遇到你，我不会放过你！”

李知还是觉得委屈，气鼓鼓地说：“你没有忘记，那为什么不来找我？”

“我今天不是找你来了？”

“你不是！”李知还是不肯原谅郭书，不肯原谅郭书将自己忘记了。

“李知，我不管你今晚怎么认为，不管你现在有多生气，有句话，我要告诉你，我爱你！”说完，他松开手。

李知低下了头，似乎不像之前那么生气了。

郭书轻轻地说：“我真的没有忘，我早都记下了最近电影的播放时间，只是要和你商量。”

“真的吗？”

郭书点点头：“现在无论走到哪里，看到什么，第一个想分享的就是你。有时候，我都会觉得自己很烦。”

李知叹了口气：“我也是。”

“李知，我们不吵架了好不好？”

李知点点头。

“李知，刚才我以为我要失去你了，你不知道我有多绝望。当你出现在我面前，我都不敢相信自己的眼睛，李知，做我女朋友吧？”

李知没有说话。

“李知，你说，你怎么才能答应？”

郭书从没有想到自己的表白会这么狼狈，但是那一刻他明白了，没有人能在爱情面前潇洒，足够潇洒的爱情是因为不足够爱。

“不准像刚才那样，朝我发脾气，朝我凶！”李知轻声抱怨。

“我答应你，李知！以后不凶！”

李知点点头：“那我也答应你！”

郭书仰着头，长长地舒了一口气，心跳动得更加剧烈，但每一次跳动都有了归属。

“以后和别人吃饭不准穿得这么漂亮。”郭书打量了一下李知说。

“霸道！”

“好，那我就更霸道一点，以后不准和男生单独吃饭，听到了没有！你可是有男朋友的人了！”

“你以后不准很久不联系我！”

“我不会！”郭书肯定地回答。

“我也不会！”李知同样很肯定。

有时我们渴望自由，有时，我们希望失去它，起码失去一部分，因为我们更渴望和另一个人亲密起来。

郭书轻轻抱住李知，李知却觉得快要窒息了。

“李知，刚才你是第一次？”

李知抬起头，瞅了郭书一眼，点点头。继而不满地看着他：“郭书！你不是第一次，是吗？”

郭书扑哧一笑，一边说，一边俯下头去，小声说：“我也是第一次！”

李知推开他：“你胡说。”

郭书抓住李知的手，小声说：“真的，这真的是我和你的第一次！”说完，他再次吻上李知的唇，凉凉的，润润的。

李知轻轻闪躲着，含糊地说：“你过分。”

“我爱你。”

“你讨厌！”

“我爱你！”

微风吹来，仿佛全世界都不存在，全世界也不再重要。时间仿佛停止了，世界就剩下李知和郭书，在无涯的时间里，在广袤的宇宙间。

李知不挣扎，也不躲闪了，她轻轻回应着郭书。她没有过男朋友，原来，有男朋友的感觉这么好。

如果一生只有一次机会让时间停止，让那一刻的感受成为永恒，李知愿是这一刻。

当李知推开宿舍门的一瞬间，整个宿舍都炸开了锅，以宋小为最。

宋小又激动又兴奋："阿知，阿知，刚才在操场上，是郭书吧！"李知现在只想自己安静一下，她向着自己的床重重地躺了下去，还没躺稳，萱萱就破门而入，一脸的兴奋和激动，她拉着李知的胳膊，上上下下不住打量，使劲儿地捅李知："干吗躺着呀？到底怎么回事？怎么突然间，你们就……他和你表白了？还是你和他表白了？啊？怎么回事？你不是和韦峰出去吃饭了吗？这是怎么回事？剧情急转直下，太凌乱了！"李知看着萱萱，脑袋晕晕的，任凭萱萱怎么激动，还是呆若木鸡。

萱萱拼命摇李知："说句话呀，急死人了，这也太突然了吧，我都没有思想准备。""我也没有。"李知终于吐出了一句话。萱萱继续拉着李知说："那他和你说什么了呢？"

李知："他说，他爱我，让我做他女朋友。"

萱萱："你，你怎么想的？"

李知出神地望着窗外的一轮明月，说："我答应了！萱萱，以后每一年的这一天，我都要好好庆祝；以后每一年的这一天，我都要和郭书在一起，紧紧抱着他。"还有一句，李知没有告诉萱萱，她希望，自己一定要在这一天披上婚纱，以后每一年的这一天都和他在一起，她要永远记住这一天，记住这一天的惊喜、感动和那深深的眷恋与爱意。

萱萱看着眼前的李知，觉得她那么幸福。

被这份眷恋和爱意充盈的还有郭书。将李知送回宿舍后，郭书直接去了小卖部，买了啤酒又回到了操场。他在操场坐到了深夜，想留住今晚的一切。

回去的时候，宿舍门已经关上。郭书看着宿舍楼旁边的水管，一个跃起，爬了上去。男生宿舍二楼的窗户永远开着，就是为了这些表白达成，幸福晚归的男生。可是，那天郭书真是太兴奋了，他一口气爬到了三层的窗户前，猛烈摇动了几次窗户，却不见动静。这时郭书才意识到自己爬高了，他开始敲打窗户，几个在走廊打牌的男生走过来，准备给他开窗，郭书却手一滑，“哐”的一声直接掉了下去。

嘈杂的男生宿舍顿时安静了，大家面面相觑。有人猛地打开窗户大喊：“郭书！郭书！”有的直接冲到楼下去“救人”。

过了一会儿，郭书头顶着香蕉皮从一堆垃圾中站了起来，抖了抖全身，在路灯下，如小马哥手持冲锋枪，举着一个空可乐瓶，满脸兴奋，冲向前来“营救”的同学并高喊：“哥们儿，李知是我女朋友了！哥们儿，李知是我女朋友了！”

1998年6月19日，星期五，农历四月初六。这一天，李知和郭书决定在一起。李知第一次有了男朋友，而郭书第一次有了人生主动的表白。一切似乎那么重要，一切也似乎不重要了，无论怎样，他们在一起了。从那个初夏开始，李知和郭书的生活中开始有了彼此，他们的生命也开始生长在了一起。

第二天，郭书才知道，前一天是李博取下了李知的照片，去做脸部比例分析。今天，李博没有将李知照片贴回照片墙，而是直接给了郭书。郭书反复看着那张照片，将它贴在了自己的床头。

韦峰是在第三天知道的这个消息。那天，他照常来广院踢球，却被最新的资讯震惊了。那天，他踢得很凶，像疯了一样，那天，他从早踢到晚，浑身上下像泡在了水里，脸上分不清是汗水还是眼泪。

那天夜里，韦峰在女生宿舍楼下的角落里站了很久。想起第一次见李知，她还是个初中生，梳着马尾辫，爱穿白色短袜，袜尾有个小球球。那个时候的李知就爱读书，天天抱着各种书看，韦峰对此很好奇，这一好奇就一发不可收拾。难道从今天开始，自己要忘掉李知，忘掉和李知的一切？忘掉过去六年的时光，韦峰怀疑自己能不能做到。

然而，这一切是正在热恋中的李知无从感知的。和郭书的感情如同那年的夏季，一天天升温。和校园很多热恋的情侣一样，李知和郭书成了“连体婴儿”：一起三餐，一起跑步，一起自习，一起看电影，一起逛画展。无论做什么，他们总是一起，李知喜欢这种在一起的感觉。

有时，他们一起上自习，总情不自禁抬起头，互相看一眼，确定彼此就在身边，才踏实地继续看书。有时，看着书，李知会情不自禁抬起头看郭书，逆光下，郭书的脸庞熠熠生辉，长长的睫毛柔软地忽上忽下，正看着，郭书会突然把脸凑到李知身边："读书啦，花痴！"李知不满地反驳："你用心读书，心无旁骛，怎么知道我在看你！"郭书扑哧一声笑出来，小声说："我的脸都快被你烤焦了，目光如炬，你这样哪像个女生？含蓄一点吧，李小姐。"李知也不屑地嗤一声："我现在是女妖精遇上肉唐僧，含蓄不了了！"说完，两人哈哈大笑。有时，郭书也会杵着下巴看李知，李知头也不抬，伸出手按着他的头："看书，认真学习！"郭书如大梦初醒般连连点头："对，对，看书，看书，书中自有颜如玉！"李知又一下扭住郭书的脸，双手抓着不放，狠狠地说："只有我才是你的颜如玉！记住了没有！"郭书"嗷嗷"地龇牙咧嘴。

那时，李知和郭书的眼中只有彼此，整个世界似乎都在他们眼中黯淡了，只有彼此熠熠生辉，原来这就是所谓的"二人世界"——世界只有两个人——我和你。

当然，他们也会时不时彼此吃醋，就像所有热恋中的情侣一样，偶尔酸酸的，仿佛掉进了醋坛里，不，是掉进了醋缸里。

"你最近表现不错，驱散了身边的闲杂人员。"郭书笑着对李知说。李知不满地回敬："什么闲杂人员！他是我六年的老同学！"郭书走上前，一把揪住李知耳朵："你怎么知道我说谁呀，我都没说他是谁。说！你是不是做贼心虚！"李知不服气，伸手要揪他耳朵，无奈他个子高，李知怎么也揪不着。郭书还揪住了李知的耳朵："揪你耳朵是为了让你听好了哈，冰淇淋吃多了会发胖！"李知咬咬嘴唇："还偷窥我，看我怎么收拾你，你这个偷窥狂！"说着，李知追着郭书满操场跑。跑着跑着，郭书突然停住，面朝李知伸出双臂，李知顺势跑进郭书怀里，被他一把抱起。

"如果少吃些冰激凌，你会更瘦一点！"

李知扬着脸，说道："我不，我就要胖一些，还要让你一直这样抱着！"

郭书一脸无奈。

两人疯闹后，坐在食堂，郭书歪着头，一脸宠溺地看着李知："李知同学，我想问一下，我怎么才能对你好一点呢？"李知想了想，努着嘴："你要一直这么帅，你要一直这么宠着我！"郭书"啪"的一声头倒在桌子上："前一点我努力做到，后一点——"被李知揪着耳朵的郭书突然温柔地说："后一点，我必须做到！"李知不顾众目睽睽，伸手抓住郭书的脸，轻轻用手拍了几下："你说的哈，做不到我收拾你哈！”

“野蛮女友！”

说着两人笑成一团。那个时候，李知和郭书正在享受人生最炙热的一段感情，并为之疯狂。那是爱情最甜美的样子——稚嫩、单纯。像其他大学情侣一样，他们脸上充满了无法言语的快乐和满足。他们常常会看着对方莫名其妙笑起来，一直笑好久。

只是李知和郭书最近有点笑不起来了。期末考试就要到了，而考试后就意味着分离。

宋小心情也很不好，一想到要有40多天见不到“刚”，宋小就忍不住伤心。宋小盯着地图上武汉与成都的距离：“为何地图上这一点点距离，现实却是崇山峻岭？”李知一边收拾行李，一边低头回答：“这就是理想与现实的距离！”宋小“呜呼”一声扑倒在床上，伴随着一阵心碎的声音。最后，宋小在李之仪那首《卜算子》中得到了几丝安慰。她一边吟诵着：“我住长江头，君住长江尾。日日思君不见君，共饮长江水。”一边登上了南下成都的火车。据说这个假期，宋小有事没事就跑去长江边。看着那滚滚长江水，宋小吟诵着“日日思君不见君，共饮长江水”，最后演变成哀怨的“问君能有几多愁？恰似一江春水向东流”。

放假的日期公布了，郭书和李知齐齐犯了“分离焦虑症”。日子越临近，病情越严重。

李知常突然泪眼蒙眬，郭书也时不时紧张，不知道自己会被思念折磨成什么模样。现在，他们两人正抓紧一切时间，时时刻刻黏在一起。而这相守的时光也笼罩在一层忧伤之中。

“我们真的要分开那么久？”李知看着天边的云无望地说。

郭书叹了口气：“真不知道怎么度过这么长的假期，40多天！”

李知又看看郭书：“让热恋的人分开是残忍的。”

郭书点点头。

李知喃喃道：“要不，我们一起做个假期计划，让暑假充实起来，转移一下我们的注意力？”

郭书点点头，但是随即两人又摇摇头，他们发现什么也抵挡不住彼此的思念。

“时间这么长，分分秒秒都是煎熬。”李知说。

“我也是。”

“那我们怎么办？”

“我们每天两个电话！”郭书说出了思考已久的答案。

“必须的！我要每天都听到你的声音。”

“李知，我要是特别想你，可以多给你打几个电话吗？”

“当然，我怕我会忍不住总想打给你。”

那个时候，李知和郭书都没有手机。他们生怕错过对方任何一个电话。

“找不到你，我会不高兴的。”李知紧张地说。

“不会的。我们提前一天告诉对方第二天的行程，这样就不会找不到对方。”郭书不住地安慰李知。

虽然只是短暂的分别，在他们看来，却像一场生离死别。长这么大，郭书觉得自己从来没有像现在这样，不愿与一个人分别。而李知则是一个烦恼接着一个烦恼。

她刚放心地点点头，旋即，又苦恼上了。

“郭书，你说，过了这个假期，我们的感情会不会变淡？”

“怎么会？绝对不会！”

“那你答应我，多想着我！”李知依旧不安。

“我答应你！”

两人紧紧拉着手，李知的一颗心才稍微安稳了一些。

“你答应我，你爱我不会变！”

“我不会变，我当然不会变！”

“你答应我，你会一直爱我！”

郭书不住地点头：“我会一直爱你！”

这种谈话像固定节目一样，几天就要重新上演一次，从不忍别离，到相互安慰，再到信誓旦旦，最后在两人不断确认对方深爱自己中结束。两颗心也随之上上下下，起起伏伏。

期末考试很快结束了，热腾腾的校园一天比一天安静。宿舍只有方媛兴高采烈，她早早收拾完行李，打包好给男朋友买的礼物，定了最早回家的火车票，上午考完，下午就打起铺盖卷走人了。

李知是在妈妈三催四请后才定了回程时间。分别的时刻，郭书送李知去火车站。一路上，两人紧紧握着手。

“郭书，我会想你的。”

“李知，我现在已经开始想你了。”

“不准把我忘了！”

“我不会。”

火车开动的一瞬，李知和郭书不禁流下了眼泪。原来，有彼此的日子是那样幸福。

那个暑假，李知和郭书是在写信、收信、打电话、等电话中度过的。每天听到对方的声音是最幸福的一件事情。他们一定要在对方的声音中开启新的一天，一定要想着对方才可以甜蜜入睡。时而，他们是忧郁的少女和忧伤的少男，时而，他们又因为能看到同一个月亮，可以沐浴在同一片月光之下而感到欣慰。

1998年的夏天，郭书和李知都第一次品尝到了思念的滋味——一种温柔的心痛。那个夏天，李知觉得爱情害怕分离，爱情是时时刻刻想和一个人在一起。很多年后，李知才知道，真正的爱不怕分离。无论是短暂的分离，还是永久的别离，都无法阻挡爱。爱一旦产生，就永远不会消失，她不限于形，深藏于心，是生命的一部分。比如日后自己对郭书的爱，对优优的爱。

《纸飞机》

大二：青春少年样样红

四个小怪物，手忙脚乱，险些打翻咖啡，一番折腾后，终于正确地喝上了第一口咖啡，李博和张磊兴奋地击掌庆祝。

很多年来，每每出入各种咖啡厅，李知就会想起那一幕，想起四个小怪物初次走入星巴克的兴奋与尴尬。想起两个自称来自城镇的孩子，第一次站在星巴克卖板前，认真研读每一类咖啡的样子，想起他们笨拙地塞吸管，想起他们因为正确地喝到了咖啡而击掌雀跃。他们高举着咖啡杯，希望自己像那里的所有人一样，自如地喝着咖啡，自如地追求自己喜欢的女孩子，自如地被这个城市接受，而从不被拒绝。

爱情在身边，未来可期许，那就是最美的时光。

《最美的时光》

14

经过了整整40天，李知迫不及待地坐上了开往北京的火车。与一年前的欣喜与好奇不同，李知这次更多的是归心似箭。火车缓缓进站，从车窗看见郭书的一瞬，李知无比欣慰，他们的爱情经受住了40天的考验。李知一下扑向郭书，扑向自己的未来。“如果未来都是你，我希望我的未来早早开始。”

这时，冷清了一个夏天的校园又重新活跃起来。宋小一周前就迫不及待地从成都回到了北京，拉着优优陪她住在宿舍。方媛和老家的男朋友难舍难分，假期最后一天才回来。刘小宇不爱在北京多花钱，也踩着开学日期返校。就这样，210宿舍携1997级全体同仁迎来了他们的大二生活。

李知推开门，粉红色的窗帘被一缕微风吹起，阳光透过粉红色窗帘照射进来，宿舍笼罩在一片童话色彩中。窗台上还摆放着几盆花。

李知回头问正在整理床铺的宋小：“这些是你弄的吗？”

宋小摇摇头：“不是，是方媛。方媛的一个在北京读书的表姐大学毕业了，把一些宿舍的东西给了我们！”

“哦！那方媛呢？”

“找她表姐吃饭去了！”

大二一开始，210宿舍就有了新气象。

张磊暑假回家后，不知道和父母说了些什么，回来的时候带来了一笔不小的资金，然后他罕见地连续两天没有给萱萱打水。李知一边拉着郭书的胳膊，一边询问萱萱张磊的下落。萱萱忙着在人群中寻找赵鹏的身影，根本无心关心张磊的去向。“可是少了张磊，谁给你打水呀？”李知笑嘻嘻地说。萱萱左顾右盼，心不在焉地回答：“放心吧，会有人的。不会麻烦郭书！”

后来李知才知道，那两天张磊携巨款去了中关村，东跑西颠买下各个部件，然后东拼西凑，硬是给自己攒了一台“电脑”，于是，张磊就是那一届学生中最早拥有“电脑”这个大件的“有钱人”。

“真能乱花钱，还不如给自己买几件像样的衣服。”萱萱不满地嘟囔。后来的事实证明，这绝不是张磊乱花钱，他靠这几千块的电脑赚了人生第一桶金。所以，从产出收益比来看，张磊的这笔投资非常划算。

刘小宇那儿也传来喜报，当然她未必这么认为。期末考试成绩发下来，刘小宇期待自己各科成绩都在85分以上，继而获得2000元的一等奖学金。可偏偏中国近现代历史刘小宇只得了82分，但她仍是全班总分最高分。优优拿着成绩单，喃喃自语：“真是功夫不负有心人！咱们要好好庆祝一下！”宋小抢过优优手中的成绩单，看到自己各科75分左右的成绩，很是满意。然后，在刘小宇进门的一刻，宋小一个箭步冲到刘小宇身边，手里摇晃着成绩单，口里喊着“surprise！surprise！”那架势就差拿着彩喷朝刘小宇喷洒过去。刘小宇一把夺过宋小手中的成绩单，宋小还在喋喋不休：“高兴吧！你成绩全班第一！”刘小宇的脸色却从阳光明媚渐变成乌云密布。宋小疑惑地看着刘小宇，又看了看大家，闭上了嘴。宋小不知道全班第一早在刘小宇预料之中，刘小宇的目标是“中央三台奖”。现在一个82分将刘小宇的梦打碎了。刘小宇为此三天没在宿舍说话。210宿舍原本为刘小宇准备的庆祝宴，也被大家悄悄取消了。

这几天沉默的还有方媛。假期结束，方媛的幸福时光也随之结束。整个假期，她和男朋友天天在一起，如今突然地分开，突然回到北京，方媛一下失去了平衡，一头栽入记忆深处。她回想起一个月来两人相处的点点滴滴，一起读书，一起爬山，一起见朋友，一起做饭：方媛做拿手的西红柿炒鸡蛋，男朋友蒸米饭，两人能吃下整整两碗米饭。而现在，所有事情又要方媛一人面对：一人读书，一人吃饭。一年十二个月，只有两个月相聚的时光，剩下的全是别离，别离，别离。想到这，方媛伤心地流下了眼泪，她希望自己的大学时光快一点，快一点，好将自己尽早送回男朋友身边，开始他们的幸福生活。

刘小宇的庆祝宴取消了，方媛闷闷不乐，但这都不能影响学校里那股喜悦的气氛，因为又有新鲜血液加入广院这个大集体中。210宿舍全体同仁从没有那么喜欢过新生，因为从此以后，她们就摆脱了学校食物链最底层，荣升为尊贵的“师姐”。

广院有个传统，长幼次序分明，师哥师弟、师姐师妹间有着严格的辈分。师弟师妹在学校见了师哥师姐一定要主动打招呼，坚决不能直呼其名，而应该毕恭毕敬地甜甜地喊上一声“师哥”“师姐”，否则就是没有规矩的表现。为了保证这个传统世代沿袭、发扬光大，每年新生来校，上一届的师哥师姐就要担负起这个“训练新生，传承文化”的重责。

97新生刚刚入校的时候，210宿舍全体女生被上一届师哥师姐齐刷刷叫到操场上，一会儿排成一个“一”字，一会儿排成一个“人”字。师哥师姐在上上下下打量她们几次之后，严肃地说：“来到这里，你们就要懂这里的规矩！不要认为在这里自己很了不起，你们不是在华山之巅，你们只是在定福庄东街一号！不要以为考上这里就一步登天了，你们还差得远呢！仍然要努力、谨慎，更要尊重学长！听见没有！别自我感觉良好，更不能目中无人！所以在学校见到师哥师姐要主动打招呼！有个性但不能目无尊长！”这就是常被广院人誉为“广院第一课”的“训新”。新生在被高考的成功冲得头昏眼花，飘飘然时，被这个下马威一惊，顿时两脚着地，恢复了几分平常心。

广院不大，各年级的学生抬头不见低头见，一声声“师哥”“师姐”在校园中此起彼伏。那个时候，所有人都习以为常。但当走出校门，在广袤世界再遇到校友，两人执手相看泪眼，一句哽咽的“师哥”或者一句深情的“师姐”，顿时如“他乡遇故知”，眼前的“师哥”“师姐”也常常成为你事业的引路人。

只是在这一点上，宋小完全没有偶像包袱，没有师姐该有的威仪。她仍“为老不尊”地追求着“刚”，只是经过了一个暑假，力气变得更大了。她猛地推开门，高呼：“呀！你们都在宿舍呀！告诉你们一个大消息！大二新闻第一弹！”那一刻，李知想把普利策新闻奖颁给宋小。“当当当当！”宋小边说，边双手击掌，伴随着她有节奏的掌声，她高声说：“‘刚’换了一个新发型！当当当当！震撼吧！兴奋吧！”

“什么发型？”优优好奇地问。

“怎么说呢……”宋小边说边比画，手一个劲儿地在头发上做造型，但仍找不到自己认为合适的词形容‘刚’那惊世骇俗、震惊寰宇的发型。最后，李知实在忍不住："是不是电视上经常看见的男主播发型？"宋小"嗷"的一声，蹦到李知面前，"是，是，就是那种发型，我说怎么这么眼熟！就是我们天天在电视上看到的那种，特别帅气的男主播发型！"宋小未免有些大惊小怪，如果说这所大学有什么传统，或者说有什么独特传统的话，这种发型便是其中，它被尊称为"播本头"。这种发型是用发胶将前额的头发完全立起，露出饱满而光滑的额头，他们来自电视台主持人发型，在广院播音系流行。只要见到这种发型，你就知道他们是一批用"发型"定义了自己未来职业的人——主播！

大二伊始，"刚"便以发型言志，李知突然感觉宋小更没有机会了。但宋小不这样认为，她正为自己的男神变得更像男神而激动不已。

李知想看看梳着"播本头"的郭书是什么样子，郭书已经迫不及待想给李知看看自己的新发型。虽然料到郭书的新样子一定很帅气，但是当李知看到郭书的时候，还是忍不住"哇"的一声叫了起来。

"这个发型适合我吗？"

李知非常肯定地点点头："非常适合！"

李知绕着郭书整整转了一圈，看着郭书的每一根头发在阳光下笔直站立着，从发根到发尖都闪耀着意气风发和一丝不苟。

李知想起了很多关于"播本头"的传说。

传说，这些梳着"播本头"的人，他们是一群志趣相投、"审美一致"的人。他们眼中带光，脚底生风，行走在中国传媒行业的黄埔军校中，他们目视前方，心无旁骛。

如果让广院所有"播本头"组成一个方队，当他们通过主席台时，广播里一定是这样介绍他们："现在向主席台走过来的是'播本头'方队。他们珍惜春光，他们怀抱新闻理想。他们传播这个时代和中国的声音，他们意气风发地走在中国传媒行业的最前端。"

但这远远不是"播本头"的价值和意义。"播本头"是一种态度，是一种生活理念，更是一种职业精神。它的伟大意义在于："随时准备上镜，为上镜随时准备着。”这才是“播本头”的精神，它是为上镜而生的，它是为镜头而存在着的。

因此“播本头梳理技艺”与“广院纸飞机折纸技艺”，“广院肉饼制作技艺”并称为广院三大“非物质文化遗产”。

在这所学校，不上镜比上镜不知要难多少，这是一个躲不开镜头的学校。举目望去，校园里天天游弋着各种小“分队”，常常两人一组，三人一群。他们会突然拦住你，无论你是饥肠辘辘正准备吃饭，还是踩着拖鞋正准备洗澡，无论你是刚刚得到女朋友微微一笑，还是电话里刚刚被父母骂了一顿，都有人冷不丁地突然将话筒堵在你面前：

“同学，请问你对这次晚会有什么看法？”

“同学，请问你对这次食堂涨价有什么看法？”

“同学，请问你喜欢广院吗？为什么？”

“同学……”

“同学……”

这个时候，梳着“播本头”的男生，无论是刚刚被女朋友狠狠教训一顿，还是刚刚知道考试不及格，或者刚刚和父母要钱未遂，他们都会立刻职业地露出六颗洁白的牙齿，晃动一下脑袋，摆弄一下头发，用最磁性和最标准的声音侃侃而谈。

有一次，郭书正给李知讲述周星驰《大话西游》的片段，他学着周星驰的夸张表情，瞪着大眼睛，撇着嘴。正在这时，一个话筒伸了过来，郭书在0.01秒的时间里，收起夸张表演，转为严肃认真，大脑搜索词汇，对着镜头侃侃而谈：“我认为，这次食堂改革还是蛮有成效的，菜品丰富了，也更加可口。我们学生都非常满意……”

还有一次播音系的专业课。郭书拿着话筒，正对着镜头模仿播音员播报一条国际新闻。播音系的其他同学对着郭书做各种鬼脸和动作，甚至有人模仿大猩猩捶胸顿足。但郭书就是目不斜视、岿然不动，继续保持自己稳重大气、沉着冷静的主持风格。等到镜头一关，他直接笑得倒在了地上。据说，这是播音系的传统训练科目：抗干扰培训。

而郭书在各种情况下，不为所动的表现被称为“一个‘播本头’的自我修养”。

播音系同学用“播本头”表明了对这所学校的认可，除此之外，李知觉得其他生活一切照旧。李知和郭书的感情越来越甜蜜。方媛继续给老家男朋友写信。

在那个没有电子邮件，只有书信的年代，方媛是那个跑收发室最勤的人。她天天盼着男朋友的信，也天天给男朋友写信。课上写，课下写；白天写，晚上写；床上写，课桌上写，她似乎有和远方的男朋友说不完的话。而男朋友的每封信，方媛都要反复看，一定读它个三遍以上，细细品味里面的每个词，每个字，以至每个标点。有时对着信纸，巴不得自己钻进去，有时看着信甜蜜地笑，有时露出惆怅的相思之情，她将每封信做了编号，时不时翻出之前的信，来一次“yesterday once more”。

为一解相思之苦，这学期开学不久，男朋友千里迢迢来学校看方媛。得到这个消息，方媛特别高兴，天天数着日子等男朋友，存在于传说中一年的方媛男朋友就要露面了，210宿舍所有人都有几分期待。但宋小表现得格外兴奋，她对一切恋爱都感兴趣，无论别人的还是自己的。

方媛精心选择了学校附近一家餐厅，既不用花费太多，又显得精致。方媛和她男朋友走进餐厅的时候，宋小激动地鼓起了掌。李知上下打量了一下这位“神秘”男友。高个子，宽肩膀，一件黑色T恤，和身边打扮朴素的方媛竟有几分夫妻相。

吃饭的时候，210宿舍倾巢出动，当然依旧除了刘小宇。方媛男朋友大方点了糖醋鱼、红烧排骨、拔丝地瓜等好吃的菜品。席间，这个西南汉子很健谈：“学校吃得怎么样？住得怎么样？学校饭菜好不好吃？冬天这边冷不冷？宿舍熄灯后会不会还有人吵？”都是嘘寒问暖的关心。方媛很受用，一边回答，一边露出甜笑。宿舍几个人也都很兴奋，围绕着210宿舍一号男友七嘴八舌问个不停。李知问他什么专业，优优问他们那里是不是还能经常看到少数民族，宋小一边大快朵颐一边问他这次来北京是不是要出去逛逛。方媛男朋友无所谓地摇摇头：“北京有啥好看的，再说我也不喜欢旅游。”

“可以看看展览。”李知提议。

“我最不喜欢看展览，又累又没有什么意思。”

“那你喜欢什么？”

“我喜欢方媛呀！”

说到最后一句，男朋友看着方媛，方媛又甜甜地笑起来，然后骄傲地说：“他喜欢吉他！”

李知点点头：“吉他不错，你吉他几级呢？我们学校的刘天礼老师是吉他专家！”

方媛男朋友一边给方媛夹菜，一边说：“是吗？吉他还要考级？不太清楚，我跟着我爸学的，吉他专家我没听说过，就是一个玩儿。”

李知放下筷子，仔细看了看方媛男朋友，之前的兴致荡然无存，突然觉得这顿饭有些无聊，什么有趣的话题似乎都无法进行下去。接下来大家聊得很热闹，但无一不是家长里短，张三李四，内容绝跑不出一公里之内。宋小积极参与，李知则一句话也不想说，不住地看表，优优悄悄碰了好几次她的胳膊。

吃完饭，李知说了声再见，一溜烟跑了。见到萱萱，李知闷闷不乐：“太无聊了，整顿饭都味同嚼蜡。”

“怎么了？不是吃得挺丰盛吗？糖醋鱼都有了！”萱萱不解地问。

“吃饭最重要的不是吃什么，而是和谁吃！”李知学着方媛男朋友的样子：“我什么都不喜欢，就喜欢方媛。萱萱，你说一个男人怎么可以这么无趣，这么没有追求，认为展览无趣，弹吉他都不知道刘天礼老师，这样生活还有什么意思？跟这样的人在一起，我从现在就能看到以后二三十年的生活，真不知道方媛喜欢他什么。”

“行了！又不是你男朋友，你别瞎激动了！萝卜白菜各有所爱，人家方媛喜欢不就行了吗？”

李知叹了口气：“他是我们宿舍第一个男朋友，可能我对他的期望值有些高。”

萱萱点点头：“再说了，你刚才说的那些，我怎么觉得用在张磊身上也可以呢？”

李知迅速用手打了一下萱萱肩膀：“说什么呢？张磊，张磊不是这样好不好！”

萱萱摇摇头。

李知有点急了："张磊他人聪明，爱学习，而且有追求！今天他不喜欢看展览，只要你提醒，他明天就能学着去看展览，你相信吗？"

萱萱摇摇头："可是我就觉得他挺没趣的！"

这次轮到李知不停摇头："萱萱，有追求的人就会有趣。他会让生活充满悬念，充满期待，每一天都会不一样，每一天都值得期待，期待更美好的发生，这怎么会无趣？"

萱萱瞪大眼睛："真的吗？我没觉得张磊是这样。我觉得他特普通，很平凡，放在人堆里都看不见他。"李知无奈地看着萱萱。后来一系列的事实证明萱萱的判断是错误的，而且大错特错，张磊不普通，不平凡，只不过这需要时间来证明。而且方媛男朋友也不像李知认为的一无是处，他大方、随和且感情专一。年轻的时候，连自己都看不懂，哪还会看懂别人。

吃完晚饭，方媛也莫名地不开心。在自己的印象中，男朋友只要一出现，就会成为女生目光追逐的焦点，只要一开口，便立刻成了万人迷。他身材健硕、高挑，普通话是高中男生中最好的，且声音洪亮，虎虎生威。这一切，让方媛自信，只要自己男朋友一出现，一开口，宿舍几个女生就会像那时高中的女生一样，个个眼中流露出无比艳羡的神情，人人怀着几分小羡慕和小醋意，而自己就在这艳羡中扬眉吐气，在这小醋意中更加倾慕自己的男朋友。然而，今天的一切却大大出乎自己意料，虽然大家表现得礼貌得体，但好像并没有自己期待中的艳羡与嫉妒，这与自己设想的大相径庭。尤其是李知，对自己男朋友根本不在意，眼中没有惊喜，没有艳羡，甚至有点不屑一顾。当自己男朋友一开口，李知还被他洪亮的声音吓了一跳，忙示意其小点声。听完男朋友说话，李知竟表现出不喜欢，并且这一切被她毫不掩饰地挂在了脸上。方媛看着走在自己身边一脸快乐的男朋友，心想：难道自己的男朋友不再是曾经的"万人迷"了？还是李知因为不喜欢自己而不喜欢自己的男朋友？可是，男朋友千里迢迢跑来，并请大家吃饭，李知多少应该给些面子，想到这里，方媛对李知不满起来。

几天后，方媛就把这不满发泄了出来。那天中午，方媛送走男朋友，准备休息。虽然李知看不上自己的男朋友，虽然自己也开始意识到李知说的问题，但和男朋友挥手告别的时候，方媛仍旧哭得稀里哗啦。纵使男朋友不完美，她也想和男朋友常相伴。看着男朋友消失的背影，想着他受到李知的怠慢，方媛心里更是心疼与委屈。而李知对这一切全然不知。她正在不停地上下翻腾找东西。前几天《北京青年报》上刊登了一篇余秋雨的文章，她要找给郭书看。方媛很不满："中午睡觉，太吵了，还能不能睡觉了！"李知没有说话，收起报纸，努努嘴。她觉得方媛最近总是劲儿劲儿的，总和自己作对，不知道为什么。但旋即李知就把这一切忘记了，倒未必是她大度，而是她现在太幸福了，一些不悦引不起她的注意。自己的男朋友上进而有趣，还有比这更值得庆幸的吗?

郭书确实是个上进的好青年，从大一开始，每天早晨6点钟准时出现在操场上练声，风雨无阻。现在，热恋中的李知和郭书想一睁眼就看到对方。于是，李知被拉着去操场上练声，有追求的郭书成了她的小老师。

广院的早晨是这个学校最大的特色，这个学校是在她的学生练声中拉开序曲的，当然被惊醒的还有广院的白杨树。比占晚自习座位更积极的是，天刚蒙蒙亮，播音系同学就跑去操场占一棵大树，举目望去，一树一人在晨光中交相辉映。

有时候，李知看着这些大树，时而投去羡慕的目光，时而投去同情的眼神。摄影系的同学天天用它们练景深，播音系的同学则天天朝他们"吐槽"。

他们对着树，"呸呸呸"吐字发声。他们对着树，时而饱含热泪，温柔如水；时而声色俱厉，铁面无私。这里的大树见怪不怪地陪着一代代主持人茁壮成长。

有追求的郭书对李知说："表达力是重要生产力，拥有好的表达力，人就具备了软实力——话语权的实力。所以，我们要好好学习！"

有追求的郭书又对李知说："我们语言中80%的发音和'啊'音有关，发好这个音，你的声色会有一个巨大的提升。"

有追求的郭书接着说："大多数人发音不够饱满，就是感觉不够圆润。这样给人一种不够自信、从容的感觉，也缺乏发声美感。这个原因主要是人们发三声时造成的，你最近练习的时候，每个发三声的字你都用手比画一下三声的声调，这样练习一段时间，你的整体发音饱满度会有很大提高。"

有追求的郭书还说："李知，说话或者读稿件的时候，要和大家有交流感，心中有'观众'，这样是有感情的表达与交流，而不是干瘪瘪的背诵。"

就这样，李知学会了《白石塔》，熟记了《哥挎瓜筐过宽沟》，背诵了《八百标兵奔北坡》。

但让李知惊讶的是，在学习的队伍中，她时常能看到李博的身影。他对这件事情的理解多少和郭书不同。

"郭书的理解那是向更高、更专业的层面跃进。我现在认为，正如沉着镇定是女王的首饰一样，标准的普通话是一个人都市化的标配，是一个人的语言外貌。它曾经还是一个人身份、阶层的象征，你看看奥黛丽·赫本主演的《窈窕淑女》不就是这样一个故事？"

李博说完，又开始对着一棵大树，气沉丹田，呜呜哇哇地吐字发声，继而，又对着大树呼喊着："皮带吃光了，干娘也煮着吃了！哦不是，皮带吃光了，干粮也煮着吃了！"那颗大树露出了痛苦不堪的神情。

这天，李知正在210宿舍内高声练习《八百标兵奔北坡》时，宋小破门而入，横空出世，那劲头和架势堪比奔北坡的八百标兵，李知想都没想就知道，这个中午，宋小又成功地"围追堵截"了"刚"。随后宋小的讲述证明了李知有多了解她。

"知道吗，阿知，阿优，阿宇，今天'刚'看见我了，而且看见我的时候，还抬手和我打招呼了呢！那手抬得老高老高的！真的！特别热情！"宋小边说边做动作比画，兴奋地仿佛在向全世界招手。刘小宇显然没有被宋小的热情感染，淡淡地说："你确定他不是和你身后的人打招呼？"宋小一声惨叫："绝对没有！'刚'的眼神一直看着我！绝对没有！绝对没有！"那天中午在李知和优优一片"绝对没有"的安抚声中，宋小才恢复了平静。

虽然被刘小宇扫了兴，那天宋小还是异常兴奋。以至从此以后相当长的时间里，宋小每天中午12点，雷打不动地准时守在大食堂餐厅，史称"守株待'刚'"：从前，有个女子，每天中午都到食堂吃饭。有一天，她像往常一样在食堂吃饭，忽然看见不远处有人跟她打招呼，原来是她一直暗恋的"刚"，那女子感到格外惊喜。从此以后，那女子天天中午12点出现在大食堂门口，为了等"刚"。一连过去了很多很多天，那女子从春等到夏，从秋等到冬，再也没有见过"刚"主动跟她招手。

15

有人说，秋天是北京一年四季中最美的季节。一夏天的热气散去之后，广院的少男少女们终于不再是夜行动物，郭书在楼下等李知的时间也提前了不少。望春厅里一波男生进去，坐下，望眼欲穿，又起身，另一波男生重复以上动作，周而复始，循环往复。等女朋友的男生常常一边坐在里面耐着性子，一边伸着脖子望眼欲穿，因为广院女生向来如春风般迷人，故将此亭命名为“望春厅”。由于此名形容准确，且朗朗上口，原来的雅称——至善亭——反倒相形见绌，销声匿迹了。“望春厅”这个名字口耳相传，流传至今。

除了像春风般迷人，广院女生爱漂亮也是出了名的，不对着镜子折腾个三四十分钟，绝不可昭然天下。很多聪明的男生，提前三四十分钟给女朋友发短信，催促其下楼，然后自己在三四十分钟后掐表坐在楼下，这后来被李知写进了《广院女生男友守则》第二条。210宿舍位置独特，窗户正对望春厅，凭此得天独厚的地理优势，望春厅里的动态，尽在210宿舍的掌握之中。最近，望春厅多了一棵名为郭书的小白杨。宋小像个哨兵一样，会及时发现情况：“李知，快下楼吧，‘郭白杨’已经到望春厅了！”李知就旋风般冲下楼去，她才不忍心让郭书多等一分一秒，她要早点见到郭书。

李知疾步跑到楼下，差点撞到郭书，郭书看看李知，撇着嘴笑道：“Miss Li，一个女孩子家，能不能矜持一点儿？能不能让我也体会一下等待女朋友那焦灼、无奈、紧张以及充满了期待的滋味呢？”

“就你内心戏多。”李知白了郭书一眼，笑着说。

郭书点点头，绘声绘色：“这种等待的感觉可以分为五个层次：期待——紧张——焦急——厌烦——狂喜。刚开始特别期待，期望能尽快见到自己的女朋友，一分钟也不能等。接着是紧张，紧张女朋友怎么还不出现，是不是昨天哪句话又说错了，或者女朋友又进入了每个月的不可理喻期了？”

李知又白了郭书一眼，懒得理他。郭书接着说：“接着，就是焦急。搞不清怎么回事，明明约好的时间，为何无缘无故迟到？接着就是厌烦，等得百无聊赖又无所事事。正生气的时候，突然看见女朋友款款走来，就一扫之前的阴霾，一阵狂喜掠过心头！果真什么事情都没有，就是习惯性迟到！”

李知拍了郭书一巴掌，一把抓住他手中的冰激凌，发现自己钟爱的“可爱多”换成了“雀巢花心筒”：“怎么不是我喜欢的‘可爱多’？”李知看了郭书一眼，小声嘀咕，“小气！”

郭书理也不理李知，一把夺过李知手中冰激凌，拨开外皮，狠狠咬了一大口。李知又一掌狠狠地拍在郭书的胳膊上：“你，你过分，我的冰激凌！”郭书装作惊讶地看着李知：“你不是不爱吃这款吗？”

李知咬着牙，叫道：“郭书，你，你过分，你怎么这么烦人呀，吃我的冰激凌！”

郭书看着李知生气的样子，反而乐了，一把将手中的冰激凌塞进李知嘴中，李知惊讶地看着郭书，一边打他，一边拿下嘴里的冰激凌，嫌弃地说：“你，你吃剩的给我！还有口水，我才不要呢！”

郭书不顾李知的拍打，又低头狠狠咬了一口冰激凌，然后又将冰激凌塞进李知嘴里，得意地看着她：“吃吧，口水传友谊！”

李知更加拼命地拍打郭书：“你真不害臊！”郭书一边躲闪一边笑：“记得，以后只能吃这款冰激凌，知道吗？”

李知看了看：“花心筒？是说我可以花心吗？”

郭书高高抬起手：“你敢！李小姐，你试试！花心一下，看我怎么收拾你！”郭书将手高高抬起，李知看着他，郭书做咬牙切齿状：“还不求饶？”

李知抬起头，斜着眼睛看着他，一副不屈的样子。

郭书高高举起的手，在身边绕了一个圈，趁李知不备，将李知紧紧搂住，搂得李知喘不过气：“不敢了，不敢了，放了我吧，郭同学！”

郭书看着李知求饶的样子，笑得那么得意，那么开心，那么纯粹。那个不害臊的秋天真美。

李知越来越爱郭书，越来越爱，她会见到郭书就怦然心动；她会想到郭书就甜甜一笑；她还会时时刻刻想到他，起床睁眼会想到他，上课会想到他，下课也会想到他，看到日落会想到他，看到明月也会想到他。没有来由，不分时间，不管场合，这种思念会突然袭来，让李知措手不及又无比甜蜜。于是，李知总是黏着郭书，不能忍受一分一秒的分离。李知知道，自己恋爱了，原来这就是恋爱的感觉，这感觉真好。

李知的这种感觉，再次被她毫不掩饰地挂在了脸上。李知是为数不多可以做到"脸对心"的人，脸是李知心灵的窗口，不但是窗口，更是李知心灵的直接映射。喜怒哀乐，李知的内心都可以在她的脸上一览无余。而这一点，韦峰比谁都清楚。李知恋爱的喜悦不用别人告诉韦峰，韦峰看李知一眼，就心知肚明。然而，李知却看不懂韦峰的心，不但看不懂韦峰的心，最近连韦峰的人，她也看不见了。韦峰总是在夜深人静的时候，来到李知的大学逛逛。今天，韦峰又看见了李知，李知依旧没有看到自己，但韦峰已经不在意，他不期待与李知相遇，只想近距离感受一下李知。他看到李知笑得很开心，一对酒窝仿佛更深了，眼睛里散发着夺目的光彩，熠熠生辉。

"原来这就是李知恋爱的样子，还是那么可爱。"韦峰照例在李知楼下站了很久，不知道是久别后重新见到李知的喜悦，还是失去李知的伤感，韦峰只觉得鼻子发酸。他一度想上前叫住李知，但却始终没有迈开脚，他看着熟悉的李知笑靥如花，一点儿没变，直到李知消失，韦峰还是一动不动地站在原地，仿佛她随时会回来。

不知过了多久，黑暗中，韦峰做了一个决定，他决定不再强迫自己忘记李知。忘记李知，这种想法让韦峰更加痛苦，甚至大于失去李知的痛苦。失去李知，韦峰只是心痛，痛得无法忍受，而要忘记李知，就像将自己的过去完全抽空了一样，自己一下变得很虚无，虚无到连痛的知觉都丧失了。韦峰害怕这如行尸走肉般的感觉，他宁可忍受痛，也无法忍受这被剥夺了一切的虚无感。"我也许失去了李知，也许没有失去。李知还在，她只是不爱我，但我依旧可以爱她，我想见她的时候依旧可以见到她。她还在，我的爱就还在。”

想到这儿，韦峰觉得自己那颗无依无靠的心又重新落了地，继而生出几分踏实的感觉，原来，纵使得不到，爱一个人也比一个人都不爱要幸福。这个道理，李知很久很久以后才明白。做了这个决定后，韦峰狠狠地搓了搓自己的脸。第二天，他竟买了人生中第一束鲜花。很多年后，无论李知和他的关系近或远，他都对李知念念不忘，充满感激，因为李知让他感受过幸福，就是那天他想明白之后，那一刻的感受。

16

有了男朋友的李知惊讶于自己竟然收到了一束漂亮的鲜花。花是宋小拿回宿舍的，递给李知："有个女孩说受人之托，让我把花给你。那个女孩死活不说受谁之托。"

这事很快被望春厅里的"郭白杨"知道了。

李知风尘仆仆跑下楼，看到佯装生气的郭书。

"听说，某同学现在虽然有了男朋友，竟然还收到了花。"

"不要那么小气嘛。你女朋友有魅力，这也是不争的事实。"

郭书双手拼命揉搓李知的脸："说什么呢？是不是找收拾啊？"

李知拼命摆脱他的"蹂躏"："小心眼！"

郭书哼了一声："就小心眼了！快说，这花谁送的呀？"

李知摇摇头："我也不知道，而且，我也好奇呢。"接着哼了一声，"再说，你怎么不送我花！"

郭书也哼了一声："那是另一件事，先解决完这事再说。快说，这些天除我之外，你都和谁吃饭了？我好好调查一下，也不看看谁的女朋友！"

李知伸出手，对着郭书，做着数数的动作："王亮、陈飞、宋刚、张舟、李军……”郭书一下打断李知：“下次吃饭时，叫上我。我带上我篮球队的兄弟！”

“你干吗？”

“我跟他们拼了！”郭书说到最后时龇牙咧嘴、张牙舞爪。李知和郭书都忍不住哈哈大笑起来。

“郭书，你这是吃醋吗？”

“切，我才不会！我这是吃了豹子胆了！”郭书说完，冷笑了一下。

“那我呢？你会怎么对我？”李知盯着郭书问。

郭书斜着眼睛，露出一丝闪烁的小目光：“哼！你，你，趁他们火拼的时候，我拉着你跑呀，然后——”郭书眯着眼睛，装作面露凶光的样子。

“然后怎样！你说！”李知抬起头，又摆出一副誓死不屈的样子，双手摩挲着，做出一副准备战斗的架势。

郭书转脸一笑：“然后，然后找个好地方，咱俩一起吃顿好的，给我女朋友压压惊呀！”

李知一愣。

“不然怎样，你可是我女朋友呀！”

李知张大了嘴，心里一片柔软。郭书接着露出诡诈的笑容：“等吃完再收拾你一顿！”这次不等郭书说完，李知狠狠拍了郭书一掌：“我先收拾你一顿！”

有个有趣的男朋友真好，不但会念诗，还会讲故事。

甜蜜的爱情，让李知的大二时光过得飞快。转眼间，广院舞会隆重登场了。这又是一次广院人展现自我风采的时刻，对于这些被“表演”欲望鼓动的学生来说，“热爱舞台，表现自己”是每个人的座右铭。于是，大家争先恐后，跃跃欲试。萱萱用小护士去死皮磨砂洗面奶在脸上使劲揉搓，边搓边憧憬：“我要与他再舞一曲，跳他个天昏地暗，舞他个海枯石烂！”宋小拉开床帘，向萱萱投去艳羡的目光，低声问：“萱萱，这种舞会我能参加吗？”

萱萱搓着脸，脸皮被磨下去一大截，回答：“啊？你为什么不能参加？谁都可以去！”宋小怯怯地回答：“可是，可是我不会跳舞，之前从没去过舞会！”

宋小这种一无身材，二无风情的女孩，通常情况下不属于舞会那个花花世界。宋小为此深深苦恼了一番，萱萱仗义地点点头："没事，一起去！我带着你！"

宋小"哇"一声从床上跳了起来："我这就去死皮去！"说着一下子冲进洗手间。有了萱萱，宋小终于找到了通往"上流社会"的通道，也可以体验一下"纸醉金迷"的生活。

舞会如期举行，萱萱化了彩妆，白白的粉底上，大红的嘴唇十分惹眼。宋小则不住地将头发拆了又扎，扎了又拆，折腾两小时还是决定继续走自己的可爱路线，梳两个小辫子，李知真担心她被当成服务生。郭书要回北京姨妈家给弟弟过生日，没办法参加，李知随便穿了一身衣服就出门了。

舞会场地不大，李知、萱萱、宋小入场的时候，舞会已经开始了，广院平时的活跃分子悉数到场。在震耳欲聋的重金属音乐伴奏下，舞者们一个个手舞足蹈，十分陶醉。李知溜达到舞池边上，找了一个凳子坐下，杵着不跳舞，像个怪物。宋小不愿意坐，她觉得自己身高本来就不够，坐下不但被人看不见，也看不见别人。她东瞧瞧西看看，对这里的一切都充满了好奇。萱萱早就不和她们为伍了，她迫不及待跳入舞池，在里面狂舞起来，一时间激情澎湃、魅力四射。

优优做起了DJ，选了很多李知叫不上名字的舞曲将气氛一次次推向高潮。她跟着节奏不断抬平手臂又放下，偶尔前后扭动一下肩膀，李知瞪大眼睛看着优优，她第一次见到如此有活力的优优，透着激情与可爱。

过了好久，萱萱跳累了，一屁股坐在李知旁边的椅子上，大声喊："李博，愣着干什么呀？快请女生跳舞呀！"李博环顾了一圈："没事，我就是来看看。"

这种舞会也不属于李博。李博不会跳舞，他来舞会，也算开了眼。同样觉得开了眼的还有方媛。

萱萱又看看不远处的方媛："方媛，你也下去跳呀！"

方媛也不会跳舞，但她并不想承认。于是若无其事地摇摇头："我晚上有事，等会儿就走！"

"难得今天舞会，给男朋友写信也不差这一会儿。"萱萱说。

方媛笑了笑。纵使不给男朋友写信，方媛也未必想多待，她没有宋小无所谓的态度。整个晚会干杵着，她觉得很尴尬。方媛有时也觉得失落，无论怎样，自己都曾经是“金童玉女”中的“玉女”，可是一来广院就变成了“路人甲”。

方媛、李博按兵不动，宋小却怎么也淡定不下来。她看着眼前的一切，十分兴奋，一会儿问大家跳的是什么舞，一会儿又问萱萱跳舞的是谁。因为没有看到“他”，萱萱有些失落，回答总是很简短：“都在瞎跳。”

“萱萱！萱萱！”宋小猛烈地拉着萱萱，仿佛要摇醒一个昏睡的病人，萱萱仍无精打采地低着头，摆弄自己的鞋。宋小边摇边说：“萱萱，你看，刚进来的男生是谁呀，那么帅！你快看看呀！”

萱萱对宋小的审美向来不敢苟同，仍低头欣赏自己漂亮的高跟靴，不时地用手拂去上面的灰尘。宋小锲而不舍，拽着萱萱的胳膊：“这是谁呀？男明星嘛！太帅了！有点像郑钧，不不不，更像郑伊健！萱萱，你快看看！”萱萱被宋小拉扯和摇摆得东倒西歪，她无精打采地抬起头，却在抬起头瞬间，整个人像被什么击中了，立马腰板挺直，两只眼睛火光四溅，头发都来了精神。顺着萱萱灼灼的目光，李知看见一个光彩四射的男生迈进舞池，上身穿一件深蓝色蝙蝠衫，下身穿一条黑白相间哈罗裤，他仿佛自带发光体，周围的一切瞬间暗淡了。

萱萱痴痴地盯着，眼睛都不舍得眨一下，“他？”李知捅捅萱萱，萱萱狠狠地点点头。萱萱如愿以偿等到了“意中人”，却安静地动也不动，只有一旁的宋小仍絮叨个不停：“那人怎么好像什么舞都会跳呀，跳得真好看，是不是，萱萱？”“那人怎么和谁都熟？谁都和他认识的样子，是不是，萱萱？”萱萱咬着嘴唇，始终没有回答。

霹雳舞后，“他”来了一段爵士舞，之后是一段牛仔舞，最后竟表演了一段踢踏舞。李知看得目瞪口呆，宋小更是一脸难以置信的样子，只有萱萱脸上满是少女的绯红，十分罕见。在一片喝彩与欢呼声中，赵鹏终于决定休息了。他像明星一样，笑着和大家打招呼，然后礼貌地走下舞池。这时，赵鹏终于认出了萱萱，他表情丰富地看着萱萱，由惊讶到欣喜再到热情洋溢，仿佛遇到了多年好友，疾步走过来：“你也来了！要不要我们跳一支？”萱萱简直不敢相信自己的耳朵，激动地从座位上来了个鱼跃，伸出手，两人随即在喧嚣的舞曲中冲下了舞池。

宋小惊讶地看着他们，捅了捅一旁的李知："萱萱认识这个帅哥?！"李知懒得理宋小，任凭她一个人继续感慨："萱萱真有眼光。"优优从打碟台跑过来，看着李知："你们怎么都站着，这可是舞会！"李知一笑："我不会跳舞。而且我有一个醋坛子男朋友。"优优也笑了起来。在反射球旋转灯的闪烁中，在震耳欲聋的舞曲中，李知大声问优优："你会打碟，还会跳舞，我怎么不知道，你做的是DJ吗？DJ是干吗的呀？"优优面颊闪着光泽大声回答："DJ说起来很简单，就是将不同音乐串联起来，然后将气氛推向高潮。但是，选取的音乐要彼此有呼应，不能让人感觉突兀。"李知接着好奇地问："那你选的都是些什么曲子？"优优说："我选的都是一些经典舞曲。最开始是一段*Butterfly*，很欢乐的音乐，节奏是由慢到快；然后是一段*Boom Boom Boom*，这段音乐更活泼，活力四射；接下来是一段*Dragonfly*，节奏感强，每一个节拍都能震动人心；最后一首*No Limit*是最high的音乐，更狂野，气氛带动全场！"李知用一种新眼光上上下下打量优优，大喊着："优优，你真牛！你喜欢今天的舞会吗？"优优露出高兴的笑容，爽快地回答："李知，我喜欢！而且告诉你一个秘密：关于时间的艺术，高潮都在结尾！"李知眼睛一亮："改日我也告诉你一个秘密！"那次舞会让李知对优优有了新的认识，这个低调的北京女孩不简单。

那天，任凭优优怎么说，李知也没有去跳舞，除了和优优聊天，李知就盯着萱萱和"她的"赵鹏了。两人翩翩起舞，轻盈灵动。萱萱俨然是个"Party Queen"，十分迷人，赵鹏更是光彩熠熠，两人始终是整场舞会的焦点。这是李知第一次见到赵鹏本人，正如宋小和萱萱所言，十分帅气，是郑钧和郑伊健的混合版，可是，李知竟一点儿也不高兴，反而为萱萱担忧。

舞会后的第二天，萱萱、宋小仍陷在舞会后遗症中。萱萱一直兴奋不已、躁动不安，一遍遍回忆自己和赵鹏跳舞的精彩时刻。宋小则终日气鼓鼓的，不满地大放厥词："舞会这场合不属于我，看来女人光可爱是不够的！"

"去了就是站着，连下场的机会都没有！要站着，我还不如在宿舍站着呢！"宋小继续说。

"而且还没有看见'刚'！"宋小不住地说。

优优扑哧一笑："那还不好，说明'刚'也不属于那个地方！"

优优的这句话一扫宋小一天的阴霾，并瞬间点燃了她："对呀，优优，你说得对呀，我怎么没有想到这个！"宋小的脸上逐渐放晴，"太好了，太好了！我不属于这个地方，'刚'也不属于！这么说'刚'是个正经的男孩子。"

李知狠狠瞅了一眼宋小："当初哭着喊着去的也是你！"

宋小不示弱："不适合，不适合我这个正经的女孩子。"

方媛正在床上给男朋友写信，正想表示自己其实很喜欢那天的舞会，听到宋小的话一愣，忙删除了这段内容。她偷偷看了一眼坐在李知床上的萱萱，又继续低头写信。

可是，萱萱根本就不在乎。萱萱正沉浸在幸福的余波中，没有心情和宋小计较，或者说宋小说的话她根本没有听见。现在，她的世界只有赵鹏，宋小以及其他人都已化成浮云。

李知也懒得理宋小了，她正想着怎样和韦峰说辞去足球啦啦队的事情。自从和郭书恋爱以后，李知就没有再去给韦峰做啦啦队员，韦峰来学校踢球，也不会找李知了。有几次，自己试图找韦峰当面说清楚，韦峰不是躲开了，就是岔开话题，李知想韦峰一定生气了，她说不说请辞啦啦队的事情已经不重要了，韦峰早就不在乎了，六年的友谊就这样结束了。

那边宋小还在为"刚"的正经兴奋的时候，更正经的刘小宇回到了宿舍，今天，她因得知读初中的弟弟考了高分而心情愉悦，也正是由于这份愉悦，她史无前例地关注到宋小的感情生活，"我上楼的时候看见'刚'在楼下。"

宋小听到"刚"这个字，立刻开启了鸡血模式，她一阵旋风冲到楼下。过了一会儿，宋小又气喘吁吁跑了回来，一把抓住刘小宇的胳膊："小宇，你刚才看见的是'刚'吗？你看清楚了吗？"说到最后的时候，竟然带着几分哭腔。李知抬头悄悄看了看优优，优优也正看着李知，两人都觉得莫名其妙。突然两人恍然大悟，明白了宋小的意思，每天晚上出现在女生宿舍楼下的男生，大都是送女朋友的。虽然只相隔一个宿舍楼，虽然每天可以随时见面，大家还是要来一场"十八相送"，相送的场面依旧是恋恋不舍，一步三回头，肝肠寸断。刘小宇正要耿直地点头确认，优优忙说："宋小，你别急，刘小宇也没有怎么见过'刚'。她行色匆匆地往宿舍赶，未必看得准。"不等优优说完，宋小再次冲到楼下，冲出楼道，冲进操场，冲进男生宿舍门口去寻找"刚"，直到宿舍要关门，宋小还是一无所获。

熄灯后，宋小躺在床上，翻来覆去一遍遍地问："'刚'不会是有女朋友了吧？'刚'不是说他不找女朋友的吗？他不是要忍受孤独的吗？"

李知安慰道："'刚'就在楼下出现了一下，这也不意味着什么，你别大惊小怪！"

宋小还是不依不饶："'刚'到底有没有女朋友？"

大家陆续小声安慰宋小，"睡觉吧，宋小，别多想。""说不定就是有事找同学。""说不定是刘小宇看错了！"

"现在晚了，明天郭书从他小姨家回来，让他帮你问问情况。"李知答应宋小。

但无论大家怎么安慰，都无法平息宋小一颗躁动不安的心。

最后直到大家睡着不再回应，宋小才小声说："你们睡吧，不打扰你们了！"

那一晚，宋小辗转反侧，一夜未眠。

第二天天不亮，宋小摸黑起了床。她第一个冲出宿舍大门去操场上找"刚"和周洋。一年四季除了极恶劣天气，周洋、"刚"等播音系学生都会雷打不动地在操场上练声，但是，那天可能由于玩得太开心，周洋和"刚"都没有出门。宋小在秋风中等了一早晨。

宋小是在中午找到周洋的，此时周洋正化着淡妆，穿着得体的职业装，准备出门。

"听说你找我？"周洋一边推门，一边问。慌张的宋小像抓住最后的救命稻草一样，蓬散着头发，一把拉住周洋，眼泪在眼眶里直打转："周洋，'刚'是不是有女朋友了？"

周洋眉头稍微皱了一下，随即又一脸淡定，用女主播特有的"泰山崩于前而色不变"的神情说："应该不会。他现在谁也看不上，当然，谁也看不上他。"

正说着手机响了，周洋掏出漂亮的三星手机，看了看时间："下午台里有个面试，我先走了，晚上给你消息！"

周洋依旧是昂着头走出宿舍的。宋小依旧是顶着一头乱发走出宿舍的。宋小实在无法等到晚上了，她现在度日如年，她要靠自己的力量尽早破案。一下午，她游走在教室、女生宿舍之间，在各个熟人间打探情报，搜寻线索，整理信息，但更多的是一场场哭诉，这样一来，宋小喜欢“刚”就一传十,十传百，成了人尽皆知的秘密。

李知阻止不了宋小的疯狂行为，先是给郭书打了电话。郭书说他尽快回来打听一下。李知又去找萱萱，没想到萱萱也疯狂了起来。她躺在床上，拿着手里的存折左看右看，可还是凑不够买手机的钱。

“你都看了一整天了，你看多少遍，存折里的钱也不会因此而增加。”李知无奈地说。

萱萱一脸兴奋：“我想买个手机，你说好不好？”

李知不解地问：“为什么这么着急买手机，你的汉显不是能用吗？手机很贵的，好几千元呢！”

萱萱微微一笑：“舞会的时候，赵鹏给了我手机号，如果我也有手机，就能和他随时联系了。”李知惊讶地看着萱萱：“别忘记了，他有女朋友！”萱萱努努嘴，嗔怪李知扫了她的兴，随即一个鲤鱼打挺，从床上鱼跃而起：“我不想那么多，我要赚钱买手机！”边说边冲进洗手间洗漱、化妆。

李知和化好妆的萱萱刚下楼，就看见张磊坐在女生宿舍楼前的望春亭。望春厅里依旧人来人往，人头攒动，然而这一切还是不能阻止李知和萱萱在人群中第一眼认出张磊，因为当天的张磊顶着红红的头发，像一个红红的鸡冠。

萱萱又是一阵仰天无语。但是今天的张磊和往日也有不同，他无精打采，一脸忧愁地坐在亭子里。看到李知和萱萱，一个健步冲过来，入神地盯着萱萱：“萱萱，你化妆真漂亮！”萱萱看了他一眼，懒得理他，这妆根本就不是为他而化的。张磊随即抱怨道：“哎呀，最近太忙了，前天本想参加舞会，没想到竟然趴在桌子上睡着了，结果没有看到你跳舞！”张磊一边遗憾万分，一边抢过萱萱手中的水壶。萱萱心思不在他身上，张磊的话一句没有听进耳朵里。

“干什么整晚不睡觉？还在给人攒电脑？”李知问。

张磊点点头："攒完电脑，又研究了一个新软件，Flash，结果耽误了时间！"

"哦哦！"李知应了两声，一头雾水。看李知不明白，张磊继续说："很有意思的！"萱萱终于忍不住白了张磊一眼："攒电脑有什么意思！我饿了，吃饭去！"萱萱拉着李知就走，留下一脸委屈的张磊立在斜阳下。

快到食堂的时候，李知和萱萱看到周洋踩着7厘米高跟鞋走过来。无论何时见到周洋，李知都觉得她很美。周洋远远看见李知和萱萱，疾步走上前，芬芳的香水味随风而至："李知，我刚面试回来。等会儿要准备明天的录影，没有时间和宋小多说。她的事我打听了，长话短说，'刚'没有女朋友。昨天去女生宿舍楼下是受我们老师之托，给我们班女生送东西。"

李知不住地点头："谢谢周洋，要不要一起吃个饭？"周洋摇摇头："我不吃晚饭。只有瘦，上镜才美！"说着朝李知和萱萱挥了挥手，一扭一扭地走开了。望着周洋的背影，李知感慨："我觉得周洋一定能成大明星，她的举止就像大明星。"萱萱嘟着嘴摇摇头："那可不一定，像明星和是明星是两回事！"李知知道萱萱不太喜欢周洋，萱萱总觉得周洋"做作"，但无论怎样，周洋带来的消息，让李知松了一口气。

吃完晚饭，李知迅速赶回宿舍，准备把这个好消息告诉宋小。不久，宋小推门回来了。只见她满面红光，生龙活虎，一扫之前的哀怨与忧伤："优优，阿知，萱萱，我弄明白了！"还没等李知把周洋的好消息转告给她，她已经凭一己之力，查明了事实的真相。

"看我在洗手间哭，一个女生关心我。我就告诉她情况了，结果，结果呀，她的男朋友正好认识'刚'！"就这样，宋小再次打入"刚"的朋友圈，并最终获知"刚"没有女朋友，只是来给女生送书的消息。宋小继续神采飞扬地说："我就觉得我是很幸运的一个人，才不会这样倒霉。自己千挑万选喜欢的人，怎么可能有女朋友呢！"

方媛也附和道："是吧，我就说不太可能吧！你那么幸运的一个人！"

李知和萱萱看着宋小，投去了深深的鄙夷的目光，低声嘟囔着："大惊小怪，草木皆兵。"但是这时的宋小已经沉浸在自己的"幸运"中，全然不顾。

17

从大一起，就向女生送出过无数次“秋波”的李博，在大二依旧不断向茫茫天地发射各种信号，明示、暗示无一不用其极。然而，依旧是肉包子打狗——有去无回。李博突然觉得大学生活百无聊赖，无压力，无目标，也没有女朋友，甚为压抑与苦闷。这段时间，李博就将自己的头发用一瓶大约3元钱的染发剂，染成了黄色。不知道是操作失误，还是染发剂药力过大，李博的头发看上去像秋天那种毫无生机的黄。但李博不这么认为，他喜欢这种颜色，觉得这种颜色能准确表达出他当下的心境——“颓废”。

当然，有这种感受的不是他一人，过了大一的新鲜感，一股颓废之风在大二悄然流行开来。一夜间，“郁闷”忽而成了很多人的口头语、发语词、感叹词。比如，你看见一个人就在那里发呆，你问他在干什么，他就茫然地回答：“郁闷！”或者毫无来由，两人见面，一开口就是一句“郁闷”。

今天李博是真有点郁闷。他的棉袄旧了，这几天死磨硬缠，总算争得他妈同意，可以自己买一件新的，预算200元。李博正在想买什么款式，是一件暗红色棉袄，还是一件潇洒的蓝色大衣。他想象着自己穿着一件蓝色大衣，伴随着伊能静《蓝色大衣的男孩》的音乐，在广院的核桃林，潇洒走一回，不带走一片落叶。但是，生活总是让人猝不及防。他那好心且爱管闲事的姨妈听说了这个事情，热情过头地给李博买了一件。现在李博正拿着他姨妈送的棉袄苦闷不已。那是一件一眼能就看出小镇气质的棉衣。李博怎么也看不上，他想买那件城市风格的“蓝色大衣”，可棉袄花光了预算，他妈不再给钱了。李博一边郁闷地将一只蟑螂摁在乔丹的画报上，一边愁苦得诗兴大发：“生活是什么？生活是漂亮的海报，上面爬着蟑螂。”

虽然生活虐他千百遍，但是他对生活如初恋。虽然在现实恋爱生活中频频碰壁，然而，天无绝人之路，上帝关了一扇门，却为他打开了一扇窗。他的爱情理论研究最近有了突破进展：他提出了一个理论——“爱情经济学”，引出了一个新概念——“都市化”。这一天，他正在向一群女生布道。有了新的师妹，李博也有了新的听众和信徒。他抑扬顿挫地说道：“我这个理论叫‘爱情经济学’。什么意思呢？经济学的核心理论是什么？经济学核心理论就一个：等价交换原则，其实爱情中也是。”李博在众女生崇拜的目光中继续：“我刚上大学的时候，也和你们一样，对爱情充满了憧憬和向往。但是，唉……”李博做了个无奈的表情，叹了口气继续说：“无奈，天不遂人愿，总是没有成功。于是，我就一直在想，到底为什么有些人能获得，有些人却没有呢？正在我冥思苦想的时候，‘没有无缘无故的爱’这句话大大启发了我。爱情也讲究这个‘缘由’，这个缘由是什么？这个缘由就是等价原则。譬如你追求你女神或者男神，人家颜值高，气质好。”张磊看了眼李知和萱萱，小声说：“这是说你和萱萱！”

李博清清嗓子继续说：“而你这些方面都不行。那你就成功不了。因为人家都市化了。”

张磊不住点头，李博的这些问题也曾大大困惑着他，当然不只他，现场的很多听众也深有同感，于是大家对李博投去了求知好学的目光。

李博继续说：“什么是都市化？都市化简单说就是大城市里长大的孩子。怎么看这个孩子是不是大城市长大的呢？据我观察，有三个重要特点：第一，此人有见识，什么都见过。注意，我说的是真见过。你说罗丹的《思考者》，哎，人家说‘见过’，你会说，我也见过呀，可是人家说的见过，是真见过，是在博物馆见过真的雕像，不像你只能从课本、图片中看到；你说，交响乐演奏，人家是真听见的，不是听个彩铃；你说演唱会，人家就真去过演唱会现场，不是只从电视上看一看。第二，此人除了读书，别的什么也会一些。据我观察，城市男孩子普遍会足球，女孩子会跳舞。除此之外，游泳、画画也都有所涉猎。那种只读书其他啥也不会的，譬如我，显然就没有都市化。第三，此人有高级感。怎么叫有高级感呢，从穿戴上看，穿着时尚、漂亮。谈吐上使用都市词汇。比如，有一次吃烧烤，一个男生就问我，喝不喝水？我当时觉得这人真小气，怎么也要喝一点可乐，后来人家就直接拿来了可乐。说水，不说饮料，这就是人家说话的高级感，不用刻意强调，很高级！”

李知不禁抬起头多看了李博几眼，环顾左右，发现周边的目光从刚才的疑惑变成了赞许与期待，零星还有掌声响起。

“那我们没有都市化的怎么办？难道我们大学四年就谈不了恋爱了吗？”一个女生急切地问，带着几分哭腔，感到了人生的绝望。

一个胖男生也皱着眉头：“按你刚才说的，我都不算都市化。但我家在整个义乌都很有名！”

李博示意大家安静：“这两位同学不要灰心。都市化不足，就多看看展览，穿衣方面多学习都市化的同学，谈吐上争取多使用都市词汇。当然，除了都市化，你还要在能力上、物质上弥补自己，以提高自己的整体交换以及议价能力。比如说，你很聪明，学习好，这就是能力上的表现，比如像刚才那个男同学说的，我有财力，有物质基础，那也是好的！都市化程度不高，别的高，这就补上了。”这时，有个女生幽幽地说道：“如果这两个再没有怎么办呢？”李博看看那女生：“那你也不要灰心。你可以专攻性格好这一选项。男生特别喜欢善解人意、性格好的女生！”

张磊听得认真，频频点头。李知白了一眼李博，小声嘀咕：“也没有谈过恋爱，就整体分析爱情，提出理论的！”李博看了眼李知，镇定地说：“我是没谈过恋爱，但是这不能说明什么。医生没有亲自得病，照样为病人治病；爱因斯坦没有看见光速，也一样可以推算出光的速度；霍金没有看见黑洞，照样推理出黑洞理论。所以，有时洞察力、想象力和推理才是最重要的！”

李知努努嘴，哼了一声：“《泰坦尼克》的爱情就不是这样的。”

李博摆出一副见过世面的样子：“童话都是骗人的，这些你都信？”

李知还在做最后的挣扎：“你才骗人的呢！”

“我，我不骗人，恰恰相反，我属于比较清醒的。当然了，也不能怪你。我们低端人口一般容易清醒。你现在还高高在上，相信那些浪漫的，虚无缥缈的，自然体会不到我这种感受。”

李知坚决要抗争到底，萱萱拉她走：“走啦，他这是纸上谈兵，谈‘谈恋爱’呢！”

“不过，我也挺佩服他的，大学两年，就研究这个了！”萱萱补充道。

18

这几天，宋小想买一台电视机，以缓这股“颓废”之风的侵袭，也发展一下整个宿舍的“娱乐业”。她的想法是每人出资50元，买一台大约250元的二手电视机。大家虽然对250这个数字不甚满意，但对宋小的这个想法，都持赞同态度，当然除了刘小宇。

晚上，躺在床上，刘小宇问大家：“真的需要电视吗？我不看！”

“我们新闻工作者怎么能不了解媒体，不了解每天发生的大事？你总会偶尔看一下吧？”宋小回答说。

“我可以偶尔都不看！”

刘小宇说得很坚决，丝毫不留余地，宿舍一下鸦雀无声。

过了很久，宋小嘟嘟囔囔地说：“可是，宿舍总要少数服从多数吧！我们可是一个整体！”

“这有些不公平，我没有这个需求，我是不是可以不花这个钱？”刘小宇依旧很坚持。

“可以！”刘小宇话音刚落，优优便回答了她的问题。

李知眉头紧皱，刘小宇平时话很少，还不爱参加集体活动，也不一起吃饭，不一起出去玩，李知觉得这也许是她内向个性使然。然而，今天买一台电视竟然也不愿意，一台电视可以用三年，天天放着节目，谁能保证她不会看一眼呢？就算她看一眼，谁又会和她计较，这明显有占便宜的嫌疑。再说，一个随身听就要五六百元，刘小宇不是也有了吗，买个大家共用的电视就舍不得了，想到这儿，李知不满地翻了一个身。

第二天，优优悄悄找到李知，表示愿意替刘小宇支付50元买电视机的费用。李知摇了摇头，“郭书说，200元就足够。”

几天后，一台不错的二手彩色电视搬进了210宿舍。这是除刘小宇外，几个女生一起出钱买来的。郭书找来几个男生，负责挑选和搬运。虽然刘小宇几次强调她不会看，大家还是把电视摆在了桌子的正中央，摆在了所有人都方便看到的地方。

“你们看这电视可以吗？”郭书问。

宋小围着电视看了一圈：“太可以了，郭书！”

“那我现在帮你们调出几个频道哈。这台电视虽然是二手，但是我现场看了，效果非常好。”郭书擦了一把汗说。

李知美美地看着郭书，心里一片骄傲。看到郭书头上全是汗，递上自己的毛巾，接着又递上自己的水杯。

郭书很自然地接过李知递来的毛巾和水杯，朝李知小声说：“床头那张合影只是你漂亮，我五官都变形了，等明天我选一张，你贴床头，听见没有？”

李知装作没听见。

郭书瞪了李知一眼：“还有，那花瓶里的鲜花是你的吗？”

李知得意地点点头。

郭书长叹一口气：“气杀老朽也！”

宋小不看电视，全程瞅着郭书和李知，看看郭书，又看看李知，看看李知，又看看郭书，一脸艳羡。本来想向郭书打探“刚”的消息，也一时忘记了，记忆力再次成为她的硬伤。

210宿舍安置完电视，李知赶紧催郭书离开，李知担心穿得薄如蝉翼的女生突然出现在楼道里，这可是经常发生的事情。

“记得等会儿你出门的时候，闭着眼睛，我牵着你走！”李知反复叮嘱。

郭书微微一笑：“行！我眯着眼睛偷偷看！”

李知狠狠用手掐了掐郭书的脸。

宋小目不转睛地看着他俩，突然两行鼻血流了下来，宋小“哇”地叫了一声，仰着脖子跑去了洗手间。

郭书走后，宋小的鼻血也止住了，却仍旧淡定不下来，新买的电视也不看了，自己比电视还热闹。

“你看，你看，刘小宇，有个男朋友多好！”宋小拉开刘小宇的床帘，对刘小宇说，“要是不是李知的男朋友，郭书才不会又帮我们买电视，又帮我们搬电视的！”

刘小宇啪的一声，又将床帘拉上，不以为然：“那又怎样？反正我也不看！”

宋小不敢和刘小宇多争执，转向优优：“优优，别崇拜王力宏了，再喜欢他，他也不能从画里走出来给我们搬电视是吧？”

不等优优回答，接着又转向李知：“阿知，你现在就是我最羡慕的人！整个宿舍，整个咱们班，我最羡慕你了！”

“怎么忽然变我了，不是方媛吗？”

“不，不！我还是羡慕你！我觉得郭书太好了，人帅，说话好听，还特逗！特别有意思！”

“嗯，郭书挺逗的！”李知骄傲地说。

方媛看了看李知和宋小，拿着洗衣盆走出了宿舍，心里不自觉地掂量起自己男朋友和郭书。自己男朋友真的比不上郭书吗？在高中，自己的男朋友可是首屈一指！个子和身材都不比郭书差吧？没有郭书洋气？好像有点，又好像不是。方媛不由得叹了口气。

自从决定买手机后，萱萱就努力实施自己的“赚钱计划”。按萱萱的商业愿景规划，她先和播音系的同学联系，只要播音系有人去主持各种开业活动，中间一定需要歌舞表演，这时自己就出场，每次大约能赚100元。然后萱萱又找到了一个卖减肥茶的兼职工作，周末一天可以赚65元。凭着“勤劳致富”，萱萱每月收入骤增至600元。对当时平均一月500元生活费的李知她们而言，萱萱立刻成了一个“小富婆”。

也正从那时起，210宿舍全体同仁集体告别了白水时代，喝水一定放一个茶袋，萱萱将大量试用装都送给了一个个本就“饥肠辘辘”的210宿舍同仁，大方地对大家说：“有则改进，无则巩固；胖者减肥，瘦者调味儿。”喝免费试用装减肥茶的后果是，那段时间210宿舍的女生们饭量骤增，一跃成为食堂里最有饭量的女生，但即便如此，她们还时常处于饥饿的边缘。“什么时候开饭”成为那个时候210宿舍使用频率最高的“热词”。后来，大家实在坚持不住，停了减肥茶。

这些天，郭书和李知也想着要买手机的事情。

“这样，我们就可以随时随地联系上了。”郭书对李知说。

“是呀，这样，你说那些甜言蜜语就不用对着传呼台的姐姐们了，哼！”

在李知和郭书看来，手机会将他们紧紧地联系在一起，特别是李知，终于可以甩开“第三者”了。于是，李知跟随萱萱的脚步，也卖起了“减肥茶”，郭书开始四处配音赚钱，也一举加入了赚钱大军。他们都在为自己小小的念头努力着。

宋小很羡慕萱萱和李知可以赚钱，也去减肥公司面试，结果被无情地拒绝了。随后宋小去了一天给50元的“多机灵”公司，该公司产品是面向学生的“脑营养品”，虽然赚钱不及萱萱，但按宋小的话说：“卖的可是智慧！”就这样，210宿舍继减肥茶后，又盛行了一阵“脑营养品”。常常是宋小一边吸着“多机灵”，一边看电视；一边吸着“多机灵”，一边思考自己和“刚”未来的情感走向。有一天，宋小刚刚吸干一小瓶“多机灵”，拍着脑袋说：“我想好了，‘刚’说大学不要找女朋友，我也不着急。我就在‘刚’身边晃悠，如果有一天，‘刚’想找女朋友，让他第一个想到我！”宋小为自己这个聪明的决定激动了很久，脑营养品果真有奇效，也是李知那时意识到的。

每个人都开始忙碌起来，李知甚至忙碌到忘了她还有一个老同学韦峰。有一天，在学校看到韦峰，她告诉了韦峰自己不再参加足球啦啦队。李知以为韦峰会生气，结果韦峰只淡淡地说：“没关系，足球啦啦队不方便就不用参加了。参加了六年，哪天一起拍照做个纪念。”

李知忽然有些伤感，轻轻地回复了一声：“嗯。”

“你生气了吗？”李知小声问韦峰。

韦峰没有回答，只看看了李知，一笑。她还是个傻丫头，她还是什么都不知道。

19

张磊继续苦追萱萱，那种狠劲，只有宋小可以相提并论。但和宋小不同的是，张磊在追求萱萱之余，自己的生活也越来越丰富。张磊擅长电脑攒机，1998年时，一台一体机要七八千元，而攒一台电脑只需要四五千元。于是，张磊经常应同学之邀，从中关村背来一堆东西：显示器、主机、声卡……然后将这些零散的部件东拼西凑，上下腾挪，最后倒饬出一台可以高速运转的电脑。在一个艺术类的文科院校，张磊的这个能力无异于高度稀缺资源，瞬间赢得无数女生的大力追捧，张磊迅速打开自己的朋友圈，获得上上下下尊重不少。可是，萱萱对他的态度始终如一。李知捅捅萱萱："看看张磊现在多受欢迎？"萱萱嘟着嘴："什么呀？攒机加送货到家，全程免费，这样的苦劳力谁不喜欢？"

李知叹了口气："你怎么看成是苦力？人家明显是显示出很强的脑力，而且现在好像还在研究什么Flash。"

萱萱猛地摇摇头："搞不懂他整天在干什么，但是不管他干什么，外貌都不会变，那就是硬伤！现在顶多是从路人丙变成了路人乙。"

李知叹了口气："肤浅！"

萱萱的态度并不能击倒张磊，张磊在李博的指点下，在追求萱萱的道路上更加一往无前。而且萱萱说错了，外貌不是硬伤，外貌是可以改变的。

宿舍的电视和刘小宇没有关系，宿舍的电话也和刘小宇没有关系，因为从来没人给刘小宇打电话，刘小宇也从不给人打电话。所以，当宋小接到陕北口音的电话，说要找刘小宇的时候，宋小以为自己听错了。她一脸疑惑地将话筒递给刘小宇，刘小宇也一脸疑惑地接过话筒。为了保护自己那一点点的隐私，刘小宇学着大家平时的样子，将电话线扯到门外。但很快，李知和大家就听见刘小宇的低吼："快说，快说，姥姥到底怎么了！"几秒钟后，刘小宇跑回自己床铺，一脸恐慌。李知看看优优，优优看看李知，大家都不敢问刘小宇发生了什么。其实，连刘小宇自己都不知道发生了什么，只记得弟弟哭着让自己快回去，说姥姥病了。

顶着寒风，刘小宇拿起背包，直奔火车站，一路上，自己什么都不敢想，也不愿想。姥姥一定出大事了，否则家人绝不会通知自己，可是，三个月前还健健康康的老太太会出什么事呢？在家里，刘小宇和姥姥的关系最好。小的时候，刘小宇刚刚认字，姥姥生病，刘小宇就能念出医生的药方。那时候，姥姥激动得像哥伦布发现了新大陆，阿波罗登上了月球，热泪盈眶地大赞自己的外孙女。就是从那个时候起，刘小宇决心要好好读书，好好读书能帮姥姥念医生的字，好好读书还能写出姥姥的名字。现在，好好读书，就是为了日后能让姥姥过上更好的日子。刘小宇坐着火车，一路胡思乱想，一路归心似箭。

一边卖着减肥茶，一边在舞台表演劲舞，萱萱不但迅速攒够了钱，更意外地发现自己瘦了。这意外的收获让萱萱激动不已。“这世界只有瘦子才分漂亮和不漂亮，胖子永远都是胖子。”萱萱对李知说。

郭书知道李知不愿每周去卖减肥茶，心疼地劝李知放弃。

“李知，你每周别去卖减肥茶了，站一天才65元，挺辛苦的。”

李知摇摇头，又点点头：“我自己挣钱后最大感受是，再也不乱花钱了。前几天看见一件漂亮的连衣裙，70元，我就想，用它换我站一天值不值得，最后觉得自己好像没有那么喜欢了，就没有买。”

郭书心疼地看看李知，觉得她特别可爱。

“李知，我现在配音，一次可以赚100多元。我们也不是很着急用手机，这样，你别去卖减肥茶了，等我配音赚了钱送给你好不好？”

李知心里一阵感动，但是还是装模作样瞪了郭书一眼：“哼！你竟然想包养我！”

郭书也瞪了李知一眼：“李小姐，你听好了，我可没有说包养你哈，我就是想送你一部手机。包养你？哈哈，想得美，我现在哪有这个本事？”

李知和郭书不禁哈哈大笑起来。

“送部手机我不要，包养嘛，可以考虑！”李知说得很认真。

“行呀，怎么不是养。食堂免费汤，管够！”郭书说得很真诚。

李知一噘嘴：“就知道你靠不住！”

郭书收起笑容：“李知，我会加油的！”

李知也收起玩笑：“嗯。我相信，我不但相信，还会和你一起加油！”

“手机，我送你吧。”郭书拉着李知的手说。

“郭书，谢谢你。我真的不需要。我很想感受和你一起努力，一起向着一个个小目标努力的过程。这些经历才是属于我们自己的。”

郭书认真看了看李知，点点头：“我懂了。”

从传媒业的角度，1998年能载入史册的是：深圳腾讯公司成立。当年50万的投资如今已是万亿市值。但是，那时它还只是一只温柔可爱的“小企鹅”，它还栖息在一间舞蹈室，争霸传媒领域的依旧是电视。中央电视台《走近科学》《幸运52》相继开播，一时风光无两。11月底，万人空巷的《还珠格格》播出，大街小巷一会儿是“你是风儿我是沙，缠缠绵绵到天涯”，一会儿又是“有一个姑娘她有一些任性，她还有一些嚣张。有一个姑娘，她有一些叛逆，她还有一些疯狂”。那时的广院人都很兴奋，因为大家感觉自己生在了一个电视的黄金时代。

在这个有着艺术气息的学校，大家甚少谈论这部电视剧，大家更着迷于一部叫《罗拉快跑》的电影。但是，这不影响宋小和周洋对这部电视剧的喜爱，这几天，刘小宇不在，宋小倍感自由，现在她正杵着下巴看着小燕子在电视里上蹿下跳、展翅高飞，不由特别高兴，对身边的周洋说：“阿洋，你说，男生是不是特别喜欢小燕子这个样子的女生呀？你看她多可爱！”见周洋没有说话，宋小又用胳膊捅捅周洋：“阿洋，你知不知道从小到大大家都说我可爱，你看这戏里小燕子招这么多人喜欢，不就是因为她可爱吗？我也要这种可爱。”

周洋对宋小的评论全然不觉，她看着电视里的小燕子却神情黯然：“宋小，这个演小燕子的演员叫赵薇，现在红得发紫。你知道吗，她拍这部戏的时候还只是北京电影学院大二的学生，只有21岁！”周洋叹了口气，接着失落地说道“她也只比我大两岁，难道人生的差距就已经拉开了！宋小，我们不能再有任何耽搁了，我们的同龄人已经获得了成功，我们怎么能毫无建树呢？宋小！！”周洋说最后几句话时，仿佛是在呐喊。但宋小就像听不懂“刚”的话一样，也听不懂周洋的话。她正准备学小燕子的模样扮可爱。

周洋说得没错，这个戏里几乎所有的演员——赵薇、范冰冰、林心如等从此都走上了人生的快速路，遥遥甩开同龄人，包括210宿舍全体同仁以及周洋。从那天开始，每天晚上看《还珠格格》的只剩宋小一人，周洋再也不愿受这种刺激，更加发愤图强地练习各种绕口令去了。

三天后，刘小宇回来了。一进门，吓了大家一跳。头发凌乱，眼睛红肿，手臂带着黑纱。宋小快速将电视里的《还珠格格》关掉，大家都悄悄地不敢出声。

刘小宇回到家的时候，见到了姥姥最后一面，刘小宇跪在姥姥身边，紧握姥姥的手，泣不成声，说不出一句话。半个月前，姥姥不顾北方的天寒地冻去山上采草药，说是能卖钱，回来就感冒了。

“让她去看大夫，她不去。”刘小宇的妈妈一边说，一边看着从送走姥姥后就一言不发的刘小宇。

“小宇，你怎么了？你说句话！”

“谁让她这么大年龄去采草药的？”刘小宇瞪着红红的眼睛朝妈妈大吼，像一头发怒的母狮子。

“她生病了，为什么不去医院，为什么！为什么！”刘小宇继续嘶叫着，怒吼着。

刘小宇的妈妈流着眼泪不再说话，手不停地颤抖。刘小宇的爸爸依旧倚着门框，吧嗒吧嗒抽着旱烟。

寒风无休无止从早刮到晚，看着懦弱的父亲，无助的母亲，刘小宇第一次感觉到恨，恨这个生她养她的家，然后一头钻进黑夜，头也不回，直奔北京。

回京后，刘小宇什么都没说，210宿舍没人知道刘小宇发生了什么，除了感觉有家人故去，其余一无所知。只是她离大家更远了，经常一个人对着云看好久，也比以往更加沉默了，连对宋小常有的一声“哼”也没有了。

深冬就这样来临了，也许是越来越冷的天气，让大家感到真情的温暖，纷纷用各种方式表达爱意。女生宿舍顿时变成了一间间纺织厂。从隆福寺不远万里，精挑细选的毛线，被两个衣针上上下下编织成一条条围巾，高手还能运用不同的编织技艺编织出各种花纹，以展示自己的心灵和手巧。11点熄灯以后，靠近走廊床位的女生借着微弱的走廊灯光，继续不懈编织，这常常让李知想起“凿壁偷光”的故事。住在里面床位的女生却没有这等便利，但也不愿无所作为，就拿着小板凳坐在走廊上，继续两手穿梭。于是，熄灯后的女生宿舍楼格外热闹，走廊上，林林总总，三五成群，或交头接耳切磋技艺，或埋头独坐执着钻研。李知和宋小拿着脸盆穿梭其中，仿佛置身于昼夜不息的纺织车间，一条条“爱心”牌围巾就此诞生，并飘到广院各处，最后紧紧地缠绕在某些幸运男生的脖颈上。宋小捅捅李知，问：“阿知，你说为什么她们织围巾一定要现在，不睡觉呀？我看她们好像白天都在睡觉，就为了晚上养足精神织围巾？”李知敲敲宋小的头：“你这是木瓜脑袋呀！当然要深更半夜，熄灯之后啦，这样才显得这织围巾的行为多么不易，多么珍贵，多么难得，这样才能凸显他们的爱情多么伟大，多么崇高，这样的围巾多有价值！”宋小如梦初醒，瞪着大大的眼睛，心悦诚服地朝李知拜了拜：“李老师！”

有了“爱心”围巾的男生在冬季是温暖的，而没有收到围巾的男生，却要自食其力，自力更生，更要展示出自己旺盛的生命力。首先让大家感受到这种生命力的是李博和张磊。

没有收到围巾，李博现在出门甚至连棉袄都不穿了，手里拎一个透明水杯，你以为是白水，一打开确是一股冲鼻的劣质二锅头的味道。李知问他为何不穿棉衣，他摇摇头，那件乡土气息的棉袄，他实在不喜欢，没有一丝“都市感”。但他没有告诉李知，而是指着水杯说，我有“内棉袄”，冷了喝一口就浑身发热，还递给李知，让李知尝试。李知急忙推开。李博收回酒杯，那个时候，他上午喝，下午喝，一天常常不是半斤就是八两。喝完就躺着，躺累了就起身再喝，有时走路都歪歪扭扭，以至于李知好几次在路上遇见他，把他看成了“济公”转世。

如果说李博是用颓废派风格表现他没有收到围巾的遗憾与抗议，那么张磊就是一个自强不息的励志故事的典型。这个严肃的理工男一不小心落入广院，到如今，他已完全适应了。他的头发从黑色变成了黄色，又从黄色变成了暗红，衣服也变得五颜六色起来。萱萱只要远远地看上一眼，就打一个激灵，然后就是一脸痛苦和嫌弃。在学校的餐厅，萱萱捅捅李知，随即不忍直视地闭上了眼睛。透过窗户，李知看到了焕然一新的张磊。

李知怀着最大的善意，说：“你别那么苛刻！寻找适合自己的风格总需要走些弯路！”说话间，张磊已经兴高采烈地走到她和萱萱身边，李知在近处一看，实在忍不住，“扑哧”笑出声来。萱萱左看看右看看，上瞅瞅下瞧瞧，把整个餐厅都环视一圈，就是不看张磊。但张磊不介意，他站在李知和萱萱面前，高声说：“李知，怎么样，我这身衣服！不！不！应该叫行头！不，不应该叫行头，应该说我这身look，怎么样？”边说边用手比画自己的衣服。

李知不停地用手揉搓太阳穴，一下子没有控制好自己的情绪，口直心快了一把：“说实话，真不怎么样。干吗穿成这样？”

张磊眨着眼睛，不敢相信自己的耳朵，辩解道：“这不是马上就要圣诞节了吗？”

李知再次摇摇头，努力让自己冷静一下，但还是失败了：“不就是过个圣诞节，你用得着把自己打扮成圣诞树吗？”张磊疑惑地看着李知：“不好看吗？不是挺时尚的吗？”萱萱站起身来，仿佛什么也没看见，什么也没听见，径直走出了餐厅。

李知看着张磊，又可怜又可气：“你到底干吗呢！”张磊像泄了气的皮球：“我这不是想努力提高自己，向萱萱看齐嘛！再说我看郭书也这么着装的呀！”张磊顿了顿，一脸无奈，“你还记得前几天李博说的‘都市化理论’吗？据他分析，我没有追上萱萱，最重要的是我和萱萱处的阶段不同。萱萱是从大城市来的，而我却是从镇上出来的。是这种差距造成了我和萱萱之间的距离，所以要追萱萱，我第一步就要进行‘都市化’，努力追赶上萱萱的脚步。为此，我不就这身打扮了吗？”张磊说到最后的时候，脸上露出了坚决而势在必得的表情，李知瞬间被他这种精神感染了：“好吧，我祝福你。”

祝福完张磊，李知跑着追上了萱萱，看见萱萱正在拼命深呼吸。

“行了，人家不是为了迎接圣诞节吗？”李知说。

萱萱叹了一口气，摸着自己的胸口：“李知，他那是远看像个圣诞树，近看是个杂货铺呀！”

这回李知彻底无语了。

当然，为配合节日气氛而装扮自己的不仅张磊一人，宋小这几天就将一个红手帕模样的头巾折叠，戴在了头顶，宋小觉得这样活泼也喜庆，更重要的是像“还珠格格”，显得可爱。

210宿舍里的每个人看着，都有种似曾相识的感觉，但又一时说不出个所以然。直到有一天，宋小一进门就愤愤地将她视为宝贝的头巾猛地拽下，一把扔在床上，高叫着：“凭什么呀，这是什么意思？”大家不明所以，你看看我，我看看你。宋小接着哭诉：“我好好地站在队伍中等拉面，一个大爷对着我就喊：‘两碗牛肉面！’我开始以为他在和服务员说话，所以没有理他。结果，他用更大的声音朝着我喊：‘两碗牛肉面！两碗牛肉面！’他干吗朝我喊，我就对着他喊：‘我也是来吃牛肉面的！’”宋小越说越激动，声音也越来越洪亮，直至一气呵成。接着，宿舍安静了十秒，每个人都忍着不笑出声来，但十秒钟后，大家再也忍不住了，宿舍爆发出不厚道的大笑，李知笑得前仰后合，优优笑得脸发了紫，萱萱趴在李知床上直不起腰。宋小用她的“行为艺术”点燃了整个节日的气氛。她和张磊都是最具有奉献精神的人。

后来证明，这事儿真不怪那位走眼的大爷，为了配合节日气氛，马兰拉面的服务员人人头戴一个红头巾，恰好和宋小“撞头巾”。可是，宋小仍耿耿于怀，从此告别了自己的红头巾，也顺便告别了马兰拉面。可见，装“可爱”还是有风险的。

每个人都为即将来到的“圣诞节”做准备，李知也不例外，她看着郭书，横横地问：“你喜欢我吗？”

郭书脱口而出：“喜欢！”

李知皱着眉头：“你，你怎么不想一下，这么不负责任，‘轻诺必寡信’，知道吗？”

郭书叹了口气：“好，你再问一下行了吧！Action！”

“你喜欢我吗？”李知问。

郭书托着下巴，两只眼睛转个不停。

还没等郭书想好，李知猛地一拍他：“你什么意思？想这么久？犹豫是吗？”

郭书瞪大眼睛，李知也瞪大眼睛，两个人开始比眼睛大小，最后郭书仰天长叹：“和女人讲道理，我输了！”

李知做出“V”字形手势，露出胜利者的微笑。

过了几分钟，李知又想起了什么，对郭书说：“你说你喜欢我，你又没有在宿舍楼下给我唱过歌，也没有给我送过花，我怎么知道喜欢我？”

郭书忍不住笑了起来，这是他们第一次吃饭时的对话，当时自己只是和李知开个玩笑。没有想到，李知一直记到今天。

“我当时是开玩笑的。”郭书说。

李知表情黯然：“你随便好了。”

郭书叹了口气：“拿着花到你们宿舍楼下，太夸张吧！”

李知一脸不高兴：“我累了，先回宿舍了。”

郭书一脸无奈。

两天后，女生宿舍楼下，李知收到了郭书的花，虽然只有一朵。

郭书将花藏在衣服下，见到李知，将花小心拿出，还不住地往左右看。

李知嘟着嘴：“至于吗？我可是你正大光明的女朋友！”

郭书红着脸：“别为难我了，大庭广众，还是第一次！”

“是吗？就一朵吗？”李知举起花，有点不高兴。

郭书瞅了李知一眼，装出正经的样子，小声说：“别看这一朵花，意义非凡，一心一意，一生一世，一见钟情，一往情深！”

李知故意左看右看，引起大家注意，扬着头问：“说呀，继续说，还有吗？”

郭书看着李知的样子，憋住笑，继续压低了声音说：“李知，行了吧你，见好就收，行不行？放我一马？”

李知摇摇头：“不行！”边说边朝郭书比画出胜利的手势，露出胜利者的微笑。

郭书叹了口气：“好，好，李知，那就别怪我不客气了！”一边说，一边凑过来，“不信收拾不了你！”

李知愣愣地站着：“光天化日，大庭广众，朗朗乾坤，你想干吗？”

郭书放开声音：“我一吻定情！”

李知猛地推开郭书，撒腿就跑。

郭书看着李知跑出去的背影，握了一下拳头，也露出了胜利者的微笑。

当李知高兴地将郭书送的花放在自己床头的时候，宋小手捧着一棵大白菜进了宿舍。

李知惊讶地看着大白菜：“宋小，这是什么意思？”

宋小面无表情地一把将大白菜重重放在桌子上，清了清嗓子：“各位210宿舍的女生，咱们班全体男生祝我们圣诞以及新年快乐！并送上这棵大白菜以表节日的问候。”

说完，面无表情地回到了自己的床上。

李知嘟嘟嘴：“哼，这些小气鬼！就知道大白菜，一定是晚上跑步，在大食堂门口偷偷拿的吧！”

优优禁不住笑了起来：“去年是一枝梅花，我们放在瓶子里，还挺雅致，今年怎么直接变成白菜了？”

宋小大声嚷嚷着：“反正都是不花钱！”

第二天，午饭的时候，李知看到了李博。

“去年还送梅花，插在梅瓶里，还挺有诗意。今年是不是就近取材，找了棵白菜糊弄我们女生？”李知不满地说。

李博喝了一口“内棉袄”，咧嘴一笑：“昨天，我们男生集体凑钱吃火锅。凑来凑去也没有多少钱，就去老师家楼下拿了一棵大白菜！结果吧，我们偷偷拿的时候，还被学校老师看见了！老师当时对我们说：‘放下！’吓得我当时脸都绿了！结果人家老师转身从屋里拿出了两棵又大又好的大白菜。说屋子外的是喂兔子的！我们吃了一棵，剩下一棵送给你们，你看，这区区一棵白菜，里面多少故事呀！”说完，他又喝了一口“内棉袄”。

李知轻声哼了一声。

酒太辣，李博忙从口袋里掏出几粒花生米，摆在桌上，吃了起来，接着说：“对了，你们可不要小看这白菜。知道台北故宫的翡翠白菜吧？白菜，白菜意味着‘百财’！回去好好照顾着那白菜，保证你们宿舍今年‘百财’。”

李知看了李博一眼，一愣，眨眨眼：“就你最会说！”

吃完午饭，李知忽然回想起李博的话，赶快跑回到宿舍，却怎么也找不到那棵“百财”。

“优优，那‘百财’呢？”

“什么‘百财’？”

“就是昨天宋小拿来的那棵白菜呀！”

“哦”优优指了指桌子上的一盘炒白菜：“这不是在桌子上吗？”

李知不可思议地张大嘴：“这，这……”

正在这时，宋小端着一些盆盆碗碗进了屋，见了李知就喊：“李知，快尝尝我的手艺！”

李知长舒了一口气，狠狠瞪了宋小一眼，大叫道：“我们的‘百财’呀！”

自从决定在“都市化”道路上猛追萱萱的脚步后，张磊就找到了自己前进的方向，而且勇往直前，一骑绝尘。上次的“圣诞装”太离谱，张磊又尝试过各种风格。前一天还是修身整洁的苏格兰格子马甲的绅士英伦风，后一天就变成一身颓废的嘻哈风：长长的鸭舌帽挡着眼睛，宽大的衣服松垮地套在身上，手指戴着几个戒指，一个骷髅头的分外惊人。李知和萱萱每次都“相顾无言，唯有泪千行”。

张磊很快发现自己在服装搭配上没有任何天赋，于是，他想起了一句真理：“模仿是学习的第一步。”他买来了时尚杂志*ELLE*，并且模仿其中的内容打扮自己。广院顿时成了他的T台，而他正大步流星走向他最在意的观众——李知和萱萱。

李知首先看到了张磊，她捅了捅身边的萱萱，萱萱只看了一眼，就边叹气，边再次将眼光投向了茫茫的宇宙。张磊走近，偷偷看看萱萱，然后挪到李知一侧，小声说：“李知，我又换了一种style，她还是不喜欢是吗？我这可是当下流行的mix&match！混搭风！”李知再次仔细看了一眼张磊，土黄的头发，一件大衣下面是一件松垮牛仔裤，脚蹬一双笨重的旅游鞋。李知顿时被震慑得久久不能平静，拼命用手揉着太阳穴，张磊继续滔滔不绝：“李知，混搭是今年的流行风。它代表了一种服装新时尚，我们可以随意发挥，尝试各种以往不可能出现在一起的风格、材质、色彩等时装元素的配搭。将对立的东西放在一起，冲撞出强烈的视觉效果和个性主义！”

“你这都听谁说的呀？”李知双手拼命揉着太阳穴问。张磊一听，立刻取下双肩书包：“*ELLE*上说的呀。李知，杂志上还说了，男人要找寻属于自己的风格。”张磊一边说，一边将杂志翻到某页，一个和他穿着几乎一样风格的男模映入眼帘，张磊接着说：“李知，上面说……”一旁的萱萱不耐烦起来，李知忙打断张磊：“张磊，做什么事情都要从实际出发吧。书上说的未必适合你。穿衣服的原则‘是人穿衣服，不是衣服穿人’！”李知越说越畅快，最后竟然一吐为快：“我觉得你吧，就别玩混搭了，一件风格稍微夸张的衣服你都未必能hold住，还玩什么混搭风。看你现在穿的，简直像一个行走的衣帽间！”张磊听到李知这番评论，刚才气宇轩昂的劲头顿时蔫了，低头不语。李知看着张磊，突然觉得自己说得重了，忙安慰：“当然了，张磊，人都是通过不断尝试寻找到自己的穿衣风格的，你也不例外，你慢慢寻找，寻找的过程中出现问题也很正常。”张磊点点头：“唉，恋爱穿衣要像解数学题那样简单就好了！”这次轮到李知语塞了，眨着眼睛不知道该说什么。萱萱皱着眉头：“还要不要去吃饭了？”说完拉着李知就往门口走，张磊忙伸手去抢萱萱的水壶，萱萱一下躲开了：“我自己来！”

午饭时，李知多少为张磊鸣不平：“你干吗对张磊这个态度？”萱萱撇撇嘴：

"我真被气到了，这是什么审美呀？那衣服穿的，简直就是惨不忍睹。"李知不以为然："你说得有些夸张，不至于吧！人家还是模仿*ELLE*中的男模特呢！"萱萱放下手中的汤碗，仰天长叹："他还敢模仿人家男模，人家男模185的个子，他有吗？人家男模120的大长腿，他有吗？人家男模8块腹肌，他有吗？什么都没有，就敢模仿，简直就是'东施效颦'！"萱萱越说越激动："人家那是男模，他简直就是男魔！"听到最后，李知一口汤险些喷到萱萱脸上："你别再说了，饶了张磊和我吧！"

"他一会儿学郭书，一会儿比男模的，真是无知者无畏。他呀，最应该和李博看齐。"

李知无言以对，哀求道："萱萱，一中午了，让我好好喝口汤吧！"

萱萱对审美有着极好的直觉，因此在这件事情上，不但眼里不容沙子，甚至极为坚持。萱萱的一贯观点是："'美'不是可有可无，不是锦上添花，她是生活的必需。'审美'的不同是人和人之间巨大的差异。"

虽然张磊的审美总是和他的女神萱萱有着天壤之别。但每次看见张磊的优良表现，李知总有些"心里不平衡"。

她问郭书："你喜欢我吗？"

郭书点点头："喜欢！你又有什么幺蛾子？"

李知哼了一声："那你看看人家张磊是怎么做的，看好了，学着点！"

郭书不以为然地笑着说："人家现在正在追求萱萱的阶段！"

李知一把扭住郭书的耳朵："你什么意思，你现在难道不是追求阶段吗？你现在觉得自己是不是位置稳固了，所以掉以轻心了？"郭书笑着弯下腰："说话就说话，还动手！没有啦，我会追你一辈子的。"李知停下脚步，突然间静静地看着郭书："郭书，你刚才说什么？"郭书也停下脚步，看着李知，戏谑道："刚才说了好多，你要听哪一句？"李知认真地看着郭书的眼睛："郭书，你能把刚才的话重复一遍吗？"郭书突然严肃起来，认真地看着李知，然后一字一句地说："李知，我会追你一辈子。这辈子都在追你！"李知一把抱住郭书，在他耳边喃喃地说："郭书，我不会让你追得辛苦的。只要你追，我就不会跑。我永远都在你身边！"郭书紧紧地抱着李知："李知，我爱你！"李知也紧紧地抱着郭书："郭书，我也爱你！非常非常爱！"

那天，凉风清爽，天空湛蓝，阳光正好，一如李知与郭书第一次见到它。

20

时光"唰"地一下到了1999年的春节假期，因为要和郭书一起过元宵节，李知说服了爸妈，终于在正月十五一早返回了学校。学校很安静，绝大部分同学还在和父母一起，享受天伦之乐。李知一边为抛开父母提前回校而自责，一边担心自己一个人在宿舍会孤单，但当她推开宿舍门的时候，她的担心打消了，刘小宇在宿舍里。刘小宇没有想到李知会回来这么早，也是一脸惊愕，忙收拾桌上的方便面。

"哎，小宇，你回来了！太好了！"经过一个寒假的分别，即使面对宿舍中最不熟的刘小宇，李知也感到格外亲切。

李知一边从书包里掏出妈妈塞给她的零食，一边高声说："我还担心一个人在宿舍呢！你回来太好了，我带了零食，你吃一点儿。话说，你怎么不在家陪姥姥过正月十五，我们那里没出正月都是年，你怎么这么早回来了？"

刘小宇微微笑了笑，没有说话。

"行！估计告诉我爸妈和郭书，有你在宿舍，他们一定很放心。他们不放心我一个人在宿舍。估计你也累了，我去找郭书，晚上我们聊。"刘小宇的脸色难看，李知猜想是回京路途奔波所致，她不愿多打扰刘小宇，便跑去找郭书看电影。

其实，那个春节，刘小宇根本没有回家，而是一人守在空空的宿舍，守着空空的整栋宿舍楼度过的。自从姥姥过世后，刘小宇主动切断了和家里的联系，家里来信只看不回。她不知道父母是不是担心她一个人在宿舍，她也不知道这个春节父母是怎么过的，她只是不想回家，不想面对一个没有姥姥的家。

晚上，李知高兴地回到宿舍，一开门看见刘小宇正戴着耳机。

“小宇，你怎么一个人待着，也不看电视呢？今晚有元宵晚会！”李知一边说，一边打开电视。

刘小宇摘下耳机，摇摇头。宿舍就两个人，李知不想和刘小宇显得很生疏，就走到刘小宇床前，拉刘小宇：“走，小宇，一起看电视！一天不看书耽误不了多少时间！”刘小宇叹了口气，对李知说：“李知，你忘了，我说过我不看电视，这电视我没有出钱买，我不看！”

李知看看身边的刘小宇，认识也不认识。曾经以为刘小宇不买电视，是想占大家便宜，可是，中午出门的时候，宿舍楼管理阿姨告诉李知，刘小宇一个假期都没有回家。一个假期，她一个人在宿舍竟然没有打开过一次电视，李知心里不知为何，一阵阵心痛。李知觉得自己越来越看不懂刘小宇。

一个星期后，李知悄悄将这个事情告诉了萱萱。萱萱睁大了眼睛，对李知点点头：“女汉子，真正的汉子！我都比不了！”那个时候，李知和萱萱都觉得刘小宇很坚强，坚强得就是一个女汉子，又像一个独行侠。然而，很多年后，她们才明白，那不是刘小宇的坚强，那恰恰是她的脆弱。刘小宇脆弱地不敢面对一个没有姥姥的家，脆弱地不敢面对父母。她对父母的不满、愤怒，其实是对自己无能的愤怒与自责。如果不是自己昂贵的大学费用，姥姥不会不顾严寒采药卖钱，如果不是自己还需要用家里钱，姥姥怎么会不舍得花钱看病。这种自责让刘小宇将头深深埋在泥土里，与世隔绝，她用一种近乎自虐的方法表达着这份自责。就像那天，她一把拉上了自己的床帘，不管李知怎么邀请，也不去看那不属于她的电视机。她的骄傲、她的倔强、她的自尊在那一刻深深触动了李知。

那天，任凭电视里歌舞升平，欢声笑语，掌声雷动，欢聚一堂，李知什么节目也没有看进去。也就是那天，李知看清了，刘小宇手里拿的根本不是什么随身听，只是一个随身收音机而已。

寒假终于结束了，同学们陆陆续续返校。每次假期回来，张磊都要有些动静，仿佛是弥补一个假期的安静，而李知怀疑，那是因为每一次回来，他都从家里带来巨款。继买了电脑后，这个寒假伊始，他又躁动起来。这天，郭书去参加系里活动，李知正一个人躺在床上胡思乱想。李知突然接到张磊的电话，约她和萱萱去喝咖啡。

李知举着手机："去星巴克？星巴克是什么地方呀？"

"是一家全球很有名的咖啡厅！"

"哦，听说过。为什么去喝咖啡？今天那里免费呀？"

张磊电话那头急忙尴尬地解释："不是，不是，不免费，我就想请你们喝咖啡。"

"为什么呀？"李知继续好奇地问，"你中彩票了？"

张磊又忙着解释："不是，不是的！"

"那为什么？大老远的，喝咖啡，不去了，有事就去楼下的水吧！"当时，女生和男生宿舍楼下开了一间叫"水吧"的时髦场所，一杯奶茶一元钱，然后就可以在里面坐一下午，于是，那里成了大家最佳的约会场所。

张磊哀求道："李知，一起去吧！这家店是全北京第一家，中国大陆第一家，我还没有去过，我想和你们一起去看看。"

李知对张磊的印象一向很好，想了片刻："好吧，我约着萱萱，是吧！"

张磊高兴地尖叫："就是这个意思，谢谢你，李知！"

李知对着电话来了一个白眼，约上萱萱，这才是张磊的目的。

李知拉着萱萱，把刚才张磊的话重复了一遍。接着，萱萱神奇地将刚才李知问张磊的话重复了一遍："那里免费吗？"

李知摇摇头。

"他中大奖了？"

李知再次摇摇头。

萱萱疑惑地看着李知："那为什么呀，那么大老远喝一杯咖啡，他脑子有问题呀！"李知不满地瞅了萱萱一眼："行了，人家就是想请客，就一起去吧。那可是全球有名的咖啡厅，全北京第一家，中国大陆第一家！去看看吧，不是都没有去过吗？"

萱萱想了想，点了点头。

1999年，星巴克在北京国际贸易中心开设了中国大陆地区第一家咖啡门店。

之前，李知她们连星巴克这个名字都不知道。这个名字还是从小周游列国的优优看了*China Daily*后告诉大家的，郭书打算和李知一起去，但对于当时一顿饭只需几元钱，刚刚解决温饱的大学生而言，一杯十几元的咖啡，让大家“望而生畏”。李知没想到自己和郭书的计划却让张磊捷足先登了。

这次咖啡之行，张磊做了精心打扮，戴了一个窟窿头的项链，李博也来了，染了黄头发，黄得仿佛秋天里收割后的麦穗，而萱萱非说像枯叶，没有光泽，失去水分，很残破。他们无疑用行动实践着“都市化”理论。

“真能对自己下狠手，为什么这么糟蹋自己？”萱萱看了他们的打扮，无奈地对李知说。

李知苦涩一笑，无言以对。

来到国贸，张磊远远就看见星巴克的标识，对着李知和萱萱喊：“看，看，在那边，就是那个绿色美人鱼！和杂志上说的一样。”

李知问张磊为什么标志是个美人鱼。张磊想了想：“也许是想说女生喝了星巴克就会变成一条美人鱼。”

“那男生呢？”李知继续问。

“男生？”张磊一时摸不着头脑，不知如何回答。

一旁的李博慢慢回答：“男生喝了星巴克就会遇见美人鱼呗！”说完，朝张磊挤挤眼，“等会儿，我们多喝一点！”

李知和萱萱齐齐翻了一个白眼，但不得不承认，这是迄今为止，李知听到的对星巴克标志最动人的诠释。

推开星巴克大门，钢琴独奏的轻音乐与研磨咖啡的香气，一同回旋在空气中，将这里与门外的世界隔绝了。咖啡厅内人不多，绿围裙的员工忙来忙去，三两个穿着得体的男士一边优雅地喝着咖啡，一边看电脑。另一边，一个穿着时尚的女士正起身迎接朋友，他们轻轻拥抱了一下，热情寒暄。李知抿了抿嘴，呼吸都轻柔了很多，拉着萱萱走向服务台。服务员微微一笑，礼貌地问她们要什么咖啡。

“都有什么咖啡？”李知有些不好意思。

“都写在卖板上：摩卡咖啡，卡布奇诺，美式黑咖啡，或者你们喜欢什么口味，我帮你们推荐。”服务员温柔地说。

李知点点头，看着墙上的卖板，却仍束手无策，不知该怎么说。为缓解尴尬，李知随即回身将这个问题抛向张磊与李博。两人正站在李知身后，一脸新奇和兴奋，左看看，右瞧瞧，残破的头发分外妖娆。

李知咳嗽了一下，小声道："你们喝什么咖啡？"

张磊这时才恍然大悟，开始卸下自己的双肩书包，忙着找什么东西。

李知看看李博，李博眨了眨眼睛，又看看前面的卖板，脱口而出："我要雀巢咖啡！"

现场的音乐和咖啡香顿时全消失了，李知被这回答击倒了，半天说不出话，满脸的黑线，呼吸都感到困难。她想转身告诉身后的服务员，自己不认识刚刚说话的这个人。萱萱深呼吸了一下，拽了拽李知："我们找座位，让他们点。"

李知面无表情地跟在萱萱身后，感觉他们像四个走错房间的小怪物。和萱萱坐下，李知稍微平静了一下自己的心情。她远远地看见张磊从书包里掏出了一本杂志，然后一边对照着杂志，一边和李博看着卖板上写的各种中英文，窃窃私语，并时不时与服务员展开较为热烈的讨论。几人一通比画，一通商量，期间张磊的杂志被服务员拿去看了三次，最后，终于达成共识。十多分钟后，李博和张磊端着四杯咖啡走了过来。

张磊一脸激动："李知，萱萱，你们需要哪种口味的？这里有摩卡，有卡布奇诺，有美式咖啡，还有拿铁。"李知和萱萱看都没看，她们也不知道各种咖啡的不同，直接说了一声"随便"。

张磊递给李知一杯摩卡："摩卡咖啡，它是三分之一咖啡和三分之二的奶沫配制而成的，你尝尝。"

接着，他又小心翼翼递给萱萱一杯，温柔地说："萱萱，这是拿铁咖啡，牛奶最多的咖啡，你尝尝。"

四个小怪物分到了各自的咖啡。

"张磊，你怎么知道这么多？"李知好奇地问。

张磊神秘一笑："那本*ELLE*杂志上说的。它不仅教怎么穿衣服，还讲这些，就像李博说的，教都市化的生活方式。”

李知这才想起李博。李博现在正拿着一根吸管，在盖口处不住往下戳，可就是塞不进去。李博急得满头大汗，最后一下掀开盖子，大口喝了起来，“这盖子坏了，我也不去换了！”

张磊也学着李博的样子，掀去盖子。

萱萱看看李知，李知也看看萱萱。李知又悄悄向四周看去，那个穿着时尚的女性继续和朋友寒暄着，这次她举起杯子，优雅地从盖口处抿了一口咖啡。

张磊这时如梦初醒，忙盖上杯盖，小声说：“对了，对了，杂志上说了，喝咖啡是从盖子口处，这不是塞吸管的地方。”

四个小怪物，手忙脚乱，险些打翻咖啡，一番折腾后，终于正确地喝上了第一口咖啡，李博和张磊兴奋地击掌庆祝。直到此时，这些小怪物才安静下来，静静地欣赏这里的音乐，感受这里的气氛。李知望着窗外的行人，他们各个行色匆匆，却无一不光鲜亮丽。李知回头问张磊：“这咖啡多少钱一杯？”

张磊正大口咽下自己的美式咖啡，咂巴着嘴，对李博说：“咱俩换换，我也尝尝卡布奇诺什么味道？”李博喝得满嘴泡沫，不住点头，然后两人默契地将咖啡一换，开始品尝对方的咖啡。

张磊这时才想起李知的问题：“我们要的是特大杯，20多元。”李知一惊，喝在嘴里的咖啡呛着了自己，不住地咳起来，转头看向萱萱，萱萱也一惊。接着，李知和萱萱齐齐喝了一大口咖啡，慢慢咽下，心里默默计算出大概每一口就是自己整个早餐的价格。

“这就是都市人的生活啊！”喝下一口焦糖玛奇朵，顶着枯黄的头发，穿着一件比咖啡还褐色的衣服，李博感慨道：“比酒让人心醉！”

回去的路上，李知悄悄拉着张磊走在前面：“张磊，别再乱花钱了，我知道你对萱萱用心，可我们还是学生。”

张磊看看李知：“我知道，李知，可是这些钱我觉得还可以，毕竟我赚钱。”

李知没有完全明白张磊的话，摇摇头：“这咖啡很贵的。我很心疼。”

“李博说的对，‘都市化’不但要穿着，还要行为和眼界。我们小地方来的男生这些都没有见过！”

“这是全中国第一家星巴克咖啡，我和萱萱之前没有见过，我们也是小地方来的！别再乱花钱了！”李知仍为今天的天价咖啡而心疼不已。

张磊感激地看着李知：“李知，我觉得大城市真好，很体面。”

据说，那一天晚上，张磊和李博彻夜未眠。并不是因为他们久久难以忘记下午那一幕，而是因为那天下午他们喝了太多的咖啡。虽然花了不少钱，张磊还是觉得值得，自己学会了如何在咖啡店点咖啡，而李博则知道了星巴克里没有雀巢咖啡。

很多年后，每每出入各种咖啡厅，李知会经常想起那一幕，想起四个小怪物初次走入星巴克的兴奋与尴尬。想起两个自称来自城镇的孩子，第一次站在星巴克卖板前，认真研读每一类咖啡的样子，想起他们笨拙地塞吸管，想起他们因为正确地喝到了咖啡而击掌雀跃。他们高举着咖啡杯，希望自己像那里的所有人一样，自如地喝着咖啡，自如地追求自己喜欢的女孩子，自如地被这个城市接受，而从不被拒绝。

“酒香不怕巷子深”这句话再次得到印证，是在优优身上。虽然优优从不把男朋友的事情放在心上，不是关注偶像，就是跑步，看话剧，无暇顾及其他，但是总有明眼人注意到她，为此，李知深感欣慰。

事情是这样的，一天中午，在回宿舍的途中，宋小平生第一次被男生拦住，他塞给宋小一个信封，宋小只激动了两秒钟，马上就平静了，因为那个男生让宋小把那封信让转交给优优。宋小天天梳着两个马尾辫，走路一蹦一跳，特别具有标识性，因此毫无悬念地成了210宿舍的形象大使或者叫作吉祥物。凡是找210宿舍的人，直接找不到，大都会通过宋小这个中间人来传达。李知收的玫瑰花每每都是通过宋小转交的。

宋小将信封递给优优的时候，既兴奋又失落，兴奋的是，优优也有人追求了，而失落的是，自己不但没有人追求，自己追求的人也一直没有成功。宋小噘着嘴：“不是给我的也好，要是这情书是给我的，我真不知道该怎样跟‘刚’交代。”

刘小宇沉着脸拿着脸盆，往外走。

宋小看着刘小宇，追问："小宇，你现在怎么对我说的话一点反应都没有？你是不是不相信会有男生给我写情书？"

刘小宇仍旧不说一句话，走去了洗漱间。宋小在她身后做了个鬼脸，更觉无趣地坐在床铺上，嘟着嘴生气。

李知懒得理宋小，倒是对那封情书产生了极大的兴趣："谁写的呀？什么内容呀？"宋小一听李知打听情书内容，眼神顿时一亮，早将刚才的"一败涂地"甩到了"九霄云外"，论心理素质，整个大学李知只佩服宋小一人。

宋小眨着夺目的小眼神凑过来，嘟囔着："给看看原文呗，也让我这个从来没有收过情书的人，过过眼瘾呗！还没有看过情书呢！情书到底什么样子呀？"说完就把头凑近优优。

李知一把推开宋小："什么都要看，不怕长针眼！快说说，那男生长得什么样子？帅不帅呀？长得像不像王力宏？"宿舍一下安静了下来，所有的耳朵都小兔子般高高竖起。

宋小立刻如梦初醒："哇！当时太激动了，虽然知道不是给自己的，但是还是很激动，所以，所以长什么样子，没看清楚，我就拿着信跑回来了！"四面八方、天罗地网的白眼齐齐向宋小发射过来。李知气得双手握着宋小的肩膀猛摇了几下："你真是吃嘛嘛不剩，干嘛嘛不成呀！"

宋小不甘示弱："我怎么干嘛嘛不成了？我这不是将信及时安全地送到了吗？"

方媛放下手中的笔："那简单说，长相过得去吗？"

宋小睁大眼睛，看着优优认真地说："优优，过得去，过得去，长得绝对过得去，不是那种恐怖惊悚型！"

"他约我明天晚上八点操场上见。"优优放下信纸说。

"好，我到时在远处偷偷看看。如果……"李知眯着眼睛看着宋小，露出一丝"凶光"，"如果是那种惊悚型，我可不饶你！"

"明天我不去了，宋小你替我去和他说一声吧！"优优说。

宋小惊叫道："不要呀！为什么不去！去看看又不会怎样！"

优优摇摇头。宋小噘噘嘴悻悻地说："你们呀，唉，对于主动追求自己的人，一定要珍惜呀！"李知点头看着宋小，"很赞同。宋小终于说出一句真理了。"刚刚返回宿舍的刘小宇又是一声不吭地从宋小身边经过，宋小又偷偷做了个鬼脸。

第二天晚上，宋小受人之托赴约。虽然这不是宋小的约会，宋小还是激动了很久，因为她把这当作自己约会的练习。但是，宋小还是不放心，毕竟自己一点约会经验都没有，最终决定拉着李知一起去。

"阿知姐姐，你就和我一起去吧！我从没有约会过，不知道该怎么说话，万一晕过去怎么办？"宋小央求李知。

李知这几天心情很好，心里又特别喜欢宋小和优优，一口答应了。

走在去操场的路上，宋小又按捺不住心中的好奇，一会儿说："李知，你说约会为什么都在晚上？是不是越黑越好？"一会儿又说："李知，约会是不是都很浪漫呀，浪漫是什么意思呀？"月光下，宋小睁着无知的大眼睛问。

李知冥思苦想而不得其解："这些问题我也没有想过呀！只顾着实践，没有理论学习。"

两人不禁哈哈大笑起来。

她们到操场的时候，优优的追求者已经到了，看到李知和宋小来，而没有优优，一时有些失落。但是还是礼貌地和她们打招呼，介绍自己叫郑亮。

郑亮个子不高，看上去很斯文，果真不是恐怖惊悚型，属于"暖男温和型"。宋小自来熟地和郑亮聊起来，时而安慰，时而鼓励，时而进行恋爱的业务咨询和探讨，仿佛一下找到了"同病相怜"的知音，或者说是共同在恋爱道路上孜孜探索的同志，一扫之前的紧张。

"你别灰心，继续努力。你看我，都一直坚持不懈！"宋小握着拳头说。

郑亮点点头。

"你要创造各种机会，在优优眼前出现，增加见面率，这样，她就不会忘记你。"宋小目光坚毅地说。

郑亮点点头。

"你要投其所好，看她喜欢什么，你就聊这方面的话题，这样，你俩不就有共同语言了吗？”宋小发自肺腑地说。

夜色中，李知对宋小刮目相看。她不曾想到，这段时间，宋小的恋爱理论水平提升得如此之快，真是不见其增，日有所长。

郑亮略微思考了一下：“那平时优优都喜欢什么？”

宋小想了想：“这个，她比较喜欢王力宏。别的，别的我也不知道了。”“我想了。”宋小最后说，“你们的恋爱既然不能靠一见钟情，就来他个‘日久生情’。我对这方面有信心。”

日后，郑亮的举动证明宋小的那些话似乎起了作用，这也让宋小高兴了很久。

李知又看了宋小一眼，虽然不完全苟同宋小的意见，但是，有一点李知很赞同，优优是个不错的女孩子，她也希望郑亮可以继续坚持。

李知希望郑亮可以继续追优优，可是对于张磊的坚持，却一直不知如何是好。星巴克之行后，张磊愈发活跃了，打扮都市化，品位都市化，现在还学起了讲笑话。

他左右开弓拎着李知和萱萱的两个水壶，走在两人身后。随即，他突然想起了什么，跑到萱萱一侧，说：“萱萱，李知，我给你们讲一个笑话吧！”李知鼓励地看了张磊一眼。张磊顿时有了信心：“从前有个小明，他卡里只有8毛钱，本来想打6毛钱的饭，结果不小心按了9毛，哪知机器忽然疯狂地喷出255两饭，被喷得满脸热饭的小明大叫‘烫烫烫烫烫烫——’”说完，张磊被自己的笑话逗得大笑起来，笑声张狂而诡异。李知看了萱萱一眼，萱萱也瞅了李知一下，两人接着面无表情地向疯狂的张磊看了过去。张磊还大笑着，像极了电影里的周星驰。

这是一个计算机界经典的二进制笑话，可是那个时候不是人人都能领会其中的笑点和其中的传奇。可是，错过这个笑话，就险些错过了一个时代。

“他怎么了？他是在讲笑话吗？”萱萱疑惑地看着李知。

李知也疑惑地看着萱萱。

“他为什么笑？我怎么一点儿也听不懂？”萱萱问李知。

李知摇摇头：“我也不知道呀。我觉得一点儿也不好笑！”

萱萱翻了个白眼：“就是的，什么乱七八糟的，打饭喷饭的，一点儿也不好笑！”

张磊终于看见萱萱和李知的反应了，他停了下来。

“你们怎么不笑？这很好笑的是吧？”张磊继续启发李知和萱萱。

萱萱懒得理他，拉着李知快步往前走。张磊拎着水壶快步跟上。

“我给你讲个笑话。”萱萱说。

张磊一脸兴奋，说：“好哇！”

“有个动物最爱问‘为什么’，你猜是什么动物？”

张磊想了想，摇摇头，说：“不知道。”

“猪！”

张磊皱着眉头想了想，问：“为什么？”

一旁的李知忍不住哈哈大笑起来，萱萱也忍不住笑了起来，两人的笑声也张狂而诡异。到了女生宿舍门口，萱萱一把接过张磊手里的水壶。张磊还在思考：“萱萱，为什么？”

萱萱朝李知使了个眼色，两人一转身大步流星跑回了女生宿舍楼。留下一脸疑问的“为什么猪”在风中苦苦思考答案。

21

郭书和李知自从恋爱以来，一直莺歌燕舞，和风细雨。但这不意味着他们不会吵架，也不意味着郭书不会发脾气，今天，两人爆发了恋爱以来的第一次争吵。原因是郭书从家里带来相册给李知看，李知在其中无意发现了一封郭书写给前女友的情书。情书写在两人照片的后面，郭书都忘记了。

李知的脸被寒冰一层接一层地覆盖，情书越甜，冰封越厚。

“这是什么时候写的？”李知问。

“记不清了。好像是刚刚在一起。”郭书低着个脑袋，好像做错事情一样。

李知咬着嘴唇不说话，嘴唇都快被咬破了。一个人甩开郭书往前走。

“李知，你怎么了？”郭书也有点不高兴，拉着李知的胳膊。

“郭书，我们分手吧！”

“啊？”郭书惊愕地看着李知，“为什么呀？”

“郭书，我们在一起都快一年了，我也没有收到过情书。而你们刚刚在一起，你就写了情书。”李知不知为何竟把自己说伤心了，还越说越伤心，“你到底什么意思呀？”

“好了，李知，那个时候父母管得严，我们很难见面，所以才会写这个。现在，天天能见到你，有时间就见你，不是不写情书，而是时间都花在在一起上了！”郭书轻轻地说。

“根本就不是。郭书，我问你，你是不是更爱她？”

“不准无理取闹。”

“是不是楼下唱歌、买花、喝啤酒，还有，还有第一次亲密，都是和她一起？”

“李知，不准胡闹，好不好？”

“没胡闹，我问你呢！”

郭书叹了口气，点点头。

李知的眼泪唰一下流了出来。她不仅想要郭书的现在，还想要他的过去。但是，郭书的过去，最重要的过去却没有自己。

李知一字一顿地说：“那么，我们，分——手——吧！”

郭书此时也生气了，看着李知，认真地问：“你说的是不是真的？”

李知点点头。

郭书口气生硬了起来，说：“是认真的吗？我再问你一句，是认真的吗？”李知依旧点点头。

“我不同意！”

“你不用同意。在一起要两个人同意，分手只需要一个人愿意。我愿意，我们就分手了！”李知叫着。

郭书觉得眼前的李知幼稚而不可理喻，拿分手和感情当儿戏，不由得更加生气。

“李知，你是认真的吗？我再问你一次！”郭书声音也大了起来。

“我是认真的！”

郭书头也不回大步往前走，将李知甩出十几米。几分钟后，又跑了回来，气势汹汹的样子，不高兴地问：“李知，你的心情我能理解。但是，你的做法我不能理解！你是不是真要分手，我最后问你一次。”

李知没有想分手，只是想发发脾气，现在看到郭书真生气了，自己也愣住了。

“你干吗对我这么凶！”

郭书不理她。

“你不是说过，再也不对我凶吗？”

“我是说，我不对我女朋友凶。你不是要分手吗？分手就不是我女朋友了！”

“那你也不能对我凶！”李知叫着。

“说，你现在是不是我女朋友？”

“你能不生气了吗？”李知口气软了很多。

郭书没有说话，仍然是气鼓鼓的样子，说：“回答我。”

“是！”

“是什么？”

“是你女朋友，行了吧！”李知看着郭书，赌气地说，说的却是实话。

郭书舒了口气，不再对李知凶了，只是不再说话。

过了一会儿，李知看着郭书：“你干吗不说话？”

“我生气。”

“能不生气了吗？”李知觉得今天是自己冲动了，小声说。

“李知，我刚才真想一走了之。但我知道那样你会哭得稀里哗啦，所以我回来了。我知道，你不愿看到那封情书，我知道你的感受。但是，我要告诉你，你可以吵架，可以不高兴，甚至可以批评我，但是，不能随便说分手，你记住了吗？”

李知点点头，拉着郭书的手：“你别生气了，好吗？”

郭书看着李知乖巧的样子，气已消了大半。

“你笑一个。”李知说。

“我笑不出。”郭书还是板着脸，今天他是真生气了。

“求求你！”李知哀求着。

“你就这么求？”郭书看着李知，叹了口气。

李知哼了一声，轻轻扬起头，主动吻了上去。

“行了吧，别生气了吧！不分手，和好可以吧！”李知歪着头问郭书。

有时，郭书真觉得自己拿李知没有办法。说分手的是她，要和好的也是她。

“就这样？”郭书也看着李知，“犯了这么大的错误，总要表现得更有诚意一些吧！”

李知不好意思地笑了起来，这次李知送上了一个又长又温柔的吻。

这之后，两人终于都不生气了。

“李知，你真好！”郭书现在不但不生气了，倒更迷恋李知的温柔了。

“你刚才干吗那么生气？”李知问。

“其实，我生气是看到你生气。李知，你生气让我特别有压力，让我特别不高兴。”

“我也不喜欢你不高兴，我们以后不吵架了好不好？”李知问。

“无所谓了。”郭书轻轻抱住李知，笑着说。

“为什么？”

“因为我找到方法解决了，所以不怕你不高兴，也不怕我不高兴了。”郭书笑得有些不怀好意。

“什么方法呀？”李知也笑了起来，心里似懂非懂。

郭书又凑了过来，李知“哎呀”一声：“就这个办法？你怎么没完没了？”

“以后，你再生气，我也不跟你废话了，直接用这个方法解决！”

李知抬起手狠狠地打了郭书一下。但李知不得不承认，这好像真是一个解决问题的好方法。从此，不怕吵架，“如果一次不行，就一直下去。”郭书笑着对李知说，这是男友守则第三条。

几天后，李知收到郭书的第一封情书，上面只有自己的名字。

“你的名字是这个世界上最短的情书。”郭书说。

萱萱用打工赚的1000多元钱买了一个“手机中的歼击机——波影手机”。那时候，该手机的广告是一部急速飞驶的歼击机上突然变成手机，配音是：“手机中的歼击机——波影手机。”每每此时，电视系同学就一阵疯狂吐槽。萱萱指着屏幕说：“画面太生硬，蒙太奇手法太玄幻了！没有逻辑！不忍直视呀！”但纵使这样，也不影响它在学生中的销售。

“毕竟它比较便宜，三星、诺基亚太贵了，等我有钱了再买。”萱萱一边研究她的“歼击机”，一边和李知说。

李知现在攒的钱也勉强能买这样一部“歼击机”，郭书开始拉着她在北京的大街小巷挑手机。

李知嘟着嘴，没有多少兴致：“其实，不用多逛。我的钱也只够买‘歼击机’的。”

“我看松下出的GD90挺适合你的，你觉得呢？”

“‘歼击机’只需要1000元，松下需要3000元呢！”

“但她更适合女孩子。我前两天看电视，还有一个女主演用这款手机，当时就觉得它很适合你。”

李知不住地点头：“那是当然。所有漂亮的好东西都适合我！所有漂亮的好东西我都值得拥有，但是，现在我们要从现实出发。好了，我们快买完，去麦当劳吃汉堡吧！”

郭书叹了口气：“好哇！那我去排队交钱。”

李知把自己卖减肥茶的1500元递给郭书：“挑一个白色的，白色的‘歼击机’比较酷。”

郭书说：“你先去麦当劳找个位置等我，我买好了找你。”

李知点点头。

半个小时候后，李知见到了风尘仆仆的郭书。李知一把接过郭书手里的包，从里面拿出两个手机。她留下那个波影手机，把另一个递给了郭书。

“你最终挑选了哪个手机？快打开给我看看。”李知问。

郭书把自己手边的手机和李知的调了个位置，说："我的就不用看了，你好像已经看了好多次了，打开看看你的吧！"

李知一愣，打开自己桌前的手机，一部银色小巧的松下GD90出现在眼前。

很多年后，李知仍记得第一次见到这部手机的样子，银色的表面闪着一缕缕温柔的光，像在朝李知调皮地眨眼睛，又像在和李知打招呼："来呀，来呀，你值得拥有！"李知的心中是满满的感动。

李知不知道怎么表达自己的感激之情，只是抬起头来静静地看着郭书，抿着嘴，眼睛有些湿润。

郭书也有些激动，小声说："李知，你喜欢吗？"

李知点点头："可是，可是……"

"没有什么可是。哪有女孩子拿'歼击机'的，当然是男孩子拿了。"郭书笑着说。

"可是，郭书，挺委屈你的。"

"才不是呢！你看，我们彼此都一起为了一个小目标而努力，然后，我们还用自己的努力给对方买了礼物。你不觉得这很浪漫吗？"

李知依旧含着泪："总有点儿亏欠你的感觉。以后，给你补上好不好？"

郭书点点头，声音硬气了起来："就是，以后要对我好点！"

李知认真地点了点头。心里暗暗下决心要让自己更加强大起来，那个时候，她才明白，只有强大起来，当你想为自己爱的人付出的时候，才可以付出。爱情可以让人柔软，也会让人学会坚强。爱是软肋，也是铠甲。爱真好。

李知拿起新电话，看着郭书，郭书也拿起了电话。

"谢谢你，男朋友。"

郭书点点头："My pleasure，女朋友。"

郭书浪漫且用心地给李知买手机的故事，被宋小反复吟说，以至于达到了广为传颂的效果，李知一时成了大家艳羡的目标，而郭书似乎为"完美男友"做了最好的诠释：上进、浪漫、专一、会赚钱。当宋小一一列举出郭书这些优点的时候，李知觉得郭书就是自己一直寻找的"理想男朋友"。

方媛的生日快到了，男朋友的礼物提前到达。这次方媛没有惊动任何人，而是悄悄地一个人取了礼物，在一个僻静的地方，一个人打开了礼物。这次的礼物是一个心形的音乐盒，打开以后，里面有一个穿着芭蕾舞裙的小姑娘随着音乐翩翩起舞。男朋友还附上一句：你永远是我心中的唯一。

但是不知道为什么，看到这个礼物，方媛竟有些失落。她再也没有以前收到礼物的激动与感动。她想起李知刚刚收到的礼物是一部昂贵的手机，不由得尴尬起来。她将礼物拿给了表姐看，表姐笑称，这是什么玩意儿？不像礼物，更像玩具。

原来只有贵的才叫礼物，便宜的只叫玩具。方媛并不赞同表姐的说法，但还是把礼物收了起来，没有告诉宿舍的任何人，尤其不想被李知知道。

22

买了波影手机的萱萱，第一个就把赵鹏的手机号输了进去。

“你说赵鹏哪里来的钱买手机？”李知问萱萱。

萱萱摇摇头，说：“这个问题我没想过。你的问题真奇怪。我现在想的是怎么让他知道我的手机号。”正在萱萱一筹莫展之际，她却意外得到一个好消息：赵鹏和女朋友分手了。从那以后，萱萱再也不需要李知扮成赵鹏和她跳舞了，再也不用处心积虑只为见到赵鹏了，更重要的是，她再也无须为此暗自垂泪，伤心不已了。萱萱脸上洋溢着兴奋的光芒。李知惊讶地看着萱萱：“真的假的？你怎么知道？”萱萱点点头，略微肯定地说：“他天天请一帮人吃饭，据说是失恋了。有时，喝完酒，还伤心难过一番 。”李知看了看萱萱，想了想：“萱萱，告诉你一个说法，人们在倒时差的时候，最好不要做重大决定。因为那个时候人的头脑是混乱的。”萱萱抬头看了看李知：“我知道了！我现在清醒得很，没在倒时差。”李知猛得拍拍她：“还清醒呢，我说的是他！是赵鹏！你别着急，先看清楚事情再说！”萱萱朝李知撇撇嘴，嘟囔着：“明白了，我的李老师！”李知无比认真地说：“别和一个有女朋友的人纠缠不清，萱萱，你明白吗？这样你太辛苦，萱萱——”不等李知说完，萱萱一把抱住李知：“我知道，谢谢你李知。我们就吃个饭。”

萱萱并没有在意李知的提醒，她和赵鹏的关系越来越亲近，从一大堆人一起吃饭，逐渐变成只有他们两人。一天中午，大家正在午休，宋小旋风一样闪入宿舍，一屁股坐上李知床铺，拉上帘子，神秘兮兮地在李知耳边小声说：“李知，李知，你知道我刚才看见什么了吗？”宋小一贯大惊小怪，一惊一乍，小题大做，这种风格李知早已熟知，所以不太相信她有什么重大新闻，眯缝着眼睛不理她。宋小继续说：“我在大食堂看见萱萱和赵鹏在一起吃饭！”

“吃个饭有什么大惊小怪的。”李知不以为然。“不是呀，不是呀，不仅仅是吃饭，吃饭的时候——”宋小越说声音越低，“他们吃饭的时候，还情不禁kiss了一下呢！”宋小虽然尽量压低声音，但说到最后兴奋起来，声音忽然抬高了八度。李知吓了一跳，瞪了宋小一眼，宋小自觉失态，溜溜地回到自己床上。李知赶快拿起宿舍电话，给萱萱拨电话，萱萱却没有接听。

李知焦急地等待着萱萱的消息，很替萱萱担心。那个风流倜傥的赵鹏，会对萱萱好吗？正想着，萱萱大力地推开了宿舍门，一脸容光焕发。宋小一看见萱萱跟看见仙女下凡一样，惊声尖叫，声音里全是艳羡，响彻整个楼道。萱萱拼命做噤声的手势，依旧难掩满脸的兴奋。李知赶快起身拉着萱萱往外走。

“去哪呢？”宋小急着问：“我，我还要请教萱萱几个问题呢！”

“以后你们慢慢探讨，今天中午，我先弄明白。”

李知拉着萱萱直奔操场。萱萱跟在李知身后，一个劲儿地傻笑，认识不认识都冲人家笑，非常惊悚。当李知把她按在操场看台上的时候，萱萱整个人还没有还魂，直愣愣地看着李知呵呵笑，飘飘乎不落地，大姐大风采全无。

“萱萱，萱萱！”李知拼命摇着她的肩膀，“醒醒，醒醒，告诉我中午怎么回事！”萱萱还傻傻地笑，不说话。李知又捏了捏萱萱的脸：“萱萱，萱萱，快醒醒，你急死我了！”

过了好一会儿，萱萱终于不笑了，一个劲儿眨眼睛：“来，来，来，李知快使劲掐我一下，让我知道我不是在做梦！”李知直愣愣地看着萱萱，萱萱则不放弃地使劲掐了掐李知，“嗷”的一声，李知高声尖叫，萱萱笑得前仰后合，然后突然将头埋在李知腿上，和李知一起尖叫起来，声音冲破九霄，直达天界，荡气回肠，久久不绝。

“啊！”“啊！”不知过了多久，最后只剩下萱萱一人的惊声尖叫和路人诧异的目光。李知一肚子狐疑都被萱萱的惊声尖叫压了下去。李知明白，这一刻萱萱等了很久，也忍了很久，这一刻应该属于她，属于这无以言表的高呼尖叫，属于这无以言表的快乐。萱萱想让所有人分享她的喜悦，包括这一刻的蓝天、这一刻的白云以及这一刻的阳光。人生有些时刻就是这样闪亮，闪亮得区别于其他任何时刻，以至于被永远铭记，因为它们不但照亮了时光，更影响了今后的岁月。

尖叫后，萱萱抬起身，看着李知，然后一把将李知紧紧抱住。李知隐约感觉到萱萱的身体在轻轻颤抖，李知也伸出手紧紧抱住萱萱。此刻，李知压住心中所有的狐疑与担心，只希望萱萱永远这样快乐下去，永远可以幸福尖叫。

萱萱的惊声尖叫，深深震撼了正在“追求女神”道路上奋斗的张磊。女生宿舍楼下，李知单独见到了张磊。这是李知第一次看见神色如此严肃的张磊，不过这样似乎显得他稍微正常一点。张磊没有向李知问及什么，也没有求证什么，只是不再眉飞色舞，不再有因为见到自己女神而有的各种激动。他低沉而平静地对李知说：“李知，以后需要打水，郭书没有时间，你还是可以找我的。当然，需要攒电脑也可以，咱俩的友谊不断！”接着，说了声再见，转身走了。孤单的背影被夕阳拉得很长很长。李知愣愣地看着张磊走远，突然很伤心，想追上去安慰，却不知从何说起。

另一个深受此事影响的是宋小。萱萱的恋爱成功极大地刺激了她 。她的脸色越来越难看，心情越来越焦虑。李知恋爱了，萱萱追求上了心仪的男生，优优开始有人追求，方媛一直有男朋友，宿舍单身的就剩下她和刘小宇。而且，更可怕的是，宋小意识到，所谓大学不谈恋爱都是托词，随着年级的提升，这些都要进入日程，所以宋小分外着急。只是，感情是两个人的事情，她着急，人家“刚”根本没有反应，典型的“剃头挑子一头热”。

宋小急得如热锅上的蚂蚁，四方寻医问药，到处求医问诊。这天正抓住了热恋中的萱萱，萱萱忙着和赵鹏约会，而且爱情得意的她很难理解宋小的心情和处境，于是，她握着拳头对宋小说："宋小，别灰心，你要积极、要主动！"李知推着萱萱往门外走，边走边小声说："别让她积极主动了，感情的事情又不是攻山头，攻城略地，光努力有什么用！"被爱情冲昏头脑的萱萱不赞同，大声对着宋小喊："从来就没有什么救世主，也不能靠神仙皇帝。要创造人类的幸福，全靠我们自己！"宋小也同样握紧了拳头，对着萱萱远去的背影高喊："谢谢萱萱，我明白了！"显然，宋小这次真明白了，她不再"守株待刚"了，她要改变，她要化被动为主动。她开始真正地大胆向"刚"表白了，而不是之前的扭扭捏捏，含含蓄蓄，隐隐藏藏。她要给"刚"写情书！

关于情书怎么写，宋小一时没了主意。宋小跑来问李知，李知摇摇头："真的只收过情书，没有写过。"优优也摇摇头。宋小想了想，不再为难大家了，一头扎进了学校图书馆。书籍，果然是人类进步的阶梯。

宋小扎进图书馆的时候，萱萱却因为吃了爱情这个"大力丸"，变得女人起来了。

她经常对着镜子，描眉涂粉。最近还买了一只"美宝莲"眼线笔，正在练习画眼线。李知怎么看，怎么觉得她不是自己当初认识的萱萱了。

"画眼线的时候，手不能抖，要一气呵成，这样画出来的眼线特别自然、流畅，才能美化眼睛的形状。"

"你最近怎么突然对这个感兴趣了？"李知疑惑地问。

萱萱盯着李知眼睛仔细看："眼睛是心灵的窗户。李知，你的眼睛挺好看，如果画上眼线会更漂亮。"

画完眼线，萱萱又对身材有了更高的要求。经常叮嘱李知吃大食堂里的木瓜。

宋小努着嘴："萱萱，真的只有漂亮女生才能有男朋友吗？可爱不行吗？"

萱萱摇摇头："可爱不是不行，是不足够。漂亮比可爱更重要。"

李知摇摇头："才不是这样。爱情是心灵的相伴。才不会这么庸俗。"

"没有否认爱情是灵魂的相伴呀，但是漂亮会吸引这种相伴！"萱萱振振有词地说。

三个女生在宿舍争论着在爱情中什么最重要，大家谁都说服不了谁，于是，她们决定第二天咨询所谓的“爱情专家”李博。李博虽然整天与酒相伴，与床为伍，但对“爱情”的向往还是使他极具钻研精神。“都市化理论”的提出使他一跃成了“爱情专家”。

李博眯着眼睛，晃着脑袋听完了三人的看法，并允许她们进行了简短的陈述。最后，李博意味深长地看着李知、萱萱和宋小。

“男生，就我现阶段了解，最看重女生的还是漂亮！”李博吐出一句话。

萱萱若有所思地点点头：“都说了，外貌很重要，你们不信。”

宋小不可思议地睁大了眼睛：“不是都说喜欢可爱的女生吗？”

李博摇摇头，说道：“都喜欢漂亮的。在男生眼里，女生就分两种：漂亮的和不漂亮的。”

宋小不服气地追问：“没有可爱的吗？”

“有呀！凡是不漂亮的，都可以说成是可爱。否则，那能怎么说呀？直接说不漂亮，那多伤女孩子心呀！”李博说。

“可是，可是，《还珠格格》里面的小燕子，大家都觉得她可爱呀！”宋小反驳。

“其实，吸引大家看她的，首先是她的漂亮，赵薇这个演员多漂亮，还有那个范冰冰，也很漂亮。如果你找一个不漂亮的女生去演，你看看会不会有这效果！”李博说。

萱萱不住地点头。

“可是，可是，有些男生还说自己女朋友可爱呢！”宋小还在做最后的挣扎。

李博用一种看破红尘的深沉声音回答：“漂亮女生毕竟是少数。自己找不到漂亮女朋友，难道就不找女朋友了？只能说自己女朋友可爱了呀，这样不伤害女朋友，也多少给自己留了些颜面。”

李知叹了口气：“真的就这么肤浅？”

李博点点头：“是。美貌是敲门砖，没有这个敲门砖，谁爱探究你灵魂？”

李知摇摇头：“感情哪有你说的这么简单。”

几人不欢而散，李知、宋小二人决定以后不再咨询这个“爱情专家”，“都是些歪理邪说！”最可爱的宋小愤愤然。

关于李知时不时能收到鲜花这件事情，郭书已经出离愤怒归于平静了。只是次次都说要调查清楚，却仍以悬案告终。只收过一次花的李知不满地向郭书抱怨，郭书反驳：“我就是要和别人不一样，别人送花，我就不送。”

郭书的确要和别人不同，他一定要让李知记住自己的不同。

于是，有一天，李知回到宿舍，突然看见宿舍里一大束红艳艳的玫瑰花，李知“哇”地大叫一声。

宋小和萱萱也“哇”地大叫一声，她们冲到玫瑰花旁边，一朵一朵地数起来：“1、2、3……12、13、14……30……33！李知，足足有33朵玫瑰花呀！李知，为什么是33朵呢？”

李知拿起送花卡，上面是郭书娟秀的字：去年这个时候在舞台上见到了你。一周年快乐！

萱萱看看李知：“原来郭书是个如此浪漫的男朋友！鉴定完毕！”

李知手机提示音响起，郭书短信：喜欢吗？

“非常喜欢。能告诉我为什么是33朵吗？”李知一边看着花，一边问。

“三生三世，永远在一起！”郭书深情款款地说。

李知感动地说不出话：“谢谢你，男朋友。”

“My pleasure，女朋友！”

放下电话，李知还沉浸在甜蜜之中，她拉着萱萱和宋小，想买一些饮料回来，和大家一起小小庆祝一下。

“好哇，我和你们一起去。”优优点点头。

当她们兴致勃勃地带着饮料回来的时候，李知站在宿舍门口，却听到里面的方媛在跟刘小宇说话：“我就不喜欢浪漫。送花能代表什么？什么也代表不了，感情是要经过时间考验的，细水长流的感情才好。”

刘小宇没有说话。

象征郭书对自己爱情的鲜花，被方媛说成什么也代表不了，在李知看来，这是一种侮辱，她猛地推门而入，看着桌上郭书送给自己的鲜花，大声道："这就是我喜欢和追求的爱情。我的爱情里一定要有鲜花，有赞誉，有欣赏，有宠爱。如果一个男人连鲜花都不送，那真的是要柴米油盐过日子了！浪漫固然不能当饭吃，现实得只剩下吃饭那也太可悲了吧！"

宿舍的气氛一下子凝结了，极少开口说话的刘小宇为方媛解释："李知，你别误会。刚才方媛正和我说她喜欢什么样的感情方式，不是说你的爱情不好。"

方媛也不高兴："我只是表达我对感情的看法，和你根本无关，你太敏感了！"

李知看了方媛一眼，她明明是在评论自己的爱情，现在却不承认。李知将手里的饮料狠狠地放在桌子上，冷冷地说了句"酸葡萄"，转身走了。

那些天，李知和方媛都阴着脸，好像在比谁更沉得住气，谁的尊严更不可践踏一般，宿舍气氛有些压抑，连一贯不会看脸色的宋小也收敛了很多。

宿舍中只有优优依然带着几分笑意。她从家里带来了一个漂亮的水晶花瓶，将33朵玫瑰放在里面。隔两三天，她就将花瓶中的旧水倒掉，然后，将花瓶里里外外清洗干净，再接上干净的新水，除去败叶，将花一朵朵插进花瓶。看到那些象征爱情的花被如此善待与呵护，李知的脸也有了笑意。有人说："一个始终不被善待的人，最能识得善良，也最能珍视善良。"但，一个没被生活善待的人，还宽容、爱护生活的"幸运儿"，那需要的不仅是善良，还有胸怀。刘小宇感受到的是前者，李知则是后者，而给予她们这些感受的都是同一人——优优。20年来，每次想起优优，李知和刘小宇都能感受到那份善良的温度，那份包容的胸怀，并用它更好地与这个世界相处。

那束被优优照顾的花，绽放得越来越美丽，不知道是不是受此影响，李知和方媛的脸色也缓和了很多，偶尔还能说上一两句话。宋小为此高兴了好几天。

自从决心向"刚"主动出击后，宋小就天天捧着一本书研读，看到李知脸色好转，就高声叫道："李知，看看这是什么？《名人情书大全》呀！等我研究完，借你看看！"

李知哭笑不得地看着宋小："你自己留着好好学习吧，我不需要了！"

宋小继续研读《名人情书大全》，她从各个情书中找到自己喜欢的佳句，然后一板一眼地抄录下来，还时常为情书里动人的言语感动。

而现在，宋小下铺的优优也哭红了眼睛。

“怎么了？”宋小问。

“太感人了！”优优回答。

那个时候，优优正在看网络小说《第一次亲密接触》。

1999年，网络在悄然之间迅速发展，作为早期的网络小说，《第一次亲密接触》异常流行。特别是小说结尾那段告白，不知多少人为之垂泪。

宋小丢下手中的笔，和优优一起挤在电脑前：

如果我还有一天寿命，那天我要做你的女友。我还有一天的命吗？没有，所以，很可惜。我今生仍然不是你的女友。

如果我有翅膀，我要从天堂飞下来看你。我有翅膀吗？没有。所以，很遗憾。我从此无法再看到你。

如果把整个浴缸的水倒出，也浇不熄我对你爱情的火焰。整个浴缸的水全部倒得出来吗？可以，所以，是的。我爱你。

——《第一次亲密接触》

“我爱你”，是世界上最美丽的字眼。无论何时何地，当它被笃定地说出时，无不令人动容。但是，爱情中还有那么多别离，那么多无法承受的别离。那天，宋小和优优都流下了眼泪，两人静静地躺在床上，不知道感动还是悲伤，就那样静静躺了很久，只是不知道为什么，优优那天的眼泪格外多。

小说流行后不久，210宿舍知道了网络聊天室。第一次打开聊天室，李知、宋小、萱萱头挨头挤在优优的电脑前，看着各种梦幻而奇特的名字从天南海北涌现出来。网络为现实中孤独的人打开了一片天地。《第一次亲密接触》让很多人相信网络那边打字的不全是恐龙，网络也有真爱，甚至可能有比现实更浪漫的真爱。就在那时，201宿舍很多人有了人生第一个网名：方媛是一道彩虹，李知叫了盛夏的果实，宋小成了梦里他乡。

互联网可以改变很多人，却对宋小束手无策，她仍坚持执“笔”之手，与

“笔”偕老，虽然她叫了“梦里他乡”。很多个晚上，午夜时分，睡眼惺忪间，宋小还是打着紧急照明灯，给“刚”写情书。一封又一封，直到积累成厚厚的一摞。她将厚厚一摞塞进一个大信封，宋小是想集中火力一举攻克敌军。但是宋小没有把《第一次亲密接触》这段话写成情书送给“刚”，可能宋小觉得她和“刚”的感情还达不到“生死契阔，与子成说”。

不知道为什么，方媛发现最近自己给男朋友的信越来越短，而期盼男朋友的回信，似乎也没有那么迫切了。现在进入了网络聊天室，自己和男朋友的信就更少了。改变的还不止这些。通过互联网，方媛认识了一些新朋友，他们虽未谋面，却彼此熟络起来。方媛的表姐做了空姐，这之后，方媛就用餐巾纸取代了手纸，还经常从表姐那拿来一盒盒速溶咖啡和一罐罐高档果汁，这一切瞬间提高了210宿舍的品位。

23

春节过后不久，刘小宇通过了英语六级考试。这在大家的意料之中，让大家意外的是，同时通过考试的还有优优。这个时候李知和210宿舍的人才恍然大悟，宿舍里藏着一个低调的“学霸”。优优不像刘小宇奋发图强，但她却不简单。高二那年就曾获得北京英语大赛口语组一等奖。210宿舍两个学霸有着完全不同的童年。优优是父母的掌上明珠，宠爱有加。外交官的爸爸带着她全世界旅行，全北京看展览，还培养优优的各种爱好：跳芭蕾，演话剧，弹钢琴。优渥的家境与宽松的教育培养出一个素质全面的优优。只是这一切，优优表现得都很低调。因此，210宿舍的女生对此知之甚少。

1999年，对优优来说特别值得纪念。那年，她的偶像出乎意料地赢得了台湾音乐大奖。当优优从报纸上得到这个消息的时候，脸上露出了灿烂的笑容，仿佛即将站在领奖台的是自己。优优一边哼着王力宏的《自转公转》，一边小心翼翼地剪下王力宏得奖的消息。宋小好奇地问：“这奖很了不起吗？”优优兴奋地点点头：“当然了！知道吗，上一届金曲奖得奖的可是张学友！王力宏是金曲奖史上最年轻的得奖歌手！”宋小如梦初醒，睁着大眼睛：“优优，我真是有眼不识泰山，那以后你成为王夫人了，可别忘记我们呀！”优优仔细把王力宏得奖的新闻贴在本子上，幽幽地说：“我相信他以后会走得更远。”李知站在窗边，看着一轮新月升上天空，转过身，看见优优长长的眼睫毛忽闪忽闪，长长的头发披在肩上，突然觉得优优和王力宏很般配，如果优优有男朋友，一定是王力宏的样子。

当宋小的情书辗转到“刚”手里的时候，郑亮的第二封情书也来到了优优的手中。窗外昏暗，春雨淅淅沥沥地下着，优优打开床头台灯，拉上床帘，细细读着郑亮的信。不知道郑亮在信里给优优写了些什么，只觉得优优再次拉开床帘的时候，脸上闪着柔和的光芒。宋小羡慕地看着优优，心里默默祈祷，自己的情书也会有这般神奇的作用。

这天，郭书有些闷闷不乐，更准确地说是陷入了沉思。前些天，一次交流会上，有人提出，不明白播音这个专业的意义。虽然现场有同学给他做了解释，但是，这个问题还是困扰着郭书。这个专业的价值在哪里？自己该如何看待这种意见？不只郭书，那次交流会后，李博、优优、李知、“刚”都在思考这个问题。

“你想明白了吗？”李知问郭书。

郭书点点头又摇摇头：“没有完全想明白。”

李知叹了口气。

郭书接着说道：“不过这样挺好，苏格拉底不就说过，没有经过思考的人生不值得过。而且，你不觉得这是一个不错的问题吗？能引发思考的都是好问题。”

李知点点头：“好，那我们都好好思考一下。”

郭书在思考，郑亮已经开始行动了。虽然样子不像王力宏，但他还是渐渐走进了优优的生活。有几次，李知和宋小分别看见他们一起出校门，然后傍晚的时候一起回来，在外逗留了一整天。宋小神秘兮兮地问李知：“为什么要到学校外，是怕被我们看见吗？”李知摇摇头：“男未婚女未嫁，他们似乎没有什么好怕人的！”宋小继而愤愤不平地说：“过河拆桥，当初可是我传的纸条！现在背着我，什么都不告诉我！”

晚上优优刚回到宿舍，宋小和李知就一左一右夹住优优，然后两人向优优投来了探照灯般灼灼的目光。优优惊讶地看着她们："干什么呢，你们俩，样子怪吓人的！"李知低声说道："老实交代，不然有更吓人的！快如实交代，你今天和谁在一起，都干什么？为什么一整天不在学校？"宋小清清嗓子："说，是不是谈恋爱了呀？是和郑亮吗？"优优无奈地看着她们："你们思想怎么这么复杂。我还以为什么事情呢，就这个？哪有的事？我们就是一起去上课了。"李知和宋小默契地对了一个眼神，李知继续说："优优，现在口风很紧呀，一副死不认账的架势！一起上课，一起上课用出学校呀？"宋小不住地点头，手里拿着不知什么时候从地摊上淘来的皮带不停地打着自己的手，说："优优同学，坦白才能从宽，抗拒向来从严！"宋小的声音到最后格外加重，皮带"啪啪啪"一声胜过一声地打在手上，竟然有几分小人得志的感觉。李知忍住不笑，继续盘问优优："优优，我们这是一所什么大学？这是一所以恋爱为荣，以孤独为耻的大学。我们这里的口号是什么？是'谁恋爱，谁光荣'。在我们这里，恋爱不需要偷偷摸摸、不好意思，你应该为自己感到骄傲！"宋小不住点头："就是呀！你看我，没有修成正果，整天多着急，整天多渴望恋爱。"优优左右看了她们一眼："根本就没有什么事。我和郑亮就是一起去北大听课！"

"听什么课？为什么去北大听课？我们广院的课不够你俩上的？你们分明是躲开我们，自己约会！"李知穷追不舍，宋小拼命点头。优优无奈地看着她们，终于经受不起两人的严格追问，如实交代她和郑亮是去北京大学上哲学课。这话一出，李知和宋小顿时像两个泄了气的气球，无语并且无地自容。李知看了看优优书架上的《存在主义》《悲剧的诞生》《快乐的哲学》，感叹道："你们俩喜欢哲学？"优优摇摇头，"谈不上喜欢，听听课而已。"宋小起身回到自己的床铺："这种志同道合的感觉真好，我和'刚'要有这样的共同的爱好就好了！"

方媛在床帘后听到了大家的全部对话。她在女生宿舍楼下见过郑亮，很斯文的样子。但她没有想到郑亮如此上进。方媛翻了一个身，第二天，她就跑去了学校书店，买了《吉他入门课程》和一些旅游介绍、艺术培养之类的书，然后去邮局寄给了自己的男朋友。

1999年入夏以来，天气变得一天比一天热，日子也一天比一天长。李知照例经常收到鲜花，优优学会了一种新的维护鲜花的方法：除了两三天换一次水之外，她每次还在水中加一些柠檬汁和方糖，据说这样更有营养，鲜花可以保持得更长久，宿舍常常散发着鲜花的幽香。晚上的时候，不到九点，刘小宇就回到了宿舍，少有的一副轻松的样子。自从认识刘小宇以来，这还是第一次。宋小不可思议地瞪着眼睛："现在已经10点半，下晚自习了？"刘小宇摇摇头："今天早点回来，找优优有事。"

刘小宇略显生疏地坐在优优身旁，请她帮自己选一辆自行车。广院很小，从宿舍到教学楼，再到食堂，步行都在10分钟之内，走路足以完成，很少有人需要自行车。记得有一次，李知和萱萱去清华大学观光，两人迷路了，想找人问路，身边经过的全是一辆辆疾驰的自行车。后来只好买了一张地图找路，那时候李知和萱萱就感慨"广院真是'小而美的典范'"。优优问刘小宇干吗非要买自行车，广院根本用不上。刘小宇想想说，她在十里堡华堂那里找到一个教留学生学习汉语的兼职，两天一次，所以需要自行车。

那个时候，所谓的"勤工俭学"大致分为两种。第一种是靠体力，一种是靠脑力。靠体力的典范是李知、萱萱和宋小：每周末去超市给很多厂家做推销员，一天五六十元不等。萱萱和李知推销减肥茶，一天65元钱，创单日收入之最。那个时候，李知突然明白了，世界上最好赚的钱永远是女人的钱，女人在爱美这条道路上舍得花血本。可是，这种工作太辛苦，一站站一天，腿疼脚麻又很无聊。于是，学校这些脑力劳动者对此不感冒。第二种勤工俭学的方法就是教外国人中国话。当时，广院比邻外国语大学，很多该大学的留学生听闻广院走出去的都是赫赫有名的播音员和记者，对此非常向往，总愿意来广院找学生"拜师学艺"。可是，广院"人才济济"，拜师也拜不到刘小宇门下。这次是因为对方住华堂附近，要求必须登门教学，各位老师纷纷嫌路遥人累，但刘小宇最不怕这个，她紧紧抓住了这个机会，顺利加入"勤工俭学"大军。刘小宇为此露出了难得的笑脸，生活的一丝阳光终于照进了她的生活。

"为什么不坐公共汽车？骑自行车多麻烦。"李知问了刘小宇。刘小宇看了李知一眼，想说什么，但终究没有说话。然后继续小声请教优优在哪里买自行车既物美，又价廉。

作为宿舍里唯一的北京人，优优肩负着“北京地土”以及“导游”的重责。大家要买日用品，她就带着大家穿越整个北京城去阜成门万通。第一次去万通的时候，路途太遥远，以至于宿舍几个外地人以为到了天津，一问才知道还在北京城内，北京之大让这些外地人开了眼界，大呼自己是“小地方来的人”。大家要去买衣服，优优就带大家去“动批（动物园批发市场）”，一进入“动批”，大家就被琳琅满目的衣帽鞋袜弄晕了，货比N家，最后挑花了眼。大家要去买书，优优就带大家去三联书店。于是，李知第一次看到在书店明目张胆只读不买的“看客”。大家想吃老北京特产，优优就带大家去锦馨豆汁店喝豆汁、吃焦圈，带大家去牛街吃涮羊肉，还请大家去前门吃“全聚德”烤鸭。当然有些活动是只属于优优的，比如优优经常去北京人艺看话剧，去美术馆看展览，去音乐厅听交响乐。所以，这次刘小宇要买自行车自然要咨询优优的意见。

优优想了一下：“一次往返坐公交车需要2元，买一辆自行车大约需要200元，100天你才能持平。可是，你们双方不是有试用期吗？你确定这个事情你能长期做下去？如果你达不到100次课，买自行车就不如坐公交车。特别是在学校你也根本用不上它。”经优优一提醒，刘小宇愣住了，仿佛一盆冷水泼下来，刘小宇喜欢自行车，老家就一辆自行车全家用，现在能有一辆自己的自行车该多幸福。但是她很快地恢复了理智：“优优，你说的有道理，我再想想，毕竟200多元钱呢！”优优点点头：“我家有一辆自行车，是我高中时候一直用的，广院太小用不上，你先用着！”刘小宇眼中闪出一片温柔：“谢谢你，优优，不用了。我需要再和你说！”

宋小躺在床上，听着她们的谈话，望着天花板说：“真不知道‘刚’有啥愿望，如果‘刚’有，我一定努力帮助他实现。”那时候的宋小，无论听到什么，看到什么，总能想到“刚”。李知抬眼看看宋小，突然想起一个笑话，忍不住想逗逗她：“有一天，一个男生问他心目中的女神，‘你喜欢我哪一点？’宋小，你猜女神怎么回答的？”宋小看看李知，一脸迷茫：“我又没有当过女神，当然不知道。”然后认真起身来到李知床前，虔诚地问：“答案是什么呀？李知姐姐，女神姐姐？”李知看着宋小那张无知而可爱的脸，不由得卖起了关子："不告诉你，为什么告诉你？"这越发引起了宋小的兴趣："女神姐姐，告诉我吧，让我也知道女神是怎么思考和回答的。说不定关键时刻，我也能女神一把。"李知摇摇头，摆摆手："天机不可泄露！"优优似乎知道这个"典故"，笑着看宋小上蹿下跳。宋小继续哀求："你怎么能这样，告诉我吧，好不好，我对你好一点，我，我抱你一下可以吧！"李知迅速闪开，白了宋小一眼："真想听？不后悔？"宋小目光坚定地看着李知，一副洗耳恭听的样子，李知一字一顿铿锵有力地说："女神说，'我喜欢你——离——我——远——一——点！'"一贯不苟言笑的刘小宇不禁笑了一下，优优更是笑得倒在了床上。宋小看着李知，明显恼羞成怒，用枕头向李知扑打来："阿知，你过分，竟敢耍弄我！"李知高喊着："我喜欢你离我远一点，远一点——"

经过几天的思考，就"播音系"意义问题，郭书有了自己的看法。其间，他拜访老师，采访同学，咨询长者，终于找到了自己的看法。他召集身边一群同学，一起分享。

热爱本专业的"刚"首先发言："语言分为口语和书面语言。播音就是口语学习，这就像作家练习锤炼字词一样，都是为了表达得更准确、生动，这难道没有价值吗？我们语言的有声美，不应该被学习，被传送吗？她可是我们的母语，我们的骄傲！"

郭书赞同地点点头："传播学讲传务求通。作为传播者，我们向公众传播信息，无论是政策还是活动，就要高效、准确，这是基本要求和基本功。"

李博点点头："这点我深有感触。有一次我跟我哥们儿发汉显信息。我说，两人防乔丹没防住，结果，服务台寻呼员听成了，两人房间没人住。结果，他女朋友险些和他分手，我哥们儿花了一千多元买礼物，才挽回了这段感情。你看，传播不清晰，这造成的损失有多大！"

张磊不住地点头。李博现在就是他的偶像。

李博接着说："我们这种学习属于工具理性。工具理性它是有价值和作用的，它起放大器的作用，像个麦克风。如果只有价值理性，就是说光有内容，没有工具理性，价值理性影响力不够。但是只有工具理性也不够，还需要价值理性提供内容。所以……”

宋小捅桶李知：“我怎么听不懂李博说什么？说的怎么像高中的辩证法？”

李知“嗯”了一声：“他的意思就是都要好好学！”

“所以，我们在学习理性工具的时候，也要加强内容价值学习。”李博最后说。

困扰大家一段时间的难题解决了，郭书轻松了很多，李知看着大家，更觉得这是自己的同学：共同疯闹，一同学习。

宋小暂时没有发现自己和“刚”有什么共同爱好。她给“刚”写的第一封情书也石沉大海，一点涟漪都没有激起。宋小嘟着嘴，很不开心，那些天，一下课，宋小就急匆匆赶回宿舍，总期待她回宿舍的时候，正有一封“刚”的回信在等她。然后，她小心翼翼且迫不及待打开，紧接着是自己上蹿下跳地惊声尖叫。但是，这一切都被空空的床铺所打败，除了粉尘，她的床铺上什么都没有。宋小坐在床铺上，悲伤地问李知：“你说‘刚’是不是不喜欢我，所以对我的信没有反应？”李知正不知道怎么回答，一旁的萱萱突然说：“要不，再写写试一试？”这个提议正中宋小下怀。宋小想起方媛每天都趴在床上给男朋友写信的幸福场景，坚决不肯放弃这些品尝甜蜜的机会，“对对对，可能以前的信写得太晦涩，他没有理解，这次我改改风格。”这次宋小不再理会名人情书中的内容了，直接改成生活流水账式描述写作。她又买来了一大摞信纸，准备大干一场，信的内容从早上宿舍谁先起床写到晚上宿舍谁最后说话。李知问萱萱：“整天都是那些鸡毛蒜皮的事情有意思吗？宋小绝对是误入歧途！”萱萱说：“你少管别人。每个人的恋爱模式不一样。你以为人人都跟你和郭书一样！”宋小就这样将“宿舍记录”写成情书，一封一封的信塞到了“刚”的床铺上，一直不见回音。但宋小这次写成习惯了，每次写信的时候仿佛都是在和“刚”说悄悄话，李知觉得那就是郭书交给她的——播音主持的时候要有“对象感”，即你要假想自己和谁在交流，这样的表达才更有交流感。

宋小就这样坚持了一个多月，一封封信从210宿舍飞向男生宿舍。

终于有一天晚上，李知和大家回宿舍的时候，宋小的床铺上出现了一个大大的信封。宋小猛地扑向大信封，激动得拿起来，李知想起自己收到高考录取通知书也就是那个样子，顿时感觉全世界都是自己的。只是，那天宋小高兴得有点早。

打开信封，210宿舍嚷着要宋小将内容大声念出来，宋小激动地一个人拉上床帘，要独自享受这具有历史意义的一刻，要独自享受这激动人心的一刻。但是，没有几分钟，宋小猛地一拉帘子，满脸泪水，夺门就跑，宿舍的几个人还没有反应过来，宋小已经跑得不见了踪影。萱萱捡起床上的信，看了几眼，递给李知："宋小，你好，收到了你很多信，真的很多，觉得很奇怪。为什么给我写这些信呢？别再写了，我不感兴趣。此外，请别总向我的同学打听我，请别总跟着我，我不喜欢。王刚。"

看完信，大家面面相觑，优优说："宋小现在一定很难过，所有的希望都破灭了，我们赶紧找找她，安慰一下吧！"李知点点头，瞪了一眼始作俑者萱萱。萱萱小声说："我也没想到呀！"外面天色渐黑，宿舍几个人分头在操场、图书馆、教学楼找宋小。操场上，李知和萱萱看见了宋小，刚准备跑过去，宋小就用她百米冲刺的速度撒腿就跑，李知和萱萱从操场追到了学校南门，然后眼睁睁地看着宋小冲出了学校，向广袤天地跑去。李知喘着粗气："宋小是高中3000米长跑冠军，我之前领教过，怎么办？"萱萱弯着腰，上气不接下气："走，回宿舍，我换双鞋，我这鞋不太好，要不刚才还是有机会的！"回到宿舍，刘小宇刚给学生上完课，还没有吃晚饭的她，正在啃面包。优优开始紧张起来："学校附近治安算不上多好，我们叫上男生，赶快到校内外找找！"李知找了郭书，萱萱找来了赵鹏。于是，方媛、优优一组仍然负责在学校里找人，萱萱、赵鹏一组，负责学校西边区域，李知和郭书一组，负责学校南边区域。

那天，李知她们从晚上七点一直开始寻人，看着月亮升起，又看着月亮在他们头顶移动，夜色渐深，到晚上十二点的时候，仍毫无所获。后来传来喜讯，刘小宇找到宋小了。大家面面相觑，忙着回宿舍一看究竟。原来那天刘小宇知道宋小出走后，二话没说，放下面包就跑出了门。她东转西走找了一晚上，终于在路灯下，刘小宇看见一个人"疑似宋小"，她一个长步迈出去，宋小撒腿就跑，两人在午夜寂静的街上，在昏暗的路灯的照射下，开始了一场"速度与激情"。宋小凭借自己高中3000米冠军的自信在前面猛跑，刘小宇凭借她多年"誓不罢休"的毅力在后面紧追。3000米后，宋小再也没有力气了，刘小宇一个健步，猛地冲过去，紧紧地抓住了宋小。刘小宇刚想开口教训宋小“吃饱了撑的，我还没有吃晚饭”，却见宋小一头倒在自己肩膀上，大哭起来。

那个整天对宋小爱答不理的刘小宇，最终把宋小安全地拉回了宿舍。

宋小失恋了。

接下来的日子，宋小一直沉浸在失恋的失魂落魄中。时而痛哭流涕：“‘刚’不喜欢我，‘刚’说他不喜欢我。”一会儿又神秘兮兮地凑到李知身边：“李知，‘刚’的信我仔细看了，他没有说不喜欢我，只是说不喜欢我给他写信，不喜欢我向别人打听他，不喜欢我跟着他，他没说他不喜欢我是不是？那些我都可以改呀！你说呢，是不是？”有时，宋小特别脆弱，趴在李知肩上，轻轻说：“李知，我觉得自己特别孤单，特别伤心。”一会儿又撸着胳膊对大家高声疾呼：“‘刚’不喜欢我又如何，我坚强，我不怕！我还是我！我是打不败的！”然后风一样地拿着书包去自习室“奋发图强”，有时，宋小一整天不下床，拉着个帘子不吃不喝在床上躺着。有时，又拿着一把零钱钢镚儿，塞进大家手里：“给我买吃的，全花了！”然后一边吃，一边唱：“我要问问你敢不敢，像我这样为爱狂吃。”有时，她觉得“刚”不好，决定不再爱“刚”，但一会儿又觉得“刚”还是那样英俊，无论怎样都要好好爱他。

宿舍的人开始还忙着安慰宋小，她说“刚不好，我不爱他了”，大家马上集体附和：“是呀，‘刚’太不好了，咱不爱他了！”宋小转脸一变：“‘刚’很好！”大家咽了口口水，面面相觑，哑口无言。从此，宿舍里无论宋小怎么说，大家都该看书看书，该写信写信，该打电话打电话，该听英语听英语。

“那怎么办，安慰都跟不上节奏。”李知对萱萱说。

“她为什么会这样？”

“记忆力只有7秒呗！”

萱萱无比赞同地点了点头。

这就是李知她们的大二生活。郭书和“刚”梳起了具有广院特色的“播本头”；赵鹏和女朋友分手了，萱萱和赵鹏相爱了；优优的生活中，有了一个叫郑亮的外语系男生；刘小宇失去了人生至爱的姥姥；方媛给男朋友的信越来越短；宋小得到了“刚”的明确拒绝，但仍不死心；李博很“颓废”，却提出了著名的“都市化理论”，在这个理论的指导下，张磊拼命提高自己的“都市化”进程，但依旧没有追上自己女神的步伐；还有韦峰，还是经常来广院踢球，却不见李知，而将她放在了心中最柔软的地方。李知和郭书很甜蜜，虽偶有争吵，但都是小甜蜜中的调味剂。郭书用自己打工赚的钱给李知买了她人生中的第一部手机，李知一直为此深深感动着。郭书正扮演着李知心目中完美男友的样子。还有，他们找到了播音学习的意义，并且要补充自己的不足。生活和青春就这样推进着，辛苦着，快乐着，活色生香着。比起此后岁月的那么多“不得不”，那时的痛苦与眼泪都透着单纯的快乐。

《职业　理想》

大三：成长的烦恼

“我们要想清楚，我们到底能不能爱上一个现实中的人呀？如果他（她）不像我想象的那么完美，我们是不是依然决定要爱他（她）？我们到底有没有能力爱上一个真实的人，而不是所谓的男神女神？”李知边说边看着阳光下的郭书。

原来，你还在这里。

《望春亭》

24

1999年9月，李知和郭书荣升为大学三年级学生。钟表的滴嗒声间，千禧年先露出神秘的双脚，一步步走过来。整个人类都屏住呼吸，翘首以盼。他俯视芸芸众生，脚步沉重，千禧虫危机，世界末日的预言，地球文明的终结，让一切拥有了灾难大片的惊险与刺激。一切都将巨变，人们必须做些什么，于是，那一年发生了很多故事，很多影响后世的故事。

杭州西湖边，一个创始人对所有人说，他们要与美国硅谷比高低。另一个年轻人决定辞掉硅谷的高薪工作，带着搜索引擎专利技术回国发展。

一些改变时代的底片被悄悄送到了暗室，草蛇灰线，伏延千里。那些埋下的伏笔，经时间冲洗后，惊艳于世。

学校内，另一些青年人也为自己的未来努力着。

萱萱在李知宿舍帮李知收拾新衣服。假期回来，李知带了些新装备。

“李知，你这件连衣裙借我呗？”萱萱从李知箱子里翻出一件白色连衣裙，彼得潘领子，收腰长裙，既可爱又淑女，是李知的最爱。

李知瞪大眼睛：“为什么呀？谁穿？”

“我呀！”萱萱拿着衣服对着镜子比画开来。

李知不可思议地看着萱萱：“你？你怎么会喜欢这件衣服。它明显不是你的风格，你不是最不喜欢这种风格吗？”

李知边说，边夺过萱萱手中的连衣裙：“这是郭书特别喜欢的连衣裙，是Only的呢！”

萱萱又夺过裙子：“我觉得赵鹏也喜欢这种风格。”

李知瞪大了眼睛：“我没听错吧！你管他呢！你的酷帅风格不是很好吗？”

“我，我风格百变！”萱萱眨着眼睛，妩媚地一笑。

李知实在想不出萱萱穿这条白色连衣裙的样子，但李知知道，从此萱萱的大姐大故事就只是江湖的一个传说了。

几天后，“迎接新世纪的声音”第三届齐越朗诵艺术节徐徐拉开帷幕。郭书严肃地走到舞台中央，站定。他身穿深蓝色中山装，手擎稿件，神情肃穆，低沉而有力的声音一下将大家带入那个战火纷飞，国难当头的年代。

“红日初升，其道大光；河出伏流，一泻汪洋；潜龙腾渊，鳞爪飞扬；乳虎啸谷，百兽震惶；鹰隼试翼，风尘翕张；奇花初胎，矞矞皇皇；干将发硎，有作其芒；天戴其苍，地履其黄；纵有千古，横有八荒；前途似海，来日方长。美哉，我少年中国，与天不老！壮哉，我中国少年，与国无疆！”

梁启超的《中国少年说》被郭书用深沉而有力的声音演绎着，整个礼堂都笼罩在悲愤与自强的气氛中。

场下爆发出热烈的掌声。郭书仍沉浸在诗歌中，久久不能平静。直到掌声停下，郭书才向台下深深鞠躬，走下舞台。

萱萱凑到李知耳边：“李知，你男朋友太有范儿了！”

李知得意地点点头。那时候的郭书正如梁启超这篇《少年中国说》，朝气蓬勃，意气风发，被寄予厚望。

周洋同样也被寄予了厚望。当她爸妈在电视上看见自己女儿时，他们发出了惊声尖叫，他们相信自己的女儿未来一定能站在春晚的舞台，甚至能冲出亚洲走向世界。与此同时，北京定福庄一号，210宿舍内的宋小也这么想。于是，当她在一天中午照例打开电视，看见周洋出现在中央电视台某频道，她也发出了惊声尖叫。

周洋站在镜头前，落落大方，声音亲切悦耳：“观众朋友们，您现在收看的是中央电视台每天中午的《精彩十分》节目。”镜头上，周洋比本人更漂亮，化着知性的淡妆，穿着优雅的职业装，只可惜出镜不到两分钟，宋小和大家还没有看清楚，周洋的部分就结束了。“周洋真漂亮！”宋小激动地说，“我们还没有毕业，人家都在中央电视台出镜了！看来，周洋真是紧追‘小燕子’赵薇的步伐呢！”李知罕见地同意了一次宋小的观点：“是呀，这仅仅是起点，前途不可限量！”

那以后，李知她们在校园里再看见周洋，周洋的头抬得更高了，打着遮阳伞，戴着大墨镜，一副大明星做派。据说，学校传达室有了周洋粉丝的来信，校南门还专程有接周洋的豪车。李知也第一次嗅到了“红”的味道。

宋小的惊声尖叫，在萱萱看来是大惊小怪，小题大做。她不认为周洋未来一定能大红大紫，但她已经无暇与大家就此辩论。她现在正和赵鹏享受着他们快乐的恋爱时光。她一副好色之徒的表情看着赵鹏，穿着一件跟李知借来的白色连衣裙，两手紧抱着赵鹏的胳膊，脸时不时轻轻地蹭着赵鹏的肩膀，一副小鸟依人的模样。很多次，李知都私下提醒她不要沉迷色相，鬼迷心窍。萱萱每次都拼命点头，转身见了赵鹏就又犯花痴了。李知不禁打了几个寒战。萱萱一眼看见李知，走过来，拉着李知去见赵鹏。赵鹏个子很高，足有1米85，李知想起一年前萱萱让自己穿上高跟鞋模拟赵鹏的身高，不由得扑哧一下笑了。

被李知笑得有些莫名，赵鹏有些不好意思，李知趁机仔细端详赵鹏。赵鹏有一双“风含情水含笑”丹凤眼。郑伊健式的长发，飘逸洒脱。一件紧身黄色外套，将发达的肱二头肌和倒三角的好身材彰显得格外高调。李知第一次见识了萱萱的眼光和审美。毫无疑问，赵鹏很帅气。和郭书的阳光帅气比起来，赵鹏甚至更加迷人，他从里到外都散发着男性荷尔蒙的魅力。但不知道为什么，李知不喜欢赵鹏，因为他的迷人与魅力似乎不只愿意给萱萱一人。

他现在正拎着萱萱的水壶，伸出手，低声问李知：“一起吧？”

李知笑着摇了摇头。

自从齐越朗诵艺术节上，郭书获得一等奖后，他走到哪里都能收到齐刷刷的注目礼，打饭的师傅都偷偷多给他几块肉。这天，他又收到了系里让他和几名同学共同代表学校参加“迎千禧年”朗诵比赛的通知。

郭书将这个消息告诉李知的时候，眼睛冒着光，一根根头发在太阳下熠熠生辉，浑身每个细胞都跳跃着，李知想起，自己入校第一天看到很多高年级学生从自己身边经过时，就是这个样子。

“这次比赛是朗诵艾青的《光的赞歌》，一共6个人。”

“为什么是集体项目？”

“因为集体更有舞台效果，更有冲击力和力量。只是，需要每个人更好地发挥，同时需要彼此间更好地配合，比个人参赛更不易。”

李知轻轻地“哦”了一声，接着问：“那有女生吗？”

郭书呵呵一笑：“怎么，这个问题忍了很久了？”

李知瞪了一眼郭书：“才没有！我就随便问问！”

郭书轻轻拉着李知：“好啦！别小气了！只有一个女生，我们还不熟，剩下的都是男生！”

李知哼了一声：“才不管你呢！”

郭书也哼了一声：“才不信你呢！”

郭书开始忙碌起来。他的时间被上课、排练、串场、开会全部占据。李知突然发现她要一个人打水，一个人吃饭，一个人上自习，而过去的一年多，这些都是郭书和自己一起。

虽然知道郭书就在这不大的校园的某个角落，不是在上课，就是在小礼堂排练，李知还是会因为看不到郭书，或者一时没有郭书的消息，就惶惶不可终日。而自己只有看到郭书，或者收到郭书的短信，脸上才会露出笑容。

这症状呈明显加重之趋势，从最初的孤独，渐渐变得魂不守舍，并开始影响李知的行为。周末买东西，将钱看错，白白损失了几十元；去图书馆找不到证件，害得自己整晚翻箱倒柜找书证；上课心不在焉，险些错过了英语考试报名。

“要不，郭书排练我就坐在台下等他吧。”李知自言自语。

“恋爱中的女人呀！你别跟幼儿园小朋友那样好不好，一刻也离不开！”萱萱无奈地摇摇头。其实，她也未必比李知强多少。每天对着镜子化妆的时间越来越长，从粉底霜到防晒，再到美白、描眉、眼线、唇彩，一个都不能少。之前的百变风格几乎销声匿迹，走起了淑女风。有时想起赵鹏还会喃喃自语几句，精神状况也让李知担忧。

宋小翻着白眼：“李知，你现在要把头伸进一个测量智商的机器里，你猜机器会怎么说。机器会说‘不要拿石头开玩笑’！”

“至于！你们懂什么？对于热恋的人来说，分分钟的分离都是煎熬，如果不能一起看日落，看花开，日落花开对我来说，又有什么意义？这种拼命想在一起的感觉，才是恋爱的感觉！”李知不满地回复宋小和萱萱。

这再次击中了宋小的痛点，她叹了口气，“我就觉得现在的一切对我来说都特别没有意义。”

但，令李知不解的是，自己所谓的“拼命想在一起的感觉”，郭书似乎全无。有几次，李知偷偷观察，没有自己在身边，郭书照样呼朋唤友、谈笑风生；不见自己短信，既不等也不盼，淡定地该吃饭吃饭、该睡觉睡觉，不会心神不宁，更不会魂不守舍，甚至还生出几分轻松和重新获得自由的喜悦。李知瞅着郭书，心中百思不得其解：这人到底爱不爱自己？他怎么和自己的感受如此不同？

当李知和萱萱深陷爱情无法自拔的时候，方媛似乎正在从爱情中走出。虽然还和男朋友通信，但信却是越写越短，甚至无话可说了。食堂还是那个食堂，宿舍还是那个宿舍，同学都有变化，但似乎又与男朋友无关。有些话题早期写过，或者写尽，再往下也不知道写什么了。上次给男朋友寄的书，他好像也不是特别感兴趣。而且，方媛越发忙碌了，她也开始挣钱了。

和萱萱卖减肥茶、刘小宇教外国人汉语不同，方媛去了麦当劳做兼职。1999年，在麦当劳做兼职，每小时的收入大约是3元，比起刘小宇每小时10元的收入，相差了3倍多。而且男朋友担心麦当劳辛苦，劝她去做家教。男朋友说的不是没有道理，麦当劳的工作管理严格，方媛并不适应。但方媛最终还是选择了麦当劳。表姐告诉方媛，麦当劳的兼职算社会实践，以后可以写在毕业简历中。“那是世界500强公司的社会实践。和单独做一个家教不是一个量级。这增加的是身份资本，无形资产更值钱。”方媛表姐说得很坚决。方媛欣然接受，她开始慢慢听取表姐的建议，而对男朋友的建议则渐渐不以为然了。

电视机买来后，对学业是否有帮助，210宿舍的同学们分析了多少新闻内容，进行了多少媒体内容监控，这些都是未解之谜，但是有一点可以肯定，优优可以通过它天天看见自己的偶像了。

那个爱唱歌的大男孩，一跃成为“娃哈哈矿泉水”的代言人。电视广告里，他穿着白色T恤，一边拿着一瓶娃哈哈矿泉水，一边唱着那首李知在宿舍听过很多遍的《爱你就等于爱自己》。不但如此，每瓶矿泉水瓶上还印着他青春无敌的笑脸，当时，大家肯定想不到，日后，他们一个成了行业的翘首，一个成了音乐界的巨星，并且一牵手就是整整二十年。那时，他和这首歌突然因为娃哈哈广告而迅速被大家所熟识，优优的偶像很快成了越来越多人的偶像，大家渐渐知道有个歌手叫“王力宏”。从无处找寻偶像踪迹，到偶像信息铺天盖地袭来，优优不得不让宋小帮她一起整理各种新闻。她们一起将杂志中、报纸上关于王力宏的信息裁剪下来，然后工整地贴在本子上，优优又细心地标明报道的时间和出处，像一个追星的高中生。

一夜间，王力宏真正从人名变成了名人，210宿舍除了见证了传媒的巨大力量，也对优优的眼光刮目相看，大家开始排着队让优优为自己算上一卦。

宋小对着优优摊开手掌：“优优，给我看看，我和‘刚’还有可能吗？”

李知对着优优摊开手掌：“优优，算算郭书什么时候能忙完？我们什么时候能像以前形影不离？”

周洋也对着优优摊开手掌：“优优，你觉得我以后能大红大紫吗？虽然不及王力宏那样，就像现在《生活》主持人赵琳那样也可以。”

李知将郭书的获奖照片贴在墙上，左看右看，甜笑不停，现在她更爱郭书了。而宋小却也意外地发现了自己突然不爱“刚”了。本来宋小对“刚”的拒绝，抱着决不死心，再接再厉，从头再来的坚决态度。直到有一天，情况发生了180度大逆转。

这一天，宋小去图书馆自习室守株待“刚”。恰恰这天，秋老虎猛烈来袭，烈日当头，一丝风都没有，整个教室仿佛一个大蒸笼，空气燥热，一个火星就能被点燃。在这样的天气下，每个人都躁动不安，包括宋小。她流着大汗，感觉浑身湿漉漉的，热得恨不得立刻钻进冰窖中，她渴望“刚”可以像一阵凉风，徐徐吹过，可是，恰巧那天，一向会打扮的“刚”没有扮演一股清风，倒是非常不合时宜地穿了一件不知从哪里弄来的红色大T恤，红得仿佛天上炙热的太阳，红得像一座正在喷发的火山，散发着浓浓热浪，更要命的是，这大红的衣服下，“刚”还配了一件绿色的运动短裤。这身“大红大绿”的装扮像晴天霹雳一样，顿时把宋小震得外焦里嫩，宋小瘫坐在自习室里，满头大汗，突然间“累觉不爱”了。回到宿舍，宋小一把将书包扔在床上，一脸“生无可恋”地倒在床上，一动不动。正当大家以为一定是“刚”再次无情地拒绝了宋小的时候，宋小大叫着：“我爱一个人容易吗？他怎么能穿成这样？他这样，还让我怎么爱呀！我已经爱不起来了！他怎么可以不珍惜别人对他的爱？”

210宿舍爆发出史无前例的大笑声，大家都很高兴。宋小不爱了，不会失恋了，不会流泪了，也不会整夜满大街马拉松式的疯跑了。宋小却有点不开心，觉得自己的第一次恋爱突然就没有了，还有点莫名其妙。可是，第二天，当萱萱来到210宿舍时，宋小一把抓住萱萱，高兴地说：“萱萱，我突然不爱‘刚’了，好解脱呀！”吓得萱萱倒退了两步，上上下下打量了宋小好几分钟。

宋小淡定地任萱萱看：“真的，萱萱，我真不爱了，你看我现在多轻松！”

萱萱摸了摸宋小的头，不可思议地看着宋小：“喝了忘情水了？”

宋小一个劲儿摇头，百感交集地长叹：“一言难尽。”

李知看着宋小，也一言难尽。如果“刚”得知这个消息，是不是应该感谢那天自己的穿戴，或者也真心冒出一句：“好解脱，好轻松呀！”无论怎么说，宋小这次恋爱真的结束了，她不再跟踪“刚”，不再关注“刚”的穿戴，不再看“刚”的节目，“刚”仿佛一夜之间从这个地球上消失了，而且消失得无影无踪。这一次，宋小的初恋真的结束了，就像它来的时候一样，以一种谁也没有想到的方式。爱真是神秘。

25

刘小宇最近心情一直不错。她安全地度过了30天的试用期，正式被华堂的学生聘用为老师，她更是终于买到了心仪已久的自行车。300多元的自行车，红色的飞鸽logo，在阳光下熠熠生辉，刘小宇呆呆地看了自己的爱骑很久，将她擦了一遍又一遍。蹬着心爱的自行车，刘小宇的矫健身影穿梭在校园内，穿梭在广院到十里堡华堂的路上，人生的舞台顿时宽广起来。

方媛的实习工作有些狼狈。虽然想到工作不易，但是方媛脑海里全是《甜蜜蜜》中张曼玉在麦当劳里的情景。然而，实际情况是，每次吃饭只有15分钟，而且都要错开用餐高峰。方媛就见过几个实习的男生将大汉堡砸扁，15分钟火速吃下三个的场景。还有一次，一个顾客自己点错餐，却态度蛮横，正在实习的男生和她吵了起来，从此以后，那个男生就再也没有出现。

方媛现在能独立操作收银台了。这让她领略到了什么叫“分秒必争”。从顾客站到她面前，她喊出第一声“欢迎光临”，到顾客离开，她喊出最后一声“欢迎再次光临”要在60秒内完成。这期间她要完成以下操作：帮着顾客点餐，收取餐费，找赎零钱，准确取出食物，看着顾客满意离开，喊出欢迎再次光临，接着在“欢迎光临”的喊声中迎接下一位顾客。

几个小时下来，方媛筋疲力尽。她没有将这些经历和男朋友说，却将它分享到了聊天室中，没有想到的是，这意外受到了很多人的追崇。大家夸奖她能干，赞赏她文字的才华，羡慕她在世界500强公司的经历。这种被追崇、被欣赏、被羡慕的感受，是方媛进入这所学校后从未有过的。她开始爱上了网络。

除此之外，方媛和表姐两人还一起喜欢上了寻宝，动物园批发市场、天意小商品城、万通批发市场、虹桥批发市场都是她们的最爱。方媛经常不远万里拎着大包小包的东西回宿舍，那个时候她脸上的光芒第一次超过了收到男友来信的时候。谁能想到20年后，这些批发市场全都消失了，大包小包淘买的乐趣被一个个快递所代替。方媛的衣服越来越多，颜色越来越丰富，前两天还染了指甲，让大家一惊。

在20世纪最后的几个月里，每个人似乎都在加速自己的人生，要迎接新的世纪，或者让崭新的自己出现在新的世纪里。

校园广播站里，葡萄牙诗人安东尼奥《我不能把爱情推迟到下个世纪》，被郭书用深沉且急切的声音反复吟诵：

我不能把爱情推迟到下一个世纪

我不能

尽管呼喊在喉咙里被窒息

尽管灰蒙蒙的山峦

灰蒙蒙的山峦下

仇恨噼啪作响，在爆发，在燃烧

我不能推迟这个拥抱

李博被这声音鼓动得气急败坏，又一只蟑螂被狠狠按在了乔丹海报上。在郭书“我不能把爱情推迟到下一个世纪，我不能”的教唆声中，他猛地站起来，丢下手里的酒壶，高喊着：“到时间了，我必须做些什么！”然后跑出了宿舍楼。

几天后，他竟然奇迹般地有了女朋友。说是奇迹，是因为李知不相信，李博追女朋友会这么顺利，哪个女生会答应他。宋小也觉得是奇迹，几天前刚刚听说他准备找女朋友，几天后，就理想照进现实了，她感慨这速度“赶英超美”。

趁课堂间隙，李知和宋小凑到李博身边。

宋小急切地问：“阿博，你真有女朋友了？”

李知也好奇地问：“听说，你摆脱谈‘谈恋爱’阶段了，进阶到实践层面了？”

李博平静地点点头：“是呀！怎么，你们是不是有种后悔的感觉？”

李知瞅了一眼李博：“别贫了。你说的不会是真的吧？”

“骗你干什么？”李博说。

李知哼了一声：“你不厚道。告诉张磊追求萱萱的方法多了，至今快两年了，张磊还是没有成功。你倒好，一下子就大功告成了！”

李博摇摇头：“关键是我找的人合适。”

“你什么意思？”李知更加好奇。

李博刚想要继续高谈阔论，无奈上课铃响起。李知和宋小悻悻然回到座位上。

又过了几天，李知在不大的校园看到了李博。他正手拎水壶跟在一个女生后面。那女生的相貌、个子、谈吐都和李博有些神似，有着女版“李博”的感觉。李知恍然大悟，这就是李博说的合适的人。

郭书的声音还在整个校园上空盘旋：“我不能把爱情推迟到下一个世纪，我不能！”周洋却在心里狠狠地说：“我不能把成名推迟到下一个世纪，我不能！”她也旋风般冲出了宿舍。看到《还珠格格》里一票青年人成名，周洋就已经坐不住了，但最近，她的同专业、同寝室的同学一举成名，粉丝来信如雪花般纷纷而来，鲜花掌声这一切都极大地刺激了周洋，以至于她一刻也不想在宿舍待下去，她一刻也等不了了，她要成名，而且要尽快成名。

她跑来找优优，仔细询问在北京什么地方的香火灵验。

李知和宋小莫名地盯着周洋，不明所以。

优优想了想：“雍和宫吧，雍和宫在二环边上，离我们比较方便。戒台寺、潭柘寺、法源寺这些都在郊区，不是很方便。”

“灵验最重要，方不方便都没有关系。我假期还准备去五台山！我觉得五台山这个名字特别好，五台，舞台，我期待有个大舞台。”

然后她又转过身对一边的宋小说：“宋小，去图书馆给我借几本书。”

宋小点点头：“你现在在央视不算红了吗？”

周洋摆摆手，一副见过世面的样子：“还不够！”

话还没说完，周洋的手机响了，她看到一个陌生号，一阵惊喜，每个未知号码的背后都可能是未知的机会。她怀着无限希望接听了电话，快速走了出去。

过了好一会儿，宋小、李知和优优才回过神，面面相觑，竟一时无语。

同龄人的突然走红，像一颗石子突然投入一片宁静的水面上，一时涟漪不断。大家都开始有种时不我待的紧迫感。一个人突然上了一档节目，然后突然红了，然后就和大家拉开距离了。李知也想不清这到底是为什么。正如周洋所说，论专业她不是最好的，论相貌也不算最美的，但是，为什么是她胜出？周洋想不明白，李知躺在床上，翻来覆去也想不明白。成长没有让自己越来越明晰，倒让自己变得更加困惑。李知这才想起自己第一天进校的场景，当时惊异地发现这所大学出了那么多名人，今天才明白，原来这意味着眼前的这所大学距离名利场如此之近。可这又意味着什么？名利意味着什么呢？如果名利是成功的标准，自己是不是现在就要向此发出冲击？郭书是不是已经朝此进军了？

第二天醒来，李知那些关于名利的问题并没有自动解决，她看了一眼手机，一直没有郭书的短信。郭书忙得四脚朝天，多少冷落了自己。

中午，还是没有见到郭书，李知吃饭都觉得索然。下午，晾衣服的时候，李知不小心将腿给撞了，疼得眼泪都快下来了，掀开一看，好大一片乌青。想起去年的时候，李知也是这样撞到了桌子上，郭书心疼地安慰了好久。

现在，李知需要郭书身体和精神的双重安慰与开解。她实在不想再继续等郭书了，她扔下脸盆，冷着脸奔向小礼堂。到达的时候，郭书正站在舞台中央排练：

光从不可估量的高空，
俯视着人类历史的长河。
像滚滚的波涛在翻腾，
不知穿过了多少的险滩和暗礁，
我们乘坐的是永不沉没的船。

另一个女生：

我们从千万次的蒙蔽中觉醒，
我们从千万种的愚弄中学得了聪明。
统一中有矛盾、前进中有逆转，
运动中有阻力、革命中有背叛。

李知看着台上的郭书，那样有光彩，那样夺目，整个人一刹那像通了电一般，熠熠生辉。李知不禁有些羡慕，甚至感觉到一丝心酸。李知也弄不清为什么。

郭书朗诵完，看到李知，高兴地跑过来："你来了很久了？"

李知摇摇头："刚来。"

郭书拉李知坐在自己身边："你觉得我们怎么样？"

"很好呀！尤其是你！"李知回答。

郭书不满地摇摇头："还不行，还是有很多地方要提高。"

李知全程兴致不高，但郭书硬是没有看出来。李知只好直抒胸臆，小声说："刚才，我又把腿撞到桌子上了。"

郭书扑哧一笑："你真够可以的，没事吧？"

李知淡淡地说："没事。"

李知以为郭书会追问，就像之前那样："撞到哪里了？有没有去医务室？现在还疼吗？要不要帮你揉揉？"李知还想把自己的疑惑和郭书分享。但是，接下来，郭书什么也没多说，只顾盯着舞台，心思似乎全不在李知身上。李知的脸色越来越难看，但郭书依旧没有察觉，听见舞台上有人喊自己，忙对身边的李知说："你先走吧，我再练习一会儿。练习完了，找你吃饭好不好？"

李知欲言又止，兴致索然地点点头。郭书跑向舞台，站在舞台上：

光从不可估量的高空，
俯视着人类历史的长河。
像滚滚的波涛在翻腾，
不知穿过了多少的险滩和暗礁，
我们乘坐的是永不沉没的船。

李知转身走出排练室，觉得郭书和以前不一样了。是因为太忙还是因为更有光彩了？李知说不清楚。

李知一直等着郭书有时间陪自己，安慰自己，开解自己，现在终于等到了这一天。今天是一年一度的中秋节，郭书不用排练，放假休息。李知巴不得立刻变成一苍耳，黏在郭书身上。

郭书答应李知，先回小姨家看姥姥，接着回学校和同学聚会，然后立刻、马上约李知一起吃晚饭。

李知勉强点点头："要快哈！"自从郭书开始忙朗诵比赛，自己和郭书就"聚少离多"。眼看自己就要思念成疾了，不久可能就要病入膏肓了，现在要赶快给自己治治。郭书不住地点头。

李知回到宿舍，宋小就拉着李知参加今天的班级聚会。

“李知，一起去吧！等郭书找你，你再出来呗，反正还有时间！”

李知摇摇头：“班级的节假日聚餐是给你这种单身人士准备的，以免你‘每逢佳节倍感孤独’，所以我就不去凑热闹了！”

宋小放下李知的手：“李知，你这是什么意思嘛！你这明显是看不起我们这次聚餐！”

“我哪有这么说！”李知辩解。

宋小嘟着嘴：“你就是这个意思。”

“我不是。”

无论李知怎么解释，宋小和方媛都觉得李知就是这个意思。

其实，李知不是对聚餐没有兴趣，而是她想在宿舍等郭书，这样郭书就可以第一时间找到自己，自己就能第一时间见到郭书。她想多一些时间和郭书在一起，不耽误一分一秒。在李知眼里，只有和郭书在一起的时间才有价值，别的都是“浮云”。何况现在李知又遇到了很多现实的困惑，她需要很多很多郭书的爱，郭书的陪伴，郭书的开导，很多很多。

下午五点，聚餐的同学陆续出发了，李知也开始忙碌起来，她穿上最近新买的一件毛衣，还用了萱萱的美宝莲系列为自己化了一个淡妆，李知对着镜子不禁自嘲了一番。收拾妥当，李知就开始一个人在宿舍等郭书的消息。她无聊地将书架上的书翻了一遍，又在电视里看了几段新闻，最后还将自己的床铺打扫了一遍，可是郭书还没有出现，甚至连短信都没有一个。

李知实在等得烦了，就给郭书发了短信：“你什么时候过来找我？”然后紧紧握着手机，眼睛盯着手机屏幕。李知有些失落，从前，都是郭书等自己，自己从未尝过等待的滋味。李知想起一年前自己还在笑宋小，笑宋小痴痴地等，傻傻地念，为了一次约会，心潮澎湃，谁想到一年后自己也是这个样子。李知想着想着竟然不知不觉睡着了，直到宋小推门出现在李知面前。

宋小瞪大眼睛：“你这是和郭书约会完了，还是没有约会呀？”

李知也瞪大眼睛：“你不是班级聚餐吗？怎么回来了？”

门推开了，方媛进来了。她看看李知，猜出了什么，没有说话。

“10点多了，聚餐结束了，我走得快就先回来了。对了，李知，郭书他们班聚餐就在我们旁边，我看到郭书和同学们早走了呀，他没来找你吗？你也去吃点东西吧，别在这儿瞎等了，跟我一样。”宋小看着李知说。

宋小后面的话说得很小声，但还是字字如针般扎在李知心头。李知突然想起了什么，猛地抓起手机，短信从头翻到尾，还是没有郭书的消息。李知简直不敢相信自己的眼睛，郭书在过去的两个小时里，竟然理都没理自己。

半个小时后，李知的电话终于响了，这次是郭书。等了整整一个晚上，当郭书的名字出现在李知手机屏幕上一闪一闪的时候，李知有些麻木了。

李知走下宿舍楼，看到郭书朝自己笑着，红红的脸。

“你喝酒了？”李知问。

郭书点点头。

“你吃饱了吗？”

郭书点点头。

“你们不是早聚会结束了吗？”

郭书依旧点点头：“又回宿舍和大家打了一会儿牌！”

李知瞪大了眼睛，不可思议地看着郭书：“你说什么？还打了一会儿牌？”

郭书显然没有意识到李知的委屈与愤怒，点点头：“最近太忙了，好久没有玩了，忍不住玩了一会儿！”

李知淡淡地说：“你现在有时间找我了，是吗？”

郭书没有听出李知这话的意思，傻傻地点头，拉起李知的手：“现在总算有时间了！”

李知猛然甩开郭书的手，大步走开。郭书这时酒醒了，感到李知生气了，忙追上去：“李知，李知你怎么了？”

李知一边委屈，一边愤愤然：“我没怎么郭书，我觉得自己可怜！”

郭书一把拉住李知：“你到底怎么了，李知？我不知道你在说什么？”

李知：“我说，我觉得自己可怜！”

“为什么？”

“因为，我傻傻地在宿舍等了你整整一晚上。就是为了和你一起吃饭，而你去姥姥家，去和同学聚会，然后去打牌。这期间，你连想都没有想起我，而我却一直傻傻地等！”

郭书这次清醒了，愣愣地看着李知：“李知，你没有去和同学聚会？”

“我不是告诉你了吗，我说我会在宿舍等你。”

郭书一脸歉意：“对不起，对不起李知，我应该早点来。我想你去聚会了，我——”

李知摇摇头：“你是不是把今晚见我当作任务来完成。你是不是根本不想来见我？我问你，你吃饭的时候有没有想我，你打牌的时候有没有想我，想我在傻傻地等你？”李知突然觉得委屈，越说越气，再次甩开了郭书的手。

“不是，李知，我想你。只是，今天大家都很高兴，我想你去和同学聚会了，而且我们也是昨天才见过，一高兴我就把时间忘记了。对不起！”

李知不可思议地看着郭书：“郭书，你说，你把时间忘记了，那你知道我，知道我时刻在看着时间，时刻在等你吗？我们昨天见过，我们昨天只是上课前抽时间说了十分钟话而已。你——”李知越说越激动，“你有时间，我就要逃课陪你，你有时间，我就要撇下班级聚会陪你，你有时间，无论我正在做什么，或者想要做什么，都会撇下一切，陪你。为什么，为什么我不会忘记？”

李知越说越委屈。

郭书上前拉住李知的手：“李知，对不起，今天是我不对，我最近太忙了。”

“你忙，可以，我不打扰你。可是，今天是过节，今天你不用忙着排练，这样总该有时间和我在一起了吧！忙，似乎成了你的借口！”

“不是借口，是解释！李知，今天真对不起。如果下次，我说，如果下次我不小心疏忽了，你先一个人好好吃饭好不好？”

“我不是不可以一个人好好吃饭，我是想和你在一起过节！”

郭书一脸歉意：“对不起，李知，我们现在一起去吃饭过节好不好？”

李知摇摇头：“我不想过了。郭书，我想仔细问问你，你到底爱我吗？”

“我爱你。”

李知摇摇头：“我不觉得。你爱我，你会在排练的时候从不想起我？你爱我，你会想着打牌，打游戏比见我还重要？你爱我，你会把我忘记，我根本就感受不到你的爱。你爱我，你会不关心我到底在想什么？”

“李知，那只是我一时疏忽。”

“爱一个人怎么会疏忽她，疏忽就不是爱。”

“那你说什么是爱？”

李知一字一顿：“爱是想时时刻刻在一起。爱是如果没有此人在身边，一切都仿佛‘良辰美景虚设’，爱是一时一刻的分离都是煎熬，爱是时时刻刻关心一个人！”

郭书觉得自己百口莫辩，无论怎么解释，李知依旧很伤心。李知觉得郭书不爱自己，或者不像自己想象得那样爱自己。那就是年轻时李知对爱情的理解，真挚而单纯，幼稚而美好。

那个中秋节，萱萱过得也很失落。李知和萱萱两个人面沉如水，互相安慰，对爱情有了新的迷茫。

“你今天和赵鹏去哪里玩了？”李知问萱萱

萱萱面无表情地摇摇头。

“没有。他只是陪我吃了饭，然后说自己累了，早早就回宿舍去了。”

“你们吵架了吗？”

萱萱摇摇头：“没有吵架呀。所以我才很疑惑，我想知道到底怎么了。”

李知安慰萱萱：“会不会是你多心，也许是他今天真的累了，我们再看看？”

萱萱思忖了片刻，点点头，说：“有时真不知道爱情是什么。”

李知也思忖了片刻：“我也是。”

那个中秋节，还有一个人没有参加班级聚会——刘小宇。这是和家人切断联系后一年多，刘小宇第一次回家。最近，她做家教赚了些钱，心里似乎平静了一些，姥姥的周年忌日快到了，她要回去祭奠一下。前几天，她又从优优那里买来了一大包零食。经过一年的城市生活，刘小宇深知这一包零食的真正价格。10元钱，当优优大方接过刘小宇10元钱的时候，刘小宇的尴尬、自责都被优优的善意化解了，刘小宇第一次感受到了什么叫善良：不漏声色的懂得和小心翼翼的呵护。刘小宇贫穷，但她讨厌那句“人穷志短”，讨厌那种施舍的怜悯，那种廉价的同情，那种带有优越感的安慰，恰恰优优都没有。她什么都不多说，却给了刘小宇最在乎的“尊重”。为了这份尊重，刘小宇不贪任何小便宜，不过任何自己承受不了的生活，就像她不去吃桌上大家分享的零食，不去看那台电视一样。就是因为这份“尊重”，在所有人中她只愿意亏欠优优。她决心日后加倍偿还给优优，只是刘小宇万没想到，优优和她的姥姥一样，并没有给她这个机会。

宋小回来后不久，方媛就从聚会回来了。她着急去表姐那儿上网聊天，可又不得不参加聚会，这也是表姐的建议：积极参与班级活动。她现在是聊天室的红人，这是方媛的秘密，她没有告诉任何人。她还有一个秘密，她有了一个网友，两人私下留了电话。那个男生毕业于全国数一数二的大学，刚刚工作，说起话来风趣幽默。方媛不由得拿他和郭书比较了一番。

周洋中秋节更不闲着，去了好几个聚会，见了好多朋友。她和大家见面的目的就是了解各栏目的新动态、新情况。有没有栏目需要换主持人？或者有没有新栏目要招主持人？

晚上回到学校，她来到210宿舍找宋小取书。她接过宋小手里的书，一本本看过，从《古拉格群岛》《莫泊桑小说集》到《毕淑敏文集》，周洋皱了皱眉头，接过了书。

窗外，明月当空，皎洁的月光洒向整个校园。每一段青春都在其中熠熠生辉，闪着青春的光芒与懵懂，眼泪与笑容。

这几天，郭书一直给李知发短信，李知却从不回复。郭书知道李知生气了，但自己真的像李知所说，故意冷落她了吗？

男生宿舍里，李博也愁眉苦脸。昨天，他想玩游戏，打电话跟女朋友说，想推掉约会。反正也没有事情，何必天天见面。让他没有想到的是，女朋友当时就大发雷霆，觉得游戏比自己重要，今天更是不给李博好脸色看，电话也不接了。李博躺在床上，叹气：“真没想到有个女朋友这么麻烦！”

郭书也叹了口气。两个人竟生出几分同病相怜、惺惺相惜的情分来。

李博看着郭书，说道：“以前吧，特别羡慕你有女朋友。但现在想想，你也够累的，天天陪着。没有时间打牌，打游戏，这也太耗时了吧！”

“你说，女人为什么总需要陪伴？而且觉得只有这种陪伴才是爱？”郭书问。

“我也觉得奇怪。有事说事，没事就各忙各的，多好！你看，她们女生有时候上个厕所，还要结个伴儿，不知道为什么。还需要时时想着，用得着吗？爱就是这样呀？”李博望着乔丹的海报，无奈地说。

郭书叹了口气，也不知道说什么好。他爱李知，只是做不到李知说的时时刻刻想着她，但是这不证明自己不爱。他会把李知放在自己心里最柔软的地方，想保护李知，心疼她，而当自己想到她的时候，会很开心，很踏实。郭书觉得如果这不是爱，这又是什么？

210宿舍里，萱萱和李知一起从厕所出来，一起洗手。

李知沉着脸：“有事说事，没事各忙各的，那是感情吗？那是恋人吗？那是同学，同事！”

“郭书一直都肯花时间陪着你，偶尔一次，你别这么较真。”萱萱说。

宋小帮周洋借的书要到期归还了，宋小这时才发现，周洋连页都没翻开。周洋叹了口气：“也不能说没翻页，三本书都看了半页，只是不知道为什么要看这些书，所以没有看下去。”

优优看了一眼周洋。周洋继续说：“真的，我觉得看这些书好像没什么用。既不是作业，也不能帮我迅速找到好的机会。这样，你帮我把卡耐基的书借回来！”

“哦！”宋小仗义地点点头。

周洋刚出门，萱萱就进来了，瞅着宋小：“她是什么人呀？你言听计从的！”

宋小咧嘴一笑：“毕竟帮过我。虽然我和‘刚’以失败告终，但是周洋还是很热心的！”

萱萱拍了拍宋小的头：“就会指使人！”

宋小摇摇头：“也不是啦，她忙吧！互相帮助嘛！”

26

李知不敢想象，如果没有宋小，自己的大学生活会多么孤寂和寡味。对“刚”彻底绝望后不久，宋小抹了把脸，抖去了手上的汗水，还没有好好舔舐伤口，一个回马枪，又重新杀回了恋爱的角斗场。在屡战屡败之后，她又开始了自己屡败屡战的生活。论心理素质，整个大学四年，李知只钦佩宋小一人。

事情是这样的，一天，宋小在食堂买饭，她三心二意，买完饭，饭卡忘记取出。这时，后面的男生轻轻提醒宋小：“同学，你的饭卡忘记了。”宋小转身道谢时，那个男生朝宋小微微一笑，那一笑就是邓丽君所唱：“甜蜜蜜，你笑得甜蜜蜜，好像花儿开在春风里。”那一瞬间，宇宙的一道光再次照向宋小，“你在我旁边，只打了照面，我的世界，闪了电”。典型的偶像剧情节就这样活生生地在宋小生活中上演了。宋小立刻将自己幻想成偶像剧中白衣飘飘的纤细美女，而对方正是一位风度翩翩的白马王子。王子与公主相遇，宋小迅速陷入了自己的第二段恋爱中。就这样，宋小又重新焕发了生活的激情，又开始整天对着镜子折腾自己的头发，又开始奔走四方打听这个男生姓甚名谁，又开始想办法去创造各种偶遇、各种浪漫邂逅。岁岁年年花相似，年年岁岁人不同。年年岁岁中，宋小又恋爱了。

萱萱不敢相信地问：“宋小，真的又恋爱了？”

“是，单恋。”李知见怪不怪地回答。

“这么快就真忘记‘刚’了？为什么呀？”

李知叹了口气：“你不是告诉过我吗？她是真的鱼，记忆力7秒！”

萱萱“哦”了一声，这次她真的相信了。

几天后，郭书和李博分别出现在女生宿舍楼下的望春亭。虽然他们直到现在，也未必明白自己到底错在了哪里，但是有一点他们明白，自己一日不道歉，女朋友就和自己一日冷战到底。

李博叹了口气："不得不佩服人家，真沉得住气。这么沉着冷静是不是小时候《司马光砸缸》的故事听多了？"

出门前，李博看了一眼老皇历，决定今天来碰碰运气。

郭书没有说话，眼睛紧紧盯着女生宿舍门口，有些忐忑不安。在一起两年，第一次和李知吵架，郭书感到胸口像被压着一样，不舒服。自己早想找李知，就怕李知还生自己的气，不肯和好。郭书又把之前准备好的话重新说了一遍，争取一次通过。

这时，李博的女朋友出现了，李博一个跃起，飞奔而去。那女生理都不理他，李博跟在身后，口若悬河地说着什么。

另一个女生宿舍内，李知早已不再生气，甚至焦急起来，不知道郭书什么时候找自己和好。闲来无事，哨兵宋小照例在窗户前张望，一眼望见了郭书，转身大声对李知喊："李知，李知，郭书，你看郭书到望春亭了！不断喝水，神情严肃，估计是来找你道歉的。"

李知心里一阵狂喜，快步跑到宋小背后，偷偷地朝望春亭望了一眼，生怕被郭书看见，然后装作淡定地拿起水壶走了出去。

在女生宿舍门口，郭书第一时间跑到李知面前。

李知看着郭书，就是不说话，这是一场耐力的较量，李知想起了小时候玩的"木头人"游戏。郭书心一横，首先败下阵来："李知，对不起，上次是我疏忽，对不起。"

李知继续装"木头人"不说话。

郭书把事先准备好的话一股脑说了出来："李知，上次是我的疏忽，但这并不意味着我不喜欢你。这就像我喜欢朗诵，可我也会因为疏忽读错，也会因为晚上贪玩，早晨不想起床练声。我疏忽，我犯错，但这不意味着我不喜欢朗诵。而且，我以后多注意。"

李知抬起头，心里一片柔软，低声说："那我可以想一下再和好吗？我不想马上答应你。"

郭书看出李知不再生气，舒了一口气："当然可以！我以后不会再疏忽了。"

李知点点头："还有——"

郭书生怕李知又生变化，急忙问："还有什么？我一起记下来！"

李知板着脸，嘟囔着："还有，以后吵架，道歉要及时！不准超过两天！"

郭书不住点头："那太好了！我绝不超过一天！"

李知忍不住笑了起来，郭书长舒一口气，云开雾散，艳阳高照。

日后，这被李知写进了《广院女生男友守则》第四条。

另一边，李博的女朋友还是一副生气的模样，李博苦着个脸，真是"太阳高照照九州，几家欢喜几家忧"。

十一过后，优优的生活更加忙碌。一方面，王力宏迅速蹿红，他的消息越来越多，以至于整理它们占据了优优大量的时间，但优优总是很有耐心。另一方面，优优和郑亮越来越频繁地出没于北大的课堂以及各种展览中。这些都极大地消耗了优优的体力，让优优的食欲越来越好，不久，她爱上了烤鸡。于是，优优的外交官爸爸就自学成才，成了烤鸡专家。后来，她又喜欢上了灌汤小笼包，外交官爸爸再次自学成才，成了灌汤小笼包专家。此后210宿舍就没有人不爱吃烤鸡，没有人不爱吃小笼包。李知真盼着哪一天优优爱上"满汉全席"。

就这样，优优爸爸的手艺不但喂养了优优，还饲养了整个210宿舍。于是，每个周五从优优离开宿舍那一刻起，大家就望眼欲穿地盼着优优回来。优优一回来，210宿舍就跟过节一样，几人围在桌子边大快朵颐，香嫩多汁的烤鸡下肚，一个个仍意犹未尽，手指都要吮几下，最后连骨头都不放过，一根不剩全吞下肚。

"我们真是吃得骨头都不剩呀！"宋小抹着嘴感慨道。

"我们不会吃嘛嘛不剩，做啥啥不成吧！"李知抹着嘴不无忧虑地说道。

"优优，咱爸以后可以美食外交了！"方媛抹着嘴艳羡地说道。

"优优，谢谢咱爸！"刘小宇抹着嘴说。

"优优，咱爸真宠你！"萱萱说完，抹着嘴。

有了好吃的，优优的爸爸瞬间成了210宿舍的"咱爸"，谁不希望有一个这样宠爱自己的爸爸？听了这话，优优不住地点头，露出少有的小得意："我爸说过，我在他心中是第一位。我妈是第二位。我妈还因此抗议过几次！"

那时的优优，正享受人生最美好的时光，快活，充满活力。那时的210宿舍，也享受着她们最美好的时光，因为她们有优优。

吃完优优爸爸的美食，大家一抹嘴，立刻换了一副面孔，开始集体声讨优优的感情。可任凭大家怎样威逼利诱，优优都是一句："我们是普通朋友，你们思想太复杂。"

李知看看旁边的宋小，宋小一撇嘴："普通朋友？谁相信呀？你们是借朋友之名，行恋爱之实！"

李知点点头："时间会证明一切。"

果真，不久后，李知在宿舍楼下就遇到了不一样的郑亮。他还是斯斯文文的样子，腼腆地站在墙边，手捧一束漂亮的红玫瑰，看到李知不好意思地笑了。十多年后，当郑亮身着正装，手持话筒，郑重而庄严地在用英文为祖国发声时，李知想到的常是他那天手捧鲜花的样子。

当优优把鲜花捧回宿舍的时候，宋小和李知发出了意味深长的尖叫，优优害羞地朝她们比画："小点声，小点声！"然后用剪刀将花枝重新修剪了一番，将它们小心地插进了水里，宿舍顿时蓬荜生辉。

那之后，210宿舍就再也不把郑亮当外人，完全看作自己宿舍的男友团。虽然这个身份始终没有得到优优的官方认可，但是不影响她们对郑亮的态度。宋小有几次懒得打水，直接将水壶塞进郑亮手里，郑亮笑笑，宋小因此享受到人生第一次被服务、被照顾的感觉。大家都很喜欢郑亮，只是，优优和郑亮并没有像其他小情侣一般整天如胶似漆地黏在一起，他们相敬如宾，举案齐眉，一起听哲学课，一起看画展，一起听音乐剧，也一起学习英语。宋小和李知一致认为，这是优优在考验郑亮。

"优优才是感情里能沉得住气的高手。"宋小对李知说。

"她是跟她偶像学坏了，整天保护隐私。"李知对宋小说。

与此同时，萱萱却在备倍受考验。她和赵鹏也不再如胶似漆，也不再相敬如宾，反而成了若即若离。萱萱不明白这段感情怎么突然变成了这样。萱萱为此苦恼不已。那个时候，张磊不知道整天在忙什么，他曾经的"恋爱指导"李博也为此苦恼。上次虽然和女朋友和好了，但是两个人总是磕磕绊绊，小吵不断。为此，李博又一头扎进了理论研究中，打算在理论中寻求帮助。于是，在“都市化理论”之后，他又推出了“论恋爱中的男女性心理”。这再次让他名噪一时，吸引了众多追随者，他需要经常接待各类为情所困的痴男怨女的求医问诊。他本人弄了个日后被大家称为“杀马特”的头发，走起了“非主流”路线，以此彰显自己的与众不同。

这天，他正被一群女生围在中间，高谈“男性心理”，他咽下一口水，字正腔圆道：“渡边淳一说，男女之间不能靠得太近，距离太近，爱会变成一种消极的负累。所以说呢——”李博顿了顿，“在恋爱这种角逐的游戏中，最美的不过，欲罢不能，若即若离。”众女生或懵懂，或顿悟，或称赞，或疑惑。

终于等到李博发表完当日的演讲，众人散去后，李知悄悄来到他身边，小声说：“请教个事情，替我保密，你要如实回答。”李博顶着杀马特头，一副大师风范地点点头。李知把萱萱近期遇到的问题向李博转述了一下，只是省略了姓名。李博听后，想了片刻，问李知：“你真要听？”李知点点头。李博叹了口气：“这是这个男孩子在和你朋友提分手！”李知刚喝进嘴里的水险些喷出：“胡说！怎么可能？就算是要分手，就算是要分手为什么不直接说，这样有什么意思？”李博意味深长地说：“这你就不懂了吧。男女交往过程中，男生最怕的是什么？有时不是怕得不到这个女生，还是怕得到后怎么办，想分手怎么办，直接说咱们分手吧，这不合适。当初咱主动追求的人家女孩子，再者女孩子脸皮薄，自尊心强，自己还多少占了女孩子一些便宜。”李知朝李博翻了个白眼，李博一副推心置腹的模样，“我说的是实话。所以，直接说怕伤了人家的心，而且自己也落下了‘始乱终弃’的骂名，不合适。因此，一般男生都会采取迂回战术。就是，不直接说，让你自己去体会。女生自己怎么去体会呢？比如，突然对你冷淡了，以前呵护备至，现在不闻不问；比如，突然对你挑剔了，以前百好千好，现在各种不是。这是都是一个信号和暗示，我不喜欢你了，或者我不如以前喜欢你了，他这时就希望女生受不了这种对待，从而主动提出分手。这样自己既达到了目的，又不会伤了和气，说不定日后两人还能成为朋友，既得体又体面，一举两得，实在是分手之上上策也。”李知狠狠地瞪着李博，李博接着说：“所有的关键，都在于男生的突然转变。如果女生发现了这种突然转变，那她就要明白这里的意思了！”

李知愤愤不平地说：“你们男生真这么想问题？”李博点点头，李知“砰”地猛然拍了一下桌子，呼地站起身：“什么分手之上上策，简直就是虚伪至极！你好自为之吧！”说着丢下一脸错愕的李博扬长而去。

那个下午，李知坐在课堂里，却一句没有听见老师说什么。李知惊讶地发现，对她们来说，这个世界如此熟悉，又如此陌生；如此美好，又如此可怕，甚至险恶。原来爱情里有这么多这么多的策略、算计和手段，原来爱情里还有这么多明规则、潜规则、狡诈与欺骗。可是，书中的爱情不是美好地真诚相待吗？电影里的爱情不是泰坦尼克的生死相许吗？难道童话都是骗人的？

晚上，李知去找郭书，这是上次吵架之后，李知第一次主动联系郭书。两人就这样在路上慢慢地走着。

李知轻声问郭书：“你说，爱情到底是什么？”

郭书想了想：“爱情，爱情是场冒险。”

“为什么？”李知问。

“因为它是两个人，两个灵魂不断靠近、不断看清的过程。最后看到的一定和最初看到的不一样。就像一张扑克牌最终被掀开。或惊喜，或惊吓，或美好，或不那么美好！所以是场冒险，而赌进去的却是自己的一片深情。”

李知似懂非懂地点点头。她没有把李博告诉自己的话告诉郭书，也没有告诉萱萱。她希望李博说的是错的，她希望爱情里没有那么多算计和险恶。如果说，爱情是场冒险，那自己的冒险之旅会是怎样的？自己的那张底牌又是什么呢？

李知停下脚步看着郭书：“郭书，你爱我吗？”

“李知，我爱你。”

萱萱和赵鹏继续若即若离。萱萱不知道问题出在哪儿，就像不知道那最后一张牌到底是什么。而李知，却隐约感到了那张底牌的险恶，却不肯承认。直到有一天，李知和萱萱在附近的酒吧看到赵鹏和一个年轻的摩登女郎热吻，那张牌终于张着血盆大口，朝萱萱扑了过来。那个大学伊始，萱萱无数次设想与之亲密共舞的赵鹏，那个萱萱无数次梦中为他笑醒的赵鹏，那个萱萱日夜思念的赵鹏，就在萱萱丝毫没有防备的情况下，猛地浇了萱萱一头、一脸、一身冰水，猛地用最稳准狠的招数狠狠扇了萱萱一巴掌。萱萱站在李知身边，瞬间石化了，她不说不哭不吭声，就愣愣地站着，只有眼泪唰唰流下。那个在广院舞台上又蹦又跳，在广院西街遇到小偷一声吼，追得小偷满街跑的萱萱，那个永远站在李知前面保护她的萱萱，此时却像一只受伤的小兽一般，在李知身边颤抖起来。李知心疼地将萱萱一把抱住，紧紧抱住，流着眼泪对着赵鹏大喊着："赵鹏，你过分！你太过分了！"

那天，李知忘记自己和萱萱是怎么回到宿舍的，只记得自己紧紧拉着萱萱的手，萱萱的手冰冷无力。回到宿舍，萱萱一头栽在床上，仿佛没有一丝气力，紧紧地蜷缩着身体，像一只受了惊吓的小猫。李知心疼地坐在萱萱身边，轻轻为她盖上被子，看着她一动不动的样子，心如刀绞。

接下来的几天，闻讯而来的张磊总是陪伴在萱萱左右。张磊什么也不问，什么也不说，就看着萱萱的脸色，静静陪伴着萱萱。

李知跑着去找郭书，把郭书从排练现场拉出来，然后紧紧抱住。郭书看着一脸伤心的李知，十分心疼："李知，你怎么了？"

"我害怕？"

"害怕什么？"

"郭书，萱萱失恋时痛苦的样子，让人心疼又害怕。郭书，原来爱情里有这么多的伤害。"那时候，李知才意识到，原来爱情不只有甜蜜，还有伤害。

郭书耐心地听着，轻轻拍着李知。

李知继续哭着说："我们以后不要这样，好不好？我害怕……"

郭书轻轻地点点头，轻轻地说："李知，我们不会的。我保证，我保证不伤害我们的感情。"

李知将头深深埋在郭书怀里："郭书，我们要好好的，我们不要失恋，我们不要分开，我们不要那么多伤害，我们不要那么多痛苦，我害怕。"郭书点点头："放心吧，我们不会那样，我不会让你难过，让你痛心，让你流泪，我会保护你。"

李知在郭书的怀里不住地点头。

而此时，宋小的"偶像剧"仍在上演。她继续在不大的校园中逡巡，以找到这个男生的活动路线和规律。找了三天，一无所获。正当宋小大失所望的时候，剧情发生了惊天逆转。那天，天下着蒙蒙细雨，是戴望舒希望的遇见丁香姑娘的那种天气，宋小配合气氛的梳起了两个六七十年代的麻花辫去食堂吃饭。出来的时候，她仰头看了看天，发出一声细微的哀叹，想着怎样能以自己百米最快的速度冲回宿舍，这个长跑3000米冠军，也有着很好的百米成绩。正当她伸伸胳膊，伸伸腿，做好动作，准备像“离弦的箭”般冲出去的时候，两句四川话突然在耳畔响起：“这个女娃不是宋小吗？我这有伞给你用吧。”说来奇怪，宋小老家成都总喜欢叫女生、女孩子为“女娃”，而且发音和“女娲”一模一样。第一次听到这方言的时候，李知还以为四川人将女生比作“女娲”以表示敬意。宋小回头看了一眼，认出这是自己的老乡，刚想拒绝，却见老乡旁边赫然站着那个自己偶像剧里的男主角。真是“踏破铁鞋无觅处，得来全不费工夫”，原来宋小的老乡和男主角不仅是一个系，一个班，还是一个宿舍的。

宋小心中呵呵一笑，默念了几声“善哉善哉”，立马高兴得溢于言表，夺过老乡的伞，迫不及待地就问老乡的具体宿舍，答应用完伞快些还回去。当时那画面应了那首十几年后红遍大街小巷的情歌——“只因为在人群中多看了你一眼，再也没能忘掉你的容颜。”当然，如果男主角举着伞，绅士般地将宋小送回宿舍，送回途中，刚好碰见有车经过，宋小一个不小心以45度角摔进男主角怀抱，那就堪称偶像剧经典桥段了。可惜，现实总是残酷的，宋小独自一人擎着一把不怎么样的男士伞，步伐矫健地回到了宿舍。

宋小一回来，自己首先炸开了，她激动地上蹿下跳，语无伦次。稍微镇定后，就拿了一个凳子坐在宿舍门口，对着每个进入宿舍的人仔细讲述刚刚发生的浪漫情景，绘声绘色，声情并茂。别的宿舍的人来210宿舍，也被宋小在门口拦住，必须先听她讲故事，方能进入宿舍。就这样，一个中午，宋小不厌其烦地反复讲这个见面的桥段，前前后后七八次，讲到最后，刘小宇终于忍不住了：“宋小，不就是你老乡借你一把伞，然后你发现你老乡和那个男的一个宿舍吗？就这点事有什么可兴奋和激动的？这在咱们新闻学里，根本都不值一提，没有丝毫新闻价值。”自从上次回家后，刘小宇的心结慢慢被打开，偶尔也和宋小互怼几句。她不喜欢宋小无事可做的样子，觉得她在荒废青春。

宋小的热情瞬间被泼了一盆冷水，“腾”一下站了起来，对李知说：“李知，这个怎么不值得兴奋了，这个怎么就没有新闻价值了？这个太有价值了，是吧！”刘小宇不依不饶：“怎么有新闻价值了？是具有新闻价值里的新鲜性呢，还是具有新闻价值里的显著性，还是具有反常性，还是有影响力，影响了整个社会进程的发展？”接着吃完碗里最后一点方便面，到华堂上课去了。

宋小惊诧地看着刘小宇的背影，然后看看李知：“李知，你说说怎么不具有新闻价值了，小宇什么意思？”

李知严肃说道：“她不懂爱，别管她。我就觉得具有新闻价值，多反常呀，以往哪有人给宋小送伞呀！”

说完，李知和优优不禁哈哈大笑。宋小一个饿虎扑食扑倒李知，将今天兴奋的心情完全发泄在李知身上。

其实，这件事情不是刘小宇说的没有什么价值，它最大的价值在于一场新的恋爱大戏的序幕已经徐徐拉开，主角悉数登场：女一号——宋小，男一号——薛晨。只是不知道这出戏是轻喜剧还是悬疑剧，是悲剧还是惊悚剧。

很多年后，有个人告诉李知：在这个世界上，爱与被爱，甚至单恋，都是幸福的。从这点上说，宋小无疑是幸福的。

在经历了彻骨的伤心后，萱萱情绪逐渐平稳了，李知将此归功于张磊的陪伴。他陪萱萱看电影，陪萱萱吃饭，在望春亭等萱萱，虽然依旧按照自己的审美打扮自己，但李知却越来越喜欢他，并给他起了一个很形象的名字——“张常在”。

“张常在”也投桃报李，越来越信任李知。一天，他避开萱萱耳目，神秘兮兮地将李知叫到操场的角落里，趁四下无人，小声对李知说：“李知，有一件事情想请你帮忙。”

李知迷惑地看着张磊：“都是朋友了，还这么客气，再说，用得着这么隐秘吗？”

张磊放松一笑，用手示意李知小点声，然后从裤兜里像变戏法般掏出一个手机，那是当时最流行的三星A188型号手机，纯白的机身闪着耀眼的光芒。

李知睁大眼睛，小声问张磊："这是不是现在电视里郑伊健做广告的那款三星手机？"

张磊仿佛遇到知己般顿时兴奋起来，用他那不标准的发音学起了电视广告："与纯白的新对话，SA188 Anycall 珍爱上市！"说到最后几个字，张磊还刻意做了动情的声音处理，李知不禁打了几个寒战，急忙喊停。

李知看着张磊，转念一想，突然紧张起来："张常在，这手机哪里来的？不会是——"

张磊忙不住地摇头："李知，你想到哪里去了？"

"那你躲躲藏藏干吗？一定心中有鬼！"

"不是，不是。"张磊忙急着解释，"我这是怕萱萱知道嘛！李知，这个手机是我买的，我也想买一个送给萱萱，但是，你也知道，我一向拿不准她的口味，所以想问问你。"

李知这下放心了，眼睛又重新回到那部手机上。1999年，在波影、松下手机都算校园新贵的时候，张磊的手机绝对属于顶级配置。

看到李知喜欢这部手机，张磊又来了兴致："李知，开始我就是喜欢那个广告。广告里，郑伊健和一个女生，特漂亮，有点像萱萱，两个人在水族馆擦肩而过，太美了！而且这广告词还是'珍爱上市'，说得真好！后来，买了手机，才发现，真是广告做得好，不如手机本身好！你看，你看，这声音是和弦，有19首歌呢！而且它特别小巧，挂在胸前特别好看，很前卫、时尚。"

那个时候，不知道为什么，女生总将BP机或者手机戴在胸前当作一种时尚，可能是提醒大家自己有了即时通信工具。萱萱就最爱在胸前用一根绳吊着她的汉显BP机，以此凸显个人品位与实力。

张磊一边说着，一边给李知演示。

李知接过手机，左看看右看看，问道："这手机多少钱？"

张磊伸出五个手指，说道："刚刚5000吧。"

"啊？"李知手一滑，赶紧将手机小心翼翼还给张磊，正色道："张磊，你什么时候成为一个爱慕虚荣的人了？我们学生买手机用买这么贵的吗？我们现在可都花的是父母的钱呀！”张磊忙摆摆手：“不是，不是，这是我自己赚钱买的！”李知不等张磊说完，就严厉地说道：“你一个学生能赚多少钱呀，还是主要靠父母。我也在打工赚钱，这点我还能不懂？我觉得这样特别不好，父母供我们上大学就很不容易了。你别给萱萱买了，她不会要的。而且你以后也不准这样爱慕虚荣。为了什么‘都市化’就大把大把花父母钱，太不应该了。”张磊一直想要说什么，但李知越说越快，根本不给他机会。在李知看来，为了讨好女朋友或者为了打扮自己，大手大脚花父母的钱是不可原谅的。李知一气呵成，临走还不忘最后来一句：“我这是把你当朋友才这么说的。”

“张常在”望了望李知的背影，又望了望无尽的夜色，长叹了口气，来到这所大学，自己就是吃了口才的亏，谁都比自己能说会道。

27

因为不能天天见到郭书，李知和郭书约法三章，每天早中晚三次，李知都要收到郭书的短信。“早晨6点，我一睁开眼就要看到你的短信，中午12点，我要看着你的短信吃午饭，晚上11点，我要在你的短信中睡觉。”李知提这要求的时候，郭书满口答应：“绝对没问题！”

于是，每天李知都会在早中晚等郭书短信，那成为李知每天最重要，也是最企盼的事情。可是，今天已经11：15了，郭书的短信还没有到。

李知在床上翻来倒去，心神不宁。她几次拿起电话想打给郭书，好几次已经输入郭书的电话号码，都放弃了。等来短信的甜蜜远远大于自己索取来的，李知还是想要郭书主动联系自己。

李知一边想着自己要做一个现代独立女性，一边时时刻刻拿着手机，等郭书的短信。爱情一下子变得很辛苦。

晚上11：20，李知终于等来了郭书的短信。郭书解释，自己手机没有电，刚刚回到宿舍，所以迟到了。李知短信里轻轻抱怨了一下，然后安心地抱着手机睡着了，那一刻，李知觉得很甜蜜。李知有时不敢想，如果一晚上接不到郭书短信会怎样。李知也不知道自己为什么会这样，好像只有像以前，天天可以见到郭书，才能感受到彼此那份感情，现在只有在短信里，才能确定这份感情的存在。偶尔的疏忽、迟到，都会让李知怀疑这份感情，都会让李知怀疑那是不是李博说的“分手信号”。

爱情是那样令人捉摸不透，甜蜜而辛苦的爱情折磨着李知。

郭书也同样感到这份感情的甜蜜和辛苦。自己不敢有一丝一毫的懈怠、怠慢、差池、失误。对于约定好的每一件事情，郭书都要做到尽善尽美。约定好的电话或者见面时间，郭书必须分秒不差地到达，李知多一分钟都不肯等，多一分钟都会觉得是自己有意冷落她。有一次，他熬不住大家邀请，和大家打牌，谁知道当天的牌局怎么也结束不了，郭书一看约会时间到了，不顾大家的反对，放下牌就跑，被大家一顿奚落。而且，和李知约会，需要自己时时刻刻充满活力、幽默和浪漫，稍有不慎，李知就会觉得自己变了，变得不如以前爱她了。郭书有时会觉得很累，比赛很累，李知也让自己很累。但是，这一切的情绪和感受，郭书还要好好隐藏起来，不能让李知有丝毫察觉，这样一来，郭书觉得自己更累了。

甜蜜而辛苦的爱情也折磨着郭书。

宋小的偶像剧一旦拉开了大幕，故事就不会停歇。传说中，白蛇将伞借给了许仙，许仙从此害了相思病，并且寻着地址去还伞，成就了一段姻缘。宋小就是那动了心的许仙。她煞有介事地给自己老乡打电话，用着套近乎的家乡话：“你哪个房间呀，我把伞给你送过去。”估计对方回答不用了，等会儿吃饭经过女生宿舍门口拿了就好，宋小一听，急得直摇头：“别别，那多不好，借我伞，我还是要亲自还的。”两人就在电话两端你来我往地客气着，一番较量后，最后还是宋小得逞，艰难地要到了老乡的宿舍房间号——221。那一瞬间，宋小再也不愿意和他老乡多唠叨一句，甚至连“再见”都懒得说，迅速挂掉了电话。

随后，宋小不但将伞还到了221男生宿舍，还在宿舍鼓噪了一番，偷偷用借来的酒精炉子做了一份四川地方菜：回锅肉。她一会儿煮，一会儿炒，宿舍顿时乌烟瘴气。

刘小宇忍无可忍：“宋小，你就不能干点别的事情吗？”

宋小挥舞炒勺：“别的呀，别的菜以后做！现在条件太有限！”

刘小宇着急上课懒得理她，叹了口气跑出了宿舍，心里不理解宋小为何如此不珍惜学习机会，这可是多少人艳羡而不可即的。但是，此时的宋小已经全然不顾刘小宇的感受，她正沉浸在又一次“恋爱”的喜悦中。

做好了菜，宋小用饭盒装好，然后根据这几天观察到的薛晨的行踪，看看表，估计薛晨该下楼吃晚饭了，宋小拉着李知一起坐在男生宿舍楼下。“干吗非拉着我，怎么不找别人？”李知向宋小小声抱怨。宋小一脸甜笑：“你有男朋友，在楼下等人特别正常，这样也显得我很自然。”李知瞄了宋小几眼：“几日不见，对于爱情的小弯弯肠子还增加了不少，恋爱也提高智商？”宋小刚想回答李知，却突然站了起来，小声而急促地说：“李知，薛晨回来了，而且是一个人！”宋小掩饰住心中的激动和兴奋，快步走向薛晨。李知远远看见，薛晨惊讶地接过饭盒，不住地点头，然后笑着和宋小挥手再见。

回宿舍的路上，李知问宋小都和薛晨说了什么，宋小神秘一笑：“我说，为了感谢我老乡那天借我雨伞，就做了几个家乡菜，正好没有看见他，请薛晨帮我带到楼上。做的分量比较大，也请薛晨品尝！”

“行，宋小，最近进步很大呀，还懂得含蓄了！”李知翻了一个白眼说。

宋小幸福地咧着嘴，露出一排整齐的小白牙，笑得那样无邪。

很快，宋小的手艺得到了男生宿舍的一致夸奖，这些天天在食堂吃饭的男生们，据说将盘底舔了两遍还意犹未尽。

有一天，在宋小精心制造的与薛晨的“偶遇”中，薛晨叫住宋小：“宋小，你那天做的回锅肉真是太好吃了！谢谢！”薛晨说这话的时候，笑得也是那样的真诚和无邪。宋小的一颗少女心顿时被激荡得满天飞。宋小这次受到了无限的鼓舞和激励，她将那本曾奉若神明的《名人情书大全》随手扔给了李知，开始捧着《四川菜谱大全》刻苦研读，开始了一场轰轰烈烈的美食攻势，并因此迷恋上了张爱玲，就因为张爱玲的说了一句：“到男人心里的路通过胃。”她把这句话工工整整地抄下，然后挂在了之前那句“爱情要努力追求，幸福要自己争取！”的旁边，双箭齐发，激励自己。

李知站在宋小的床头，百感交集。爱情不但神秘，还有着改变人的力量，真是无往而不利。

心怀梦想，拥有青春，作为跨世纪的一代人，此时，没有人比李知他们更阳光、更青春、更值得期待。“世界是别人的，也是我们的，但归根结底是我们的。我们朝气蓬勃，我们风华正茂，我们就是早晨八九点钟的太阳。希望寄托在我们的身上。”广播台里传出了新时代年轻人的宣言。

在这种梦想的牵引下，每个人都加快了前行的步伐，直到12月31日。世纪末的最后一天，阳光初照大地，一如世界第一缕阳光照耀在这个星球上，所有人都停下了手中的功课，盘算着如何迎接这千载一遇的新年第一天。

午饭时，宋小问刘小宇：“小宇，你今天总算要休息一天了吧，你不会在书本中度过这历史的一刻吧！”

刘小宇白了宋小一眼：“那你想在什么中度过？还不是在看电视中度过？不也还是一个人？”

宋小刚想反驳，李博拿着《南方周末》的新年贺词，朗诵了起来：“这是千载一遇的时刻，百年的更迭，千年的交替，都将汇于同一个瞬间。为了欢呼新世纪的太阳照临地球，全世界的人们都在翘首以盼……”

“最近东北那嘎达普通话标准很多了嘛！”宋小惊喜地说。

“宋小，你耳朵真好，我最近找到感觉了，明白什么叫腹式呼吸和吐字归音了。”李博洋洋得意地继续说：“看没看见，我们不但等来了千年一遇的好机会，而且，和全世界人们一起在迎接新纪元！无论从时间的长河里，还是从地理的跨度上，这光荣属于整个人类！”

李知正在想晚上怎样和郭书庆祝千禧年，却被李博的喋喋不休扰得不得安宁，喃喃抱怨：“别吵了，看不出来，你也被恋爱提高了智商。怎么，研究领域扩展了，从爱情到了全世界命运？”

李博谦虚一笑：“哪里，哪里，都在研究，都在研究。路漫漫其修远兮，吾将上下而求索。”

宋小刚想和李博再说几句，一把被李知拉住："恋爱后愈发不正常了，你给我离他远点。”

走在回宿舍的路上，宋小加快了脚步，她着急看她的“冰棍”衣服。南方人宋小，来北京后也算开了眼界。看到冬天下雪，她惊喜地仿佛看到了一种奇观。然后，冬天洗衣服故意不拧干，就晾在室外，直到晾成“冰棍”一样硬邦邦的时候，才拿回来。每年，宋小都要这样玩两次，作为从小在北方长大的李知，常常不以为然。

那天中午，天空飘起了雪花，宋小一进门就去窗外看自己的“冰棍”，她一手举着长裤，一手举着电话，激动地给自己南方的老乡讲述这奇特的经历："裤子特别硬和直，旁边还挂着小冰碴，特别好玩！”

讲累了，宋小瘫坐在床上，说："李知，你知道现在我最想和谁说话吗？”

李知想都没想："还用问，当然是薛晨。”

宋小“嗯”了一声："现在我无论经历什么，喜欢什么，或者看到什么好玩的，第一时间就想和薛晨分享，就想第一时间告诉他。”

看着窗外雪花渐渐飘落，听着簌簌的雪声，宋小的声音那么轻柔："但是，我却要忍着，我不知道薛晨在做什么，我不知道薛晨想不想听。我努力地让薛晨喜欢自己，但我也不确定，薛晨是不是喜欢我。”

李知突然不知道说什么，看着窗外雪花落在枝头，又被风吹起，心中一片伤感。

宋小继续小声说："刘小宇刚才说的对，我今天还能怎么过，还不是一个人守着电视过。”

李知鼻子一酸，抿抿嘴："宋小，无论别人喜不喜欢你，我们都很喜欢你！今晚，操场聚会，你也来，好不好？”

刚刚进门的刘小宇放下书包，依旧面无表情，但总算开口说了话："李知，晚上你们聚会，我和宋小去！”

李知不住地点头："欢迎！”

窗外，广播里郭书的声音铺满整个校园：

“埃及将于今晚日落开始，到2000年1月1日日出时分，在金字塔边上演歌剧《十二太阳之梦》。

“今晚，在伦敦的泰晤士河与格林尼治区，11点58分时，所有的音乐及活动暂停，所有的人静默下来，静心等候新世纪的到来。

“今晚，旧金山最大的庆祝盛会将于湾区的葛培礼民众中心举行。当2000年的一刻降临时，大家举杯庆祝，气球满天飞舞，美不胜收。”

过了好一会儿，李知听到宋小哽咽的声音，那天下午，她再也没有说一句话。

晚上，雪停了，一弯明月照映月空，月光也洒在广院不大的操场上。张磊不知道从哪里买来了一个大大的石英钟，放在操场中央，周边摆了两圈红红的蜡烛。郭书买来了各种烟花，也围在了四周。萱萱带来了一个小型录音机，里面是当天的新年音乐会，伴着广播里的音乐，男生弹起了吉他，女生跳起了舞蹈，郭书紧紧拉着李知的手，萱萱拉着张磊，张磊拉着宋小，宋小拉着刘小宇，刘小宇拉着优优，优优拉着郑亮，大家转着圈跳着舞。

广播里传来时针滴答滴答的声音，当石英钟的时针分针秒针共同指向12的时候，不知谁点燃了身边的烟花。烟火腾空而起，照亮了彼此冻红的面颊，和着远处钟楼上一声声悠扬的钟声，每个人都停下了舞步，与身边的人相视而笑，每个人都有着自己的新年愿望。

宋小希望下个新年不再如此孤单，会有薛晨陪自己度过。

刘小宇希望弟弟能考上一个好高中。

方媛希望自己可以像表姐说的，活得潇洒一点，这个想法一出，也吓了自己一跳。

优优希望自己可以健康，就像210宿舍其他人一样，像自己的偶像王力宏一样，拥有灿烂的青春，让那深藏在心底的秘密与担心早日消除。

周洋希望自己早日成名。

张磊希望自己能被萱萱接受。

李博希望自己能留在这座大城市，继续自己的“都市化”。他已经爱上这里了，不想离开。

李知和郭书也有新年愿望。

李知望着郭书，说道：“我们一起度过了千年了！”

郭书点点头，说道：“原来我千年等一回的人是你。”

“真幸运，能早早认识你。否则，我都不知道这样的时刻，我该怎么度过。那真叫‘良辰美景虚设’。”

“李知，以后我们人生中每一个重要时刻都一起度过好吗？我们一起迎新年，一起过生日，一起旅行，一起看日出日落，云卷云舒。”

李知点点头：“郭书，被你说的，我都想快些到那以后的日子。每一个日子都有你，每一个日子都值得期待。”

“我也是，李知！”

李知：“你爱我吗，郭书？”

“我爱你，李知。”

李知和郭书开始憧憬他们未来的日子。未来的日子那样未知，他们唯一能确定的就是未来的日子，他们拥有彼此。郭书和李知不知道这叫不叫海誓山盟，但他们知道这一定是真情流露，每一个爱过的人都刻骨铭心的经历。

每个人都怀着希望，都憧憬着未来，未来值得期待，毕竟新的世纪到来了。

但刘小宇的弟弟能考上如愿的高中吗？优优的病会痊愈吗？方媛可以过上更轻松的生活吗？周洋真的能成名吗？宋小会不再孤独吗？萱萱会接受张磊吗？李博会留在这座大城市吗？李知和郭书的感情能长长久久吗？没有人能知道，只有时间能给出答案。

新年后的第三天，郭书就带领着同学们参加了“迎千禧年”朗诵比赛。不出所有人的意料，郭书和同学们表演的《光的赞歌》，赢得了大赛一等奖。

郭书一下放松了下来，紧紧抱着李知。

这是新世纪，李知第一件值得骄傲的事情。

周洋告诉所有人自己改名了，叫周俐。这是高人给起的名字，“俐”通“立”，寓意能立刻走红，这满足了周洋的要求，而且“人”字旁代表着有贵人相助，有众人相扶 。“名字是越叫越火，宋小你要多叫，听见没有？”

宋小不住地点头：“好的，周洋！”

周洋一个瞪眼，宋小立刻意识到叫错名字了，忙改口：“周俐，周俐！”

“矫情！”这是萱萱听说周洋改名后，脱口而出的两个字。

周洋改名了，郭书赢得了比赛，宋小有了新的喜欢的人，萱萱单身了，张磊一如既往地对她好，优优和郑亮常在一起，刘小宇继续忙着学业，方媛和家乡的男友联系越来越少。好的事情，不太好的事情，发生着，变化着。

李知寒假回家，郭书送李知去车站。北京的冬天，不到六点就擦黑了，李知将头轻轻靠在郭书的肩上，坐在出租车里，看着北京的夜景，想着接下来要分离的时间，不由紧紧拉着郭书不放手。突然，一个熟悉的身影，正奋力蹬着自行车，在北京的寒夜里，身材更显瘦削和渺小，灰色的围巾和夜色融为一体。李知不住地回头看着被汽车远远落下的刘小宇，直到她们彼此隐没在浓浓的夜色中。

大三上学期结束了。

28

广院的主干路是一条林荫小路，小路的一头连着女生宿舍，另一头四通八达连接着食堂、教学楼。而这里绝不是一般意义的小路，而是一场场T台秀，常常是你方唱罢我登场。路两旁是高大的白杨树，歌曲《年轻的白杨》中“校园里大路两旁，有一排年轻的白杨”唱的就是这里。但是，这正能量的歌曲常被广院男生演绎成这样：“校园里大路两旁，有一排年轻的色狼，早晨你吻着彩霞，晚上你披着羊皮，啊，年轻的色狼，树叶在沙沙响——”那时候，广院的男生就三五成群，举着啤酒，坐在树荫下的长凳上，看着T台表演，偶尔拉着外校来拜访的同学，一阵炫耀。据说，电视系教电视摄影的老师在课堂上讲述什么是“摇镜头”时，就举了这个经典案例。

老师："'摇镜头'就是，树荫小路上走来一位美女，从她出现在地平线上，到她消失在宿舍中的这段小路上，男生的目光以脖子为中轴，从一侧到另一侧的目光全面跟踪，就叫"摇镜头"！摇镜头的关键是要速度均匀，同时要紧紧抓住焦点，在摇的过程中不能'失焦'。"

在一个午后，这一切被很好地实践了。李知坐在长凳下等宋小。当萱萱和赵鹏手挽手走过来的时候，李知不但实现了全程"摇镜头"，更是全程"追焦"精准。镜头里萱萱和赵鹏十指紧握，萱萱甜蜜地看着赵鹏，一如第一次遇见。跑过来的宋小用胳膊肘轻轻碰李知，揉着眼睛说："李知，我刚才没有看错吧！是萱萱和她前男友吗？和好了？和好了吗？什么时候的事情，李知？你知道吗，我怎么不知道？"李知望着萱萱和赵鹏的背影，满脑子疑问和不解，宋小则是满脸的黑线加问号。

李知大脑一片混乱，而宋小还没有从刚才的震惊中清醒出来，就遇到了更大的震惊。薛晨刚刚打完篮球，和一群人从她们眼前经过。薛晨穿着运动上衣，活力四射，脸上的汗水闪着光彩，宋小瞬间被迷得倒在李知肩膀上。原来校园里大路两旁，还有着年轻的"女色狼"。李知恨铁不成钢地看着宋小，心里恨铁不成钢地骂着萱萱。

晚上，在宿舍洗漱间，李知拦住了拿着脸盆，一脸悦色的萱萱。看着李知黑着的一张脸，萱萱立刻猜出李知此行的目的。萱萱放下脸盆，拉着李知走到床边，小声说："我要求坦白从宽！"接着，萱萱平静地给李知讲述她和赵鹏复合的故事，仿佛讲述别人身上的事情。原来，萱萱和赵鹏分手以后，赵鹏就和李知那天在酒吧看到的女孩在一起了，但是没有多久，两人就分了手。分手后，赵鹏发现自己还是爱着萱萱，就回来请求萱萱原谅，又是发短信，又是陪萱萱上课，坚持了一个星期，中间还痛哭流涕一次，萱萱看不得赵鹏难过，更看不得赵鹏流眼泪，于是，就原谅了赵鹏，两人重修旧好，萱萱又成了赵鹏的女朋友。

李知皱着眉头听完萱萱的讲述，问："坚持了一个星期，你就和他和好了？可是，可是他曾经那样伤害你！"萱萱听到"伤害"两个字，眉头轻轻一皱，身体不由得一震，叹了口气说："是的，挺伤害我的。可是，可是李知，我确实很喜欢赵鹏。我就是想和他在一起。分手的时候，我感觉我每天都像行尸走肉，每天都麻木着自己，心痛地好像流血不止。"

李知心疼地看着萱萱："萱萱，你到底喜欢赵鹏什么？"萱萱抿着嘴想了想，看着窗外继续说："我喜欢赵鹏的笑，他一笑，仿佛世界都在发光。李知，你看他像不像《古惑仔》的陈浩南？"李知叹了口气摇摇头，懒得回答萱萱的问题。萱萱继续说："李知，我真的很喜欢赵鹏，难道，难道，我不该再给这段感情一次机会吗？"

李知无言以对，只是不愿意萱萱再次受伤。她看着萱萱："既然你都决定了，我就不多说什么了。不过，这次你一定要好好保护自己！"萱萱认真地点点头："放心吧，赵鹏说了，他会对我很好，很好。他不会再做傻事，他不会再伤害我。"萱萱边说边微微地笑了起来，恋爱的喜悦还是占据了她大半的心灵。不管如何，萱萱开心了，李知劝慰自己，相信赵鹏这次真能做到他所说的"对萱萱很好，很好"。

自从那次在长椅上看到薛晨后，宋小对薛晨的感情与日俱增，并再次将这种好感转化成行动。

大学后，每个月的10日都是大家最快乐的日子，因为这天学校会给每个人发50元的补助。对有些人来说，这50元仿佛是从天而降的馅饼，总有一种意外收获的喜悦，不因为这50元改变了什么，单单因为这50元的从天而降，就兴奋不已，李知和优优、宋小就属于这一种，10号那一天，她们常常结伴，揣着这50元，随意在超市逛，买一些自己喜欢的小东西；对有些人来说，这50元早早就被计算到了每个月的生活费中，比如刘小宇，就直接将发下来的50元充进饭卡；对有些人来说，这就是穷凶极恶的一天，几个困顿了很久的男生，望着发下来的50元大票，激动得热泪盈眶，迅速三五成群地攒成饭局去吃饭，这一顿大鱼大肉，觥筹交错，一解几日来只靠青菜馒头与食堂免费菜汤为计的苦日，这其中的代表人物就是李博。李博每每此时还会拿一个水杯接一些散白酒回来，以便在没有钱的日子里，仍能过上"醉生梦死"的日子。

但这个月，宋小就不同了，她用这50元购置了各种"锅碗瓢盆"，还有学校明令禁止的“酒精炉子和酒精”，用于抓住薛晨的胃。上次用这个方法成功和薛晨搭讪后，宋小就决定将“美食策略”进行到底了。

“美人计不行，难道美食计还不行吗？”宋小对李知说。

李知没有回答，刘小宇重重地哼了一声。

宋小没有在乎，继续研读从图书馆淘来的《四川菜谱大全》。于是，210宿舍开始充满了人间烟火味道。一盘盘可口诱人的饭菜从宿舍直接且特供到男生221宿舍。李知和萱萱站在宋小身边，闻着扑鼻的芳香，有时会趁宋小不注意，偷吃几口，宋小总是很不满，一脸“重色轻友”的嘴脸，让李知和萱萱鄙夷了很久。

有一次，李知对着宋小说：“知道吗？爱情不是一菜一蔬！真俗气！”宋小头也不抬，迅速引用张爱玲的话回击李知：“通向男人心中的路是胃！”但是，后来才知道，宋小每次托老乡将菜品送到男生宿舍时，不等薛晨“用膳”，就被宿舍其他人“饿虎扑食”了，甚至有时没有走到宿舍，经过一个楼梯，一个过道，一个个“黑爪子”就伸向菜盘，有一次，她老乡上楼后直接就把菜盘送下来了，薛晨连面都没有见过，各种回锅肉、红烧肉、五花肉就“烟消云散”了，宋小为此痛苦了很久。她的菜品暂时没有征服薛晨的胃，却将自己的零用钱搭了个“一干二净”。李知偶尔买些零食接济她一下。有一次因为李知态度不好，宋小硬气地不吃“嗟来之食”，李知安慰了好久，宋小才勉强接受李知的好意，这叫“一个受接济者的自我修养”。从那以后，宋小每次煮好吃的东西，都心甘情愿让李知品尝一口。

和赵鹏重归于好后，萱萱的生活到处是浪漫和惊喜。萱萱周末一人去山东探访亲戚，在回程的天津站，赵鹏突然出现在她身边，萱萱惊喜地捂着嘴巴，眼泪唰唰流下。赵鹏买了各种五颜六色的气球，然后拴在萱萱的书包上，萱萱走过人群，脸上和身后都洋溢着七彩光芒。赵鹏独自跑到长安街彩虹桥下记下彩虹桥的亮灯时间，第二天带着萱萱提前过去，然后萱萱看着彩虹桥在自己头上渐渐闪烁起来，照耀着她和赵鹏，“今晚这彩虹桥为你点亮！”赵鹏对萱萱说。赵鹏会唱歌，还会表白。在操场上，一群人中，赵鹏弹着吉他：“下面，我演唱一首《一生爱你一个》，献给最可爱，最美丽的萱萱！我爱你，萱萱！”现场一片欢腾，掌声哨声响起，萱萱幸福地站了起来，身体随着音乐摆动，陶醉，兴奋地高叫起来：“赵鹏，我也爱你！”

赵鹏弹着吉他，唱着这周郑伊健的经典歌曲，眼睛不时望向萱萱，萱萱也目不转睛地看着赵鹏，仿佛要把彼此的今生看尽：

喜欢你
我最清楚这感觉
从前你是你
从前我是我
现在纵使不清楚我最爱你什么
寻觅你留住你全凭直觉
其实我真的相信爱情的直觉

如果爱情是甜蜜的，那么，那一刻，李知看到了爱情美好的模样。

方媛现在已经完全适应了麦当劳的工作强度，并且由于英语出众，备受大家喜爱。她最近和网友联系越来越紧密，两人经常电话联系。方媛渐渐了解，那个网友去年工作了，在一家很不错的企业，北京人，就住在前门一带。昨天，他给方媛留言，说送给她一个礼物，放在了风入松前台。那是一本《刘毅英语5000词》，这套书方媛很熟悉，前几天她还买来寄给了男朋友，她希望自己男朋友可以不断进步，最好以后能考到北京继续深造。这个网友又期待自己什么呢？他什么相貌呢？方媛思忖着。

最近李知却时常不开心。原本以为“迎千禧年”朗诵比赛之后，郭书会恢复到以前，然后自己和郭书的关系也能恢复到以前。两人一起上自习，一起吃饭，一起去看电影，然后一起说些有用没用的话，还有那些甜得发腻的悄悄话。

但是，她没有想到，郭书现在更忙了。他要忙于带着他的团队做各种汇报演出，他还要忙于各种主持活动、配音。

忙碌到李知给郭书发一条短信，郭书很久后才能回复，回复的语言不再像以前那样长篇大段，够李知看很久，而常常是简短的几个字“好的:)”“可以:)”“你定:)”李知每发出一条短信后，就像望夫崖上的望夫石，开始了焦急的等待。如果郭书的短信迟迟不来，李知就坐立不安，茶饭不思，仿佛失了魂魄。手机短信只要嘟嘟一响，无论李知在上课还是在吃饭，都会停下手里的事情，第一时间冲向手机。如果不是郭书的短信，望夫崖上的望夫石就还要苦苦等着，如果是郭书的短信，李知的世界就会被瞬间点亮，一片艳阳。

虽然，李知感到郭书一有时间就会联系自己，就会想到自己，但是，李知发现郭书已经爱上这种忙碌，甚至很享受这种忙碌。在这种忙碌中，郭书看到了自己的价值，感受到了自己的成长，更是爱上了舞台给予他的激情和灿烂。

如果爱情的甜蜜是一场梦，郭书就是那个先醒来并且享受醒来的人，而李知却是那个醒了还装睡，醒了还要睡回去，希望自己永远在梦中的人。

于是，李知决定再次把郭书拉回梦中，并且准备不择手段。

“做什么菜呢？”李知问宋小。

“他喜欢吃什么菜？”

“我见过他吃糖醋排骨。”

“那就糖醋排骨。甜甜的，象征着爱情的甜蜜！”宋小说。

李知拍了一下宋小：“你现在可以呀！”

于是，那个当初告诫宋小爱情不是一蔬一菜的李知，在小小的宿舍竟然偷偷摸摸跟着宋小学习做糖醋排骨。“三十年河东，三十年河西”，李知因自己堕落到宋小这一层面而不住感叹。糖醋排骨又炒又炸，宿舍顿时乌烟瘴气，方媛抱怨宿舍的被褥都有油烟味了。李知和宋小因此只能趁大家不在宿舍，一人偷偷做，一人一旁大力扇风，努力将油烟赶出窗外。就这样，李知人生第一盘下厨的菜品——糖醋排骨总算出炉了。虽然仍有几根排骨炸糊了。

李知借来宋小可爱的饭盒，小心翼翼装起每根排骨，油灿灿的排骨泛着诱人的香气，李知轻轻盖上盖子，想象着郭书见到它时惊讶的表情，还有垂涎的样子。

果真，当李知在食堂的一个角落，让郭书闭上眼睛，然后轻轻打开盖子时，郭书惊喜地叫了出来，瞪着大大的眼睛问：“李知，这，这真的是你做的？你不是一个只会吃的吃货吗？”李知撇撇嘴：“那是以前，我现在也不知道怎么了，竟然总想着要为你做点什么，想不出别的，就想着这个了！”

郭书很感动地看着李知。

“你不想尝尝吗？”

郭书拿起一块大口吃起来：“很好吃，手艺不错！你也尝尝。”

说着，郭书将一块排骨塞进李知嘴里。味道的确不错，李知开始沾沾自喜。

“你再多吃几块，我做了好多呢！”

郭书抿抿嘴：“你多吃一点，我呢，就不多吃了，晚上上台朗诵，甜食对嗓子不好。”

李知愣住，看着眼前的郭书，自己辛劳了几天的排骨竟然比不上一次朗诵排练，突然觉得郭书很遥远，觉得郭书对自己的爱在减少。

回到宿舍，宋小看见餐盒里剩下的排骨，抓起一根，一边啃，一边惊讶地问：“没见到郭书？”

“见到了。”

“那怎么还剩下了，他不应该一口气全吃光吗？你做的，他敢不吃光？做糖醋排骨是你对他的爱，吃光是他对你的爱。”

李知瞅了宋小一眼，说道：“整天爱爱爱的，不肉麻吗？”

“不对吗？李知？”

李知本来就很烦，被宋小无休无止问得更烦。她觉得宋小说的没错，甚至觉得宋小第一次这么正确，或许郭书真的变了。

宋小依旧用探索的目光灼灼地看着李知。

李知叹了口气，说道：“他不舍得吃，留着，行了吧！”

“是吗？李知，那怎么办，我都快给吃光了！”宋小惊呼道，说完立刻扔下了手中刚抓起的一根排骨。

如果要问，宋小的这次单恋和上次对“刚”的感情有什么不同，那就是这次宋小变得更加主动，大学的时光已经过半，宋小感到自己的目标还遥遥无期，时不我待。

宋小的“美食外交”终于守得云开见月明，作为感谢，薛晨主动邀请宋小吃饭。宋小又是兴奋地堵在宿舍门口，向每个进来的人说一遍，以至于第一个回宿舍的李知，到最后戴着耳机捂着耳朵，一副痛苦不堪的表情。宋小吸取上次和“刚”的教训，不再吃饭，甚至为了显瘦，还饿了一顿肚子。这次宴请还算成功，薛晨没有问宋小吃饭没有，只问宋小爱吃什么，然后有风度地请她吃了一顿自己老家的广东菜。唯一遗憾的是，宋小的老乡也不长眼色地非要参加饭局，一个宋小期待的“二人世界”变成了彻彻底底的“三人行”。不过，宋小仍然很高兴，回到宿舍，意犹未尽地给大家回忆薛晨对她说过的每一句话，看她的每一次眼神，吃饭的每个动作：“动作太迷人了，吃饭很轻柔，偶尔会说几句粤语，仿佛直接进入到港剧！”宋小迷得如痴如醉，并迅速做出另一个重大决定——重新参加学校广播台，因为薛晨是广播台的导播！

从此以后，每天中午12：15，学校广播节目结束时，无论210宿舍各自在忙碌什么，宋小都要求大家迅速安静下来，放下手里的一切事情，面朝广播站方向，仔细倾听电波里的声音：“导播：薛晨，责任编辑：宋小。”然后宿舍人员整齐鼓掌，之后，宋小才允许大家各忙各的，否则就不依不饶地给大家脸色看，当然刘小宇除外。210宿舍被宋小折磨地痛苦不堪，宋小却似乎百听不厌，自己的名字和薛晨放在一起，宋小觉得自己的恋爱已经胜利了一大步。

“矫情”的周俐，也就是周洋，这天又来到210宿舍。宋小激动地向她汇报自己最新的爱情进展，周俐用难以置信的表情看着宋小。在感情上费这么大心思，这对周俐来说简直就是浪费生命。在成名要趁早的信条的牵引下，周俐要分秒必争走上成名之路。今天，她来找宋小，一是将卡耐基的书还给宋小，这种成功学的书，周俐也没有时间研读与学习了，她更急于实践。二是由于她的实践，现在需要有人当她的字幕员。

宋小眨眨眼睛，说道：“就是推字幕吧？”

周洋点点头，回答道：“就是当我说话的时候，我前面有一个提词器，你就负责提词器的速度，既不能太快，也别太慢！”

宋小继续眨眨眼睛：“这工作不难呀！”

“不难，不难，明天我把稿件给你看看，等会儿我读给你听听，只要我们配合默契就好！”

第二天，宋小果然不辱使命，成功完成周俐交给她的任务。

萱萱皱着眉头：“下次你不去，都是同学，凭什么总为她服务？”

宋小对此不在乎，只是感慨道：“感觉幕后的工作就是为台前工作服务的，心里有些说不出的感受，感觉别人比自己更重要，别人比自己更成功。”

这恰恰也是周俐只找宋小帮忙的原因，宋小只会感慨，并不会计较，自尊心也不会深深受伤害。

李知想到那个一夜成名的同学，现在看似平等的同学，其实正在发生着很大变化。李知一直不愿多想这个事情，不愿和宋小一个感受，不愿感觉别人比自己更重要，别人比自己更成功。想到这儿，李知感到自尊心被扎了一下，而郭书的成功又让这感觉变得越发强烈。

郭书各高校巡回演出后，观众的信从四面八方，天南海北如雪花般飘来。数量之多，密度之高远远超过了很多异地恋的同学。而且，有些人对他的喜欢，很快突破了时空界限，出现在了郭书和李知面前。

午饭过后，萱萱找到李知，后面跟着一个可爱的小女生。

萱萱介绍道：“李知，这是我高中同学，这几天来北京玩一下，顺便来看看郭书。”

李知莫名其妙地点点头。

小女生先开口了：“上个月在我们学校，我们看过郭书的朗诵，我们宿舍女生都很喜欢他。她们知道萱萱和他一个学校，就派我来要张合影。”

“哦，好哇，我问问他在哪。”李知看着那个可爱的女生，愣愣地说。

郭书在操场。李知和萱萱以及那个女生走了过去。李知第一次见到有人看到郭书，比自己还激动。那个可爱女生顿时两眼发光，目不转睛地看着郭书，就像粉丝看见自己的偶像：“郭书，你真的是郭书！”说完，她回头看着萱萱，等着萱萱给她进一步地肯定，才相信这一切是真实的。

萱萱点了点头。粉丝激动地有些语无伦次：“真的是郭书呀，没有想到呀，就是来碰运气的，怎么突然就见到了，说好的波折与艰辛呢？”

李知朝萱萱努努嘴，小声说：“下次，给她领到男生宿舍楼下，让她波折艰辛一把！”

小粉丝接着说：“原来你这么高，舞台上看没觉得这么高。”边说，边上上下下打量着郭书。

郭书杵在那里一动不动，有些尴尬。

萱萱赶紧走上前解围：“你们要不要拍张照片？”这时，可爱的小女生想起自己还有拍照的重任，如梦初醒般不住点头。她拿出准备好的相机，递给了萱萱，不住地叮嘱：“一定给我拍漂亮了！”

接着，那个小女生开始围着郭书，一会儿摆出胜利的手势，一会儿捂住一只眼睛，一会儿掐着腰，一会儿又举起手臂。总之，像一只蝴蝶围绕着一朵鲜花上下翻飞，翩翩起舞，又像一颗行星绕着她的恒星，来了个前前后后，左左右右360度旋转，而郭书这朵“鲜花”，这颗“小恒星”则像一个专业人形道具，始终保持着微笑姿势。折腾了好一阵后，小粉丝才依依不舍进入到下一个环节。

她从背包里小心翼翼拿出十几张郭书在台上朗诵的照片，说道：“这是你朗诵的时候，我们同学照下来的，能给我们签个字吗？这是我出发前，她们千叮咛万嘱咐的要求。”小粉丝再次哀求地看着郭书。

郭书爽快地点点头，像个有风度的明星。

小粉丝激动地站在郭书一侧，叫着：“这个写赠给王舒，对对对！”

“这个写赠给张歌，对对对！”

“对对对，这个是李昭弟的。”

李知叹了口气，小声对萱萱说：“怎么又是哥，又是叔的，还有一个弟，不知道接下来是什么！”

那个女孩接着说：“这个写赠给李怡，对对对！”

李知和萱萱不禁相视一笑。前前后后折腾了大半个小时。终于到了说再见的时候了，那个女生仍意犹未尽，说道：“萱萱是我的同学，以后有您的朗诵，您告诉我吗？我和同学还去看！”最后一步三回头地消失在人群中。

李知看着郭书，郭书揉揉自己已经僵硬的脸，对李知做了一个鬼脸。

李知却没有笑，他觉得郭书身上放射着一种说不出的光芒，让自己感到了距离。这是种被人喜欢，被人追寻，被人崇拜的光芒，在这光芒里，郭书再次感到了自身的价值。郭书是不是越来越有价值，而自己呢?

第二天一早，李知还在为昨天的事情不开心。她一早6点跑去找萱萱，并挤在了萱萱的床上，摇着酣睡中的萱萱。

“萱萱，我昨天有点不太高兴，是不是有点小心眼？”

睡梦中的萱萱“嗯”了一声。

“萱萱，我想去再卖减肥茶。”

“为什么呀？”萱萱问

“萱萱，我怎么觉得我和郭书越来越远了。我想赚钱，要不下次买礼物，我又比他的礼物差好多。你说呢？”

萱萱翻了一个身：“你怎么会有这感觉呢？你们是在恋爱，又不是在军备竞赛。”

“萱萱，你不懂。我觉得郭书越来越成功，有粉丝，有掌声，而我却没有多少变化。萱萱，你说，郭书不会成为路遥《人生》中的高加林，而我不会成为刘巧珍吧？或者是鲁迅《伤逝》里的涓生和子君?《伤逝》里子君得到涓生的爱情之后，就以为找到了幸福，达到了自己的人生目标。于是，不再读书，不再思考。然后，然后被抛弃了！”

李知越讲越激动，越讲越恐怖，猛得摇着半梦半醒的萱萱：“萱萱，萱萱，你听见我说话没有？你快醒醒呀，你怎么还能睡觉呢，我都快被抛弃了！”

萱萱被摇醒了，皱着眉头，推开李知的手：“李知，你可真烦。你和郭书那是罗密欧和朱丽叶，是林黛玉和贾宝玉，总行了吧？”说完又闭上了眼睛。

李知“啊”地大叫了一声，“萱萱，你什么意思？那都是悲剧呀！”

29

这几天，北京几所大学的新闻系正展开一年一度的交流活动。系里让各班推选代表参加，为了不被郭书“抛弃”，李知决定报名。

上课的路上，李知匆忙将这个消息告诉了萱萱，萱萱感慨道："你总是这么上进。"

李知摇摇头："萱萱，我再不上进，可就真成为《人生》中的刘巧珍，《伤逝》里的子君了！"

萱萱瞅了一眼李知："行，你是《正大综艺》李秀媛行了吧！"

李知这次满意了，小声说："还有，替我保密，别告诉郭书。"

萱萱疑惑地看着李知，问："为什么？"

上课铃声响起，李知拽着萱萱跑："我要给他一个惊喜。我要以胜利者的姿态出现在他面前。"李知说完，昂起了头。

萱萱皱了皱眉头，叹了口气。

近来，郭书给自己和李知的惊喜太多了，现在李知也要给自己和郭书一个，一个证明自己能力的惊喜。但让李知没有想到的是，一向低调的优优突然积极起来，也报名参加了这次活动。李知猜想，这一定也是爱情的力量，是优优准备给郑亮的惊喜。但她想错了。

按照活动规则：每个班级，首先内部选拔出一名代表，然后再代表学校参加交流活动。这意味着李知和优优首先要PK一番。

李知决定以戴安娜王妃被狗仔队追踪，导致车毁人亡的热点事件为案例，讨论民众的知情权限与名人的隐私。

李知准备以一个能干女强人的面孔再次出现在郭书面前，她觉得那样才配得上郭书今天的光芒四射。但无奈"人强胃不强"，"一决高下"的日子还没有到，女强人就因胃疼而爬不起床了。她一人躺在宿舍里，拉着床帘，捂着胃，昏昏沉沉睡了一上午。

熟睡中，李知感到210宿舍的门被悄悄打开了，她隐隐听见方媛的声音："优优，知道你这次演讲的内容，我准备了一份资料，我觉得可能对你有帮助。"优优接过资料，点点头："谢谢你，方媛。"方媛小声回答："别客气，这对我来说也是一次学习机会！"

宿舍中，方媛是一个非常热心的人。天黑，谁忘记打水了，下雨天，谁忘记收衣服了，方媛都会友情提示，当然除了李知。210宿舍，李知觉得自己和方媛最不熟，李知的事情方媛似乎从不太关心，方媛的事情李知是真的不知道。

听到她们的对话，李知捂着肚子感慨，优优的人缘果真是宿舍最好的，方媛果真是宿舍最热心的，210宿舍果真非常有爱。接着女强人又犯了自信心爆棚和心直口快的毛病，想让方媛有时间也帮自己找找资料，既然这对她来说也是一种学习。她捂着肚子刚要开口，就听见方媛继续说："优优，这事你别告诉李知，这是宿舍大家一起整理的，我们不想让李知知道。"

李知倒吸一口冷气，感觉一盆凉水直接砸了下来，头嗡嗡作响，胃疼得更厉害了。优优惊讶了几秒，低声说："谢谢你，方媛！我理解你们感受，但是这样不太好！"

"有什么不好的，我和小宇就是想为你做点事情，再说，李知有郭书，有那么优秀的一个男朋友。她根本就不需要我们，那么骄傲，简直就是傲慢！"方媛声音依旧很柔软，却字字扎在李知的心头，"优优，你很少参加比赛，这次一定加油，我知道你的实力，我和小宇一定给支持你！"其实，这多少有着方媛的一厢情愿，当初对于方媛的这个建议，刘小宇并没有赞同，只是没有反对而已。

如果那天李知不在宿舍，她永远不会知道世界还有她看不到的一面，她还会天真地以为她看到的世界就是真实完整的，人人爱她，她爱人人。她还天真地以为自己拥有天下最好的宿舍，大家彼此相亲相爱，互相帮助。

方媛不喜欢李知，特别不喜欢她那自带的傲慢，好像自己的一切都进入不了她的法眼：自己的男朋友，自己收到的礼物，以及自己的穿戴。到了大学之后，方媛甚至觉得自己时时刻刻都蜷缩在李知的阴影里，而李知几乎没有正眼看过自己。这对一个同样骄傲的人来说，是多残忍与郁闷。最近，方媛终于找到了自己引以为豪的事情，她在网络聊天室再次发现了自己的价值，但，李知仍是一副不以为然的样子。前几天，宋小问李知为何不去聊天室。李知说她觉得网络是满足现实生活中孤单寂寞冷的人，自己在现实生活中很充实，所以不需要和陌生人聊天。有时，方媛真受够了自己和李知在一个宿舍，而且一待就是四年。当然，如果方媛知道李知那天在宿舍，她也不会告诉李知这个真相，有些真相一直在那里，只是我们不知道，但是，有些真相李知宁可不知道。

“我傲慢吗？”李知坐在操场的看台上，反复想着这句话。李知把210宿舍当成自己在北京的“家”，而这里的每个人，李知都把她们看成“家人”。虽然她们有时会意见不同，有时会闹别扭，但李知一直认为她们相亲相爱。现在，她才知道，不是所有人都像她这么想，她也并没有像她自己想象的那样受大家喜欢。女强人顿时感到很受伤。

“我真的傲慢吗？”李知向萱萱寻求安慰。

萱萱没有说话。

李知皱着眉头，拉着萱萱胳膊：“你什么意思呀？你也觉得我傲慢？”

萱萱叹了口气：“我当然不觉得，可是，李知，有的时候你也要稍微注意一下别人的感受。你发现没有，宿舍里方媛最有性格？”

“我没有发现！”

“你不是没有发现，你是忽视她，所以她有这种感受也是正常的。其实，你已经很幸运了，女生之间的嫉妒会——”

“可是嫉妒是无能的表现，我就不会嫉妒！”

“那是你现在很顺利，有时候人会感到自己很无力，这种情绪也正常。”

“我喜欢一句话，与其生气，不如争气。”

萱萱还想说些什么，但终究没有说出来。她懂得李知的善良，更明白她的单纯。但是，不得不说，她的单纯里面缺乏包容性，更无法体会多种境遇下不同的人生感受。

李知看着夜色，觉得自己分外委屈。想着还有一周，郭书就能结束香港演出，到时候让郭书能好好安慰自己。

一周后，郭书真的回来了，这意味着持续半年的朗诵表演全部结束。这段时间，李知并不开心，但她也在努力追赶郭书的步伐，不但参加了交流活动，还接受了萱萱推荐的两个留学生。只是今天，她习惯性推掉一切事情，专心欢迎郭书凯旋。一边是朗诵队成员间彼此的恋恋不舍，一边是李知的喜形于色，“郭书是你们的，也是我的，但终究还是我的！”李知笑到了最后。但是，朗诵队心有不甘，他们租了宾馆的房间，准备开一个小型庆功宴，用这次的奖金一醉方休。

李知突然又恢复到以前的状态，围绕着郭书忙前忙后。她将刚刚从超市买来的啤酒、水果、小吃以及各种冷餐一一摆在了餐桌上。

一旁，郭书将餐厅打包而来的清炒芦笋、豆腐蒸蛋、煎牛排、西红柿炒鸡蛋几道热菜也摆放开来，两人你看看我，我看看你，像小主人一样，等着高朋满座，宾至如归。

收拾妥当，郭书看看李知，咳了一声："喂，李小姐，我们孤男寡女共处一室，你要不要抓紧最后的时间？"

李知哼了一声，叫喊着："正合我意！"说着，后退几步，身体斜靠在墙上，伸伸食指，一个深情的媚眼抛过去："你，过来！"

这是最近两人极热衷的见面仪式，模仿《喜剧之王》里周星驰与张柏芝的经典动作。

郭书学着周星驰的样子，摇摇摆摆走了过来，然后伸出食指，勾住李知的下巴，学着周星驰的声音，说道："试着把头低下来，有点害羞等对方慢慢地抬起你的头的时候，你再说……"

李知瞅了郭书一眼。

"眼神太死了，再来，要带一点闪泪的眼神哦。"

李知懒得跟郭书废话，一下跳到郭书身上，双腿盘在他腰间。

郭书叹了口气："没到这段激情戏呢！"

"没有这段激情戏，我还不演了呢！"

"你这人怎么这样？"

"我就喜欢这段戏！"

两人正唇枪舌剑，门铃响了，李知和郭书两人失望地看看彼此，异口同声："哎，一出好好的激情戏就这样被破坏了！"

李知无奈地从郭书身上跳下，急着去开门，门一开，一个都不认识。过了一会儿，门铃响了，李知再冲到门口，门一开，又一个都不认识。大家见到李知，先是一脸惊讶，而后是略显生疏的客气，接着是冲进里屋，和郭书紧密地又搂又叫！

李知略显尴尬地站在一旁，努努嘴，有些无趣。

“嗯，首先我敬大家一杯，我们这几个月太不容易了，我干了！”郭书一段开场白后，一饮而尽。

接着是他们回忆峥嵘岁月的七嘴八舌。

“郭书，这几个月我们跟着你，你知道我们有多么煎熬吗？为了锻炼我们的肺活量和体力，你动不动就是一个5公里，时不时来个10公里，我现在出门公交车钱都省了。”

“为了感受作品的内涵，郭书，你让我们了解艾青的人生经历，还把1978年创作的时代背景都研究了一遍！我现在知道1978年的事情比知道今年的事情还多！”

“为了让我们彼此配合默契，休息的时候还让我们玩牌，培养感情，不让睡觉。”

“所以，我们胜出，那不是偶然，是真正付出了努力的！”

李知看着他们一张张因酒精而变红的面孔，一张张因奋斗而散发光芒的青春，突然非常羡慕他们，羡慕他们的努力，羡慕他们的收获。

“我要和郭书喝一个。”一女孩微醺着站了起来，李知一下认出她正是这次朗诵队唯一的女生——刘怡，她举着酒杯，对郭书说，“记得有一次，我们一起排练，就因为我一个地方没说好，你带着我找遍了所有能找到的朗诵版本，让我听，帮我分析各自的特点，最后，最后硬是找到了一个最适合我声音的表达方式！真是，就为这，我要敬你一杯，郭老师！”

“对对，郭书对你特别照顾，整个朗诵队对你最好，你们俩喝一个。”不知道是大家喝高兴了，还是喝多了，朗诵队的一个男生突然说道。

李知坐在郭书身边，心里一沉。

另一个朗诵队的男生发觉李知脸色难看，忙向李知举起酒杯：“李知，别介意，我们在一起胡说惯了！几个月训练就靠这个解闷了！”

李知看了郭书一眼，点点头，心想：拿这个解闷，他们的生活多么无趣。

“你们记不记得？”负责拍照的女生高声说，“我给你们拍了好多照片，都洗出来了，你们看看！”

大家蜂拥着抢照片，回忆再也停不下来：

“都是我们的美好回忆！”

“我们去滨城大学表演，你们还记得吗，有个女生迟迟不肯离场，非要和我们每一个人留影。后来，我还收到了那个女生的来信呢！”

“去去去，吹牛！谁这么不长眼，会给你写信，要写信也是给郭书呀！”

“去山东表演的时候，我们的音乐不知道为什么突然出了故障，当时紧张极了，幸亏有经验，带了一盘备用的录音带，否则那次我们就没有配乐了！”

“去香港的时候，天气一冷一热，刘怡还感冒了，嗓子疼，郭书，你还记得吗，你硬是让她整整喝了一晚上的水，第二天嗓子竟然奇迹般地好了起来。”

“郭书，你说说你得奖那一刻的感受！”

郭书举起酒杯：“那一刻，我特别高兴，狂喜。为我们的努力，为我们的成长！”

“对对，都拿起酒杯，为我们的成长干杯，为我们的努力干杯！”

大家站了起来，李知却仍坐在那里。她不知道这庆祝里有没有自己，就像刚才回忆，刚才看照片，都没有自己的事情一样，自己没有和他们的一起成长和努力，是不是就没有资格和他们一起觥筹交错，推杯换盏？郭书轻轻拉了一下李知，李知勉强地站了起来，抿了一口酒，又立刻坐下了。她时不时偷偷看看表，再看看大家，觉得自己是个局外人。一桌的热闹，一桌子的酸甜苦辣，都与自己无关。当他们回忆与感慨齐飞，激动共骄傲一色时，自己只能在一旁聆听，时不时露出惊讶、艳羡的目光配合现场气氛，不过自己的羡慕是真的，嫉妒也是真的。

夜里两点，庆祝宴会在友好欢快的气氛中还没有结束，个个意犹未尽，纷纷移师操场飙歌。郭书看看身边的李知，李知摇摇头，郭书点点头，打算留下来陪李知。大家作鸟兽散，望着一屋狼藉，郭书一边收拾，一边问李知：“李知，帮我收拾一下好不好？”

李知没有说话。她着实不高兴了。当了一晚上观众，现在又要当服务员，这一天全是在为人民服务。可是，大家也不领情，特别是刘怡的眼神，即使在李知面前，也阻挡不住对郭书的“秋波”。

郭书看看李知：“李知，帮我一下哈。”

“哎，郭书，问你一个事情。”李知勉强站起身。

“你说。”

“你爱吃菠菜吗？”李知问。

“还行，怎么了？”

“难怪今晚这秋天的菠菜是送了一波又一波呀！不过人家是暗送秋波，这倒好，明着送，成车成车地送，也不嫌累！”

郭书现在听出来了，李知是吃醋了，不禁一笑：“菠菜呢，春天的最好吃。不过呢，辣白菜、酸黄瓜都吃过，酸菠菜虽然没有吃过，但还真见过。”

“你才酸菠菜呢！”李知将手里的抹布向郭书扔去。

“行了，别小气了！你不总想让我陪着你吗？现在可以了，我有时间了。你看，我都没有去唱歌。”郭书一边接着抹布，一边说。

李知本来没有真生气，听了这话倒是真不高兴了，在李知看来，郭书这话明显带有某种优越感，仿佛对李知的陪伴是对李知的施舍，仿佛里面透着不情愿。

“郭书，你这话什么意思？如果你不愿意留下，你可以去唱歌。好像和我在一起，你有多大牺牲一样。”

“没有这个意思，李知。”

李知的脸色有些难看，一晚上的委屈向胸口袭来。

为了缓解紧张气氛，郭书拿起一张照片：“李知，你看这张照片，拍摄的时候，我们刚刚表演完，你看，我当时还沉积在情绪里，没有出来。”

李知没有说话，郭书继续说：“李知，我有话想和你说。”郭书真的有许多话想和李知说，也只能和李知说。这几个月，朗诵队也时常会有矛盾，为了大局，郭书忍让了很多，也迁就了很多，今晚，他也要把这些告诉李知，也想在李知这里找到久违了的安慰。

而这一切，李知根本看不出来。李知正急需郭书给自己温暖，而忽视了郭书也需要温暖。

李知一下站了起来，直接走向门口。

郭书赶紧起身，跑过来，拦住她："李知，你怎么了？"

"我没怎么。"

"你是不高兴了吗？"

"你才看出来是吗？"

郭书一愣："不是，我早就感觉出来了。那，那能告诉我为什么吗？你是有话和我说吗？我现在有时间了呀。"

"我不想说了。"李知说。

"可是，李知，我现在有时间了。"

李知抬起头，看着郭书，既生气又委屈地说："郭书，你现在有时间，我就要有话和你说，是吗？你没有时间，我纵使有话，也不能说，是吗？只有你的时间特别宝贵，是吗？就是因为你忙？你现在成功了，更有价值了？"

郭书愣住了，摇摇头："李知，我不是这个意思。"

"郭书，这段时间你有问过我的感受吗？我有没有不高兴，我有没有成长，我有没有收获？"

"李知，我正想问你这些。"

李知再次摇摇头："没有，你没有想问。你只是在表达你自己，表达你自己的快乐，表达你的成长。你得奖了，你拍照了，你有观众喜欢了。而我呢？我没有得奖，我没有拍照，我没有观众，所以我就不重要是吗？所以留下来陪我是为了我高兴，而你因此做了牺牲。你实际就是不想跟我在一起。"

郭书拉住李知的手："李知，都说了没有这个意思。你没有不重要，在我心里你很重要。如果我冷落你了，我改好不好？"

"你没有冷落我，而是你的世界已经渐渐没有了我。"李知终于说出了隐藏在心里许久的感受。

"你怎么会这么觉得？"

"我无法和你分享你在舞台上快乐的感受，我无法知道你在台下辛苦的准备。我无法和你一起跑步，一起回到1978年，一起感受声音的魅力。你的忙碌，你的辛苦，你的欢乐，你的荣耀，你的一切的一切都没有我。这些像一面墙，隔开了我们，让我们变成了我和你。”

郭书摇摇头：“在我心里，从没有什么隔开我们。”

李知也摇摇头。

郭书的世界里没有自己，似乎也不需要自己。这让李知不但自尊心受到极大伤害，而且失去了安全感。没有自己，郭书的世界完整而精彩，自己不再被他强烈需要，自己无用武之地，没有价值，甚至略显多余，这样，怎么敢保证他哪天不会突然离开自己？

李知忘记要和郭书一起讨论对待“名利”的看法，忘记因为方媛而需要的安慰，也忘记和郭书分享自己最近的心得，李知被一种强烈的不安全感包裹，扼住了喉咙，发不出其他的声音和感受。

第二天一早，李知带着黑眼圈回到宿舍，一头扎进床里，拉上床帘，瞬间昏睡了过去。这次夜不归宿，在宿舍里引起不小轰动，其实是引起方媛不小的轰动。

睡着睡着，李知听见方媛自言自语：“想想我男朋友，还是蛮成熟的，也很尊重我。以前来北京，即便再晚，也一直坚持要让我回宿舍。”与其说方媛是含沙射影，不如说她是突然感念自己男朋友的好。她已经很久没有这种感受了，没有比较就没有伤害，自从将自己男朋友和别人比较后，全都是伤害。今天，她终于再次找到自己男朋友的优点，所以竟忘乎所以地要再次和大家分享一下，也是对这段即将逝去的感情的最后悼念和感怀。但李知并不这样想，和郭书吵架，她的心情已经跌至谷底。她咬着牙，拖着昏沉沉的脑袋和身体，拉开床帘，瞅着方媛说：“你知道什么叫善良吗？”

方媛一惊，才发现自己刚才说错话了，眼神四处躲闪。

李知接着说：“善良有很多种表现，其中之一，就是把人、把事往好里想，就是愿意用美好的想法去揣测他人，而不是给人泼脏水。”

方媛抬起头，也直视着李知。

李知继续看着她：“你怎么知道郭书不尊重我了？你觉得什么是尊重？今天我还想问你，你觉得什么是傲慢？”

方媛一愣。

李知接着说："我今天想问问你，我怎么傲慢了？"

方媛叹了口气。她深觉刚才自己说错话了，但是关于李知"傲慢"，她却笃定而坚信，她不示弱地回击："你就是傲慢。你的眼中只有你自己。"

"那你说说！"

"班级的事情你从不关心，宿舍的事情你也甚少在意。你知道每周刘小宇哪天去上课，吃不了晚饭？你知道每天谁打水了吗？你知道宿舍的桌子天天谁在擦吗？"

李知一愣："可是，我经常带零食和水果给大家。"

"那些都是郭书带给你的吧！说是关心我们，其实是在向我们大家炫耀你有一个多好，多体贴的男朋友！你的水果，你的鲜花，你的一切都在说，你有多好，你有多幸福，你比我们大家都好，你比我们大家都幸福！"

李知深吸了一口气。

"天天给宿舍擦桌子的是方媛。"优优轻轻地说，"经常给我们带水果是李知。擦桌子是对大家的关心，带水果也是。你们做得都比我们好！"

宋小赶紧在一旁附和："优优带烧鸡，刘小宇总打水，就我啥也不干，总给你们添麻烦，你们都比我好，都比我好。我净给大家添麻烦。"

但宋小的自我检讨并没有迎来和解。

"还有，你凭什么说网络聊天的人都是孤单寂寞冷，你了解吗？通过网络，可以了解天南地北的人，你凭什么说人家都空虚？"方媛发泄了她所有的不满。

李知还要说什么，萱萱风一样地推门进来了。看见李知，旋风般扑过来，连拉带扯地把李知按在床上，接着，开始仔仔细细上上下下打量李知。

看李知板着一张脸，不解地拍拍李知："干吗呢？怎么气鼓鼓的，别伤了身子，你现在身份不一样了！"

李知瞅瞅萱萱："干吗呢，这话什么意思，奇奇怪怪的，怎么和以前不一样了？"

萱萱"啪"一声把床帘拉上，神秘兮兮地将脸凑到李知眼前，小声问道："李知，你已经变成女人了吗？你——”说着，因羡慕过度出现短暂昏厥，一下倒在了李知怀里。

从昨晚到刚才，李知气得像一个随时可以爆炸的气球，脑袋上顶着一个熊熊燃烧的火盆，差点就要火烧连营，生灵涂炭了，现在被萱萱一闹，顿时哭笑不得，感慨自己都不能好好地发一个脾气。她没有好脸色地一把推开萱萱："什么呀，你想哪里去了？怎么思想这么复杂。"

萱萱凑近李知的脸："谁信呢？别不好意思了，这里就咱俩！"

说完，萱萱开始用手摸李知的脸："李知，听说那样以后，皮肤就会特别好，因为内分泌均衡就会不长痘痘了，皮肤光滑红润，有光泽！"说着，两只手接着往下摸："而且，这里，这里会变大，叫二次发育！怎么样，你有感受吗？别矜持，快交流一下。最神奇的一种说法是，眉型还会发生变化，你让我都好好看看。"

李知最后实在忍无可忍，打开萱萱的手："别闹了，是你想疯了吧！"萱萱抱住李知："李知，你还是先我一步！虽然你恋爱起步晚，但架不住你弯道超车呀！"

李知嫌恶地推开一脸羡慕嫉妒恨的萱萱，正色道："别闹了，没有先你一步。而且我们还吵架了。""啊？"萱萱这次也正色看着李知，"你说的是真的？"李知点点头，萱萱眨着眼睛："一晚上什么也没有发生？"李知继续点点头，萱萱不敢置信地再次确认："孤男寡女共处一室，整整一夜真的什么都没有发生？"李知笃定地点点头。萱萱"扑通"一下倒在床上："李知呀，李知，郭书呀，郭书，遗憾呀，遗憾！"说着开始砸床，边砸边说："真是辜负春光，辜负春光呀！"李知一下扑在萱萱身上："你思想复杂，没羞没臊，特别可恶！"说着，李知和萱萱在床上扑打起来。萱萱一边求饶，一边说："你怎么这么有精神，你昨晚干吗了？"

李知一边努力堵住萱萱的嘴，一边说："你怎么这么不知害臊的！"

两个打够了，也打累了，李知气也消了一大半，拉着萱萱去吃午饭。一场宿舍宫斗大戏，最后变成了一出喜剧，李知也有几分无奈。

吃过午饭，萱萱和李知回到宿舍，正看见宋小跷着二郎腿躺在床上，盯着手中的《四川菜谱大全》："李知，刚才郭书给宿舍打电话找你。"

"我知道了，他给我发了短信。"

“那你快去找他呀！”

“不找！”

“哦？”宋小放下手中的书不解地问，眨着那双无知的大眼睛：“李知，这是什么意思？为什么呀？你给我这个没有任何恋爱经历，却无比渴望恋爱的人讲讲，这是什么意思？”李知瞅瞅宋小：“别问了，说了你也未必懂，还是研究你的菜谱吧！”宋小不甘心，又将狐疑的小眼神投向萱萱，萱萱严肃地说：“宋小，这叫冷战。就是交战男女双方处于冷静思考期，想要和好，但是没有和好的阶段。”宋小似懂非懂地继续问：“为什么双方会冷战？”萱萱想想：“出现了一些问题吧。双方都需要冷静思考一下。也不一定全是坏事。”宋小皱着眉头点点头：“李知，你真好，还敢和男朋友发脾气，我从来不知道对人发脾气是什么感受。”

“以后你会知道的。”

与方媛争吵后，李知与方媛越来越像两条平行线，没有焦点，拒绝走近。

很快，班级内选拔赛开始了。比赛范围小，算不上激烈，但是朝夕相处的同班同学间，要高下立现，一番争夺，倒显得有些残酷。李知早早走进教室，找了一个角落坐下。不久，宋小就到了，一屁股坐在李知身边。优优随后也到了，朝李知一笑，李知也朝优优一笑，还好，这人是优优不是方媛，自己无论输赢，都不会很失落。

铃声响后，优优首先走向讲台，方媛带头鼓掌，李知瞅了方媛一眼。而优优一开口，李知就想拼命鼓掌。

优优拿出一张照片，那是曾获1994年新闻界最高奖项普利策摄影奖的《饥饿的小女孩》，李知不禁倒吸一口气。这是新闻史著名的公案，曾引起巨大轰动和争议，一个记者用生命引发了学术和普通大众对记者职业的思考。李知曾认为没有人能在选题层面超过自己，现在看来是自负了。

优优站在讲台上，娓娓道来：“1993年，33岁的南非摄影记者凯文·卡特来到处于内乱的苏丹。他实在不忍面对面黄肌瘦的难民，就走进村庄附近的灌木丛稍作休息。然后，在一片灌木丛边，他听到了孩子虚弱的哭泣声。顺着声音找去，卡特看到一个瘦弱的小女孩正无力地蜷缩在地上，她一动不动，正在丧失所有的活力与生命，危在旦夕。这时，一只秃鹫发现了她。它在距离女孩二十米的地方停下，虎视眈眈地盯着，等待着女孩倒下，第一时间扑向这顿‘美餐’。卡特以新闻专业者的敏感，按下快门，记录下这黑暗与无助的一刻。然后，他看到秃鹫飞走。自己坐在树下，点燃了一支烟，失声恸哭。”

优优放下照片，又拿出一张《纽约时报》的复印件，继续说：“1993年3月26日，美国著名权威大报《纽约时报》首家刊登了凯文·卡特的这幅照片。接着，其他媒体纷纷转载，这张照片很快传遍全世界，并在各国人民中激起强烈反响。大家纷纷质疑记者，为什么不救孩子？第二年，该照片获得1994年新闻界最高奖项普利策摄影奖。然而，争议却更加猛烈，如巨浪般铺天盖地袭来。为什么不救这个小女孩而选择拍照，这是何等的冷酷？这个记者到底有没有情感和良知？

“几个月后，卡特来到他小时候常玩的地方，在自己的旧车里，把废气导入车内，自杀身亡，整个世界愕然。”

“六年过去了，这场旷日持久的争论仍在继续，记者的责任到底是什么？应该遵守哪些道德准则？面对灾难，记者先做记者还是先做公民？”

教室里静悄悄地，大家被优优的讲述所吸引，被卡特的命运所牵引，为身为记者，这两难的选择而深思。

李知深吸了一口气，这些资料翔实、生动，旁征博引，可见优优的用心与认真。但是李知不知道的是，在准备的过程中，一种可怕而熟悉的感觉慢慢侵袭了优优。优优时常感到胸闷、乏力，她不敢也不愿相信上帝会这样不愿放过自己，坏运气会这样不依不饶纠缠自己。她希望那只是自己的错觉，但不祥的预感却挥之不去。

优优放下手中的报纸和照片：“我总在想，记者是什么？社会为什么设定记者这一角色？在我看来，记者的职业是公器，就像律师一样。在早期港片中，经常有这样一幕，一些律师在日常生活中，不穿袍子不带假发，说说笑笑，很普通，但是，一旦上了法庭，他们就戴上那块曲曲弯弯的羊皮假发，身穿黑色法袍。羊皮象征他已经是半人半神。这身打扮后，他就必须履行社会设定的职责，而不再是一个普通人。他或许在生活中痛恨某种行为或者某些人，但进入职责，代表公平正义，就要褪去一切偏见和感情，依法看待事情。在某种程度上，公器必须舍弃个人身份，换上社会赋予的身份去行事。否则，记者就没有存在的价值和意义。”

宋小坐在李知旁边，捅捅李知：“看不出优优口才这么好！”李知不住地点头：“她岂止是口才好，她的文法，她的知识面，还有她的格局都很好！”

“凯文·卡特用他手中的相机，唤醒更多的人对战争、贫穷的认识，对世界的思索和关心。正是这张照片，让我们，让整个世界看见了无助的非洲，看到了无助的人类同胞，看到了战争给人类带来的伤害和悲剧，进而更加珍惜和平，谴责战争。”

优优顿了顿，继续说：“当然，有人说记者也是人，有帮助他人的义务。是否能在这两者之间找到完美的平衡，如何取舍，我也没有想清楚，我相信这种讨论会一直持续下去。这也是记者这份职责本身的魅力。”

“优优以后一定是一名优秀的记者，有思想，有情怀，有能力。”李知心里默默想。上次听到方媛和优优的谈话后，李知因为优优没有私下告诉自己整个事情，而对优优有些芥蒂，但是，如果今天输给了优优，李知心服口服。

“最后，再让我们了解一下我们的这位同行，这位前辈。”优优再次举起手中的照片：“凯文·卡特生于南非，作为白人他却同情并支持黑人，痛恨种族歧视。他的同情和支持不仅限于思想和语言，而是付诸行动，他用他手中的相机作为武器，用自己的记录揭露种族隔离制度的罪恶本质。20世纪80年代，他报道了一种名为‘火项链’的私刑，这种酷刑将充满易燃物的轮胎套在犯人身上，再将轮胎点燃，活活烧死犯人。在《饥饿的苏丹》拍摄结束后，他同伴回忆：‘卡特不停地嘟囔着想要拥抱他的女儿。但联合国组织要求我们不得触碰当地人。’他总在直面这个社会的问题与黑暗，他终身贫困潦倒，他的遗言是‘真的，真的对不起大家，生活的痛苦远远超过了欢乐的程度’。”

教室里突然很安静，很安静。

“为了寻求真相而不断探索，为了记录真实付出代价。它是仅次于矿工和警察，位列第三的危险职业。它揭示了社会的不公，推进了社会更好的发展。它需要直面惨淡现实的勇气，需要直面黑暗的能力，这就是记者。我为今后能从事这样的事业而骄傲！”

教室里掌声雷动，宋小、刘小宇、李博……班上每个人都被优优精彩的发言而感染，被优优充满理想主义的精神而激励。李知看着优优，感叹她那小小瘦瘦的身体里竟藏着如此巨大的能量，一种让人向上的能量。她相信优优一定是这场比赛的胜利者，优优实至名归。

然而，当老师宣布结果时，一切大大出乎李知的意料，李知竟以21∶19险胜优优！宋小在一旁捅了捅李知的胳膊，小声说：“站起来呀！”李知才机械地站了起来，接受大家祝贺的掌声，她环顾四周，看见了宋小拼命鼓掌，方媛有些失落，优优笑着望着自己。

那天，李知赢得了比赛，心里却高兴不起来。最后的投票环节，李知将选票投给了自己。否则比赛将是一个平局。她觉得这个举动既不光彩，又不体面，“胜之不武”的感觉让李知很压抑。

优优走出教学楼，外面阳光明媚，她捡起一片落叶，放在这阳光下，自己不由得笑了起来，哎，这是她想了很久，打算送给爸爸的45周岁礼物，可现在却失去了。

那天后，210宿舍的气氛发生了一丝丝微妙的变化，宿舍里大家默契地避而不谈关于比赛的任何事情。只是，李知与方媛、刘小宇更加生疏了，同时也刻意保持着和优优的距离。李知不知道优优怎样看待这次比赛，以及怎样看待自己那天的表现，李知更不知道自己该不该和优优说出实情，获得优优的原谅。

那次比赛，时至今日，仍是李知心底的隐痛，每每想起优优，它都会狠狠扎向李知心头。

30

除了盯电视、看菜谱，宋小最近又迷上了“校园逡巡”。她每天在校园里转来转去，她感觉自己的身体在运动的时候，头脑也在高速运转，这样便于她思考问题。让宋小没有想到的是，她因此发现了这所学校的很多秘密，甚至包括李知的。

这天晚上，她正在操场的角落里“逡巡”，想找个僻静的地方思考一下自己和薛晨接下来的发展，却突然听到一个女生的哭声。寻声望去，郭书正和一个女生站在墙角里。看到郭书的一刹那，宋小如同见到了鬼魅，吓得脸色发青，险些叫出来。她扭身就往宿舍跑。

李知正在宿舍看书，看见风尘仆仆、脸色苍白的宋小，吓了一跳：“怎么了？神色慌张的？”

宋小上气不接下气地拉着李知，关上床帘：“李知，李知……”

“怎么了？你慢点说。”

“好。”宋小重重地喘了一口气，接着说，“我有一件事情不知道该不该告诉你。”

李知瞅了宋小一眼：“你就直接说吧，还搞什么悬念。说，薛晨又怎么你了？”

宋小严肃地摇摇头：“反正我也藏不住秘密。那我就说了，李知。你可要有思想准备。”

李知叹了口气：“说吧。”

宋小绘声绘色地把刚才自己看到的告诉了李知：“那女的哭得可伤心了，站得离郭书很近，郭书就一直看着她。”末了不忘加一句：“据我观察，两人暂时没有亲密举动。”

李知咬着嘴唇：“那人是谁，你知道吗？”

宋小摇摇头：“没有看清。”

“哪个专业的？”

宋小摇摇头。

“漂亮吗？”明人不做暗事，在宋小面前，李知也完全不用掩饰，严肃认真地问宋小，“你好好想想，这事最重要、最关键，我也最关心。”李知声音越来越小，为自己问出这些话而有些不好意思。

宋小点点头。

“啊？”李知瞪圆了眼睛。

宋小赶快又摇摇头。

“你到底看清没有？”

宋小努努嘴：“其实挺好看的，但是我觉得没有你好看！”

李知给了宋小一个大大的拥抱，三年来第一次这么真诚，为宋小今晚的信息，更为宋小的眼光。

“谢谢你，宋小。”李知发自肺腑地说。

说完，李知抓起电话找郭书。话筒里一阵阵嘟嘟声，却没人接听，李知的心底一片冰凉。从宋小看见他们，到宋小回宿舍一通讲述，至少有半个小时，难道两人现在还没有说完？

十分钟后，郭书给李知打来电话。

“你在哪里？”李知冷冷地问。

“等会儿你楼下见，好不好？”

李知先到了楼下，然后看见郭书一路小跑奔向自己。

“你找我有事？”

“没事就不能找你？”

郭书一愣：“不是这个意思，我看你接连打了三个电话，所以问你。”

“那你能告诉我，为什么我连打了三个电话，你都不接我电话吗？”

郭书一愣，想了想：“哦，我，我正处理点事情。”

李知没有说话，只是冷冷地看着郭书，转身就要走。

郭书一把抓住李知胳膊：“李知，你刚才找我什么事情，你还没有说呢？”

李知摇摇头：“郭书，我现在要处理点事情。”

郭书还是紧紧地抓住李知：“李知，事情能不能等会儿处理，我们刚刚见面。”

李知摇摇头，感到很委屈：“不能。你处理事情的时候，我的电话都可以不接，我为什么要改变我的时间和计划。我愿意为你的事情让步，在你面前我心甘情愿失去自我，为什么你不行？你的事情每一次都比我的重要，是吗？”

郭书还是紧紧抓住李知的胳膊：“我们到底是怎么了？”

李知止住眼泪：“我们没有怎样，只是我越来越不了解你。你的世界不需要我，而当我主动或者拼命要走进去的时候，你又拒绝我。”

“我没有！”郭书越来越激动，他感到束手无措，李知似乎总在发脾气，而自己却不知如何解释，如何应对。

“你不接我电话，是因为刚才你正和别的女生在一起，是不是？”李知的脸色铁青。

“我不是不想告诉你，而是看你脸色不好看，怕会让你心情不好。其实，我更想问，你打了三个电话给我，是不是宿舍又发生什么不开心的事情了？”

李知摇摇头：“不是。郭书你是不是特别享受被大家欣赏甚至喜欢的感觉，所以你宁可伤害我！”

“我没有！”

“你有！”

“我没有！”

“你有！”

“我，我，我确实喜欢被欣赏、被喜欢的感觉，但我绝对不愿去伤害你！”

李知挣脱开郭书：“如果你刚才第一时间接我的电话，并且主动告诉我今天发生了什么，我就想和你立刻和好。因为我觉得在你心中，我还是那样重要，我还是被你在乎。但是，现在，我完全没有这种感受，我也不想和好了。”

李知说完跑回了宿舍，伤心地哭了起来。李知觉得自己的爱情再也不是自己想象的那样“完美无缺”，郭书也不再是自己心目中、别人眼中的“完美男友”。“完美男友”的外衣被打破，里面露出赤裸裸的真实，看上去不完美的真实。比起这些，李知更喜欢那个穿着“完美男友”外衣的郭书。

那个时候，李知还分不清自己爱上的到底是郭书，还是自己想象中的一个“恋人”。李知只是觉得自己恋爱了，到底有没有能力去爱上一个真实的人，一个优缺点并存的人，她连想都没有想过。李知只在享受着“完美男友”带给她的一切，甜蜜有之，虚荣亦有之，而她认为这就是爱情。今天，她哭得极为伤心，与其说是为郭书而哭，不如说是为自己心目中“完美爱情”崩塌而哭更贴切。

而另一方面，郭书也觉得这段感情分外辛苦，“完美男友”的角色让自己很辛苦，甚至有些害怕，害怕如果有一天李知看到自己并不那么完美，并不那么优秀，她会不会还爱自己。

那天，李知为自己“完美爱情”的逝去而整整伤心了一整晚，210宿舍第一次看到李知为爱情流眼泪。大家显得很紧张，只有方媛突然有种释怀的感觉。

在自己很多很多次为异地爱情流眼泪的时候，李知却在秀着她和郭书爱情的甜蜜。在自己为男朋友不争气、不努力焦虑的时候，李知却在秀着郭书的优秀与完美。她总是用完美的男朋友彰显自己完美的爱情，这一切都让方媛怀疑自己遇到的感情是不是低劣而不幸的，直到今天，看着李知为感情伤心，方媛才长舒了一口气。

“原来每段爱情里都有眼泪，即使看上去像王子与公主。”优优看着李知，不禁笑了，在优优看来，李知的眼泪既可爱又甜蜜。她相信李知只是和郭书暂时分开了，而自己与这个世界却要永远永远地分开了。几天前，优优突然在家中晕倒。优优预感到自己最担心的事情还是发生了——复发。命运总要和自己开玩笑，无论自己多努力锻炼身体，多努力珍惜时光，多努力热爱生活，她仍不依不饶，不断反扑，死死纠缠。优优拿着“复发诊断病例”，在自己的房间里整整坐了一夜。太阳落下，太阳又升起，每一天似乎没有什么不同，不会因为一个人而悲伤，也不会因为一个人的离去而改变。

几天后，优优和郑亮彻底分手了。宿舍里没有人知道真正的原因，优优只淡淡地说“不合适”。分手后，优优越来越沉默，经常坐在床上，戴着耳机，看着远处发呆，一待就是一下午。后来，优优剪了头发，新剪的短发很精神，却显得优优更加消瘦。如果失恋这么痛苦，为何优优一定要斩断情丝？三千青丝，变成了无牵无挂。李知心疼地看着优优，这个目光清澈的优优，李知觉得自己一眼可以看到底，却又似乎怎么也弄不懂她。

宿舍楼下，郭书的旁边多了一个郑亮，两个愁眉苦脸的男生，一起愁眉苦脸地望着210宿舍，宋小常常笑道：“两股怨气直冲我们的窗户扑面而来。”而更多的时候，李知觉得郑亮似乎更加不开心。

吃过午饭，李知和郭书并肩走在操场上，两人都默不作声。郭书拿出一瓶蓝色的安娜苏香水：“这是上次去香港的时候给你买的，本想聚餐那天送给你，没有想到你当时不太开心。”

李知接过香水：“谢谢。”

“李知，你是因为我没有告诉你那个女生的事情而跟我生气？”

李知没有说话。

“那个女生说喜欢我，但是我拒绝她了。”

“那你为什么不告诉我？”

“女孩子脸皮薄，既然拒绝人家了，就想替她保守秘密。再说，广院这么小，你以后也会见到，怕你想多了，所以没有告诉你。”

李知把香水还给郭书：“郭书，你是不是不知道我要什么？”

“李知，你要什么？”

“我要的是你需要我。你有事情愿意和我分享，有问题愿意和我一起面对。我要的是我们彼此生活的参与感。”

郭书愣愣地看着李知。

“我要的不是你送我一瓶香水。我要的可能是我们一起购买香水的过程。这个过程才是属于我们的。而现在，我感觉我被排斥在你的生活之外，我感觉你根本不需要我。”

“我需要你呀！”

“你需要我什么？”

“我也说不上来，但是，我觉得我需要你。”

“你不需要我。你什么事情都能自己解决，你学业上遇到困难，可以自己解决；你生活中遇到各种事情，也会自己解决。我看不出你需要我什么，你根本就不需要我！”

“那你怎么才能觉得我需要你？”

“我们之间没有秘密，我们亲密无间，什么事情我们一同商量。”

“我从小父母由于工作忙，经常不在身边。我习惯了一个人解决问题。我——”

“如果你总喜欢一个人解决问题，那你就一个人最好。”

两个人不欢而散。郭书还是不能理解李知要的“亲密无间”到底是什么感觉，而李知想要知道：那个女孩到底是谁？他们怎么认识的？她长得漂亮吗？当天他们为什么选择在那样一个偏僻的地方？

郭书回到宿舍，看到桌子上放着两个大碗，李博正一口酒一口白水地独饮。

“怎么喝起酒了，你女朋友不是不让吗？”

李博苦笑一声：“可是，我现在没有女朋友了。”

“啊？怎么了？”郭书问，接过李博递过来的廉价白酒，也喝了一口。辛辣的刺激让郭书不断咳嗽起来。

“以前觉得有女朋友真幸福，现在觉得没有也不错。女人呀，永远喜欢亲密感高于自由，而我更爱这自由，那如鸟般自由翱翔，无拘无束的感觉！”李博边说，边张开双臂，做着大鸟展翅的动作。

郭书也若有所思地叹了一口气。

李博继续就几个月的感情大发感受：“天天要陪着，时时要哄着，事事要汇报，件件要沟通。我真觉得挺烦。唉，我现在是深刻理解这句话了，‘生命诚可贵，爱情价更高，若为自由故，二者皆可抛，皆可抛！’”说着，他抓起桌子上一块破抹布抛了起来。

郭书又举起廉价白酒，喝了一大口。

李博的大学爱情就这样被他“皆可抛”了，但这短短几个月的爱情却意义非凡，为他的爱情理论研究提出了新的命题，并提供了唯一的实践来源。

31

无事不登三宝殿，周洋走进210宿舍的时候，李知就知道她又有事情了。准确地说是周俐，更准确的说法是周俐炀，但最近说法是周俐圆，因为这段时间，她又改了新名字。很多年后，当李知第一次看海派清口表演时，觉得周洋当年距离成功可能只有一字之遥。关于周俐圆这个新名字，李知猜想“圆梦”是其背后的含义。但大家实在无法准确叫出周洋的新名字，索性就直接称呼她Miss周了。Miss周带来的好消息是，某大型访谈栏目下周招现场观众，她邀请大家参加。

“这有什么可去的，无非充当分母，人肉背景墙而已，不去！”萱萱说道。一遇到Miss周的问题，萱萱就变得入木三分，火眼金晶。李知觉得这是因为两人的身体里都流淌着大姐大的血液，这是典型的“一山不容二虎”。

但这次李知想去，她想去看看那种舞台魔力，那种让Miss周疯狂的魔力，想去看看那种光芒，那种让观众为之疯狂的光芒。

一周后，宋小、李知在Miss周的带领下来到了电视台大楼的门口。门口有庄严的武警把守，李知抬起头，想到从小到大看过的《新闻联播》《正大综艺》《综艺大观》和年年的“春节联欢晚会”，都出自这里，不由得问Miss周：“你第一次进台什么感觉？”Miss周想了想，说道：“很激动。不过我印象最深的是，这里面几乎全是我们师哥师姐，尤其是主持人队伍。”

过了不久，观众陆陆续续到齐，一个工作人员匆忙赶出来，清点了一下人数，和警卫沟通后，带领李知她们走进了电视台大楼。一层大厅很宽敞，和别的地方最大的不同是，这里有一面墙，墙上挂着一排排电视，里面是当下该台正在播出的所有节目。进入演播室，安排大家坐下后，带队的工作人员就消失了。演播室足有1000平方米，主光、辅助光、轮廓光将整个现场照耀得竟有几分刺眼。宋小兴奋得左看右看，很是激动，以为节目马上要开始了，坐得笔直。

但是她们等了半个多小时，没有一点儿动静。大家都有些不耐烦，Miss周晃晃头，扭扭腰，不断活动筋骨，一边的宋小则不停地问：“节目什么时候开始呀？出门的时候没吃晚饭呢！”

又过了不知多久，李知坐得屁股都疼了。刚才那个工作人员终于重新出现了，她看了看大家：“等一下，主持人进来的时候，大家要鼓掌，掌声要热烈一些。嘉宾进来的时候也要鼓掌。但在节目录制过程中，不要随便鼓掌，更不能随便说话和走动，好，我们的节目大约10分钟后开始。”

宋小看看李知，小声说：“比上课纪律还严格。”

“那位同学别说话，还有，你到后面坐一下，把这个座位空出来。”

宋小惊讶地指指自己，工作人员点点头。李知有些不高兴，说道：“我们是一起的！”工作人员不耐烦：“前后都一样，等会儿好好表现，都能上镜头！”

李知回头，看到宋小走到了后面几排，勉强找到一个座位坐下。过了一会儿，几个年轻工作人员进到了演播室，坐到了刚才空出来的座位上。10分钟后，该栏目的著名的主持人款款而来。“比电视上要瘦小许多。”李知对身边的Miss周说。“电视屏幕有放大功能，私下看主持人都是很瘦的。”Miss周小声回答。身边的工作人员有些不满地看过来，两人迅速噤声。

刚坐下的工作人员，开始鼓掌，并轻轻回头示意大家跟上，全场响起掌声。该栏目主持人通过一次主持人大赛为大家所熟识，她高高的个子，精干的短发，在一段流利的开场白后，她微笑着看向观众，说：“我想问问大家有没有问题要问我们今天的这位嘉宾？”

坐在李知一旁的工作人员第一个迅速举手，另外几个工作人员也举起手来，主持人一个示意，这位“观众”站了起来，提出了一个主持人喜欢的问题。李知想举手，却又没有，突然面对这样的大场面，脑子里有点晕晕的感觉。

三四个小时，激烈鼓掌五六次后，李知、宋小和Miss周走出了演播室。腰酸腿疼头昏，五味杂陈。

Miss周首先打破沉默：“你看吧，我说就要做主持人吧，只有主持人是全场的焦点，是节目的代表，节目的灵魂。”

李知有些无奈：“就一个观众席，还被别人说成是想上镜。其实就是想来看看。”

“想上镜这是大部分人的想法。你现在知道了，为什么那么多人都挤破脑袋要做主持人了吧！她才是鲜花，其余的都是陪衬。你看但凡是主持人招聘，我们学校的上上下下，前前后后，几乎是倾巢出动，能不能当的，都来试一把，都不甘心。谁甘心呀，对着机器，默默无闻一辈子，距离鲜花掌声只有一步之遥的，对不对？除非，一点希望都没有，但凡有一点机会，谁都不愿意只在幕后。我觉得在我们学校，那些恋爱的，那些自我放逐的，都是在这种希望破灭后，在情感中找庇护，找慰藉，都是一种逃避。”

“也不尽然吧！我对薛晨就不是因为这个原因。我觉得李知和郭书也不是。”宋小一边揉着屁股，一边说。

“李知，我问你，我觉得你条件不错，在这种情况下，让你做一辈子幕后，只为台前人员服务，你甘心吗？”

“怎么是为台前人员服务，是为新闻事业服务，好不好？”李知说。

“好吧，我也不确定我说的就是对的，但有时我确实这么看。你仔细想想，你真的甘心吗？”

李知不再说话，这个问题她从来没有想过，但是，这一刻，Miss周打开了这个潘多拉的盒子，李知看到了耀目的光芒，也变得紧张与不安起来。

“周洋。”

周洋赶快摆摆手：“叫我周俐炀！哦，不！叫我周俐圆。”

“哦，明白，明白！周俐圆，你真想成名？”李知问。

“是！而且我也相信张爱玲的那句话：成名要趁早！所以我很着急。”

“也用不很着急吧！”宋小在一旁插嘴说。

Miss周看看宋小，拼命摇头：“宋小，你今天回宿舍打开电视，看看出现在电视上的主持人，有没有超过40岁的？特别是女性。你看看，哪一个不是一副年轻又貌美的面孔。都说年轻貌美，只有年轻才能貌美，知道啊？40岁，对创业者来说还算年轻，但对主持人，特别是女主持人来说，那就是人老珠黄！”

李知的心猛地一沉，她定睛去看Miss周，这个出门打伞，天天防晒，不敢大笑，天天换名字的周洋，并不像萱萱以为的那样矫情和肤浅，反倒有着另一种深刻 。

“但我觉得也有人不在乎这些吧？”李知想到方媛、宋小和优优。

“有人可能确实不在乎，那或者是因为距离太远，可望而不可即。但我觉得大多数是‘酸葡萄心态’。如果承认自己想吃葡萄，但又吃不到，那不是相当于承认自己失败吗？很多人口里说的不在乎不是真不在乎，而是因为得不到，给自己无奈的开脱，是不敢也不愿承认自己的失败。”

李知不说话了，她不是觉得自己说不过Miss周，而是觉得她说的也许是事实。

不久后，一个栏目来到学校招聘主持人。出于好奇，210宿舍几个人决定去现场凑凑热闹。到的时候，李知才发现，招聘现场已经被人山人海包围了，平时能遇到的，不能遇到的同学都齐刷刷如雨后春笋般出现了。播音系的男生梳着标准的播本头，女生穿着西服职业装，齐刷刷露出职业的微笑。

“这是什么栏目招聘？要做什么？”李知在人群中遇到了Miss周，小声地问。

“是一个音乐节目，现在要求做一下自我介绍。”

“你准备好了吗？”

“我今天不用。刚才看到了一个熟悉的编导，他说我可以直接进入第二轮面试。”

“这么好？那你干吗呢？”

“我就想看看大家的表现，知己知彼嘛！”

摄影师架起摄影机，面试很快开始了。

“这是看上镜效果。”Miss周小声说，“有些人私下长得很漂亮，一上镜就不行；有些人下面看普通得不能再普通了，上镜还真不错。”

没等李知反应过来，李知身旁的男生看了Miss周一眼，若有所思地点点头。

“谁第一个？从谁开始？”一个工作人员问道。

一个女生，穿着职业装，大胆走上前：“我开始！”接着她对准摄影机，很自信、很妖娆地问：“你们知道北戴河吗？”

没有人回答。

她继续不依不饶地问：“你们知道北戴河吗？”

她又重复了一遍，笑得依旧妖娆：“你们知道北戴河吗？”

这次，她直接看着考官老师，考官老师看看旁边的摄影师：“你回答！”

摄影师一笑，回答：“我知道。”

“太好了！北戴河是我们国家著名的海滨景区，而我的名字就叫北戴河！你们说巧不巧？”她说得热情洋溢，情绪高涨，期待着热烈的回应。结果，现场毫无反应，这是一个比大寒还冷的冷开场。但这个女生有着优异甚至超群的心理素质，继续热情而激动地讲述自己名字的由来和自己对音乐的热爱，足足5分钟，如果不是招聘人员要求停止，估计她会一直持续下去。

接下来，一个个应聘者纷纷登场。后来，李知竟然看到李博走了出来，站在摄像机前，李博有些局促，但还是侃侃而谈，并动用了肢体语言，但这在李知看来就像一部卓别林喜剧。李知有些尴尬，李博也有些，悻悻地走下了台。

一波波人走上来，又走下去，很久很久以后，李知以为一切都结束了。摄影师开始准备收设备，李知旁边的男生，一下子站了起来："还有我！"

于是，他冲了上去。

宋小惊讶地看看李知："李知，这人明显是路人甲，明显不可能嘛！"

做完自我介绍，他接着说："有些人根据目标来调整自己的方向，我觉得我是跟着自己的感觉走，然后看看能击中哪个目标。"

考官老师："你是来碰运气的？你觉得你适合做主持人吗？"

那男生回答："有碰运气的成分。我觉得我适合做主持人，别看我私下看上去一般，但我上镜很合适。"

李知一阵猛烈地咳嗽，看了看Miss周，Miss周长长地叹了一口气。

李知也叹了口气，看来人人都不甘心只做观众。那自己甘心吗？回答竟然是也不甘心。

"李知，你知道为什么每年很多人报考我们学校吗？"Miss周问。

"毕竟是传媒界的最高学府，很多人慕名而来。"

"那你知道慕什么名吗？"

"当然是广院的大名。"

Miss周摇摇头："慕名，并不是冲着学校的名气而来，或者说不全是。慕名，很重要一部分是冲着那些名人而来。而为什么冲着那些名人来呢？就是也想自己成为名人。"

李知叹了口气。有些堂而皇之的话，未必是真话。有些拿不上台面的话，也未必都是无稽之谈。

“李知，如果你站到过舞台中央，被镁光灯照耀，享受过鲜花与掌声，你就会觉得其他的事情你再也提不起兴趣。那就是我的追求。我们学校很有名，我们也不能平凡。”

李知看看Miss周，不再说话，但那是自己的追求吗？

这些天，一想到那将是自己的追求，李知心中顿时生出各种杂草，割不掉，除不去，口干舌燥，百爪挠心。李知打开书，又合上，又打开，然后十几分钟却一行字也没有看完。“我这是怎么了，心中竟放不下一个平静的书桌？”李知走出教室，她想起了郭书。郭书就是周洋说的那种，感受过镁光灯，见识过鲜花与掌声的人。这些是不是也是郭书的追求。李知以前从未与郭书谈及过这个话题，多少是因为她的回避。她想通过这些回避，有意缩短自己和郭书的距离。而这种回避却让自己和郭书变得更遥远，因为他们在逃避更深入的交流。

“萱萱，我最近是不是太浮躁了？”李知问萱萱。

“一夜成名这样的故事，发生在我们周围，哪有人还沉得住气？我也很困惑，但你怎么不问问郭书的看法？他经历更多，会有自己的看法。”

李知叹了口气：“可是他现在这么成功，一路凯歌。我觉得他可能理解不了我的这种感受！”

“那你也可以告诉他。”

“在成功者面前说这些，就相当于直接承认自己的失败与软弱。”

“你这么想问题？他可是你男朋友。和自己最爱的人在一起，应该是最放松的，你累不累？”

“累！”

“什么是名利，什么又是爱情，又该怎样看待它们？”对名利的困惑以及对爱情的迷茫，让大三那个学期的李知陷入了痛苦之中。而她不知道，这个问题有时会困扰人们一生，一生的很多时刻，人们都要对这两个问题进行反思和做出回答。

优优越来越瘦弱，没有了郑亮的优优，形单影只，更衬出她的单薄，好像5月的一场雨，6月的一阵风，7月的一阵暴晒，都能将她打倒、吹飞、晒蔫一样。但她的偶像王力宏的人生却越发茁壮强大，像开挂了一般。娃哈哈代言人后，6月，王力宏又推出了新一张专辑《永远的第一天》。大家惊讶地发现，这其中有一首似曾相识的歌曲——《龙的传人》。

“但是，好像和我小时候听到的不一样，更加动感了，是不是优优？”李知问优优。

“嗯，他将之前的曲子改成了舞曲的节奏和配乐，还在中间增加了rap部分。”

“什么是rap？”宋小问。

“就是中间那段说唱。”

宋小恍然大悟道：“我还以为自己听错了，怎么唱着唱着就说起来了呢？”

“原来是这样。”李知也恍然大悟，“不过，我很喜欢，觉得有阳刚之气，又奇特又时尚。”

“嗯。”优优再次点点头，“他总是在不断创新。”

不久，《龙的传人》就成了210宿舍的主打歌曲。无暇欣赏音乐的宋小也戴上耳机听起了王力宏，李知能一字不差地说出那整段rap，方媛QQ自我介绍一栏写着“喜欢歌曲《龙的传人》”，以彰显自己的品位与时尚感，就连刘小宇有一天一高兴，也突然哼起了这首歌的曲调，这给大家的震撼，不亚于听到王力宏现场献声。宋小赶紧跑到窗边，向外张望：“今天，太阳从西边升起来了？”

7月8日是优优爸爸的生日。爸爸的生日宴上摆满一桌子优优爱吃的美味：烤鸡、灌汤包、烤大虾和生日蛋糕。爸爸带着高高的生日帽，在优优的生日歌声中许了愿，吹了蜡烛，笑得像孩子一样。原先计划的生日礼物，用一次优秀的发言为爸爸庆生，落空，优优正想和爸爸解释，爸爸却像变戏法一般，手指一滑，拿出了三张机票和三张《永远的王力宏万人演唱会》门票。优优“哇”的一声叫了起来，搂着爸爸的脖子高兴地转了三圈：“爸爸，你太好了，我亲爱的爸爸！”

“爸爸，本来打算的生日礼物呢，我没有实现，新的礼物我已经在准备了，可不可以晚点给您，我亲爱的爸爸？”优优继续说。

爸爸依旧笑得合不拢嘴：“没问题！优优，我们的优优就是我最好的生日礼物。”

优优鼻子一酸，打量着爸爸：“爸爸，你有白头发了！”

爸爸点点头：“嗯！从台北回来我就染发！”

几天后，优优全家一起飞去了台北的王力宏演唱会。

“我也就是回家的时候偶尔坐个飞机，咱们宿舍还是优优最有钱，还全家打飞的去看偶像演唱会！”宋小看着优优的空床铺喃喃自语。

“所以，宋小你是要向优优学习，学习人家的低调？”李知看着宋小说。

宋小摇摇头：“我再低调就没有调了！”

于是，宋小继续着她高调的偶像剧剧情。她将每一次见到薛晨的情况做了笔记：他们在何时何地，因何种原因见面，见面双方怎样进行友好而深入的交流。宋小期待，在和薛晨认识第100天的时候，将这些一股脑给薛晨，给薛晨来个感天动地，热泪盈眶。

“这招式不是以前对‘刚’用过吗？”萱萱问李知。

李知点点头，说道：“那又怎样？她忘记了呗！”

“对对对，她的记忆只有7秒！”

一天，宋小刚刚结束广播站的工作，便兴冲冲回到宿舍。“李知，你知道嵊州吗？”李知摇摇头。宋小继续说：“我刚刚在广播站知道，薛晨虽然是广东人，但从小却在浙江嵊州长大。嵊州那里产竹编，今天薛晨和我聊天，还聊到了他小时候吃的一种小花生，据说特别小，但特别特别好吃，他好久没有吃到了，还很遗憾。”

“怎么了？”李知不以为然地看着宋小，“你还准备在咱们宿舍种花生不成？”

宋小急忙走到李知旁边：“真是了解我呀，李知，我正有此意呢！告诉你，这世上就没有什么能难得住我！”

“是没有什么能难得住你一颗追薛晨的心吧！”李知不由地笑起来。后来的事实证明，李知的预言再次灵验了。宋小没有在宿舍种小花生，不是她不想，而是因为她实在找不到种子。但是，她做了另一件事。她开始满校园，满定福庄，乃至满朝阳区，满北京给薛晨找这一叫作“小花生”的东西。只要一有时间，宋小就在各远近超市，大小商场逡巡，流窜，寻找。

“宋小，至于吗？就是一个零食，又不是什么灵丹妙药，薛晨非吃不可！”但宋小不答应，她觉得如果能让远在千里之外的薛晨，在北京品尝到小时候的味道，那是件多么幸福的事情呀。

李知指着宋小，问萱萱：“谁为了博自己妃子一笑，点燃烽火的？”

萱萱做出抢答状：“周幽王，周幽王烽火戏诸侯。”

“哪个皇帝为了自己妃子能看到江南景色，在北京建了一个小江南呢？”

“相传乾隆皇帝为了满足江南的妃子对家乡的思念，建造了颐和园。”

萱萱接着说：“‘一骑红尘妃子笑，无人知是荔枝来。’这话我也明白了。”

无论李知和萱萱怎么说，如何戏谑，宋小根本不在乎。

和宋小一样驰骋在朝阳区各地的还有刘小宇，学生从3个变成了5个，并且还在不断增加，大有桃李满天下的气势。大学三年，刘小宇各科成绩均遥遥领先，并向英语专业8级吹响了冲锋号角，生活充实得既没有时间想男朋友也没有时间迷茫。刚刚进门，她和李知、宋小打了个招呼，喝口水，旋即奔向了自习室。

李知望着刘小宇的背影，问宋小：“宋小，你说现在到底是读书重要，还是机会重要？”

宋小摇摇头。她最受不了李知和她谈这些深奥的问题，常常一问三不知，自己对自己的智商都产生了怀疑。

李知知道宋小并非讨论这些事情的上佳人选，上佳人选是优优。但见了优优，李知会莫名紧张，会担心自己的问题庸俗而可笑，优优似乎在思考更深刻的问题，这让李知不敢轻易打扰她，只能抓着宋小提问。

“都说机会是给有准备的人。但是准备到什么时候呢？”李知叹了口气，继续说，“时而会信心满满，感觉整个世界都是自己的，觉得自己已经ready，就差一个机会让自己迸发和展示；时而又觉得自己还不行，生怕在人群中被突然叫起，洋相百出。上次我去节目录制现场就是这种感受。所以，有时我也搞不清自己，搞不清自己到底是应该更大胆，更积极去争取，还是要养精蓄锐，韬光养晦，深耕细作？这两种想法经常天人大战，搅得我鸡犬不宁。”

宋小放下手里的衣服，也叹了口气：“李知，你这些问题我都没有感觉。我一上大学就觉得很孤独，以前在家妈妈天天陪着我，所以我就想找一个男朋友。可是，都现在了，我也没有成功。幸亏，咱们宿舍很温暖，否则我得多孤独啊！我也曾经想过像刘小宇一样，用学习充实自己，但我发现，忙来忙去不知道为了什么，没有感情，再忙也没有什么意思。心里空空的多难受，是不是李知？”

李知点点头：“你们都很好，无论感情还是学习，有坚定目标都比我现在迷茫好。”

李知说完，独自到食堂吃饭，路上却遇到了郭书。上次和郭书闹别扭后，郭书来找过李知几次，李知都没有理睬。不是李知不想和好，而是她发现自己越来越不愿告诉郭书自己真实的困惑，也不想告诉郭书自己真实的想法，而且更好奇那个女孩到底是谁？随着时间推移，这好奇心不但没有消减，反倒与日俱增，即将日月同寿了。两人一起吃了个饭，但都觉得不似之前亲密。

几天后，李知刚刚和郭书看完电影，突然收到一个陌生短信，约李知操场见面，有事情要告诉李知。对这种莫名其妙的短信，李知的态度向来是不予理睬。但半小时后，李知再次收到此人短信：“关于郭书的事情，我们等会儿在操场上谈谈？你真的不好奇吗？”

李知一愣，哼了一声，放下手机，继续和萱萱洗漱。

“这种游戏太小儿科，而且无比俗套。”李知对萱萱说，“但凡一个情感电视剧里都要使用好几次，仿佛警钟长鸣。无非，不怀好意的人离间男女一号，接着，单纯的女一号上当受骗。”李知脑洞大开，自行脑补了很多情节。

萱萱在一旁补充道：“结局无非是好奇害死猫，‘贱人得逞’，李知，你别去，别成为那只猫，更别让她得逞。”

李知点点头，但仍心有不甘：那人到底是谁？怎么知道的自己电话？她和郭书怎么认识的？她想和自己说什么？没有人对秘密不感兴趣，特别是关于自己的。李知看看镜中的自己，又看看萱萱，甩掉牙刷，抹了把脸，冲出了宿舍门。

“哎，哎，李知，你干吗去？真上当去呀！喂，李知——”萱萱一脸泡沫地在李知身后大喊。

“汝要战，便战！”

李知飞奔赶赴约会地点，只是快到操场的时候，她放慢了脚步，装作从容的样子走了过去。

路灯边站着一个女孩，正向李知望过来，白色的连衣裙，高高的马尾辫，一看就是经过精心打扮的。看见李知，她微微一笑，礼貌中透着几分挑衅的味道。李知想起宋小的评价，挺了挺腰，迎着她的目光看了过去，这才认出她正是和郭书一起朗诵《光的赞歌》的刘怡。

刘怡化了淡妆，很漂亮，而且她自己对此深信不疑。

“你找我聊郭书的事情？”李知开门见山。

刘怡点点头：“李知，我知道你是郭书女朋友。我找你是想和你说，我觉得郭书更喜欢我。”

李知没有想到刘怡如此直接，心像被突然猛击了一下，心想自己真小瞧这姑娘了。

“你怎么知道？”李知也不甘示弱。

“我们朗诵的时候，配合特别默契。”

“就因为这个？”李知露出一丝自然的笑容，心中却万般不高兴。

“而且，我觉得郭书很在乎我。”

李知叹了口气：“没有别的话，我走了。”

刘怡大声说：“你想听听吗？”

李知摇摇头：“我不想。”

“那你来干什么？”

“来看看郭书拒绝的人什么样子，看看需不需要再让我安慰安慰，送送温暖，尽一些人道主义关怀。”李知说的时候，笑得很妖娆，自己都吓了自己一跳。

刘怡有些急了，“我让他别告诉你那天我们见面，他是不是就没有告诉你？”

李知本来都转身要走了，听到这话却又转过身来。

“我们情侣之间的悄悄话，即使再甜蜜的琼瑶剧都相形见绌，具体我就不告诉你了，毕竟要考虑一下你的感受，单身女性不宜！”

“他也一定没有告诉你我们说了什么。”

李知叹了口气："刘怡，两个女人为一个男人骂街、撕扯，在我看来都是丢女人的脸。这脸我丢不起，你最好也不要。"

"我不在乎，我们舞台上更般配，我们专业上珠联璧合，我爱他！"

李知摇摇头，扭身走了，隐约听见了身后刘怡的哭声。

回到宿舍，萱萱正焦急地等待着李知，李知一下扑倒在自己的床上。

"怎么样？战况如何？"萱萱紧张地问。

"好险，全凭自己的演技和良好的心理素质，才全身而退，刚才，险些露馅！"李知边说，边擦擦头上的汗。萱萱走后，李知心口一阵剧痛，这才发现自己内心早被刘怡伤得体无完肤。

这个李知和郭书之间的秘密，没有被李知自己查明，也没有被郭书直接说出，而是以最不堪的方式展现在李知面前。那道横在李知和郭书之间的壁垒没有被他们亲自拆除，反而被别人加上了重重一层。

32

今天，方媛起得特别早。昨天，她和相识已久的网友约会今天见面。聊了半年之久，方媛对这个网友有着熟悉的陌生人的感觉。这段时间，方媛很多的事情和情感都向这个素未谋面的网友倾诉，甚至超过自己的男朋友，两人今天见面是不是会相见恨晚？

两人相约方媛下班后，在方媛工作的麦当劳见面。这一天的时间似乎都走得很慢，方媛一直耐心地等着下班，她观察着来店的每一位客人，想到的是《甜蜜蜜》中黎明和张曼玉的相遇。

但是，那天，直到自己下班，直到自己在店门口站得脚都麻了，直到华灯初上，直到月上柳梢，直到表姐打来电话，方媛才确定那个人不会来了。

据表姐分析，那人已经来过，只是没有和方媛相认，或者说，那次送方媛书的时候，他就见过方媛了，只是他在暗处，方媛在明处。至于为何不相认，可能是觉得不合适。表姐没有深说，方媛也没有继续追问。“网友，不必认真，反正你也没有损失什么。”表姐最后宽慰方媛。方媛对着电话点点头。

回到宿舍，方媛对着镜子看了自己很久，难道是因为自己不漂亮？还是真的如李知所说，网友都是现实生活中空虚寂寞的人，他们只想填补寂寞，而不愿有真实的接触？但方媛想到最多的还是自己的男朋友，那个从不会迟到，从不忍心让自己失望、难过的男朋友，虽然他能力不够，但一直很努力。想到这儿，方媛不由地哭了起来。

从台北回来后，优优将王力宏演唱会的照片冲洗了出来。拿回宿舍的时候，大家一拥而上，想近距离看看优优的偶像到底是什么样子。李知飞速地翻阅着一沓厚厚的照片，里面有王力宏劲舞的风采，有他挥手致意的温柔，还有他和各种粉丝互动的甜笑，甚至还有王力宏转身离去的背影，却唯独不见和优优的合影。

“是不是把自己和偶像拍摄的照片藏起来了？拿出来给我看看？”李知一边翻着照片，一边问优优。

优优摇摇头：“这是所有的照片了！”

李知惊讶地看着优优：“那怎么没有你和王力宏的照片呢？”

优优若无其事地回答：“没有拍！”

“为什么？花这么多钱去一次呢！”宋小也惊讶地问。

优优递给李知一张照片，照片中的王力宏微微笑着，正顺着一位中年男子的手臂看过来，轻轻摆着手：“这张照片是他看我的时候，我拍摄下来的！这就是我们摄影课学到的‘关键性瞬间’吧！”

“王力宏旁边的是你爸爸吧，优优？”李知问。

优优点点头：“是爸爸，爸爸走上前去了！”

这是李知第一次见优优的爸爸。李知皱了皱眉头：“那你为什么不上去呀，你应该和爸爸一起走上前呀，喜欢了这么久，全家不远万里坐着飞的去看演唱会，怎么也应该有张合影，哪怕只有一张！”

全宿舍都不住地点头，方媛和刘小宇也疑惑地看着优优。

优优轻轻一笑，低下头继续整理照片。

“优优，这点你要向我学习，要勇敢追求。”宋小叹了口气说。

课程不忙的时候，李知决定一个人在北京逛逛。她没有告诉郭书刘怡找自己的事情，她已经不像以前，对郭书完全敞开心扉。她也想有自己的生活和秘密，她想证明给自己看，没有人陪，自己一样过得精彩丰富。她走呀走，一直走到了一个叫新街口的地方才停下。这是李知大学以后，第一次一人走这么远，这让她感觉自己离勇闯世界的李秀媛只差一个“世界多奇妙”了。很快，她就发现自己也发现了世界的奇妙，自己和李秀媛什么也不差了。

在新街口一家电影院前，李知走不动了，她随便买了张电影票，想去影院里休息一下。电影院不大，来看电影的人不多，零零星星只有几对情侣。快熄灯的时候，进来一男一女，男生有些明星相，好像“陈浩南”，女生不认识。

对只有恋爱经验的李知来说，那场关于婚外情的电影，李知什么也没有看懂。其实，她看不懂的岂止是婚姻与情感，连更单纯的爱情她也看不明白。白色T恤，飘逸的中长发男生，在屏幕闪烁的光影，时不时向身边的女孩殷勤地递上饮料，时不时小声咬着耳朵，两人不住地相视而笑。情到深处，更情不自禁地热吻起来。

最后，在男主人公深沉的自述中——“在悲喜交加的经历中我走到了二十世纪的末叶。一幕幕开场的锣鼓，一曲曲落幕的悲歌，如今都已随风而去，唯有那轻轻的一声叹息住在我的心里。”有个中年女子哭了起来，李知心情也差到了极点，现在她看清了，那人不是“陈浩南”，那是赵鹏。

电影一结束，李知健步走到赵鹏面前，将手里的矿泉水全泼了出去，赵鹏一张脸由惊讶变为恐慌，而后低下了头。

“我只想让你尝尝被冷水泼的感觉。”李知冷冷地说。

身边的女孩一下急了，挡在赵鹏身前，对着李知喊：“你干吗呢！你到底是谁呀！你怎么能泼人呢？”边说边要扑上李知，被赵鹏紧紧拉住，低吼道：“这事和你无关！”

李知强忍着眼泪：“几天前我告诉一个女生，两个女人为一个男人骂街、撕扯，在我看来都是丢女人的脸。这脸我丢不起，你最好也不要。”

李知走出电影院，双腿不停地抖，她找了一个地方坐下，拨通了萱萱的电话，哭了起来。正在等赵鹏短信的萱萱第一时间接听了电话。

“萱萱。”李知刚开口，萱萱一下听出李知哭了。

“李知，李知，你怎么了？你怎么哭了，你在哪，谁欺负你了？”萱萱一听到李知的哭声，急忙问。

“没有，萱萱你听我说，我想告诉你——”

“好，那你先别哭，你在哪儿，你等着，我马上就到！”萱萱又露出了大姐大本色，时刻保护着自己的“战友”。

“不，萱萱，我——我，你听错了，我没有哭，我在外面。”李知努力让自己镇定。

“你发生了什么事，你要告诉我什么？你快说，真让我着急。”

“我，萱萱，我，我没事了，等会儿我们宿舍见！”

“好！那你快回来，有什么事情我帮你，别哭哈！”

李知点点头，匆忙挂掉电话，又哭了起来。这是自己最好的朋友，一个见不得自己伤心，听不了自己哭泣的朋友，难道自己不是吗？可接下来，接下来自己告诉她的一切，又怎能不伤了她的心。天空下起丝丝秋雨，一阵秋风过，吹落一片残叶，李知哭得越发伤心，引来路人一片侧目。

哭累了，李知坐上车，跌跌撞撞赶回学校，跑到萱萱宿舍，萱萱却不在，给萱萱电话，萱萱没接。李知到操场，没有看见萱萱。再回到她宿舍时，萱萱正在晾衣服。

萱萱一看到李知，扔掉手里的衣服，第一时间冲到李知面前，紧张地问：“你怎么了？这是刚刚哭过呀，到底谁欺负你了？是郭书吗？我找他去！还是你们宿舍又闹别扭了？”

不等李知答复，她旋即想冲出门。

李知伸手拉住她：“你干吗？”

“我去你们宿舍说说去，你这人是不太能体会别人的感受，缺点也不少，但单纯，也热心。”

李知皱皱眉头，哭笑不得地翻了个白眼："我哪有什么缺点？好了，好了，别说了，不是宿舍的事情。"

"那你怎么了？"

"行了，我快来例假了，周期性多愁善感总行了吧，那你告诉我，你今天干吗了？"

萱萱这才松了口气，说道："今天一天没啥事，接到你电话，也不知道你怎么了，就一直等你。等你不来，刚才到洗漱间洗衣服去了。"

"为什么大晚上想起洗衣服了？"

这次萱萱翻了个白眼："不懂了吧，娇生惯养。现在是夏天，我们宿舍朝南，白天的太阳又大又毒。白天晒衣服，白色衣服会老化，会变黄，所以只能晚上洗衣服，晒衣服了。"

萱萱边说边拿起一件男士的白衬衫。

李知指了指："这是谁的？"

萱萱看看李知："明知故问吧，还能有谁的，郭书的你答应吗？当然是赵鹏的了！"

李知的心像被狠狠泼了一盆冷水，心疼地看着萱萱："萱萱，你下午干什么了？"

萱萱想了想："睡了一觉，去图书馆看了一场电影。"

"自己一个人，还是和赵鹏？"

萱萱摇摇头："自己一个人。赵鹏说，他有高中同学来了，去陪同学了。我估计他快回来了，等会儿找他。"

李知没有说话，看着眼前的萱萱，她仔细地抖开衣服，小心地挂上衣架，夹上夹子，然后拽拽衣角，对着衣服露出甜蜜的笑容。

"我等了他一整天了，等会儿晒完衣服我就去找他，我就不陪你了。"萱萱继续说，一提到赵鹏，她的声音就柔和起来，大姐大退回了小女人。

李知心里一阵酸楚，眼泪又要流下来。

"李知，你到底怎么了？"

“我真没事，周期性多愁善感，萱萱我先回宿舍了！”

李知把想对萱萱说的话再次硬生生吞了下去，她实在不忍心打破那一刻的美好，虽然那并不真实。

李知筋疲力尽回到宿舍，刚刚推开门，就在门口被宋小一把拉住。宋小一边拉着李知，一边兴高采烈地说：“李知，李知，给你看样东西，闭上眼睛，当当当当！”宋小说“当当当当”的语气，是模仿当时最火爆的电视节目《幸运52》揭晓某某得了大奖的音效，似乎在制造悬念，又像在营造气氛，口里还高喊着：“幸运52，谁都有机会！”宋小有一种本事，当她高兴时，从不看对方的心情和态度，就要拉着你一起high。李知心情低落，没有心情和她周旋，一把拨开宋小在自己眼前晃动的手：“干吗呢？你有什么机会呀？别故弄玄虚了，真有本事给我来个大变活人，把薛晨给我变出来！”

宋小心情大好，才不管李知此时的脸有多黑，口气多差，一双手又在李知眼前虚张声势地不停晃动，“啪”的一声，几包嵊州当地小花生出现在李知眼前。

李知惊讶地看着宋小，宋小一脸得意：“怎么样？这戏法变得可以吧！”

“你怎么弄到这东西的？你真买到了，哪里买的？”刚问出这句话，李知就后悔了，此后的二十分钟，宋小不顾李知的脸色，不顾李知的态度，甚至李知明显表示不想再听了，依然阻挡不了宋小如滔滔江水般的表达，她完全沉浸在自说自话的陶醉中，不能自拔。

二十多分钟的高谈阔论，其实就两句话：宋小几乎走遍了整个北京城，最后在浙江办事处下面的一个很不起眼的小卖部买到了这“小花生”！宋小形容当时自己的心情，简直是“哥伦布发现了新大陆”，牛顿发现了“万有引力”，人类成功登月。宋小觉得这下有了得到薛晨感情的机会了。

有些快乐就是那样简单，有些幸福就是那样脆弱。李知看着快乐的宋小，突然很欣慰，她走上前，使劲儿抱了抱宋小。宋小眨着无知的大眼睛，受宠若惊。李知不知道萱萱知道今天下午的真相会怎样，李知也不知道宋小拿着满世界找来的“小花生”给到薛晨时候，薛晨会不会像宋小这般快乐。小时候总听说：付出就有收获，一分耕耘，一分收获。在成人的世界里是这样吗？在感情的世界里是这样吗？但是，她仍因为某种东西而感动着，她自己也说不清楚，虽然这种感动中夹杂着那么多的担心与不解。这就是成长，总要面对那么多的未知。

那一夜，李知辗转反侧。

第二天一早，她收到了赵鹏的短信，他恳请李知再给他一次机会。李知没有立即回复他。在李知看来，自己所做的任何决定都不会因赵鹏而转变，她所做的任何决定都是为了保护自己的好朋友萱萱。

李知想了许久，终究没有和萱萱提及那天下午的事情。每每看见萱萱仍然甜蜜地和赵鹏出双入对，李知就感到自己进退两难。她喜欢看萱萱笑，喜欢看一个大姐大似的人物在爱情里的甜蜜，她不忍心破坏萱萱得来不易的快乐，但又深深为萱萱担忧。最后，她很严肃地给赵鹏回了一个短信："萱萱是我的好朋友，也是一个好姑娘，请好好珍惜她，否则我不饶你！"李知第一次觉得自己才是大姐大，保护着众小妹。

33

李知越来越混沌，她甚至不知道，是认识本质、发现真相更残忍，还是一无所知地被欺骗更残忍。

新闻理论课，讲台上，老师侃侃而谈："真实是新闻的生命。这就是说，没有真实，就没有新闻。真实是一切新闻的基础，是新闻存在的前提！"

真的是这样吗？

李知看看坐在一旁认真听课的优优，悄悄递出一张纸条："真实就是真相，真相真的那么重要吗？是知道真相更残忍，还是一味地被欺骗更残忍？优优，你觉得呢？"

优优打开纸条，看了一遍，若有所思地想了想，然后又递给李知一张纸条："李知，这真是一个好问题，让我仔细想想。不过，作为记者，好的提问才会激发高质量的回答，有时提问甚至比答案重要。所以，你有好记者的素质，看好你！加油！”李知看着身边的优优，莞尔一笑，心中无限温暖。

不知道为什么，李知总觉得优优了解自己，而且能看懂自己，但是李知好像并不了解这看上去小小的优优，不知道同样小小的脑袋里到底在想些什么。李知不知道，优优为何每周三都风雨无阻地横跨大半个北京，三年如一日地去北京大学上哲学课；李知不知道，优优为什么一定要和郑亮分手，郑亮不出众，但绝对是个优质男生；李知不知道，优优为何痴迷一名远在天边的偶像，各种追随，各种迷恋，而当有机会触摸时，却连一张合影也没有；李知也不知道，优优为何越来越瘦，经常一个人在学校操场上戴着耳机一圈一圈地走；李知不知道，优优为何有时会看上去那么忧愁，好几次，在夜晚的操场上，依旧可以看见她不断擦拭泪痕，她的不快乐为什么不能像宋小那样，和大家分享，让大家一起解决？

有些真相被暂时隐藏着，而有些真相则很快被展示出来，无论你喜欢还是不喜欢。

宋小手捧着一袋袋嵊州“小花生”来到男生宿舍楼下，然后将薛晨召唤下来。据说，当宋小变戏法式地拿出那些“小花生”时，薛晨的脸由惊讶变成了惊喜，继而是感动。宋小的目的达到了，她愉快地将这些“小花生”一股脑地塞进薛晨怀里，然后扭身就跑，头也不回。因为按照偶像剧情节，薛晨应该不顾一切地追上来，两人互相表白，然后两人幸福地相拥在一起，“公主”和“王子”从此过上幸福的生活。但真相是，宋小一人狂跑不止，从男生宿舍跑到女生宿舍，又从女生宿舍跑到操场，从操场跑到教学楼，再从教学楼杀回男生宿舍，循环往复，足足跑了五圈。事后，李知问宋小为何狂跑不止，宋小说，因为感觉太幸福了，感觉爱情马上就要降临了，想想就兴奋不已，就停不下脚步，就想这样一直狂奔下去。李知头脑中随即浮现出《阿甘正传》中的桥段，真担心宋小就这样一路一路跑下去。但是，随即大家发现，这次“小花生”的威力不但让宋小足足绕广院跑了五圈，也让薛晨突然有了“跑”的冲动。

宋小再给薛晨送各种四川佳肴时，薛晨再也没有露过一次面。校广播站，薛晨也和别人调换了导播时间。谁都能看出薛晨的意思，偏偏宋小后知后觉。

“也许我送菜的时候，薛晨恰恰出去打球了；也许我送菜的时候，薛晨恰恰正在接电话；也许薛晨有别的安排，所以在广播站调换了时间。”当宋小可怜兮兮地看着大家，说出这些自以为是的猜测，并期望大家附和的时候，210宿舍常常变得异常安静，安静得连呼吸的声音都没有了。

宋小叫着：“李知，李知，你说说呀，你说说话呀，你觉得我说得对吗？你觉得我说的有道理吗？”

“我哪里知道，我又不是薛晨！”李知想再次扮演大姐大的角色，解去整个210宿舍的尴尬。

可是万万没有想到，自己的一个敷衍，宋小却大梦初醒般叫着：“对对，我下次去问问薛晨！”李知眼睛睁得大大的，看着优优，优优也无措地看着李知，不知道该不该阻止宋小这疯狂且类似“自杀”的追问。

那个夏天，被方媛称为傲慢的李知，也终于仔细看了方媛一眼。那天，方媛穿着一双高跟凉鞋一步步地走进了宿舍，个子增高了，整个人的气质也提升了。

李知瞪大了眼睛看着方媛。大学刚开始的时候，这个连露脚趾凉鞋都拒绝穿的姑娘，现在不但露着脚趾，甚至裙子都短了几分。

不知道是不是受到麦当劳“洋文化”的熏陶，方媛喝起了咖啡，雀巢速溶咖啡的香气也经常飘荡在210宿舍。

有时候，长大可能是在一瞬间；有时候，明确自己不喜欢这个人，也是在一瞬间。薛晨最近就是这个感受，但宋小却一点儿没有察觉。宋小怀着大无畏的精神找到薛晨，问薛晨为何将他在广播站播音的时间调换了。薛晨给出的解释是：那个时间更合适，原先的时间安排了选修课。宋小对这个答案非常满意，简直“非常完美”！

这个说法很官方，大家都狐疑地摇摇头，但宋小却坚信不疑。她继续给薛晨宿舍送饭，继续去校广播站做工作，也要调换自己的时间。她知道薛晨因为跑步膝盖不舒服，第二天，一副护膝就神奇地出现在薛晨的床铺上；她知道薛晨鼠标坏了，第二天一个鼠标就神奇地出现在薛晨的床铺上。宋小仿佛是哆啦A梦，总有神奇的口袋可以变出很多东西。但薛晨显然不是那个对此很受用的“大雄”，薛晨变得越来越不爱回复宋小的短信，变得对宋小的礼物越来越漠然，见到宋小也不似以前热情，而是不自然地躲闪。

一天，宋小和李知在食堂，看见薛晨和自己老乡一起吃饭。宋小起身过去和老乡攀谈起来，谁都知道宋小“醉翁之意不在酒”，可是宋小刚刚走过去，不等开口说话，薛晨就一个人快速地起身，朝宋小生疏地点点头，走开了。李知正替宋小难过的时候，薛晨竟然走到李知面前，小声地说：“你是李知吧，晚上8点，操场，我有事情找你。”李知惊讶地看着薛晨，他高高的个子，小小的脸，一副温和的样子，又看看不远处的宋小，宋小正转过身，狐疑而惊讶地看着他们。

薛晨接着说：“晚上的事情别告诉宋小，只是我们见面，不见不散。”说完，点点头，快速走开了。薛晨一走，宋小风一样地出现在李知面前：“李知，刚才薛晨是在和你说话吗？他和你说什么？”李知眨眨眼看着宋小，脑子飞速旋转，薛晨跟自己说的最后两句是“晚上的事情别告诉宋小，只是我们见面”。李知支支吾吾地说：“哦，他，他说什么了吗？他没有说什么呀。”虽然，李知自认演技不错，也确实演得很投入，可宋小对此很不满：“我明显看到他和你说话了，好像还说了好几句！”李知叹了口气说：“他问是不是叫李知，是不是你的同屋，然后就没说什么了！”

“可他为什么问这个呢？”宋小问。

“我怎么知道。行了，回宿舍吧。”

回宿舍的路上，宋小一直琢磨这件事情，并显得很不开心，自己追求已久的男生突然和李知搭了腔，宋小满眼的猜测。

“李知，他不会是喜欢你吧！”宋小抓着李知胳膊，轻轻问。

“不会，你想多了。”李知无心回答宋小的问话，满脑子也是各种狐疑，自己和薛晨根本不熟，他为什么晚上约自己？白天不行吗？为什么又要背着宋小？他不让自己告诉宋小，自己到底说还是不说？李知和宋小都满心不高兴和满脸问号地回到宿舍，两人拉起帘子，谁都不再说话。

为了避免宋小警觉，晚上6点李知就出去自习了，准备8点钟直接去操场见薛晨。为了不让郭书也产生不必要的误会，李知也没有和郭书说。

晚上8点，李知到达操场的时候，薛晨已经到了。操场人多，薛晨特意选了一个灯光昏暗的地方，李知看着薛晨，满心不解。“薛晨，你找我有什么事情？”李知按捺不住，首先发问。薛晨站定，长长舒了口气说：“李知，我现在已经有点受不了了，我觉得我真忍受不住了！我真想好好和你说说！”

李知看着薛晨，现在的薛晨已经不是上午自己见过的那个一脸平静的大男孩了，他急促的语气，紧皱的眉头，让整个人显得很不安，但李知仍不知道他要说什么。薛晨接着激动地说：“李知，你和宋小一个宿舍，你能不能劝劝她，别这样啦！别整天给我送吃送喝送用的了，我不需要！别整天找一切机会接近我，跟踪我，我感觉像被监控了一样！别整天找各种人打听我的家庭、喜好，我觉得像被调查一样！我，我现在都有种窒息的感觉，感觉无时无刻不被监视，感觉我的一切，包括喜怒哀乐，都在别人监控的范围内！我特别不喜欢这种感觉！”

李知愣愣地看着薛晨，想起宋小在宿舍兴奋而快乐的样子，她万万没有想到，这些会给对方带来如此多痛苦。李知叹了口气，小声说：“薛晨，薛晨，你冷静一下，宋小，宋小她没有别的意思，她是真的喜欢你，真的想经常见到你，真的想为你做点什么。”薛晨稍微冷静了一下，叹了口气：“可是，可是，我不但不需要她的喜欢，现在，我甚至厌烦了她的喜欢。李知，你想想如果有一个人这样对你，你能受得了吗？满世界的给我买‘小花生’，我是特别感动，但是我也觉得特别有压力，好像不能不接受她的好，但是，这份‘好’又重得让我不愿承受，以至于我都无法对别人说她的不好，就因为她对我太好了！”

李知低下头，不知该跟薛晨说什么，替宋小解释，还是安慰薛晨？薛晨继续说：“李知，我一直没有女朋友，也想在大学时候，有个女朋友！但那个人一定不是宋小，而且，甚至，我觉得宋小再这样缠着我，我都不会找到自己喜欢的女朋友了！所以，所以，李知，请你帮我一下，能不能把我今天的话告诉宋小，让她收手吧！她这是骚扰，不是爱！”

李知惊讶地看着薛晨，为难地说：“薛晨，你今天找我来，就是让我把你的这些话告诉宋小，你这样——可是，可是，你为什么不自己说呢？”薛晨认真地看着李知：“我想过要自己说。其实，在我想说这些话之前，我的种种举动已经表明我在拒绝她了，可是，可是，她为什么就不明白呢？她真要我把话说得这么直接，这么难听？李知，如果你不愿说，我就准备直接和她说了，如果没有别的办法，我也只能自己和她说明白了！到时，我可就顾及不了她的感受了！”

李知忽然明白了，薛晨不自己对宋小说，正是他的善良。李知紧张地拉着薛晨的胳膊：“薛晨，薛晨，这事让我想想。无论如何，宋小初心是好的，她也很脆弱，未必能经受得住这种直接的拒绝。要不，你给我一点时间，让我想想办法，好不好？”

薛晨看看李知：“我找你，就是来和你商量的，我实在不想再忍受，但是也不想把事情弄得太难看！”李知继续拉着薛晨的胳膊说：“薛晨，我懂，我懂！那能不能让我想想办法，在此之前，请你再忍耐一下，我尽早让宋小不再对你做什么，好吗？”薛晨点点头，李知松开手，长舒了一口气，转身要走，薛晨却突然轻轻抓住李知的胳膊：“李知，谢谢你！真心谢谢你！拜托了！”李知叹了口气：“薛晨，我也谢谢你，谢谢你的善良。请等我处理一下，在此之前，别和宋小说今天的话！她真的很脆弱！”

李知迷迷糊糊地绕着学校走了几圈，脑子里闪现的一会儿是薛晨不满地倾诉，一会儿是宋小满心欢喜地对着菜谱给薛晨做菜的样子；一会儿是薛晨紧缩眉头的表情，一会儿是宋小拿着小花生变魔术的样子。李知不知道怎么开口和宋小说刚才的事情，甚至不知道该不该说。

李知想找萱萱商量，却看到了一脸惊慌失措和伤心欲绝的萱萱。原来，李知极力隐藏的事情还是暴露了。中午的时候，萱萱和赵鹏一起吃饭，无意中，发现赵鹏的手机不断收到短信，虽然调成了静音，萱萱还是有所察觉。于是在和赵鹏分开后，萱萱悄悄地跟着赵鹏，结果发现赵鹏去了咖啡厅和一个女孩约会。李知劝萱萱，也许只是普通朋友见面。萱萱摇摇头：“一进咖啡厅，那个女孩就扑向赵鹏，然后拉着赵鹏的手不放！”萱萱痛苦地回忆着，而李知头脑中回想的全是赵鹏在电影院中和别的女生亲密的画面。

“赵鹏知道你看到这些了吗？”萱萱摇摇头，“我实在没有力气走上前仔细看两人的表情，只想赶快逃回来。”

“你想怎么办？”李知问萱萱。

萱萱难过地看着李知：“李知，当我看见自己最爱的人，和别的女人在一起，眉目传情，那一瞬间，我感觉自己被深深地扎了一刀，鲜血喷涌而出，生命都危在旦夕。这样的感觉太可怕了，而我却接连经历了两次。李知——”萱萱停了停，眼睛红红地看着李知，“李知，我决定和赵鹏分手！”

李知点点头，轻轻抱着虚弱的萱萱：“分手吧！别和赵鹏在一起了，他不值得！”

不知道谁说过，判断你爱不爱一个人，就设想和他分手那一刻的感受，如果万分痛苦，甚至不敢想象，那你一定还深爱着他。纵使赵鹏万般不好，当萱萱说出分手两个字时，已经虚弱得倒在李知的怀里，一丝力气都没有了，仿佛一个被伤害的小女孩，孱弱得寻求最后的保护，脆弱得已经再经不起一点点伤害。

李知心疼地抱着萱萱，心中万分内疚。如果当初自己把在电影院里看到的一切告诉萱萱，萱萱今天就不用这么狼狈，如果当初自己让萱萱早些离开赵鹏，今天她就不会在毫无防备的情况下，被最爱的人，在心口上，再次深深捅上一刀。

这个时候，电话响了，“男朋友”三个字在萱萱手机屏幕上闪烁，李知一把抓起电话，对着话筒怒斥道：“赵鹏，我是李知，从今往后，你别再骚扰萱萱，她已经决定和你分手了！”没等赵鹏回答，李知“啪”地挂断电话。不久，萱萱的手机又响起，“男朋友”三个字再次蹦跳在手机上，萱萱握着手机，眼泪不停地流。铃声响了一遍又一遍，李知拿过手机，摁下关机键，世界一下子安静了。萱萱一声不吭地看着李知，只是不停流泪，李知紧紧抱住萱萱，心中暗暗发誓，这一次，一定要让萱萱和赵鹏一刀两断，彻底决绝，今生陌路。

第二天，大雨如注，倾盆而下，天跟漏了一样，望春亭变成了水帘洞，赵鹏坐在雨帘后面。李知举着伞，挂着一张冷脸，走到望春亭里。赵鹏抬起头，面色憔悴，一头乱发。

“李知，谢谢你过来。”

“不用谢我，我不是为你。我不想让你演什么苦情戏，我怕萱萱心软。”

“李知，李知，能帮我和萱萱解释一下吗？我——”

李知毫不犹豫地打断赵鹏的话："赵鹏，我来见你，不是想听你说什么，而是来告诉你，不要再招惹萱萱，如果你还是个男人！我之前已经警告过你，萱萱是我的朋友。"

赵鹏沙哑着声音，哀求道："李知，我知道我错了，但是，昨天不是那样的，昨天我是要去和那个女孩——"

李知再次不耐烦地打断赵鹏："赵鹏，不管你昨天去干什么，哪怕是去和别人谈分手，这都不重要了！重要的是萱萱已经不愿意再信任你了！再一再二不再三，你已经两次了！"赵鹏低下头不再说话，眼泪流了下来。

"可是，我说的是真的，我昨天真的是——"

李知摇摇头，说："赵鹏，你知道我现在多恨你吗？但是，我忍着这些，来冷静地告诉你，如果你真的爱过萱萱，赵鹏，你就放手吧！你的爱萱萱接受不了，也承受不起，里面有太多的眼泪和伤心，太多委屈和伤害。你去要你的自由，你放了她吧，如果你念一点旧情，就放了她吧，别让她总泪水涟涟，别让她总深夜痛哭，别让她总被辜负！"赵鹏慢慢地抬起头看着李知，李知的最后几句话无疑打消了赵鹏想做的所有挽留。赵鹏朝李知深深地点点头，神情黯然："我懂了，李知。帮我说一句对不起。"

李知摇摇头："我不会转告她任何话，赵鹏，我的目的就是让你们从此一刀两断，再无纠缠。再见！再也别见了！"说完转身走了。

回到宿舍，李知望着大雨中的望春亭，竟没有一丝胜利的愉快，却不禁悲从中来。无论是主动还是被动，无论是当事人，还是旁观者，分手就是分手，两个曾经最亲密的人，两个曾经骨肉相连的人，从此越走越远，直到消失在彼此的世界里，今生杳无信息，自此天涯路人。

很久以后，李知知道赵鹏那天去酒吧是和那个女孩分手，他要真正地回到萱萱身边，做一个好男友。但，很不巧，不小心被萱萱撞见了那一幕。赵鹏找李知想告诉李知这个真相，告诉李知他爱萱萱，他要好好回到萱萱身边。但是，李知已没有兴趣听完他的解释，也不愿再次相信他。

李知后来时常想，如果那天自己听完赵鹏的话，并转达给萱萱，赵鹏和萱萱以后的生活是不是真的会不一样？

这些天，李知一改往日对宋小的粗心大意，开始时时观察宋小的脸色。她经常意味深长地瞅着宋小，想着在什么合适的时间，完成薛晨的嘱托。

她想找宋小高兴的时候，让高兴的喜悦冲淡失恋的苦痛，接着摇摇头；她想找宋小清醒冷静的时候，那个时候她能客观看待这些事情，可是想来想去也摇摇头；最后她想等宋小不太在意的时候，她不在意就不会伤心，最终也摇摇头。

找来找去，想来想去，李知还是没有找到那所谓的“合适的机会”。

这段时间，为了让李知更有安全感，为了让这段感情更亲密，郭书在短信中主动增加了自己的去向。李博说得对，亲密感破坏了自由，但牺牲些许自由有时可以赢得亲密感，这是女生需要的安全感。

“李知，我下午去上英语课。”

“李知，我晚上约了高中同学见面。”

“李知，明天晚上增加了课程，晚点找你。”

李知能感受到郭书的变化和努力，虽然不能和郭书时时刻刻在一起，但是当她知道郭书在哪里，在做什么，仿佛他们就一直在一起，她也感到了那种被需要的亲密感。但她仍保持着和郭书若即若离的状态，李知觉得自己最近被“潘多拉的盒子”搅动得很浮躁，被一些说不清的欲望炙烤着，变得没有那么可爱，不像女神了。这个时候，李知发现，在这段感情里，自己不但不能接受不完美的郭书，甚至也无法接受不完美的自己。

最近消失的Miss周又回来了。这次她没有找宋小，而是直接找了李知。她要李知后天帮她录制一个主持节目。

李知瞪大了眼睛：“就主持而言，我们不像你们学得那么专业，怎么行？”

Miss周摇摇头：“没问题，很简单。就是一个气象节目，而且是电视台内部用，照着他给的稿子念出来就行。”

“我，我真没有把握。”

“没关系。你忘记上次选主持人的场面了？行不行的大家都要给自己机会试一试，你真想以后对着机器工作一辈子？”

李知一愣。

“再说，这个真不难。说实话，我明天有另一个活动，机会给别人还不如给你。录制出来的节目只在他们内部电视台播放，你去吧！再说，你有什么问题，可以问郭书，他会告诉你一些技巧。”

Miss周塞给她一篇稿子，这次李知没有再拒绝。

两天后，她出现在这个气象节目前。稿件她已经全部背诵下来了，镁光灯打开，摄影机转动，李知对着镜头一溜背了下来。

“这位同学，刚才说得很流利，但语速过快，这次慢一点！”

李知慢了下来。

“这位同学，你的表情有些呆板，再来一次。”

李知又来了一次。

“这位同学，你要看着摄影机，刚才你头抬得有点高，注意位置。”

“这位同学，你的身体过于僵硬，再来一次。”

“这位同学，你的整体状态太拘谨，再来一次。”

李知一下子不会说了，无所适从，她听见了叹息，看见了紧锁的眉头，还有失望的表情。李知对着镜头半天说不出一句话。众目睽睽下丑态百出，是她唯一的感受。

从节目组出来，走在阳光里，李知才有了一丝安全感。她从未感觉到自己如此失败，无助。

她返回学校，一直在各处溜达，就是不想回宿舍，她羞于启齿今天的经历，她不知道该怎样对大家说。她给郭书打了一个电话，约郭书在操场见面，她想从郭书那里得到安慰，虽然她也不想把今天的经历告诉郭书。

两人坐在操场看台上。

郭书看出李知脸色不好："不高兴了？是我冷落你了？”

李知摇摇头。

“就是嘛！我觉得我最近做得很好。那你为什么不高兴了？是不是又小心眼了？”郭书想开玩笑，缓解一下气氛。

但这句话却让李知更加低落。今天自己失败又难堪，现在又被说小心眼，虽然知道郭书在开玩笑。

“好了，好了，说错了。”郭书忙改口，“我去给你买冰激凌，等着我！”

“还不快点！”

李知难得露出了笑脸，郭书一溜烟跑了。李知坐在看台上，看着郭书的背影，自己依旧是那么需要郭书，那么爱他，从没有变过。

身边的看台上，手机短信提示音响起，“嘟嘟嘟嘟”，刚才郭书走得匆忙，将手机落下了。李知拿起这部白色的“歼击机”，想起他们一起买这个手机的场景。两人走遍北京手机专卖店，比较价格，比较式样，在设置手机密码时，郭书还特意用了她的生日。

那时，李知头倚靠在郭书的肩上。郭书输入了李知的生日，笑着跟李知说：“这样一来呢，可以牢记你的生日，不忘记。二来，我的手机就像我的人一样，向你打开，没有秘密。”

李知感到前所未有的甜蜜。

李知直起身：“我也把密码设置成你的生日。”郭书习惯性地将李知的头再次按到他肩膀上：“说话就说话，动作别换！”不知道为什么，郭书就喜欢李知把头靠在他肩膀上，而李知会担心，这样会让他的肩膀不舒服，郭书说，这叫依恋。

是，即使世界都对自己失望，还有郭书在乎自己。郭书对自己没有秘密，自己也要将心里的秘密告诉他，即使那些秘密看上去并不完美，却是真实的自己。不断走近的两个人，不正是不断看到真实彼此的两个人吗？

李知下意识地在郭书的手机上输入了自己的生日，手机屏幕振动了一下，依旧停在屏保。李知一愣，她又重新输入了自己的生日，每个数字都看得清清楚楚，以防看错。但情况依旧和第一次一样。

郭书换了他的手机密码，而自己却一无所知。那个密码，是自己和郭书的约定。当李知决定打开自己的时候，郭书却关闭了自己。

这时，郭书拿着冰激凌跑了回来，满脸的笑意。

“两个口味的冰激凌，你要吃哪个？”

李知没有回答，低声说：“你换了手机密码？”

“你看我手机？”

“什么时候换的手机密码？为什么要换手机密码？”

郭书想跟李知解释，密码是上次爸爸来北京，使用自己手机时不小心换的，但郭书突然不想说了，只说了句：“你为什么看我手机，为什么不信任我？”

“好，我信任你，那你把手机短信给我看看！”李知也许未必想看郭书的手机，而此时，她只想通过这种方式，确定自己和郭书仍是世界上最亲密无间的人。她需要这种亲密，因为她此时想告诉郭书下午发生的一切。

郭书一愣，从李知手里拿过自己的手机：“李知，我们可以不这样吗？你现在已经变得我都不认识了！”

偷看他人手机，本就让一向骄傲的李知丢了颜面，仍不依不饶地要看手机，已让李知觉得自己颜面尽失，她多希望郭书可以帮她捡回尊严，帮自己体面地结束这场争吵。但是此时，郭书也已经十分激动了。

他坚定地摇了摇头，一脸失望。这失望，和下午的工作人员一样，像高高抬起的脚，然后重重落下，碾碎了李知掉落在地的颜面，撕下了李知最后一块遮羞布。

李知恼羞成怒，抓过郭书的手机，摔在了地上。

“啪”的一声，这部手机中的歼击机瞬间坠地，粉身碎骨。

李知和郭书看着一地的碎片，瞬间都冷静了。这是他们互换的第一个礼物，这是他们第一个共同的目标，这更是郭书的“良苦用心”，他将那部更好的手机送给了李知，而自己留下的这部歼击机。当初，买它们的时候，自己是多么开心，多么高兴。这不仅仅是一部手机，更是他们爱情的象征。

李知伤心地哭了起来：“郭书，我们分开一段时间吧！”

郭书点点头。

回到宿舍，李知静静地站在镜子前。她看着镜中的自己突然心疼起来。李知不知道什么时候自己竟然变成了自己曾经最不喜欢的样子：小气、嫉妒、爱猜疑、不自信、患得患失。“李知，你这是怎么了？”李知轻轻摸着脸，问自己，“在爱情中，我们不是应该越变越好吗？这不才是爱情的价值和意义吗？”

萱萱将借走的白色连衣裙拿给李知：“我不需要了，还给你。”

李知上下打量了一下萱萱，天气渐冷，萱萱穿了一件工装牛仔裤，上身是一件机车夹克。

“我也不需要了。”李知摇摇头。

“明年天暖了，你就需要了。”

李知低下头不说话。

“李知，你和郭书到底为什么，我一直搞不懂。在所有人眼中，郭书都是一个好男朋友。我想，你不会为了刘怡吧？她一看就是电视剧里为了搅局出来几场的小角色。”

李知叹了一口气：“萱萱，我上次去气象局面试，很失败。”

“这和你跟郭书的关系是两件事情，这怎么了？”

“萱萱，我觉得郭书越来越成功，而我越来越差劲。”

“所以，从大三开始，从郭书朗诵得奖开始，你们的关系就一直起起伏伏，是吗？”

“是！我怪他陪我的时间太少，这也是真的。可是，骨子里，我特别不自信，我有了各种奇奇怪怪的想法，我对名利也开始关注。可是，这些我都不想告诉他。我希望我在他眼中永远光鲜亮丽，永远战无不胜，永远阳光灿烂，永远是女神。”

“如果那样，你就不是女神，你是女布娃娃，不会哭，不会怒，只会一直笑的布娃娃。”萱萱说，“李知，我其实不懂爱情，也没有过成功的爱情。但我总觉得爱情不是竞赛，看谁更值得崇拜，看谁更完美，爱情是可以在脆弱的时候得到抚慰，在伤心的时候得到温暖。”

李知没有说话。

“李知，你知道吗？我想郭书一定觉得很累，因为你的敏感，因为你的自尊，我相信他改变了很多，你要试着去理解他。你们需要坦诚相见，说出自己真实的感受。如果彼此相爱的人，还不能说出那些不为人道的心事和秘密，人生将多孤独。

李知，你要相信爱情，相信完整但不完美的你，一样会被郭书爱。”

李知看着萱萱，这就是她，一切都看得如此清晰透彻——除了自己的感情生活。

李知终究没有找到宋小既高兴又冷静，且不在意的时候。李知知道，宋小一心一意喜欢着薛晨，眼中只有薛晨，心中也只有薛晨。所以，无论宋小处在何种情绪，何种状况，只要将真相告诉宋小，都是对宋小致命的打击。李知懂那种伤心欲绝的感受，就像现在的自己，就像如今的萱萱，她不想看到宋小也变成这样。她想等，等到有一天，薛晨突然内衣外穿，或者突然变成了鼻涕虫，或者突然被蚊子咬成了猪头，宋小一个惊讶，一个转身——就像当年对“刚”一样——发现自己再也不爱他了，那该多好。

然而，这一切却迟迟没有发生。

薛晨依旧穿着在线，依旧面容清秀，连胡子都没有，甚至蚊子也敬他三分，不敢近身，所以，宋小继续做各种菜送薛晨。张爱玲的名言“到男人心里的路通过胃”几个字正整整齐齐挂在宋小床头，也印在她心里。

今天菜做到一半，宋小发现酒精没有了，不知道是被爱情冲昏了头脑，还是她高中化学根本没有学好，宋小拿着酒精就向酒精炉里倒，“扑哧”一下，火苗猛然蹿起，多亏宋小反应神速，一个后跳，避免了毁容的打击。宋小的脸保住了，火苗却点着了她的床帘，一时间竟有蔓延全屋的风险。李知坐在床上，惊得愣住，刚刚回到宿舍的方媛立刻拿出脸盆中的湿衣服，不住地拍打火苗，最终转危为安。

然而，宋小这顿冒着毁容的风险，用全宿舍虚惊一场的代价，做出的“回锅肉”，送到男生宿舍楼下时，薛晨却始终没有露面，整整半个小时，竟没有一个人下来。李知猜到了其中的原因，或者说大家都知道其中的原因，但，只有宋小一人不愿相信：这是薛晨故意这样做，不但他不下来，也不让同宿舍的人下来。薛晨再次用行动表明了他的态度。

回到宿舍后，宋小对着那盘“回锅肉”足足看了一个小时，然后拿出男生过节送给210宿舍的一瓶劣质红酒，一口肉一口酒地吃了起来。当李知接到萱萱电话时，宋小一人不但吃光了一整盘回锅肉，也喝完了一整瓶劣质红酒。

李知是在宋小去找薛晨的途中拦住宋小的，萱萱在一侧紧紧挽着宋小的胳膊。宋小满脸通红，一身酒气，走路东倒西歪，路过的同学无不行注目礼。李知不满又心疼地看着宋小，也不满地对萱萱说："都这样了，怎么还能让她出来，影响多不好！"萱萱摇摇头："谁让她出来的，根本拦不住，谁拦她她跟谁急！出来还好了，不叫了，在宿舍，还大声叫呢！"

李知不想在这种情况下招惹宋小，急忙也过去挽着她的胳膊，小声说："我们回去吧，宋小，这儿人多，看见你这样多不好！"宋小执拗得摇摇头："不回去！有什么不好的，我不怕！李知，陪我去广播站，我要找薛晨！"

萱萱给了李知一个眼神，李知也只好听从宋小的意思，现在萱萱和李知都退位了，宋小是大姐大。宋小果真对薛晨的行程了如指掌，即使在醉酒的情况下，依旧毫厘不差。她们刚走到广播站，薛晨正从里面出来，宋小一眼看见薛晨，整个身体顿时跌下去，感觉两只腿完全没有了力气，李知和萱萱感觉宋小立刻就要瘫坐在地上。薛晨慢慢走过来，礼貌地说："宋小，我还有课，你不舒服就早点回宿舍休息吧！"说完，又看看李知，转身走了。不知道宋小是真醉还是假醉，竟然能从薛晨这简短的话中听出薛晨对自己的关心，身体仿佛因此突然有了力量，李知和萱萱也顿感轻松。接着，她们连哄带拉将宋小拖回了宿舍，送到了床上。

醉酒的宋小整晚都不舒服，偶尔说胡话，偶尔叫薛晨，偶尔呻吟一下。李知也不舒服，薛晨发短信来说，如果李知不愿把实情告诉宋小，他将自己和宋小说。李知让薛晨再给自己一些时间。那天晚上，整个宿舍都弥漫着劣质红酒的味道。

和宋小无限哀怨的气氛不同，萱萱似乎正渐渐从失恋中走出来，起码，看上去是这样。当然，这其中张磊居功至伟。萱萱失恋了，他却被激活了。他重新取得了给萱萱打水等苦劳力的资格，也重新获得了陪读、陪吃的待遇，每天看着一个兴奋异常的人在萱萱前后左右，上蹿下跳，画风怎么也严肃不起来，以至于，李知相信，萱萱已经从失恋的痛苦中走了出来。张磊重新回归萱萱的生活，快乐也重新回来了。

34

再见到郭书的时候，郭书穿着白衬衫，李知装作没看见继续向前走，郭书紧跟在后面。

郭书稍显霸道地拉过李知："知道你喜欢制服装，这白衬衫还是第一次穿。"

李知微微一笑："最近更加精神了嘛！"

"才不是呢！只是见你才精神一下。其实一直很消沉！"郭书摇着头说。

李知抬起头，觉得郭书消瘦了。

李知装作不解："啊？为什么呀？"

郭书拉起李知的手："被女朋友分手了，当然消沉了！"

李知扬着脸："谁让你惹女朋友生气的？"

郭书点点头："嗯，我也意识到了，是我不好。女朋友是不是能再原谅一次，给一次机会呢？我以后会做得更好。"

李知收起笑容，看着郭书，还是那样的高高帅帅，那样的温柔，那样的迷人。有这样一个男朋友是什么感受？会迎来无数艳羡的目光，会感到自己中了大奖，会让自己的青春变得绚烂而没有遗憾。

但是，这次李知摇了摇头。

"为什么？能告诉我为什么吗？"郭书严肃地问，松开了李知的手。

"郭书，因为问题不是出在你身上，或者说不是仅仅出在你身上。"

郭书温柔地看着李知："什么意思？"

"郭书，你越来越优秀，越来越忙碌。然后越来越多的人喜欢你。这个过程中，我发现在你的生活中，我变得越来越无足轻重。你越来越优秀，我就越来越没有安全感，我越来越不自信，我越来越觉得配不上你的优秀。看到你和女生接触，我会多疑和嫉妒。于是，我希望和你亲密无间，以此来获得安全感，我更希望你不断地证明你爱我，以此让我有安全感。我希望你时刻想起我，希望你和我分享一切秘密，我总对你要求很多，你稍微做不到，我就会伤心，我就会多疑。郭书，我爱你，但我觉得自己在慢慢失去自己，我害怕这种感觉。我将过多的精力放在猜疑与恐慌中，而没有放在自己身上，而越这样，我们之间的距离就越远，我就越没有自信。我想，这可能是我的问题，我想真正的安全感应该是我给予自己的。所以，纵使我爱你，我也要离开你，去成长，去学会独立。"

李知一气呵成，说出了自己一年来的所有想法，之后，长舒一口气。

郭书看着李知，惊讶得说不出话来："李知，对不起，我没有体谅到你的感受，只顾自己拼命地去发展。"

李知摇摇头："总希望能时刻和你一起发展，或者依赖你，想让你带着自己向前走。但是，不得不说，有的时候，成长是一个人的事情，纵使很孤独，也无人能代替。"

郭书："可是，你说的这些都不影响我们和好呀！"

李知点点头："是。但是，我还是想一个人待一段时间，不想再依赖你。而且，有一个问题，我要想清楚，甚至你也要想清楚。"

"什么问题？"郭书问。

"我们要想清楚，我们到底能不能爱上一个现实中的人。如果他（她）不像我想象的那么完美，我们是不是依然决定要爱他（她）？我们到底有没有能力爱上一个真实的人，而不是所谓的男神女神。"李知边说边看着阳光下的郭书。

郭书的脸由微笑变得严肃，仔细地看着李知，不知道李知的脑袋里为什么会有这些想法，然后笑了："能吗？"

李知叹了口气："你能吗？如果你发现我小气、虚荣、脆弱，你是不是还会爱我？"

"我想我能。"郭书点点头，继续说，"李知，上次你去找我的时候，是不是想和我说气象局的事情。"

李知低下了头，以前的自己会矢口否认，但现在，她能更勇敢地面对自己的脆弱与失败，于是，她点了点头。

“郭书，你知道那天我多狼狈，镜头里的我呆若木鸡，傻头傻脑。”

“怎么会？”

“真的，我洋相百出，丢人现眼，我——”

郭书拼命摇头：“如果真这样，李知，你听我说，我要告诉你，这无比正常。”

李知摇摇头：“才不是，你就不是。”

郭书拉起李知的手：“那是你没有看到。我看到的都是成果，没有看到那些失败的场面，因为那被剪辑掉了，你就认为每个人都是那样成功。你知道，我登台朗诵，会紧张到腿不住地发抖。”

“你也会紧张？”李知瞪大眼睛问。

“我会紧张到睡不着觉。因为我们代表了这个学校，代表了当前大学生目前的最高水准，所以，不能失败。那种巨大的压力会让我整夜失眠。”

“那你怎么不告诉我？”李知紧紧拉住郭书的手。

郭书叹了口气：“你总怪我没有时间陪你。不排练的时候，也找不到我。其实那个时候，我都在跑步，去缓解压力。我不是不想告诉你，其实我和你一样，总想把最好的自己呈现给你，也希望还做你眼中的‘男神’呀，也将不美好的藏起来，累了也不敢告诉你。因为我怕你看到那些不完美，不再爱我了。”

李知无比内疚，她只沉浸在自己的世界里，忽视了郭书的真正感受，忽视了每个人都有需要体贴抚慰的时刻。

李知走上前摸摸郭书的脸：“你真傻，我怎么会因此不爱你了呢？”

“你也很傻，我也不会因为你失败，你对名利有各种想法，就觉得你不完美，不爱你的，我们应该一起面对。”

“以后不会了，我会更坦诚地告诉你我的想法。”

“嗯！”郭书点点头，“李知，我们都需要更勇敢和更信任对方。”

李知不住地点头，心里的秘密被打开了，轻松了很多，阳光照耀进来，一片温暖。

郭书走上前搂住李知：“李知，虽然你不是我第一个女朋友，但是我却第一次感受到什么是真实的爱情。我答应你，我们可以分开一段时间。不过，我不能答应你分手。这段时间，让我们先学会更好地成长，学会更好地信任对方，但是，你还是我女朋友，我还是你男朋友，你听见没有？”

李知瞅了郭书一眼，挣脱开郭书的怀抱，笑着往前走。

郭书看着李知的背影：“你听好了哈，我可没有答应你，只是这段时间！”

李知禁不住笑起来：“我听见了，郭书同学！”

郭书不满地跑上前拉着李知：“我怎么突然变成同学了？你再给我说一遍！”

“听见了，男朋友！”李知高声说。

郭书这次才满意地点了点头。

有人说，爱情是由一个瞬间一个瞬间组成的。总有一些瞬间，让我们觉得自己更爱对方；总有一些瞬间，让我们更能感受到对方的爱；总有一些瞬间，让我们看清爱的力量与本质。就像现在，郭书确切地感受到自己爱着李知，深深地，深深地。而李知也渐渐感受到了这份爱。他们都不完美，他们会在这份爱情中努力变得完美，努力学着爱别人，努力学着爱自己。

今天，萱萱意外收到了一个三星A188手机。当萱萱打开手机盒的时候，萱萱惊呆了，萱萱这个视“美”为生命的人，被A188前卫的线条感和简洁的设计深深吸引，她睁大眼睛，看着一脸高兴的张磊。虽然曾遭到李知的极力反对，张磊还是决定将这款手机作为礼物送给萱萱，现在他正紧张地看着萱萱。看到萱萱惊喜的表情，张磊长舒了一口气，一颗心终于放下。

萱萱指着手机：“你，这是什么意思？”

张磊兴奋地说：“萱萱，这是送你的，你喜欢吗？我还给自己买了个同款！”李知小心翼翼地取出里面的手机，看了看萱萱1000多元的“歼击机”，比了比，“萱萱，还是三星的好！”

萱萱看看张磊，收起惊讶的表情，正色道：“张磊，你疯了吧，这是什么礼物呀，快退了，我不要！”张磊眨了眨眼睛，为难地看着萱萱，不知所措：“你不喜欢？要不我去换一个型号？”

萱萱没有说话。

张磊傻傻地杵在原地，开始冒汗。

李知赶紧打圆场："没事，张磊，退不了就算了，我要！"

萱萱继续正色道："张磊，那次去星巴克喝咖啡，碍于情面，我什么都没说。但是，现在越来越过分，你一个农村孩子，干吗总乱花钱！你知道吗？你花的都是父母的血汗钱！"

张磊不笑了，尴尬地摸摸头："第一，萱萱，我不是农村孩子，我家是镇上的，在我们镇上，我们家还算富裕；第二，萱萱，从上次星巴克到这次买手机，我花的都不是家里的钱，都是我自己赚的！"萱萱"啪"的一声拍了一下桌子："怎么可能？你现在完全可以做到不要家里钱？逞什么强？你给别人攒电脑，每台不就赚个百八十元！还吹起牛来了！"

张磊被萱萱骂傻了，小声说："萱萱，我现在真的完全不用家里钱。我给自己买手机也用的是自己赚的钱！"李知和萱萱互相看了一眼，一脸问号。

"真的！萱萱，我现在早不给人攒电脑了，在那次请你们喝咖啡之前，我就一直在给一些公司做Flash，一个月收入一万多元！"

2000年的时候，北京四环内的房子一平方米还维持在3000元左右，普通工薪家庭一年的收入也就一两万，普通大学一年的学费是2000多元，一般学生每个月的生活费大约是400元。李知睁大眼睛看着张磊："不会吧，张磊，你一个月收入这么高！你到底在干什么！"

她们后来才知道，1999年随着互联网兴起，各个大公司陆续开启了自己的官方网站。而当时带宽有限，登录官网常常需要二三十秒，为了让这种等待不那么无聊与漫长，各大公司总要体贴地用一段动态Flash展示登录进度：10%——50%——99%，并分散网民注意，以期耐心等待。张磊正是抓住了这个商机。

餐厅里，张磊坐在李知和萱萱对面，第一次侃侃而谈。

"Flash是一种集动画创作与应用程序开发于一身的创作软件，用它制作而成的内容，下载只需要一点点时间，要体验网页上的多媒体效果，它是个非常好的选择。"李知和萱萱互看了一眼，两人都没有听懂，突然想起张磊以前给她们讲过的"小明"的笑话，倒吸一口气。

萱萱咳了一下：“你捡重点的说！”

张磊不住点头：“哦哦哦，明白了。事情是这样的：起初，我只给人家攒机器，没有事情的时候，就用电脑打游戏，但是我的机器比别人慢，他们不愿带我玩。那我只好自己玩，有一天我发现了这款Flash程序软件，我觉得很有意思，就琢磨起来。很快，我就学会了如何做简单的Flash，操作很简单，就是——”

萱萱又咳了一声：“捡重点的说。”

张磊抿了抿嘴，悄悄看了萱萱一眼，现在他明白了，所谓的捡重点说，就是去除掉技术环节。

“接着，我就找了一份兼职，这家公司专门给企业做Flash。我记得接的第一个活儿是给山东很大的一国有企业做一个Flash网页。”

这次萱萱和李知完全听懂了，萱萱一片惊愕的目光中透着几分赞许，张磊顿时像受了鼓励一样，激动万分。

“我花了一个通宵时间做出来了，没想到真通过了。但那天却遗憾地错过了舞会，你还记得吗？”张磊接着说。

萱萱当然记得，那是她遇到赵鹏的舞会。萱萱微微一笑，没有说话，张磊继续讲他的成功史：“当时一秒钟的动画是200元，后来变成一秒钟150元、100元。公司从一个项目可以拿三四千，给我一两千。为了接到更多项目，我买了很多广告片的光盘，看过之后，我就将这些光盘的内容进行了分类，然后记下来。接着根据项目和素材需要，我都能立刻找出它大约在什么位置。这样就大大提高了效率，我有时一两天就能做出一个Flash动画。”

张磊又偷偷看了一眼萱萱，而李知看张磊的目光已经由一个听众变成了一个迷妹。“这样，第一个月我赚到了五六千块钱，现在每个月大约能有上万‘外快’。”

在惊讶与赞许中，李知和萱萱听完了一个励志故事，顿时也感到热血沸腾，浑身充满了力量。

“怎么样？我说的对吧，一个有追求的人，怎么会乏味？你看张磊现在，就在不断地创造惊喜吧！”

在强大的事实面前，萱萱终于对张磊的态度发生了改变，但仍有些不敢相信，低声嘟囔着："真是万万没想到，万万没想到！"

"你难道没有听过，聪明是最高级的性感？"李知向萱萱小声说道。

萱萱忙摆手："算了吧，这也就是从路人乙变成了路人甲而已，在咱们学校还是一个群演！"

"已经变成了路人甲，离主演不远了。"李知心里想。

夏日的北京，傍晚，太阳开始含蓄地照耀大地，优优昏昏沉沉在家里躺了一整天，现在想出去逛逛："爸爸，等会儿可以陪我出去逛逛吗？别告诉妈妈。"

优优爸爸点点头。

小时候，优优妈妈负责在家做饭，优优爸爸每个周末都带着优优逛北京各个公园。6岁前，自己坐在爸爸自行车前面的小椅子上，后来，坐在爸爸自行车后座上。那是优优最快乐的时光，也是爸爸最快乐的时光。

爸爸开着家里去年买的车，问优优："我们去哪？"

"我也不知道，我只想看看北京，爸爸！"

"看看北京，那爸爸带你去景山？你小时候就喜欢在景山上看北京的夜景。"

一个小时后，优优跟着爸爸来到了景山上。优优有些疲惫，爸爸心疼地看着女儿。夜色渐渐笼罩北京城，华灯初上，闪闪烁烁。

"爸爸，在这儿可以看见我们家吗？"优优看着万家灯火问爸爸。

"可以，就在那个方向，总有一盏灯是我们家的。"

"爸爸，我小的时候来到这里，就会想起琼瑶的小说《昨夜之灯》。"优优看着偌大的北京城，背起了那首诗："'昨夜之灯，照亮过去，今夜之灯，伴我高歌，明日之灯，辉煌未来。'那个时候，我就想，这点点灯下，都有什么故事呢？我就想，我的未来会在哪盏灯下？我对人生充满好奇，别人的，自己的，都好奇。"

优优爸爸看着女儿，看着年仅22岁的女儿，她瘦削、清秀、美丽，泪水再也抑制不住。他忍了很久，在女儿面前，在妻子面前，今天终于忍不住了。

"爸爸，爸爸。"优优轻声呼唤着，"爸爸，您别难过。死亡本就是生命的一部分。《相约星期二》里莫里老人说，死亡是一种自然，人平常总觉得自己高于自然，其实只是自然的一部分罢了。那么，就在自然的怀抱里讲和吧。您说呢，爸爸？”

爸爸止住眼泪，努力恢复平静：“优优，爸爸不是不能接受死亡，不是不能与自然和解。爸爸，只是不能接受我的女儿才22岁。爸爸宁愿这一切是爸爸来承受，我年近半百，有过事业，有过家庭，还有个好女儿。可优优，你才22岁，爸爸实在接受不了。她从小懂事勤勉，她从小志向远大，她努力生活，她还没有得到生活的回报。我要看她嫁为人妻，要看她当上妈妈，甚至想看她成为一个可爱的老太太，我——”优优爸爸说到最后，声音再次哽咽，他说不下去了。

优优站在爸爸身边，第一次看爸爸哭得如此痛心。

“爸爸，我已经得到生活的善待了，我有那么疼爱我的爸爸妈妈，我还有一群可爱的同学。”优优说得很轻，“只是女儿对不起您和妈妈，女儿还没有来得及报答你们的养育之恩！”

“优优，我常常问老天，为何对你如此不公！”

优优不再说话，从得知自己生病的那一刻起，优优就一直问这个问题，只是，现在这个问题，优优有了答案：“爸爸，什么叫公平和不公平？发生在别人身上而不是自己身上就叫公平？任何事情既然能发生在别人身上，也就能发生在自己身上，这是公平。”

爸爸抬起眼，仔细看着眼前的女儿，女儿对生死、对人生都有了如此深刻的理解和思考，如此豁达与乐观，做爸爸的不知道是该欣慰，还是心疼。他多希望自己的女儿也和同龄人一样，一样的懵懂与无知，那样就可以毫无忌惮地挥霍自己的青春。

“爸爸，您答应我，一定好好的，也好好照顾妈妈，她最近总是偷偷哭。爸爸，您一定要坚强，要安慰妈妈，妈妈有些脆弱，我很担心她。”优优低下头，眼泪终于没有忍住。

“所以，今晚你就没有让妈妈一起出来。你从小就心思缜密，善解人意，从小就是妈妈的小棉袄，你不知道你妈妈多为你骄傲。爸爸记住你的话了，爸爸会坚强，也会照顾妈妈，优优，你放心！”

优优欣慰地点点头。

“优优。”爸爸轻声呼唤女儿，“你害怕吗？”

优优想了想，轻声说：“爸爸，我害怕。”

爸爸走上前，像小的时候一样，紧紧抱住了女儿。背后是闪闪烁烁的灯火。

那天之后，优优的爸爸还会经常来景山看夜景，只是不再有女儿的陪伴。他一个人来到当晚他们一起坐过的地方，坐一会儿，想想那晚女儿的叮咛和嘱托，陪女儿看看这北京的夜景，看看那闪闪烁烁的灯光，偶然和女儿说一两句话，偶尔哭一场，然后装作高兴的样子回家，陪伴与宽慰妻子。这是那个夜晚自己和女儿的约定。

暑假快到了，李知和宋小走在学校的小路上，最近两人关系不冷不热，各自盘算着自己的暑期计划。李知想借假期早些实习，她要尽快成长，尽快强大，尽快和郭书和好。宋小也在悄悄酝酿着自己的暑期计划，秘而不宣。

两人就这样走着，突然听到广播里传来了王力宏的《龙的传人》：“遥远的东方有一条江，它的名字就叫长江。遥远的东方有一条河，它的名字就叫黄河。古老的东方有一条龙，它的名字就叫中国。”

接着是优优的声音：“王力宏的音乐一直在不断创新，新专辑《永远的第一天》中《龙的传人》，就是经过王力宏的改编，将原来更严肃庄重的风格变为摇滚嘻哈舞曲，这增加了娱乐气质，更具有时代感，更风尚，更符合年轻人对节奏感、动感的要求，华丽而活泼。另一首歌曲《欢喜城》，则有很多中国音乐的元素。”

主持人问道：“比如说？”

“比如说，王力宏在这首歌里面使用我国传统的五音阶创作。”

“什么是五音阶创作？”

“五音阶创作就是从宫音开始到羽音，依次为：宫、商、角、徵、羽。我们知道的，西方是七音阶：1、2、3、4、5、6、7。”

“两者之间有什么区别？”

“五音节创作是我国传统也是独有的创作手段。我国很多民歌都是五音阶创作，比如《茉莉花》。此外，《欢喜城》里面还加入了二胡、古筝的元素，这些都是中国音乐的特点，所以，我觉得王力宏的音乐开始尝试中西融合，是两种文化融合的代表。”

李知听愣了，宋小也愣住了，小声问李知：“李知，这是优优吗？她在说什么？我怎么听不懂？”

李知点点头：“这是优优。我也听不懂她在说什么。但是，我觉得她说得很好！”

“看不出优优这么懂音乐，这么懂王力宏！”

李知无比赞同，优优总能给李知带来惊喜，总能得到李知不断的赞赏与喜爱。“优优，真优秀。”这是李知的肺腑之言。

如果没有宋小此后的行为，优优的声音将是李知对于那个大三学期最后的记忆。可是，宋小，还是为那个夏季留下了属于自己的色彩和故事，如此浓墨重彩，以至于至今仍让李知记忆犹新。

随着炎热夏季的到来，期末考试结束了，暑假开始了。宿舍电话多了起来，都是父母关切的询问声。从那天开始，很多父母就望眼欲穿地等着小燕子回巢，他们把家收拾得干干净净，备齐各种水果佳肴，等待儿女们回来。可是，各个“小燕子”却有自己的心思。

刘小宇还要接着上课，留学生不急着回国，刘小宇就要站好最后一班岗，只是最近刘小宇有些不高兴。

午睡的时候，刘小宇对着电话呱呱呱嚷了一串家乡话。宋小好奇地瞅了刘小宇很久，刘小宇也懒得理她。宿舍安装电话后，人人都成了话痨，抓起电话就不爱放下，只有刘小宇除外。即使偶尔用上一两次，也是速战速决，绝不恋战。今天一反常态，宋小的眼睛滴哩咕噜转了几圈，她走到李知身边，又走开，最后找到优优小声说：“小宇不会也恋爱了吧，那我就完了！”优优推了一把宋小：“你累不累？她恋爱了还有我陪你。”

宋小摇摇头：“那不一样，那样宿舍就剩下我一个从未恋爱过了，优优，我不会这么惨吧！”

优优微微一笑，不再说话。

李知看了宋小一眼，觉得奇怪，最近宋小似乎总在躲着自己。但很快，李知也被刘小宇所吸引，无暇顾及宋小了。

刘小宇极力压低声音，控制情绪，大家竖起耳朵，总算听到了只言片语。

“跟你说过很多次了，妈，这个时候，你一定要坚持住！中专，为什么要去上中专？他学习那么好！上中专太可惜了！”刘小宇说道。

“妈，这是一辈子的大事，你可不能糊涂呀！”刘小宇不等她妈妈回复，继续说。

“妈，就因为中专包分配。它能包什么分配，去的无非都是些县城小工厂，还是在当地，这有什么好？妈！你等我回去好好和你说！”

“弟，你忘了姐怎么和你说的了？困难就像那天上的云，一会儿就散了，但墨水是你自己的，谁也抢不走，跟着你一辈子。家里的事儿你别管那么多，就去学校好好读书。”

刘小宇挂断电话，面无表情地看了宋小一眼，转身去华堂上课了。

和刘小宇的一反常态的高调不同，宋小突然低调了起来。她不再向所有人宣告自己接下来的行程计划，这对她来说虽然不易，但她竟然做到了。而李知却一直找寻机会，想把薛晨委托自己的事情转达给宋小。

李知觉得，现在是最合适的时机，宋小失恋后，可以用一个暑假的时间慢慢恢复，可以在爸爸妈妈的抚慰和照顾下，重新找到温暖与关爱，重新树立起对生活的信心。于是，李知开始找机会接近宋小，但宋小一反常态地躲着李知，不和李知一起吃饭，见了李知也只是礼貌地招呼一下，看李知的眼神也显得生疏起来，有时话到嘴边硬是被生生咽了下去。李知百思不得其解，难道她冥冥之中预感到自己要对她说什么？

一天，宿舍只剩下李知和优优两人。优优来到李知旁边，小声说：“李知，你快劝劝宋小，你知道她假期准备去哪里吗？”

李知一脸问号地摇摇头。优优告诉李知，宋小假期准备去广州。神通广大的她，不知道通过什么途径弄到了薛晨家的地址，“于是，她准备在薛晨家附近找一个廉价酒店住下。”李知叹了口气，果然，宋小的行动力要比自己快很多。李知想起操场上，薛晨忍无可忍的面孔，拉着优优：“今天一定要把她这个计划扼杀在摇篮中！”

中午的时候，大家陆续回到宿舍。宋小照例只和李知轻轻打了一声招呼，便拉上床帘。李知走到宋小床前，拉开帘子，看见宋小正在绣一个生肖马的十字绣。“宋小，别绣了，我有话和你说！”宋小抬起头看了李知一眼，接着又低下了头，继续绣着。

李知抿抿嘴，若无其事地继续说：“我想问问你，假期有什么打算？”宋小眨了几下眼，依然不说话。宋小最近对李知就是这个态度，一副不冷不热的样子，更像沉默的冷战。李知有些生气，声音不禁提高了几度：“你到底要干什么？你说，你是不是要去广州？我就不明白了，你到底去广州干什么？”看见李知不高兴，宋小一反常态地也板起面孔：“李知，我去广州怎么了？我去广州和你有什么关系？”

“宋小！我告诉你，你不能去广州，不能去！你干吗要对薛晨死缠烂打呢？”

宋小继续绣她的十字绣，“砰”的一声拉上帘子不理李知。李知站在床边，又把帘子拉开：“宋小，我说话你听见没有？你在学校闹闹就得了，干吗还要闹到广州去？”

这话显然刺激到了宋小，宋小不高兴地看着李知，说道：“怎么叫‘闹闹’？在你眼里，我对薛晨的感情就是‘闹闹’！”

李知懒得和宋小纠缠细节，仍坚定地说：“不管你怎么说，你就是不能去广州，不能去广州找薛晨！我这是为了你好！”宋小这次扔下了十字绣，虽不愿直视，声音也提高了几度，愤愤然的样子：“李知，你不让去，总要说明理由，为我好？我问你，一个月前，你和薛晨在操场上说了大约半个小时的话，你们都在说什么？为我好，你为什么不告诉我？”

李知愣愣地看着宋小：“宋小，你真可怕，你跟踪薛晨！”宋小眼泪在眼圈中打转：“如果不是别人提醒我，我也不会发现。作为好朋友，我和你无话不说，而你却什么都不愿告诉我。在餐厅，我问你薛晨和你说了什么，你说什么也没有说。而事实是，薛晨约你见面，对不对？”

李知看着宋小，有些不敢相信这些话出自宋小之口，宋小继续说：“你不告诉我，你和薛晨私下见面了。更不告诉我，你们说了什么，但是从那以后，你就总阻止我接近薛晨，你说，这是为什么？是不是薛晨和你表白了？”

李知万分错愕地看着宋小，宋小继续：“我和方媛都看见了，还看见薛晨很激动地拉着你的胳膊，后来，后来你还拉了薛晨的胳膊。”

宋小越说越伤心，哭了起来。顿了顿，宋小平复了一些情绪，咬着嘴唇说：“李知，能告诉我你们在干什么吗？你可是有男朋友的人！”

那一刻，李知想把事情的原委和盘托出，想告诉她薛晨的原话：“不要让她再来骚扰我！”“我已经忍无可忍！”她不想让宋小误会自己，虽然她可以不在乎。但是，李知抬眼看见床上的十字绣，那是宋小一针一线为薛晨绣出来的，李知深吸了一口气，将薛晨的话硬生生地吞了回去：“宋小，不管那天发生了什么，薛晨和我说了什么，你这次就是不能去广州，听见没有？”

“没听见！我为什么要听你的？”宋小依旧很激动，“你已经有了郭书，为什么还要薛晨呢？”

“宋小，我的感情我会负责，只是你不能去广州，如果你去了，就是自取其辱，听见了吗？”

宋小再次狠狠拉上床帘：“我就自取其辱了！我的感情我会负责！”

刘小宇罕见地摘下耳机听完所有的谈话，她走到宋小床前，拉开帘子，看了宋小一眼，严肃地说：“李知说得对！”

然而，无论大家怎么规劝，宋小这次是王八吃秤砣——铁了心了。她听不进去任何人的话，她已经大三了，还没有谈恋爱，她要为自己的爱情最后一搏，即使粉身碎骨。

萱萱拉着李知，宽慰道：“你已经做了你应该做的。感情的事情最难说清楚。即使现在你将薛晨的话转告给宋小，她也不会相信，也不会放弃。有些话，有些事，薛晨不亲自说，宋小是绝不会死心的。”

李知叹了口气，点点头。

按照宋小的计划，她要住在薛晨家附近，然后找个合适的机会，送上自己的十字绣，给薛晨一个大大的惊喜。当宋小安顿好一切，打电话告诉薛晨这一切时，薛晨再也忍耐不住了。为了躲开宋小，薛晨一直在家不出门。然而，宋小还是主动敲响了薛晨的家门。门敲了很久，薛晨没有开门。可是，宋小不死心，第二天，再次敲响了薛晨的家门。这一次，门开了。然而，迎接宋小的并不是薛晨，而是薛晨的妈妈。薛晨的妈妈很有礼貌但是很冷淡地接待了宋小。薛晨妈妈说，因为宋小的事情，薛晨很烦恼，甚至很不开心。

宋小一直期盼能和薛晨见上一面，薛晨的卧室却一直紧闭着。宋小低下了头，眼泪落在手里的十字绣上。

薛晨妈妈叹了口气："作为父母，我们很心疼薛晨。我不想多说你什么，赶快回家吧，你是个孩子，薛晨也是个孩子，他已经承受不起这么多东西了！你也赶快回家吧，父母都很为你们着急。"

而后，宋小被送出了家门。她一个人失魂落魄地走在潮湿闷热如蒸笼的大地上，漫无目的地走着，走着。后来，她看见了一辆献血车，走了进去，让冰冷的针头，扎进自己的血管中，然后麻木地看着自己的鲜血慢慢流出，红艳艳的，从自己的身体流向血袋。宋小说，她当时想，不知道还能为薛晨做些什么，也许什么也做不了，那就为广州人民做点什么。自己一无所有，就为广州这片养育了薛晨的热土献上自己一份热血吧！毕竟，她因为薛晨度过了很多有期待的清晨和黄昏，毕竟薛晨曾经对她笑得那样明媚，毕竟薛晨自始至终没有毫无情面地伤害过她。

在期盼、躁动、失望、欢笑以及绝望中，大三就这样过去了，再也回不来了。

《男生止步》

大四：广院，再见

“现实就是小马面前的那条河。你如果是小松鼠，就会被现实吞没，你如果是牛伯伯，就会如履平地。”

所以，只有不断强大，才可以跨越一些现实，才可以不被一些现实所牵绊。如果觉得四处碰壁，还是因为我们太渺小。

我会学着更坚强，更强大，更坚韧，更执着，更不易被打倒，然后和你并肩跨越现实那条河。

芝麻，开门吧！

《留京的门》

35

2000年8月，胡同大爷摇着蒲扇，知了无休无止地叫着，晚风中夹杂着幽幽的荷香，北京的盛夏来到了。李知走下火车，四处张望，郭书就在不远处。一个假期的思念，让他们紧紧抱在了一起，纵使彼此不完美，他们也决定一起变得更好。他们手拉手走在这座熟悉的城市里，走在熟悉的校园里。

李知看着来来往往的同学，轻声道："忽然间，我们都大四了。"

郭书点点头："是，有时会觉得自己仿佛昨天刚刚入校。我爸妈送我来，全家还一起吃了北京烤鸭。"

"我也是，我们还一起去了颐和园。"

两人都沉默了。

"郭书，一年后的今天，不知道大家会在哪里。"

"不知道，我想会散落在祖国各处。"

"我们从全国各地汇集到此，又分散开来。那个时候，我们的故事余温还在，新的故事已经开始了。我们的眼泪还没有擦干，新的笑脸就洋溢开来。"李知说到这儿，不由得感伤起来。

郭书紧紧拉着李知的手："是。但我们会在一起，一直会在一起。"

"会吗，郭书？"

"会的！我们会的！"

李知转身轻轻抱住郭书："你说的，不准骗人！"

"从没骗过你！"

从那时开始，他们成了这所学校大四的学生，这意味着这所学校已经离他们渐行渐远，这意味着，他们又一次走到了人生的十字路口，何去何从，半年后一切都将尘埃落定。"砰"的一声，一场与时间赛跑的发令枪已经打响。

首先听到这声发令枪响的是方媛，她已经为此做了许久的准备，这也是现实一次次教给她的。她一个健步冲出去，毛遂自荐做大四学年班级的班长。但这个前三年都靠自告奋勇获得的职位今年有了新情况：因为李知也挺身而出想担此重任。同时出现两个候选人，班级辅导员准备来一次选举，选出新一届班长。大学第四年，临近毕业的时候全班选举班长，这还是大姑娘上轿——头一回，大家因此有种说不出的尴尬。

方媛没有想到半路杀出个程咬金，她本以为势在必得。这次是方媛自己的主意，她仔细分析了毕业班班长的“好处”：第一，可以为自己的大学简历留下漂亮的一笔；第二，毕业班班长可以经常出没于院系中，能更快得知各种招聘信息。在一个信息化的时代，信息就是金钱，信息就是决胜千里的关键，方媛渐渐懂得了这些道理。

选举前，方媛召集班级同学一起聚餐，从大三开始，方媛就愿意组织此类活动。

李知对此没有兴趣，甚至有些不屑。

萱萱想了想问李知：“你竞选班长无非是想让自己大学生活更丰富，以后不留遗憾。既然有这个打算，你要不要做点什么？”

李知摇摇头：“不需要！我三年来的成绩虽然算不上多优异，但是比方媛还是好一些的。‘群众的眼睛是雪亮的’，是不是有这句话？”

“但是，我觉得这些年，你一直忙着恋爱，和同学的交流、沟通少，群众眼睛是雪亮的，但群众看见你的机会也太少了，再雪亮的眼睛也未免会有生疏。”

李知摇摇头：“我的学业和能力，和方媛比，那是秃头上的虱子——明摆着。主席都说了，‘革命不是请客吃饭’。请客吃饭，拉帮结派，社会上那一套，我才不做呢！”

萱萱也摇摇头：“不是让你请客吃饭，更谈不上拉帮结派，是让你参加集体活动，是让你和大家熟络，培养一下感情！李知，你现在已经是大四的学生了，还整天活在真空中。”

“你放心吧！不过自己同学间竞争，多少还是有些残酷，萱萱，你觉得不觉得？”

萱萱摇摇头：“考研究生大多不就是同学和同学间的竞争吗？记住，李知，你现在是大四学生了，别孩子气！”

“你现在是大四学生了。”成为萱萱的口头语，她仿佛在不断提醒自己和李知，一切和以前已经不一样了。

半个月后，黑板上的几个大字预示着班长选举正式开始。方媛踩着一双高跟凉鞋走了进来，喜笑颜开，胜券在握。广院的时尚魔力终究摧古拉朽一般改变了一切。后来证明，方媛的判断是正确的，那天，她赢得十分漂亮，得票数比李知整整多出了十张。李知惊讶地看着黑板上的得票数，不敢相信群众的眼睛，也不敢相信自己的眼睛。方媛一脸得意地露出了欣慰的笑容。

李知装作不在乎的样子走出教室，她才不会让方媛看出自己的狼狈和伤心，所以直到看到萱萱，才委屈地流下了眼泪。

萱萱轻声安慰：“没事。这班长有什么好当的。你学习好，人又漂亮，还有一个优秀的男朋友。你想十全十美呀，你还给不给别人留生存空间了？”

“我不是想完美，只是觉得很伤心。”

“李知，你不能奢求人人都喜欢你，人人都公正。甚至，你应该接受这种失败。到社会上，估计这种事情多着呢！”

李知不接受这种失败，她更不接受自己败给了方媛，败给一个自己最不喜欢的人。而方媛对这次胜利却格外开心，她赢了，赢了一个自己最不喜欢的人。方媛似乎出了一口压抑了许久的恶气。她喜欢让李知品尝这失败的感觉，因为李知从来都是高高在上。

争取，有时甚至是同学间不计手段的争取，竟然是这场发令枪响后，李知的第一个感受。

李知没有把自己落选班长的不开心告诉郭书，因为他们现在有更重要的事情要讨论，像所有的大学情侣一样，他们的关系也走到了十字路口。

“李知，接下来你有什么打算？是考研究生呢，还是工作？”

李知摇摇头：“我没有想好。我想一边考研究生，一边找工作！”

郭书扑哧一声笑了：“女超人呀！”

李知摇摇头：“我这不是女超人，是迷茫，不知道哪个适合自己。所以就一颗红心两手准备。万一没有考上研究生，那就工作；万一工作没有找到，不还有书可以读嘛。”

郭书点点头：“这样当然好，多个选择多条路！”

“那你呢，你有什么打算？”

“我打算找工作，在北京工作！”

“哼。”李知看了郭书一眼，“胸有成竹吧！”

“不是，只是我想尽快去外面的世界看看，毕竟我是男人！”

李知抬起手来，摸着郭书的脸庞：“来，让我好好看看，这话说得真男人！好吧，是男人就去工作吧！”

“你说，你不会考上研究生，嫌弃我这个本科生吧？”

李知扑哧笑了：“你不会工作后，嫌弃我不赚钱吧！”

“好吧，我不嫌弃你！”

“好，我也不嫌弃你！”

“我到时候甚至可以资助你读书。”郭书得意地说。

“你少用金钱腐蚀我，告诉你，我可经不起考验！”

两人哈哈大笑，李知一扫之前落选的失落。萱萱说得对，自己有郭书，就是很大的幸运。

每个人都在为未来做着计划，因为她们的生活还有未来，他们的未来还属于未知。此时，她们还没有意识到有未来可以期许是多么幸福的一件事情。优优却不再为自己的未来做计划了，她已经没有了所谓的未来，或者说她已经知道了自己的未来。当大家都在憧憬、迎接自己未来的时候，优优却要和这个世界做最后的告别。她在镜子前看了自己许久，镜中的自己还是那样青春，优优忍不住恸哭起来。她要和这个世界好好地告别，因为她是那么爱它。

在振聋发聩的现实面前，从大一入学就一头钻进爱情而无法自拔的宋小，最近也被这轰轰雷鸣惊醒。她好像睡了一个大觉，现在忽然睁开眼睛，看到了这个已经变化了的世界。

她一睁眼就收到了一条实习通知短信，自己都吃了一惊："这么快就遇到伯乐了？"

李知看了看短信中提到的公司名字，似乎从来没有听说过，于是不无担心地说："不会是骗子吧？"

那个时候，互联网还不发达，百度搜索更是没有。

宋小摇摇头："不管了。宁可上当千次，不可错过一次。"

出发前李知不忘叮嘱宋小："听说公司在北京西站附近？那儿人多，你自己注意一点，别傻乎乎的。"

宋小一脸不屑："放心吧，我还怕这个！"

"前两天我看新闻，说有女大学生在火车站被拐走的，你别掉以轻心。"李知接着说。

宋小瞪大眼睛："真的呀？那女大学生得有多傻呀！"

李知也瞪大眼睛："是吧，我觉得你就这水平。"

宋小直摇头："我才不呢！李知，你都忘了，我是什么人？我是曾经夜里一个人在广院南街、北街、西街狂跑的人啊！是不是，你都忘了！当初还是刘小宇追上我的呢，是不是刘小宇？"宋小说到最后的时候，竟露出了几分骄傲的神情。

刘小宇面无表情地轻轻叹了口气。自从宋小放弃追求男生后，宋小和刘小宇处于少有的"和平年代"，两人不互怼了，刘小宇对宋小的"哼"也没有了。

李知忙摆手："哪能忘记呢，不敢忘，也忘不掉！"

晚上，宋小这名女大学生安全回到了宿舍，她一屁股坐在自己的床铺上，一脸兴奋。原因是她竟顺利通过了所谓的"面试"，可以去实习了。"顺利得不敢相信，当我回答完面试老师的问题时，我都惊讶大学期间，自己还学习了这么多知识。"宋小感慨道。

萱萱忙拉着宋小取经，李知和刘小宇也不由地高看了宋小几眼。大学以来，宋小第一次感觉自己这样受重视，不禁傲娇了起来。宋小坐在床上喝了口水，侃侃而谈："面试的是个女的，姓王，40多岁，不修边幅，短发，倒是显得挺大气的，我当时对她印象就很好，我还担心是男的，会被潜规则。”

“说过很多次了，你根本没有必要担心这个！”刘小宇冷冷地说。

宋小刚想反驳什么，李知示意她继续，宋小就继续分享她的成功经验，说道：“也没有问我什么内容，就问我对一些节目的看法。幸好，我都看过，我就把对当前《幸运52》《今日说法》《快乐大本营》的一些看法说了一下，然后她就说可以了。”

“就这么简单？”萱萱问。

“是呀，就这么简单。后来，她又问我，觉得自己最大特点是什么？”

萱萱如饥似渴地看着宋小问：“你怎么说的？”

“我当时脑子里一下浮现我以前追求‘刚’和薛晨的事情，我就回答，我最大的特点就是执着，绝不轻易放弃。那领导一听这句话，眼睛顿时开始放光，然后就让我回来写个策划案给他们。”

“看来，你平时总盯着电视看，还是有收获的！”李知感慨道。

宋小点点头：“我都没想到！”

宋小不会知道，接下来让她没想到的事情还很多。

事实证明，宋小还是有很才能的，因为，很快，“领导”又给了她二份工作：翻译美国音乐娱乐新闻，然后加字幕播出。就因为该领导夸了宋小一句“这孩子还真能吃苦，很不错”。宋小感念知遇之恩，满口答应，且乐此不疲。从此，宋小就变得和刘小宇一样的忙碌，甚至大有超越刘小宇的架势。看着她忙碌的背影，刘小宇都因生活显得过于安逸而自责了很久。

李知突然发现，宋小从此再也不提任何男生，更没有心思揣摩他们，因为现在她连看他们一眼的时间都没有。

有时候，宋小的工作在单位根本完成不了，她就用自己的录音机将声音录出，然后回到宿舍翻译，还常常拉上优优帮她。考试的时候，李知都没见她们这么忙过。往往李知夜里突然醒来，看见两人还在忙个不停。优优倒是很认真的样子，虽然越发消瘦，倒看上去很高兴,听着宋小讲工作的事情，总是很惊奇的样子。其实是借助宋小，优优感受到了工作的节奏与乐趣，那个时候，优优总是抓紧一切机会拼命感受这个世界，像一个要被妈妈抱走的孩子，最后贪恋地看着游乐场的一切，久久不肯离去。

今天，宋小的工作量又增加了，她又想拉上李知。

“李知姐姐，你行行好，帮我校对一下字幕吧，我实在没有时间，明天一早，我还要去上字幕！”宋小哀求道。

李知皱着眉头：“宋小，我现在可是备考研究生阶段，一寸光阴一寸金，寸金难买寸光阴！我连和郭书见面的时间都少了，你这样做合适吗？”

宋小龇着牙，毫无愧疚之色地看着李知：“怎么不合适呀？我也是没有办法呀！明天一早就要用，我现在还没有翻译完呢！”

李知瞅了一眼宋小，突然意识到了什么，问道：“宋小，这些工作都是你做吗？你们那儿几个人呀？我记得校对字幕、上字幕这种工作应该是责任编辑做呀！”

宋小一愣，不停眨着眼睛：“对呀，李知，这个工作好像不该我做呀！”

优优也似乎恍然大悟：“宋小，你这可不是一个人的工作量，你实习她每月给你多少钱呀？”

一缕月光正好照在宋小那年轻而无知的脸上，她支支吾吾：“我，我不知道呀，这个她好像没有和我说呀。”

李知一个跨步跳到宋小床前：“什么？这个她没有和你说？实习那天你们都谈什么了？”

“那天，就谈同意让我去实习呀。她一说同意我去实习，我激动得跳了起来，然后就忘记问这些了！”

“宋小，那你记得明天问一下你那位王领导，你不是说，她看上去很真诚的样子吗？”优优说。

“实习的车补饭补是最起码的，你千万别忘记了！”李知补充道。

宋小不住地点头。

第二天晚上，宋小再次披星戴月地回来了。她风尘仆仆，干练得像个女强人。说话都比以前简短利索多了。

宋小一边狼吐虎咽地吃方便面，李知一边问她：“今天和你领导谈了吗？”

“谈了。”

“你怎么说？”

“我说工作量的事情，我现在忙不过来，而且校对和上字幕，也好像不是我该做的。”

“她怎么说？”

“她说，年轻人就应该多尝试，什么工作都要做，什么工作都要会。不要惜力，不要挑肥拣瘦，要把这些看作是别人给自己的机会，要分外珍惜，要心怀感恩。”

李知愣了一下。

优优接着问：“那说报酬了吗？”

“没有！”宋小喝完最后一口汤说，“我觉得她说得挺有道理，就点头称是，然后就去工作了，把报酬这个事儿就给忘了，后来想那个也不重要了，领导说得有道理！”

李知看了宋小一眼：“你离被拐女大学生不远了！”

李知虽然对宋小“怒其不争”，但她也分外理解宋小。那个时候，社会对李知她们来说，是那么广阔，也那么陌生。站在车水马龙的街上，她们会一下子无所适从，一下子不知道自己该往哪里去。站在霓虹灯闪烁的街头，她们会突然不自信，这个社会真的需要自己吗？所以，这个时候，如果有人给一丝温暖，一个笑脸，一份稳定，大家都会分外珍惜，分外感激。怎么会和这份温暖谈钱，怎么敢和这份温暖谈钱，万一这唯一的温暖和稳定也失去了呢？

相比宋小，萱萱现在的实习经历堪称“实习中的业界典范，领导中的行业标杆”。

公司负责人是位40岁左右的男性，他上上下下打量了萱萱几眼，象征性地问了一下萱萱的专业，就决定录用萱萱。他不但答应给萱萱每个月1000元的实习费，还答应给萱萱报销部分打车票和餐费。

当萱萱把这个消息告诉李知的时候，李知摸着萱萱的脸感慨：“果然是情场失意，职场得意呀！”

宋小从紧张的工作中，忙里偷闲抬起头，一脸黑线：“萱萱，你真好，还能报销打车票，我连地铁票都不给报！”

萱萱瞬间眨了一百个得意的小飞眼。第二天，她还跑去王府井买了一双白色高跟鞋和一套职业装。大姐大走起了职业女性路线，每天踩着高跟鞋的样子竟然有几分周洋的样子。

与宋小和萱萱相比，郭书的实习之路更加波折，这是谁也不曾料想到的。在李知的眼中，郭书毕业的消息一经传开，各种栏目、各个领导就应蜂拥而至，还有人求贤若渴般“三顾茅庐”才对，这样一个人才摆在那里，他们怎么会这样“有眼无珠”？

“他们会后悔的！”李知愤愤地说。

郭书不由得一笑，认真问：“李知，你知道为什么培养播音主持，我们是全国的最高学府，而且这种级别的院校只有我们一座吗？”

李知摇摇头：“为什么？”

“因为需求太少了。你想，在北京写字楼里有多少企业，估计在北京，中型企业的数量就有成千上万个，所需要的人员自然不少。但是，在北京的广播电视媒体加起来不超过十个，每年新需要的主持人岗位不过十几个。”郭书接着说，“如果一个栏目有名气了，那主持人不可能变化，这个栏目的主持人就是名主持人。如果一个栏目没有名气，主持人也没有因此成名，那么出现新的栏目，这个主持人也可以去竞争。这样给新人的机会就更少了。”

李知为之一惊，她从来没有想过这个问题。想起自己大学刚入校的时候，每个人都满怀希望，仿佛进入这所大学，之后的一切都顺理成章。梳了“播本头”，不就自然成了播音员吗？那个时候，李知才第一次意识到，学校橱窗里的名人名嘴的确都出自这所大学，但，出自这所学校的不全都能成为传媒界的名人。

李知突然想到郭书去年参加比赛的时候，有一个领导非常欣赏郭书，让郭书毕业后去找他。

郭书点点头：“联系过了。去年他们非常缺人，就招聘了主持人。今年主持人岗位已经满员了。”

李知静静地看着郭书，一阵心疼，她轻轻拉起郭书的手：“接下来准备怎么办？”

郭书笑笑:“没事的，李知，我会加油的!困难也许只是暂时的。天生我材必有用，是不是?”

李知不住地点头，紧紧拉着郭书的手:“郭书，我陪着你好不好?”

“好哇!”

一个月后的一天，宋小摸黑进了宿舍。她终于在阿姨11点关宿舍门之前赶了回来。

一进门就开始嚷嚷:“我觉得真是太欺负人了!”

“怎么了，宋小。这么气愤，看你失恋的时候也没有这么生气过!”李知问宋小。

宋小看了李知一眼:“你怎么哪壶不开提哪壶?失恋是伤心，现在是气愤。”

“到底怎么了?”优优问。

“优优，我对不起你。”宋小哭丧着脸。

整个宿舍突然安静了下来，大家都竖起了耳朵。

宋小嘀嘀咕咕说:“我今天和那个姓王的领导谈待遇了。你们知道她怎么说的吗?”

“行了，宋小，都这个时候了就有话直说，别制造悬念了!”李知着急地说。

“她说，让我来实习就是对我最好的待遇，这是给我成长的机会，是在培养我，培训我，不跟我要钱就算不错了，还跟她谈什么钱!”宋小气愤地接着说，“策划案、翻译、校对字幕、上字幕，一分钱也没有!”

“她这么大人，这种话怎么好意思说出口。”李知也愤怒了，“培训?如果是培训，那要以学生为中心，他们是吗?哪个培训这样使唤人?她就是在欺负人，使用我们这些免费劳动力!”

“是!”宋小难得清醒地回答，“平时工作的时候，整天躲躲闪闪的，说个话也闪烁其词，生怕我们知道她想些什么。知道的是在传媒公司，不知道的我还错以为去了保密局，这就算了，关键时刻，这样对我们!我不干了!我辛辛苦苦一个月，不但没有赚钱，还搭上了车费，晚饭总赶不及回来吃，也不舍得在外边吃，天天不是方便面，就是面包!还拖累了优优，一分钱也没有办法分给优优!”

优优摇摇头："宋小，你不用在乎我。我间接实习了一下，间接感受了工作，其实还挺高兴的。只是，她这样明显是在欺负人，太过分了。"

窗外不知何时下起了秋雨，滴滴答答打在玻璃上，哗哗地不断落下。那一晚，210宿舍突然感觉到了什么，一种寒意随秋雨袭来。

第二天，宋小睡了个自然醒。醒后，对着正准备上自习的李知说："李知姐姐，快去给我买个广院肉饼。这一个月，我就馋它，可想死我了！"

"快起来，和我一起去吃。"李知说着，走到宋小床边。

任凭李知怎么拉，宋小仿佛黏在了床上，就是不起来，偶尔勉强爬起来，又在重力作用下轰然倒塌。

"你就不能照顾照顾我吗，李知姐姐？"宋小哀求道。

"我干吗要照顾你？你挺好的样子。"

"唉，李知姐姐，你看不到我心灵受了很大的伤吗？我现在想起来，心里还疼！"宋小一边说，一边摸着胸口。

李知扑哧一笑，学着刘小宇的口气："你完全没有必要担心这个，你坚强得很呀！江湖人称'宋坚强'。"

那天，"宋坚强"整整在床上赖了一天，除了几次洗手间必须自己去，连喝水都让大家给她端。她要好好享受一下这慵懒的时光，好好享受一下这自由的大学生活，并时不时高喊两句："实习诚可贵，工作价更高，若为自由故，二者皆可抛！"

就在宋小重返惬意生活的第二天，萱萱的生活也突然惬意了起来。"我不干了。"萱萱看见李知第一句话就是这个。李知瞪着大眼睛问："最近掀起了一股离职小高潮？"宋小坐起来嘟着嘴："萱萱，你这么好的待遇也要离职，你不知道我多羡慕你！"说完，又倒了下去。

萱萱叹了口气："一言难尽！"然后拉着李知去餐厅。

"你怎么也神神秘秘的，有话快说吧！"

萱萱叹了口气："我讲之前，咱们需要喝口水，压压惊！"

李知瞅了萱萱一眼："不用喝口酒？"

两人喝了水后，萱萱才缓缓说起来。原来事情是这样的，经过了一个多月的相处，男领导昨天晚上找萱萱聊天。

男领导问萱萱以后的打算。萱萱告诉他，自己想要留在北京这座大城市，“毕竟做文化工作，北京最合适。”男领导不但表示赞同，甚至不断向萱萱投来了赞许的目光。

也许是受到了男领导的鼓励，萱萱进一步敞开心扉：“但是，留北京好难。需要留京指标。而且，我在偌大的北京无亲无故，时常觉得很孤单！”

男领导抬起头来，意味深长地看了萱萱一眼，说道：“萱萱，你真是个有思想的女性，而且漂亮能干。但是，你想过没有，其实留在北京有很多种方法，绝不像你想象的只有一种。”

初出茅庐的萱萱，第一次瞪着像宋小一样好奇而无知的大眼睛问：“我想到的就是找个接收我的单位。”

男领导摇摇头：“不完全是。”男领导边说边站起来，关上了办公室的门。萱萱看了一眼，以为那是为宣布惊天秘密而做的“安保”工作。男领导转过身，继续说：“比如像我，我就是外地人，现在不是也相当于留在了北京吗？”

萱萱似懂非懂地点点头。

男领导盯着萱萱，继续说：“萱萱，你刚才说的孤单的感受，我懂。你看，我家在外地，他们也都在外地。我一个人在北京，生活呢，除了工作就是工作，也没有一个嘘寒问暖的人，也没有一个可以倾诉的人，有时候，夜深人静，我真是很孤独。”

男领导说得很动情，萱萱不明白领导口中的他们具体指谁，只是随和地点点头：“一个人是很孤独。”

“孤独的时候，我就跑到公司楼下的街心公园，想去呐喊。”

萱萱又点点头，头脑中不知为何出现了《肖申克的救赎》中的经典画面：肖申克从监狱逃脱后，在倾盆大雨中，张开双臂，整个身体尽情地任凭雨水冲刷，他也在呐喊，为自由而呐喊。

刚刚还沉浸在寂寞中的男领导，突然话锋一转，声音也亢奋了起来，铿锵有力地说道：“但是我看到你后，萱萱，自从我见到你后，我这种孤独感就没有了！

真的，没有了！”说着，他上前一把搂住萱萱。

刚刚还沉浸在“肖申克”中的萱萱，瞪大眼睛，惊讶万分，高喊：“你干什么？你放开我！”

男领导不但没有放手，反而更死死地搂住萱萱：“萱萱，我真的喜欢你！你跟我在一起，我一定让你留在北京，让你在北京吃喝不愁！”边说，边用一张油腻得足以当反光板的脸凑近萱萱。

萱萱的胃一阵猛烈痉挛，她使出浑身力气用她那刚刚买的高跟鞋狠狠地踩向了领导。男领导“嗷”的一声，松开了手，后退几步，愤怒地看着萱萱。萱萱撸了一下袖子，露出了许久不见天日的文身，大骂了一句：“流氓！”不等男领导反应过来，迅速跑到门口，确定安全的时候，一把将门口桌上的花瓶摔在了地上，一声巨响，碎片四溅，萱萱跑出了办公室。

李知看着萱萱，一时不知道该说什么：“萱萱，这些不都是电视剧剧情吗？真的活生生上演了？”

萱萱苦涩一笑：“真是生活比戏还精彩呀！”

李知和萱萱各自喝了一大口水，但令李知和萱萱没想到的是，“比戏还精彩”的生活还在后面。

36

李知安慰完萱萱刚回到宿舍，宿舍却已炸开了锅。优优、方媛和宋小紧紧拉着刘小宇的胳膊，向后拖着她，刘小宇则披头散发，一脸气愤地拼命把头往墙去撞。李知惊慌失措地看着刘小宇，仿佛从不认识一样，不知道一向冷静甚至冷漠的刘小宇，为何忽然如此疯狂。“快，帮把手！”方媛招呼李知。李知几个人使出全身力气，才把刘小宇重新拽回床上。在床上，刘小宇一把拉住李知，带着祈求和哭腔，说道：“李知，别按着我，快让我起来，我要去报警！我要去报警，快！慢了，坏人就抓不住，我的钱就回不来了！”李知惊讶地看着刘小宇：“你说什么？小宇，我怎么听不懂。”刘小宇突然嚎叫道：“李知，快抓人，求求你，快帮我抓坏人！”

李知和大家继续死死地按住刘小宇，方媛说：“小宇，你冷静一下，放心，坏人跑不掉！”

稍微安顿好刘小宇，优优悄悄告诉李知和宋小：“刘小宇好像是被一个人骗了钱。”

“啊？骗了多少？”李知问。

“2000吧！”李知脑袋突然“嗡”的一声，一阵剧烈头疼，顿感天旋地转，一把抓住床栏杆才站稳。按照当时刘小宇一堂课10元钱的收入，这是刘小宇整整200天，历时大约一年的收入。李知想起了那个冬季，刘小宇独自一人在北京街头拼命骑车赶路，一头扎进如漆的黑夜里的样子；想起了刘小宇因上课耽误晚饭时间，买着便宜的面包也不肯去一次餐厅的样子；想起了刘小宇所有捉襟见肘的样子。

一旁的宋小瞪着无知的大眼睛：“原来刘小宇有这么多钱，我都没看出来！”

李知狠狠拍了宋小一巴掌：“那是刘小宇的血汗钱！”

宋小这才如梦初醒：“对对对，那是刘小宇一堂课一堂课省吃俭用攒下来的！”

这时，刘小宇仿佛听到了什么，“砰”的一声从床上跳了起来，披头散发往门外冲，被李知她们再次抓住。刘小宇看着大家，一脸泪水，不断祈求，声音透着无尽哀求：“李知，别拉着我，你们拉我干吗？我要去报警！我要找回我的钱，那是我给我弟弟的学费！我求求你们了，让我去报警吧！我求求你们，别拉着我了！”

说到最后，刘小宇失声痛哭。大家也忍不住哭了起来，李知一边擦眼泪一边说：“好，小宇，你别哭，我们和你一起去！我们一起去报警，你别哭了！我们现在就走！”

冬季的北京，月朗星疏，寒光下，几个女生搀着刘小宇走在街上，瑟瑟的寒风穿入她们的大衣，直接将她们吹了个透心凉。李知不禁打了几个寒战，心里说不出的难过。

警察局里，警察很耐心地询问情况，记录笔记。刘小宇由于激愤，叙述得断断续续，很多时候都在失声痛哭。大家此时才知道事情的大概。刘小宇偶然认识了一个叫石爽的人，两人关系不错，后来石爽说公司有事急用钱，向刘小宇借了500元，后来归还了，然后又向刘小宇借了2000元，答应两三天归还，但之后刘小宇就再也联系不到这个人了。

“你有石爽的身份证号码吗？”警察问。

刘小宇摇摇头。

“你知道石爽的住址吗？”

刘小宇摇摇头。

“你知道石爽在哪里上班吗？上班地址或者公司名称都可以。”

刘小宇依旧摇摇头。

警察叔叔抬头看了刘小宇足足10秒：“姑娘，那你知道这个人什么？”

“我只知道他的联系电话，1390130××××。”

“你们平时靠电话联系？”

刘小宇突然想到了什么，忙说：“对了，对了，我还有他的QQ号，这个有用吗？”刘小宇熟练地报出一个QQ号，“我没有电脑，也很少QQ联系，平时并不怎么联系。”

“好。”警察记下了所有刘小宇的叙述。

“你们回去等一下，我们尽快调查！有消息第一时间通知你们！”

“警察，我被骗的钱能找到吗？那2000元，对我和我家都很重要！”说到最后，刘小宇再次声嘶力竭。

“同学，请相信我们，我们会尽力！”

“警察叔叔，我求求你们了，一定帮我把钱找到，这是我弟弟的学费，我——”

“同学，我们一定尽力！”

深夜两点，李知和大家从派出所回来。李知望向天空，一点月光也没有，路灯虚弱地发出一丝光，路上不见一个行人。只是寒风更肆虐了，忽地卷起了地上所有的尘埃、落叶及杂物，仿佛在炫耀自己的威力，那些杂物就在淫威中，东奔西跑，耀武扬威，如入无人之境。几个女生深吸了一口气，蜷缩着身子冲进了这黑夜中，冲进了寒风中，一颗心随之进入了黑暗中、寒风里。

她们就这样无声地走着，一路无言，所有的力量似乎都用来抵挡这寒风了，每走一步都要使出浑身力气，但还要被寒风无情抽打着面颊。

就在快要达到学校的时候，一声巨响，走在最后的刘小宇突然“扑通”一下直扑地面，不省人事。李知和大家迅速冲了过去，方媛惊慌失措地摇晃刘小宇的手臂，大叫：“小宇，小宇，你怎么了，你醒醒呀，你到底怎么了！”只见刘小宇脸色苍白，呼吸急促，手脚冰凉。李知被吓傻了，宋小吓得直哭，大家边哭边大声呼叫：“有人吗？救命呀！刘小宇，你醒醒，你醒醒！”

优优擦了擦眼泪，镇定地说：“宋小，别哭，快打120，找救护车！李知，你别哭了，帮我做心肺复苏。方媛，你先停下，快去叫一下男生。”看着面如死灰的刘小宇，李知第一次觉得死亡离她们这么近，生命脆弱得只在旦夕。李知机械地听着优优给自己的指示——“双臂绷直，垂直下压”，身体不停地抖，眼前满是刘小宇那张苍白的脸。

几分钟后，刘小宇被抬上了救护车，在北京的寒夜里，救护车发出刺耳的声响，闪着冷冷的蓝光，呼啸而过。经过一个多小时的抢救，医生终于将刘小宇从鬼门关拉了回来。当李知她们看见刘小宇睁开眼睛的那一刻，全都又哭了起来。医生告诉她们，刘小宇是由于一时情绪过于悲伤而出现了心脏骤停，非常危险。只要保证患者情绪稳定，多休息，便可出院。

太阳慢慢从地平线升起，除了刘小宇留院观察，210全体加上萱萱围坐在一起，一片沉默。惊恐依旧笼罩着每个人。

宋小首先打破沉默，表现出少有的主见：“破案需要时间，我看刘小宇很着急要这笔钱，我们一起想想办法！”

优优接着说：“办法我已经想好了，我先从家里拿钱，别的以后再说。”

“出了这个事情，刘小宇保证不想让过多人知道，我们就别告诉学校了。”方媛说道。

李知点点头：“我们确实要帮助刘小宇。加上这次住院，我估计这次的花销不小，不能让优优一人承担，我们大家还是一起来吧！”

优优摇摇头："没关系，我可以的。"

"刘小宇是我们大家的朋友，我在麦当劳赚了些钱，我们还是一起帮忙吧！"方媛接过话茬。

李知看了方媛一眼，说道："是，我们还是一起吧。我们每人先出700元，看看够不够？"

2001年，700元钱相当于一个人一个多月的生活费，但大家谁都没有反对一句。

"也算我一份，我早就是你们宿舍一分子了。再说，我实习也赚了点钱。"萱萱说。

大家没有反对，休息片刻后，结伴去取钱。李知回来的时候在楼下看到了郭书和张磊。郭书捏着李知的脸，心疼地说："怎么好像瘦了，快好好吃东西睡觉，知道吗？"李知点点头。

郭书说完塞给李知一个信封："人多力量大，有事情大家一起解决。"一旁的张磊也塞过来一信封："真的是挣了点小钱，能帮上同学还真觉得有意义。快收下！"李知感激地看着郭书和张磊，眼泪在眼眶中不住打转："那我替刘小宇谢谢你们，也替刘小宇收下！用不了的钱，我再还给你们！"

"用吧，别省着。"郭书温柔地看着李知。

"钱我还可以赚。关键是同学别出事。"张磊自信地说。

那天晚上，李知做了一个梦。梦中，自己和郭书、萱萱、张磊、宋小、刘小宇，还有一群认识不认识的同学被突然拉上了一个陌生的舞台。然后大家开始在舞台上笨拙而紧张地表演。有的刚上场就直接被要求下去；有的看似跳得很好，却还是被台下评委无情地拒绝；有的摔倒了爬起来然后又摔倒了，窘态百出。台上无所适从的李知听见台下稀疏的笑声，丝丝的议论声，还有各种咳嗽声甚至鼾声，但是望过去，台下却黑暗暗的，李知看不见他们的表情，甚至看不见他们是谁，只是，在表演结束的时候，他们突然站立起来，朝台上鼓着掌，齐声喊着：Welcome To Adult World.

三天后，刘小宇出院了。当她看到枕头下的信封时，帘子后面传来了呜呜的哭声。那天，她哭了很久。这是李知第一次听到刘小宇的哭声。最挚爱的姥姥去世，刘小宇不曾在大家面前哭过；感冒坚持上课，寒风中冻得瑟瑟发抖时，刘小宇也不曾在大家面前哭过。这一度让李知错以为这辈子自己是不会听见刘小宇的哭声了。但是那天，李知听到了刘小宇的哭声，李知听出了伤心、愤怒，也听出了感动。

刘小宇只休息了一天，就又开始了自己的“教学”生活。很久以来，对210宿舍而言，刘小宇好像在自己的周边围上了一层结界，不让大家靠近，也不靠近大家。她一个人读书，一个人吃饭，一个人做家教，一个人看云，一个人欢乐，也一个人忧伤。自从做家教改善生活后，刘小宇渐渐和大家稍微亲近了一些，她开始让大家走近自己，一切都向着美好的方向发展，就在刘小宇渐渐尝试走出自己的世界，学会相信他人的时候，却被无情地嘲弄了一把。这次事情之后，刘小宇似乎又恢复到了从前，重新戴上了耳机，面沉似水，周身泛着寒光。她忙着学习，忙着教更多的“学生”，忙着看云，忙着斩断对外所有的连接，无论善意与否。而李知她们也恢复到之前那样，站在一层冰冷结界外看着她，不敢触摸。

当然，一切都无法阻挡宋小的步伐，只要她想。有时，她突然拉开刘小宇的帘子，坐在床边看着刘小宇，虽然全程刘小宇板着脸，宋小也不在乎，看了几眼，又帮刘小宇拉上帘子。有时，她猛地摘下刘小宇的耳机，拼命和刘小宇说话，说完，自己扭身走了，仿佛刘小宇回不回复她的话，根本与她无关。李知越来越搞不懂，宋小到底是高人一等，可以随便出入结界，还是她肉眼凡胎，根本看不到那层结界。李知觉得一定是后者。但宋小不在乎，反正她来去自由，刘小宇拿她没有办法。

37

李知觉得最近的生活真是太不开心了，她想冲冲喜，于是罕见地想起了张磊。现在萱萱和张磊的相处更加和谐了，李知喜欢萱萱和张磊在一起，她觉得张磊身上有一种安全感，一种绝不会伤害萱萱的安全感。

中午的时候，李知拉上萱萱，郭书叫上张磊，四人在食堂吃饭。最近张磊忙得夜以继日，因为正在创建广院的校园网。看着一双熊猫眼的张磊，李知好奇地问："忙得日夜颠倒，干吗非要做一个BBS？"

张磊揉着眼睛说："我这不是要把广院美女介绍出去吗。你不知道，那些清华的同学有多羡慕我。来一次广院，后悔一次，后悔当初自己怎么就那么认真仔细考高了呢？我们学校美女如云，没有一个BBS太可惜了！"

"BBS到底是干什么的？"萱萱问，李知也好奇地眨着眼睛。

"就是，就是——"张磊将到嘴边的话吞了下去，他现在了解萱萱和李知了，她们根本听不懂专业解释，于是，他想了片刻，来了一个通俗版本，说道："BBS就是电子布告栏，相当于你们楼下的布告栏，你们可以往上面贴东西的那个。现在，就把这个放在网上进行。"

这个比喻恰到好处地解决了萱萱和李知的问题，两人露出了满意的神情。

郭书不住点头："到时候，我们就称我们的BBS是'全国最大的高校美女论坛'。"张磊高兴地说："这名字太好了，到时候，我们的论坛人气一定特别火爆！"

那个时候，郭书和张磊已经有了"流量"的概念，表现出了一定的商业头脑。

李知和萱萱却不以为然，狠狠看了张磊和郭书一眼："有点庸俗哈！"

令大家没有想到的是，这个"庸俗"的想法在张磊手下竟渐渐变成了现实，后来竟改变了很多广院人的命运。很多清华男生就是通过这个平台认识了广院女生，很多广院女生就是通过这个平台知道了清华大学的具体方位，从而形成了从北京西北角海淀区双清路30号到北京东南角定福庄东街一号，这一条"恋爱之路"。从那时起，萱萱不但进一步领略到了互联网的神奇，也渐渐领略到了张磊的"神奇"。而李知，则更期待张磊能够"神奇到底"，最终和萱萱女神"神奇"地在一起。

一年一度的广院舞会又开始了。现在大家忙着找工作，那种"纸醉金迷"的生活已经让贤给自己的下一届了。曾经的Party Queen萱萱，和赵鹏分手后，也告别了舞坛。今天，萱萱去电影院看电影，郭书和李知去校外吃饭。这一天看上去和以往没有什么不同。

郭书和李知吃饭回来的时候，一辆辆闪着爆闪灯的警车和救护车从他们身边疾驰而过。接着，一辆出租车停了下来，里面的男生冲着郭书喊："快上车！"郭书看看李知："李知，你快回宿舍，我去看看！"说完钻进出租车，出租车一脚油门，绝尘而去。

李知跑到女生宿舍楼下，校园里还有警察在维持秩序，李知看见一个女生轻轻抚摸着男朋友的面孔，一脸疼惜；一个女生紧紧抱着男朋友，生怕男朋友跑掉；一个女生把头深深埋在男朋友怀里。李知一把抓住神情慌张的宋小。

"李知，刚才舞会打起来了，来了几个社会青年，动刀了，有人受伤了！"宋小说到最后的时候，声音有些哽咽。

李知望过去，现场拉了警戒线，不断有警察进进出出。后来李知知道，那天舞会混进来几个社会青年，他们围着广院女生群魔乱舞，举止轻浮。广院男生看不下去，与他们理论，对方顺手掏出了明晃晃的弹簧刀，里面顿时乱了起来。赵鹏恰好从此经过，他担心同学的安全，更担心舞会里面有萱萱，二话不说冲了进去。

舞会现场的所有男生站在了女生的前面，这些在舞台下扔纸飞机的男生，瞬间展示出他们的另一面。在男生的保护下，广院女生全部全身而退，而他们却没有那么容易出来。面对一把把明晃晃的刀子，手无寸铁的广院男生抓起了凳子。李知不知道现场是不是该用惨烈来形容，但是很多男生受了伤，还有人腿部中了刀。接着警察迅速赶到，控制了局面，伤员被火速送往最近的医院。

第二天一早，李知在医院见到了郭书，他在医院守了一夜，一脸的疲惫。李知心疼地看着郭书，郭书摇摇头："我应该做的，昨天那么危险的情况，我不在，现在要多照顾他们。"

李知点点头："我和你一起。"

郭书将李知拉到赵鹏的床前，"这次打斗，赵鹏伤势最严重，脑震荡，腿部中了两刀，昨晚刚刚做了手术。"

"李知，你来了。"赵鹏睁开眼睛，虚弱地说。他看看李知身后，没有萱萱，有些失望。

“你怎么样？”李知关切地问。

“没事的。就是好几年不打了，以前这是常事。”赵鹏没有说谎，妈妈走后的最初几年，打架是赵鹏的家常便饭，也是他发泄痛苦的途径。那个时候，他打架的名声远远高于他唱歌的名声。

李知低下头没有说话。

“李知？”

“嗯？”

“昨天真好，你和萱萱都不在舞厅。我听说打起来的那一刻，真替你们担心。”赵鹏说得很慢，很轻，却句句击打在李知的心上。

“谢谢你，赵鹏。”李知看着赵鹏说。

“李知，能麻烦你一件事情吗？”

“你说。”

“能让萱萱来看看我吗？我，我没有别的想法，就想看看她。”赵鹏渴望地看着李知。

李知再次低下了头，小声说：“我问问她。”

“好，如果她原谅我了，起码我们还可以做朋友，是不是？”赵鹏的目光由渴望变成了央求。

李知叹了口气，不知道该说什么。

回到宿舍，已是晚上，大家都已经睡下，宿舍灯也全部熄灭了。萱萱还在等李知。

“都没事了是吗？”萱萱关切地问。

李知点点头：“没事了。”

萱萱想了想，接着说：“腿部受伤，也没事了？”话里透着几分紧张。

借着月光，李知看着萱萱，她知道萱萱询问的是赵鹏，赵鹏受伤的事情早已传开，萱萱不可能不知晓。

李知叹了口气，说道：“没事了，都没事了，没有危险，也不会留下后遗症。”

萱萱松了一口气，点了点头。

两人都不再说话，同时低下了头，就那样在黑暗中不知坐了多久。萱萱想说些什么，又什么都没说。

李知抿了抿嘴："萱萱，休息吧，都过去了！"

萱萱起身，点了点头，没说一句话，走出了210宿舍。

李知一个人又在黑暗中坐了很久，她没有把赵鹏的话告诉萱萱，她说过她要让萱萱和赵鹏一刀两断，再无纠缠。萱萱已经知道赵鹏受伤，如果她更仔细地问询，李知一定会告诉萱萱赵鹏的话，如果萱萱选择忘记过去，李知不会再把萱萱拉入过去，因为李知知道，从过去中走出来，萱萱历经了多少泪水与伤痛。

"过去的，就让它过去吧。"李知坚定地对自己说。

第二天，赵鹏站在医院床前等了萱萱一天，第三天，第四天，赵鹏依旧望着窗外，直到他出院。

38

郭书这几天迎来了一个不错的消息，一档人物访谈节目主编对他青睐有加，经过多次面试与试镜，郭书成了最后的候选人之一。

李知赞赏地看着郭书："郭书，我对你有信心。"

郭书也点点头："我很喜欢这档谈话节目。关于采访，记者同学，你有什么建议？"

李知骄傲地一笑："你还真问对人了！我对采访的体会是，了解被访者，并永保好奇心！郭书，我对这个世界有很强的好奇心。比如我会好奇，有些人为何取得了事业的成功，而有些人没有？比如，爱情到底是什么？我们到底该怎样看待它？"

"那你到底是怎么看待爱情的？"郭书边说，边将手作话筒状伸到李知嘴边。

李知想了想，说道："我也不知道。所以我们才要去采访，去感受。去在别人的故事中寻求答案。"

郭书也赞赏地看着李知："所以，我觉得你会成为一名优秀的记者！"

"你会成为一名优秀的主持人！"

"咱们俩这是情人眼中出西施吧！"

"咱俩这是王八对绿豆，哈哈！"

看着郭书笑得如此开心，李知无比期待，那个节目的负责人也像自己一样对上郭书的眼，这个寒冷的冬季太需要一剂好消息给大家一些鼓励，一些温暖。李知甚至想好了，如何给郭书开个庆祝宴。但是几天后，她就想着该怎样安慰郭书了。

栏目组最终选择了一个女孩做主持人。郭书这次离自己喜欢的工作只差"一步之遥"，失之交臂。

2000年的时候，正是女主播、女记者当红时期，一家香港电视台清一色的女主播、女记者，红极内地。人们通过电视，看到了一种新时代的女性，她们漂亮、知性、大方、有学识。

那个栏目的主编遗憾地对郭书解释说："女主持人会对节目收视率有更高的贡献，所以最后决定——"

郭书礼貌地回复着："没事，没事，谢谢您。"

李知心疼地揉着郭书的面颊，像哄孩子一样安慰他："没事的，没事的，我们不是还有机会吗？"

郭书乖乖地任李知揉搓着，轻轻点头。

然后静静地枕在李知的腿上，一声不吭地看着太阳缓缓落下。

晚上，为了安慰郭书，张磊召集大家去新东安东来顺吃饭。饭后，李知、郭书、萱萱、宋小、张磊、李博、优优一排人坐在王府井大街路边，身前是偌大的长安街，身后是不断闪烁的霓虹灯，如梦似幻。他们年轻的面孔在霓虹灯映衬下，忽明忽暗，大大的北京城下，他们显得那样单薄。

他们看见一个八九岁的男孩子正扯着妈妈的手。男孩子穿着棉衣，戴着棉帽，还系着厚厚的围巾，走起路来像一只可爱的小熊，摇摇晃晃跟在妈妈身边；他们看见一对情侣在车站路牌前吵了架，两人互不理睬分列路牌的两侧，后来，男孩低着头轻轻拉起了女孩的手，两人随即紧紧抱在了一起；他们看见一辆公共汽车里塞满了人，每个人都变成了一个三明治，一个和他们年纪差不多的年轻人正大步追赶着它，大声喊着："师傅，等等我！"然后在车门马上关闭的一瞬间，成功将自己塞入车厢。

张磊："北京真大，记得刚来的时候，看升旗仪式，感觉走了一早晨，结果后来才知道，当时还没有走出朝阳区。"

李知："我们从学校出发，跟着优优去天意小商品市场，到的时候，我还以为到天津了呢！"

宋小："我和我爸妈下火车，在长安街上，看到一排排自行车，像一群群黑黑的小蚂蚁，我从来没有一下子见过那么多自行车，觉得特别壮观！"

萱萱："我在北京第一次打车，看着计价器，紧张得我一身汗。从此再也不敢轻易招手打车。有一次走错一个环线，绕了不知多久才重新走回来。"

大家都会心一笑，接着每个人都沉默了。北京那么大，那么美，却为何没有自己一个小小的立足之地？

萱萱："我特别喜欢北京。看话剧可以去人艺，我是在北京才看到了话剧。"

李知："看美术可以到中国美术馆，听音乐可以去北京音乐厅，而中国历史博物馆里各种顶级展览，更是层出不穷。"

郭书："春有周作人《北平的春天》，夏有朱自清的《荷塘月色》，秋有郁达夫《故都的秋》，冬有老舍《北京的春节》，北京是一座富有诗意的城市。"

张磊："北京还是一座科技之城，这里有一个被誉为中国硅谷的地方——中关村！"

郭书："所以，我喜欢这座城市。喜欢她的大气，有底蕴，有文化，发展快！"

李知："我也喜欢这座城市。她好像是这个时代的火车头，在其中，感受着每天的变化，仿佛参与了这些大事件，仿佛和这个时代的脉搏休戚相关。很多名人总能触手可及，总让自己分不清什么是现实，什么是梦想。"

李博："我也喜欢北京，我还要留在这座城市，继续都市化！"

“我也喜欢这座城市。但是——”萱萱停了一下，不无伤感地说，“但是，不知道这座城市喜不喜欢我们。”

“喜欢！”优优今晚第一次说话，“不管怎样，我喜欢你们！欢迎你们！”

大家哈哈大笑起来，李知叫着：“作为北京人，优优代表北京这座城市说话了，这座城市喜欢我们！北京欢迎我们！”霓虹灯下，一张张被冻红的笑脸更加红了，散发着青春的青涩，也散发着青春的光芒。八年后，一首奥运歌曲《北京欢迎你》唱遍祖国大江南北，李知坐在自己新买的车里听着这首歌，穿越长安街的时候，想到的就是那天晚上的一幕，想到的就是优优瘦弱而温暖的面孔，她一直觉得这首歌是借鉴了优优当年的创意。

那天从王府井回来后，优优就住院了。后来，李知她们才知道，能够和大家参加活动，对优优来说，是一件奢侈的事情。这次看似普通的感冒，差点让优优进入ICU，从那以后，优优更虚弱了。

李博在学校一次摄影展中展出了自己的新作品。摄影照片看似很普通，整张照片上就一个黑黑的将军锁，它紧紧锁住了一扇门，标题是《留京的门》。

不久后，宋小就加入了李知的考研大军。那个时候流传一句话：找工作是猪狗的日子，而考研究生则是“猪狗不如”的日子。其实，不尽然。考研究生再苦再累，多少是“一分耕耘，一分收获”，但是找工作，在社会上立足，有太多自己无法确定、无法左右的事情。当年一进校就决定不再读书的宋小，一下子觉得读书那么好，当学生那样惬意，她不想离开学校，她要继续在这所学校的怀抱里待几年。

然后，让宋小万万没有想到的是，她自己的桃花却在这最寒冷的冬季“绽放了”。

这天，宋小急匆匆往宿舍走，突然被她老乡拦住，就是那个和薛晨一个宿舍的老乡，然后他递给宋小一封信。宋小现在已经可以牢记住刘小宇那句话——“你根本没有必要担心”，所以她不再担心这信是给自己的，于是，淡定地问：“说吧，这封信让我转交给谁？都什么时候了，还想着风花雪月！”

她老乡的脸唰地一下红了，结结巴巴：“这是，这是，这是给你的。”宋小倒吸了一口气，用一种不可思议的目光看了看她老乡，机械地接过信走开了。

在宋小心如止水，准备放弃尘缘的时候，这封信如一颗石子，再次打破宋小那一湾平静的池水，激起了层层涟漪，一波接一波。她老乡在信中告诉宋小，以前经常可以吃到宋小的家乡菜，经常可以在男生宿舍楼下看见宋小的身影，甚至经常可以听见宋小的声音，现在这些都没有了，突然觉得自己心里空落落的，于是，总想打听宋小的行踪，总想知道宋小的生活，于是，他感觉自己喜欢上了宋小，所以大胆给宋小写了这封信。

宋小合上这封信，感觉自己收到了一封真正的情书。自己大学入学时的愿望有种突然实现的感觉。

“原来，这就是情书。”宋小握着信纸，看了又看，反复说。

“你打算怎么做？”李知一边看着宋小的情书一边问。

“我也不知道，李知，原来收到情书是这种感觉，原来被人喜欢是这种感觉。”

“什么感觉呀？”

“感觉莫名其妙！”

李知朝宋小翻了一个白眼：“那我告诉你，收到情书后，你就要做出选择，到底是接受还是不接受呀？”

宋小做出为难的表情：“我也不知道。我对我老乡没有对‘刚’和对薛晨那种怦然心动的感觉，没有那种一下子被击中的感觉。但是吧——”宋小叹了口气，接着说，“但是，我又不讨厌他，而且整个大学第一次被表白，我，我还是觉得挺新奇，也挺高兴的！”

李知扑哧一下笑了：“行了，那你就先接触。恋爱是谈出来的，先谈谈看看。”

宋小疑惑地看着李知：“我再想想。人生大事，要慎重。”

刘小宇冷冷地说：“这个可以记录在宿舍日历上。”

这是那次被骗事件发生后，刘小宇第一次主动开口说话。

宋小高兴地问：“是不是很重大？”

刘小宇仍面无表情，说道：“很反常。”

刘小宇难得的开起了玩笑，李知竟然有些不适应。她看了看宋小，发现她有一种神奇的魔力，一种让铁树开花的魔力。那个时候，似乎只有宋小能让刘小宇开口。虽然还是一如既往地怼宋小，但大家还是很爱听她说话，宋小尤甚。宿舍又渐渐有了笑声。刚刚出院的优优也笑了起来。李知看着记忆力只有7秒的宋小，一边笑，一边为她能否顺利通过研究生考试，表现出深深的担忧。

优优回到宿舍后，身体好像虚弱了很多。唯一不变的是，她还是喜欢拿着相机到处拍：宿舍、食堂还有210宿舍的她们。

宋小学电视里被偷拍的采访者，一手捂着脸，一手去努力遮挡优优的镜头："别拍我，别拍我，你别拍我！"

李知瞅了优优和宋小一眼："优优，你好好拍，然后洗出来，送给她老乡，看他老乡还喜不喜欢她。"

宋小也不示弱："下次你偷拍李知满脸贴黄瓜，然后洗出来给郭书，看郭书还要不要她。"

宋小接着说："优优，我们宿舍都应该好好对你。你手里可有我们大把隐私呀！你可别泄露出去，我怕狗仔队！"

这次萱萱和李知异口同声："你完全没有必要担心这个！"

那个时候，大家看不出优优的悲伤与难过，也不了解那种无望的心情，反倒因为她没有就业压力而心生羡慕。

宋小艳羡地看着优优说："还是你们北京孩子好，没有户口压力，宿舍里我就羡慕你，优优。"

李知白了宋小一眼："以前，你不是说宿舍里你就羡慕我吗？什么时候移情别恋了？"

宋小哼了一声："那时候，我想找男朋友，当然羡慕你，现在，我倒为留京发愁，当然羡慕优优了！我就打算好好想办法，留在北京，那样，以后我孩子一出生就是北京人，以后找工作就再也不用为留北京的事情着急了！"

这次是刘小宇白了宋小一眼："想得够远的！"

宋小都有人追了，刘小宇觉得自己的案子也快要破了。她天天等着派出所的消息，隔几天就跑派出所一趟，宿舍电话铃一响就冲过去，希望是警方的电话。结果，总是失望。

经过张磊几个月夜以继日的奋斗，李知她们惊讶地发现，她们拥有了属于自己的BBS。张磊这一壮举后来被记录在广院史册上，被永远传颂，因为这个BBS完成了“让广院走向世界，让世界了解广院”的使命，并让那条“恋爱之路”成为现实，改变了很多人的命运，那是后话。

张磊指着BBS首页，给萱萱和李知介绍：“在这里可以发公告，这里可以发信息，这里可以交友，这里可以谈感受。现在，这个平台已经搭好了，萱萱，我觉得该你们登场了。”

“我们登场干吗？”萱萱好奇地问。

“填写内容呀！你们在上面写内容呀。光有平台，没有内容，也不能吸引大家！平台就像舞台，我们搭好舞台了，就等你们粉墨登场展现迷人舞姿了。”张磊终于会将一个复杂的问题用一种简单的方法让文科女生明白了，这是张磊追求萱萱以后的收获，李知觉得很欣慰。

“我明白了，你是需要我们找一些热门话题，是不是？”李知问。

张磊拼命点头：“就是这个意思。”

为了表示对“创建者”张磊的支持，李知和萱萱、宋小冥思苦想BBS上第一个话题，准备一举引爆广院人的热情。

萱萱：“这个话题不能低俗，但要通俗。只要是广院人就会对这个话题有兴趣，并且都会说上一两句。”萱萱说道。

“是！坚决不能完成张磊那样的初衷，一定要有些意义。让所有广院人从中都得到启发。”李知说。

“要得到美的享受！”宋小难得爆出金句。

为完成这几全齐美，李知她们几个人杵着脑袋想了一下午，也没有结果。于是，大家约着第二天继续想。

第二天一早，几个人拿着饭盆吃早餐。一路上仍愁眉苦脸，一筹莫展，直到闪耀着金灿灿光芒，散发着诱人香气的广院肉饼出现在她们面前时，灵感之光幸运地降临了。

李知、萱萱和宋小三个人面面相觑，一个广院BBS上久唱不衰，堪称经典的热门话题就这样横空出世——“一个肉饼的诞生”。

该话题一经上线，就一石激起千层浪。各种对广院肉饼的崇拜喜爱之情如滔滔江水连绵不绝，各种文体似黄河泛滥一发不可收拾，这些内容通过键盘，通过电波汇集到了一起，广院人的想象力在肉饼面前全面地迸发了。

萱萱模仿着广告的声音朗诵着：“‘广院肉饼’，顾名思义，是用广院的水，广院的面，制作而成的，广院独有的上等佳肴。她集美味与营养于一体，瘦而不柴，肥而不腻，外焦里嫩，物美价廉。我只将秘密告诉了她，谁知道一传十，十传百，成了大家皆知的秘密了。记住，美好的一天，从广院肉饼开始！”

李知模仿纪录片的声音，深情讲述着：“‘广院肉饼’诞生于1959年，她源于一位革命前辈手里的‘葱油大饼’，而这位老前辈就是今年75岁的翟英爷爷。虽然翟英爷爷已经退休十多年，但是我们经常还能在学校看到他的身影。他推着铁皮车，车上放着一个铁锹、一把扫帚，他高唱《东方红》和《南泥湾》，在校园里碰到垃圾污垢，他就用铁锹铲到车上，他1938年成为‘八路军’，1959年，来到我校炊事班工作，是个无儿无女的孤寡老人，却把爱给予了我们这所学校，给予了我们。”

郭书用当时红极一时的《天天美食》风格做了一段主持：“观众朋友们，今天我跟大家一起来学广院肉饼的烹饪方法。制作广院肉饼，肉馅是最关键的一步，肉馅的肥瘦比例一定要1∶1，如果瘦肉偏多，吃着回口不香，肥肉中的脂肪会让肉饼的口感更加鲜美。之后，要在肉馅中加入葱末，葱末可以去肉腥。辅以姜、花椒水和大料水提味，接着将肉馅涂抹到事先准备好的面片上，再刷上一层玉米油或葵花籽油，一切就准备就绪了。将肉饼放置在220度的烤箱中，烤15分钟。这样，香气四溢的广院肉饼就做好了。”

优优说道：“广院肉饼经过发酵、和面、做肉馅、刷油、切割、烘烤等过程，分子进行重新组合，口感也得以改善。每天早晨，20岁的李知最高兴的事情就是和优优、宋小一起吃肉饼。等她们离开这里的时候，也许不会记得这里的每个清晨与日出，但那种柔韧筋道的口感，承载着这所学校的味道，则会留在他们一生的记忆里。四十多年来，广院肉饼陪伴着一代代广院人成长，可以说是广院的标识，是集体记忆的承载。”

可惜，那个时候，没有视频直播，大家只能将这些转成文字发表在网络上。那天，肉饼话题讨论得太激烈，以至于对着显示器，大家似乎都闻到了飘香的肉饼，宋小更是一边打字，一边咽着口水。服务器几次宕机，张磊一边手忙脚乱，一边洋溢着强烈的成就感。

“他是靠才能补上了颜值，现在可以成为路人甲了，你觉得呢？”李知捅捅萱萱。

萱萱微微一笑，很倾城。

最近，郭书一下收到了两个工作邀请。一是某大型演出公司，经常在全国做各种商演，希望郭书去做主持。另一个是一个乡村频道，希望郭书主持一档乡村节目。

“最近工作一忙，都忘记问你，考试准备得怎么样了？”郭书歉意满满地对李知说。

李知努努嘴：“忙是借口吗？”

郭书叹了口气：“忙不是。那我现在关心一下好不好？”

李知点点头，笑了笑：“郭书，现在不用你多关心我，现在是我想问你，这两份工作你到底是怎么打算的？”

“你觉得呢？你怎么想？我要先问你，否则你又生气我做事总不和你商量。”

李知没有主意。在李知眼里，这两个工作都不理想。李知知道这些年，一些商场开业、酒楼店庆的商业主持活动，郭书都不参加。这是郭书班主任对郭书的要求，也是郭书对自己的要求。

“不同内容和活动需要的主持风格不一样。老师还是希望我的主持风格大气、严谨，活泼不失理性。如果长期主持商业活动，风格自然会随之变化。”郭书曾经和李知这样解释。

但是，乡村节目似乎也不适合郭书，而且收入低。虽然没有任何偏见，但李知怎么都很难将帅气的郭书和乡村节目联系在一起。

“你怎么想？”李知问郭书。

“我觉得还不错。”

自找工作以来，象牙塔的保护突然没有了，大家突然被抛到一个叫作“现实”的世界里，郭书从开始的焦急，到后来的失落，而如今，多少可以自如地看待这个叫作“现实”的东西。只是李知一直搞不懂，她一直以为凭借郭书的优秀，完全可以像他那个一夜成名的同学一样，名声大噪。是什么拉开了这种差距？李知一直想不明白，但她还是宽慰郭书：“不着急，你慢慢想。”

经过一段时间的整顿和没日没夜的休息后，萱萱准备“敲锣打鼓重开张”。随着毕业季的到来，招聘热潮也随即开始了。各大电视台，各大有电视节目的机构开始招聘编导和记者。萱萱从此开启了自己“随身带笔，有试就考”的局面。有时，她在西边的某电视台刚刚考完试，马不停蹄地就奔向东边的某制作公司。那套面试内容也已经被萱萱背得滚瓜烂熟。“面试官一般会问以下几个问题：你是哪个专业？你觉得你的特长是什么？你的爱好是什么？你喜欢做什么？你做过什么？你希望薪酬是多少？需要在北京给你提供住处吗？你有什么要求？问你这几个问题，是想了解你的业务诉求和现实要求，看看彼此是否能有共同点。”萱萱对李知讲述着自己的面试心得。

有时不等面试官把这些问题说完，萱萱就会一口气回答完这些问题：“我喜欢做编导，我最大的要求是解决北京户口。”

不知道是萱萱“天生我才”，还是她“熟能生巧”，萱萱面对这种入职考试，渐渐到了“信手拈来，出神入化”的境界。然后，在一次大型考试中，竟然获得了笔试第一的成绩。自从读书以来，从没获得过这一成绩的萱萱，自己都感到不可思议，这在很大程度上增加了她的信心和勇气。

“第一了，总该录取我了吧！”萱萱对李知说。

“那是，你都第一了，实力不容小觑！”

萱萱有点小得意，想着自己几个月的辛苦似乎终于可以迎来一丝希望了，真可谓“功夫不负有心人”“天道酬勤”。但这只是她的一厢情愿，因为很快，她的希望就破灭了。该机构录取了三个人，萱萱却在这三人之外。

萱萱愤怒了，而且是出离愤怒，或许是第一名的成绩给了她巨大的勇气，她找到该机构人事处，并大胆地敲响了负责人的门。

负责人惊讶地看着萱萱："你是谁？你找谁？你有什么事情？"

被负责人这么一问，萱萱也冷静了几分，有些尴尬："我是这次笔试第一名。我就想问问，为什么我笔试第一名却没有被录取？"

负责任人"哦"了一声，接着说，"你是很好，但我们这次名额有限。"

"可是，我是第一名呀！"萱萱不解地问。

"成绩也不代表一切！"

萱萱眨了眨眼睛，她还不明白负责人的意思："成绩不代表一切，那什么代表一切？"

负责人叹了口气，瞟了瞟自己桌子上的那些条子："看看这些东西。"

萱萱这次明白了，说道："如果考试没有用，你们还召集我们来干什么，不是耽误我们时间吗？让我们做陪练！"萱萱很气愤。

负责人有些不好意思，小声说："也不能这么说。你再等等。我们一般明年三四月份还会有名额，到时，看看你有没有机会。"

萱萱分不清这是负责人真实的想法，还是在敷衍她，但是她现在已经不在乎了。她起身走了出去，她已经不愿再把希望放在这儿了，准确地说，她已经不愿将信任给他们了。

晚上，李知和萱萱躺在床上。

"还是你考研究生好，感觉命运多少掌握在自己手中。自己努力，会有结果，还有一种叫公平的东西。从小到大，我没考过第一名，第一次考一个第一名吧，竟然没有啥用，你说好笑不好笑！"萱萱自嘲道。

李知点点头："所以有人说，高考是一个分水岭。从那以后，光靠努力就能做好的事情，就越来越少了。"李知说着，想起了郭书，心中一阵刺痛。

"李知，你知道我说话的时候，声音都是颤的，是害怕，但更多的是气愤，但我也不知道我哪里来的猛劲儿！"

"这叫'逼良为娼'！"

“李知，你说什么？”

“对不起，我说错了，我想说这叫‘逼上梁山’。”

39

校园BBS建成后，张磊又有了新的打算。这天，在李知他们毫无准备的情况下，张磊再次发布了他新的战略部署：“校园BBS运行稳定，下一阶段我准备一圆我的‘清华梦’！”

李知和萱萱惊讶地看着张磊，张磊继续高瞻远瞩：“现在是个互联网大发展的时代。北京的中关村就是美国的硅谷。硅谷创业是什么？大部分都是同学创业。你看，比尔·盖茨与保罗·艾伦是同学，惠普公司威廉·休利特和戴维·帕卡德是同学，谷歌创始人拉里·佩奇和塞吉布林也是同学。要赶上这个时代的潮流，就要去最好的大学学习知识，并且在最好的大学找到志同道合的合作者，从这两个角度考虑，我准备重新杀入清华！”

后来大家才知道，中国互联网里也有着同学创业的典范。腾讯是马化腾联合张志东等几个同学一起创立的，“美团”的创始人王兴和王慧文也是大学同学。

张磊的话像一剂强心剂，让在现实面前灰头土脸的大家，为之一振。郭书拍拍张磊的肩膀：“哥们儿，看好你，加油！”

萱萱狠狠皱了皱眉头：“那考试容易吗？何况你这几年在广院，也有点儿荒废！”

李知也有些担忧：“现在距离考试时间不长了，你还有时间复习吗？”

“还好，这几年我一直和清华的同学保持接触，其实，考清华研究生这个打算半年前就有了，也一直在做准备。我昨天看了去年的考试题目，觉得自己还是有机会！”张磊说得轻描淡写。

李知、萱萱和郭书被张磊缜密的计划折服了，萱萱更是不禁感叹道：“张磊，你可真是人不可貌相！”

张磊听后，半天摸不着头脑，转眼看着李知和郭书：“郭书，这是什么意思？萱萱，这话什么意思？这是萱萱表扬我吗？”李知和郭书一起狠狠地点了点头：“绝对的夸奖！百分之百赞扬！简直可以说是崇拜了！”张磊叹了口气：“可是我觉得这话听起来怎么这么别扭呢？”

李知笑得倒在郭书身上：“是因为你之前没有受到过萱萱表扬，有点不习惯，以后多了，你就不会觉得别扭了！”

张磊苦笑一声：“这真是我听到最让我难过的夸奖了！”

萱萱笑得直不起腰。

那时候，李知真以为萱萱开始慢慢接受张磊了，可是后面发生的事情，让李知发现自己是多么不了解自己的这位好朋友。

经过一番思考后，郭书对自己手边的两个工作邀请有了明确的想法。

“李知，我想去那个乡村节目。”

李知心里猜到了郭书的答案，但是还是忍不住问他原因。

“我接触了那个乡村节目，觉得他们非常严谨，非常认真地在做节目。”

“嗯！”

“李知，你是不是担心我会不开心？”

李知点点头，她了解郭书。她觉得郭书的才华和能力应该拥有更大的舞台。

“我觉得这些乡村节目还挺有意思的，有很多科技内容在里面。如果真能帮助到农民朋友，还是蛮有价值的。”

“郭书。”李知顿了顿，“做乡村节目主持人能成名吗？”

郭书很理智地摇摇头：“不能。”

“你想过成名吗？去年，你们同学中有人突然成名，很多人都按捺不住，你难道没有想过吗？”

“想过。”

“周洋说成名要趁早，你觉得呢？”

“我觉得是，你觉得呢？”郭书说。

李知叹了口气："我觉得也是。我去过电视台当观众，那种众星捧月的感觉，我相信没有人会不疯狂，不喜欢，不留恋。"

"我留恋、疯狂和喜欢。"郭书说，依旧很坦诚。

"郭书，我仔细想过，我考研究生某种程度上也是对现实的逃避。在这个学校，我们就可以一直做梦，而离开她，就是我们的梦醒时分。"

"李知，你知道吗，当初我爸妈并不同意我考取这所大学。你知道为什么吗？"

李知摇摇头。

"在我爸看来，主持人未必是个好职业。他跟我说，'人们看到的只是他们的风光，但是仅仅因为这个原因从事这个职业，那失望的可能远远高于梦想成真的可能。只有你真正喜欢，并做好了在别人迅速成功后，仍能平和地好好生活，好好工作，仍有给别人鼓掌的胸怀和气度，你才可以考虑从事这个职业。'"

"所以——"郭书看了看李知说，"所以，乡村节目主持人虽然不能一夜成名，但是它是一份踏实的工作，是一份可以让我有所成长的工作。"

李知赞赏且欣慰地看着郭书。在现实面前，在名利面前，自己认识的那个郭书并没有变，仍保留着清醒和踏实。

"我喜欢北京，我想留在这座城市。现在靠自己的能力留在这里，然后好好工作，再看进一步发展。毕竟我们还年轻。"

李知狠狠地点点头。她爱郭书，她支持郭书的一切决定，而且此刻，她觉得自己更爱他，爱他的谦虚，爱他的执着，还有他身上那一种叫作"理想主义"的东西。

这个寒冷的毕业季，似乎只有优优置身事外。她既不忙着考研究生，也不忙着找工作。也许，这就是北京当地人的底气。但是，她仍然是大家最好的优优。她会力所能及地帮大家把热水瓶打满水，以防大家因为各种事情喝不上热水，她还会帮那些出门参加面试的同学，规划行车路线，并写在纸条上。这几天，她找来一本研究生考试的复习材料，送给李知和宋小。

"优优，我们现在都太忙。等我们忙完，要好好谢谢你！"李知接过优优的书，感激地说。

“好哇！”优优爽快地回答着。

随着研究生考试的临近，李知和宋小在自习室的时间越来越多。晚上自习室关门，她们还要到操场上彼此沟通一下自己的学习心得。冬天的操场，人影稀疏。那个从大一开始，就天天坚持军体拳的男生还在那里“嘿嘿哈哈”，出拳踢腿。

在看台的角落里，在路灯微弱的光芒下，李知看见一个人，觉得很眼熟。那人穿着暗暗的土黄色厚棉袄，他对面的人站在阴影里。

李知碰了碰身边的宋小：“看见那人没有？我怎么觉得眼熟？”

宋小摇摇头：“没注意呀！”

自从不再追求“刚”和薛晨后，宋小的观察力明显下降。

“你的好眼力哪儿去了？”李知问。

“业精于勤，荒于嬉。这话出自韩愈的《进学解》，李知你记住了哈，研究生综合考试必考！”

李知白了宋小一眼。

两人走了一圈，又走到那个男生附近。这次宋小仔细看了一眼：“是眼熟呀！好像在哪儿见过。”

于是，寂寞的两人充分发挥出狗仔队特质，不露声色地靠近，想一看究竟。就在这时，她们听到了一个熟悉的声音：“你别来学校找我了，让大家看见不好！”

“有什么不好？”那个男生说。

“我们分手了！”那个女生说。

宋小险些惊声尖叫起来，李知一把堵住她的嘴，将她连拖带拽逃离了现场。

宋小仍一阵惊魂未定的样子：“李知，他们什么时候分手了？”

李知摇摇头：“我怎么知道？我和方媛最不熟。”

黑暗中看到的那个男生正是方媛的男朋友，两年前，他第一次来学校的时候，请过宋小、李知她们吃饭。李知还依稀记得当时的情景。两年后，这个男生似乎没有什么变化。但是李知和宋小好奇的是，从未听说过他们吵架，他们为什么分手呢？

回到宿舍后不久，方媛也回来了。她好像什么也没有发生过一样，镇定地收拾床铺，自如地拿着洗漱用品。这时，李知才发现，已经很久没有听见方媛给男朋友打电话了。

第二天，不听劝告的“男朋友”又出现在校园里，方媛走在他身边。方媛穿着高跟的靴子，上身是一件粉色大衣，旁边的男生仍是土黄色大棉袄。两人仿佛一碗老北京豆汁和一杯星巴克放在了一起，那样不和谐。方媛看见宋小和李知，一脸的尴尬。宋小本想上去和她男朋友打招呼，方媛却拉着男朋友匆匆往前走。

李知想起来，两年前，方媛看见自己男朋友时，笑靥如花，拉着男朋友的胳膊不放手，满眼都是幸福和骄傲。那时候，李知虽然不喜欢方媛的男朋友，还是为她们的幸福所打动。然后今天，他们那样尴尬，那样生疏。时间，真的改变了很多东西。

那天，方媛很早回到了宿舍，宿舍楼下的望春厅却屹立了一棵“白杨树”，从下午一直到晚上。

“方媛，外边太冷了，让他走吧！”优优说。

“优优，你去帮我说吧！”

优优叹了口气，跑到了楼下。方媛也追了过去，将几本书塞给了优优。

这是方媛最后一次给男朋友买书。她曾经希望男朋友能考到北京的大学读研究生。但昨天，当在麦当劳吃饭，男朋友点完餐一屁股坐在座位上，等待服务员送餐的时候，方媛就感到自己的男朋友和这个城市相差太远了。她表姐说的对，男朋友不是读书的材料，也不属于这个大城市。经过了很多事，方媛知道，他仍是世界上对自己最好的人，但仅仅对自己好，是不够的。不再勉强对方，或许是对彼此最好的安排。

很久后，那棵“白杨树”终于走了，从此再也没有在广院出现过。

方媛拿着一摞摞信，那是她以前和男朋友的通信，在自己的床上看了很久，流下了几滴眼泪，又重新投入新的生活中。

男生宿舍里，几个男生闲得无聊，看看日历，发现到了年底。每年这个时候，他们都会对女生有所表示。第一年是一枝梅；第二年是一棵“百财”；第三年，千禧年一起喝了酒；今年，他们工作都一筹莫展，颓废的，正经的，最近都无所事事，于是，三言两语有一搭没一搭议论起来。

“也不知道咱班女生整天忙什么，也不理我们。不如我们逗逗女生，说我们中了大奖，看看她们如何反应。反正最近年底了也娱乐娱乐！”李博首先奇思妙想起来。

几个男生纷纷点头：“买点小礼物送她们，看她们什么反应。”

“也是，大学四年都没有花过一分钱，今年，咱们大方一把！”

于是，每人掏出了最后的零花钱，连几分钱都一起塞给了李博。李博一溜烟跑进了学校的小卖部。

从自习室回来，李知发现宿舍的桌子上摆着几样零食。

宋小指着零食：“李知，想吃什么吃什么哈。”

李知拿起一袋“日本豆”：“什么意思？你请客？”

优优摇摇头：“咱班男生送的！”

李知瞪大眼睛，将桌子上的零食又仔细观察了一番，默默计算了一下费用：“为什么呀，怎么突然这么大方？第一次给我们买吃的！第一次给我们花钱，花了十几元钱呢！”

说到最后，自己不禁笑了起来。

宋小关上宿舍门，凑近李知，神神秘秘地小声说：“据说是李博买彩票中了大奖！”

李知“啊”地叫了一声，一惊：“真的吗？不会吧！”

宋小捂住李知的嘴，说道：“你小点儿声！说是刚刚知道，中了50万呢！”

李知“啊”地又叫了一声：“不会吧！再说了，中了50万就请我们吃这十几元的东西？”

“据说，大奖还没有开始领。领到了请我们吃好吃的！”宋小说。

李知看了看桌上的零食，疑惑地问：“这是真的吗？”想了片刻，“不过，也挺像。他们从来不舍得给我们买东西。现在这么反常，可能真是天上掉馅饼了！”

“你别说，我看李博还真有些富贵相！”

李知叹了一口气："可惜，之前对他态度有些恶劣。希望他以后大人不记小人过，对我们都好点。"

说完，宿舍里几个人哈哈大笑，这时，宿舍电话响了起来。

宋小一把抓起电话，电话是男生打来的。几个男生装出严肃的声音，轻声说："怎么样，零食还满意吗？说说你们还有什么要求？"

"我牙缸旧了，我能要一个镶着钻石的牙缸吗？"宋小首先说，有点不好意思。

"李博，我们女生如果对你有不周之处，请海涵。日后，请多关照！"李知接着拿过话筒。

电话那头的李博发出英雄好汉般的笑声："好说，好说，都好说！"

接着李知又小声说："这事情要低调一点儿，别出什么差错，更不能让太多人知道，这样不安全！"

宋小接着说："领奖那天最好戴上口罩、围巾，别让人认出来。"

优优想了想，说道："如果兑奖的是现金，快速存到银行。身上带着这么多现金，不安全。"

本以为自己的谎言会被女生迅速揭穿，并且被大骂一顿，没想到却听到了女生的关心。几个男生你看看我，我看看你，一时竟不知道如何回答，只得匆匆挂掉了电话。

李博一屁股坐在床上，说道："唉，咱班女生这也太单纯了吧，这都相信！"

另一个男生："是呀，真没想到，现在骗了她们，还挺愧疚。"

又一个男生："就她们这样，怎么在社会上生存呀，这次也是给她们一个教训！"

"唉，还真是可爱。我们现在怎么办呀？"李博感到骑虎难下。

几个要捉弄女生的男生本想娱乐一下女生，没想到出现这种局面，现在一个个正愁眉苦脸。

"不行，咱们就真试一试运气？现在好像不中大奖，对不起咱们班这些单纯的女生一样！"

几个男生你看看我，我看看你，决定试试自己的运气："也行，说不定真能中大奖！工作这么不顺利。不都说，老天关上了一扇门，就会打开一扇窗吗？"

第二天一早，在刺骨的寒风和皎洁的月色中，几个男生冲出了宿舍门，带上了他们东拼西凑的100元赌资。

他们要去北京城的东西南北去试试自己的财运，看看自己是不是不小心能被命运之神眷顾一下。

当天晚上，他们依旧在刺骨的寒风和皎洁的月色中，跌跌撞撞回到了宿舍。现在，他们认命了，上帝关上门的时候，一不留意把窗也关上了。劳顿了一天，都没有舍得在外边吃饭，每个人蔫头耷脑，身无分文。

女生宿舍里，李知和几个女生正望眼欲穿地等待着新消息，等待着班级首富的诞生。几次给男生宿舍打电话，都无人接。

宋小气愤不已："一定是有钱不理我们了！"

李知点点头："也怪我们平时对男生有些疏忽。"

电话铃声又响起了，几个男生面面相觑，最后，李博走了过去，抓起电话，对面随即传来宋小熟悉而激动的声音："接电话了，接电话了！喂，喂，能听见我的声音吗？"

李博将话筒拿远了一些，不说话。

"喂！喂！能听到我说话吗？"宋小在电话那头不断地喊，"电话是不是坏了，拿到奖金后，首先让李博他们给我们换一个电话。"

李博听到这话，一紧张，把话筒扔了出去，他忙重新抓住话筒，按到了电话机上。

接下来，电话又响了好几次，但谁都不敢接电话了。

李博实在无脸再面对女生的殷殷期望，他捂着脑袋，连夜写了一篇长文，以向天下谢罪。原文摘要：一场玩笑，却不想被无知的女生信以为真。天下，唯女人之心不可负。遂，一早，几人乘兴而去，然，铩羽而归。今，实无颜见江东父老，只以此文谢罪。现，故事结束，大幕拉上，一切恢复平静。感谢全体参与者：97级新闻全体男生。主演：李博。道具：电话、日本豆（等）。

这篇文章后被发表在学校的报纸上，题目为《假的谎言，真的浪漫——世纪初的惊喜》。

李知拿着报纸："在这么残酷的现实面前，还想着开这种玩笑，倒有些革命乐观主义精神。"

宋小叹了口气："我镶钻石的牙缸没有了！"

2000年，就这样过去了。

40

2001年伊始，随着李知、宋小顺利地完成了研究生入学考试，寒假也开始了。

这个寒假，李知她们只是象征性地回家和父母过了一个春节。对未来的迷惑，依旧萦绕在每一个人心中。每个人的父母都找他们谈了一次话，或安慰，或鼓励，或出主意、想办法。

萱萱的妈妈拉着萱萱的手语重心长地说："自从你离开新疆去北京的那一刻起，我就知道你没有打算再回来。但是，我只有一个要求，你必须真正落户口才可以留在北京。你听见没有？"

萱萱面无表情："那我也不能去新疆电视台，或者兵团电视台吧？"

"那你也不可能没有户口漂在北京吧，萱萱！萱萱，你是个女孩子，漂不起。你听听'漂'这个词，说得多好呀，就是那种东一下，西一下的感觉，没有户口，就像浮萍一样，没有根，不安稳呀！"萱萱妈妈边说边配合动作，说到"漂"的时候，手做着波浪的动作。

萱萱翻了一个白眼。

"我每次想到这个词儿，就有种游牧民族的感觉，我就想起一首歌：啊，啊，四处流浪——"萱萱妈妈为了加深女儿的印象，又唱起了印度歌曲《流浪者》。

萱萱又翻了一个白眼，说："妈，您就别又唱又表演的了，让我安静一会儿，行吗？”但是，很多年后，她想起当年妈妈的表演和歌声，感到无比正确。就像很多妈妈叮嘱女儿一定要找个“踏实”的人一样。毕竟靠个人能力脱颖而出，摆脱种种条件束缚的永远是少数，而我们的大多数依旧是平凡的普通人，守着最通俗的守则生活。

刘小宇回家后，先去祭奠了姥姥，然后叮嘱了弟弟安心学习。但她并没有把自己被骗的经历告诉家人。对接下来毕业的事情，她也没有和父母多说什么，父母也没有多问她什么。在刘小宇初中的时候，她的父母就意识到自己的意见已经跟不上时代，也跟不上女儿了，女儿的事情，她自己拿主意就好。他们每次能说的就是：“你决定就好！别考虑我们。”父亲依旧倚在门框上抽着旱烟，只是更加苍老了。刘小宇走的时候，母亲叮嘱她好好吃饭，多休息，并偷偷在她的书包里放了300元钱。

宋小、方媛以及李知的爸爸妈妈也没有给她们提出具体建议。比起刘小宇的爸爸妈妈，他们的眼界和人生阅历能指导女儿们到18岁，指导她们读取好的大学，但大学之后的人生与选择，他们没有经历过，也没有看到过别人的经历，他们一样无所适从。

趁这个假期，郭书的父母和郭书开了一次家庭会议。当大学教授的妈妈和在法院工作的爸爸，帮郭书分析了当时的情形以及他未来工作的走向。最后，给出了他们思考了很久的意见——出国读书。这其实是他父母一直以来的期望。

“你可以先去读一年语言，然后考研究生。现在世界发展快，我经常出国，看到了国外的先进之处，你作为新时代的大学生，应该去看看，应该有这个见识！”郭书妈妈说。

郭书爸爸接着说：“这些年爸妈已经给你准备好了这笔钱。”

郭书摇摇头，说道：“不用，不用。真出国读书，我也可以打工赚钱。”

郭书爸爸继续说：“‘君子性非异也，善假于物也。’郭书，你现在有这个条件，又是非常好的年龄，不用特别在乎费用的问题。人的成长也是资源累积出来的，父母愿意为你的教育做些事情。”

“而且——”郭书妈妈接着说，“在国内考美国研究生入学考试GRE，爸妈觉得不如直接申请美国语言学校。同样是一年的时间，在美国学习，学到的不仅是语言，更是文化。爸妈希望你有时间多去看看他们是怎样生活，怎样思考的。然后你再开始紧张的两年研究生学习，这种安排最好。钻研是一种学习，游学增加阅历，也是种学习。”

“但是，爸爸妈妈，我现在有一份工作，做一档乡村节目的主持人。”

“郭书，你还年轻。主持人是个很残酷的职业。年轻的时候不知道机会在哪里，年纪一大，就有一批小孩子和你竞争，这个行业经验重要，但是新鲜感、容貌似乎更重要。今天大家很喜欢你，但说不定哪天很快就被观众忘记了。作为父母，我们希望为你的人生做一些基础的保障，良好的教育就是其中最重要的。你在年轻的时候，就要像金字塔底座一样，打好坚实的基础，将来你遇到挫折的时候，有更多的路可以选择。出国深造就是父母给你的建议，现在继续学习，回来再找机会。”郭书爸爸认真地说。

“郭书，这么多年，我在大学看到了很多毕业生的人生发展，这是爸爸妈妈反复思考后的建议，希望对你有帮助。”郭书妈妈最后说。

时至今日，郭书的父母依旧可以用他们的知识和人生智慧为儿子提供指导和帮助，父母是孩子的第一任老师，也是孩子人生高度的重要领路人，在这方面，郭书无疑是幸运的。他感激地看着爸爸妈妈，只是仍拿不定主意，他想回北京，想第一时间和李知商量。

唯一不同的是优优的那个春节。那个时候，北京还没有禁放烟花，优优的爸爸买了很多烟花。虚弱的优优已经不能和爸爸出去放烟花了。优优的爸爸跑去家对面的空地上，放起了烟花。优优在妈妈身边，拿着电话，听爸爸在话筒里喊着：“优优，你看见我放的烟花了吗？好高好高那个！那个是窜天猴，等会儿爸爸再放一个旋转烟花。你喜欢吗？”优优在电话里不停喊，就如小时候一样：“爸爸，爸爸，我看到了！我喜欢！爸爸，我祝您和妈妈新年快乐，祝你们以后的每一个新年都快乐！”

那天晚上，父母熟睡后，优优在父母的卧室门前，深深鞠了三个躬。

那个春节就这样过去了，却成为优优的最后一个春节。

每个父母的人生高度不同，给儿女提供的眼界也不同，但对儿女的爱却不曾有差别。

回到北京，李知知道自己就要从象牙塔里面钻出来了，和大家一起面对这个现实的世界。还好，她并不孤独，她身边有一群可爱的好朋友：优优、宋小、萱萱、张磊，还有郭书。

宋小刚刚放下背包，就又收到了老乡的情书。老乡在信中解释，知道宋小准备研究生考试后，为了不影响宋小的备考，他没有再打扰宋小，所以直到现在才和宋小重新取得联系。宋小拿着信，第一次感到被人体贴、被人爱护的幸福感。只是，这幸福来得有些晚，宋小感觉整个大学都已经过去了，她叹了口气，为逝去的岁月而惆怅：“阿知姐姐，现在是不是有点晚呀？为什么不早点？为什么不早些遇到，早些表白？”

“晚什么晚？你当初的愿望不是说大学收获爱情吗？现在不还是大学吗？”

宋小顿时喜笑颜开，头如捣蒜，一把搂过李知：“我先不答应他，我也要享受一下被追求的感觉。”

李知狠狠地朝她翻了一个白眼：“就你花花肠子多！好好珍惜追求自己的人吧！”

宋小史无前例骄傲地“哼”了一声。

刘小宇开始骑着自行车满世界转。警察暂时没有破案，刘小宇要自己破案。她记起那个男人和她的谈话中曾提到过中关村三个字，于是开始在中关村一带找寻线索。那个时候，中关村一带还属于“人远地自偏”，是外地来京务工人员的最大聚集地之一。

优优和李知劝刘小宇放弃：“女孩子出入那个地方，太不安全。”无论怎么说，刘小宇依旧我行我素：“我就想找到他，把我的钱要回来！那是我给我弟弟的学费。”刘小宇说这话的时候，每个字都扎在大家的心头，“我弟弟学习很好，如果没有这些学费，他就只能考取一个不要学费的中专，而我要我弟弟读高中，然后读大学。我要让我弟弟看看北京这样大城市是什么样的，我要让我弟弟走出我们那儿！”说完，刘小宇头也不回地冲出了宿舍。

郭书把父母提的出国建议告诉了李知。

李知两手托着脸，不住地点头：“我觉得叔叔阿姨的意见很好！”

郭书也点点头，说道：“我也觉得有道理。实习的时候发现，只有丰富的知识，广博的见识，深刻的认识，才能理解你的采访者，才能和他有充分的互动，才能挖掘事实真相，完成一次公正精彩的采访。”

李知欣赏地看着郭书。

“可是——”郭书话锋一转，“可是，李知，你会和我一起出国读书吗？”

“你想出国读书这件事情是通知我呢？还是和我商量？”李知问道。

“当然是和你商量了！而且，我想让你和我一起去！好吗？”

看李知没有说话，郭书继续说道：“我爸妈还有一句话，我觉得说得很有道理，叫‘见多识广’。见多自然识广。‘见识见识’，有‘见’才有‘识’。”

李知有些迷茫，她不知道出国学习语言需要多少学费。郭书的妈妈爸爸替他早有准备，自己会不会因此为难父母呢？郭书早就想过这个问题，轻声说：“李知，我想了，我不赞同我爸妈说的出国先学习语言，我觉得这部分，我们完全可以在国内完成。国内有很多好的英语培训机构。我英语还可以，毕竟我妈从小就一刻不放松地督促我学习英语。在国内考试，如果能申请到全额奖学金，学费与生活费问题就能解决了，我们就可以一起出国了。”

李知感动地看着郭书，郭书正悄悄地计划着他们的未来。郭书的未来中有自己，而自己的未来也不能缺少郭书，这样的未来才值得期待。

“可是郭书，我最近联系了实习单位，考完研究生，我也想和你们一样去实习一下，可以吗？”

“没关系！你先去实习，我先做准备，好不好？”

李知拼命地点了点头。

郭书也拼命地点了点头。

李知实习的前夜，一阵阵紧张，辗转难眠。想到萱萱和宋小的实习经历，还有两年前自己不顺利的实习经历，李知不觉对走向社会有了一丝恐惧感。

第二天，她早早来到了实习单位，一直站在门口，直到接待自己的领导出现。领导个子不高，年龄大概四十多岁，但头发全白了。也许正由于这白头发，李知看到这位领导的时候，倒觉出几分慈祥。这位领导介绍自己姓“白”，是栏目制片人。该栏目是一档科学探索类栏目，对标美国*Discovery*，用科学的角度，用层层剥茧的方法，探索各种神秘的现象和事件。“*Discovery*探索埃及金字塔到底是怎么建造的，巨石阵到底是谁建造的。我们就探索中国的秘密，比如秦始皇到底凭借什么打败了六国，一统天下？历史上相传的阿房宫到底在什么地方？”李知听得热血沸腾，身上每个细胞都活跃了起来，这些未知充分激发了李知的好奇心，她甚至想赶紧投入这些未知中，去寻找，去探索，去解密。李知不知道，2001年的时候，自己正赶上电视探索类节目最好的时光。中央电视台著名的《探索·发现》栏目就在那年开播。

晚上，李知见到郭书的时候，就激动地将这些话转述给了郭书：“你说有意思吗？”

郭书的眼睛也闪着激动的光芒：“太有意思了！我还曾经买过*Discovery*的光盘看呢！”

“当初我报考这所学校，就是因为喜欢《正大综艺》的李秀媛，看着她在世界各地旅行、探秘，觉得特别有意思。”李知说道。

“是一个不错的栏目。那你的具体工作是什么？”

“我的具体工作就是找到一个观众有兴趣，并且有探秘空间的选题，随后将这个选题制作成电视节目。”李知说。

“那你好好找！我全力支持你！”

理想是丰满的，而现实总是很骨感。李知天天都在找选题，半个月过去了，却丝毫没有进展。

萱萱这段时间遇到了一个欣赏自己的制片人。制片人希望萱萱能留下来工作。萱萱表示感谢的同时，很直白地提出了自己的要求：“刘老师，那这次留京名额会给我吗？”

制片人为难地摇摇头：“你要不要再等等，等到今年三四月份，到时候，我再给你争取。”

萱萱也摇摇头：“到时候，如果你有了名额，并且愿意给我，您一个电话我就来。”直白地提出自己的要求，直白地拒绝，萱萱又恢复了往日的风采，干练直接，不侵害他人，也不委屈自己。

宋小不想再去实习，更不打算工作，现在正焦急地等待着研究生考试成绩的公布。晚上，三个人对着晚饭各有心思地吃不下。

李知嘟着嘴和萱萱抱怨：“我想探索神秘的秦始皇墓，结果这个选题人家早做过了；我想探秘火山爆发与海南岛的形成，制片人觉得观众不太会关心这个话题，悬念不够；我想做北京古崖居探秘，结果发现这个话题几乎没有研究的专家，不知道怎么解开谜题。”说完，她长叹了一口气。

萱萱羡慕地看着李知：“你真幸福，无论如何还能静心实习，我现在都没有这心情，就是要解决户口。别跟我提别的，什么欣赏我呀，什么希望我留下呀，什么我们的栏目有前途呀！能解决户口，欣不欣赏我，做什么节目无所谓！没有户口，其他都不谈！”说完，她也长叹了一口气。

李知看了一眼萱萱，萱萱也看了一眼李知，说：“李知，我什么时候变得这么现实，这么世俗了？曾经的职业理想呀，梦想呀，一下都没有了，都变成了一个留京名额，我这是怎么了？”

宋小点点头：“我也是，我的理想呀，梦想呀，现在就变成了一张研究生录取通知书了！我都鄙视我自己。”

李知不禁一笑：“自从你追求‘刚’，我就一直鄙视你！不过，现在我发现自己也现实了。郭书让我一同出国读书，我第一个想法，就是那要花多少钱呀。那一刻，我突然特别理解刘小宇。”

“是呀，一想到不能住在宿舍，要自己租房子，我都觉得紧张。那都需要钱呀！”萱萱现实地说。

“是呀。钱可以租房子，不让我们露宿街头。也能让刘小宇的弟弟获得好的教育，从而改变命运。”李知说。

萱萱和宋小点点头。

宋小：“都说‘一寸光阴一寸金’，我现在就特想用我的‘寸光阴’去换那‘寸金’。”

“以前，我和人都不好意思谈钱，觉得谈钱伤感情，现在，都别和我谈感情，谈感情伤钱！”李知边说边笑。

萱萱无比赞同地点头：“是呀，以前‘视金钱为粪土’，现在‘视粪土为金钱’！”

“你讨厌，萱萱！我正吃饭呢！你还让不让人吃饭了！”李知一把推开桌上的饭。

“你吃呀，花钱买的饭呢，浪费什么也别浪费钱呀！”萱萱边说边把饭又推给了李知。

三人哈哈大笑起来。

“萱萱，宋小，我们这是‘苦中作乐’吧！”李知看着萱萱和宋小说。

“唉，我们会苦尽甘来的！”萱萱诚恳地说。

张磊寒假回来后，被老师介绍去了一家互联网公司实习。不知道张磊现在是对自己的能力自信，还是实习太忙了，张磊又恢复了一个理工男的标准打扮。但是关于他在实习公司的具体工作，张磊跟李知、萱萱说了很多次，她们仍是一头雾水。唯一知道的是张磊现在走的路径和她们不一样。

这些天，看着萱萱为找工作着急不已，张磊也火烧眉毛地帮忙，安慰萱萱道：“萱萱，要不你去互联网公司试试吧，那里很缺人。比如现在的新浪、搜狐、网易、千龙网。”

萱萱眨眨眼睛，问道：“他们解决户口吗？”

张磊摇摇头：“不过，我觉得他们很有前途。”

萱萱翻了一个白眼：“你算了吧。前一阵，我偶然在学校看见了前年毕业的师哥。一打听，他们正在参加硕士研究生考试。前年他们统统去了互联网公司，你看看结果怎样？今年统统后悔了，要回学校来。再说了，我不要前途，我要北京户口！”

张磊不说话了。

2001年，对很多人来说，互联网是个新鲜又多变的家伙。阿里巴巴刚刚成立不久，百度还没有自己的网页，只是一家搜索技术提供商。最知名的互联网公司是三大门户网站。就是这样一个新生事物，那一年还遭到重创，网易差点被卖掉，很多互联网公司纷纷破产，众多投身互联网的大学生因此失去了工作。很多人都看不懂这个时代的“新生儿”，何况一批稚嫩懵懂的大学生。于是，比起迷茫、多变的前途，北京户口才是最安全的选择。

张磊见说服不了萱萱，又忙着安慰：“萱萱，没事，我有把握考取清华研究生，研究生毕业后，我弄一个北京户口，到时候，你的户口问题就解决了！”

萱萱瞪了他一眼，口气却是温和的：“你的北京户口和我有什么关系？”

李知也装作正经的样子：“少来这一套妻凭夫贵的封建思想，我们萱萱是新一代知识女性！”

萱萱伸手打了李知一下：“你说什么呢！”

张磊忙点头：“对对对，新一代知识女性。”

作为萱萱最好的朋友，李知自信自己了解新一代知识女性——萱萱，更自信自己为萱萱所做的一切，但是，几天后的一件事情却让李知怀疑起自己的判断来。

这天，李知从单位实习回来，发现春天已经悄然而至。为现实而产生的各种忧虑，已经让李知丧失了发现美的眼睛。优优养的花已经又窜出一大截，宋小则天天和男朋友在学校溜达。

刘小宇不是去讲课，就是去探案；方媛辞去了麦当劳的实习工作，最近行动神秘起来。郭书去新东方上英语课，李知一人待在宿舍，感到十分无聊，抓起电话拨响了萱萱的电话，电话响了好一阵，萱萱就是不接。

过了一会儿，宋小兴高采烈地回来了，脸上带着被恋爱滋润后的光彩。正因此，也越发关心起他人来。她看着李知，说道：“李知，别打电话了，我看见萱萱了，她正在小礼堂第四排看演出呢！”

李知放下电话，不可置信地皱了皱眉头，自从大四以来，一夜间，她们仿佛和学校的活动绝缘了，不但很少参加活动，甚至连观看的心情也没有了。萱萱最近四处找工作，每天疲惫不堪，回到宿舍就是倒头大睡。李知不明白萱萱为何今天有了闲情逸致，李知一边想，一边跑去小礼堂找萱萱。小礼堂里，李知按照宋小的
醒，摸黑来到萱萱身边。刚刚坐下，正准备拉着萱萱一起去吃饭，却看见萱
攥着一张演出名单，眼睛紧紧盯着舞台。

“下面一个节目请欣赏歌曲《一生爱你一个》，表演者赵鹏。”李知深深倒吸了一口气，盯着舞台。很久没见赵鹏，赵鹏依旧和以前一样帅气，只是头发剪成了短发，整个人更加精神和英俊。

“这个男生好帅，好像郑伊健！”

“不，更像郑钧，好不好？”

“唱郑伊健的歌，但长得更像郑钧。”后排的两个女生小声争论着。

赵鹏拿着吉他，轻声唱起来：

我最清楚这感觉
从前你是你
从前我是我
现在纵使不清楚我最爱你什么
寻觅你留住你全凭直觉
其实我真的相信爱情的直觉

“他唱得太好听了，声音和郑伊健一样！”

“但我觉得他唱出了郑钧的摇滚范儿。”

“不管了，反正他又帅又会唱歌！”后座的两个女孩在激动中达成共识。

黑暗中，李知看见坐在台下一角的萱萱，眼中正闪烁着泪光。

那一晚，月光如水，李知和萱萱并排坐在操场上，萱萱仿佛突然回到了几年前，还和赵鹏热恋的日子，她眼中又闪烁起快乐的光彩，那种被恋爱点燃的光彩，时而快活灵动，时而温柔迷人。

萱萱娓娓道来，仿佛置身于两年前：“他喜欢看电影，古今中外很多电影他都如数家珍。我还记得我们一起看《罗拉快跑》。他说，汤姆·提克威是一名伟大的导

他说《罗拉快跑》是一部充满哲学思想的动作电影，讲述了世界的偶然性，而

就是靠这些偶然因素的眷顾。他还喜欢周星驰的《大话西游》，他说这部

剧，骨子里却是一个悲剧。他说，周星驰也说了一个宿命的故事，

一个爱情对抗不了命运的故事。那是个无可奈何的两难选择——‘戴上金箍，就无法爱你，而不戴金箍，就无法救你。’但，终究是爱而不得。”

说到最后，萱萱忍不住哽咽了起来：“李知，他对我影响很大。他教我弹吉他，陪我跳舞，和我一起聊电影。和他在一起，每天就像一首诗一样，充满期待和惊喜。有时我们会惊人的合拍，会在对方身上看到自己。李知，我爱他。”

听到最后一句，李知突然非常感伤。虽然自始至终，萱萱没有提及这个名字，但李知知道，他就是赵鹏。然而让李知没想到的是，时至今日萱萱仍然深深地爱着他。李知伤心地看着萱萱，有那么一刻，李知想告诉萱萱，医院里赵鹏对自己说的话，但她终究忍住了。

萱萱在回忆中待了许久，回忆很美，因为那里有赵鹏。

“我是永远失去他了，是吗？李知？李知，我是永远失去他了吗？”萱萱的声音听上去很远，仿佛还在记忆深处。

“萱萱，萱萱！”李知轻唤着萱萱的名字，“忘了他吧，你会有更好的男朋友，相信我。”萱萱终究忍不住，失声痛哭起来，那哭声比两年前更加绝望。李知看见，萱萱眼中闪现的光芒逐渐暗淡了下来，最后消失在那无尽的黑夜中。

爱情真的抵不过宿命。

41

春天的到来，让校园再次充满了生机。一阵阵春风吹绿了柳枝，吹软了土地，校园里的男生女生终于摆脱掉一件件厚重的外衣，轻装迎接每个阳光明媚的清晨与黄昏。复苏的岂止是万物，还有一颗颗满怀希望的心。

李知和萱萱也走在这春风中，看着身边的小师弟小师妹迈着轻盈的步伐，从自己身边经过，脸上露出春风般的笑容。

李知感慨道：“现在我们照照镜子，都觉得自己是苦瓜脸了，你看看人家。”

萱萱摇摇头："谁没年轻过？我们以前不是也这样，走在广院这条路上，仿佛走在巴黎时装周的T台，目中无人。他们现在还属于'少年不知愁滋味'的阶段。"

"算了吧，人家现在是'青春少年样样红'。"

萱萱哼了一声，"我看，他们现在还处于做梦阶段呢！"

李知忍不住笑了起来："你这点特别不好，总有一种老阿姨、过来人心态，甚至夹杂着对年轻人嫉妒且瞧不起的心态。这不好！"

萱萱叹了口气："我有时候真想走上前，拉着他们的手，苦口婆心劝他们一定要多读书。"

"你不教他们空手抓小偷呀！"

"教！我还要教他们怎么对付变态！气死我了，我还受了这等侮辱！"萱萱的声音抬高了八度，周边不断有师弟师妹投来胆怯的目光。李知发现，人到了大四后，不但好为人师，还多了几分霸气，说是霸气，其实就是倚老卖老的浑不懔。

"啊？哪个变态，就是骚扰你的人？他怎么了？又骚扰你了？"

"他敢！"

"那怎么了？"

"我后悔了，我当初就应该直接报警，真是便宜了他。不过，这事儿没完！"

"怎么个没完？"李知不解地看着萱萱。

"你等着看吧。"萱萱神秘一笑。

校园里久未露面的周同学如今出现在了某主持人的竞赛节目中，当主持人宣布"下面有请2号选手周俐洋"时，210所有人都将头挤在了电视机前。这段时间，当李知和大家在各种实习，备考，找工作时，周同学一直在为这次比赛全力备战。和播音系其他人不同，几年来，周洋从不去配音，也不去广播台，她的目标就是成为电视台著名主持人。

比赛现场，周洋大方、出众、得体、知性、美丽，她从获得周冠军开始，一直杀入月冠军，最后成为季冠军。当主持人宣布比赛名次时，镜头对准了周洋，随着音乐响起，礼花纷纷撒下，周洋流下了激动的泪水。男主持人一边表示祝贺，一边问周洋："你的主持风格是我最喜欢的，也是我在电视上看到最多的，这点你怎么看？”周洋想了想回答：“我将此看作是对我的赞誉，说明我和这些优秀主持人都具备大气、亲切以及表达流利的优点。”男主持人继续问：“是的，所以恭喜周俐洋获得当季比赛冠军！一句话同时送给你：模仿是学习的第一步，鲜明的个性和风格才能让你在众多主持人中脱颖而出。未来，我希望你寻找到属于自己的风格，成为更优秀的主持人！”主持人的话渐渐被台下的掌声和祝贺声淹没，那一刻，周洋笑得像这个春季里盛开的花朵，她似乎没有听见男主持人的结束语，此时，她正沉浸在鲜花与掌声中，沉浸在舞台的荣耀中。

“周洋挺不容易的。我们都在为现实做准备，就她坚持一心想做主持人。听说一个广播节目要她去，她想都没有想就拒绝了。”宋小看着电视感慨道。

“她那是不切实际加之利欲熏心。总追求出名，会让她患得患失！”

“为什么？”宋小不解地问。

“因为她总是这山望着那山高，很难坚持。”

宋小不说话了。只要不是面对赵鹏，萱萱永远是那样真知灼见，火眼金睛，冷静客观。

“说不定人家就是喜欢主持人这份工作，你也别太绝对。”李知推推萱萱说。

宋小突然唱起了那英的《雾里看花》：“借我借我一双慧眼吧，让我把这纷扰，看得清清楚楚，明明白白，真真切切。”自从恋爱后，宋小最大的变化就是爱上了唱歌，似乎普通的言语现在已经不能表达她各种激动的心情了，她必须放声歌唱，必须“歌言志”。

除了爱上歌唱，宋小现在还完全变成了一副小女人模样，有了一种农奴翻身做主人的感觉。以前，左右开弓，一人拿两壶水也不成问题，现在，不但再也不自己打水了，拿个水杯都嫌沉；以前，有个面包吃就幸福的不得了，从不挑肥拣瘦，现在，非巧克力甜面包不吃；以前，为了一次见面，激动得半夜不睡觉，现在，男朋友在楼下不等个十分八分，她都不下楼；甚至还有一次，李知看见，宋小和男朋友一起去操场看台上看比赛，宋小刚想一屁股坐下去，突然想起了什么，忙站了起来，用眼神看了看身边的男朋友，男朋友立即心领神会地低下头，将看台打扫得一尘不染，宋小才如公主般“高贵”地坐下。李知在一旁不住深呼吸，以平复自己的心情。

晚上，李知实在看不惯宋小近日的“言行”。她一副忍无可忍的表情说道：“宋小同学，你现在怎么有种‘小人得志’的猖狂感，你都忘记过去了吗？你这是‘忘本’呀！”

“李知姐姐，我就是没有忘记过去，没有忘本才这样。我没有忘记我一人拿两个水壶的时候，那个时候，多少恩爱的情侣从我身边走过，我都忍住了泪水；我没有忘记我为了约会，在屋里偷偷吃方便面的情景；我更是没有忘记，我拿着回锅肉坐在男生宿舍楼下的场景；我也没有忘记我一人伤心的午夜狂奔。”宋小说的时候，一只手不住地捶着胸口，“现在我回想过去的岁月，觉得自己太苦了。所以，所以，现在，现在，我要恶补，恶补我那些错过的时光，恶补我那些伤心的岁月，我要知耻而后勇！”宋小一气呵成，大有气贯长虹之势。

“那是压抑已久后的呐喊。”李知想。

刘小宇正要出门上自习，冷冷地回复了一句：“真有点穷凶极恶的感觉。”

宋小摇着头，不理她。

李知接着说：“还有呀，你那些花花肠子，那些矫情的劲儿，拿个水杯都嫌沉的矫揉造作，能不能改一改呀？我看着都有点恶心，你这是都是跟谁学的？”

宋小一个健步来到李知身边，瞪着大大的眼睛看着李知：“李知姐姐，您也有这种感受了？您知道，将近四年了，四年了，我对你也是这感受。自从你和郭书恋爱以来，哎！”宋小做了一个生无可恋的表情，“我这些矫揉造作，无病呻吟，可都是跟你学的呢！”

李知也瞪大眼睛看着宋小：“你别胡说哈，我可没有这样吧！告你诽谤啊！”

“真的，李知姐姐，你是我的爱情启蒙老师，我是看着你长大的。在你身上，我发现了一个恋爱法则：女人不作，男人不爱！”

李知狠狠瞅了宋小一眼，不屑地哼了一声。

“你还别不承认。你还记得你的腿就不小心碰了一下桌子，你就泪眼蒙眬地找郭书诉说去了吗？那个架势，仿佛负伤了一样；你还记得吗，就因为人家郭书晚回了你短信一分钟，你坐立不安，还和郭书吵了一架；你还记得吗，你逼着人家郭书写情书，由于不够感人，你还故意不理人家。你记得吗？”

李知深深倒吸了几口气，做手势：“停停停。这真是我当年吗？我当年真的也这么恶心？”

这次，优优、萱萱和宋小异口同声：“真的！你不用怀疑。”

第二天，“哨兵”宋小站在窗户口对李知说：“‘郭白杨’已经到了望春厅。”

李知摆弄着手机，装作听不见。

宋小提高了声音：“‘郭白杨’已经到望春厅了！”

李知继续玩手机。

宋小一脸好奇：“你们吵架了？”

李知头也不抬地轻声说：“没有呀！”

“那还不赶快下去！”

李知微微一笑：“让他等等，让我也重温一下热恋的感觉。”

十分钟后，李知下楼的时候，郭书等得已经快有些不耐烦了。

郭书看着李知：“你也没化妆呀，干吗下来这么慢？”

李知也看着郭书，装作伤心的样子：“郭书，你变了！”

郭书惊讶：“啊？什么意思？”

李知嘟着嘴：“以前，你等我的时候特别有耐心。还说，只要能见到我，等多久都愿意。有一次，让你等了半小时，你见我还是笑嘻嘻的样子。现在区区十分钟，都面露不悦，你说你变没变？”

郭书轻轻一笑，哼了一声，懒得理李知。

李知继续：“还有呀，你以前见我，还记得给我带冰激凌，现在呢，双手空空。还有呀，你以前和我在一起，话都说不完，简直就是无话不说。现在见我，都是我哇哇直说，你什么都不说，这是和我无话可说了，是不是？”

郭书笑着说：“哇！真的呀！看来我变了。”

被郭书这么一承认，本来只是开玩笑的李知有些不高兴了，脸色骤变：“你是不是觉得现在没有激情了？”

“行了，不许不讲理啊。我最近不是忙着英语考试吗。”

“根本就不是因为这个，你是不是觉得我们现在是老夫老妻了？”

郭书扑哧一声笑了：“老夫老妻？我巴不得，我现在的努力就是奔着和你成为老夫老妻去的！”

李知心里一片感动，脸色顿时阴转晴：“真的吗？你说的是真的吗？”

郭书点点头：“真的呀，只是没有想到已经和你提前完成了！”

李知抬起手，朝郭书的胳膊狠狠掐了一下，郭书的脸立刻扭曲变形起来。随即，两人哈哈大笑。

GRE考试临近，上课的时候，下课的时候，午饭的时候，郭书都举着一本英语书，口中念念有词。“老妻”李知常常担心他会走火入魔，于是每每陪伴左右。

一天晚上，李知陪郭书在操场上闲逛，希望郭书放松一下。可是，事与愿违，郭书被一个男生T恤上的英文吸引住了，他盯着那个英文看了很多遍，很多遍，左歪着头看，右歪着头看，就是看不明白，急得郭书直冒汗。

那时候，郭书可谓是一本行走的英文字典，对英文单词可可做到“横扫千军”，一路畅通，常常“举目望去无生词，满眼看去皆熟识”。已经消失的古埃及一种制纸技术——莎草纸papyrus——郭书认识；与恐龙同时代的天空霸主——翼龙pterodactyl——郭书认识；内酚酞endorphin这种专业词语，郭书也认识。

但是，现在，偏偏一个印在文化衫上的单词将郭书难倒了。

郭书皱着眉头自言自语道：“奇怪，这单词什么意思呀？什么叫GRE AT WALL？是不是俚语呀，什么意思呢？”

就这样，那个男生围着操场跑了三圈，郭书也整整跟了人家三圈。

郭书百思不得其解，最后拉着李知一起去看：“李知，快帮我看看，这是什么意思，什么叫‘GRE在墙上’？”

李知跑到那个男生身后，仔细看了一眼英文字母，再看看郭书，又看了一眼英文字母，再看看郭书，惊讶地说：“这个单词，这个单词怎么了，这不是‘GREATWALL长城’的意思吗？”郭书如梦初醒，瞠目结舌。李知和郭书面面相觑，两人随即笑成一团。

实习工作进展并不顺利，因为找不到选题，李知被分配到去帮栏目组联系采访嘉宾。

“这是个典型的秘书工作。”李知有些失落，对萱萱抱怨道。

“你研究考试应该没有问题，这个就当你了解社会了。”

萱萱说的不假，李知很快就通过这个实习机会了解了一次社会。

这天，一个临时会议，让李知接待嘉宾的时间迟到了几分钟。嘉宾浩浩荡荡带了一群人，见李知迟到了，很不高兴，声称不配合采访了。李知吓了一跳，忙解释刚才是因为一个临时会议，耽误了见面时间。可无论李知怎么说，嘉宾就是冷着脸。

这时，一个工作多年的师哥走了过来，看了大家一眼，伸手将李知叫到旁边的无人处，小声对李知说：“告诉他，不采访就算了。”

李知一脸惊讶：“那会出事故的，不是都准备好了吗？”

师哥点点头：“听话，就按我说的做！”

“那我说，改日再采访！”

师哥直摇头：“说什么改日再采访呀，就说不采访了！”

“可是，可是人都到了，这——”李知有些为难。

“别可是，这样说，听话，就按我说的做！记住，态度要温和，但口气要坚定！听见没有？”

李知深吸了一口气，点点头。

李知故作镇定地走到嘉宾身边，按照师哥叮嘱地说：“如果您这样不高兴，我们，我们就不采访了！”

那嘉宾听到李知的话，愣了有两三秒。

接着，师哥走过来，对着李知喊：“李知，干吗呢！快带嘉宾进现场。”

李知呆呆地“丈二和尚摸不到头脑”，正不知所措，刚才的嘉宾突然满脸堆笑，一个高跳起，一路小跑奔向了演播大厅。

李知张大了嘴看着嘉宾的背影，又看了看刚才的师哥。

“你今年毕业了？”师哥问。

李知点点头。

“我认识你。你大一入校不久是不是参加过歌唱比赛，唱的是歌曲《年轻的白杨》？”

李知点点头：“是呀！”

“这么快，你都毕业了。那时候，我大四，最后一次看学校表演，所以印象深刻。我姓汤！”

李知毕恭毕敬：“汤师哥好！”

“再遇到刚才那样的主儿，就用我教你的方法。放心，他们就是和你发发脾气，对别人好着呢。爱上电视着呢！看，师哥不白叫吧！”

李知连连点头：“师哥不白叫，真不白叫。那师哥，只有他一人接受采访，为何来了一批人？这些人怎么办呀？”

师哥叹了一口气：“看来，你真是个职场小白。那些人，你就安排他们休息就行。这些人不是来接受采访的，是嘉宾带来的，一来，自己抖抖威风，让台里的人看看自己还是很了不起的；二来，让他们这些人见识一下自己的风采。这就是他刚才冲你发脾气的原因了。就是为了不丢自己的面子。这些人来了也没事，无非是为了看看演播室。你看，等会儿录制完节目，他们就一定会和主持人一起合影，然后到台标前留影。所以，你放心，这个嘉宾才不会不配合采访呢！”

李知眨着眼睛，目瞪口呆。这是职场小白的第一堂职场课。

“没事，以后慢慢学。大学学的是专业知识。到社会上，需要再学一点社会知识。”汤师哥说道。

后来，李知知道这位汤师哥大学毕业后，就留在了台里的栏目组，现在是栏目组的业务骨干。

42

很快，郭书就参加了GRE考试。

考试结束当天，郭书抱着李知：“李知，无论怎样，我尽力了！”

李知也紧紧抱着郭书："无论怎样，你终于考完了！"

"申请到好学校，我们一起出国；申请不到，我们一起留在国内。"

李知不住地点头。

最近，李知准备从实习单位撤出了。领导找来的好选题总分配给成熟的记者和编导，自己找选题又总是通不过，李知有些心灰意冷。研究生考试成绩公布了，李知通过了笔试分数线。对接下来的面试，李知充满信心。所以，有了研究生的后路，李知对找工作也没有那么急切了。

正当李知准备离开的时候，一个不知道是不是机会的东西砸了下来，正好砸在李知的头上。

这天，领导看好了一个选题。他兴奋地跑到办公室，向所有人宣布，大家却你看看我，我看看你，不作声。领导有些失落，在问了一圈无人应答后，他看见墙角里正为找选题抓耳挠腮的李知。

"李知！"白制片人喊道，"来我办公室一下！"

李知走进领导办公室，心里为多天毫无进展的工作而深感内疚。

"李知，刚才说的选题，不知道你有没有兴趣？"白制片人问道。

李知简直不敢相信自己的耳朵："啊？刚才的选题您能让我做？那，那我当然有兴趣！"

"你别着急答应我。这个选题虽然好，但是有一定风险。"

李知已经全然不顾领导的劝告，她急着要选题："没问题，没问题，我不怕！只要选题好就好！"

"你刚才听到我说的选题了吗？"制片人好奇地问。

李知摇摇头："我以为和自己无关，没有仔细听。"

"那我再说一遍。在大连附近有一个叫'蛇岛'的地方。上面全是剧毒的毒蛇。现在有一支科考队要去科考，不知道你有没有兴趣？"

李知想都没想，不住地点头："有，我有兴趣。"

制片人看了李知一眼："全都是毒蛇，你听见了吗？"

李知点点头："我听见了。"

“那你别着急答应我，回去想一下，明天再告诉我。”

一回到学校，李知就迫不及待地将这个好消息告诉了郭书、萱萱和张磊，却没想到他们一致反对。

“这个不行吧，太危险了。整个岛都是毒蛇！”萱萱首先反对。

“随处都是。太可怕了，我最怕蛇了！”张磊做出惊恐的表情。

“而且被剧毒的蝮蛇咬到会有生命危险。你问过有没有保护措施了吗？岛上有血清吗？你问过万一出事怎么办吗？”郭书一脸担忧。

李知一腔热血被三盆冷水浇了个透心凉，也冷静了几分。

晚上，李知单独和郭书在一起。

“郭书，你说会有事吗？”李知问郭书。

“不一定。但是风险太高，万一出事怎么办，你才刚刚工作。毒蛇可不是开玩笑的事情。”

“可是，郭书你不好奇吗？你想，一座孤岛上什么动物都没有，却只有一个物种——蝮蛇，这是为什么？为什么其他动物都无法在此存活，只有它们存活下来了，它们靠什么为生？还有，它们怎么来到这岛上的？我想想就觉得不可思议，特别好奇。”

郭书摇摇头："好奇是一回事儿，真正深入危险又是另一件事情。蝮蛇属于剧毒类毒蛇，你爸妈知道了会吓坏的！”

“所以，不告诉他们。郭书，你知道的，记者一直是世界上的十大危险职业之一。但，我觉得这次没有那么危险。而且有防护服，应该很安全。”

“那岛上有血清吗？”

李知摇摇头："岛上没有。但是有防护服呀！”

郭书没有说话，他不同意李知去这么危险的地方。

“郭书，说实话，如果不是这个选题有危险，大家都不愿意去，也轮不到我。”李知叹了口气，神情有些无奈，“这是个非常好的选题，有悬念，吸引人，有调查空间，又恰好没有人想去。郭书，做完这个选题，我的实习经历就完美了，到时候，我们可以一起出国，或者我继续读书，我就无怨无悔了。”

郭书看着李知，看着她眼中闪烁的光芒和热情，竟和自己第一次向她表白时一模一样。

李知转过身，嘟着嘴，拉着郭书的胳膊央求："郭书同学，求求你了，好不好？就让我去吧！"

郭书被李知摇得东倒西歪，无奈地点点头："那你答应我一定要小心！听见没有！"

李知不住地点头："放心吧，我会的！"

和李知一样，宋小也通过了研究生笔试，但是她却高兴不起来。男朋友的工作还没有着落，宋小心里很不安，她不想刚刚得到的爱情被现实打得粉碎。两人因此分外珍惜相处的时光，经常如连体婴儿般如影相随。

"宋小，你知道我现在看你是什么感觉吗？"李知问宋小。

"惜时如金。"

李知摇摇头："你让我想起一词儿：夕阳红。"

宋小脸色一沉。

李知赶忙安慰："夕阳红好呀，最美不过夕阳红。你听没听过那句歌词：夕阳是晚开的花，夕阳是陈年的酒，夕阳是迟到的爱，夕阳是未了的情。"

宋小一屁股坐在自己的床铺上，皱着眉头："可，'夕阳无限好，只是近黄昏！'"说完，一下子拉上了床帘。

李知听见床帘后，宋小抽泣的声音。

李知凑到宋小的床边，轻轻拉开帘子："宋小，对不起。"

宋小摇摇头，一边哭，一边说："不怪你，我就是觉得我的大学生活特别辛苦，怎么都得不到爱情，现在刚刚得到幸福，难道马上就没有了，马上就要接受现实的考验了吗？"

"你们现在不是很好吗？"

"李知，我要的不仅是朝朝暮暮，还有长长久久。"

5月份，李知跟着科考人员登上了毒蛇遍布的蛇岛。登岛之前，李知和大家依依惜别，宋小忍不住哭了起来，这为整个科考活动蒙上了一层悲壮的色彩。

到达蛇岛的第一天，岛上刮起了大风，风卷着巨浪向海岛扑来，科考活动被迫暂停一天。接下来的几天，李知跟着科考队走遍蛇岛的沟沟壑壑，郭书则不断通过短信叮嘱李知，等待着李知每一次平安的消息。而李知，好奇心渐渐战胜了恐惧。岛上的毒蛇以南北来往的候鸟为食物，候鸟春秋两季南北飞行，蛇岛正位于这条飞行线路上，飞累的候鸟会在此休息，觅食昆虫，却不想成了蛇岛毒蛇的“盘中餐”。这是蛇岛的食物链，也是这个小岛毒蛇可以生存下来的原因。李知看着这些“毒蛇”，心中不是恐惧，她完全为大自然的神秘与力量深深震撼。

李知与科考队的活动被完全记录在镜头里，对她而言，这是一次终生难忘的经历。回到陆地的那一刻，李知觉得自己可以挥一挥衣袖，毫无遗憾地返回学校，继续读书了。然而，让她万万没有想到的是，节目播出一周后，她就接到了白制片人热情的电话，要她第二天去办公室见面。

第二天一早，李知按照约定时间到达办公室的时候，白制片人已经到了。他热情地招呼李知坐下，一副很兴奋的样子：“上周，节目播出的时候，就不断有观众打来热线，李知，你没有想到吧！”

李知点点头：“没有想到。”

白制片人继续笑着说：“李知，我想问问你，你现在工作找到了吗？”

李知摇摇头：“没有。这是我第一个实习的地方。”

白制片人不断点头：“这太好了，这太好了！你看，你有没有兴趣来我们这里？”

幸福来得太突然，李知没有思想准备，一时愣住了。

“你有什么要求？”制片人关心地问。

李知想了一会儿，咬了咬牙，硬着头皮小声说：“我想，我想解决北京户口！”说完，她低下了头，不知道自己的这个要求是不是过分了。

白制片人二话没说：“就这个？这是一定的，这是一定的，我们既然要你来，这个就是能解决的！”

李知惊讶地看着制片人，一只手轻轻掐了掐自己的手背。传说中，贵如黄金的留京名额就这样轻而易举地被自己拿到了？整个大四，几乎所有同学梦寐以求的北京人的身份，自己就瞬间得到了？李知不敢相信自己的耳朵，瞪大了眼睛看着制片人。

白制片人继续说道：“李知，考虑到你是外地人，来到我们这里，也是刚刚工作。我们决定还可以提供给你一间宿舍。”

剩下的时间，李知已经完全处在眩晕中，像被糖衣炮弹击中，不但心乐开了花，肝胆脾胃肾都乐开了花，周身都萦绕着花的海洋。这会不会是做梦，李知努力让自己清醒，怕这幸福来得突然，走得更突然。而且她不知道自己为什么会突然受到如此重视，自己遇到伯乐了？可是，自己是千里马吗？

李知一边胡思乱想，制片人一边慢慢解释：“蛇岛节目播出后，反响很热烈。我们打算以你这次这个节目为标准，开发一档新栏目。其实，这个想法由来已久，只是迟迟没有找到合适的出镜记者，领导因此一直犹豫不决。上周，看了你的节目，领导很喜欢，所以立刻决定做一档这个栏目！”

李知已经无话可说了，她不知道该说什么，胡言乱语起来：“白老师，我不敢保证我可以做得很好，我这次可能只是运气好！我怕我辜负领导和您的期望，我怕——”

李知还想说下去，被制片人打断了：“没事，李知，你别有压力。工作是做出来的，不是怕出来的，大胆尝试就好！文化产业是属于你们年轻人的。”

从制片人办公室出来，李知头晕目眩地给郭书发了短信：在学校等我，我有好消息和你说。很快，她就收到了郭书的回复：好！我也有好消息和你说。

李知仰望北京的蓝天，发现李博摄影作品里的那把锁突然“啪”的一声被打开了，然后李知推开门，门后面，阳光正好，微风不燥，鲜花遍地，莺歌燕舞，溪声潺潺，蝉鸣流动。李知走入其中，流连忘返。

李知是冲向郭书的，狠狠地撞在郭书的怀里，大半年来，她第一次这么高兴，第一次如此放松，第一次对未来充满了希望与憧憬。

她仰起头看郭书，郭书也很高兴。脸上洋溢着难以抑制的兴奋之情。

李知兴奋地小声喊着：“我有好消息告诉你！”

郭书点点头，也兴奋地叫着：“我也有好消息告诉你！”

李知环抱着郭书的腰："真的？我们双喜临门！等会儿我们要比一下到底谁的消息是个大消息，好不好？"

"好！你先说，Lady First！"郭书大方地表示。

"不，你先说，重要的事情最后说！"

"好！"郭书爽快答应，"可别后悔，别等我说完，你就觉得自己的消息黯然失色了！"

李知摇摇头："才不会呢！"

郭书一边笑着，一边从肩膀上的书包里拿出一个信封，递给李知。

李知疑惑地接过信封："这是什么？"

"申请的美国大学的回复。"

"你刚刚收到？"李知一边接过信封，一边问。

"上午就收到了，一直等着你晚上回来帮我拆开。"

李知静静地看着郭书。

"重要的时刻当然要和你分享。我们不是说过，以后人生所有重要的时刻都要一起分享，你忘记了？"

"千禧夜说的话，当然没有忘记。"李知有些感动，"但是，没打开信封，你怎么知道是好消息？"

"据说录取通知书很长，所以信纸厚，我摸了摸，觉得里面的信纸很厚，你觉得呢？"

李知慢慢撕开信封，边撕边问："你期待什么？"

郭书看着李知手里的信封："无所谓。申请通过了，我们就一起去，通不过，我们就在北京多待一年，反正怎么都是和你在一起。"

李知深吸了一口气，没有说话，从信封里将信件慢慢取出，"OFFER"几个大字赫然映入眼帘。李知高兴地递给郭书，郭书扬起信纸，对着路灯将它看了又看，长舒了一口气，好半天才说出话："摸了一整天，觉得应该是录取通知书！但，但没有想到，真的是通知书。当初考试和申请的时候，只抱着试试的想法，但现在却发现自己其实很期待，很期待去世界看看。"郭书说到最后，声音有些哽咽，"李知，谢谢你，你是我的幸运星！”

李知看着郭书，他笑得那么开心，李知觉得既熟悉又陌生，好久好久以来，郭书都没有这么开心过了。上一次看见，还是一年多前郭书参加朗诵节比赛得到一等奖的时候。之后，郭书就在现实中跌跌撞撞，磕磕绊绊。他的才华，他的优秀，以及他的梦想像被蒙上了一层灰，后来又像盖上了一层布，被深深掩埋，不被看见，更不被疼惜。他迫于无奈开始了艰苦的出国之路。现在，郭书用另一种方式证明了自己的优秀，一贯的优秀，一种足以冲破一切藩篱与束缚的优秀。

李知紧紧抱着郭书，她为郭书骄傲，也心疼郭书所有的努力与付出。两人就这样抱了很久很久。

郭书悄悄对李知说："李知，快说说你的好消息，我觉得今晚是属于我们的夜晚！然后我们去吃顿大餐，好好庆祝一下好不好！”

李知摇摇头："你说的对，我的好消息在你面前黯然失色，不值一提。现在，为你的好消息，我们庆祝去吧！”

第二天，白制片人就要带着李知去人事办手续。

李知咬着嘴唇说："您能让我再想想吗？”

白制片人一愣，这次轮到他不敢相信自己的耳朵了："你说什么？”

“我说，我再想想。”

制片人急了，这么多年，还是头一次遇到李知这样的主儿。

制片人挠着头，问："李知，你知道每年全北京有多少毕业生吗？你知道多少人想留在这个城市，而苦于没有一份留京指标吗？你知道，我每天要接多少个这样的推荐的人情吗？你知道每年这个时候，我都不敢接电话，不愿看短信，这些你知道吗？你知道，你现在不但有了留京名额，而且是正式录用，每年又有多少人在这里只是打工，毫无归属感。你现在拥有的，是多少人羡慕而求之不得的！”

李知点点头，支支吾吾："白老师，我懂，我从心里特别感谢您。可是，可是，您能给我点时间吗？我——”

白制片人叹了口气："好吧。那你尽快回复我，这个名额太宝贵了，我也争取了好久，后面还有很多人排队等着它呢！”

李知心乱如麻："我知道，白老师。谢谢您！"说完，她起身离开了制片人办公室。快出门的时候，制片人在身后叫住了她："李知！"李知转过头。

"我很看重你，忍不住再啰唆一句。机会难得，千万别身在福中不知福，知道吗？"制片人语重心长地说。

李知不住地点头："我知道了，谢谢您，白老师！"

学校里，郭书从萱萱那里得知了这个消息，他匆忙地找到了李知。

郭书拉着李知，关切地问："昨天晚上，你说的好消息是这个吗？"

李知点了点头。

郭书叹了一口气，看了李知好久才再开口："李知，你怎么不告诉我？你知道吗，这证明了你的能力，这是多少人求之不得的机会。你知道我多为你高兴！"

李知点点头："郭书，自从你朗诵成功以后，我一直想找机会证明自己。现在证明我也蛮优秀，我其实很开心。但是——"

"不用证明，你就很优秀。只是，现在你有了一个非常好的机会，一个舞台。我们所求就是一个机会，一个舞台，去展示自己的才华，去丰富自己的人生。这么好的机会，你可不能放弃。"

李知点点头："我知道机会难得，刚开始时，我都不敢相信，但是，郭书——"李知低下了头，不再说什么。郭书明白，李知不是不在乎机会，她担心的是他们的关系，如果李知接受了这个机会，而自己接受了美国大学的邀请，那他们还有未来吗？

吃过晚饭，萱萱和李知走在学校的操场上。

"怎么愁眉苦脸的。知道吗，你和郭书现在又再次成为风云人物。现在你们引发的轰动不亚于你们在一起时引发的轰动。"萱萱对李知说。

"萱萱，你如果是我，你会怎么做？"

萱萱长叹了一口气："李知，烦的应该是我。现在已经5月份了，我还不知道我的未来在哪里。再有两个月我就要离开这所学校了，我却还不知道我会去哪。昨天南方一个电视台邀请我过去，我想实在留不了北京，我就去那里。"

"我希望你留在北京。"李知拉着萱萱的手说。

“我也想，可是我没有机会呀，不是人人都像你。我现在真的很迷茫。”

李知叹了口气：“我也是，萱萱，你说我该怎么办？如果你是我，你会怎么办？”

“李知，现在没有人认为你和郭书还有烦恼。大家都对你们羡慕不已。”

“可是，我真的很迷茫，很烦恼。”

“如果说你现在有烦恼，那就是面对一衣柜衣服不知道穿哪件的烦恼，而对我们大多数人而言，我们的烦恼是没有衣服穿的烦恼。我们烦恼层次根本不同。在很多人看来，你的烦恼都透着幸福的味道。”

李知摇摇头：“萱萱，你只说对了一半。我不是不知道穿哪件衣服的烦恼，我是两者只能选一的烦恼，而他们都是我的挚爱。在我看来，无论怎么选，我都将失去一个挚爱，你知道我是多么害怕这种选择吗？”李知接着说，“萱萱，我不知道爱情和事业是不是可以两全。如果选择和郭书一起出国，我可能会放弃今生最好的一次工作机会，这份工作真的很接近我的偶像李秀媛，那可是我一直以来的梦想，是我考取这所大学的原因；但如果选择了工作，我就会失去郭书，失去了我人生的最爱，我从此可能孤独终老。”

萱萱看着李知，轻轻拍着她：“别难过，也别害怕，李知，你无论做出什么样的选择，都会有一个挚爱留在你身边。而且，你还有我。”

和萱萱分开之后，李知看到李博正火急火燎地往女生宿舍楼下走。

李知叫住李博：“找女朋友？”

李博直摇头：“早分手了。”边说边把一张表格递到李知手里：“李知，正好你回宿舍，帮我把这个申请表交给方媛，之前那张填错了，我又填了一张。”

李知接过表格，上面是某电视台招聘申请表。李知皱了皱眉头：“这招聘我怎么不知道？”

“半个多月前吧，这个电视台来我们系里招聘，班长负责收集材料。现在进入复试阶段了！”李博回答道。

李知瞪大眼睛：“半个月前？我怎么一点都不知道？”

“我们都是方媛通知的。你不知道？”

李知顾不上和李博继续讨论，她要问个明白，为何这些招聘信息自己一无所知。自从上次竞选班长之后，她好久没有和方媛认真说过话。

李知将李博的申请表递给方媛："方媛，这个招聘是什么时候开始的？我怎么不知道？"

方媛正在写字，听到李知的话停下了手中的笔，抬起头看着李知，接过她手里的表格，又接着写起字，半天没有说话。

李知瞪大眼睛："方媛，我在问你话。"

方媛一边写字一边回答："初试大约在半个月前，你一直在实习。"

李知一把抓住方媛的笔："你停一下，我问你，你什么意思，你的意思是我在实习，你就可以不把这些对毕业生极其重要的招聘信息告诉我？"

那个时候，李知突然意识到，这才是方媛竞争班长的根本原因。

李知恍然大悟，说道："方媛，你当时费尽一切心机要当班长，就是为了今天吧？就是为了能够首先接触到招聘信息，又能故意向别人屏蔽信息。你是故意的吧？"

方媛没有说话。

李知气愤地咬着嘴唇，拉着方媛："我们现在就去系里，找老师说清楚，说清楚这是怎么回事。"

说着，李知就拉着方媛的胳膊往外走。

宋小一把拦住："李知，现在是晚上，系里根本没有人。"

"你之前整理各种资料不给我也就算了，那是你的资料，顶多说明我们关系不好。但这个招聘信息是系里给大家的，这个信息不是你个人的，你无权独占，也无权决定不告诉谁！"李知越说越气，声音响彻整个宿舍楼。

方媛看着李知，镇定地说道："李知，这个工作机会你根本就不需要。你可以读研究生，还可以和郭书一起出国，你现在甚至有了明确的接收单位。你有这么多条路可以选择，为什么一定要和同学争这么个小机会呢？"

李知直摇头："方媛，你说得太好听了。这么一说，仿佛你代表了广大同学的利益，仿佛是为了广大同学的利益。但是，我要纠正你一下，半个月前，我没有明确的接收单位，我没有研究生考试成绩，半个月前，郭书也没有收到美国大学的录取通知书。我和任何一个大四学生一样，对未来充满迷茫与恐慌，我和任何一个大四学生一样，在每个工作机会上都寄托着巨大的希望，无比重视每个可能的工作机会，丝毫不敢怠慢。所以，今天再晚，我也要去系里把这个事情说清楚！”

方媛试图挣开李知的手，却被李知抓得更紧了，方媛急了：“李知，你看好了，这只不过是一个北京郊区电视台的招聘，宋小、优优都没有争取，她们都看不上。你当时虽然没有明确的结果，但是谁都看得出，你的每条路都能走得通，你绝不会看上这个郊区电视台的工作。”

“争不争取是我的事情，那是我的决定，你无权干预，也用不着瞎猜，你的责任就是告诉我，而你选择故意隐瞒，这才是问题！”

“你这是自私，什么都要占着。”方媛一边试图摆脱李知的手，一边说。

“最没有资格说我的就是你。我起码没有为了自己，就抛弃自己处了几年的男朋友。表面看上去大公无私，其实是为了自己的利益！”

“你有什么资格品评我的感情。如果你是我，你能做得比我更好吗？无论怎样，我付出过努力和感情，你呢，你只是在享受你的爱情！”

两人越吵越激烈，宋小、优优和刘小宇拦都拦不住。

方媛最后冷冷哼了一声：“李知，说到自私，有件事情我想问你。你敢不敢告诉优优，当年你和优优的比赛，你把票投给了谁？”

李知愣住了，不可思议地看着方媛，没有说话。

方媛继续说：“你没有投给优优，你也没有弃权，而是把票投给了自己。可是，你知道优优把票投给了谁吗？你知道为何最后的选票是21∶19吗？因为，优优把票投给了你，那最宝贵的一票，你知道优优为了那个比赛准备了多久吗？你知道她多重视那个比赛吗？好吧，现在你知道你为什么赢了那场比赛了吧？你真的敢说自己不是个自私的人吗？”

李知从没有想过当年的事情是这样，她一直以为是自己险胜了优优，一直安慰自己，那弃权的一票是优优的选票，安慰自己即使自己弃权，也胜出优优一票，可事实是，自己胜出优优的两票，正是自己和优优投出的两票。她万万没有想到，那场比赛的胜利是优优让给自己的。李知松开方媛的手臂，转身看着优优，优优低着头，始终没有抬头。

“李知，你要占尽天下所有好事，一点儿都不放过，无论对谁。你想在一衣柜衣服里好好挑选，却没有想到别人却连一件衣服都没有！”方媛继续说，“你这不是自私又是什么？”

李知不再说话。她已经不想和方媛再争论了。她想问问优优，当年为什么投票给自己，既然她准备了那么久，既然她那么想赢。她更想和优优解释一下，自己当年的行为。但是，她什么也没说，她为自己当年的行为感到羞愧。

第二天，李知在食堂门口再次遇到李博。

“听说你还在犹豫。”李博问李知。

李知点点头：“你怎么知道的？”

“这不是人尽皆知的秘密吗？”

“那你怎么看？”这次轮到李知问李博。

李博叹了口气：“李知，我觉得你简直就是我大学时代的缪斯。总给我的爱情研究提出新的课题，新的方向。”

“你能不能不矫情，我现在哪有心情听你抒情感慨的。”

李博想了一下，说道：“李知，对这个问题，我还真有些研究。”

“你没事老研究它干吗？”

“爱情是人生的一部分，我对爱情好奇，实则是对人生好奇，你说呢？”

李知不说话了。

几年来为各种师弟师妹答疑解惑，已培养出他口若悬河的本领。

李博接着说：“刚上大学的时候，我好奇什么能促成恋爱；后来，我研究什么导致男女生相处难；现在我在观察，什么让男女分手，特别是大学爱情。”

“什么？”李知好奇地问。

“是他们不够严肃，戏弄感情吗？未必。是他们爱得不够深吗？也未必。可为什么很多大学情侣在毕业后纷纷分手了呢？李知，你有没有发现，大学的爱情和社会中的爱情有什么不同？”

李知摇摇头。

李博卖弄地一笑："大学里的爱情，是整个社会拿资源保障出来的爱情，而社会中的爱情，却需要你自己去做这种保障。一座大学城，就像一个小共产主义社会，低价的住宿，廉价的餐饮，安全的保护系统。而这一切，从你走出校门的那一刻，'咔嚓'没有了。整个社会的倾斜到此结束，个人奋斗开始了。你需要自己去解决所有问题，住宿问题、吃饭问题以及安全问题。这些基本的生存问题都会对一个初出茅庐的年轻人形成极大的挑战。"

李知猛地震惊了一下，这是她从未想过的。

"所以——"李博找到了听众，一吐为快，"所以，在我现在看来，爱情是什么？爱情是奢侈品，是有能力的人才能拥有的奢侈品。是在满足了基本的生存问题之上的奢侈品。如果还在为生存挣扎，还谈什么爱情？先生存后发展，先工作后恋爱！"

"可我本来打算和郭书一起出国的。我和郭书一起出国两年，两年后，我们还年轻，还可以再找工作！"李知说。

李博摇摇头："非也，非也。你知道什么叫时过境迁吗？那个时候，你会面对更残酷的竞争。"

"为什么更残酷？两年后，我可在国外有了更好的见识！"李知有点着急了。

"这样说，理论上是没有错误的。但是，李知你记住，在时间面前，最经不起的是女人，而不是男人。两年后，你虽不算人老色衰，但是时间压力比现在会大很多。"

李知深吸了一口气："为什么？"

"因为对女人来说，她一直成长，一成年就是她人生最好的时期——花蕾期，就是她如花似玉的年龄，而男人不是。刚刚走向社会的时候，恰恰是我们的人生低谷，无钱无地位，我们需要靠自我奋斗慢慢证明自己的价值。所以，白岩松才会在25岁的时候发出'渴望年老'的感叹，但我没看见哪个女人整天哭着喊着'渴望年老'，女人都在渴望'青春永驻'。所以，女人最好的时间宝贵而短暂，要好好珍惜。"

李知叹了口气。

“而且，有一点我不太明白，李知，郭书出国是读书，你出国干什么？”

李知突然哑口无言，她从来没有想过这个问题，她一心想着要和郭书在一起，却没有想过，自己出国到底干什么？

“你们靠什么生活呢？是郭书承担你们两人的生活支出吗？”

李知彻底无语了。那一刻，她感到自己真被爱情冲昏了头脑，这些问题她竟然一个也没有仔细想过。

“皮之不存，毛将焉附？爱情只有在什么都不缺，只缺爱情的时候，才需要。现在你最紧要的是将个人问题解决好，再考虑其他。你现在有大好的前程可以把握在自己手里，你现在刚刚毕业就找到了自己在社会上的位置，还有什么比这更幸运的吗？你知道，这能让多少人羡慕得发狂吗？”李博说到这里，颇有几分人师的模样。

李知自嘲道：“我是不是太幸运了？以至于不懂得珍惜。”

“不是。你不用这么想，仿佛自己无功受禄一样。不是。你是冒着生命危险去工作的，所以有巨大的回报是应该的。你想过没有，一旦出事，你将面临巨大的损失。所以，现在这份回报配得上你曾承担的风险，你完全没有必要感到是天上掉馅饼。”

李知低着头没有说话。

“你现在是‘机不可失，时不再来’，万万不可贻误战机，导致全盘皆输。”

“被你一说，我觉得一切暗无天日。”

“你前程似锦，为何感觉暗无天日？泰戈尔的诗送给你——‘鸟儿的翅膀系上了黄金，又怎能自由翱翔。’”说完，李博自由翱翔去了，留下李知拼命扇动着翅膀，却原地不动。

第二天，在单位附近，李知看见了汤师哥。李知第一次仔细打量这个师哥。汤师哥也是广院男生的代表，和郭书相比，有种成熟的帅气，还有几分霸气。

“你等人，师哥？”

汤师哥点点头，开门见山：“我等你。”

李知“哦”了一声，疑惑地问：“你找我有事情？”

“听说你对留不留下来工作，很犹豫。”

李知点点头。

“是不是为了男朋友？”他问。

“你怎么知道？”

“我猜的。这个时候还能有什么能牵绊到你？”

李知叹了一口气。

“李知，给你提一个问题，你知道为什么在学校学习的时候，女孩优秀的很多，而在社会上，则是男人的天下？”

李知摇摇头。

“很多原因。比如男人体力好，胆子大，做事果断等。但还有一个原因，男人不太会被情感牵绊，他们更执着于事情和事业。牵绊少了，速度和力量自然集中，往往就能取得成绩。”汤师哥顿了一下，“李知，没有牵绊，出刀自然就快。说这么多，是想告诉你，如果你想在工作上取得成绩，就要像男人一样思考。而且，一段稳定的关系是建立在稳定的个人基础上的，你们现在个人都不稳定，怎么很好地维系一段稳定的关系？我见过很多女孩子为了感情放弃事业，而后，连感情也没有了。”

李知紧紧咬着嘴唇。

“我说这些，是希望你不要在关键问题上出现失误。”

李知点点头。

汤师哥叹了一口气：“你们很像几年前的我们，但希望几年后，不要成为现在的我们。”

“你们，你们现在怎么了？”李知试探着问了一句。

汤师哥摇了摇头：“记得我和你说的话。”说完，一个人走了，显得很孤独。

第二天，李知一出宿舍门，就看到了郭书。

“今天我陪你去单位。”郭书说。

李知疑惑地看着郭书：“为什么？”

“陪你去办入职手续。”

李知停下脚步，静静地看着郭书：“我们要不要再想想，再商量一下？”

郭书摇摇头：“我已经想了很多，李知。”

李知问：“你想明白了？”

“没有。但是有一点很清楚，你必须抓住现在的机会。李博说的对，这对你来说是难得的好机会。是你用生命危险换来的，你不能白白放走它。我不能自私地让你跟我出国。我去美国读书，你去干什么呢？难道整天待在家里？”

两人没有说话，过了许久，李知问郭书：“那你呢？你去美国的东西准备好了吗？”

郭书摇摇头：“还没有。”

不知道是李博的话，还是汤师哥的话，李知最终在入职协议上签下了自己的名字。四年前，她推开了广院的门，四年后，她又推开了北京的门。

但是，李知却高兴不起来，她依旧看不到自己和郭书的未来。

正在这时，郭书姥姥生病了，郭书回山东看望姥姥，李知恋恋不舍地送别了郭书。

“以前都是你送我，现在我送你，原来心情是不一样的。你什么时候回来？”李知拉着郭书的手不放。

“看完姥姥就回来，你别着急。”

李知点点头：“郭书，我想你，没有你的北京，我一天也不想待。”

郭书也点点头：“我知道了。你好好待几天，我尽快回来。”

“那你天天给我打电话，天天想着我！”

“我会的！”

李知没法好好待几天，郭书不在的日子，李知的魂就像丢了一样。

今天李知给郭书发短信，郭书没有及时回复，打电话，郭书也没有接听。李知更慌张了，一会儿拨一个，一会儿拨一个，一拨拨了整整一下午。

等到晚上，郭书拨通李知的电话，李知第一时间抓起电话，不满地抱怨：“你干吗呢！怎么不接电话？”

“什么事情，这么着急，我看你打了一下午电话，竟然有30多个。到底什么事情？”郭书关切地问。

“没有什么事情。”

郭书叹了口气：“没有什么事情，你打这么多电话？”

“那是因为你没有接电话！”

“没有事情就好，下午出门的时候，手机在充电，忘记带了！”郭书解释道。

李知也消了气，温柔地说：“中午吃饭的时候，看着满食堂的东西，不知道吃什么好，想打电话问问你而已。”

郭书一笑：“都多大了，这个问题还问？”

“我就问！我哪里会不知道吃什么，是因为想你，好不好？”李知叹了口气，和郭书分开的日子，一切都了无生趣，“你知道吗，我昨天想你的时候，还哭了呢。那天在车站送你的时候，回来的时候也哭了。”

郭书叹了一口气，这次回家，郭书向父母表达了准备放弃去美国读书的打算，父母很不理解，只有郭书知道，李知根本离不开自己。其实，自己也离不开李知。他喜欢李知的陪伴，即使什么都不做，只是静静地待在一起。他们都喜欢这种陪伴，暖暖的，放松的，惬意的。

十天后，郭书回到了北京。李知远远看见了郭书，再次跑了过去。郭书一把将李知揽在怀里。

“李知，我想你了。”

李知眼眶湿润了起来：“我也是，非常非常。”

“这几天过得好吗？”

李知摇摇头：“过得不好。每天都数着日子。盼星星，盼月亮，就盼着你回来。早晨想着一天开始了，离见你的时间又近了一天了，中午就盼着晚上，晚上想着，一觉醒来又过去一天，你真快回来了吧。唉，我看我改名得了。”

“改名字？改成什么名字？”

“改成‘盼盼’呀，1990年北京亚运会吉祥物，怎么样？”李知哀怨地说。

郭书看着李知可爱的样子，心底一片温柔，说道：“行了，我不是一处理完家里的事情就第一时间赶回来了吗，李盼盼。”

郭书强烈地感受到李知对自己的依恋，还有彼此的依恋。

“郭书，你要是再不回来，告诉你，我可就追到山东了！”李知哈哈大笑起来，“快和我说说，这次回家都办了什么事情？”

郭书拉着李知：“嗯，告诉爸爸妈妈，我不准备去美国了。”

李知突然站住，愣愣地看着郭书，半天没有反应过来：“郭书，你说什么？”

“我说，我不准备去美国了。”

“为什么？”

“李知，你想过没有，如果我去美国，那个时候，你的白天就是我的黑夜，那个时候，你想问我你中午吃什么的时候，很可能找不到我；越洋电话非常贵，我们可能一周或者更久才能打一个电话，才能听到彼此的声音；你想过没有，我们这种分别一别就是半年，而不是仅仅十来天。你天天数日子，怎么数得过来？”

李知静静地看着郭书，表情越来越严肃。

“李知，我能想到，那个时候，你想我会哭，不给我打电话会哭，给我打了电话还会哭。你收到我的信会哭，逢年过节的时候，你更会哭鼻子。李知，你要怎么面对这些呢？”

郭书继续说：“李知，有一年暑假，我在车站送你，你走以后，我看到一对儿情侣在站台上难舍难分。我当时觉得他们可能就是我们，只是短暂的暑期分离。但是，后来，那个女生上车以后，两人对着窗户玻璃不说话，只是不断流眼泪，我发现可能不是那么简单。再后来，火车开动了，那个男生就跟着火车跑，然后一直跑，就像电影里演的一样，后来，跟不上火车了，男生仍不停跑着，一边跑一边哭。那个时候，我还不完全理解。现在我明白了。”

“你明白了什么？”李知小声问。

“我明白了‘爱别离’。李知，我不想让我们在接下来的两年甚至更长的时间里这样，所以，我不想去美国了！”

李知走到郭书身边，轻轻揽住他的腰：“郭书，我——”

“李知，这不完全是为了你，我也离不开你，我也不想像那个男生一样，追着一列追不上的火车。李知，我爱你。”

“叔叔阿姨怎么说？”

“他们特别特别遗憾。”

李知把头紧紧地靠在郭书身上，听着郭书“怦怦怦”的心跳：“郭书，我听到你心跳的声音了。”

43

到了五月末，萱萱的工作还一筹莫展。

张磊不住地安慰萱萱：“萱萱，要不等我毕业后，尽快自己创业。新闻里说，自己开公司可以申请留京名额，到时候，我第一个录用你。”

萱萱这次没有反驳张磊，只是无奈一笑：“我可不愿等。等得我花儿都谢了。”

和萱萱不同，李知签了工作合约后，心情却一直不好。萱萱说，这感受估计全年级找不出第二个。

傍晚，李知一个人在校园里漫无目的散步，一想到即将离开这所学校，李知是那样恋恋不舍。她从图书馆走到食堂，又从食堂走到操场，后来不知不觉走到了学校主楼。

晚上，进进出出的学子让学校主楼变得很热闹。李知很喜欢这座主楼，因为这里寄托了很多人的期望：那些志存高远的要坚持天天上自习的好学生；开学之初信誓旦旦的好学生；平时不烧香，临时抱佛脚，永不放弃自己的好学生，全都在这里找到了寄托。他们常常很早来到教室，从书包掏出本子占上位置，然后就以各种理由消失得无影无踪，直到晚自习快结束的时候，他们才露面，接走在桌上睡了一整天的书本。让书本在自习室待上一天，虽然不是最完美的结局，但也表达了自己希望学习的美好向往，这就足以让很多学生心安理得地结束完美的一天了。

主楼楼层的热闹程度跟商场大同小异：楼层越高，越清净，甚至会有惊人的发现。大一的时候，李知和宋小闲得无事，就往楼上钻，结果看见了一幕幕让她们面红耳赤、心潮澎湃的热血画面，宋小每次都吱哇乱叫一通，冲至楼下。还有一次，李知正和郭书等一大群人在楼下聊天，听见宋小鬼哭狼嚎般的惊声尖叫，疯了一样冲到楼下，见了大家，脸色苍白，指着楼上："鬼呀，鬼呀！楼上有鬼！一个女鬼在楼上，手里还拿着一个人头。"

李知和郭书还有一大群人一路颤颤巍巍往上走，走到四层走廊，远远看去，一个女人手里正拿着一个人头，还不停地颠来颠去，扯扯拉拉，最后还试图将人头扣在自己脑袋上，试一试。几个女生哇的一声撒腿就跑，几个男生壮着胆子走了过去。原来那是化妆系女生在练习缝制假发。昏暗的灯光，稀少的人迹，加上宋小无与伦比的想象力，成就了那次聊斋大片般的故事。但从此，主楼的高层就成了宋小的禁地，她再也不去那里，不想被吓着，也不想被刺激。

李知边回忆，边顺着楼梯往上走，却在曾经看见女鬼的地方看到了一个熟悉的身影。月色下，熟悉的背影，熟悉的声音，唯一不熟悉的是那真实的悲伤。李知停住脚步，静静站在那背影身后。

许久，那个熟悉的背影停止了抽泣，慢慢转身，看向李知，又转回去，依旧背对着李知。

她边擦眼泪边说："李知，你是不是觉得我很傻？"

李知摇摇头："怎么会？"

"我简直太傻了，我简直是世界上最傻的人。我在火车上刚认识了一人，就因为那天我身体不舒服，就因为他很殷勤地给我倒了一杯水，就因为他一路陪我说话，下车时帮我拿东西，走路的时候，让我在里侧，就因为这些，就这些，当他向我借钱时，我都没有一丝犹豫。我——我是不是太傻了，李知。"

李知突然一阵心疼，伤心地看着那背影，忽然觉得她那么无助与瘦小。这个她曾经以为的钢铁战士，不爱别人，更不需要别人的爱的"钢铁战士"，原来不是，或许从来都不是，只是，大学四年，自己从来不曾真正了解她。

"那是我辛苦赚来的钱，那可是我一点点省下来的钱，我每天都想着怎样能节约下钱，怎样能尽快攒下更多的钱。我要给我弟弟念高中。他学习很好，不能去务工，不能去读中专，他要继续好好读书。”

“我知道。”李知说，声音哽咽起来。

“为什么会这样？为什么？为什么我的青春这么辛苦，不敢有一丝懈怠，不敢有一丝放松，甚至不敢有一丝相信浪漫。别人可以整天整月整年地浪漫、梦幻，而我，哪怕只有一丝，只有那一丝丝的浪漫与温情，就会被现实狠狠地击碎，就会被无情地嘲弄，李知，你说这是为什么？我就那么不值得被爱，不值得被保护，不值得被珍惜？”

李知咬着牙，拼命摇头：“不是的，小宇。你值得被保护，值得被珍惜，你更值被尊重，你自食其力，你努力奋斗，你善良，你——”

刘小宇低下头，呜呜哭泣起来：“我爱我姥姥，她是因为我才走的，我对不起她。我想让她过上好日子，却没有机会。李知，我有时真的会恨，恨这种不公平，恨我为什么就不能生活在一个正常的家庭。但是，我没有。我不能再拖累家人了，我必须为自己奋斗。献血的时候，大家都想着怎么才能被检查出小问题，而不被选中，而我不敢，我甚至害怕没有被选中。你们聚会，我从不参加，我怕看见你们的轻松，我更怕花钱。我很少和你们说话，开始的时候是不知道怎么说，你们说的很多东西我都不知道，我都没见过。后来是因为我们之间关心的东西根本不同，我们根本没有共同语言。刚来广院，我就知道这个环境不属于我。你知道为什么吗？”

李知摇摇头。

“因为你们大都家境好。学艺术的孩子怎么能有家境不好的呢？在我们那儿，能接受基本的读书教育就是万幸，哪还有钱让孩子学习唱歌、跳舞、画画、弹琴这些东西？那个时候，我特别怕别人问我有什么特长，我能有什么特长呢？我也特别害怕被拒绝，所以我总是早早去教室，找一个座位坐下，这样就可以让别人去选择是不是愿意和我坐在一起，而不是我坐过去让别人不高兴。”

“小宇，你想多了，你太敏感了。”

刘小宇摇了摇头：“李知，你不懂的。你不在我的处境里，你不会懂。但是，这些我都可以克服，我努力学习，努力做家教，可是为什么我这么努力，却还要被欺骗？这是为什么？为什么大家的青春都是粉色的，而我的生活就这么难，为什么我不但没有青春，还要受到伤害，为什么，为什么命运对我如此不公平？”

李知不知道怎么回答刘小宇，刘小宇的每个字都扎在李知心头，李知伤心地流下眼泪：“小宇，别说了，别说了。每个人的花期不一样，就像桃花和梅花。你的花期一定很美，能有你希望有的一切，只是还需要一点点时间而已。”

刘小宇擦干眼泪：“李知，谢谢你。你不知道你有多幸运。”

李知也擦干眼泪：“你不知道你有多让人钦佩！”

昏暗的月色下，李知和刘小宇第一次把对方看清楚。

夜色中，李知也再一次把现实看清楚。

李知找到了李博。不知道为什么，李知现在觉得李博的“歪理邪说”多少有些道理，李知觉得自己真的变了。

“郭书不想去美国读书你知道吗？”李知问李博。

“这不是全校皆知的秘密吗？”

“你别不正经了。认真一点儿，你怎么看？”

“我怎么看？我羡慕呀！为了爱情，放弃江山，他是爱德华八世，他是吴三桂呀，他是——”

“你打住。再说下去，我就是红颜祸水了。你严肃一点儿！”李知瞪了李博一眼。

“我很严肃呀。我都没有发现，郭书骨子里是那么浪漫的一个人，充满了浪漫的理想主义色彩。”

李知抬腿就走。

李博在后边追：“你别急呀，我这不是先夸夸人嘛！好，和你说说。我认为这个选择对郭书特别不利。”

李知停下了脚步：“此话怎讲？”

“他放弃了一个通往更大舞台的机会，而选择了爱情。如果是一个女性，这都是一个艰难的选择，对于一个男性，这简直是一种牺牲。”

“为什么？男女还不同？”

“当然不同。这个社会对男女的要求很不同。没有一个男人因为获得爱情而受到尊重的。”

“你的意思是说，爱情对于男人不重要？”李知问李博。

“那倒不是。只是你知道对一个男人来说，什么最重要吗？”

李知低下头。

“事业。尤其是在年轻的时候。你真的敢让郭书为你而放弃作为一个男人最重要的东西吗？”

“你的意思是郭书一定要出国读书？”

“当然，这无须任何犹豫。”

李知深深叹了口气：“李博，为什么每一次和你说完话，我心里都觉得特别堵，特别绝望。”

“从绝望中寻找希望，人生终将辉煌。”

“你工作怎么样了？”

“快落实了。”

“男女情感热线节目吧？”

那一夜，李知辗转反侧，彻夜未眠。第二天一早，她找到了郭书。

郭书盯着李知的黑眼圈，温柔地说：“昨晚干吗了，变成熊猫眼了？”

李知看着郭书，郭书还如自己第一次见到他一样，阳光，帅气。想到自己大学四年有这么一个帅气的男朋友，李知不禁笑了起来。

郭书看见李知正愣愣地看着自己，也笑了起来：“干吗呢？又犯花痴了？”

“郭书。”

“啊？”

“郭书。”

“啊？李知你怎么了？”

李知摇摇头：“没什么。我就想叫叫你的名字。”

郭书笑了笑，温柔地搓了搓李知的脸。

“郭书。”

“我在。”

李知抿了抿嘴，说道：“郭书，你都不知道你有多好。包容我的缺点，原谅我的脾气，陪我成长。”

“你怎么了，李知？”

李知依旧摇摇头：“郭书，有你真好。你真的很好。如果没有你，我都不知道我喜欢的人会是什么样子。我不知道他是高还是低，胖还是瘦，幽默还是霸道。”李知一边说，一边盯着郭书看，眼睛一刻也不肯离开，然后欣慰一笑：“比我之前所有的想象都好，谢谢你，郭书。”

郭书看着李知，李知一直自言自语，他紧紧拉着李知的手：“告诉我，你到底怎么了？”

李知缓过神来：“郭书，你真的不想去美国了吗？”

郭书点点头：“我本来也不是特别想出国，是我爸妈特别希望。我留在那个乡村节目，我们就可以都留在北京了，我们在一起。”

李知低下头，眼泪一颗颗落下，说道：“郭书，你太好了，所以我不能自私。你想过没有，你去美国读书，是你当下最好的机会。”李知努力让自己冷静下来，接着说，“前两天，我去办理入职手续，看见了你们班的‘刚’。我看到他的时候，他正在主持一档节目。他一会儿穿一件粉红色的衣服，对着镜头说：‘欢迎大家收看今天的节目，也许你刚刚脱去一天的疲惫，泡一杯浓茶坐在电视机前，下面就带您跨越时空去领聆听美妙的音乐。’一会儿，他又换了一件蓝色的衣服对着镜头说：‘观众朋友们，总有一段情让你久久难忘，总有一首歌触碰你心底最深处的温柔，今天带你去聆听那美妙的音符。’一会儿，他又换了一件白衬衫，然后说着那些大同小异的话。”

郭书静静地看着李知。

李知也静静地看着他：“郭书，我们都不是一年前了。这一年，我们在现实面前屡屡碰壁，我们都再也不敢小瞧‘现实’的力量了。”

郭书低下头没有说话。

李知拉着郭书的手，继续说：“郭书，你应该去美国继续读书，去看世界，去增长见识。就像你说的‘有见才有识’，就像你爸爸妈妈说的‘知识是面向过去的，见识是面向未来的’。郭书，你不但要有知识，更要有见识，为更好的明天、更大的舞台做准备。郭书，你的才华值得拥有更大的舞台。你知道我有多看好你吗？我比看好自己还看好你。我知道你的努力，一年365天，你从不懈怠地练习发音。为保护好嗓子，你不抽烟，不喝酒，不吃甜食。你热爱你的工作，无论出镜主持，或者只是广播节目；无论是有费用的校外工作，还是只是广播站广播，你都认真对待，珍惜每一次的机会和表达。郭书，你的才华，你的努力，不应该被埋没，就像岁月不应该被辜负一样。”

郭书走到李知身边，紧紧将她抱住。无论未来如何，有人看到过自己的努力，有人珍视过自己的才华。

“郭书。”李知幽幽地说，“你走吧，去看世界。没有看过大世界，又怎么能形成世界观。海阔凭鱼跃，天高任鸟飞，天地之间才是你的大舞台，别被一时的情丝所牵绊。郭书，你有机会，你有能力，你现在要振翅高飞，而不是蜷缩在现实的桎梏中，过早失去了锋芒，丧失了翱翔的机会。如果那样，我不会原谅我的自私。这种机会，刘小宇没有，萱萱没有，我也没有，郭书，我要的不是你，而是‘你好’。‘你好’，一切对我才有意义。”

“郭书。”李知絮絮叨叨，“如果你在这个世界上存在着，那么这个世界无论什么样，这个世界对我都是有意义的。而你在这个世界上好好地存在着，这个世界无论怎样，这个世界对我都是那样善意和友好。”

那天晚上，李知说了很多很多，仿佛要说尽自己心中所有的对郭书的话，她怕以后没有机会了。

郭书静静听着，紧紧抱着李知，轻轻说：“李知，那我们怎么办？”

“事业才是男人的舞台。有人说，男人能成功，是因为他们够直接，不会被情感牵绊，牵绊少了，速度和力量才能集中。如果这份感情是你的牵绊，是你翅膀上的黄金，郭书，我们就放下它吧！”

郭书再也没说一句话。那个叫作“现实”的鸿沟，已经深深地横亘在他们之间。

44

李知和郭书始终没有说出“分手”二字，他们只是不再联系。他们要重新调整各自的生活，要适应没有彼此的生活，适应没有彼此的未来。

郭书想找李知，但是他不想李知真的变成“盼盼”，他宁可李知开始找寻自己的幸福。

李知觉得自己的生活从此不再有颜色，不再有希望。她可以随时随地想起郭书，然后随时随地哭起来。

萱萱拉着李知看电影。李知看着电影里人来人往，喜怒哀乐，活色生香，却发现这个世界上再也没有自己爱的人，泪流不止。李知无数次想抓起电话，告诉郭书，自己爱他，一刻也离不开他。

有时，李知晚上经过男生宿舍楼下，就会静静地站在角落里，看着郭书的窗户，很久很久。萱萱心疼地看着李知，李知小声说：“萱萱，能再陪我一会儿吗？我只想近距离感受他一下。他以后离开北京，我都不知道他在哪。”说着，失声痛哭起来。

萱萱担心地整天陪伴李知，有时她们一起喝醉，一起哭。

李知举着酒杯：“萱萱，我从此要一个人孤独地走下去吗？未来无论是鲜花掌声，还是风雨兼程，我都要一个人走下去，一个人无依无靠地走下去。心无所靠，爱无所依，萱萱，我的人生还有意义吗？”

萱萱也举着酒杯：“李知，原来我们在现实面前如此不堪一击，如此脆弱。爱情如此，工作也如此。我想我还是回新疆吧！”

李知喝下一大杯啤酒：“萱萱，难道这就是长大？”

李知发现自己突然对生活、对一切丧失了兴趣，整天浑浑噩噩，在痛苦与沮丧的世界里挣扎，只有一息尚存。她有时甚至想昏睡过去，那样，她就可以忘掉郭书，忘掉疼痛，忘掉那么多不得已。而清醒时刻，心的每一次跳动都像在针尖上，扎心的疼。

看着李知每天以泪洗面，宋小也沉默了。她不再以歌言志，不再叽叽喳喳，而是经常把自己一个人关在床帘后面。自己的研究生考试最终通过，而男朋友的工作却迟迟不能定下来。李知和郭书相爱四年都敌不过现实，自己和男朋友半年的感情，又怎能自不量力?

连一向不喜欢李知的方媛也开始沉默了。李知和郭书的经历，正是四年前自己和男朋友的翻版。只是19岁的时候，更单纯，更相信爱情，更相信一切都不会变。方媛清楚，在李知眼里，自己很现实。其实她总觉得不是自己现实，是生活现实，是生活让自己变现实了。

优优也愈发沉默。她找到北京最好的影楼，拍了一组组个人写真。有身着职业装，有身着旗袍，还有一组漂亮的婚纱照。优优一反平日里的低调，拿着这些照片给李知和大家分享。那个时候，深陷各种痛苦与挣扎的210宿舍没有人感受到优优的这份异常，甚至没有人留意每张照片里，优优略显红肿的眼睛。很多年后，李知才明白，在和郑亮，和她至爱的偶像王力宏，以及和父母告别之后，那是优优在和人生最后一个，也是最重要的人——自己——告别。照片中的优优仿佛百变女郎，正迅速经历着自己不曾经历的人生。她记录下自己，看着自己，告别自己。

那天后，优优整理完自己的床铺，就再也没有回来。李知再看见优优时，她正安静地躺在医院的病床上，旁边是一张全家福。李知静静地坐在优优身边，看着已十分消瘦和虚弱的优优。

优优微微睁开眼睛，笑了起来。

李知也笑了，就像她们第一次在宿舍见面。那个时候，优优站在光束里，面色红润，转身一刹那，像个女高中生。

李知拉起优优的手："优优，对不起，我本来应该注意到你消瘦的，我本该看到你的变化。方媛说的没错，我太自私了，我只管自己的感受，我——"

优优打断李知的话，轻轻摇摇头，"李知，你不是。"

李知看着优优："优优，我有一件事情想要告诉你。就是那次演讲比赛。你不知道你当时多么优秀，优秀到我以为你一定远远超过我，所以在投票的时候，我怕自己票数少得太难看，所以，所以我投了自己一票。可是，你知道吗，在我心中，你才是最棒的。优优，对不起！”李知说到最后，忍不住哭了起来。

“李知，你别哭了，你听我说。我从来没有怪过你。不但如此，我非常喜欢你。我喜欢你的优秀，你的光芒，还有你精彩的生活。你知道吗，看着你和郭书恋爱，看着你们的甜蜜和吵架，我非常羡慕。”

李知低下了头。

优优声音有些虚弱，说道：“那次比赛，也许你演讲未必最好，但你的笑容更阳光灿烂，你更有青春的样子和风采，你的光芒会照亮别人，你更属于舞台。所以，那次我是真心把票投给你！”

李知不住地摇着头：“优优，我没有你说的那么好。优优，你是不是不知道你有多优秀。你英语好得让我望而却步，你善良地保护我们身边每个人，你追求偶像，却从不打扰他，命运不公，你却从不抱怨。”

“李知，我没有你说的这么好。我抱怨过，我想，为什么会是我，我只有21岁。我还有很多很多事情想去完成，我还有很多很多地方想去旅行，我还有父母想要陪伴。我也想和你们一样，去实习，去留学，去真正而勇敢地生活。但是，我没有机会。你所说的我的好，无非是我对生活的贪恋，贪恋生活的美好。生活终究这么美好，终究要善待她，又怎么舍得抱怨她呢？”

李知看着优优，泪如雨下。李知不明白，老天为什么这样残忍地对待一个天使一般的女孩子，在她最美丽的年龄。

优优拉着李知的手，说道：“有的人的青春是粉色的，有的是灰色的，还有的，如我。但是，无论如何，这都是青春的颜色。李知，我特别感谢大家，让我在人生最后的时刻，感受到了生活，也感受到了爱。”

李知趴在优优的床边，泣不成声。优优虚弱的声音越来越小：“李知，这有一封信帮我带给大家。谢谢大家的一路陪伴。你不知道我有多爱你们。”

当你们打开这封信的时候，我们的人生彻底不同了。你们的才刚刚开始，而我的却即将落下帷幕。

如果人生是一场旅行，我想问一问老天爷为何让我的旅途如此之短。为此，我哭过，伤心过，绝望过，甚至抱怨过。

当年我志向报考北京大学哲学系，父母担心我压力大，将志愿改到了这里。我也因此有幸认识了你们——我人生最重要的一群小伙伴。

有机会请帮我感谢郑亮。他是大学中第一个给我写情书的男孩子。他好学、上进、单纯，我们一起去北京大学听课的日子是那样快乐。但是，我终究是不敢接受他的感情。他美好的人生才刚刚开始，他的青春应该充满阳光与色彩。他应该恣意享受甚至挥霍他的青春，不要有伤感，更不要有生离死别的悲伤。我不能把这种突如其来的打击给郑亮，也不能给任何人。

我想安安静静、毫无牵挂地走完自己的路。不是每个人都能像宋小一样去大胆追求爱情，更不是每个人都能像李知一样幸运地拥有爱情。

小宇，我知道你一直在问什么是公平。为何有人天生貌美，为何有人天生家境优渥，为何有人一直被善待。我也在问，为何有人天生长寿而健康。当我们身处低谷，看到那些幸福而高高在上的人，我们总会这样问。我曾经告诉过爸爸，任何事情如果能发生在别人身上，也就能发生在自己身上，这是公平。但小宇，这些也许都不那么重要。重要的是你用自己的努力改变着你家人的命运，你尽最大的努力爱着他们。我不知道还有什么比这更令人自豪。你不知道，我多钦佩你，多羡慕你。我想为我的爸妈做些什么，在他们年老的时候，递上一杯水；在他们伤心的时候，静静地坐在他们身边，然而，这些都无法完成。对家人，我最大的心愿就是希望他们不再伤心。希望他们无论何时想起我，仍能笑起来，一如我在天堂想起他们。

方媛，谢谢你对我的喜爱。生活中总有人幸运得让我们嫉妒，如果不能成为他们，就欣赏他们吧。幸运比不幸运好，快乐比悲苦好，他们的存在才让这个世界更被眷恋，不是吗？

李知，记得无论何时，都要抬头保持你那迷人的微笑，努力做生活的强者，纵使最终会被生活打败，那又怎样？李知，你还记得你问我对真实的看法吗？我想真实的世界不止一个，不仅仅只是我们看到的，我们看到的只是我们眼中的世界，未必就是真实。那些看得懂的，看不懂的，得到的，得不到的，就让我们保有耐心和敬意去等待，去努力接纳。

宋小，你也是，好吗？你的青春那么尽兴，想笑就笑，想哭就哭，想追求就去追求。也许很疯狂，也许不完美，也许并不那么合适，但你一直都善良着，所以你一直那么可爱。

亲爱的同学，对这个世界，我还有太多好奇，我想知道工作到底是一种什么感受，我想知道赚钱是不是会让人特别高兴，我还想知道当妈妈是种什么感觉，还有，还有人生是什么？爱又到底是什么？

如果可以，我想和你们一起去探索，一起去寻找答案。可惜，已经来不及了——各位同学，如果你知道，一定记得告诉我。那样，我的人生也在跟着你们一起延续着。

明天，

太阳照常从东方升起，

可惜，我已看不到了。

明天，

我虽看不到了，

但，太阳会照常从东方升起。

我的好朋友们，

青春，没有弯路，不问对错，但只要我们心存善良，不断努力，就是最灿烂的青春。

要好好珍惜我们的青春，珍惜每一次欢聚，每一次欢笑，甚至每一滴眼泪。人生是个超级游乐场，记得一定要玩得尽兴，因此她只有一次机会！

献上我最真诚的祝福。

我的朋友，再见！

那晚，210宿舍的女生坐在北京的景山上，拿着优优的信，看着这个城市的万家灯火，泛着柔和的光，闪闪烁烁，影影绰绰，那么温暖。

第二天破晓，李知收到优优妈妈发来短信：我的天使，在这个美丽的夜晚，化作了天上的星辰。

那个热爱哲学，喜欢音乐，追星的优优走了。李知、刘小宇、宋小、萱萱哭着奔去医院，却没有看到优优最后一眼。那个曾带着她们游逛北京的女孩子，在生病期间，却没有得到一句大家的安慰。那个代表北京欢迎她们的女孩子，在她最孤独的日子，最绝望的日子，没有得到陪伴。那个为大家拍了无数照片的女孩子，却被大家不小心忽视了。

宿舍里一切如故。然而，优优的那张床上却再也迎不来它的主人了。王力宏还是那样阳光地笑着。有人在自己的青春走向了人生的巅峰，有人却在最美的年纪，戛然而止。李知不明白这是为什么。

李知翻开优优床头的《沉思录》，其中一页上有优优轻轻用铅笔做的标记：“记住，过了今生今世，人就再也得不到什么来生来世。眼前的人生，对谁都无二致。我们浪费或得到的，恰恰都是正在飞逝的光阴。”“很快，你就将化为灰尘，或者一具骷髅，一个名称，甚至连名称也没有，而名称只是声音和回声。那在生活中被高度重视的东西是空洞的、易朽的和琐屑的，像小狗一样互相撕咬，小孩子们争吵着、笑着，然后又马上哭泣。但忠诚、节制、正义和真理却从宽广的大地飞向奥林匹斯山。”

那天晚上，优优的妈妈来了。她静静地躺在优优的床上，抚摸着优优的床铺、枕头还有书架，一遍又一遍，犹如在抚摸自己的女儿。

“优优，你问我爱是什么。我知道，爱是妈妈的眷恋，爱是今生无尽的思念。但是优优，无论如何，你还是走了。爱，在现实面前是不是苍白无力，是不是那样渺小呢？优优，爱真的像我们曾相信的那样无敌，那样无往不利吗？优优，你能告诉我吗？优优，你听见了吗？”李知一遍遍问优优。

那天晚上，泪水打湿了每个人的枕巾。刘小宇哭得格外伤心，哭自己还没有来得及好好和优优说一声谢谢。谢谢她四年细心呵护自己的心灵，让自己那一颗脆弱而卑微的心体会到温暖和尊严。那一瞬间，刘小宇明白了，正是这温暖和尊严让她不敢堕落，让她更加坚强。

刘小宇不曾想过，自己的宿舍里就有比自己更不幸，更需要关心的人。然而，她却从不说。刘小宇觉得自己矫情、做作。自己并没有想象的那样不幸，自己有健康，有可以创造未来的双手。大学四年，优优对自己最好，而自己始终因为自卑没有和优优成为朋友，始终担心北京人优优瞧不起自己，始终怕自己不配做优优的朋友，而不敢接触她，了解她，关心她。那一瞬间，刘小宇明白了，无论自己的身份地位如何，都要勇敢表达自己对他人的感谢和善意，因为比起地位、财富、阶层这所有的一切，"人"才是最珍贵的，情感才是最值得珍惜的。

优优的离去，震撼了210宿舍的每个人。

2001年的夏天到了，李知却感到无比寒冷。郭书的出国，优优的离去，让李知陷入了无尽的深渊，一种前所未有的痛苦、自责与虚无紧紧抓住了她。

李知的消沉，让萱萱的心又蒙上了一层阴霾。她渐渐放弃留在北京的希望。前途茫茫，萱萱偶尔到寺院寻求安慰。

这天，萱萱刚刚虔诚地为自己祈完福，还没有离开，就接到了一个电话。电话是她前两天去面试的一家音像机构打来的，负责人在电话中诚恳地说："卢萱，现在正式通知你，你已经被我们音像社录取，我们解决你提出的留京申请。如果你接受，请于明天早晨来我机构人事部办理入职手续。"

挂掉电话，萱萱二话没说，转身走回大殿，"砰砰砰"磕了三个头。

那扇留京的门，在被萱萱横冲直撞，左冲右突，在经历过各种疲惫，各种委屈，各种努力后，终于被撞开了。在最后一刻，这个城市终于向她敞开大门，接纳了她。

也许是这扇门太厚了，太顽固了，萱萱撞击得太累了，办完手续后，萱萱整整躺在床上睡了三天。

45

那段日子，李知迷上了望天。一望就是一下午。看着云起云落，云舒云卷，看着云随风飘散，李知会想起郭书，想起郭书还在这片蓝天下，无比的欣慰。李知会想起优优，想带着优优一起看这云。

萱萱坐在李知身边：“李知，刚刚听到一个感人的爱情故事，你想听吗？”

李知点点头。这些日子以来，李知的话越来越少，曾经话痨的她，一下子沉默了。

萱萱轻声讲着：“曾经一个师姐暗恋一个男生，暗恋了好久好久，终于有一天，她鼓起所有勇气跟这个男生表白了。”

“爱情初始的样子真美。”李知轻声感慨。

“那个男生看着女生，很感动，然后将自己心中隐藏了很久的秘密告诉了那个女孩，原来他一直喜欢的是男生！”

“啊。”李知继续看着云。

萱萱也看着云：“这个女生听后，很难过，很伤心，那是自己暗恋许久的男生，但是她却表示理解和祝福。后来，你猜怎么了？”

李知摇摇头。

“从此以后，那个女生开始关注同性恋。毕业的时候，她的毕业论文是《从〈春光乍泄〉等看影视剧中的同性恋表达》。她在毕业论文中写道：‘从未想过自己会有兴趣了解同性恋这个群体。但是看了他们的故事，我才知道，原来这个世界，只有爱与不爱之分，并无性别等其他。爱就是爱。爱是包容，爱是彼此看见，爱是彼此灵魂的栖息地。’后来她还参加了许多活动，呼吁人们给予同性恋人士更多的理解和包容。”

萱萱讲完这个故事，李知和萱萱又都陷入了沉默。

“萱萱，我想喝酒。”李知对萱萱说。

“我陪你。”

李知和萱萱两个人坐在学校主楼前的草坪上，对着学校主楼和宿舍，一人身边放着五六瓶啤酒。

李知举着手里的酒杯，对着学校主楼，一口口喝下。

萱萱伸出手：“李知，你慢点。”

李知摇摇头：“萱萱，别拦着我，这个故事太温暖了，值得好好喝一顿。”

萱萱点点头：“真的很温暖。”

李知：“是，爱一定让我们更包容。爱就是爱，与性别无关，也与得到无关。”

李知和萱萱两人突然泪光闪烁，一仰头将手里的酒全喝了。

“我爱广院。”李知说。

“我也是。”

几天后，萱萱就用实际行动表达了对这所学校的爱意。她将自己实习受骚扰经历写成文章，发表在广院的BBS上，并标明对方的姓名和单位，告诫师妹们小心。“可不能让咱如花似玉的师妹们受伤害！”萱萱一边说，一边撸起了袖子，当年的文身仍然在。一切没有改变，大姐大重新归来。

无论曾经多么不舍与眷恋，2001年6月，四年前入校的李知和97级全体同学最终迎来了他们的毕业季。校园里弥漫着伤感的气氛，挥之不去，却招之即来。

广院毕业季的传统是男生在晚上11点熄灯后到女生宿舍楼下引吭高歌并推倒女生宿舍前的围墙。

晚上11点熄灯后，女生躺在自己的床上，谁也不说话。楼下的“望春厅”里男生越聚越多，他们一手拿着啤酒，一手拿着吉他。广告系男生拉起了横幅，上面写着“一朝入广院，永远是女神”。

李知听见有人高喊：“姑娘们，我们来了！姑娘们，陪伴我们大学四年的姑娘们，我们在这里！在这里，你们听到了吗？”

接着李知听见有女生站在窗口对着楼下的男生喊：“陪伴我们大学四年的男生们，我们听到了，我们在这里！”

楼下男生开始高唱：“对面的女孩看过来，看过来，看过来。这里的表演很精彩，请不要假装不理不睬。对面的女孩看过来，看过来，看过来，不要被我的样子吓坏，其实我很可爱。寂寞男孩的悲哀，说出来，谁明白，求求你抛个媚眼过来。哄哄我，逗我乐开怀……”

一个男生用最标准的播音腔高喊：“求求你抛个媚眼过来，哄哄我。”一群男生高喊：“哄哄我，哄哄我，哄哄我！”

一个女生温柔地唱：“乖乖的，乖乖的，怪怪的！”

突然一个女生“嗷”一声高喊：“哄什么哄，姐没有这个耐心，给姐唱一个

‘东北人活雷锋’！”

“好嘞，我们来了，您瞧好吧！”楼下男生怪声怪气地回应着。

那个时候，女生总是有特权，可以点自己喜欢的歌。

过了一会儿，李知听见了有个男生高喊：“下面我给大家朗诵一段。”宋小一下奔到窗边，惊呼：“那是‘刚’！”

“宋小，‘刚’干吗了？”

“据说，没有留在北京，也没有找到合适的主持人位置。”宋小幽幽地说。

“刚”的声音高而不嘶，低而不浊，时而伤感，时而透着力量：

生命中的险恶没有什么恐怖，
生命中的寂寥没有什么悲愤，
生命中的放纵没有什么缺憾，
生命中的痛苦与埋没无关。

关键是：

即使在始终无人瞩目的暗夜中，
你可曾动情地燃烧，
像那颗不肯安歇的灵魂一样，
为了答谢这一段短暂的岁月。

——《燃情岁月》

宋小听完后，笑着说：“没有白白喜欢他一场。”

之后，李知在理查德·克莱德曼的钢琴曲《林中散步》中，竟然听到了郭书的声音。这是这段时间，李知最期盼的声音，依旧那样温柔而动人。李知仿佛看见第一次在舞台上走向自己的郭书，看见第一次向自己表白时的郭书，看见拿着奖状将自己揽入怀中的郭书，看见高举着录取通知书奔向自己的郭书。李知也走到窗边，路灯下的郭书正朝自己望来：

有一天希望能懂你，也懂这世间悲欢。
陪你走千帆，仍能方寸不乱。
什么是心安，
你就是答案。
我这么骄傲的一个人，
竟然会觉得自己哪都不好。
你陪着我的时候，
我没羡慕过任何人。
承蒙你出现
够我喜欢好多年。
我喜欢你，笨拙而热烈，
一无所有却又倾尽所有。
我希望有个如你一般的人，
温柔了岁月，惊艳了时光。
啤酒几杯，废话两行，
如果认真听及，
每个字眼都是我想你。
愿你找到一个不是将就的人，
待你如初，疼你入骨，
从此深情不被辜负。
愿你一生努力，一生被爱，
想要的都拥有，
得不到的都释怀。

宋小看着李知，小声说：“李知，你觉不觉得你大学四年特别值得？”

“嗯，特别值得。有郭书，还有优优和你们！”

不知何时有人唱起了《送别》，刚唱一半，楼上女生又“嗷”的一声：“别唱了，换一个欢乐的！”

一个男生高叫道：“我来！我唱一个！献给我大学最爱的姑娘，姑娘呀，你听着，《一生爱你一个》。”

那个声音似曾相识，那首歌曲让李知想起那年的千禧夜，自己、郭书还有优优、萱萱围在钟表前。

李知再次来到窗边，看到昏暗的路灯下，一群男生坐在望春厅里，中间一个男生对着女生宿舍唱了起来，正是赵鹏。

喜欢你

我最清楚这感觉

从前你是你

从前我是我

现在纵使不清楚我最爱你什么

寻觅你留住你全凭直觉

其实我真的相信爱情的直觉

“姑娘，你听到了吗？你回答我一句，姑娘——你听到了吗？姑娘，你听到了吗？姑娘，你回答我！姑娘——”赵鹏不住高喊，直到最后绝望地不再发声。

歌声、叫喊声都停了下来，夜晚变得很安静。突然，李知听到一个更熟悉的声音，大声高喊：“我听到了！我听到了！我听到了！”

两年了，萱萱和赵鹏再次联系竟然是以这种方式。时间掉进了黑洞中，世界无比安静。

过了几分钟，赵鹏激动地大喊：“姑娘，我爱你！”

随即，楼下所有男生对着女生宿舍楼齐声高喊：“姑娘们，我们爱你们！姑娘们，我们爱你们！”女生宿舍楼里爆发出齐刷刷的掌声，“轰”的一声，楼下男生完成了广院毕业生最具特色的项目：集体推倒女生宿舍楼前的围墙。那个阻碍了他们跨越女生宿舍四年的围墙。

“姑娘们，我们毕业了，今夜以后，你我各奔前程，各奔东西，但请不要忘记我们，不要忘记我们在望春厅的驻足，不要忘记我们的歌声，不要忘记今夜的我们。姑娘们，我们是彼此青春的见证者，每一次想到青春，就会想到你们，姑娘们，我们永远爱你！”

月光如水，如当年初照大地，女生宿舍传来了一阵阵哭泣声，一个女生带着哽咽声高喊：“我的男生们，去奋斗吧，去像男人一样生活吧！广院女生永远爱你们！”

毕业红毯秀上，李知看见了郑亮。郑亮穿着一身白色的西装，像个白马王子。看到李知，郑亮笑着跑过来，一脸阳光，李知猜这是优优希望看到的郑亮。

“你去哪里工作了？”李知问。

“中国国际广播电台专题部。”郑亮笑着说。

李知伸出手：“Congratulations！”

郑亮点点头：“李知，去看优优的时候，记得替我代好！”

李知摇摇头：“郑亮，记得有时间的时候，亲自和她说。”

郑亮点点头。

“郑亮，我们可以照张相吗？”

郑亮笑着点头：“我依然属于210好友团是吗？”

“当然，你永远都是！”李知无比笃定地说。

郭书远远地看着李知，想到自己四年有这样可爱的女朋友，不禁很骄傲。

李知与郑亮拥抱告别时，看到了几年里第一次穿得正确的张磊。他穿了一件中规中矩的衬衫，露出理工男生特有的笑容。李知还看见了那个一直梳着“播本头”的“刚”，一直很骄傲的周洋，还有耀眼的萱萱，帅气的赵鹏，可爱的宋小，还有焕然一新的方媛，唯独没有优优。

即将走向红毯的一瞬，李知的胳膊从后面被轻轻拉起，一回头，李知看见了郭书。郭书仿佛又长高了，不变的依旧是那灿烂的笑容。郭书穿了一身淡蓝色西装，望着李知："今天的衣服很漂亮。"

"重说，现在这么不会说话，白白调教你四年了。"

郭书不好意思地低下头："衣服很漂亮，你更漂亮，一直都很漂亮。"

李知不好意思地低下头："谢谢四年的呵护。"

郭书伸出手臂："大学四年，有始有终，感谢李小姐一路相陪，再陪我走一段，好吗？"

李知点点头，看着身着西装的郭书，不知道郭书下一次穿西装会是什么时候。结婚？那个时候不知道郭书会挽着谁的手。李知不敢想象，谁会这么幸运，让自己发狂般艳羡。

李知挽着郭书走上红毯，在李知耳边，郭书轻声说："李知，答应我，如果我们注定无法相守终生，就让我们不要从彼此的生命中完全消失。让我经常可以听到你的消息，知道你的行踪，了解你的喜怒哀乐。为我留一个小小的位置，让我可以静静地看到你。可以吗，李知？"

李知看着郭书，拼命点头："你也要留在我的生命中，郭书。"

2001年7月，李知和她的同学们毕业了。

李知和萱萱走在校园里，看着陪伴了她们四年的大学，校园的白杨树长高了，打饭的老师傅退休了，校园中曾经幼稚的笑脸变得成熟了。

"萱萱，这所学校即将迎来一批新的小白杨。"

萱萱点点头："希望他们能像我们一样，在这里感受他们人生最重要的四年，好好学习，好好爱。"

"少流眼泪，多欢笑！"

李知看见宋小指使着自己的男朋友忙前忙后，打包搬运行李。

宋小看见李知高兴地跑了过来："李知，我和他商量了。他虽然没有北京户口，但我不在乎，让他明年考研究生。反正，我们决定不分开！李知，你说我幸不幸福！"

李知嘟着嘴，笑着摸着宋小的头发："你幸福，就你最幸福行了吧！向一个失恋的人秀恩爱，不厚道！”

宋小也嘟着嘴，抱着李知：“李知，对不起。薛晨的事情后来优优告诉我了，欠你的一句‘对不起’，现在告诉你！”

“宋小，我问你，那次比赛，弃权的一票是你投的吗？”

宋小点点头。

李知走上前，紧紧抱了抱宋小：“宋小，其实你只是看上去像条鱼，并不是真正的鱼。”

宋小“啊”了一声：“李知，什么意思，我听不懂。”

李知摇摇头：“宋小，答应我，一定要幸福！”

宋小拼命点头，转身跑向自己的男朋友，自己的幸福。

四年前，宋小只身一人来到广院，怀揣“恋爱”梦想，四年后，宋小离开这里的时候，身边多一个疼她爱她的人，如愿以偿。虽然过程辛苦，结局却是最好的。宋小摇着自己耳边的小辫子，骄傲得像个小公主。李知看着宋小想起了那句话：如果结局是你，晚一点又如何？

挥别萱萱和宋小，李知想一个人在校园走走，想一个人和优优说说话：“优优，在今天这个日子，我却格外想你。让我告诉你，你关心的好朋友的去向，你说过，这样你会觉得一直和我们在一起。

“优优，你还记得张磊吗？对，就是那个大学四年一直追求萱萱的张磊。他再次如愿以偿，考上了清华大学计算机专业。我们这所大学进入中央电视台，走出几个名嘴，仿佛都在情理之中，然而考入清华大学的，十年似乎也没有一个。于是，张磊现在成为校园里的热门人物，走到哪里都备受关注，再也不是路人丙了。

“优优，萱萱进入了那家音像公司工作。她是我大学最好的朋友，和你一样。她现在有了北京户口，领导很专业，对她很重视，没有人再敢轻易骚扰她了。有自己喜欢的工作，还有一个张磊如此优秀的男朋友，我替她高兴。

“但是，你知道吗，这一切都是我的一厢情愿。就在昨天晚上，萱萱将张磊叫到学校操场。借着几瓶啤酒的力量，萱萱再次拒绝了张磊。张磊苦笑道：‘好，萱萱，你依旧是我的女神。’

“萱萱告诉我，张磊很优秀，但是爱情需要的不仅仅是一个优秀的人，还需要那份心动和甜蜜，那份情投意合。她告诉我，张磊是个非常好的现实的选择。她也知道有一个这样的男朋友，在现实中意味着什么，或衣食无忧，或荣耀加身，但是她还要为自己的爱情保留梦想和追求。我不再劝说她，因为我懂她，毕竟我不再是那个从来没有爱过的女孩子了。优优，我替你送上祝福好吗？祝福张磊，也祝福萱萱。

“优优，现在告诉你刘小宇。刘小宇以班级第一的成绩被保送研究生。公布那天，我想到了‘天道酬勤’这句话，刘小宇四年的努力得到了最好的回报。只是，刘小宇决定要去工作。刘小宇告诉我们，她弟弟考上高中了，她希望弟弟以后还要念大学，要到大城市见世面，要受到很好的教育，更要认识一批可爱如我们的朋友。所以，她要去工作，让弟弟可以安心读书。让弟弟不用像她一样，整天担心学费、生活费，让弟弟不用像她一样，需要四处赚钱，更不会因有一丝丝的温暖而被骗，要好好享受自己的大学时光。优优，刘小宇还告诉我，她当年来北京读书的时候，最爱的姥姥和她说的最后一句话是‘好好读书，姥姥支持你’。她一直不敢把这句话告诉弟弟，因为她觉得自己没有能力，今天她对弟弟说了‘好好读书，姐姐支持你’。她说，她学会了对人表达善意，这是和你学的，你说这是不是个好消息？还有，刘小宇的案子还没有破，但是她已经不怨生活的不公了，我在她脸上看到了少见的‘平和’与‘善意’，优优，刘小宇和我要认真地谢谢你！

“让人恨得牙痒痒的赵鹏，萱萱的前男朋友。在毕业红毯上，我终于看出来了，他原来更像郑伊健。他毕业后回家继承了爸爸的公司，赵鹏原来是个富二代。红毯那天，他穿了一身Amani的衣服，真的很帅气。我曾经问过萱萱，恨不恨赵鹏，恨不恨他曾经带给自己那么多伤害与眼泪，萱萱说不恨。她说赵鹏出生于单亲家庭，从小没有妈妈，于是总是缺乏最基本的安全感，他渴望亲近，又害怕亲近，所以总在不停寻找，不停拒绝。那天，当赵鹏问萱萱恨不恨自己的时候，萱萱重复了一遍这些话。你知道吗，赵鹏当时哭得一塌糊涂，我第一次看见一个七尺男儿哭得那样伤心，那样动情和满足。优优，原来‘爱’的反面不一定就是‘恨’，还有‘原谅’。

“优优，你还记得我们班的李博吗？就是满嘴‘歪理邪说’的李博。他从大三开始就发奋图强，成绩还一度紧逼刘小宇，你知道吧？通过考试，他去了一家很有影响力的广播电台。大学四年属他变化最大。从刚开始的普通话都不标准，到现在做了现场报道，都市化程度之快让我瞠目。从完全听不出口音的那一刻开始，我就断定此人一定能做大事。最难戒掉的东北话都能克服，还有什么能挡住他前进的脚步呢？当然，没有停下脚步的还有他的爱情理论，他将自己大学苦心研究的成果整理集结，并陆续发在学校网站上，引起了不小的轰动。但是，他最近也很困惑。因为他发现，爱情很奇妙，有一些东西总解释不清。偷偷告诉你，时至今日，我想起郭书还会心潮澎湃，小鹿乱撞。你说有趣吗？

“还有方媛，她又陆续交过两个男朋友，全是北京人。她现在越来越会打扮了，她去了一家杂志社，但是没有解决北京户口。但是，我知道，她最终会留在这座城市，原因呢，你懂的。还有，我不再和她生气了。她那次没有告诉我的面试机会，那个机构最终留下了我们班两个同学。我很欣慰，也许她说的也没错，我不缺那一次机会，为什么不留给更需要的同学呢？我喜欢不喜欢她都不重要了，重要的是我喜欢的你走了，优优，你知道我有多伤心吗？

“优优，在毕业红毯上，我看见郑亮了，他让我给你代好，我没有答应。有些话，我想还是你们自己说，如果没有说，我相信你们彼此能懂得对方。他一切都好，我相信他以后会更好。请放心，优优。

“对了，还有周洋。周洋并不满意现在的工作。也没有改变对名利的看法，但我却依旧喜欢她。我觉得她真实。对名利的很多看法，我并不觉得她就是错的。只是她在不断地换名字，不断地换栏目，因为她不知道哪片云彩能下雨，只能不断寻找和尝试。我总觉得哪里不对，但是我却说不清楚，等我以后想清楚，再告诉你好吗？

“还有‘刚’，他向我要了研究生复习资料，你能想到吗，他准备考取我们新闻系研究生。还有韦峰，原来经常给我送鲜花的竟然是他，真没有想到他暗恋我这么多年。那花没有让我感动，却感动了那个经常替他把花拿到我们宿舍的女孩，后来，你猜到了吧，他们就在一起了。予人玫瑰手有余香，说的就是他们吧。韦峰这次如愿成为我们学校的男友团成员。而我们，真的友谊之树常青了！

“优优，还有一件事要郑重地告诉你。毕业前我见了你的偶像——王力宏先生！他现在真正是一个大明星了，影视作品开拍，音乐更是横扫各大奖项，光彩四射，魅力不凡。但是他却为人谦和，彬彬有礼，身上透着一股严谨的精英气质，还有平和的贵族气质。优优，你的眼光真是太棒了！我也很喜欢他，希望你不要小气。

“那天，我替你做了一件事情。我将你拍摄过他的照片制作成册，送给了他，并标明了每一张照片拍摄的时间、地点以及事件。他掀开相册，一页一页，抬起头来惊讶地看着我。我告诉他，曾经有一个和他一样优秀的女孩子很欣赏他，今天那个女孩来不了了，我替她送上这个礼物，并想替那个女孩抱一抱他。你偶像上前轻轻抱住了我，像对一个老朋友。优优，这个拥抱是属于你的，你感受到了吗？

“优优，我会经常想起你。想你和郑亮走在毕业红毯上会是什么样子。想你如果还在，会不会考上北京大学哲学系研究生，那你将和张磊一样，也成为广院的一个传奇。想你会成为一个什么样的记者。想你在王府井长安街上对我们的欢迎和接纳。你是我认识的第一个北京人，我因此更加喜欢这座城市，优优，你还好吗？我有些不好，郭书就要离开这座城市了，一座没有郭书的城市会是怎样的，我不敢想象。优优，能帮我出出主意吗？优优，我过得不好，我不知道我的爱情是不是要在现实面前妥协，我不知道我该不该再去为我的爱情争取一次，优优，听见了告诉我。”

不知道优优有没有听见李知的一声声追问，这一声声追问倒是引来了刘小宇和李博。看着李知又不断望着蓝天，刘小宇走了过来。

“李知，知道我以前为什么爱看云吗？”刘小宇问。

李知摇摇头。

“我上大学之前，姥姥拉着我的手说，困难就是这天上的云，你看，一会儿，风一吹准保就散了。”

“嗯。”李知回答。

“所以，李知，要相信困难一定会散去，纵使不散去，有时也很美，不是吗？”

李知点了点头。刘小宇走了，不久，李博来了。

“大学四年，我们不熟，你为什么总爱和我说话？”李知问李博。

“因为你悟性特别高，会明白我说什么。你是最好的听众，也是最好的提问者。所以，我喜欢和你说话。”

“李博，经过了大四整整一年，你能告诉我，什么是现实吗？”

“现实就是‘小马过河’。”

“既不像牛伯伯说得那么浅，也不像小松鼠说得那么深。你想说，现实虽然残酷，没有那么可怕，是吗？”

“说对了一半。我想说，现实就是小马面前的那条河。你如果是小松鼠，就会被现实吞没，你如果是牛伯伯，就会如履平地。”

李知惊讶地看着李博：“所以？”

“所以，只有不断强大，才可以跨越一些现实，才可以不被一些现实所牵绊。如果觉得四处碰壁，还是因为我们太渺小。”

“所以，我和郭书就分开了，为了能跨越一条条现实的河。”

李知突然想明白了什么，抓起手机就跑，留下一脸惊愕的李博。

李知拨通郭书的电话：“郭书，你在哪儿？”

“机场。李知，我先回青岛。”

“郭书，你等我。”

李知以自己能做到的最快速度，跑上一辆出租车，下了车，飞奔到郭书身边。

看着气喘吁吁的李知，郭书轻声问：“李知，你怎么了？”

“郭书，现在晚不晚？”

“李知，你什么意思？”

李知急了：“我就问你现在晚不晚？”

郭书一笑：“第一次向你表白的时候我就是这样问你的。你回答，不晚。现在依旧不晚，李知。”

李知一把紧紧抱住郭书：“郭书，我们各自发展，各自壮大，不就是为了跨越现实那条河吗？如果那条河没有了，壮大和发展还有什么意义？”

郭书似懂非懂地看着李知。

李知也看着郭书：“郭书，我们分开不就是为了能更好地在一起吗？我们暂时的分开不就为了以后长久的在一起吗？所以，我们只是各自去发展，而不是真正的分手，是吗？”

郭书这次听懂了：“李知，我一直没有找你，就是希望有一天，我强大到可以跨越这些现实的时候，再重新把你追回来。”

李知摇摇头：“我不要。我不要和你再经历什么分手，一天也不行。但是，我会学着更坚强，更强大，更坚韧，更执着，更不易被打倒，然后和你并肩跨越现实那条河。李博说的不全对，爱情不是在只缺爱情的时候，才需要。爱情是一种力量，这种力量让我们可以更努力地跨越各种障碍。它不是鸟儿翅膀上的黄金，它是鸟儿高飞的动力和目标。”

郭书紧紧，紧紧地抱着李知。李知总能让他不断地爱上她，不断地，越来越深地爱上她。因为李知总在不断地成长，积极地成长，并且带着郭书一起成长。郭书享受这成长的乐趣，它让自己遇到了更美好、更强大的自己。

“郭书，没有你，我会孤独！”

“我也是。李知，我不想一个人孤苦伶仃地闯世界！”

李知轻轻点点头，闭着眼睛，紧紧抱着郭书。

“李知。”郭书看着身边的李知，轻声呼唤，“你知道吗？如果没有遇到你，我都不知道我会这样深情地爱一个人。”

李知有些哽咽：“郭书，如果没有遇到你，我都不知道我爱的人长这个样子。”

郭书：“什么样子？”

李知双手揽着郭书的腰：“你的样子。”

郭书低下头，不好意思地笑了。

李知咬着嘴唇：“郭书，过来，亲亲我。”

郭书看看左右：“这么多人，你别没羞没臊的！”

李知嘟着嘴，板着脸：“怎么没羞没臊了，你是我男朋友！”

郭书摇摇头，叹了口气："好吧，谁让我从来不会拒绝女朋友呢！"

在经历了一见钟情的相遇、甜蜜的相处，还有那些磕磕绊绊矛盾，以及现实的磨砺后，李知和郭书更坚定地选择了在一起。有些人只要遇见，就再也不会分离，因为他们的灵魂已经缠绕在了一起。

"优优，这是我离开这所学校之前，和你最后一次说话。你是这所大学我第一个认识的人，也是我离开它时最后一个告别的。对的，优优，我估计你已经猜到了，我和郭书和好了，并且决定今生不再分离，我们不想让灵魂无所依从。你说得对，要努力做生活的强者，要努力在人生这个大游乐场里玩得尽兴。

"优优，2001年7月15日，我们毕业了。那天的广院，依旧美得不可方物。天空依旧湛蓝湛蓝的，仿佛刚刚洗过。阳光依旧灿烂甚至刺目，无遮无拦地照耀下来，铺满整个校园。白杨树的每片树叶依旧都闪着绿油油的光芒，连角落里的小草也依旧不甘示弱地迎着阳光熠熠生辉。学校广播站的大喇叭播放着各电视台、广播电台的呼号：'中央电视台，中央人民广播电台，中国国际电台。'接着是一连串快进的声音：'北京电视台，浙江电视台，江苏电视台，湖北电视台——'突然声音停下，然后一个比之前更为响亮，更有气势的声音直冲云霄：'这——里——是——广——播——学——院——广——播——台！'

"在这耀目的阳光里，和这震撼的广播声中，校园里每个人都更显精神抖擞、神采奕奕，他们挺着胸，昂着头，匆匆地奔向前方，带着夺目的光芒，仿佛马上就要走进一盛大的直播现场，一个美轮美奂的童话世界。

"这一切的一切一如四年前，我们与这里的初识。只是，我们长大了，四年里，我们在这里寻找爱，遇到爱，偶尔也丢失了爱。但我们毕竟深深爱过，我们不再是没有爱过，不懂爱的人，而这就是我们的广院爱情故事，你说是吗?

"优优，你问我们什么是爱，什么是人生?你问我们，工作是种什么感受?赚钱是不是真的会让我们快乐?优优，这些问题，我也不知道，但我答应你会不断探索和追问。你忘记了吗，我们可是一群以'提问题'为生的人。有了答案，我会第一时间和你分享。你说过，这样，你会感到生命和我们一起在延续。优优，我们毕业了，两天前，北京获得2008年奥运会举办权，我们进入大学的时候，香港刚刚回归，大学毕业的时候，赢得了奥运会举办权，我们这一代人生活在一个日新月异的大时代，谁都不知道明天会发生什么，所以，等着我们向你传来更多新消息、好消息吧。可爱的优优，再见！可爱的210宿舍，再见！可爱的97级同学，再见！可爱的广院，再见！”

《我们只是小别离》

二十年后：少年归来

“何为成功，何为失败？是成为主播，还是主持好一场大型晚会？这些需要你们自己去回答。我们的行业看上去是一个充满鲜花和掌声的行业。我希望，我们有为别人鼓掌的胸怀，也有为自己鼓掌的勇气。无论是在人生顶峰土豪金的高光点，还是在挫折失败冷飕飕的低谷时刻，都大胆地肯定自己，坚定地支持自己。这是这所大学教给我的。外面的世界很精彩，外面的世界很无奈，我希望你们幸福，即使不幸也要勇敢地追寻幸福。”

只有这一天，这所学校才重新属于我们。

《回家》

46

时光“嗖”的一声，飞逝。总以为1997年是10年前，其实已经是20年前了。李知和她的97级同学走在这所熟悉的校园里，走在“欢庆入校20周年&广院63周年校庆”的队伍中。这一年是2017年，原来的图书馆改成了历史研究所，很多图书放进了一个叫“悦阅城”的地方，学校分了南区与北区，正门前面的路牌还是定福庄一号，校牌却成了“媒体大学”。

聚会的同学多了起来，萱萱揉着熬了一夜的眼睛，精神了起来。在高矮胖瘦间，李知和萱萱将每一张经过岁月洗礼的面孔与曾经的少年一一比对。

“李知，李知，你快看你曾经的追求者，好像突然变帅了。”萱萱小声说道。

李知循声望去，有些认不出。

萱萱捅捅李知：“就是那个给你写情书，还特刚烈的那个。”李知想了起来，那是“广院之秋”后，李知收到的第一封情书，上面写着：“玫瑰有刺，可摘否？”然后被萱萱大大奚落了一番。萱萱仍喋喋不休：“他这种人特别经得住岁月。因为他长得很经典，岁月也奈何不了它，不像我们，年轻的时候越好看，越受岁月的欺负。这就叫皎皎者易污，你弄他个大黑纸，看他还怕脏不？”这些年，萱萱的工作在不断变化，职位越升越高，当上了一个栏目制片人，除此之外，一切都没有改变，说话还是一针见血，并大有追赶金星“毒舌”之势。

另一边，宋小正挨个儿给参加聚会的同学发他儿子们的照片。研究生毕业后不久，宋小就跟她老乡结了婚，结婚时唯一的条件是以后在家里不能说家乡话，必须说普通话。婚后不久，两人生了第一个儿子。前几年，放开政策，宋小想再生个女儿。没有想到，这次不但还是儿子，而且是一对双胞胎。现在，宋小以三娃独傲群雄，一跃成为“英雄母亲”。她拿出事先准备好的儿子的照片和全家福分发给大家看，然后等着大家的赞誉。大家刚刚词穷地说完一轮：“长得真可爱、帅气……”

她就拿出另一批照片再发给大家，再次等待大家的赞美。李知叹了一口气，想起萱萱刚才说的那句话，岁月对经典总是无能为力，而宋小就是经典。同学拿她无可奈何，岁月亦拿她无可奈何。

李知又环顾了四周，来的男同学多了起来，不知道是防晒霜发力还是高浓度凡士林作祟，每张脸在阳光下都泛着油光，滋滋作响，这也许就是传说中油腻的中年人，李知想到这儿，赶紧喝下一口冰红茶解解油腻。然而在这群油腻中年男子中，一人鹤立鸡群。他脚蹬一双鹅蛋黄乐福2017款新鞋，裤脚挽起，上身穿一件暗花纹白衬衫，肩上背了一MCM双肩包。李知又赶紧抓起桌上的红牛喝了一口，才敢定睛看去，此人正是李博。这些年，李博越发活跃了，经常出现在各广播电视时事评论节目中，因其风趣幽默的谈吐和对女性一贯尊重的态度，成为中老年女性的“爱豆”，并时常回母校讲述自己逆袭的成功史。有几个小师妹认出了李博，纷纷和他合影。过了一会儿，李博就如蜜蜂般穿梭在认识与不认识的女生间，谈笑、留影。

“‘活久见’，只要活得够久，可见沧海变桑田，可见河东变河西。”李知向萱萱爆出了金句。

来参加聚会的人越来越多，刘小宇和张磊也来了，现在他们是某网站的高管。当年网站工资微薄，工作辛苦，但这些正是刘小宇最不害怕的。她天天晚上去网站做兼职，却意外赶上了新媒体翻天覆地的发展浪潮。最后，她竟然收获了和张磊的感情，这也是李知万万没想到的。

萱萱在人群中东张西望，努力寻找着熟悉的身影。这些年，萱萱的感情总是波波折折，很多年前结束了一个短暂的婚姻，之后一直单身。不知道为什么，这些年萱萱越发想念他。她幻想出无数个见面的场景，或欣喜若狂，或沉默凝望，或垂泪相拥。萱萱想知道，这么多年，他过得好吗？

李知拉着萱萱穿梭于人群中，期待一个回眸，一个相遇，却一次次失望。最后，萱萱找到了赵鹏班级的班长。

“赵鹏没有来吗？”萱萱问。

“你是萱萱？”

萱萱点点头。

班长仔细打量着萱萱，小声说：“萱萱，赵鹏来不了了，今后都来不了了。”

萱萱的脸瞬间被痛苦扭曲，眼泪唰唰流下：“他，他怎么了？”

大学毕业后，赵鹏回到了南方的老家继承了父亲的事业。几年后，遇到金融危机，赵鹏爸爸突发心脏病去世，赵鹏不但一贫如洗还负债累累。又经过了几年，赵鹏终于从低谷中走出。

那一年春天，在大连，淅淅沥沥的春雨中，赵鹏谈成了一个大订单。这些年，经过了感情的分分合合，见过了人间冷暖，赵鹏觉得自己真的累了。十五岁失去母亲，二十五岁失去父亲，三十五岁的赵鹏不想再流浪。他要找到这些年丢失的情感，他要找到萱萱。他推掉了合作伙伴的庆功宴，滴酒未沾，他很清醒地启动了去北京的车。

如果一切顺利，8个小时后，他就会来到萱萱家楼下。那个地址是他通过朋友得到的，他要给自己和萱萱一个机会。

雨天路滑，赵鹏只是想跑得快一些，再快一些，早一点见到萱萱，弥补那么多错过的时光，弥补那么多孤单的夜晚。他有好多话跟她说，还有好多无处存放的爱要与她分享，这一次，他绝不给自己的爱人以委屈与伤害。然而，这一切都没有来得及，命运终于跑不过时间。警笛声划过美丽的夜空，梦想最终幻化成那最后一缕微笑。在生命最后的时刻，赵鹏拨响了那个盼望已久的电话，萱萱的电话却阴差阳错般关机了。赵鹏望着天上最闪亮的一颗星星，告诉萱萱，自己又一次错过了她。如果再给自己一次机会，自己还会如罗拉般跑向她，一次一次又一次，只是希望那时，自己也如罗拉般幸运，让爱情赢过时间，让自己跑过命运，哪怕只有一次机会。车厢内依旧回荡着郑伊健不老的歌声：“从前你是你，从前我是我，现在纵使不清楚我最爱你什么，寻觅你，留住你，全凭直觉。其实我真的相信爱情的直觉，从前寻遍这天边海角，不经意等到心中爱情主角，爱你一个。”

班长低声继续说："赵鹏父亲出事后，他就中断了和我们的联系，由于他没有一个家，我们一直没有找到他，这个消息我们也是刚刚知道的。"

萱萱趺趺撞撞走出人群，坐在当年和赵鹏定情的长凳上，失声痛哭。想起他们第一次舞中相识，第一次彼此表白，第一次拥吻，第一次山盟海誓。而这些终究不再有，今生，他们终究彻底地错过了彼此。

李知站在萱萱身边，静静地看着自己最好的朋友。这些年，遇到那么多磕磕绊绊、委屈不公，萱萱都咬牙坚持着，只有今天，她仿佛哭出了所有的不甘和思念。自己看到萱萱最伤心的三次痛哭，全都是因为赵鹏，原来他们是真心相爱的。

李知心中充满无限自责，如果当年自己懂得这些，懂得他们的相爱，并将赵鹏委托的话告诉萱萱，结尾会不会真的不同。

李知站在萱萱身边，一动不动，却听见背后有人轻轻和自己说话："你是李知吗？"

李知擦干眼泪转过头去。一个满头白发的老人正站在自己身后，他身着整洁的老式衬衫，衣袖处有些磨损，个子不高，有些面熟。

"您是？"李知小声问。

"李知，你好。我是吴优的爸爸。经常看你们大学宿舍的合影，今天一下子就认出你来了。"

李知愣愣地站在原地，那些隐藏的、压抑的，以为忘记的情感如洪水般袭来，将李知彻底淹没。

"叔叔，您好！"李知哽咽起来，"今天是我们入校20周年纪念日，叔叔，我没有想到您会来，我应该接您的。我——"

吴叔叔摇了摇头："李知，我听说你们正在准备20年纪念册，我呢，有个东西带来，不知道你们需不需要。"

吴叔叔从包里小心翼翼掏出几张信纸。信纸有些发黄，有些地方被眼泪打湿，每一张信纸外边都用塑料皮封住，仔细保存着。

吴叔叔接着说："优优走那年，我正好45岁。她呢，一直想着给我准备一份独特的生日礼物。开始好像是去参加了班级演讲比赛，后来，据说得了第二名。"

岁月在20年后，才让李知看到了整件事情的真相。一向低调的优优突然积极参加班级演讲比赛，不是为了自己的爱情，而是想给45周岁的爸爸献上一份独特的礼物。而那次，最后的时刻，优优却将机会让给了李知。时光吹走了风沙，露出了如此温柔的笑容。

"叔叔，对不起。您的生日礼物被我不小心弄丢了。"李知哽咽地说。

吴叔叔摇摇头："但是，我还是收到了一份今生最贵重的礼物。她用英语给我写了一封信，优优从小就和我学英文，她在用这个方式感谢我的教育。这些年，这封信陪伴我和她妈妈度过了无数个黑夜，无数个。李知，今天我把它带给你，我怕百年之后，把它弄丢了。我想将它留在你们的纪念册中，好吗？"

李知接过吴叔叔手中的一页页信纸，抚摸着它们，仿佛看到了那个伏案的优优。那么年轻，那么美好。

"还有一件事情，每年优优生日的时候，总能收到一大包零食，一大束鲜花，王力宏的最新专辑，还有一封信。我虽然不知道是谁送的，但是在此，一并谢过大家。"吴叔叔声音低沉地说。二十年过去了，提到女儿，吴叔叔还是那样动情，一切都未曾改变。

李知展开优优的信，那是21岁的优优写给45岁爸爸的信，更像21岁的优优写给20年后近不惑之年同学的信：

Life is like a long river，it will end someday and somehow. No one can escape from that eternal end，when that day comes，we'll say goodby to this colored world. A man's life is a man's song. Whether it's sad or happy，fierce or quiet，it's his own song. A song written in his own way with his soul，with his life. A man lived，did what he should do，found what he want，fulfilled his dream. He then died calmly. Because he knew that there was nothing to regret. He had seen evil and good，ugly and beautiful. Now it was all over，it was time for his play to close and gave the stage to newcomer.

His song was going to end, but it would never diminish, it would become a tiny part of the chorus of the universe, and that will sing forever. Another man lived, struggled, but never reached his dream, for him, life was a perpetual nightmare, then he saw the twilight, they glimmered far in the distance, though he had no time and he would never got there, his heart was quiet, for he knew he had tried his best. His song might only be a faint cry but he knew it was just the prelude to the grand movement of that chorus. He died happily, hearing the song were sung continue.

The world is beautiful, because of warm sunshine and also because of its rain and storm. Only a man who has been drenched with tears can understand the real meaning of happy. Once a famous writer said in one of his novel: there is no real happy in life, but just one situation compared with another. The whole meaning of life lies in two words "hope and wait" .

To be or not to be, it's all depends on a man's own attitude to life, on whether he appreciates the morning sunshine, whether he want to explore the beauty of nature. If the thunderstorms come, it all depends on whether he still firmly believes that the sun will rise again. Yes, the sun is going to shine, and it will shine even more brilliant. Do not cry, just wait and hope and fight.

Life and death and the sunshine make the world. As they go round generation by generation, day by day, the world go round. Let's sing out our own song lauding life, lauding world.①

（翻译：

生命如一长河，一天，某种原因，她将走到尽头。没有人可以摆脱这最终的宿命：那一天，我们将和这个多彩世界做最后的告别。生命也如一首歌，无论悲伤

①吴今原创。吴今：1987年考入北京大学生物系生物物理及生理学专业。1989年，意外离世。吴今成绩优异，擅长钢琴和芭蕾舞，是北大校舞蹈队的主要成员。*To Be Or Not To Be——the Meaning of Life, the Meaning of Death* 为其一篇英文习作。引文已获得吴今父母授权许可，借此表达对吴今的纪念与追思。

还是喜悦，激荡抑或平和，都是自己独有的。这首歌，是用他的灵魂、用他的一生谱写而成。

如果一个人，做他应该做的，找到他渴望寻找的，完成他的梦想，他就可以安然离去，因为他此生已经没有遗憾。他见过善，也看过恶，他感受过大美，也直面过丑陋。现在这一切结束了，属于他的舞台和演出结束了，他要离开这里，将这里的一切留给后来者。他的歌声将远去，却永不会消失，和整个宇宙相比，这声音微弱缥缈，却永远存在。如果一个人，他努力生活，他不懈奋斗，但是他却仍然无法实现梦想。对他而言，生命似乎是无尽的黑洞，然而，垂暮之际，一丝光亮突然出现在他的生命中，它们在遥远的深处明暗不定，泛着微光。他终于看见了它们，但他已没有时间和机会去到达彼岸。他的心依旧可以安静，因为他已经尽力了。他的生命之歌也许只是一段微弱的哭泣声，但他知道那将是磅礴大气音乐的序曲，他仍可以心怀喜悦地离去，因为他知道这首生命之歌将永被传唱。

世界之美，在于他有阳光，也不乏风雨。只有真正绝望过的人才懂得快乐的意义。一位著名作家在他的小说中写道：人生并没有真正的快乐，只是一种情形与另一种情形的比较而已。整个生命的意义只在于：希望与等待。

一个人如何生活，取决于他怎样看待生命：他是否为每个清晨的阳光而感动，他是否愿意去发现和感受这个世界的大美。而暴风雨来临时，他是否坚定地相信，太阳会再次升起。是的，太阳将再次照耀大地，而且必将更加明媚与闪亮。不要哭泣，只需要等待、希望和奋斗。

生、死和璀璨不灭的阳光构成了我们的世界。他们一代代传承、接力，我们的世界也随之生生不息。让我们为这不息的生命，为这大美的世界引吭高歌吧！）

20年前，优优站在生命的终点回看人生，拥有了同龄人没有的高度与视角，也拥有着同龄人没有的深沉与爱。

20年后，李知依旧能感受到优优的优秀，依旧为她骄傲。

在一阵掌声中，郭书走向了主席台。台下的师弟师妹拼命鼓掌，因见到名人而鼓胀的面孔，如同李知他们当年一样。郭书，这位如今的新闻主播成了很多人艳羡的榜样和目标。可很少有人知道，郭书那一段摸爬滚打的往事。

毕业后，即使从国外留学归来，那些所谓的“好运气”一下子不见了踪影，毫无来由，不知去向。同学、学弟很多人都随着中国电视事业的发展，走上了人生巅峰。郭书——几届来最被看好的男主播——却一次次与主播的位置擦肩而过。他开始自学各种课程，做起了晚会导演。为了不让业务生疏，他四处配音。10年间，赞誉有之，惋惜有之，不解有之。有人消沉，有人绝望，有人放弃，他却一如少年般坚持着。

有一天，李知问他，为什么从没有想过放弃。郭书说，他不放弃的不是一个职业和选择，而是对生活的热爱与坚持，无论自己身处何种境遇。

他在32岁“高龄”参加了电视台竞聘，以新人身份获得了主播机会，以实习名义参与幕后配音，35岁那年走到今天主播的位置。郭书从不认为自己走向了人生巅峰，就像他并不认同别人觉得他过往的经历是低谷一样。

李知看着台上的郭书，宋小、刘小宇、张磊、李博、萱萱都看着台上的郭书，比起因激动而鼓胀的面孔，他们笑得更深沉。

郭书看着台下一张张无比年轻的面孔，娓娓道来他对成功与失败的看法：

“有一天，你们就像当年的我们一样，终究要走出这里。那个时候，由衷地，祝贺你们！你终于挣脱了牢笼可以放飞自我了。但，在学校的哪一天你们不是放飞自我？遗憾的是，很多人还没有意识到，有一种幸福也永远结束了。从离开学校的那一刻起，你真的需要关心粮食和蔬菜了，从那天开始，残酷、残忍甚至残暴的生活将成为你的老师。每个清晨，不再有人把你揪起来练声，那些下午，不会有人催你交作业，每年到了这个季节，他们会送走一批像你们这样的小破孩儿，就像他们送走当年的我们。你们还将整天，或者时时面对一种叫成功与失败的家伙。

何为成功，何为失败？是成为主播，还是主持好一场大型晚会？这些需要你们自己去回答。我们的行业看上去是一个充满鲜花和掌声的行业。我希望，我们有为别人鼓掌的胸怀，也有为自己鼓掌的勇气。无论是在人生顶峰土豪金的高光点，而是在挫折失败冷飕飕的低谷时刻，都大胆地肯定自己，坚定地支持自己。这是这所大学教给我的。外面的世界很精彩，外面的世界很无奈，我希望你们幸福，即使不幸也要勇敢地追寻幸福。"

场下一片掌声，年轻懵懂的掌声，会心的掌声，夹杂在了一起。"年少不懂曲中意，听懂已是曲中人。"

"优优，校庆以及我们20周年庆祝活动，就要结束了。我们是不是又到了告别的时间了。优优，叔叔很好，只是看得出来，他很思念你，他对你的爱从未减少。他告诉我，每年他都会在家中给你过生日，还邀请我们明年一起去，因为那时候，你就到不惑之年了。他今天一直没有走，坐在台下看了所有的表演，我怕他触景生情，他却是想再参与到女儿的生活中。优优，你有一个好爸爸。他让我看到了一个父亲的爱，还有知识分子的体面。听说他来了，不准备参加聚会的方媛也来了，210宿舍再次因为你而聚齐。我们一起和叔叔合了影，谢谢他以前的烤鸡和小笼包，对，他永远是我们宿舍的'咱爸'。

"这次聚会，郑亮没有来，他现在是驻美记者了，前年刚刚有了女儿，很幸福。你放心。很多人都很幸福，我、郭书、宋小、方媛、张磊、刘小宇、李博，你可以放心。告诉你一个有趣的事，今天刘小宇拉着李博合了很多次影。刘小宇说，大学时候，李博的观点她总是默默点赞，最赞同，尤其是'都市化理论'。真看不出来，我们宿舍那时候还潜伏着李博最大的粉丝。李博说，有一次男生用女生学生证打牌，他就抓的刘小宇，当时就觉得刘小宇好，哎，他们大学时候没有正面说过一句话，想不到如此英雄惜英雄的。

"优优，我犹豫了很久，还是将赵鹏曾经委托我告诉萱萱的话，告诉了她。虽然这相隔了超过20年。我告诉萱萱，那次舞会打架，赵鹏是因为她而奋不顾身冲进现场，受伤后，最想见的人也是她。萱萱的眼中又闪烁起那夺目的光芒，一如20年前，然后，她号啕大哭，只是这一次，哭得那么动情，那么满足，就像毕业典礼上赵鹏的样子。原来他们一直都是一类人。

“优优，现在我正在晚餐聚会上，觥筹交错后，大家都喝多了，我也是。优优，成人世界，没有‘容易’二字。聚会上，大家推杯换盏，独处时，有人泪流满面。这二十年，特别是这十年，是我们媒体行业风云突变的十年。你能想到报纸几乎一夜之间不见踪影，我们最喜欢的《北京青年报》《南方周末》也湮没在了其中。新媒体以破竹之势掀起了革命性的浪潮，在巨浪面前，电视媒体光环下长大的我们一时间竟有些手足无措。想想在我们读书的时候，它就一路壮大，只是我们没有察觉。优优，时代变得越来越快，快到碾压你的时候，你连一声叹息都来不及发出。但，我们仍旧很勇敢。现在，‘刚’站了起来，他现在在一家公司工作，离开了传媒行业。但是，他刚刚说，朗诵依旧是他的最爱，在他人生低谷的时候，他通过朗诵平复自己。他说，前一段时间，他终于发现如何朗诵高尔基的《海燕》了，特别是最后一句‘让暴风雨来得更猛烈些吧’。他说，在这句话前加一个冷笑，会很有效果。

“你知道吗，现在，整个餐厅都安静了，服务员、顾客，连厨师都跑了出来，都在听他的朗诵：‘暴风雨！暴风雨就要来啦！这是勇敢的海燕，在闪电中间，高傲地飞翔；这是胜利的预言家在叫喊！’刚停顿了一下，冷笑了两声，接着，他高昂地呐喊：‘让暴风雨来得更猛烈些吧！’

“‘刚’喝多了，但是他的话却异常清醒，他举着酒杯说，和这所大学比，我们太平凡，但那又怎样？纵使广院就是人生的最高点，那又如何？广院依旧高大，而我们依旧平凡，承认这点又能怎样？

“优优，不得不承认，我们都很平凡，但是，我们也依旧很努力。我们没有成为我们或许曾经期待的‘国脸、名嘴’，但是我们依旧坦然而自信。

“你曾问我们人生是什么？这个问题，没有人敢轻易作答。我想，这就是你喜欢哲学的原因。我想，人生可能就像你说的青春一样，没有完美的青春，也没有完美的人生，我们可能一直平凡，我们可能犯过错误，我们可能错过今生至爱，但只要我们永远心存善良，不被生活所打倒，就是无悔的人生。优优，你觉得呢？

"每年你过生日，刘小宇都会带上一大包零食，宋小会送去王力宏的最新专辑，郑亮会送去一大束鲜花，而那封信是我写的。我把每一年这个世界发生的大事以及我的感受都告诉你，相信你一定看到了。优优，未来，我还会将这个世界好玩的事情告诉你，这样，你就还在，这个世界就多了一分温暖。

"优优，同学们相约，以后每年校庆大家都聚会，因为只有这一天，这所大学才重新属于我们。看着这所熟悉的大学，20年来好像没什么变化，而我们却要步入人生的下半场了。让我们再一次，一起和这所大学告别，一起开始我们人生新的旅程！优优，3——2——1，我们一起说：

广院，再会！再会，广院！"

《曾经的 1460 天》

《广院女生男友守则》

第一条 一朝入广院，永远是女神。

第二条 记住每次约会时间。但更要记住，那是对你的要求，要求你务必准时到达，更要求你务必提前30~40分钟提醒女朋友，化妆时间开始了。

第三条 没有一次亲吻解决不了的矛盾，如果一次不行，就一直进行下去。

第四条 吵架道歉需及时，黄金时间为24小时内，最迟不能超过72小时。

第五条 古今中外各种节日以及你们的纪念日，请牢记，并备上礼物。礼物贵在用心，如果无心可用，那就只能“贵”了。

后　记

某一天，当走过青春，突然发现自己竟是猪八戒吃人参果，哭着喊着要大师兄再给一个。刚才吃得急，还没有品出什么味道就吞下去了！

可这三千年一开花，三千年一结果，三千年一成熟的人参果，岂是随便可以再吃一次的？于是，我反复回忆着青春仅有的记忆，却发现，自己的青春没有曾经设想的那样完美与动人，更缺少荡气回肠和叱咤风云。我为此疑惑、懊恼甚至沮丧，并开始思考，到底什么人，具备什么能力能获得一段完美的青春？

带着这个问题，我开始了采访、思考以及创作。不久后，我有了一个惊人发现，没有人敢说自己拥有一段完美的青春。

无论是完美主义者李知，还是勤学上进的刘小宇，无论你是可爱善良的宋小，还是周全早熟的方媛，哪怕你是女神化身的优优。

在青春与生活面前，她们都显得稚嫩而生涩，甚至狼狈。但是，每一次，她们都从泥坑中，奋力爬起，抖了抖身上的泥巴，抹了抹眼泪，欢笑着继续前行。那一刻，我突然发现，他们的青春闪着无比耀眼的光芒。

没有完美的青春，但是，有精彩的青春。有趣，有爱，打不倒就是精彩的青春。保守善良的底线，不断奋起，就是精彩的青春。纵使不堪，不羁，自以为是，走过弯路。

采访，让我见识更多的人生。而见识会让我们在困境中不再孤独，在前行中更有力量，因为你从来不是一个人在战斗。谁不是一手捂着伤口，一手笑着前行？

这就是小说的初衷和主题。

除此之外，关于这部小说，最先感谢我的大学同学。当我采访他们的时候，他们真诚地将自己的故事展示出来，纵使带着眼泪与伤心，或者可能引来非议。文学史上很多作家，都将自己的情感、隐私记录下来，就像人类通过解剖了解身体一样，作家通过这种方式，让人类更了解自己隐秘的情感和对人性的态度。这需要勇气，甚至使命感。

但，创作并不是生活的自然记录，而是浓缩、平移，甚至变形化处理过程。“理不歪，趣不来”，小说作品怎能无趣？因此我加工了很多故事，但我一直担心这会给他人正常的生活带来不便和麻烦。没有一次创作能凌驾于生活之上，生活不易，每个人都在精心维护着自己的小幸福，不随意惊扰，纵使以创作的名义。

当我约他们再见面，并告知这份担心时，他们不约而同地宽慰我。有人说，当他讲述往事的时候，已经做好了这些准备。还有人鼓励我充分享受创作的自由，不要畏首畏尾，瞻前顾后，其中不乏十多年未见面的老同学。感谢国宁同学、智勇同学以及各位同学，谢谢大家的勇气以及信任。可以保证的是，故事各有变化，尊重从未改变。

同时感谢之前读过小说的各位朋友，包括编辑朋友。你们的意见一并全收。创作是一个魔性的过程。顺利时，立于五岳之巅，有会当凌绝顶之感；不顺利时，则感冰雪封路，四面八方全是巍峨高山，走投无路。写作时，打开全身细胞，捕捉大自然每一个轻微的叹息；面对不同意见时，又要大胆甚至固执地坚持自我。没有个性就没有艺术，没有共鸣就没有受众。每个创作者都在个性与共性之间苦苦寻找平衡点。而谁又能代表共性呢？因此创作者也时而显得魔性，时刻处于自我肯定与自我否定的焦灼中，自负又自卑，强大又脆弱。所以，感谢大家的宽容。

更感谢百忙之中，给我写序的两位朋友，驾驭文字，表达思想，对任何人都不是轻松的事情，无论你之前写过多少文章。

感谢吴今的英文文章，感谢吴叔叔、朱阿姨的支持。三十年前的青春依旧散发着力量。

小说中还引用了一些诗篇，因为找不到作者，暂无法与其取得联系。如果您是作者，看到后，请与我联系，一并感谢。

最后感谢母校。为了守护创作者的个性和多元化，这所大学给予了他的学生极大的空间，任他们去寻找自我，发现自我，表达自我，她细心呵护着这些敏感而自负的心灵，因此，才有了一个个今天的我们。

创作过程中，我时常自问，我有没有能力或者资格去写这所大学的故事，毕竟这里名人辈出。直到有一天，我看到了一位学弟的文章。有人问他，谁能代表这所学校。他说，这里出去的每个人都是这所学校的名片。我想，这就是这所大学给予他的学生的，平等地尊重每个人的表达。而这，才是她最大的魅力。

比猪八戒幸运，通过采访与写作，我又得到了那一万年才能吃上一回的人参果。这一次，我细嚼慢咽地品味了一番，由衷地感慨：青春真好！